北條民雄 小説随筆書簡集

hōjō tamio
北條民雄

講談社文芸文庫

目次

小説

北條民雄　小説随筆書簡集

小説

いのちの初夜

駅を出て二十分ほども雑木林の中を歩くともう病院の生垣が見え始めるが、それでもその間には谷のように低まった処や小高い山のだらだら坂などがあって、人家らしいものは一軒も見当らなかった。東京から僅か二十哩そこそこの処であるが、奥山へ這入ったような静けさと、人里離れた気配があった。

梅雨期に入るちょっと前で、トランクを提げて歩いている尾田は、十分もたたぬ間に、はやじっとり肌が汗ばんで来るのを覚えた。随分辺鄙な処なんだなあと思いながら、人気の無いのを幸い、今まで眼深に被っていた帽子をずり上げて、木立を透かして遠くを眺めた。見渡す限り青葉で覆われた武蔵野で、その中にぽつんぽつんと蹲（うずくま）っている藁屋根が何となく原始的な寂寥を忍ばせていた。まだ蟬の声も聞えぬ静まった中を、尾田はぼくぼくと歩きながら、これから自分は一体どうなって行くのであろうかと、不安でならなかった。真黒い渦巻の中へ、知らず識らず堕ち込んで行くのではあるまいか、今こうして黙々と病院へ向って歩くのが、自分にとって一番適切な方法なのだろうか、それ以外に生きる道は無いのであろうか。そういう考えが後から後からと突き上って来て、彼はちょっと足を停めて林の梢を眺めた。やっぱり今死んだ方がよいのかも知れない。梢には傾き始めた太陽の光線が、若葉の上に流れていた。明るい午後であった。

病気の宣告を受けてからもう半年を過ぎるのであるが、その間に、公園を歩いている時でも街路を歩いている時でも、樹木を見ると必ず枝振りを気にする習慣がついてしまった。その枝の高さや、太さなどを目算して、この枝は細すぎて自分の体重を支え切れないとか、この枝は高すぎて登るのに大変だなどという風に、時には我を忘れて考えるのだった。木の枝ばかりでなく、薬局の前を通れば幾つも睡眠剤の名前を想い出して、眠っているように安楽往生をしている自分の姿を思い描き、汽車電車を見るとその下で悲惨な死を遂げている自分を思い描くようになっていた。けれどこういう風に日夜死を考え、それがひどくなって行けば行く程、益々死に切れなくなって行く自分を発見するばかりだった。今も尾田は林の梢を見上げて枝の工合を眺めたのだったが、すぐ貌をしかめて黙々と歩き出した。一体俺は死にたいのだろうか、生きたいのだろうか、俺に死ぬ気が本当にあるのだろうか、ないのだろうか、と自ら質して見るのだったが、結局どっちとも判断のつかない儘、ぐんぐん歩を早めていることだけが明瞭に判るのだった。死のうとしている自分の姿が、一度心の中に這入って来ると、どうしても死に切れない、人間はこういう宿命を有っているのだろうか。

二日前、病院へ這入ることが定ると、急にもう一度試して見たくなって江の島まで出かけて行った。今度死ねなければどんな処へでも行こう、そう決心すると、うまく死ねそうに思われて、いそいそと出かけて行ったのだったが、岩の上に群がっている小学生の姿や、茫漠と煙った海原に降り注いでいる太陽の明るさなどを見ていると、死などを考えている自分がひどく馬鹿げて来るのだった。これではいけないと思って、両眼を閉じ、なんにも見えない間に飛び込むのが一番良いと岩頭に立つと、急に助けられそうに思われて仕様がないのだった。助けられたのでは何にもならない。けれど今の自分は兎に角飛び込むという事実が一番大切なのだ、と思い返して波の方へ体を曲げかけると、「今」俺は死ぬのだろうかと思い出した。「今」どうして俺は死なねばならんのだろう、「今」がどうして俺の死ぬ時なんだろう、すると「今」死ななくてもよいような気がして来るのだった。そこで買って来たウイスキーを一本、やけに平げたが少しも酔が廻って来ず、なんとなく滑稽な気がしだしてからからと笑ったが、赤い蟹が足許に這って来るのを滅茶に踏み殺すと急にどっと瞼が熱くなって来たのだった。非常に真剣な瞬間でありながら、油が水の中へ這入ったように、その真剣さと心が遊離してしまうのだった。そして東京に向って電車が動き出すと、又絶望と自嘲が蘇って来て、暗憺たる気持になったのであるが、もう既に時は遅かった。どうしても死に切れない、この事実の前に彼は項低れてしまうより他にないのだった。

一時も早く目的地に着いて自分を決定するより他に道はない。尾田はそう考えながら背の高い柊の垣根に沿って歩いて行った。正門まで出るにはこの垣をぐるりと一巡りしなければならなかった。彼は時々立止って、額を垣に押しつけて院内を覗いた。恐らくは患者達の手で作られているのであろう、水々しい蔬菜類の青葉が、眼の届かぬ彼方までも続いていた。患者の住んでいる、家はどこに在るのかと注意して見たが、一軒も見当らなかった。遠くまで続いたその菜園の果に森のように深い木立が見え、その木立の中に太い煙突が一本大空に向って黒煙を吐き出していた。患者の住居もそのあたりにあるのであろう。煙突は一流の工場にでもあるような立派なもので、尾田は病院にどうしてあんな巨きな煙突が必要なのか怪しんだ。或は焼場の煙突かも知れぬと思うと、これから行く先が地獄のように思われて来た。こういう大きな病院のことだから、毎日夥しい死人があるのであろう、それであんな煙突も必要なのに違いないと思うと、俄に足の力が抜けて行った。だが歩くにつれて展開して行く院内の風景が、また徐々に彼の気持を明るくして行った。菜園と並んで、四角に区切られた苺畑が見え、その横には模型を見るように整然と組み合わされた葡萄棚が、梨の棚と向い合って、見事に立体的な調和を示していた。これも患者達が作っているのであろうか。今まで濁ったような東京に住んでいた彼は、思わず素晴しいものだと呟いて、これは意想外に院内は平和なのかも知れぬと思った。

道は垣根に沿って一間くらいの幅があり、垣根の反対側の雑木林の若葉が、暗いまでに被さっていた。彼が院内を覗き覗きしながら、ちょうど梨畑の横まで来た時、大方この近所の百姓とも思われる若い男が二人、こっちへ向いて歩いて来るのが見え出した。彼等は尾田と同じように院内を覗いては何か話し合っていた。尾田は嫌な処で人に会ってしまったと思いながら、ずり上げてあった帽子を再び深く被ると、下を向いて歩き出した。尾田は病気のために片方の眉毛がすっかり薄くなって居り、代りに眉墨が塗ってあった。彼等は近くまで来ると急に話をばたりとやめ、トランクを提げた尾田の姿を、好奇心に充ちた眼差しで眺めて通り過ぎた。尾田は黙々と下を向いていたが、彼等の眼差しを明瞭に心に感じ、この近所の者であるなら、こうして入院する患者の姿をもう幾度も見ているに相違ないと思うと、屈辱にも似たものがひしひしと心に迫って来るのだった。

彼等の姿が見えなくなると、尾田はそこへトランクを置いて腰をおろした。こんな病院へ這入らなければ生を完うすることの出来ぬ惨めさに、彼の気持は再び曇った。眼を上げると首を吊すに適当な枝は幾本でも眼についた。この機会にやらなければ何時になってもやれないに違いない、あたりを一わたり眺めて見たが、人の気配はなかった。彼は眸（ひとみ）を鋭く光らせると、にやりと笑って、よし今だと呟いた。急に心が浮き浮きして、こんな所で突然やれそうになって来たのを面白く思った。綱はバンドがあれば十分である。心臓の鼓動が高まって来るのを覚えながら、彼は立上ってバンドに手を掛けた。その時突然、激しい笑う声が院内から聞えて来たので、ぎょっとして声の方を見ると、垣の内側を若い女が二人、何か楽しそうに話し合いながら葡萄棚の方へ行くのだった。見られたかな、と思ったが、初めて見る院内の女だったので、急に好奇心が出て来て、急いでトランクを提げると何喰わぬ顔で歩き出した。横目を使って覗いて見ると、二人とも同じ棒縞の筒袖を着、白い前掛が背後から見る尾田の眼にもひらひらと映った。貌形の見えぬことに、ちょっと失望したが、後姿はなかなか立派なもので、頭髪も、黒々と厚いのが無造作に束ねられてあった。無論患者に相違あるまいが、何処一つとして患者らしい醜悪さがないのを見ると、何故ともなく尾田はほっと安心した。なお熱心に眺めていると、彼女等はずんずん進んで行って、時々棚に腕を伸ばし、房々と実った頃のことでも思っているのか、葡萄を採るような手つきをしては、顔を見合せてどっと笑うのだった。やがて葡萄畑を抜けると、彼女等は青々と繁った菜園の中へ這入って行ったが、急に一人がさっと駈け出した。後の一人は腰を折って笑い、駈けて行く相手を見ていたが、これもまた後を追ってばたばたと駈け出した。鬼ごっこでもするように二人は、尾田の方へ横貌をちらちら見せながら、小さくなってゆくと、やがて煙突の下の深まった木立の中へ消えて行った。尾田はほっと息を抜いて、女の消えた一点から眼を外らすと、兎に角入院しようと決心した。

総てが普通の病院と様子が異っていた。受付で尾田が案内を請うと、四十くらいの良く肥えた事務員が出て来て、

「君だな、尾田高雄は、ふうむ。」

と言って、尾田の貌を上から下から眺め廻すのであった。

「まあ懸命に治療するんだね。」

無造作にそう言ってポケットから手帳を取り出し、警察でされるような厳密な身許調査を始めるのだった。そしてトランクの中の書籍の名前まで一つ一つ書き記されると、まだ二十三の尾田は、激しい屈辱を覚えると共に、全然一般社会と切離されているこの病院の内部に、どんな意外なものが待ち設けているのかと不安でならなかった。それから事務所の横に建っている小さな家へ連れて行かれると、

「ここで暫く待っていて下さい。」

　と言って引上げてしまった。後になって、この小さな家が外来患者の診察室であると知った時、尾田はびっくりしたのであったが、そこには別段診察器具が置かれてある訳でもなく、田舎駅の待合室のように、汚れたベンチが一つ置かれてあるきりであった。窓から外を望むと、松栗檜欅などが生え繁っており、それ等を透して遠くに垣根が眺められた。尾田は暫く腰をおろして待っていたが、なんとなくじっとしていられない思いがし、いっそ今の間に逃げ出してしまおうかと幾度も腰を上げて見たりした。そこへ医者がぶらりとやって来ると、尾田に帽子を取らせ、ちょっと顔を覗いて、

「ははあん。」

　と一つ頷くと、もうそれで診察はお終いだった。勿論尾田自身でも自ら癩(らい)に相違ないとは思っていたのであるが、

「お気の毒だったね。」

　癩に違いないという意を含めてそう言われた時には、さすがにがっかりして一度に全身の力が抜けて行った。そこへ看護手とも思われる白い上衣をつけた男がやって来ると、

「こちらへ来て下さい。」

　と言って、先に立って歩き出した。男に従って尾田も歩き出したが、院外にいた時の何処となくニヒリスティクな気持が消えて行くと共に、徐々に地獄の中へでも堕ち込んで行くような恐怖と不安を覚え始めた。生涯取返しのつかないことをやっているように思われてならないのだった。

「随分大きな病院ですね。」

尾田はだんだん黙っていられない思いがして来だしてそう訊ねると、

「十万坪。」

ぽきっと木の枝を折ったように無愛想な答え方で、男は一層歩調を早めて歩くのだった。尾田は取りつく島を失った想いであったが、葉と葉の間に見えがくれする垣根を見ると、

「全治する人もあるのでしょうか。」

と、知らず識らずのうちに哀願的にすらなって来るのを腹立たしく思いながら、やはり訊かねばおれなかった。

「まあ一生懸命に治療してごらんなさい。」

男はそう言ってにやりと笑うだけだった。或は好意を示した微笑であったかも知れなかったが、尾田には無気味なものに思われた。

二人が着いた所は、大きな病棟の裏側にある風呂場で、既に若い看護婦が二人で尾田の来るのを待っていた。耳まで被さってしまうような大きなマスクを彼女等はかけていて、それを見ると同時に尾田は、思わず自分の病気を振り返って情なさが突き上って来た。風呂場は病棟と廊下続きで、獣を思わせる嗄れ声や、どすどすと歩く足音などが入り乱れて聞えて来た。尾田がそこへトランクを置くと、彼女等はちらりと尾田の貌を見たが、すぐ視線を外らして、

「消毒しますから……。」

とマスクの中で言った。一人が浴槽の蓋を取って片手を浸しながら、

「良いお湯ですわ。」

這入れというのであろう、そう言ってちらと尾田の方を見た。尾田はあたりを見廻したが、脱衣籠もなく、唯、片隅に薄汚い蓙が一枚敷かれてあるきりで、

「この上に脱げと言うのですか。」

と思わず口まで出かかるのをようやく押えたが、激しく胸が波立って来た。最早どん底に一歩を踏み込んでいる自分の姿を、尾田は明瞭に心に描いたのであった。この汚れた蓙の上で、全身蝨だらけの乞食や、浮浪患者が幾人も着物を脱いだのであろうと考え出すと、この看護婦たちの眼にも、もう自分はそれ等の行路病者と同一の姿で映っているに違いないと思われて来て、怒りと悲しみが一度に頭に上るのを感じた。逡巡したが、しかしもうどうしようもない。半ば自棄気味で覚悟を定めると、彼は裸になり、湯ぶねの蓋を取った。

「何か薬品でも這入っているのですか。」

片手を湯の中に入れながら、さっきの消毒という言葉がひどく気がかりだったので訊いて見た。

「いいえ、ただのお湯ですわ。」

良く響く、明るい声であったが、彼女等の眼は、さすがに気の毒そうに尾田を見ていた。尾田はしゃがんで先ず手桶に一杯を汲んだが、薄白く濁った湯を見ると又嫌悪が突き出て来そうなので、彼は眼を閉じ、息をつめて一気にどぼんと飛び込んだ。底の見えない洞穴へでも墜落

する思いであった。すると、

「あのう、消毒室へ送る用意をさせて戴きますから――。」

と看護婦の一人が言うと、他の一人はもうトランクを開いて調べ出した。どうとも自由にして呉れ、裸になった尾田は、そう思うよりほかになかった。胸まで来る深い湯の中で彼は眼を閉じ、ひそひそと何か話し合いながらトランクを掻き廻している彼女等の声を聞いているだけだった。絶え間なく病棟から流れて来る雑音が、彼女等の声と入り乱れて、団塊になると、頭の上をくるくる廻った。その時ふと彼は故郷の蜜柑の木を思い出した。笠のように枝を厚ぼったく繁らせたその下で、よく昼寝をしたことがあったが、その時の印象が、今こうして眼を閉じて物音を聞いている気持と一脈通ずるものがあるのかも知れなかった。また変な時に思い出したものだと思っていると、

「おあがりになったら、これ、着て下さい。」

と看護婦が言って新しい着物を示した。垣根の外から見た女が着ていたのと同じ棒縞の着物であった。

小学生にでも着せるような袖の軽い着物を、風呂からあがって着け終った時には、なんという見すぼらしくも滑稽な姿になったものかと、尾田は幾度も首を曲げて自分を見た。

「それではお荷物消毒室へ送りますから――。お金は拾壱円八拾六銭ございました。二三日のうちに金券と換えて差上げます。」

金券、とは初めて聞いた言葉であったが、恐らくはこの病院のみで定められた特殊な金を使

わされるのであろうと尾田はすぐ推察したが、初めて尾田の前に露呈した病院の組織の一端を摑み取ると同時に、監獄へ行く罪人のような戦慄を覚えた。だんだん身動きも出来なくなるのではあるまいかと不安でならなくなり、親爪をもぎ取られた蟹のようになって行く自分のみじめさを知った。ただ地面をうろうろと這い廻ってばかりいる蟹を彼は思い浮べて見るのであった。

その時廊下の向うでどっと挙がる喚声が聞えて来た。思わず肩を竦めていると、急にばたばたと駈け出す足音が響いて来た。とたんに風呂場の入口の硝子戸があくと、腐った梨のような貌がにゅっと出て来た。尾田はあっと小さく叫んで一歩後ずさり、顔からさっと血の引くのを覚えた。奇怪な貌だった。泥のように色艶が全くなく、ちょっとつつけば膿汁が飛び出すかと思われる程ぶくぶくと脹らんで、その上に眉毛が一本も生えていないため怪しくも間の抜けたのっぺら棒であった。駈け出したためか興奮した息をふうふう吐きながら、黄色く爛れた眼でじろじろと尾田を見るのであった。尾田は益々肩を窄（すぼ）めたが、初めてまざまざと見る同病者だったので、恐る怖るではあるが好奇心を動かせながら幾度も横目で眺めた。どす黒く腐敗した瓜に鬘を被せるとこんな首になろうか、顎にも眉にも毛らしいものは見当らないのに、頭髪だけは黒々と厚味をもったのが、毎日油をつけるのか、櫛目も正しく左右に分けられていた。顔面と余り不調和なので、これはひょっとすると狂人かも知れぬと、尾田が無気味なものを覚えつつ注意していると、

「何を騒いでいたの。」

と看護婦が訊いた。

「ふふふふ。」

と彼はただ気色の悪い笑い方をしていたが、不意にじろりと尾田を見ると、いきなりぴしゃりと硝子戸をしめて駈けだしてしまった。

やがてその足音が廊下の果に消えてしまうと、またこちらへ向って来るらしい足音がこつこつと聞え出した。前のに比べてひどく静かな足音であった。

「佐柄木さんよ。」

その音で解るのであろう、彼女等は貌を見合わせて頷き合う風であった。

「ちょっと忙しかったので、遅くなりました。」

佐柄木は静かに硝子戸をあけて這入って来ると、先ずそう言った。背の高い男で、片方の眼がばかに美しく光っていた。看護手のように白い上衣をつけていたが、一目で患者だと解るほど、病気は顔面を冒していて、眼も片方は濁って居り、そのためか美しい方の眼がひどく不調和な感じを尾田に与えた。

「当直なの。」

看護婦が彼の貌を見上げながら訊くと、

「ああ、そう。」

と簡単に応えて、

「お疲れになったでしょう。」

と尾田の方を眺めた。顔形で年齢の判断は困難だったが、その言葉の中には若々しいものが満ちていて、横柄だと思えるほど自信ありげな物の言振りであった。

「どうでした、お湯熱くなかったですか。」

初めて病院の着物を纏うた尾田の何処となくちぐはぐな様子を微笑して眺めていた。

「ちょうどよかったわね、尾田さん。」

看護婦がそう引き取って尾田を見た。

「ええ。」

「病室の方、用意出来ましたの？」

「ああ、すっかり出来ました。」

と佐柄木が応えると、看護婦は尾田に、

「この方佐柄木さん、あなたが這入る病室の附添さんですの。解らないことあったら、この方にお訊きなさいね。」

と言って尾田の荷物をぶら提げ、

「では佐柄木さん、よろしくお願いしますわ。」

と言い残して出て行ってしまった。

「僕尾田高雄です、よろしく——。」

と挨拶すると、

「ええ、もう前から存じて居ります。事務所の方から通知がありましたものですから。」

そして、

「まだ大変お軽いようですね、なあに癩病恐れる必要ありませんよ。ははは。ではこちらへいらして下さい。」

と廊下の方へ歩き出した。

木立を透して寮舎や病棟の電燈が見えた。もう十時近い時刻であろう。尾田はさっきから松林の中に佇立してそれらの灯を眺めていた。悲しいのか不安なのか恐しいのか、彼自身でも識別出来ぬ異常な心の状態だった。佐柄木に連れられて初めて這入った重病室の光景がぐるぐると頭の中を廻転して、鼻の潰れた男や口の歪んだ女や骸骨のように目玉のない男などが眼先にちらついてならなかった。自分もやがてはああ成り果てて行くであろう、膿汁の悪臭にすっかり鈍くなった頭でそういうことを考えた。半ばは信じられない、信じることの恐しい思いであった。——膿がしみ込んで黄色くなった繃帯やガーゼが散らばった中で黙々と重病人の世話をしている佐柄木の姿が浮んで来ると、尾田は首を振って歩き出した。五年間もこの病院で暮したと尾田に語った彼は、一体何を考えて生き続けているのであろう。

尾田を病室の寝台に就かせてからも、佐柄木は忙しく室内を行ったり来たりして立働いた。手足の不自由なものには繃帯を巻いてやり、便をとってやり、食事の世話すらもしてやるのであった。けれどその様子を静かに眺めていると、彼がそれ等を真剣にやって病人達をいたわっているのではないと察せられるふしが多かった。それかと言ってつらく当っているとは勿論思えないのであるが、何となく傲然としているように見受けられた。崩れかかった重病者の股間に首を突込んで絆創膏を貼っているような時でも、決して嫌な貌を見せない彼は、嫌な貌になるのを忘れているらしいのであった。初めて見る尾田の眼に異常な姿として映っても、佐柄木にとっては、恐らくは日常事の小さな波の上下であろう。仕事が暇になると尾田の寝台へ来て話すのであったが、彼は決して尾田を慰めようとはしなかった。病院の制度や患者の日常生活に就いて訊くと、静かな調子で説明した。一語も無駄を言うまいと気を配っているような説明の仕方だったが、そのまま文章に移していいと思われるほど適切な表現で尾田は一つ一つ納得出来た。しかし尾田の過去に就いても病気の工合に就いても、何一つとして訊ねなかった。また尾田の方から彼の過去を訊ねて見ても、彼は笑うばかりで決して語ろうとはしなかった。それでも尾田が、発病するまで学校にいたことを話してからは、急に好意を深めて来たように見えた。

「今まで話相手が少くて困って居りました。」

と言った佐柄木の貌には、明かによろこびが見え、青年同志としての親しみが自ずと芽生えたのであった。だがそれと同時に、今こうして癩者佐柄木と親しくなって行く自分を思い浮べると尾田は、いうべからざる嫌悪を覚えた。これではいけないと思いつつ本能的に嫌悪が突き上って来てならないのであった。

佐柄木を思い病室を思い浮べながら、尾田は暗い松林の中を歩き続けた。何処へ行こうという的（あて）がある訳ではなかった。眼をそむける場所すらない病室が耐えられなかったから飛び出して来たのだった。

林を抜けるとすぐ柊の垣にぶつかってしまった。殆ど無意識的に垣根に縋ると、力を入れて揺ぶって見た。金を奪われてしまった今はもう逃走することすら許されていないのだった。しかし彼は注意深く垣を乗り越え始めた。どんなことがあってもこの病院から出なければならない。この院内で死んではならないと強く思われたのだった。外に出るとほっと安心し、あたりを一層注意しながら雑木林の中へ這入って行くと、そろそろと帯を解いた。俺は自殺するのでは決してない、ただ、今死なねばならぬように決定されてしまったのだ、何者が決定したのかそれは知らぬが、兎に角そう総て定ってしまったのだと口走るように呟いて、頭上の栗の枝に帯をかけた。風呂場で貰った病院の帯は、縄のようによれよれになっていて、じっくりと首が締まりそうであった。すると、病院で貰った帯で死ぬことがひどく情なくなって来だした。しかし帯のことなどどうでもいいではないかと思いかえして、二三度試みに引張って見ると、ぼってりと青葉を着けた枝がゆさゆさと涼しい音をたてた。まだ本気に死ぬ気ではなかったが、兎に角端を結わえて先ず首を引っかけて見ると、ちょうど工合良くしっくりと頸(くび)にかかって、今度は顎を動かせて枝を揺って見た。枝がかなり太かったので顎ではなかなか揺れず、痛かった。勿論これでは低すぎるのであるが、それならどれくらいの高さが良かろうかと考えた。縊死体というものは大抵一尺くらいも頸が長くなっているものだと、もう幾度も聞かされたことがあったので、嘘かほんとか解らなかったが、もう一つ上の枝に帯を掛ければ中分はあるまいと考えた。しかし一尺も頸が長々と伸びてぶら下っている自分の死状は随分怪しげなものに違いないと思いだすと、浅ましいような気もして来た。どうせここは病院だから、そのうちに手頃な薬品でもこっそり手に入れて、それからにした方が余程よいような気がして来た。しかし、と首を掛けたまま、何時でもこういうつまらぬようなことを考え出しては、それに邪魔されて死ねなかったのだと思い、そのつまらぬことこそ、自分をここまでずるずると引きずって来た正体なのだと気づいた。それでは――と帯に頸を載せたまま考え込んだ。

その時かさかさと落葉を踏んで歩く人の足音が聞えて来た。これはいけないと頸を引込めようとしたとたんに、穿いていた下駄がひっくり返ってしまった。

「しまった。」

さすがに仰天して小さく叫んだ。ぐぐッと帯が頸部に食い込んで来た。呼吸も出来ない。頭に血が上ってガーンと鳴り出した。

死ぬ、死ぬ。

無我夢中で足を藻掻いた。と、こつり下駄が足先に触れた。

「ああびっくりした。」

ようやくゆるんだ帯から首を外してほっとしたが、腋の下や背筋には冷たい汗が出てどきんどきんと心臓が激しかった。いくら不覚のこととは言え、自殺しようとしている者が、これくらいのことにどうしてびっくりするのだ、この絶好の機会に、と口惜しがりながら、しかしもう一度首を引掛けてみる気持は起って来なかった。

再び垣を乗り越すと、彼は黙々と病棟へ向って歩き出した。――心と肉体がどうしてこうも分裂するのだろう。だが、俺は、一体何を考えていたのだろう。俺には心が二つあるのだろうか。俺の気づかないもう一つの心とは一体何ものだ。二つの心は常に相反するものなのか。ああ、俺はもう永遠に死ねないのであるまいか。何万年でも、俺は生きていなければならないのか。死というものは、俺には与えられていないのか。俺は、もうどうしたらいいんだ。

　だが病棟の間近くまで来ると、悪夢のような室内の光景が蘇って自然と足が停ってしまった。激しい嫌悪が突き上って来て、どうしても足を動かす気がしないのだった。仕方なく踵を返して歩き出したが、再び林の中へ這入って行く気にはなれなかった。それでは昼間垣の外から見た果樹園の方へでも行ってみようと二三歩足を動かせ始めたが、それもまたすぐ嫌になってしまった。やっぱり病室へ帰る方が一番良いように思われて来て、再び踵を返したのだったが、するともうむんむんと膿の臭いが鼻を圧して来て、そこへ立停るより仕方がなかった。さて何処へ行ったらいいものかと途方に暮れ、兎に角何処かへ行かねばならぬのだが、と心が苛立って来た。あたりは暗く、すぐ近くの病棟の長い廊下の硝子戸が明るく浮き出ているのが見えた。彼はぼんやり佇立したまま森としたその明るさを眺めていたが、その明るさが妙に白々しく見え出して、だんだん背すじに水を注がれるような凄味を覚え始めた。これはどうしたことだろうと思って大きく眼を瞠って見たが、ぞくぞくと鬼気は迫って来る一方だった。体が小刻みに顫え出して、全身が凍りついてしまうような寒気がしてきだした。じっとしていられなくなって急いでまた踵を返したが、はたと当惑してしまった。全体俺は何処へ行くつもりなんだ、何処へ行ったらいいんだ、林や果樹園や菜園が俺の行場でないことだけは明瞭に判ってい

る、そして必然何処かへ行かねばならぬ、それもまた明瞭に判っているのだ、それだのに、

「俺は、何処へ、行きたいんだ」

ただ、漠然とした焦慮に心が煎るるばかりであった。——行場がない何処へも行場がない。曠野に迷った旅人のように、孤独と不安が犇々と全身をつつんで来た。熱いものの塊がこみ上げて来て、ひくひくと胸が嗚咽し出したが、不思議に一滴の涙も出ないのだった。

「尾田さん。」

不意に呼ぶ佐柄木の声に尾田はどきんと一つ大きな鼓動が打って、ふらふらッと眩暈がした。危く転びそうになる体を、やっと支えたが、咽喉が枯れてしまったように声が出なかった。

「どうしたんですか。」

笑っているらしい声で佐柄木は言いながら近寄って来ると、

「どうかしたのですか。」

と訊いた。その声で尾田はようやく平気な気持をとり戻し、

「いえ、ちょっとめまいがしまして。」

しかし自分でもびっくりするほど、ひっつるように乾いた声だった。

「そうですか。」

佐柄木は言葉を切り、何か考える様子だったが、

「兎に角、もう遅いですから、病室へ帰りましょう。」

と言って歩きだした。佐柄木のしっかりした足どりに、尾田も何となく安心して従った。

駱駝の背中のように凹凸のひどい寝台で、その上に蒲団を敷いて患者達は眠るのだった。尾田が与えられた寝台の端に腰をかけると、佐柄木も黙って尾田の横に腰をおろした。病人達はみな寝静まって、時々廊下を便所へ歩む人の足音が大きかった。ずらりと並んだ寝台に眠っている病人達のさまざまな姿体を、尾田は眺める気力がなく、下を向いたまま、一時も早く蒲団の中にもぐり込んでしまいたい思いで一ぱいだった。どれもこれも頽れかかった人々ばかりで、人間というよりは呼吸のある泥人形であった。頭や腕に巻いている繃帯も、電光のためか、黒黄色く膿汁がしみ出ているように見えた。佐柄木はあたりを一わたり見廻していたが、

「尾田さん、あなたはこの病人達を見て、何か不思議な気がしませんか。」

と訊くのであった。

「不思議って？」

と尾田は佐柄木の貌を見上げたが、瞬間、あっと叫ぶところであった。佐柄木の美しい方の眼が何時の間にか抜け去っていて、骸骨のように其処がぺこんと凹んでいるのだった。あまり不意だったので言葉もなく尾田が混乱していると、

「つまりこの人達も、そして僕自身をも含めて、生きているのです。このことを、あなたは不思議に思いませんか。奇怪な気がしませんか。」

急に片目になった佐柄木の貌は、何か勝手の異った感じがし、尾田は、錯覚しているのでは

ないかと自分を疑いつつ、恐々（こわごわ）であったが注意して佐柄木を見た。と佐柄木は尾田の驚きを察したらしく、つと立上って当直寝台――部屋の中央にあって当直の附添が寝る寝台――へすたすたと歩いて行ったが、すぐ帰って来て、

「はははは。目玉を入れるのを忘れていました。驚いたですか。さっき洗ったものですから――。」

　そう言って、尾田に、掌（てのひら）に載せた義眼を示した。

「面倒ですよ。目玉の洗濯までせねばならんのでね。」

　そして佐柄木はまた笑うのであったが、尾田は溜った唾液（つば）を飲み込むばかりだった。義眼は二枚貝の片方と同じ恰好で、丸まった表面に眼の模様が這入っていた。

「この目玉はこれで三代目なんですよ。初代のやつも二代目も、大きな嚔（くさめ）をした時飛び出しましてね、運悪く石の上だったものですから割れちゃいました。」

　そんなことを言いながらそれを眼窩へあててもぐもぐとしていたが、

「どうです、生きてるようでしょう。」

　と言った時には、もうちゃんと元の位置に納まっていた。尾田は物凄い手品でも見ているような塩梅（あんばい）であっけに取られつつ、もう一度唾液を飲み込んで返事も出来なかった。

「尾田さん。」

　ちょっとの間黙っていたが、今度は何か鋭いものを含めた調子で呼びかけ、

「こうなっても、まだ生きているのですからね、自分ながら、不思議な気がしますよ。」

言い終ると急に調子をゆるめて微笑していたが、

「僕、失礼ですけれど、すっかり見ましたよ。」

と言った。

「ええ？」

瞬間解せぬという風に尾田が反問すると、

「さっきね。林の中でね。」

相変らず微笑して言うのであるが、尾田は、こいつ油断のならぬやつだと思った。

「じゃあすっかり？」

「ええ、すっかり拝見しました。やっぱり死に切れないらしいですね。ははは。」

「…………。」

「十時が過ぎてもあなたの姿が見えないので、ひょっとすると――と思いましたので出かけて見たのです。初めてこの病室へ這入った人は大抵そういう気持になりますからね。もう幾人もそういう人にぶつかって来ましたが、先ず大部分の人が失敗しますね。そのうちインテリ青年、と言いますか、そういう人は定ってやり損いますね。どういう訳かその説明は何とでもつきましょうが。――すると、林の中にあなたの姿が見えるのでしょう。勿論大変暗くてよく見えませんでしたが、やっぱりそうかと思って見ていますと、垣を越え出しましたね。さては院外でやりたいのだなと思ったのですが、やはり止める気がしませんのでじっと見ていました。もっとも他人がとめなければ死んでしまうような人は結局死んだ方が一番良いし、それに再び起ち上るものを内部に蓄えているような人は、定って失敗しますね。蓄えているものに邪魔されて死に切れないらしいのですね。僕思うんですが、意志の大いさは絶望の大いさに正比する、とね。意志のない者に絶望などあろう筈がないじゃありませんか。生きる意志こそ源泉だと常に思っているのです。しかし下駄がひっくり返ったのですか、あの時はちょっとびっくりしましたよ。あなたはどんな気がしたですか。」

尾田は真面目なのか笑いごとなのか判断がつきかねたが、その太々しい言葉を聞いているうちに、だんだん激しい忿怒が湧き出て来て、

「うまく死ねるぞ、と思って安心しました。」

と反撥して見たが、

「同時に心臓がどきどきしました。」

と正直に白状してしまった。

「ふうむ。」

と佐柄木は考え込んだ。

「尾田さん。死ねると安心する心と、心臓がどきどきするというこの矛盾の中間、ギャップの底に、何か意外なものが潜んでいるとは思いませんか。」

「まだ一度も探って見ません。」

「そうですか。」

そこで話を打切りにしようと思ったらしく佐柄木は立上ったが、また腰をおろし、

「あなたと初めてお会いした今日、こんなことを言って大変失礼ですけれど。」

と優しみを含めた声で前置きをすると、

「尾田さん、僕には、あなたの気持がよく解る気がします。昼間お話ししましたが、僕がここへ来たのは五年前です。五年前のその時の僕の気持を、いや、それ以上の苦悩を、あなたは今味っていられるのです。ほんとにあなたの気持、よく解ります。でも、尾田さん、きっと生きられますよ。きっと生きる道はありますよ。どこまで行っても人生にはきっと抜路があると思うのです。もっともっと自己に対して、自らの生命に対して謙虚になりましょう。」

意外なことを言い出したので、尾田はびっくりして佐柄木の顔を見上げた。半分潰れかかって、それがまたかたまったような佐柄木の顔は、話に力を入れるとひっつったように痙攣して、仄暗い電光を受けて一層凹凸がひどく見えた。佐柄木は暫く何ごとか深く考え耽っていたが、

「兎に角、癩病に成り切ることが何より大切だと思います。」

と言った。不敵な面魂が、その短い言葉の内部に覗かれた。

「まだ入院されたばかりのあなたに大変無慈悲な言葉かも知れません、今の言葉。でも同情するよりは、同情のある慰めよりは、あなたにとっても良いと思うのです。実際、同情程愛情から遠いものはありませんからね。それに、こんな潰れかけた同病者の僕が一体どう慰めたらいいのです。慰めのすぐそこから嘘がばれて行くに定っているじゃありませんか。」

「よく解りました、あなたのおっしゃること。」

続けて尾田は言おうとしたが、その時、

「どうぢょくざん。」

と嗄れた声が向う端の寝台から聞えて来たので口をつぐんだ。佐柄木はさっと立上ると、その男の方へ歩んだ。「当直さん」と佐柄木を呼んだのだと初めて尾田は解した。

「何だい用は。」

とぶっきら棒に佐柄木が言った。

「じょうべんがじたい。」

「小便だな、よしよし。便所へ行くか、シービンにするか、どっちがいいんだ。」

「べんじょさいぐ。」

佐柄木は馴れ切った調子で男を背負い、廊下へ出て行った。背後から見ると、負われた男は二本とも足が無く、膝小僧のあたりに繃帯らしい白いものが覗いていた。

「なんというもの凄い世界だろう。この中で佐柄木は生きると言うのだ。だが、自分はどう生きる態度を定めたらいいのだろう。」

発病以来、初めて尾田の心に来た疑問だった。尾田は、しみじみと自分の掌を見、足を見、そして胸に掌をあててまさぐって見るのだった。何もかも奪われてしまって、唯一つ、生命だけが取り残されたのだった。今更のようにあたりを眺めて見た。膿汁に煙った空間があり、ずらりと並んだベッドがある。死にかかった重症者がその上に横わって、他は繃帯でありガーゼであり、義足であり松葉杖であった。山積するそれ等の中に今自分は腰かけている。――じっとそれ等を眺めているうちに、尾田は、ぬるぬると全身にまつわりついて来る生命を感じるのであった。逃れようとしても逃れられない、それは、鳥黐（とりもち）のようなねばり強さであった。

便所から帰って来た佐柄木は、男を以前のように寝かせてやり、

「他に何か用はないか。」

と訊きながら、蒲団をかけてやった。もう用はないと男が答えると、佐柄木は又尾田の寝台に来て、

「ね、尾田さん。新しい出発をしましょう。それには、先ず癩に成り切ることが必要だと思います。」

と言うのであった。便所へ連れて行ってやった男のことなど、もうすっかり忘れているらしく、それが強く尾田の心を打った。佐柄木の心には癩も病院も患者もないのであろう。この崩れかかった男の内部は、我々と全然異った組織で出来上っているのであろうか。尾田には少しずつ佐柄木の姿が大きく見え始めるのだった。

「死に切れない、という事実の前に、僕もだんだん屈伏して行きそうです。」

と尾田が言うと、

「そうでしょう。」

と佐柄木は尾田の顔を注意深く眺め、

「でもあなたは、まだ癩に屈伏していられないでしょう。まだ大変お軽いのですし、実際に言って、癩に屈状するのは容易じゃありませんからねえ。けれど一度は屈伏して、しっかりと癩

者の眼を持たねばならないと思います。そうでなかったら、新しい勝負は始まりませんからね。」

「真剣勝負ですね。」

「そうですとも、果合いのようなものですよ。」

月夜のように蒼白く透明である。けれど何処にも月は出ていない。夜なのか昼なのかそれすら解らぬ。ただ蒼白く透明な原野である。その中を尾田は逃げた。逃げた。胸が弾んで呼吸が困難である。だがへたばっては殺される。必死で逃げねばならぬのだ。追手はぐんぐん迫って来る。迫って来る。心臓の響きが頭にまで伝わって来る。足がもつれる。幾度も転びそうになるのだ。追手の鯨波(とき)はもう間近まで寄せて来た。早く何処かへ隠れてしまおう。前を見てあっと棒立に竦んでしまう。柊の垣があるのだ。進退全く谷(きわ)まった。喚声はもう耳許で聞える。ふと見ると小さな小川が足許にある、水のない掘割だ。夢中で飛び込むと足がずるずると吸い込まれる。しまったと足を抜こうとすると又ずるりと吸い入れられる。はや腰までは沼の中だ。藻掻く、引掻く。だが沼は腰から腹、腹から胸へと上って来る一方だ。底のない泥沼だ、身動きも出来なくなる。疲れたように足が利かない。眼を白くろさせて喘ぐばかりだ。うわああと喚声が頭上でする。あの野郎死んでるくせに逃げ出しやがった、畜生もう逃がさんぞ、逃がすものか、火炙りだ、捕まえろ、捕まえろ。入り乱れて聞えて来るのだ。どすどすと凄い足音が地鳴りのように響いて来る。ぞうんと身の毛がよだって脊髄までが凍ってしまうようである。

——殺される、殺される。熱い塊が胸の中でごろごろ転がるが一滴の涙も枯れ果ててしまっている。ふと気づくと蜜柑の木の下に立っている。見覚えのある蜜柑の木だ。蕭条（しょうじょう）と雨の降る夕暮である。何時の間にか菅笠を被っている。白い着物を着て脚絆をつけて草鞋を履いているのだ。追手は遠くで鯨波（とき）をあげている。また近寄って来るらしいのだ。蜜柑の根本に蹲んで息を殺す、とたんに頭上でげらげらと笑う声がする。はっと見上げると佐柄木がいる。恐しく巨きな佐柄木だ。いつもの二倍もあるようだ。樹上から見おろしている。癩病が治ってばかに美しい貌なのだ。二本の眉毛も逞しく濃い。尾田は思わず自分の眉毛に触ってはっとする。残っている筈の片方も今は無いのだ。驚いて幾度も撫でて見るが、やっぱり無い。つるつるになっているのだ。どっと悲しみが突き出て来てぼろぼろと涙が出る。佐柄木はにたりにたりと笑っている。

「お前はまだ癩病だな。」

樹上から彼は言うのだ。

「佐柄木さんは、もう癩病がお癒りになられたのですか。」

恐る怖る訊いて見る。

「癒ったさ、癩病なんか何時でも癒るね。」

「それでは私も癒りましょうか。」

「癒らんね。君は。癒らんね。お気の毒じゃよ。」

「どうしたら癒るのでしょうか。佐柄木さん。お願いですから、どうか教えて下さい。」

太い眉毛をくねくねと歪めて佐柄木は笑う。

「ね、お願いです。どうか、教えて下さい。ほんとにこの通りです。」

両掌を合せ、腰を折り、お祈りのような文句を口の中で呟く。

「ふん、教えるもんか、教えるもんか。貴様はもう死んでしまったんだからな。死んでしまったんだからな。」

そして佐柄木はにたりと笑い、突如、耳の裂けるような声で大喝した。

「まだ生きてやがるな、まだ、貴、貴様は生きてやがるな。」

そしてぎろりと眼をむいた。恐しい眼だ。義眼よりも恐しいと尾田は思う。逃げようと身構えるがもう遅い。さっと佐柄木が樹上から飛びついて来た。巨人佐柄木に易々と小腋に抱えられてしまったのだ。手を振り足を振るが巨人は知らん顔をしている。

「さあ火炙りだ。」

と歩き出す。すぐ眼前に物凄い火柱が立っているのだ。炎々たる焔の渦、ごおうっと音をたてている。あの火の中へ投げ込まれる。身も世もあらぬ思いでもがく。が及ばない。どうしよう、どうしよう。灼熱した風が吹いて来て貌を撫でる。全身にだらだらと冷汗が流れ出る。佐柄木はゆったりと火柱に進んで行く。投げられまいと佐柄木の胴体にしがみつく。佐柄木は身構えて調子をとり、ゆさりゆさりと揺ぶる。体がゆらいで火炎に近づくたびに焼けた空気が貌を撫でるのだ。尾田は必死で叫ぶのだった。

「ころされるう。こ　ろ　さ　れ　る　うー。他人（ひと）にころされるうー。」

血の出るような声を搾り出すと、夢の中の尾田の声が、ベッドの上の尾田の耳へはっきり聞えた。奇妙な瞬間だった。

「ああ夢だった。」

全身に冷たい汗をぐっしょりかいて、胸の鼓動が激しかった。他人(ひと)にころされるうーと叫んだ声がまだ耳殻にこびりついている。心は脅え切っていて、蒲団の中に深く首を押し込んで眼を閉じたままでいると、火柱が眼先にちらついた。再び悪夢の中へ引きずり込まれて行くような気がし出して眼を開いた。もう幾時頃であろう、病室内は依然として悪臭に満ち、空気はどろんと濁ったまま穴倉のように無気味な静けさであった。胸から股のあたりへかけて、汗がぬるぬるしてい、気色の悪いこと一通りではなかったが、起き上ることが出来なかった。暫く、彼は体をちぢめて蝦のようにじっとしていた。小便を催しているが、朝まで辛抱しようと思った。と何処からか歔欷(すすりな)きが聞えて来るので、おやと耳を澄ませると、時に高まり、時に低まりして、袋の中からでも聞えて来るような声で断続した。呻くような切なさで、締め殺されるような声であった。高まった時はすぐ枕許で聞えるようだったが、低まった時は隣室からでも聞えるように遠のいた。尾田はそろそろ首をもち上げて見た。ちょっとの間は何処で泣いているのか判らなかったが、それは、彼の真向いのベッドだった。頭からすっぽり蒲団を被って、それが微かに揺れていた。泣声を他人に聞かれまいとして、なお激しくしゃくり上げて来るらしかった。

「あっ、ちちちいー。」

泣声ばかりではなく、何か激烈な痛みを訴える声が混っているのに尾田は気づいた。さっきの夢にまだ心は慄き続けていたが、泣声があまりひどいので怪しみながら寝台の上に坐った。どうしたのか訊いてみようと思って立ちあがったが、当直の佐柄木もいるはずだと思いついたので、再び坐った。首をのばして当直寝台を見ると、佐柄木は腹ばって何か懸命に書き物をしているのだった。泣声に気づかないのであろうか、尾田は一度声を掛けてみようかと思ったが、当直者が泣声に気づかぬということはあるまいと思われると共に、熱心に書いている邪魔をしては悪いとも思ったので、彼は黙って寝衣を更えた。寝衣は勿論病院から呉れたもので、経帷子とそっくりのものだった。

二列の寝台には見るに堪えない重症患者が、文字通り気息奄々と眠っていた。誰も彼も大きく口を開いて眠っているのは、鼻を冒されて呼吸が困難なためであろう。尾田は心中に寒気を覚えながら、それでもここへ来て初めて彼等の姿を静かに眺めることが出来た。赤黒くなった坊主頭が弱い電光に鈍く光っていると、次にはてっぺんに大きな絆創膏を貼りつけているのだった。絆創膏の下には大きな穴でもあいているのだろう。そんな頭がずらりと並んでいる恰好は奇妙に滑稽な物凄さだった。尾田のすぐ左隣りの男は、摺子木のように先の丸まった手をだらりと寝台から垂してい、その向いは若い女で、仰向いている貌は無数の結節で荒れ果てていた。頭髪も殆ど抜け散って、後頭部にちょっとと、左右の側に毛虫でも這っている恰好でちょびちょびと生えているだけで、男なのか女なのか、なかなかに判断が困難だった。暑いのか彼女は足を蒲団の上にあげ、病的にむっちりと白い腕も袖がまくれて露わに蒲団の上に投げていた。惨たらしくも情慾的な姿だった。

　その中尾田の注意を惹いたのは、泣いている男の隣りで、眉毛と頭髪はついているが、顎はぐいとひん曲って仰向いているのに口だけは横向きで、閉じることも出来ぬのであろう、だらしなく涎が白い糸になって垂れているのだった。年は四十を越えているらしい。寝台の下には義足が二本転がっていた。義足と言ってもトタン板の筒っぽで、先が細まり端に小さな足型がくっついているだけで、玩具のようなものだった。がその次の男に眼を移した時には、さすがに貌を外向けねばいられなかった。頭から貌、手足、その他全身が繃帯でぐるぐる巻きにされ、むし暑いのか蒲団はすっかり踏み落されて、辛うじて端がベッドにしがみついていた。尾田は息をつめて恐る怖る眼を移すのだったが、全身がぞっと冷たくなって来た。これでも人間と信じていいのか、陰部まで電光の下にさらして、そこにまで無数の結節が、黒い虫のように点々と出来ているのだった。勿論一本の陰毛すらも散り果てているのだ。あそこまで癩菌は容赦なく食い荒して行くのかと、尾田は身顫いした。こうなってまで、死に切れないのかと、尾田は吐息を初めて抜き、生命の醜悪な根強さが呪わしく思われた。

　生きることの恐しさを切々と覚えながら、寝台をおりると便所へ出かけた。どうして自分はさっき首を縊らなかったのか、どうして江ノ島で海へ飛び込んでしまわなかったのか――。便所へ這入り、強烈な消毒薬を嗅ぐと、ふらふらと目眩がした。危く扉にしがみついた、間髪だった。

「たかお！　高雄。」

と呼ぶ声がはっきり聞えた。はっとあたりを見廻したが勿論誰もいない。幼い時から聞き覚えのある、誰かの声に相違なかったが、誰の声か解らなかった。何かの錯覚に違いないと尾田は気を静めたが、再びその声が飛びついて来そうでならなかった。小便までが凍ってしまうようで、なかなか出ず、焦りながら用を足すと急いで廊下へ出た。と隣室から来る盲人にばったり出合い、繃帯を巻いた掌ですうっと貌を撫でられた。あっと叫ぶところを辛うじて呑み込んだが、生きた心地はなかった。

「こんばんは。」

親しそうな声で盲人はそう言うと、また空間を探りながら便所の中へ消えて行った。

「今晩は。」

と尾田も仕方なく挨拶したのだったが、声が顫えてならなかった。

「これこそまさしく化物屋敷だ。」

と胸を沈めながら思った。

佐柄木は、まだ書きものに余念もない風であった。こんな真夜中に何を書いているのであろうと尾田は好奇心を興したが、声をかけるのもためらわれて、そのまま寝台に上った。すると、

「尾田さん。」

と佐柄木が呼ぶのであった。

「はあ。」

と尾田は返して、再びベッドを下りると佐柄木の方へ歩いて行った。

「眠られませんか。」

「ええ、変な夢を見まして。」

佐柄木の前には部厚なノートが一冊置いてあり、それに今まで書いていたのであろう、かなり大きな文字であったが、ぎっしり書き込まれてあった。

「御勉強ですか。」

「いえ、つまらないものなんですよ。」

歔欷（すすりな）きは相変らず、高まったり低まったりしながら、止むこともなく聞えていた。

「あの方どうなさったのですか。」

「神経痛なんです。そりゃあひどいですよ。大の男が一晩中泣き明かすのですからね。」

「手当はしないのですか。」

「そうですねえ。手当と言っても、まあ麻酔剤でも注射して一時をしのぐだけですよ。菌が神経に食い込んで炎症を起すので、どうしようもないらしいんです。何しろ癩が今のところ不治ですからね。」

そして、

「初めの間は薬も利きますが、ひどくなって来れば利きませんね。ナルコポンなんかやりますが、利いても二三時間、そしてすぐ利かなくなりますので。」

「黙って痛むのを見ているのですか。」

「まあそうです。ほったらかして置けばそのうちにとまるだろう、それ以外にないのですよ。もっともモヒをやればもっと利きますが、この病院では許されていないのです。」

尾田は黙って泣声の方へ眼をやった。泣声というよりは、もう唸声にそれは近かった。

「当直をしていても、手のつけようがないのには、ほんとに困りますよ。」

と佐柄木は言った。

「失礼します。」

と尾田は言って佐柄木の横へ腰をかけた。

「ね尾田さん。どんなに痛んでも死なない、どんなに外面が崩れても死なない。癩の特徴ですね。」

佐柄木はバットを取り出して尾田に奨めながら、

「あなたが見られた癩者の生活は、まだまだほんの表面なんですよ。この病院の内部には、一般社会の人の到底想像すらも及ばない異常な人間の姿が、生活が、描かれ築かれているのですよ。」

と言葉を切ると、佐柄木もバットを一本抜き火をつけるのだった。潰れた鼻の孔から、佐柄木はもくもくと煙を出しながら、

「あれをあなたはどう思いますか。」

指さす方を眺めると同時に、はっと胸を打って来る何ものかを尾田は強く感じた。彼の気づ

かぬうちに右端に寝ていた男が起き上って、じいっと端坐しているのだった。勿論全身に繃帯を巻いているのだったが、どんよりと曇った室内に浮き出た姿は、何故とはなく心打つ厳粛さがあった。男は暫く身動きもしなかったが、やがて静かにだがひどく嗄れた声で、南無阿弥陀仏、南無阿弥陀仏と唱えるのであった。

「あの人の咽喉をごらんなさい。」

見ると、二三歳の小児のような涎掛が頸部にぶら下って、男は片手をあげてそれを押えているのだった。

「あの人の咽喉には穴があいているのですよ。その穴から呼吸をしているのです。喉頭癩と言いますか、あそこへ穴をあけて、それでもう五年も生き延びているのです。」

尾田はじっと眺めるのみだった。男は暫く題目を唱えていたが、やがてそれをやめると、二つ三つその穴で吐息をするらしかったが、ぐったりと全身の力を抜いて、

「ああ、ああ、なんとかして死ねんものかなあー。」

すっかり嗄れた声で此の世の人とは思われず、それだけにまた真に迫る力が籠っていた。男は二十分ほども静かに坐っていたが、又以前のように横になった。

「尾田さん、あなたは、あの人達を人間だと思いますか。」

佐柄木は静かに、だがひどく重大なものを含めた声で言った。尾田は佐柄木の意が解しかねて、黙って考えた。

「ね尾田さん。あの人達は、もう人間じゃあないんですよ。」

尾田は益々佐柄木の心が解らず彼の貌を眺めると、

「人間じゃありません。尾田さん、決して人間じゃありません。」

佐柄木の思想の中核に近づいたためか、幾分の興奮すらも浮べて言うのだった。

「人間ではありませんよ。生命です。生命そのもの、いのちそのものなんです。僕の言うこと、解ってくれますか、尾田さん。あの人達の『人間』はもう死んで亡びてしまったんです。ただ、生命だけが、ぴくぴくと生きているのです。なんという根強さでしょう。誰でも癩になった刹那に、その人の人間は亡びるのです。死ぬのです。社会的人間として亡びるだけではありません。そんな浅はかな亡び方では決してないのです。廃兵ではなく、廃人なんです。けれど、尾田さん、僕等は不死鳥です。新しい思想、新しい眼を持つ時、全然癩者の生活を獲得する時、再び人間として生き復るのです。復活、そう復活です。ぴくぴくと生きている生命が肉体を獲得するのです。新しい人間生活はそれから始まるのです。尾田さん、あなたは今死んでいるのです。死んでいますとも、あなたは人間じゃあないんです。あなたの苦悩や絶望、それが何処から来るか、考えて見て下さい。一たび死んだ過去の人間を捜し求めているからではないでしょうか。」

だんだん激して来る佐柄木の言葉を、尾田は熱心に聴くのだったが、潰れかかった彼の貌が大きく眼に映って来ると、この男は狂っているのではないかと、言葉の強さに圧されながらも怪しむのだった。尾田に向って説きつめているようでありながら、その実佐柄木自身が自分の心内に突き出して来る何ものかと激しく戦って血みどろとなっているように尾田には見え、そ

れが我を忘れて聞こうとする尾田の心を乱しているように思われるのだった。と果して佐柄木は急に弱々しく、

「僕に、もう少し文学的才能があったら、と歯ぎしりするのですよ。」

その声には、今まで見て来た佐柄木とも思われない、意外な苦悩の影がつきまとっていた。

「ね尾田さん、僕に天才があったら、この新しい人間を、今までかつて無かった人間像を築き上げるのですが――及びません。」

そう言って枕許のノートを尾田に示すのであった。

「小説をお書きなんですか。」

「書けないのです。」

ノートをばたんと閉じてまた言った。

「せめて自由な時間と、満足な眼があったらと思うのです。何時盲目になるか判らない、この苦しさはあなたにはお解りにならないでしょう。御承知のように片方は義眼ですし、片方は近いうちに見えなくなるでしょう、それは自分でも判り切ったことなんです。」

さっきまで緊張していたのが急にゆるんだためか、佐柄木の言葉は顚倒し切って、感傷的にすらなっているのだった。尾田は言うべき言葉もすぐには見つからず、佐柄木の眼を見上げて、初めてその眼が赤黒く充血しているのを知った。

「これでも、ここ二三日は良い方なんです。悪い時には殆ど見えないくらいです。考えても見て下さい。絶え間なく眼の先に黒い粉が飛び廻る苛立たしさをね。あなたは水の中で眼を開い

たことがありますか。悪い時の私の眼はその水中で眼をあけた時と殆ど同じなんです。何もかもぼうっと爛れて見えるのですよ。良い時でも砂煙の中に坐っているようなものです。物を書いていていても読書していても、一度この砂煙が気になり出したら最後、ほんとに気が狂ってしまうようです」

　ついさっき佐柄木が、尾田に向って慰めようがないと言ったが、今は尾田にも慰めようがなかった。

「こんな暗いところでは——。」

　それでもようやくそう言いかけると、

「勿論良くありません。それは僕にも判っているのですが、でも当直の夜にでも書かなければ、書く時がないのです。共同生活ですからねえ。」

「でも、そんなにお焦りにならないで、治療をされてから——。」

「焦らないではいられませんよ。良くならないのが判り切っているのですから。毎日毎日波のように上下しながら、それでも潮が満ちて来るように悪くなって行くんです。ほんとに不可抗力なんですよ。」

　尾田は黙った。歔欷(すすりな)きがまた聞えて来た。

「ああ、もう夜が明けかけましたね。」

　外を見ながら佐柄木が言った。黝(くろ)ずんだ林の彼方が、白く明るんでいた。

「ここ二三日調子が良くて、あの白さが見えますよ。珍しいことなんです。」

「一緒に散歩でもしましょうか。」

尾田が話題を変えて持ち出すと、

「そうしましょう。」

とすぐ佐柄木は立上った。

冷たい外気に触れると、二人は生き復ったように自ずと気持が若やいで来た。並んで歩きながら尾田は、時々背後を振り返って病棟を眺めずにはいられなかった。生涯忘れることの出来ない記憶となるであろう一夜を振り返る思いであった。

「盲目になるのは判り切っていても、尾田さん、やはり僕は書きますよ。盲目になればなったで、またきっと生きる道はある筈です。あなたも新しい生活を始めて下さい。癩者に成り切って、更に進む道を発見して下さい。僕は書けなくなるまで努力します。」

その言葉には、初めて会った時の不敵な佐柄木が復っていた。

「苦悩、それは死ぬまでつきまとって来るでしょう。でも誰かが言ったではありませんか、苦しむためには才能が要るって。苦しみ得ないものもあるのです。」

そして佐柄木は一つ大きく呼吸すると、足どりまでも一歩一歩大地を踏みしめて行く、ゆるぎのない若々しさに満ちていた。

あたりの暗がりが徐々に大地にしみ込んで行くと、やがて燦然たる太陽が林の彼方に現われ、縞目を作って梢を流れて行く光線が、強靭な樹幹へもさし込み始めた。佐柄木の世界へ到達し得るかどうか、尾田にはまだ不安が色濃く残っていたが、やはり生きて見ることだ、と強く思いながら、光りの縞目を眺め続けた。

間木老人

この病院に入院してから三ヶ月程過ぎたある日、宇津は、この病院が実験用に飼育している動物達の番人になってはくれまいかと頼まれた。病院とはいえ、千五百名に近い患者を収容し、彼等同志の結婚すら許されているここは、完全に一つの特殊部落で、院内には土方もいるし、女工もいるし、若芽のような子供達も飛び廻っていて、その子供達のためには、学校さえも設けられてあった。患者達も朽ち果てて行く自分の体を、毎日ぼんやり見て暮す苦しさから逃れたいためでもあろうが、作業には熱心で、軽症者は激しい労働をも続けていた。彼等の日常の小使銭は、いうまでもなくこの作業から生れてくるもので、夜が明けると彼らはそれぞれの部署へ出かけて行くのだった。こうした中にあって、宇津はまだどの職業にも属していなかったので、番人になってくれという頼みを承知したのだった。勿論これも作業の一つで、一日十五銭が支給された。宇津は元来内向的な男で、それに入院間もないため、自分の病気にまだ十分に馴れ切ることが出来ず、何時でも深い苦悶の表情を浮べて、思い悩んでいることが多かった。その上凡て(すべ)が共同生活で、十二畳半という広い部屋に、六名ずつが思い思いの生活をする雑然さには、実際閉口していたのだった。そういう彼にとって、動物の番人はこの上ない適役であり、一つの部屋が与えられるということが、彼にとって大変好都合だったのである。

動物小屋は、L字形に建てられた三号と四号の、二つの病棟の裏側で、終日じめじめと空気の湿った、薄暗い所であった。どうかすると、洞穴の中へ這入ったような感じがし、地面には蒼く苔が食んでいた。もともとこの病院が、武蔵野特有の雑木林の中に、新しく墾かれて建てられたものであるため、人里離れた広漠たる面影が、まだ取り残されていた。患者の逃走を防ぐために、院全体が柊の高い垣根で囲まれていて、一歩外へ出ると、もうそこは武蔵野の平坦な山である。小屋の周囲にも、松、栗、檜、それから種々な雑木が、苔を割って生えていた。その中、小屋のすぐ背後にある夫婦松といわれる二本は、ずぬけて太く、三抱もあるだろうか、それが天に冲する勢で傘状に枝を張って、小屋を抱きかかえるように屋根を覆っていた。屋根には落葉が積って、重そうに厚く脹れて、家の中へは、太陽の光線も時たま糸を引くようにさすくらいのものであった。宇津の部屋も、この動物小屋の内部にあって、動物の糞尿から発する悪臭が、絶えず澱んでいた。殆ど動物達と枕を並べて眠るようなもので、初めの間彼も大変閉口したが、重病室の患者が出す強烈な膿の臭いよりは耐え易く思った。

動物は、猿、山羊、モルモット、白ねずみ、兎——特殊なものとしては、鼠癩に患った白ねずみが、三匹、特別の箱に這入っていた。これ等に食物を与えたり、月に二三度も下の掃除をしてやるのが、彼の仕事だった。従って暇も多かったが、別段友人があるという訳でもないので、大ていは読書で一日を暮すか、病気のために腫れぼったくむくんだ貌に深い苦悩を沈めて、飯粒を一つ一つ摑んで食う白ねずみの小さな体を眺めているのだった。日が暮れ初めてあたりの林が黝ずんで来だすと、彼は散歩に出かけて、林の中を、長い間歩き廻った。そういう時、動物達のことはすっかり忘れていた。彼は熱心に動物を観察して、そこにいろいろのことを発見したが、それに対して親しみやよろこびを感ずるということは一度もなかった。

小屋を裏手に廻って、ちょっと行くと、そこに監房がある。赤い煉瓦造りの建物で、小さな箱のようであった。陶器でも焼く竈のようで、初めて見た時は、何であろうかとひどく怪しんだものであった。

「どんな世界へ行っても、人間と獄とは、切り離されないのか。」

彼はそれが監房だと判った時、そう呟いた。この小さな異常な社会の監房ではなく、一般社会の律法下の監獄に服役中の友人を思い出したからだった。

院内は平和で、取るに足るような罪もなかった。随って監房も休業が多く、時たま、宇津が散歩の折に房内からひいひい女の泣声が聞えても、それは大てい、逃走し損った者か、他人の亭主を失敬した姦婦の片割れくらいのものらしかった。宇津も、間木という不思議な老人に出会すまでは、感情に波をうたせるような変ったこともなかった。L字型をした二つの病棟の有様も、彼にはもう慣れていた。夜など、病棟から流れ出る光りが、小屋の内部まであかくさし込んで、畳の上に木の葉が映ったりすると、美しいと思って長い間見続けたりした。病棟の内には重病者が一杯うようよと集まっていて、そこは完全な天刑病の世界である。光りを伝って眺めると、硝子窓を通して彼等の上半身が見えた。頭をぐるぐる白い繃帯で巻いたのや、すっかり頭髪の抜けたくりくり坊主の盲人が、あやしく空間を探りながら歩くのが、手に取るように見えるが、入院当時のような恐怖は感じなかった。入院当時の数日は、絶海の孤島にある土人の部落か、もっと醜悪な化物屋敷へ投げ込まれたような感じだった。そして、これが人間の世界であるということはどうしても信ずることが出来なかった。右を向いても左を見ても、毀れかかった泥人形に等しい人々ばかりで、自分だけが深い孤独に落ち込んで行くようで、足掻きながら懸命に正常な人間を探したものだった。ぶらぶら院内を歩いている時など、向うから誰かやって来ると、激しい興奮を覚えながら、熱心にその者を眺めた。そしてだんだん近づくにつれて、足に巻いた繃帯が見え出したり、腐った梨のようにぶくぶくと脹らんだ顔面がじろりと彼を睨んでいることに気づいたりすると、一度にぐったりと力が抜け、げっそりしてしまうのであった。その反対に、ひょっこり看護婦の白い影でも、木立の間にちらりと見えると、ほっと安心し、もうその方へ向って二三歩足を踏み出している自分に気づいたりするのだった。宇津は、自分が癩病に患っていることを肯定しながら、自らを患者一般として取り扱うことの出来ぬ心の矛盾に、長い間苦しめられた。

　彼が間木老人と会ったのは、動物小屋に来てから十日ばかりすぎた或る夜中だった。その日動物達に夕食を与えてしまうと、すぐ床の中へ這入って眠ったが、悪い夢に脅かされて眼が覚めてしまった。そしていくら眠ろうとしても、眼は益々冴え返って来るので、仕方なく起き上ると、小屋を出て、果樹園の方へぶらぶら歩いて行った。運良く月が出ていたので足許も明るく、眼を遠くに注ぐと、茫漠とした武蔵野の煙ったような美しさも望まれた。桃の林は黝ずんで、額を地に押しつけるようにして蹲って見え、月は、その下で丸く大きく風船玉のように、空中に浮んで、そこから流れて来る弱い光りが、宇津の影を作っていた。宇津が歩くと、影も追って地を這った。自分の影に気がつくと宇津は、それが余りぴったり地に密着しているので、だんだん自分の体が浮き上って行くように思われて来てならなかった。すると奇怪な不安を激しく感じて、もう一歩も歩くことが出来なくなってしまった。また来たな、と呟くと一つ大きく呼吸した。こうした不安は幾度も経験しているので、さほどに驚かなかった。がこれが、何時何処で不意に表われて来るか皆目見当がつかず、その上一旦突き上って来ると、どうにも動きが取れなくなってしまうので、それにはひどく弱った。これは病気に対する恐怖が、死に感応して起るものであろうと、彼は自分で解釈していた。不安は執拗な魔物のようで、その都度自分がだんだん気狂いになって行くような、また新しい不安をも同時に感ずるのだった。こういう時彼は、ぐうっと胸一杯に空気を吸い込んで、もう息が切れる、という間髪に鋭くハッハッと叫んで一度に息を抜くことにしていた。そこで大きく息を入れ、胸が張り切ると、ハッと鋭く抜こうとした途端に、

「枯野さん。」

という呼声が、突然すぐ間近でしたので、吃驚して呼吸が声の出ないうちに抜けてしまった。

「枯野さんではありませんか。」

二三間しか離れていない近くで、今度はそう言った。宇津は初めて、こんな自分の近くに人

が居り、しかも自分に呼びかけていることを識って驚いた。

「いいえ。」

と彼は取敢えず返事をした。その男は月影をすかして探るように宇津に近寄って来ると、

「これはどうも失礼しました。」

と静かに言うと、

「どなたですか。」

と訊いた。何処か沈んだような調子の声で、何気ない気品といったものが感ぜられた。宇津はすぐ老人だなと感じた。月の蒼い光りの底を、闇が黝々と流れて、どんな男かはっきり見極めることは出来なかったが、宇津はすぐそう感じた。しかし宇津は、こんな深く品を沈めた、余情を有った言葉を、まだ一度も聞いたことがなかったので、激しく心を打たれながら、何者であろうかと怪しんだ。

「僕、宇津という者です。」

ちょっとの間を置いて、そう答えると、

「宇津？」

と鸚鵡がえしに言うと、また、

「そうですか。宇津？　宇津？」

ひどく何かを考える様子で、そう繰り返した。これはおかしい奴だと、宇津は思いながら、

「御存じなんですか。」

と訊いて見た。

「いえ、いえ。」

と狼狽しながら強く否定して、

「わたしは間木という者ですが——。」

「はあ。」

と応えながら宇津は、老人の過去に、宇津という固有名詞に関する何かあって、それから来る連想が心に浮んでいるのであろうと察した。

「何時、入院されたのですか。」

「まだ入院後三ヶ月ばかりです。どうぞよろしく。」

「ほう、そうですか。」

そう言いながら老人がぽつぽつ歩き出したので宇津も追って歩いて行った。宇津は注意深く老人を観察しながら、どうしてこんな夜中に歩きまわっているのか、それが不思議でならなかった。

老人は病気の程度を訊いたり、懸命に治療に心掛ければ退院することも出来るであろうから心配しないがいいと元気づけたりした。

「全治する人もあるのですか。」

と訊ねて見ると、老人は暫く何ごとかを考える風だったが、

「さあ、そう訊ねられると、ちょっと答えに困るのですが……この病院の者は、落ちつく、と

いう言葉を使っていますが、つまり病菌を全滅させることは出来ませんが、活動不能の状態に陥れることは出来るのです。」

と言って、癩菌は肺結核菌に類する桿状菌で、大楓子油(だいふうしゆ)の注射によってそれが切れ切れになって亡びて行くものだということを、この病院の医者に聞いたし、顕微鏡下にもそのことが表われていると説明して、無論あなたなど軽症だから今の間にしっかり治療に心掛けることが何よりで、養生法としては凡てのものに節制をすること、これだけだと強く言って、これさえ守れば癩病恐るに足らぬと教えた。

入院以来宇津はもう幾度もこれと同じような言葉で慰められたり、力づけられたりして来たので、この言葉にもさほどの喜びを感じないのみか、老人の口から出る語気の鋭さに、一体この老人の過去は如何なるものであったのだろうかと、それが気になって彼は、全神経を澄み亙らせて対象を摑もうとしていた。老人は所謂新患者に対して心使いをする楽しさを感じてか、それからも宇津に、病院の制度のことや患者一般の気質などを話して、最後に、今何か作業をやっているかと訊いた。

「動物小屋の番人をやっています。」

と答えると、

「そうですか、あそこは空気の悪い所ですから胸に気をつけなさい。この上に肺病まで背負い込んではたまりませんよ。この病院に癩肺二つに苦しんでいる者がかなり居りますが、そりゃ悲惨なものです。先日もあんたの小屋の裏にある監房へ入れられて——女と一緒にここを逃走しようとして捕まった男なのですが、房内が真赤に染まる程ひどい喀血をして死にました。」
宇津は老人の言葉を聞きながら、竃のような監房を心に描いて、この病院には、人間の為し得ないような恐しいことが、まだまだ埋っているに違いないと思って、深い不安と恐怖を感じたのだった。

今まで宇津以外に誰もいない動物小屋の、薄暗い部屋へ、時々間木老人が訪ねて来るようになった。宇津が豆腐殼に残飯を混ぜて、動物達の食餌を造っていると、老人はこつこつとやって来て、宇津の仕事振りを眺めたり、時には手伝ってくれたりした。今まで見たことのない老人の姿に、猿が鉄の網に縋ってキャッキャッと鋭く叫んで、初めの間騒いで困ったが、だんだん馴れて来ると、老人は、甘い干菓子を懐に忍ばせて来て、猿に握らせてやった。が老人が一番可愛がるのは、小さな白鼠で、赤い珊瑚のような前足で一つびとつ飯粒を摑んで食う有様を見ると、素晴しい発見のように喜んだ。鼠癩に罹ったのを見る時は、大てい貌をしかめて、余りその方へは行かなかった。

宇津は注意深く老人を眺めながら、何の気もなく行う一つびとつの動作の中にも、言葉の端々にも、過去の生活が決して卑俗なものでなかったに違いないと思われる、品位といったものを発見した。貌の形は勿論病のために変っていようが、しかしそこにも犯し難いものが感ぜられた。老人の話では、入院してからもう十年にもなり、入院当時は貌じゅう結節が出ていて、その上醜くふくらんでいたが、今ではすっかり結節も無くなって、以前の健康な頃のように、すっきりとふくらみも去ったということであった。無論湿性であるから眉毛は全部抜けていたが、かなり慣れている宇津には、決して奇怪な感じを抱かせはしなかった。

仕事が終ると、二人は、暗い部屋で向い合って、ゆっくりお茶を飲んだ。

「わたしは生れつきお茶が大の好物でねえ、実際疲れた時に味う一杯は捨てられませんよ。」と、あるかなしの微笑を浮べながら老人はそう言って、本式のお茶の点て方を宇津に教えたりした。

交わるにつれて宇津はこの老人にだんだん深い興味を覚えると同時に、次第に深く尊敬するようになった。そして夕暮近く、静かな足どりで帰って行く老人の後姿を眺めながら、一体何者であろうかと考えるのだった。彼はまだ老人が何処の病舎にいるのか識らなかったので、ある日それを訊ねて見た。するとその答えが余り意外であったので驚いてしまった。

「わたしは、十号に居ります。」

老人はそう細い声で言って、暗い顔をしたのだった。十号はこの病院の特殊病棟で、白痴と、瘋癲（ふうてん）病者の病棟である。

宇津はかなり注意深く老人を観察するのであるが、何処にも狂人らしいところは見えなかった。それかといって白痴であろうとは、尚更思えなかった。その重々しい口調といい、行為の柔かさといい、到底そういうことは想像することすら不可能であった。それではきっと附添をしているのであろうと思った。附添もこの院内の作業の一つで、一日十銭が支給されて、軽症者の手で行われていた。しかし老人は附添ではなく、やっぱし精神病者の一人であった。宇津

が試みに、附添さんもなかなか大変でしょう、と訊いて見ると、老人は、こつこつと自分の頭を叩いて、

「やっぱり、これなんです。」

と言って、寂しそうに貌を曇らせて、黙々と帰って行ったのだった。ではあれでもやはり狂人なのだろうかと、今更のように、その沈んだように落着いた言葉や行為の中に、或る無気味さを感じたのだった。そして初めて老人に会った時の状を想い浮べて、あんな真夜中にああした所を歩き廻っていることにも、何か異常なものを思い当ったのだった。

この老人が陸軍大尉であることを宇津が識ったのは、一ヶ月程過ぎた或る夕暮だった。その日彼は初めて間木老人の部屋を訪ねたのである。

十号は他の病棟とかなり離れていて、この病院の最も北寄りで、すぐ近くに小さな池があった。池というと清らかな水を連想するが、これはどろんと濁った泥沼で、その周囲には八番線程の太さの針金で、頑丈に編まれた金網が張り巡らされてあった。勿論自殺防禦のためで、以前にはこの泥沼に首を突込んで死んだ者も、かなりの数に上るということである。

他の病棟は一棟に二室で、一室に二十のベッドが並んでいるが、十号は中央に長い廊下が貫いていて、両側に五つ宛、十個の部屋があって、ここだけは日本式な畳であった。部屋は六畳で、各二人宛が這入っているが、狂い出すと監禁室に入れられた。狂人といっても大ていは強度の強迫症患者で、他は被害妄想に悩まされている者が多かった。その他にも白痴やてんかん持ちや、極度なヒステリー女など、色々いた。

附添の手によって綺麗に光っている廊下を、初めて宇津は歩きながら、想像以上に森と静かな空気に不思議な感を抱いたが、何か無気味なものが底に沈んでいるような恐しさをも同時に感じた。だんだん夕暮れて行くあたりの陰影が忍び込んで、そこの空気はぼんやり翳り、長い廊下の彼方に、細まって円錐形に見え、黝く浸んで物の輪郭もぼやけていた。歩く度に空気が、ゆらりと揺れるように思われ、自分の背後から不意に、手負い猪のように狂人がうわっと飛びついて来るのではあるまいかと、彼は心配でならなかった。老人の部屋が幾番目にあるのか聞いていなかったので、うろうろと廊下に立って、細目にあいている部屋を、横目でちらりと覗いて見たり、誰か早く出て来れば訊ねて見るのだがと、二三歩行ったり来たりしていると、すぐ右手の部屋から、美しい女の唄声がもれ聞えて来た。宇津は立停って唄声の美しさに耳を澄ませて、ふうむふうむと感心しながら、ひょっとすると朝鮮女かも知れぬと思った。唄はアリランで、原語のまま巧みに歌って行った。その唄声が病棟内を一ぱいに拡がって行くと、突然廊下の突き当っている向う端の部屋の障子があいて、そこから男が一人ふらりと浮き出て来た。誰もいない家へ初めて来て、うろうろする時の間の悪さを感じていた宇津は、ほっと安心すると同時に、白痴か狂人かと神経を緊張させて、その男を眺めた。この病院で制定された棒縞の筒袖を着て縄のように綯いよれた帯をしめていた。体重が二十四貫もありそうにぶくぶくと太った男で、丸で空気に流されるようにふらふらと宇津の方へ近寄って来て、間近まで来ると、ひょいと立停ってぼんやり彼を眺めた。白痴だな、と直覚したが、兎に角一応訊ねてみようと思って、ている。

「今日は。」

と先ず挨拶をしてみた。すると、対手は、はあと言ったまま、宇津の頭の上のあたりを眺めている。

「間木さんの部屋は何処でしょうか。」

と訊くと、

「はあ。」

と言って、やっぱり同じ所を眺めているのだった。宇津は苦笑しながら、これは困ったことになったものだと思っていると、対手は小さな、太い体とは正反対の細い女のような声で流行歌の一節を口吟み始めた。宇津は思わず微笑してじっと聞いていると、急に歌をやめて、ぶつぶつ口の中で何か呟きながら外へ出て行ってしまった。そこへ附添人が来たので、それに訊いてようやく老人の部屋へ這入った。老人は不在だったが、すぐ帰って来るだろうという附添人の言葉だったので、彼は帰りを待つことにした。

部屋は六畳で、間木老人の他に、もう一人居るとのことであったが、その男もいなかった。畳はかなり新しく、まだほのかに青みを有っていたが、処々に破れ目や、赤黒く血の浸んだ跡等があった。壁は白塗りであったが、割れ目や、激しく拳固で撲りつけたらしい跡があった。その他爪で引搔いた跡や、ものを叩きつけて一部分壁土の脱落した所などもあって、狂人の部屋らしい色彩が感取された。あの温和な老人がこうしたことをやるのだろうかと怪しんでみたが、老人と一緒にいる他の男がやったものであろうと思った。それでは一体どんな男が住んでいるのであろうかと考えると、ちょっと気味が悪くなって来だした。

　南側には硝子窓があって、その下に小さな机が一つ置いてあった。机の上には巻紙が一本と、黒みがかって底光りのする立派な硯箱が載せられてあって、しっとりと落着いた感じが宇津の心を捕えた。が、何よりも心を惹いたのは、巻紙と並んで横になっている一葉の写真で、この院内では見られない軍人が、指揮刀を前にして椅子に腰をおろしていた。宇津は激しく好奇心を動かせながら、それを眺めた。肩章によって大尉であることは直ぐに判った。無論老人の若い時のものに相違なかった。きりっとした太い眉毛や、逞しい髯の立派さや、この写真で見る間木氏と、今の老人との隔りは甚しかったが、それでも、幼な心の想い出をたどるような、ほのかな面輪の類似があった。

「ふうむ。」

　と言いながら、宇津は熱心に視つめた。その時彼はふと父を想い出した。彼の父もやはり軍人で、しかも老人と同じ大尉だからで、小さい頃その父に幾度も日露戦争の実戦談を聞かされたことがあった。そしてひょっとすると間木老人も父と一緒に北満の荒野で戦った勇士ではあるまいかと思われて来た。すると間木老人が宇津という名前を聞いた時、宇津、宇津？　と言って考え込んだりした様子なども、また新しく心に浮んで来て、これは大変なことになって来たと、宇津は心の中で呟いた。そして自分が今何か大きな運命的なものの前で、ぽつんと立っているような不安と、新しいことに出会すに違いないという興味とを覚えた。

　宇津が次々に心に浮んで来る想念に我を忘れていると、突然、鈍く激しい物音がどんと響い

て、続いてばたばたと廊下を駈け出す足音と共に、

「又やりやがった！」

という叫声が聞えて来た。すると部屋部屋の硝子戸が、がたがたと開いて四辺が騒然としはじめた。どうしたのかと、宇津は怪しみながら入口を細目にあけて廊下を覗いて見た。彼がここへ這入って初めて会った太い白痴が、仰向けに倒れて、口から夥しいあぶくを吹いて眼を宙に引きつっていた。それを先刻廊下を駈け出した男であろう、上からかがまって懸命に押えつけている。勿論一眼でてんかんだと解った。部屋部屋から飛び出して来た人々は、白痴を取り巻いて口々に何か喋り出した。女が二人と男が五人であったが、どれもこれも形相は奇怪に歪んで、それが狂的な雰囲気のためか身の毛の立つような怪しい一団を造り上げていた。しかもこれが何時どのように狂い出すか判らない連中ばかりだと思うと、気色が悪くなって来て、これは足許の明るい中に帰った方がよいように思われ出し、立上って一歩廊下へ踏み出した。するとその時又先刻の美しいアリランの唄声が聞えて来た。唄声はそう高くはないが、それでも人々の騒音に消されもしないで、あたり一ぱいに流れていった。この腐爛した世界を少しずつ清めて行くようで、宇津は立止ってじっとそれを聞いた。その時急に表が騒々しくなると、狂人であろう、一人の男が底抜けに大きな声で歌のようなものを呶鳴りながら入口に現われた。頭の中央が禿げ上って周囲だけにちょびちょびと毛が生えていた。その周囲の毛が頬を伝って顎まで下りて来ると、そこには見事な、八寸もありそうな鬚が波を打って垂れていた。貌全体が全（まる）で毛だらけであったが、その癖眉毛がまるっきり無いので、ひどく怪しげであった。彼は

その禿げ亙った頭を光らせながら、物凄い勢で廊下を突き進んで来ると、白痴を取り巻いている人々を押し退けて中央に割り込み、突然胆を潰すような太い声で、

「桜井のてんかん奴！」

と呶鳴った。すると、今度は嗄れた声で、ひどく可笑しそうに笑い出した。一度笑い出すと、止めようとしても止まらないらしく、彼は長い間最初と同じ音程で笑い続けた。が暫くすると、綱でもぷつッと切断するように、ぴたりと笑い止んで、眸を鋭く空間に注ぐと、貌を嶮しく硬直させて、何か考える風だったが、やがてがっくりと首を落し、ひどく神妙そうに黙々として宇津のいる部屋へ這入って来た。

「君は誰だ。間木君に用かね！」

神妙な貌つきに似ず鋭い口調でそう言うと、考え深そうに鬚をしごきながら、どかりと坐った。心臓にうすら寒いものを覚えながら宇津が、

「はあ、待っているのですが。」

と答えてその男を見た。もう六十二三にはなるであろう。間木老人と同年、或は三つ四つ下であろう。しかし一本も白髪の混っていない漆黒の顎鬚は実際見事なものであった。頭の光っている部分はかなり峻しく尖っていて、そこに一銭銅貨大の結節の痕があった。そこだけ暗紫色に黒ずんでいて、墨か何かを塗ったようだった。男は暫く宇津を眺めていたが、

「何時、この病院へ来たのかね！」

と訊いた。

「五ヶ月、近くになります。」

と言うと、

「ふうむ。」

と深く何事かを考えていたが、

「形有るものは必ず破る、生有るものは必ず滅す、生者必滅は天地大自然の業だ。」

と息をつめて鋭く言うと、激しい眸ざしで宇津を視つめていたが、急に又以前と同じ哽声で爆笑し出した。が、すぐ又真面目くさった貌になって、

「抑々（そもそも）癩病と称する病は、古来より天刑病と称されしもので、天の、刑罰だ！　癒らん、絶対に癒らん！」

小気味がよいという風にきっぱり言い切ると、又しても笑い出した。

「現代の医学では癒らんというのだ。だが俺は癒す。現に癒りつつあるのだから仕方があるまい。」

眸を光らせながら、宇津を覗き込んでそう言った。

「どうすれば癒りましょうか。」

宇津は、こいつ可哀そうに病気のためにひどく狂っていると思いながら、それでも顎鬚の壮観に何者であろうと好奇心を起しながら試しに訊いてみた。

「先ず、信仰、の二字だ。仏法に帰依するのだ。」

微動だにしまいと思われる程強い自信を籠めてそう言い切ると、それから長い間、驚くべき

該博な知識を有って仏教を説いて、君も是非宗教を有つようにと勧めた。

「それでは、あなたに随って僕もやって見ましょう。」

　と言うと、

「それが良い、それが良い。」

　と幾度も言って、茶器を運んで来ると、買ってから一週間以上も経つであろうと思われる、固くこわばった羊羹を押入から取り出して、遠慮なく食い給えと言って宇津の前へ放り出した。そして自らその一つを口に入れてむしゃむしゃと食い始めた。食わぬのもどうかと思われたので、一つ口に入れて見ると、固い羊羹はごりごりと音を立てた。男は満足そうに宇津を見ていたが、急に何かを思いついたように立上って、押入から一封度（ポンド）程の金槌を取り出し、早口に経文の一節を唱え出した。可笑しなことをやり出す男だと宇津は怪しみながら見ていると、いそがしげに着物をぬぎ捨て、褌（ふんどし）一つになって宇津の前に坐ると、膝小僧を立ててそれをごつんごつんと叩き出した。膝小僧が痛そうにだんだん赤らんで来ると、男は益々槌に力を加え一層高く経文を唱えて強く打ち続けた。かなり長い間叩いていたが、それを止めると、今度は両掌で打った跡をうんうん唸りながらもみ始めた。全身にじっとり汗がにじんで来ると、ふうと大きな息を吐いて宇津の方を眺め、

「君も病気を癒したいであろうが、それなら俺のようにやり給え。」

　と言って、前よりも力を入れてもんでいたが、現代の科学程あてにならんものはない、医学は癩を、斑紋型、神経型、結節型の三つに分割して大楓子油の注射をやるが、俺はこの分類に

賛成出来ない、況んや皮膚病として取り扱うなどは噴飯ものだ、抑々癩菌は人体の何処にいるか、医者は入院患者に対して先ず鼻汁と耳朶の血液を採る、成程そこにも一ぴきくらいはいるかもしれん、がほんとは骨の中にいるんだ、骨の中には癩菌が巣を造っている、だから俺はこうして膝小僧を叩くのだ、骨の中でもここが一番多く菌が蝟集しているのだ、ここには菌が、五つくらいも巣を造っているに相違ない、それが叩くと熱気と激しい震動で菌のやつが泡を食って骨の外側に這い出して来るんだ、するとそこに結節が出来る、金槌で叩くのは結節を造るためだ、それならどうして自ら痛い目に会ってまで結節を造るか、無論それを直ちに除く方法があるが故だ。この病院では結節注射と称して大楓子油を結節にうつが、あれは愚の至りだ、注射をすると折角出ている菌を又候骨の中へ追い込んでしまうに過ぎんということを誰も気づかないんだ、結節を除くには注射など零だ、たわしでこするのが一番良い、こすり取ってしまうのだ、俺の頭を見給え、結節の痕があるだろう、これは俺の発明したたわし療法でこすり取った痕だ、と口から泡を飛ばしながら言うと、禿げ上った頭をつるりと撫でまわした。宇津は思わず噴き出しながら、しかし同時に心の底に何か不安なものを覚え、反撥して見たい欲求をさえ感じた。自分の中にある医学への信頼が脆くも破れて行きそうに思われた。

「たわしでこするのでは痛くてたまらんでしょう。」

心の中に複雑な葛藤を沈めたまま、微笑してそう言うと、

「何、麻痺しているから一向感じがないんだ。」

と言って、又例のようにからからと笑い出した。宇津はその麻痺という言葉に突然ぞっと背

筋が冷たくなって、早く間木老人が帰ってくれればいいがと思案した。麻痺、と簡単に言ってしまえばそれまでのものであるが、生きた肉体の一部が枯木のように感覚を失い、だんだん腐って行く恐しさは、考えれば考える程奇妙な、気色の悪い無気味さである。それに人々の話を聞くと、今日は誰が足を一本切ったの、腕を片方外科場に置いて来たのと言い、しかも切られる本人は、医者が汗を流しながら鋭い鋸(のこぎり)でごりごり足をひいているのに、平然と鼻歌の一くさりも吟じて知らん顔をしているというのである。そしてそれが決して他人事ではなく、直接に自分自身に続いている事実で、その間にあるものはただ時間だけである。この病院に来て以来、人に幾度も慰められたが、その言葉の中には定って、

「まだまだあんたなんか軽いんですから。」

　安心しろと言われたが、このまだまだという言葉程げっそりするものは他になかった。しかしこれが一等適切な正確な言葉なのである。

　宇津が暗澹たる気持で相手の鬚を眺めていると、狂人は急に立上って、褌一つのまま憑かれたように室内をぐるぐる廻り出した。どうしたのですかと訊くと、

「気が狂い出して来たんだ。」

　と早口に言って、その言葉が終らぬうちに、胆を潰すような大きな声で、南無阿弥陀仏、南無阿弥陀仏と呶鳴り出した。これはとんでもないことになって来たと宇津が弱っていると、そこへ運良く間木老人が帰って来たのでほっとした。

　老人の話では、この鬚男はもと政党ごろか何かそのようなことをやっていたらしく、入院当

時はひどい沈黙を守って毎日仏を拝むことを仕事にしていたが、五六ヶ月過ぎる頃から気分に異状を来したとのことであった。そしてひどく暗い顔になりながら、

「わたしも実は強迫観念に悩まされてこの病室に来ているのですが、あの男も初めはやっぱりそんな風でした。」

そして鬚は幾度も監禁室に入れられたことや、癩菌が恰も蛆虫かなんぞのように指で触れ得るもののように思われ、それが絶間なく肉体を腐らせて行くことに怒りと恐怖を覚え、監禁室の中でも一日に二三度は暴れ出して、壁に体を撲ちつけ、全身を掻きむしるのだとも言い、

「実際なんという惨らしいことでしょう。敵は自分の体の内部に棲んでいて、どこへでも跟いて来るのです。それを殺すためには自分も死なねばならぬのです。自分も死なねばならぬのです。」

私も時々硫酸を頭から浴びて病菌を全滅させたい欲求を覚えます、と宇津は自ら思い当るふしを言おうとしたが、その時はっと自分も褌一つの鬚と同じ心理を行っていることに気づいて、深い不安を覚えて口を緘んだ。

宇津が十号を訪ねてから、暫くの間、老人は小屋を訪れて来なかった。宇津は例のように動物達の世話をしながら老人は一体どうしているのであろうかと、暫く会わない老人を心配したり、こちらからもう一度訪ねてみようかと考えてみたりした。小屋の中はいつものように仄暗く、二三日前に腹を割かれ、生々しい患者の結節を植えつけられた小猿が、心臓を搾るような

悲鳴を発して、それがあたりを益々陰鬱なものにしていた。そして老人が再びここへ来るまでの間に、一つ、宇津の心に残ったエピソードがあった。

それは十二時近くの夜中のことで、宇津がふと眼をさますと、裏手の監房のあたりから、荒々しい男の怒声と切なげな女の悲鳴が聞えて来るのだった。それと同時に、監房でもあけているのか、扉の音なども響いて来た。宇津は怪しみながら草履を引っかけると、外へ出て見た。あたりは闇く、高い空を流れる風が、老松の梢にかかって、ざわめく音だけが聞えた。監房の前には小さな常夜燈が一つ点いていて、そこだけが、塗り込められた闇の中にぼうっと明るく浮き出ていた。その小さな円形の光りの中で、黒い着物を着て鷹のように全身保護色している男が、二人がかりで若い女を、引きずるようにして監房の中へ押し込んでいた。黒い男は、この院内の患者を絶えず監視している監督である。宇津は息をひそめながら、松の陰に身をしのばせて、幻想的な映画のスクリーンを見るように、津々（しんしん）たる興味をもって熱心に眺めた。争っているのであろう、女の華美（はで）な着物の縞目が、時々はたはたと翻って、それが夜目にもはっきり見えた。が間もなく女は監房の内部へ消えて、厚い扉が、図太く入口を覆ってしまった。黒い男は顔を見合わせて、互ににやりと笑う風だったが、それもそのまま闇の中に消え去って、もうあたりは以前の静寂に復って、厚い扉だけが、暗い光りの下に肩を張っていた。宇津は松の横から出ると、監房の方へ近よって行った。女が、ひいひい泣く声が、低く強く流れ出て来た。彼は扉の前に立って、暫く内部の泣声を聞いていたが、だんだん女に声をかけて見たくなって来だした。どうせ駈落し損った片割れだろうと思ったが、この場合何と言ったら

いいのか、適当な言葉がなかなか浮んで来なかったので、帰ろうと思ってそろそろ歩き出すと、

「おい！」

という男の声が房内から飛び出て来たのでひどく吃驚して立止った。さては男の方はもう先に這入っていたのかと思いながら、何か自分に言伝てでもあるのかと鋭く神経を沈めて、危く返事をしようとすると、急に女の泣声がぱったりと止んで、それから細々と語り合っているらしい男女の声が洩れて来た。その時人の足音がこつりこつりと聞えて来たので、さては監督があたりを警戒しているのだなと、感づいたので、彼は急いで小屋へ帰った。

この一組の逃走未遂者の中、男の方はすぐその翌日退院処分を食って追放されたが、女は五日間監房の中で暮して出された。が数日過ぎると、女の体は松の枝にぶら下って死んでいた。恐らくは胎内に子供でも宿っていたのであろう。

この小さな事件は、宇津の心に、悪夢のような印象を残した。彼は相変らず動物達と暮しながら、時々あの小さな光りの円形の中で行われたことが、はっきり心に蘇って、苦しめられた。その度に、不安とも恐怖ともつかない真暗いものだが、ひたひたと心を襲って来るのを感じた。彼はあの時、自分でも驚くほど冷静だったのに、どうしてこう後になって強く心を脅すのか不思議に思われてならなかった。これはもはや一生涯心の斑点となって残るのではあるまいかと思ったりすると、自然心が鬱（ふさ）いで行った。

モルモットは一箱に一匹ずつ這入っていて、兎の箱と向い合って積み重ねられてあった。その間はちょっと谷間のように細まり、幅は三尺くらいしかなかった。宇津はその仄暗い間を、幾度も行ったり来たりして、彼等に食餌を与えていった。動物達は待ちかねたように飛びついて食った。宇津はその旺盛な食欲にもさほどの興味も覚えなかった。赤い兎の眼が光線の工合で時々鋭くキラリと光った。モルモットの眼は、僅かな光りの変化にも、眺める角度の些細な動きによっても、激しい色彩の変化を示した。実際モルモットの眼の色の変化の複雑さには宇津も、もう以前から驚かされていた。透きとおるような空色にも、水々しいブドウ色にも、無気味な暗紫色にも、その他一切の色彩に変化して眼に映った。しかしそれが生物のためか、自然色の美しさではなく、どこか底気味の悪い鋭さがあった。宇津は時々その眼色に全身を射竦められてしまうような深い恐怖を覚え、自分の全身が獰悪な猛獣に取り巻かれているような気がしだして、息をつめて急いで外へ出ることがあった。彼にはどうしても動物達と馴れ親しむということが出来なかった。先日も子猿が、宇津の知らぬ間に誰かが投げ込んだものであろう細い縄切れを、足首に巻きつけてキャッキャッと騒ぐので、取ってやろうと箱の前にしゃがむと、猿は不意に金網の間から腕を出して、宇津の長い頭髪をぐいと摑んだ。彼は危く悲鳴を発する程驚いて飛び退いたが、心臓が永い間激しく鼓動した。今日も幾度も行ったり来たりしているうちに、又恐怖が全身に満ちて来だして、ずっと前に見た猛獣映画の光景などが心に浮び上って来るので、急いで外へ出た。が又すぐ中へ這入って行った。自分はもう何時死んでもいい人間なんだと強く思ったからだった。それならいっそ今死んだらどうだろう、何気なくそう思って上を仰ぐと、綱を掛けるに手頃の梁が見えるので、彼は兎の箱の上へ這い上って手を伸ばして見た。心が変に楽しみに脹らんで来て、彼はにやりにやりと笑った。それからそろそろ帯を解くと、梁に掛けた。二三度試しに引いて見たが、十人が一度に首をくっても大丈夫確かなものだった。これに首を結わえて飛び下りさえすれば……ふうむ、死なんて案外訳なくやれるものなんだな、それではそんなに命を持て余さなくてもいいんだ、ここまで来て自分は平気なのだからもう何時でも死ねるに違いない、と思って安心すると、それならそんなに急いで死ぬ必要もないと思ったので、彼は又帯を締めると、下へ降りた。その途端に、

「宇津さん。」

と呼ぶ間木老人の声が聞えたので、急いで外へ出ると、

「ほんとにやるのかと思いましたよ。」

と老人は軽い微笑を浮べながら言うので、ではすっかり見られたな、と思いながら、

「いや、ちょっと試しにやって見たんです。」

「ははは、そうですか試しにね。どうです、行けそうですか。」

「案外たやすく行けるんじゃないか、という気がします。」

「ふうむ。」

と深く頷くと、何かに考え耽っていたが、

「あなたはどうして生きて行こうと思っていますか。」

と不意に鋭く、宇津の貌を視つめながら言った。こういう時、老人の過去の軍人的な面影が

ちらりと見えた。宇津はそれを素早く感じながら、どう答えたらいいのかに迷った。もうかなり以前から、考え続けている問題だった。彼は自分の感覚の鋭敏さは、対象の中からこの問題を解決する何ものかを見つけ出そうとする結果で、そして感覚が鋭敏になればなる程、対象と自分との間は切迫して、緊張し、恰も両端を結んで張り渡された一本の線の上に止っている物体のように、ちょっとゆるめればどうと墜落する間髪に危く身を支えているのだと思った。

「もう長い間探しているのですが、僕には生きる態度というものが見つかりません。」

老人は深く頷いて、又長い間考え込んでいたが、やがてそろそろ宇津の部屋に這入って行き、

「お茶でも味わして下さい。」

と静かな、幾分淋しげな声で言って、坐った。ひどく疲れているようであった。

勿論ここでは本式のお茶など点てらるべくもなかったが、それでも宇津は、湯加減や濃度によく気をつけて老人に奨めた。老人はちょっと舌の先にお茶をつけて、何か考え耽りながら味っていたが、

「桜井が死にましたよ。」

と言った。

「へええ、あのてんかん持ちの人ですか。」

「わたしの部屋にいる鬚を知っているでしょう。あれと喧嘩をしましてね。腹立ちまぎれに井戸へ飛び込んだのです。」

何時の時も二人の話は途切れ勝ちで、無言の儘互に別々のことを考えながら向い合って坐っていることが多かったが、今日もそこまで言うと、途切れてしまって、老人は窓外に眼をやって、林の中をちょこちょこ歩いたり急に駈け出したりして戯れている仔犬を眺めていた。が暫くすると、宇津の額をじっと視つめながら、

「変なことを訊くようですが、お父さんは御健在ですか。」

「はあ。」

と答えると、

「何時か一度お訊ねしたいと思っていたのですが、もしかしたらあなたのお父さんは日露戦争においでになられた方で、お名前は、彦三郎さんと言われはしませんか。」

「はあ、そうです。どうして御存じですか。」

「ふうむ。」

老人は唸るようにそう言うと、宇津の貌を熱心に視つめ出した。

「そっくりだ。その額が、そっくりです。」

宇津は何か運命的な深いものに激しく心を打たれながら、まだ額だけは病気に浸潤されていないことを思うと、急に額がかゆくなって来て、手を挙げると、老人は益々ふうむふうむと感嘆して、

「その手つき、その手つき、もう何もかも、そっくりだ。」

「父を御存じなんですか。」

「知っているどころか、日露戦争の時には、同じ乃木軍に属していた、親友でしたよ。」

老人は遠い過去を思い浮べているらしかった。宇津はもうどう言っていいのか、言葉が出なかった。

「あの頃は、わたしも元気でしたよ。元気一ぱいで、御国の為に働きました。ちょうど奉天の激戦の時で、物凄い旋風が吹きまくっていました。その中を、風のために呼吸を奪われながら、昼夜の別なく最左翼へわたし達の旅団は強行軍を行ったのです。敵軍の本国との連絡を断つ為でした。その行軍の眼にも止まらぬ早業が、あの戦の勝因だったのです。けれどクロパトキンという敵の将軍も偉いやつでしたよ。あのクロパトキンの逆襲の激しさには実際弱らされましたよ。わたしはそのために、とうとう、情ない話ですが、俘虜になってしまったんです。その時俘虜になった日本人が、千二百名もいました。少佐大佐なども数人やられました。」

老人はお茶を啜って、輝かせた瞳を曇らせながら、

「それからの八ヶ月間というものは、ロシヤの本国で俘虜生活を続けました。勿論そんなに苦しい生活ではありませんでしたが、本国へ送られるまでの長い間の生活は、実際例えようもない程、苦しいものでした。自殺をする者もかなりいました。それから重傷を受けた者、片手を奪われたもの、あの野戦病院から鉄嶺に送られた時は、地獄でしたよ。その時は夢中でよく覚えがありませんが、今から考えて見ると、地面に掘った深い洞窟のような所へわたし達は入れられたのですが、そこで重傷者は大部分死に、本国まで行った時は、もう半分くらいの人数でした。」

老人は長い間、ロシヤでの俘虜生活を語って、宇津には背中の砲弾の痕を見せたりした。疵痕は三寸くらいの長さで、幅は一寸内外であろう、勿論普通一般の疵と変りはなかったが、宇津は興味深くそれを眺めた。かなり深い負傷であったらしく、そこだけが五分程も低まっていた。

「どんな色をしていますか。」

と老人は背後の宇津に訊いた。

「そうですね、色は健康な人の皮膚の色と大差ありませんが、皺が寄っています。」

と言うと、

「そうですか。」

と老人は、癩の疵でないことを示し得たことに幾分の喜びを感じたのであろう、満足そうに貌を晴れ晴れさせて、

「この病気の発病後に出来た疵は、どんなに治っても暗紫色をしているものなのです。」

と言って、老人は冷たくなったお茶をごくりと飲み、宇津が熱いのを再び注ぐと、老人はそれをちょっと舌の先につけて下に置き、深く何ごとかを考える風だったが、深い溜息を吐くと、

「ほんとうに、わたしは人間の運命というものを考えると、生きていることが恐しくなって来ます。」

と弱々しく言って、

「みんな夢でした。それも、悪い夢ばかりでしたよ。」

と続けて言って、かすかな微笑を浮べた。そして何時になくそこへ横わると、長々と足を伸ばして、

「あなたは人を信ずる、ということが出来ますか。わたしはもう誰も信ずることが出来ません。いやほんとうに信じ合うことが出来たとしても、きっと運命はそれを毀してしまいますよ。不敵な運命がねえ。あなたのお父さんとの場合もそうでした。生涯交わろうと約束したのでしたが、私の方から遂にその誓いを破らねばならなかったのです。わたしは苦しみましたよ。けれどわたしは、俘虜になったり、遂には癩病にまでなってしまったのですからねえ。とうとうわたしはここへ一人きりで隠れてしまったのです。ところが又しても運命です。わたしの娘がこの病気になって、この病院へ来たのです。それからは、この娘だけを信じて、わたしのすべてはこの娘と共にするという覚悟で暮して来たのです。娘は今年で三十に余るのですが、それも生涯独身で暮す覚悟だとわたしに誓いました。だのに、その娘にも裏切られてしまったのです。」

宇津は悪夢のように思われる先日の光景を鮮明に心に描いて、運命に打ち砕かれた老人の切なげな声を聞いた。いうまでもなく老人の娘は二三日前に自殺した女である。この病院へは、親子兄妹で来ているものがかなりあることは宇津も知っていたが、今目のあたり老人を見て、その苦悶が一様のものでないことを、強く感じた。途端に、大きな運命の力の前に弱々しくうなだれて行こうとしている自分の姿を感じて、ぐっと胸を拡げて反抗しようとしたが、宇津は

自分に足場のないことを、この時切実に感じた。

その翌日老人は娘の死んだ松の枝で、同じように首をくって死んだ。宇津は老人の死体を眺めながら、この時こそ安心し切っている老人の貌形に、死だけが老人にとって幸福だったのだろうと考えて、苦悶を浮べていない死貌に何か美しいものを感じたりしたが、自分の貌がだんだん蒼ざめて行って、今自分が大きな危機の前に立っていることを自覚しつつ深い溜息を吐いた。

癩院受胎

老人のことがあってからのち数日は、成瀬利夫は自分の蹠（あし）の麻痺がひどく気にかかってならなかった。もっとも彼は、病気のこととなると病的なほど神経を昂（たかぶ）らせる癖があったのであるが、たとえば、朝など起きぬけに廊下へ踏み出した蹠になんの感じも伝わって来ないのを意識すると、ただそれだけのことでその日一日どうにも動きのとれない悒鬱（ゆううつ）に襲われてしまうのである。熱っぽくなった素足を廊下に出したとたんに、すうっと感ぜられる冷気の爽快さというものは、ほんのとるに足りぬことのように思われるが、しかしそれを失ってしまった今の彼には、決してとるに足りぬことではなかったのである。こうした一見ささいな知覚上の快感が無数に重なり合って、限りなく豊かな人間の感覚生活が築き上げられているということを、かねてから信じていた彼は、こうした小さなことにも、すぐ癩者の救われがたさが思われ、自分もまた、凡ての癩者がそうであるように、ひとつひとつ人間らしい生活がうち毀され、奪われて行くのだと、強く考えさせられるのであった。

老人のことというのは、つい先達っての出来事で、それは成瀬と同室の老人の蹠に、三寸はたっぷりある釘が突きささったのである。老人はもう六十を二つばかり超えていたが、それでもなかなか元気のよいじいさんで、作業も土方に出ているほどであった。土方といっても病人のことであるから、勿論そう激しい労働をする訳ではなく、たいていは道路修理とか、病院を取り巻いている垣根のつくろいとか、そういった風なものである。もっとも、その日は、どこかの財団からこの病院に寄附された古家屋が着いたので、その古材についている釘を朝から抜いていたのだそうである。

ところが、その日の夕方、仕事を終えて帰って来た老人が、どうしたのか玄関先に蹲み込んだまま何かしきりにうんうん唸っては、何時ものように部屋へ上って来ないのだ。何時もならすぐ部屋へ這入って、やれやれ、と呟いて火鉢の前に腰をおろし、うまそうに一服つけるところである。作業を持っていない成瀬は、例のようにみんなが帰って来る頃なので、膳箱を出したり冷えたおかずを火に掛けたりしていたが、余り長い間唸声が続くので、どうしたのかと出て見ると、老人は額にべっとりと汗をにじませながら、一心に地下足袋を脱ごうとしているのであった。不思議に思い、

「どうしたの。」

と声を掛けてみたが、どうやら老人は、さっきから懸命に努力しているのに脱げないので腹を立てているらしく、返事もせず、下を向いたまま首をひねって、

「おかしい。どうもおかしい。」

と呟いては、また腰を丸めて足袋を引っぱるのであった。片方は既に脱いでい、横に置いている。

「足袋が脱げない？　そんな馬鹿なことってあるかしら。」

「おかしい、どうもおかしい。わしは、さっきから力を入れて引っぱっとるのに、どうしても脱げて来ない。どうしたこっちゃろう。指が曲っとるんで手が不自由じゃが、何時でも間違いなくすぐ脱げとる。それに、今日は、どうしたこったか。」

「どれ、どれ。」

成瀬もやはりおかしいと思ったので、そこへ踞み、脱がせてやろうとその片足を持ち上げたとたんに、さっと貌から血の気が退いた。足袋の裏からぶっすり突きささった釘が、骨の間を縫って甲の上まで貫いているからである。

「冗談じゃないね、釘がささっているよ。」

仰天させまいと思ったので、何気ない調子でそう言ったが、しかしさすがに背筋に冷たいものの走るのを覚えた。

老人はかなり重症の結節癩で、不幸にも眼をおかされていて、もう薄明りの視力では自分の足にささっている釘の頭に気がつかなかったのである。もっとも掌でも満足であれば脱ごうとしているうちに判りもしたのであろうが、その掌も、火鉢の中に突込まれてじゅんじゅん焼かれていても、気がつかないでいられるという有様なのである。恐らくは釘のささったまま、老人は歩きまわったり仕事をしたりしていたのであろう。黒い布で見かけは水にでも濡れているような足袋も、触って見るとべっとりと掌が赤くなった。

成瀬は急いで抜いてやろうとしたが、指で引いたくらいではなかなか抜けるものではなかった。所謂「肉が巻いた」のだろう。仕方なく釘抜を持ち出して、折よく帰って来た同室の者に老人の足をしっかり摑まえさせ、力を入れて引き抜いたのであった。どっと溢れ出た血を見て、老人は初めて蒼くなり、忽ち発熱してその夜はひと晩じゅう唸り続けて、翌日の夕方、重病室へかつぎ込まれた。

こうしたことは、勿論この病院の中にあってはさほどに珍しい出来ごとではないし、成瀬も、これ以上のひどいことを幾度も見て来たのであったが、しかし自分の蹠が麻痺してしまってから間もない頃だったためか、このことは深く印象づけられ、自分の運命を眼の前に突き出されたかのように激しく打たれたのであった。

彼の足は、入院以前から左は膝小僧から下ずっと枯れたようになっていたのであるが、右足にまで及んで来たのは入院後のことに相違なかった。しかし何時頃からそうなったのか、彼自身にも覚えはなく、初めて気づいたのは老人のことがあるちょっと前、陰鬱な梅雨が降り始めた日であった。

もう午さがりであったであろうか、彼は誰もいない部屋の中に一人立って、窓の外に降りしきる雨足を眺めていた。頭の中には入院以来二年近くの月日に眺め聴き触れて来た隔離生活の破片が、秩序もなく混がらがって思い出され、どんよりと沈んだ悪臭と共にぐるぐると廻るのであった。また入院前半年ばかりの社会生活に味った暗い気持や、発病当時の重苦しい日々などが浮び上って、いまここにこうして生き長らえている自分の姿が、なんともいえぬ不可思議なものにすら思われるのであった。そしてこの病院の中で、はや齢すらも二を重ねていることを思うと、なにか信ずることの出来ないことにぶつかったような気持にならされた。それは無限に長い時間であると同時に、また瞬時に過ぎ去ったイメージの重なりのようにも思えるのである。

一体、自分はこの中で何時まで暮すつもりなのであろう、これは今までにも何度も頭を襲った疑問であるが、彼はそのたびにただ暗い気持を味い、悒愁に心が包まれて、答えを出すことが出来なかった。死ぬまでこの中で暮さねばならないのだ、と否応なく思わせられるまでは、やはり彼は自分の軽症さに縋りつきたかったのである。なあに五六ヶ月もみっちり治療をやってごらんなさい、きっと退院出来ますよと慰めてくれた事務員の言葉を信じて入院した彼には、その五六ヶ月が瞬く間に過ぎ、二年に近い現在に及んでも、まだこの中で生涯を埋める心の用意は築かれなかった。築くに恐しい思いであったのだ。

雨が小降りになると、彼は北口の窓を開いて外を眺めた。幾重にもかさなり合った雲が襞積を作って低く流れ、濃灰色に覆われた空全体がうごいてでもいるかのようである。遠くに柊の垣が望まれ、その向うに果てしなくうち続いた雑木林が薄白く煙って、静かな風の流れと共に徐々に北へうつって行くように感ぜられる。薄墨の日本絵を見るようなさびと愁いを、成瀬は感じながら、ふと雨の多い自分の故郷に遊ぶ思いになったのである。早くから田舎を捨てて東京生活を続けて来た彼には、めったに故郷の風物など思い出すことはなかったのであるが、この日はどうしたのかふっと少年時代の楽しさなどが次々と心の中に蘇るのだった。

窓の外はすぐ植込になっており、厚く葉を繁らせた楓や、さつき、檜、もくれん、遠くからでもはっきりと葉脈の白く見える鈴懸などが、雨に打たれてぷつぷつと呟くような音を立てていた。地面にはうっすらと苔がはんで、木々の葉末から滴たる雫がぽつんぽつんと花のように散っていた。枝々をつたって落ちて来る雨は、太い幹にあつまって地面に流れ、小さな水流をつくって低まった地点へなだれていった。海に近い四国の寒村に育った彼は、まだ七つか八つの少年の頃から、荒々しい海の呻きと、蕭条と林の中に降る細雨の美しさとを、同時に強い印象として記憶の底に沈ませていた。兎のように、小さな、まるまるとした体で、パンツもつけずに駈け廻ったのもその頃のことである。頭から雨をかぶり、跣(はだし)になって水溜りや浜辺を走り廻るのが、ただもう無性に痛快であったのだ。

雨にしめり、生々と青みを増して来た苔や、ふっくらとやわらかみを浮せて来た地面を見ると、彼は跣のまま外へ出て見たのであった。重苦しく濁った暗い気持につつまれていた彼が、ひとつ吐け口を見つけたかのようであったが、とたんにさっと蒼白なものが面を走り、棒立ちになって地上に竦んだ。がやがて彼は、注意深く地面を幾度も踏んでみたり、苔の上に足を上げ、すうっと辷(すべ)らせてみたりした。しかしもはや彼の蹠(あし)には何の感じも伝っては来なかったのである。彼自身にも気づかぬ速度で、病菌は徐々に肉体を蝕み、営々と執拗な進行を続けつつあったのである。泣いても喚いても、何の反響もない、懸命に治療に心掛けようが掛けまいが、彼等は素知らぬ貌で自らの腐蝕作業を黙々と続けていたのである。入院後二年の今になって、彼は初めて癩の怖しさを、自分のものとして識ったのであった。徐々に迫って来る真黒いものが、もう眼の先までも押し寄せて来たのを感じて、反抗するように胸を張り、ぐっと立直ろうとするのだったが、しかし彼は激しい昏迷を覚えて茫然と立竦んでしまうのだった。

　足許の窓をあけると、右手には医局へ通ずる長い廊下が見え、前方には一号病室と二号病室のある大きな病棟が立ちはだかっており、窓下からその病棟までの間は、四角く区切られた中庭になっている。熱が幾分さがると、老人は寝台の上に坐って硝子越しに中庭を眺めながら、ぼんやりとした貌つきで一日を過すことが多かった。生れてからこの方、手足を動かせて働くよりほかは何ひとつとして知らなかった老人には、朝も夜も寝台の上にいなければならないとなると、もうどうしていいのか見当もつかないのであろう。庭には靱(しな)やかな葉の間からぽっちりと蕾を覗かせ始めたグラジオラスやダリヤなどが梅雨に濡れながら植えられてい、小さな築山の下に造られた池には、金魚が赤いひれをいらいらさせながら浮び上ったり沈んだりしていた。附添夫たちは時々庭に下りて、金魚をすくったり花を折ったりして病人の枕許に置いてやるのだった。淫雨は何時やむともなく降り続けて、病人たちはみな憂鬱そうに押し黙って日を過した。

　入室後四五日は、高い熱に唸され続けて飯も食わず、老人はすっかり力を失ってしまったが、熱が下るとまた少しずつ元気を取り戻して来た。しかし一時にどっと老い込んで、舎にいた頃のような気力はなくなり、煙草の味も悪くなったというのであった。蹠の疵は化膿し、手術を受けたので重たいばかりの繃帯が巻いてあった。それでも成瀬が、

「どう？　工合はいいかい。」

と見舞ってやると、人のいい微笑を結節で脹れ上った面にただよわせて、

「うん。ありがとう。」

と子供のように頭を下げた。

成瀬は、夕方になってみんなが作業から帰って来ると、老人を見舞いに病室まで出かけるのが日課の一つになっていたのである。親族はもとより子供にまでも捨てられてしまって何処からも仕送りがある訳ではなく、そのためこの年になってまで作業賃を稼がねばならなかった老人を見ると、さすがに成瀬は憫れを覚えて、入室後はずっと世話してやろうと思っていたのだった。

「わしは湿性じゃからのう、義足にはならんが、麻痺れとるんで疵がなかなかには癒らん。」

そして寝台の端に取りつけられたけんどんの中から、かのこなど取り出して、食えと言うのだった。老人の言うように、麻痺部に出来た疵は非常に癒りが悪く、乾性の患者などはこうした疵や、小さな火傷がもとで足を一本切断せねばならないような破目におちいることも、決して珍しくはなかったのである。

老人は松葉杖をつきながら便所へ通わねばならなかったので、それが面倒であるのだろう、寝台から下りることはめったになかった。

「退屈だろうね、一日寝台の上ばかりいるんでは。」

小柄な体の老人が、胴を丸くして坐っている姿は、今までに受けて来た数々の苦労に押しひしがれ、いためつけられて、反抗する気力もなく不幸な運命の前にただ項低れているように見

え、それが成瀬の心を暗く圧えるのだった。

「業な病じゃのう。」

と、老人は小さな充血した眼をしょぼつかせながら、細い声で言った。答えようもなく成瀬は黙ったままあたりを見廻すのだった。

「あきらめたよ。成瀬さん、わしはもう何もかもあきらめたわい。」

そして老人は苦しげな息を吐き出して横わるのであった。働いている時には、仕事にとりまぎれて忘れていた病気のことが、一日中寝台の上で暮すようになったため、どっと心に襲って来たのであろう。

成瀬は、眠られない幾夜を過した。床に就くと、老人の姿や、老人と並んで寝台に横わっている病人たちの姿が、幻のように眼前に浮び上って、入院した時に感じたような恐怖が襲って来るのだった。結局、自分もああなって行く運命を背負っているのか、そして生き抜く道は、老人の言った通り、あきらめてしまうより他にないのか、何のなす所もなくこの病院に生涯を埋め、ただ生に執着する本能の前に屈伏して、浅ましい廃残の姿を生き永らえて行く、それだけが自分に残された道なのであろうか——成瀬はこんこんと寝返りながら、自分の体内に流れている若々しい血が、吐け口もなく奔騰し渦巻くのを感じて、大声で叫びたい苛立ちを覚えるのであった。そして彼はやり場のない肉体の呻きを聴き、圧迫され、締めつけられた自分の、青年、を感ずるのである。

あきらめる、これが成瀬にはたまらなかった。そこには若葉のように新鮮な感受性もなければ、奔流を抗して上る魚のような意欲もなかった。否むしろそれらのものを殺し抑圧して灰汁の中に身を沈めねばならなかった。成瀬は、腐敗してゆく自分の肉体を直かに感ずるのであった。

そうしたある夕方、入院以来親しく交わっている船木兵衛が老人と同室に入室したのであった。船木は成瀬と同県の由緒ある家に生れたが、大学の法科を中途で発病し、二三年の間実家に隠れて治療を続けているうちに、続いて妹の茅子が発病したので、彼女を連れてこの病院をおとなうたのであった。こういう旧家にあり勝ちなことであるが、兵衛と茅子は兄妹とは言いながら十歳に余る年齢の違いがあった。兵衛は成瀬より八つ上で既に三十を一つ超えていたが、茅子はまだ二十一であった。兵衛は発病後もう十年に近く、症状もかなりの重態で、眼は片方を奪われ、残った片方も殆ど薄明りであったが、茅子は兄に比べて病齢が若い上に、女であるため、病気の進行が遅く、両方の眉毛が薄くなっていたが、それでもさほどに醜いというほどではなかった。もう一ヶ年も前のことであるが、ある日兵衛は成瀬に向って、妹を指しながら、

「僕とこいつとが船木家の最後の生き残りですよ。兄妹二人切りなんです。俺とこいつとが死ねば船木家はもうお終いになる。旧家の血なんて、弱っているし、それに濁っている。どんな病気でも伝染し易いに違いないんだ。そんな血は滅んでしまった方がよい。しかしやっぱり寂しいですね。」

成瀬は寂しげに曇っている兄妹の貌を見較べながら、滅び去らねばならぬ運命的な血の呻き

を感じ取ったのであった。

　その日、もう五時過ぎであったであろうか、成瀬は何時ものように老人を見舞い、帰ろうと振り返った時入口の硝子戸があいて、顔面いっぱいに繃帯を巻いた兵衛が這入って来たのである。彼は非常に痩せていたが、背は人並よりも高く、成瀬はすぐに兵衛だな、と解ったので、挨拶を交そうと一歩ふみ出したが、続いてどやどやと五六名の男女が這入って来たので立停った。成瀬は一目で兵衛が入室するのだと知った。顔に繃帯を巻いているところを見ると、顔面神経痛か急性結節であろう。五六名の人たちは、それぞれ蒲団や毛布や、茶碗、歯磨、石鹸など日用品を入れためざる等を抱えて、老人の向い側の空寝台をぐるりと取り巻いた。茅子を除いてみな病気の重い人ばかりで、或る者は指が全部脱落した乾性であり、或る者は高度の浸潤に貌も手足もどす黒く脹れ上った湿性であった。やがて寝台の上に蒲団が敷かれ、こまごました日用品がけんどんの中に蔵われると、兵衛は、

「すみませんでした、御苦労さんでした。」

　と礼を述べるのであったが、顔面が痛むのであろう、ねじれるような声であった。茅子もまた兄に代って礼を述べ、幾度も頭を下げてから兄に向い、

「枕の工合、ちょうどいいかしら。この寝台曲っているのね、右の方が低いでしょう。」

　などと言って、凹凸のひどい寝台にちょっと貌を曇らせると、低まったところへは蒲団の下から座蒲団や着物を畳んだのなどを差し込んでやり、とんとんと軽く叩いて平らかにしてやるのだった。その度に兄は、うん、よしよしと頷き、多くを語らなかった。

「舎の方は何か忘れものありませんか。あったら言って下さい。すぐ持って来る――。」

と言い残して人々が帰ってしまうと、茅子もまた、

「用ありませんかしら、わたし今日ちょっと忙しいの。」

「そうか。帰っていい。ええと、ちょっと待ってくれ、茅、お前明日の晩でいいからちょっと僕の所へ来てくれるように久留米に言ってくれないか。」

「久留米さんに？」

「ああ。」

茅子は何かひどくためらう風に首を動かせ、兄を見ながら、

「どんなお話なさるの？」

とおずおず訊いた。兄は急に強く、

「どんな話でもいい。是非そう伝えてくれ。」

「はい。」

茅子の声はどうしたのか、泣くような細い弱々しげなものに変っていた。そして話が途切れると、茅子は、しばらくその想いに耽っている様子であったが、やがて兵衛の左右の寝台に横わっている病人たちに、よろしくお願い致しますと言って成瀬の方に視線を向けた。老人にも挨拶をして置こうかどうかに迷う風であったが、成瀬がいるのに気がつくと、ちょっと驚いたようであった。が、すぐ頬に薄っすらと微笑を浮ばせて、落着いた調子で言った。

「まあ、しばらくでございましたわ。お体、いかがですの。」

成瀬はさっきから兵衛に言葉を掛けようと思いつつ、茅子との話の邪魔になってはと、ためらっていたのである。

「ええ、お蔭様で、どうにか元気です。兄さん、どうなさったのですか。」

「顔面――ですの。」

この瞬間、二十三の成瀬は、はっと異様なものを感じて胸がときめいた。

そういうことに対して彼の神経が特に鋭くなっていたのであろうが、彼はこの間髪に、茅子の肉体的な成熟、女になったのではないかという奇妙な不安がひらめいたのである。成瀬は、茅子と話し合ったことはほんの二三度しかなかったのであるが、その二三度に受けた印象のむすめむすめしたものが、失われた訳ではなかったが、彼は、その娘らしい彼女の肢体や言葉の中に今までなかった不思議な魅力が潜んでいるのに強く心を動かされたのである。

間もなく、茅子が帰ってしまうと、成瀬は兵衛の枕許に寄り、見舞った。かなり痛むらしく、彼は言葉を途切らし途切らし、苦しげで、成瀬はあまり長いことといるのが悪いように思われたのですぐ別れて帰った。

「顔面だけだとまだいいが、眼をやられるともうお終いです。しかしどうやら眼の方へも来るらしい。覚悟はしています。」

と言った兵衛の言葉が、成瀬の頭から離れがたかった。

この病院に収容されると、誰でも最初の一週間を重病室に入れられ、そこで病歴が調べられたり、余病の有無を検査されたりした後、普通の病舎に移り住むのであった。もっとも今では収容病室というのが新しく建てられたので、入院直ちに重病室に入れられるということはなくなったのであるが、成瀬が来た当時はそれも出来ていなかったのである。成瀬が兵衛と初めて親しく口を利き合うようになったのは、その重病室に入れられて五日目、真夜中のことであった。

まだ入院したばかりの彼には、三度の食事も満足に咽喉を通らず、終日悪夢を見続けてでもいるかのような状態であった。夜は激しい不眠に悩まされて、夢とも幻覚とも思われる奇怪な患者たちの形相が浮び上って、襲って来る睡魔と幻影の中でどろどろと自分の肉体が融かされて行くかのように思われるのである。その夜も彼は十二時を過ぎる頃になってとろとろと浅い眠りに落ちたが、熟睡する間もなく覚まされてしまった。

ばたばたと慌しく廊下を駈け出す足音や、切迫した声などが入り乱れて耳に入り、どうしたのであろうと彼は寝台の上に坐った。見ると、彼からはずっと離れている向う端の寝台に七八人もが塊って、何事か緊張した声でひそひそと言い合っているのである。と、さっき廊下を駈け出した男の後を追ってまた一人があわを食ったように横飛びに走り出し、間もなく遠く医局のあたりで、

「早くせんと息が切れるぞ！」

とどなっている声が、薄暗い空間を響かせて聴えて来るのであった。成瀬は何ごとが起ったのか判らなかったが、異常な雰囲気にうたれて急いでそこへ行って見た。人々の背後から伸び

上って覗くと、もう五十近いであろうと思われる男が、腐った果物のようになった顔面を仰向け、頸を縊られた鶏のように、ひくひくと全身を痙攣させながら手足をばたばたともがいているのであった。どす黒くなった額には血管がみみずのようにふくれ上り、ククックククと咽喉を鳴らせてのた打っているのだ。眼は宙にひっつり、掌を固く握りしめて、文字通りに今にも息が切れようとしているのである。

間もなく附添夫ががらがらと手押車を挽き込んで来ると、叩き込むように病人を車に載せて手術室へ駈け出して行った。

「医者さん（とうちょく）は出て来たか！」

と叫びながら三四人が追って行った。残った人々は室の中央に置かれた大きな角火鉢を取り囲んで、ほっとしたように煙草を吸い出した。その中に船木兵衛がいたのである。異常な光景に興奮した成瀬は、兵衛のいることに気づかなかったが、兵衛は既に知っているらしく、視線が合うと彼は成瀬に微笑んで見せるのであった。親しく言葉を交したことは勿論なかったが、それでもそれまでに二三度出合ったこともあり、兵衛は既に成瀬が同県人であることを知っていたのであろう、その度に好意のこもった微笑を、成瀬は受けていたのである。後になって成瀬は知ったが、手術室に運ばれた男と兵衛は病舎の方では同室に起居していたのである。咽喉がつまって呼吸困難におちいるほどであるから勿論重症であり、手術が遅れて死ぬことも珍しくはなかったので、兵衛は当直の附添夫を助けて、補助看護に来ていたのであった。

兵衛は近寄って来ると、寝台の前にぶら下っている体温表をちょっと眺め、坐っている成瀬

に、

「工合はどうですか。」

と無造作に訊いた。成瀬は興奮がさめ切らず胸はまだ激しくゆらいでいたが、兵衛は顔色ひとつ変えなかった。

「喉頭癩なのでしょうか。」

と、舌のねばるのを覚えながら訊くと、兵衛は、もう吸口のあたりまで短く煙って来た紙巻(バット)を、じゅっと思い切り吸ってから、もくもくと煙を鼻穴から噴き出しながら捨てると草履の下に踏みつけて言った。

「そう。」

兵衛の貌は、腫脹や潰裂はなかったが、それでもかなり激しいそれらの痕が残っていて、色はどす赤く猩々(しょうじょう)を連想させるものがあった。茶色っぽく濁った眼には赤く血を孕んだ血管が縦横に走っていた。

手術室に運ばれた男は、やがて穴をあけた咽喉に、金具(カニューレ)を白く光らせながら帰って来た、やはり車の上に横わって、ぐったりと死人のようであった。それでも呼吸が楽になったのにはほっとしているらしく、笛のようにひゅっひゅっと金具を鳴らせながらせわしなく息を吐くのであった。人々が手をとり足をとって静かに寝台につかせると、男はちょっと手をあげて金具に触ってみようとするらしかったが、それはみなにとめられた。

「ああして吭(のど)を切っても、運の悪いのは二三日で死んでしまうんですよ。五年も十年も生きている人もありますがね。」

と兵衛が言った。本能とはいえ、あんなになってまでまだ命をのばしたいのかと、成瀬は生に執着する人間の性質が呪わしく思われるのだった。

「ノドキリ三年って言うから、まあ三年はそれで命を拾った訳さ。」

そのとき誰かが言った。

「馬鹿言え、あれで十年は生きるつもりさ。」

と、それに答えて別の一人が笑いながら言うのだった。成瀬はいきなりどん底に投げ込まれた思いで言葉も出ず、顔面がこわばるのを覚えて、その方を眺めるのさえも何かはばかるものを感じるのであった。兵衛は成瀬の気持を察したらしく、急に好意に充ちたまなざしを向けながら、

「驚いたでしょうねえ。僕もここへ来た当時は、実に生きた心地もしなかった。」

そして明日遊びに来なさいと言って、自分の舎名と部屋を教えた。兵衛が帰ると成瀬は気疲れにぐったりして急いで蒲団の中へもぐり込むと、この印象は黒い核のように自分の頭の中に何時までも取れないに違いないと、どこか心の遠くで思いながら、とろとろと浅い眠りに落ちたのである。

翌朝、眼を覚すと彼はすぐ昨夜のことを思い出し、ふと、あれは悪夢の中の出来ごとではなかったのか、などと疑ったりしながら兵衛の部屋を訪ねたのであった。

兵衛は快く迎え、茶など奨めるのだったが、成瀬はなんとなく落着いた気持になれなかっ

た。初めて這入った部屋のためもあろうが、それよりも彼は、まだ病院全体の雰囲気に馴染むことが出来ず、無意識的に反撥し嫌悪しているのであった。兵衛は、病気の状態を訊いたり、発病後何年になるかなどと訊ね、更にこの病気の性質や医療などを成瀬に説明するのだった。

「退院される人も随分あるように聴きましたが、全治するのでしょうか。」

と訊くと、兵衛は、

「退院する者はあるが——。」

と言葉尻を曇らせていたが、

「結局あなたにも終いには解ってしまうのだから、ほんとのこと言っときますが、全治、という訳には行かないのでね。ここの言葉で言えば、一時、病気が落着くんですよ。まあ、結核と同じようなもので。」

「再発するんですね。」

「そう。こいつの再発と来ると、全く確実なんです。乾性——つまり神経型にはごく稀に再発しないでいるのもあるが、まあ千人に一人でしょう。湿性——つまり結節型はもう間違いなく再発するらしい。僕は医者じゃないから断定は出来ませんが。」

そのうち話は当然昨夜の出来ごとに及び、

「僕なんだかまだあの光景が眼の先で行われているような気がしてなりません。悪夢か幻覚のように思えるのです。」

と成瀬が言うと、

「そうでしょう。あればかりでなく、この病院全体が幻覚のような気がする、来たばかりの頃は。あなたの気持はよく判りますよ。しかしあの男なんか稀に見る幸福者なんですよ。たいていの者は盲目になってからやられるんですが、あれは急激に咽喉に来たから――。」

「恐しい病気ですね。」

兵衛はしかし、この新患者くさい言葉にも別段苦笑せず、

「そう、恐しい病気ですよ。たしかに恐しい病気だ。」

そして彼は両眼を閉じ、何ごとか深く考えている様子であったが、強く、

「肉体を持っている限りここでは生きられません。断じて肉体は捨てなきゃならないんです。そうでなければ、ここでは自殺するより他にないんですよ。」

と力を籠めて言うのであった。成瀬は、しかしこの言葉をぴんと受け取ることの出来ない新患者であった。が、そういう兵衛の内部に潜んでいる苦悩は感じとれ、

「そうでしょうねえ。」

と間の抜けた返答をするばかしであったのである。

「癩者の闘いは、あなたの言う、恐しい病気の実感から始まるのです。あなたは昨夜の光景と、あのとき誰かの言った言葉を聴いたでしょう。あんなになっても、もう十年は生きるつもり、なんですからね。あの男は発病後二十年近くになるが、あれがつまり癩者の本当の言葉なんです。生命の声ですよ。」

次の日、成瀬は今の病舎に移ったのであるが、それから二三ヶ月の間は、舎の生活にも慣れ

ることが出来なかったし、話相手とてもなかったので、一週間に一度は兵衛を訪ねた。

「僕の眼は、ちょうど消えかかった自転車の電池のようなものです。あと二年くらい保てば良い方ですよ。」

と言って、豪快にはははと笑い、

「あなたはまだ気がついていないでしょうが、これで僕の眼は、片方はもう殆ど見えないんですよ。非常に深い霧の中にいるような工合ですね。」

そう言われて見て成瀬は初めて兵衛が失明を前にしていることを知ったのだった。そして注意して見るとその悪いという方の眼は、なんとなく、意識を失った者の眼に似て生気がなく、良い方の眼と較べて見ると成瀬にもはっきり判るのであった。よく見える方の眼が、むしろ充血は激しかったが、しかし悪い方と較べて、白い部分と黒い部分がはっきりと分たれていたが、悪い方は、鞏膜が瞳孔に向って流れ込んだように、眼球全体が白っぽくただれていたのである。

「治療法はないのですか。」

と訊くと、

「有るが、無いのも同然ですね。手術なんかやりますが、一時見えるようになって、また日が経つと間違いなく見えなくなる。それに手術したために余計早く見えなくなった、なんてのが随分あってね。医者の説では、癩患者は、見えるのが不可思議な現象で、見えないのが普通だ、ってことですよ。もっとも、これは僕の親しい医者の冗談ですが、しかし真実ですよ。」

「…………。」

「僕等の行手には、眼帯、松葉杖、義足、杖、そんなものが並べてあるんですよ。それをひとつひとつ拾ってゴールインするんですね。無論、焼場へですよ。はははは。」

成瀬は言葉も出なかった。

「覚悟するより他ありません。生き抜く道はその上にあるでしょう。肉体を捨てることです。どんな廃残の肉体の中にも、美しい精神は育つんですからね。」

「肉体を捨て切ることが、人間に出来るでしょうか。」

人間として最も完全な形態は、たくましい肉体と美しい精神が融合したものではあるまいか。そして人間は本質的にたくましい肉体と美しい精神を同時に欲望する。その一つを捨てるということが、果して人間に可能であろうか——。

「出来ます！」

と兵衛は強い声で言った。しかしその強さが、彼自身の内部に盛り上って来る不安と絶望に向けられてい、それを叱責する言葉であったように成瀬には思われた。そしてこの思いはその後ずっと成瀬にある不安なものを植えつけたのだった。

雨はびしょびしょと降り続いていた。外へ出ると六月も半ば過ぎているのに、四月の夜のような肌ざむさであった。成瀬は、盲人のために敷かれた石だたみの道を、こつこつと下駄で踏みながら、今会った茅子の姿やら兵衛の繃帯に包まれた貌などを思い描いた。

「僕の眼はあと二年保てばいい方ですよ。」と言った言葉に思い当り、やはりあれは間違いではなかった、顔面神経痛にやられての入室だというが、今にきっと眼もやられるに違いない。そう思うと、成瀬は、まるで自分の眼が見えなくなってゆくかのような不安を覚え、心が滅入った。兵衛はああなっても尚強烈な精神を失わず生きて行くであろうが、自分が今あの場合に置かれたとすればどうだろう。成瀬は、さっと頭に閃いた「狂う」という言葉の破片にそっと寒気を覚え、それ以上考え続けることが出来なかった。

ざざ、ざざと雨は傘に注ぎ、道は暗かった。あちこちに点々とつけられている常夜燈が、濃緑色の木々の間に明滅して、細雨の中に射し込んだ光りの穂先が闇の中に吸われていた。温室の横まで来ると、成瀬は何気なくその方に眼をやったが、はっとして立停った。降りそそぐ雨足に濡れ、内部の水蒸気にぼうっとにじんだ中に、大きく咲いている花陰に茅子の姿をみとめたのである。彼は急いでのび上り、注意して見ると、無論それは錯覚であった。

舎に着くと、もう九時を過ぎていた。二人は既に深い眠りに入って、くらげのようにただれた唇を開き苦しげな呼吸をしていたが、あとの三人は夜食のうどんをうでているところである。成瀬はなんとなく心が滅入ってならなかったので、すぐ蒲団を敷いて横になった。うどんが出来ると、三人は部屋の隅に塊って、

「うめいなあ。」

「うめえ、うめえ。」

と言っては、びちゃびちゃと食うのであった。

「成瀬さんどうですかい、一杯。」

「夜食は病気に悪いって言うが、一杯ぐらい大丈夫だぜ。」

成瀬はさっきから茅子の姿が眼先にちらついて、返事をするのもひどく面倒に思われるのだった。あの時兵衛の口から出た久留米という男は、恐らく茅子の何かであろう。が成瀬は、茅子に男がついていようがいまいが、それはどちらでもいいことだと思った。勿論茅子に対してどうしようという気持は、成瀬にはなかった。が、さっき病室で会った時の彼女の殆ど動物的とも思われる魅力が蘇って来ると、自分の内部にあるけものの染みたものが、今にも猛然と起き上ろうとするかのように思われるのだった。兄妹といえ、勿論ここでは離れて住んでいるので、兵衛にはよく会っても茅子とはめったに会うこともなかった。それでも今までに彼女と口を利いたことも二三度あったのである。しかし今夜のような感じは受けたことがなかったのに思い当ると、いつの間にか激しい変りようをしたものだと、成瀬は女の変化に驚くのだった。が、また自己に振り返って見ると、茅子をあんな風に感じたのも、茅子の成熟ではなく実は自分の心の中に巣喰っているものがそう思わせたのではあるまいかとも考えられたが、しかし彼はやはり茅子は変ったと思う心をどうしようもないのであった。

久留米については、成瀬は全然知らぬということもなかった。親しく口を利いたことはないが、道を歩いている時に見かけたこともあり、また病院に芝居や映画など、催しもののある時にも見たことがあった。つい先達っても、院内の茶摘みが行われた時、すぐ隣合って葉を取ったりしたのである。

背は低く、顔全体に圧しつけられたような憂鬱さがみなぎっていたが、病気は軽く、外見にはちょっと病人とは思えないくらいであった。眼は幾分兵衛に似て、細く小さく、笑うとかえって泣いているように見えるのであった。しかしそれが対手に向ってじいっと釘づけされると、異様な、蛇のような執拗さをもって何もかも見透してしまうような光りを放出するのだった。成瀬は一見するなり、これはただ者ではないと思った。

彼は成瀬が入院してから一ヶ年ほどたった頃入院した。かなり激しい性情であるらしく、入院後五六ヶ月ほど過ぎた頃、自分に宛てられた手紙が二日も遅れて手に這入ったのはどういう訳かと、事務所へどなり込んだりした。勿論これはちょっとした事務員の手違いから起ったことで、ことが荒立ちもせずすんだが、彼はその二三日は夜も眠られぬと言って、危く逃走しようとしたりしたほどであった。これを聴いた時成瀬は、単純な奴だと軽蔑する気持になったが、なんとなく好奇心も湧いたのであった。彼は、この病院の機関紙である『槭樹の下』などにも時々エッセエ風の文章を書いたが、それには久留米六郎と署名してあった。

成瀬は雨だれを聴きながら幾度も寝返りをうち、兵衛と茅子の会話を思い出すと、では明日の晩は是非兵衛を見舞って久留米にも会いたいものだと思った。そうすれば久留米と茅子の間柄も自ずと判るに違いない——。彼はもう無意識のうちに、茅子と久留米との関係をはっきり摑みたくなっている自分に気づくと、嫌なものを味い、不快であったが、しかしこれは茅子を欲しいと思うためでは決してない、とはっきり言えると思うのであった。

成瀬はふと足を停めると、病室の窓をちょっと見上げ、それから築山の下に咲き始めているグラジオラスの方に眼を向けて、よし悪い気持がないにせよ、そういう下心があって兵衛を見舞う自分が不快で、入口の扉を開くのが躊躇されるのだった。雨はやんでいたが、今にも降り出しそうに雲が低く、夕暮の迫ったあたりは薄暗かった。しかし自分にそういう気持もないのに躊躇するのは尚おかしいことだと思われたので、何気ない調子で扉をあけ、瞬間ぷんと嗅って来る膿臭に鼻孔をちぢめながら、兵衛の方に先ず眼をやると、やはり久留米は来ていて、横わった兵衛の寝台を挟んで茅子と向い合っていた。這入ろうかどうしようかとまた逡巡する心を圧えて老人の方を見ると、老人はもう成瀬の来訪に気づいていて、視線をこちらに向けているのだった。

「お前さまの来るのを待っとったよ。」

体温表を見るとまた上っていて、三十七度の赤線を突き抜けて九度五分を指しているのだった。

「どうしたの、また上げているじゃないか。」

「すまんがのう、注射を頼んで来てくれんかの。」

兵衛ら三人は何か小さな声で話し合っていた。成瀬は無意識のうちにもその方へ耳が澄み返って行くのをどうしようもなかった。茅子は始終黙って、兄と久留米とを交る交る見ては、哀願するような眼つきをし、今にも泣き出しそうに頰の筋肉を顫わせたりするのが、痛いほど成瀬の眼に食い入って来るのであった。兵衛は顔面一ぱいの繃帯の下から小さな声で話の内容も摑めなかったが、久留米はときどき激情的に声が大きくなり、断片的にはその意味も察せられるのであった。そして久留米と茅子とが恋愛以上の関係にあることも察せられ、憎しみ、というほどのものでないにしろ、久留米に対して一種の嫌悪と反感とを覚えるのを、成瀬は致方もなかったのである。

「あなた、そんな……。」

久留米の激しい言葉に対しておずおずと言った茅子の言葉が、注射を頼みに医局の方へ足を向けた成瀬の耳にぴんと響き入って、彼は思わず足の浮くのを覚えたのであった。

医局から帰って来ると、もう三人の話は終ったらしく、菓子をつまみながらお茶を飲んでいた。

「成瀬君、お茶いかがですか。」

と兵衛が声をかけたので、

「どうですか今日は、工合。」

奇妙に言葉をまごつかせながら成瀬は、三人の間に割り込んだ。

「ありがとうございます。とても今日は楽なんですの。」

と、兵衛に代って茅子が答え、けんどんの上の湯呑にお茶をさして奨めるのであった。久留米も成瀬も既にお互の名前を聞き知っているのでちょっと頭を下げ合って、成瀬は湯呑を口にもっていった。三人共、今まで話し合っていたことがまだ頭にひっかかっていると見え、成瀬もまた成瀬で三人から除外されているような場違いを意識して話ははずみようもなく、初めのうちはお互に言葉も途切れ勝ちであった。兵衛がこの病院の政治的なことに就いて二三話したが、それもすぐ沈黙の中に墜ち込んでしまい、あとは文学のことなどここの現実からはかけ離れたことが話され、誰もこの世界から眼を遠ざけ、それに触れたくないようであった。久留米はどうしたのかひどく不機嫌そうに黙り込んで、兵衛が何か言ってもぶっきら棒な返事を短く千切ったように答えるだけで、成瀬はなんとなく取りつく島もない思いになった。自ずと反感に似たものも募って来て、成瀬は、ではお大事にして下さいと別れの言葉を思い浮べた時、ふとさっき医局で見たことを思い出して、何の気もなく、

「ここの看護婦にもシェストフを読んだりしているのもいるんですね。僕、意外な気がしましたよ。」

「ああ、あれですか。」

と兵衛は知っているらしく、

「久留米が貸したんですよ。『悲劇の哲学』ってのでしょう？」

と続けて言うと、久留米が不機嫌そうに言った。

「あいつら、もの好きさ。」

「そうでもないだろう。しかし僕は思ってるんだが、あいつぁ地獄の使者だよ。」

「ふん。」

久留米は軽蔑したように傲然と鼻を鳴らせた。兵衛は久留米を指しながら成瀬に向い、

「ところが、久留米は悲劇の哲学以前でぺしゃんこになってるんですよ。悲劇を哲学して、悲

劇を食って生き抜くことなんか、この男からは凡そ遠いんですね。悲劇に圧倒されてしまって呼吸困難におちいっているんですからね、不幸な男ですよ。」

久留米は急に小さな眼をきらりと光らせると、

「ありゃ壮健の書いたものだ。」

と嚙みつくように言った。

「それで、君は、癩患者だってのか。」

「シェストフの体は腐らないんだよ。死ぬまで生きていられるんだ、あいつぁ。俺達は死ぬ前に既に息を引取ってるんだ。体が腐るんだからな。」

「精神が腐るか?」

「精神が腐らなかったって体は腐るんだ。体の腐らん奴が書いたものなんかこの病院で通用するもんか。俺だって体が腐らなけりゃもっと物凄い論理をひねり出して見せる。体の腐らん奴はどんな理論でもひっ放しが出来るんだ。都合が悪けりゃ転向すりゃいいんじゃないか。俺はもっと切迫しているんだ。思想か思想自体の内部でどんなに苦しんだって、たかが知れてらあ。」

「しかし壮健さんだってみな一度は死ぬんだぜ。」

「当り前さ。だから言ってるじゃないか、奴等は死ぬまで生きていられるんだって!」

「社会人としてか。」

「勿論、そしてそれだけじゃないんだ。つまり人間が人間の形態、人間の形式上で生きられるんだ。俺達は死ぬまでに、既に人間を廃めなきゃならんのだ。」

久留米はもう汗を額にじっとりとにじませ、声は荒々しく高まって来たが、兵衛は繃帯の下から眼を細めて微笑しながら、

「精神を信用しない人だな。」

「ふん美しい精神、立派な精神。結構なことさ。しかし美しくなけりゃならんということはないんだ。立派でなくちゃならんとは誰も定めはしなかったんだ。どだい立派なんてものが怪しいものだ。そんなもので嘘でなかったことが今までにあるもんか。みな虚偽だ、ごまかしだ。要するにそんなものは、自殺する気力のない貧弱な奴等が、死ねないことの弁解に口にするところの代物だ。俺はそういうものはお断りだ。」

「とにかく、十年癩病の飯を食って見ることだよ。十号——狂病棟——へ行ってごらん、六十一年癩病生活をして今年七十二になる男が生きている。十年癩の飯を食うと、その男の前でひとりでに頭が下るようになるんだ。君はまだ人間の生命ってものを一度も見たことがないのだよ。生命どころか、君は人間ってものすら見たことがないんだ。君が見ているのは、そこらにうじゃうじゃとひっかかっている人間の着物ばかりなんだね。ブルジョワの娘は汚い着物を着ると息がつまっちまうが、それと同じさ。自殺なんて身の程知らずの生意気野郎がする、なんて言うが、思い上りだよ。君の考えなんか、海の上に浮んだあぶくみたいなものさ。一度でも足許の海を見てみろ。いいか、海は真暗なんだよ。深いんだよ。そこは闇なんだよ。判るのか、俺のいうことが。自分というものが、その上に一輪咲いた花だと思ってみろ。それでもま

だ死にたいのか。」

久留米は急に意地悪そうな皮肉を貌に漂わせながら、

「僕は生憎とリアリストでね。君ほどには神秘家でないのさ。」

兵衛は繃帯の間から指をつっこんで鼻の横をぽりぽりと掻きながら、

「成瀬君、この男は近いうちに自殺するつもりらしいんですが、あんたはどう思います。」

「さあ、僕まだ死について突きつめて考えて見たことがないので、あれですけれど、死のうと思ってもなかなか死ねないような気がします。そのうちだんだん死にぶつかって行くような気がしますけれど……今のところでは、死のうと思うと急に生命が大切なものになって来そうですし、生きようとするとまた急に死にたくなって来るような気がしてなりません。でも根本は誰だって生きたいのですし、死にたいと思うのもほんとの心は生きたいためだと思います。でも、死ねれば死んだ方がいいようにも思います。僕には判りません。」

と成瀬は自分の気持を率直に述べた。茅子は始終不安そうに久留米の方に視線をやり、時にはぴったりと彼の貌に視線を釘づけにしてじっとみつめているのであった。

時がたち、話が切れると、成瀬は、

「お暇の折には遊びにいらして下さい。」

と久留米に向って言って外へ出た。何か大切なものを取り落した時のような空虚な、そしてなんとなく落着けない気が残っていた。

降り続いた梅雨があけると、間もなく甍も融けて流れるかと思われるような酷烈な夏が巡って来ていた。海からも山からも遠く隔絶したこの一郭の人々は、厚ぼったく巻きつけた繃帯の中に埋もって、秋を待ち焦れて喘ぐのであった。骨身にしみ透るような蟬の音が終日頭上で続き、烈日を浴びた緑葉の輝きは、薄れかかった病人たちの眼にしみ入って痛ませた。この頃になると、膿汁の溜った疵口や、疵を覆ったガーゼや繃帯の間に、数知れぬ蛆が湧くことも決して珍しくはなかった。膿汁を吸って育ったこの幼虫は丸々と白く太って、もさもさと重なり合ってうごめいた。光線の工合によっては透きとおるような無気味な碧さで燿い、時にはちりばめた宝石のようにすらも見えるのである。

「やあきれいだなあ。」

繃帯を解かせてやりながら附添夫が、思わず感歎の声をもらすこともあった。しかしさすがに気色が悪いのであろう、あわててガーゼの中につつみ取って捨てると、慣れ切った看護婦たちも頰をしかめて、暑苦しいマスクの中に不快な思いを隠すのであった。これが自分の生きる世界なのかと、成瀬はしみじみ自分の周囲がかえりみられ、後頭部に痺れるような鈍痛を覚えた。

そうしたある日の午後、珍しく熟れの良いトマトが売店に這入ったので老人に食わせてやろうと病室へ買って行ったのだったが、そこで彼は初めて茅子が孕んでいることを知ったのであった。

老人の疵は、その後どうにか良い結果が続いて、盂蘭盆が終る頃には退室も出来るというところまで運んでいた。

「ほう、こりゃよう熟れとる。うむ、うまそうじゃのう。」

輪切りにされたのを老人はつまみながら、子供のように嬉しがり、たらたらと顎に垂れる汁(つゆ)を拭うのであった。

「どう、足りなけりゃもっと買って来るよ。」

成瀬もやはり満足なものを覚えて、そういう冗談口の一つもきいたのであった。

「舎へ帰ったら退室祝をやるべいよ。だけどのう、わしはもう土方はやめにしたよ。わしの足は板ではないからの。釘がささってはかなわん、かなわん。腐っとる足でも生きとるからのう。」

「そうだそうだ。」

「どうせこんな病(やまい)になったからにゃ、ちっとは楽をしべい。どうせ近いうちに死ぬ体じゃ。しかしのう、お前さんを見ると気の毒でのう、まだ若い体で。まあそのうちに良い女でも見つけるのさ。」

そして老人はちらりと向い側の兵衛の方を窺い、急に小さな声で言ったのである。

「茅子さんはこれじゃよ。」

老人は両手で腹の脹らんだ恰好を示した。

「え?」

と成瀬は思わず問いかえしたが、そうか、そうだったのか、と、これという理由もないながら、何か思い当ったような気持になったが、茅子の姿が思い浮んで来ると激しい怒りが湧いて来た。馬鹿！と彼は自分の頭の中の映像に向って投げつけたのであった。

「誰に聴いたの？」

老人の言葉を妙に否定したくなってそう訊くと、

「そりゃ、成瀬さん、わかるよ。朝晩茅さんは兄さんのところへ来るからのう。自然でにわかるもんじゃよ。相手はお前さんも知っとるだろう。」

勿論久留米だ、と成瀬は思い、苛立つものを覚えてその日はすぐそれで舎へ帰った。

平静な気持になると、彼は、その時の怒りを思い出して自分ながら不快になった。茅子が孕もうが孕むまいが、問題でないではないか。よし彼女が自分の前に胸を展げて身を投げかけて来たとしても、恐らく自分は拒否してしまうに違いないではないか。癩だ癩だ、これが俺をどっちへも行かせないのだ。自分の欲しいものは茅子では決してない、ただ女が欲しかったのだ。女の肉体だけを俺は欲望していたのだ。しかし癩だ、これが俺の欲望を圧しつけ、圧迫して、俺はただ女の映像を描いてそれに向って苦しむだけなのだ。久留米のように欲望に向って率直に飛び込んで行けないのが自分なのだ。

しかし、そののちの成瀬は、心の中に虚ろな空洞が出来、ともすれば滅入り込み勝ちな憂鬱な日が多くなったのはどうしようもなかった。

久留米は、兵衛のところで初めて会って以来、一三度成瀬の部屋へも遊びに来たことがあり、また成瀬も彼の部屋を訊ねたりした。そして彼の、殆ど傲岸とも思われる言葉使いや態度も、実は彼自身の心の真実に向って率直に実行して行く、またそうせねばいられない彼の純一な性質のためであって、成瀬はそこに少年のような純情をすら見たのであった。久留米は成瀬と同い年の二十三である。

「僕はどんなに精神が勝利しても、この肉体の敗北がたまらないんです。病室へ行けば誰でもすぐに気がつくが、真実美しい精神に生きているというあのクリスト者ですら、僕にはなんとしても毛の抜けた猿にしか見えないんです。船木君だってやっぱりそうです。どんなに立派な精神を有っていたって、他人から見れば山猿か芋虫にしか見えないんです。僕はこいつがたまらんのです。」

また、

「立派な精神や美しい精神というやつは、鮎を釣るあの釣針と同じものです。毛は生えています、立派な餌にも見える。しかし甘味もなけりゃ滋養もありゃしません。単に、咽喉に引っかかるだけです。僕は美しい上品なものよりも、下劣な、下等な肉体的欲望で十分なんです。そいつが欲しいんです。」

などと彼は成瀬に語ったのであった。

「それに敗れれば自殺するよりないとおっしゃるんですか。」

と成瀬が訊くと、

「そうです。僕は癩病患者なんです。必然それに敗れます。」

「でも、自殺なさるためには、生き抜く以上に強烈な精神が必要なのではないでしょうか。」

「それです。それです。僕を苦しめるやつは！　僕は、気が狂うかも知れません。」

生きることも出来ない、しかし死ぬことも出来ない、この生と死の中間に挟まれて身動きも出来なくなったとすれば、確かにもう狂うより他にないであろう。成瀬は暗然と久留米の貌を見ながら思うのであった。自分もまた久留米と同じようなところへ向って墜ち込みつつあるのではないか、いやこれは自分や久留米ばかりでなく、凡ての癩者がぶつかるところである、船木兵衛もこれにぶつかったことがあるであろう、そしてこれにぶつかった時、自殺する者はするのだ、兵衛のように生き抜く者は生きるのだ、自己の生活を、自己の存在をはっきりと認識して生き抜くのだ、そして第三流の者のみが、どっちへも行けずただ生の本能に引きずられて何の自覚もなくずるずると墓穴へ引っぱって行かれるのだ、勿論それは生きたとは言えない、それならこの自分は、一体どうしたらいいのか、俺の足は麻痺したのだ。

彼は、久留米の苦しみがはっきりと判るように思われ、その苦しみに対して、真向から斬りかかって行く姿に、羨望と敬意とを覚えたのであった。しかし茅子が孕んでいることを知ってからは、久留米の姿が浮んで来る度に、憎しみに似た嫌悪を覚えてならなかった。がその嫌悪を意識すると、成瀬は、嫌悪している自分自身が腹立たしくなって、誰に向ってとも定らない言葉を呟くのであった。

「久留米だってそのために苦しみが増しているのだ。俺は、これでいいのだ、これでいいのだ。」

だがそう呟く下から、不安と絶望とが重なり合って盛り上り、やり場のない苛立たしさに眼先が真暗になるのであった。もし成瀬が兵衛のように三十を超えた男であったならば、或はこうした暗い気持も味わずにすんだであろう。彼は自分の若さが呪わしく思われ、病毒に濁らされた青春の血の狂いを意識するのである。

ぼさぼさと繁った青葉の黝ずんだ重なりを透かして、踊場の光りが射しこんでいた。高く組み建てられた櫓が見え、その上で手を振り足を振って太鼓を叩き笛を吹く囃子方の姿が、木立の向うに手に取るようにはっきりと見える。踊子たちの姿は見えなかったが、囃子の声は遠く離れた二人の耳へも、鯨波のように聞えて来、どよめく潮のように遠く消えかかってはまた盛り返して来るのであった。もう十二時を廻っているであろう時刻であったが、灰色の一色に塗り潰された病院生活に倦怠し切った患者たちは、夜の明けるのも忘れて踊り狂うのが例年のことになっていたのである。

さっきから林の中をあてもなく歩き続けていた二人は、ようやく疲れを覚え、

「踊場でお茶でも飲みましょうか。」

と成瀬が誘うと、そうしようと言って久留米もその方へ足を向けた。

まだ宵のうちに成瀬は久留米を訪ねて、それから二人はずっと歩き続けていたのである。その間二度ばかり踊りを見物しているうちに別れ別れになったが、どっちから近寄るともなく出合っては散歩の足をのばしていたのであった。病院全体が踊り気分になっていて、部屋は雑然としており、二時三時まで眠ることなどとうてい出来なかった。

踊場は松や檜、栗などの林に囲まれた広場で、婦人舎からは病気の軽い者が三組に分れて、

十四日から十六日までの間を、交る交るお茶や結飯の接待をするのであった。葦簾張りにされたその接待所で二人は茶を飲むと、踊りの輪へ近寄って眺めた。

坊主頭や、義足や、指の脱落したのなどが大きな輪になっているのであるが、二百人に余る踊子が揃うと、櫓から射し出る電燈の光りを浴びて、黝々とした大地に咲き出した巨きな花を見るようであった。櫓を中心にしてぐるぐると巡り、ところどころがふくらんだりつぼまったりして、風にゆらいでいる花弁のようにも見えるのである。その輪を取り巻いて体の不自由な人々が幾百人となく見物しているのであるが、勿論どれもこれも奇怪な形相をした患者ばかりで、よくもこれだけ癩病人が集まったものだと成瀬は思わずしてぐるりとあたりを見廻すのであった。義足をぎちぎちと鳴らせながら輪の近くへ寄ろうと人々の間を割け入って来るのや、松葉杖をしっかり地面についてそれで体を支えているのや、癩者独得の靴のような恰好をした下駄をはき、それを紐でつるしているのや、成瀬はこの盆踊りを初めて見た時の印象、なんとも言えぬ奇怪な土人部落の踊りを思い出した。とりわけ成瀬を驚かせたのは、彼のすぐ横に一団をなしている盲人たちであった。彼等は兵士が剣を前に出して並んでいるように、みな一本ずつ竹杖を前にして、時々どっと喚声をあげたり、

「踊りを変えろ！　何時まで同じものをやってやがるんだ。」

などと囃子方に向ってどなったりするのであった。勿論彼等は踊りを聴きに来ているのであろう。ばかりでなく、朝から晩まで不自由舎の一室でごろごろと死を待つばかりの生活に倦み切っている彼等は、無意識のうちにも、人々の声を聴き、うかれた気分を味い、大勢の人なか

に身を置きたいのであろう。社会から拒否されてまだ日の浅い成瀬が、夢の中にも社会生活を思うように、自分らより更に狭小な世界に墜ち込んだ彼等が、人々の発する雑音や雑沓の中に身を置きたいと思うのは決して無理なこととは思われなかった。成瀬はこうしたなかにしみじみと人間のあわれさを見せられたのであった。

「ちぇ。なんて幸福な奴等だろう。」

さっきからじっと眺めていた久留米が、不意にそう吐き出した。

「酒も飲まないで、よく素面(しらふ)でこんなにうかれていられるものだ。」

と続けて言うと、帰ろう、と言って成瀬の肩を突いた。成瀬はもっと見物したかったのであるが、うんと頷いて従った。が、二三歩足を動かせた久留米が、どうしたのかまたぴったりと立停って輪の方に一心に眼を注ぎ出したのである。茅子が輪の中にいるのかな、と瞬間思った成瀬は、外した視線をまたその方に向けた。するとすぐ眼の先に少女舎の小さな児たちの一並びが廻って来ていたのである。

「きれいだ。実に子供はきれいだ。」

と久留米は呟いて一心に眺めるのであった。癩児とは言うが、みな病気の軽い児ばかりであった。一般に男の子は病気の進行が急激であるが、女の子は殆ど治癒状態にあるのが多く、健康な児の中にも見られまいと思われるような愛くるしい子供がいたのである。この男にもこんな一面があったのかと、成瀬は思わず久留米の貌を眺めた。

「花々の中に泳いでいる蝶みたいだなあ。」

　とまた独言(ひとりご)ちる久留米を、成瀬は我知らず噴き出しそうになったが、彼の真面目な貌つきを見ると、

「そうですね。」

　と相槌を打たずにいられなかった。彼はそれほど真剣に子供たちに見惚れていたのである。

「踊ろう。」

　彼はいきなり、成瀬の存在も忘れたように輪の中に飛び込んでいった。彼の踊振りは誠に下手で、全身が石像のように強張(こわば)り、ただ手足だけがぴんぴんとはねるのであった。なんて幸福な奴等だろうと軽蔑したその口の下で、すぐもう踊り出した久留米を見、その下手くそな踊振りを見ると、成瀬はおかしさがこらえ切れなかったが、しかし何か痛ましいものを見る思いでもあった。

　やがて、三巡りばかり廻って来ると、

「疲れた。」

　と言って成瀬の横に帰って来た。そして接待所へ這入ると、汗を拭いてお茶を三四杯たて続けに飲み、二人は踊場を離れた。温室の横の芝生に来ると、久留米はその上に寝転んで大きな息を吐いた。踊場のどよめきが遠くに聴え、しんとした芝生には冷たく露が下りていた。

「踊ったってどうしたって、僕等の苦しい現実は忘れることが出来ないですね。」

　妙にしんみりした調子で久留米は言うのであった。

「そうですねえ、どんなにこの現実から逃れようとしても、生きている限りつきまとって来ま

すねえ。」

と成瀬は答えながら、今まで感じたことのない、久留米に対する親しさが心の中に湧き、彼の苦痛が痛いほど感ぜられるのであった。そして、今までの友人の尠かった孤独な日々が思い出されると、こうして久留米と親しくなって行くことが、なんとなく豊かなものに思われるのだった。成瀬も並んでそこに腹這い、

「露が降りてますね。」

病気に悪い、ということがぴんと頭に来たが、

「気持がいい。」

と言って胸をはだける久留米を見ると、やはり彼はもっと話し合いたい思いが強まって来て、

「いいですね。」

しっとりと濡れた草ぐさが肌に触れ、首を上げると乳白色に煙った銀河が見えた。

「僕等は、どんな場合でも病気が忘れられんのですね。露が体に触れると、快感を覚える先に熱瘤——急性結節——にやられはせんかと、それが先ず頭に来ちまう。さっきだって子供と並んで踊って見たが、踊り出すとすぐ、この児のおしりには赤斑紋があると思ってしまうんです。そういうことを考えると、情なくなっちまいますよ。」

久留米もやはり成瀬と同じように病気のことを考えていたのである。

「僕等は、慣れるということが出来ないのですね。勿論、こうして平気でこの病気の中にいら

れるということは、つまり大分慣れたことなのでしょうが、でも慣れ切るということはとうてい出来そうもありませんね。」

「僕はその慣れるというやつが大嫌いです。」

「勿論、僕も慣れたくはありませんが……。」

「結局慣らされてしまう。これを考えると僕は恐しくなるんです。癩患者が、こんな苛酷な運命に虐げられながら、しかも自殺出来んのは、病気が徐々にそろそろとやって来るからです。そのうちに慣れちまうんです。たとえば病気の宣告を受けるとする。成程その時は大地が揺ぐように吃驚する。しかし三時間か四時間を経って、或は首を縊ろうとして木の下に立って、はてな？　と思っちまって、癩病だと宣告はされたが、しかし体のどこにも痛みはないし、また苦しくもない。そこで、まあそんなに急がなくても何時でも死ねる、今死なねばならんことはない、と思っちまうんですね。そう思ったが最後、もう何時まで経ったって死ねるもんじゃない。足が二本共トタンの筒っぽに変ったって、手が猫の足みたいになったって、眼がはじくり返ったって死ねやしない。ただ死ぬまで悶え続けるだけです。だから僕は、生き抜く、なんて力んでいる奴等が滑稽なんです。生き抜くこと程たやすいことはありませんからね。生き抜くってのは、つまり死ねないってことじゃないですか。」

「でも、たとえば船木さんのようにしっかり自己を把握して生きている人と、ただ生の本能に引きずられている人とは、僕別なことのように思いますが——。意識がこの場合問題なんだと思います。」

「意識がね。ふん。僕はあいつを見ると、もったいぶった自惚れを感じさせられちゃうんです。だって、あの男を見るとまるで猿ですからね。よしんば、あいつが、どんなに勝れた思想を摑んでいるか知らんが、ところが思想ってやつはこんな場合たいていが、如何に巧妙に、如何に綺麗にごまかすかってことに向って集中しているんですね。僕はどだい、自分の生に対して絶えず理窟ばかりつけてつじつまを合わそうと努力している奴が大嫌いなんです。」

「でも……。」

と成瀬は半ば口を開きかけたが、しかし、もうこれ以上どんなこと言ったところで意味無いであろう、もうここに至れば個性の問題とでも言おうか、なんとも動かしようはないと思って、口を噤んだ。よいとよういとまいた、やんちきどっこいなあと囃す声が遠くどよめいて来ると、久留米は、

「八木節か。何時までやるつもりなんだろう、やつら。」

と呟いて黙ると、それから長い間沈黙を続けて考え込んだ。恐らくは自殺の思いが頭の中に渦巻いているのであろう。また囃子の声が聴えて来ると、成瀬はふと茅子のことを思い出して、彼女は踊りも出来ずどこか林の中にでも佇んで、やがて人目にもつくようになるであろう腹を抱えて涙を流しているのではあるまいかと不安になって来て、

「茅子さん今日はどうしていられるですか。」

と訊いて見た。

「ああヴェガは綺麗だなあ。」

別段皮肉でもなく久留米は独言して、またちょっと考え込み、急に激しい口調で、

「僕は盆が終ると死ぬことにしているんです。」

「え？」

と訊きかえしたが、しかし成瀬はもう言葉も出なかった。勿論生きてくれなどとは言えよう筈もなく、黙って相手の貌を見るばかりであった。

「僕は、肉体を求めて肉体に敗れたんです。肉体の前に敗北してしまったんです。」

「でも、茅子さんのことでしょうけれど、なんとでも解決の方法はあると思いますが。」

「ふん。」

癖なのであろうが、彼は語るに足りぬといったように鼻を鳴らせたが、

「解決？　どんな解決があるんです。自分のこの腐りかかった体を生かすために、堕胎しろって言うんですか。それとも未感染児童の保育所に送れと言うんですか。あんたは、これで解決がついたと思うのですか。船木君もそういうことを言ってくれる。僕は彼を感謝と同時に軽蔑している。一たん出来てしまったことがそんなことで解決されてたまるもんですか。そんなのはごまかしです。虚偽です。時間を以前にひき戻すことが可能でない限りどんな解決も嘘です。出来てしまったことは仕方がないから最良の方法をもって解決する、これくらい体のいい虚偽はまたとありゃしない。僕が今、ここで、あんたをいきなり殺したとしても、出来てしまったことなら仕方がないって言うのと同じですからね。」

「だけど、それでは死ぬことによって解決されますか。」

「出来ません。そんなこと僕だって解ってます。僕の欲しいのは解決じゃないんです。僕の言うことが君には判らんのですか。僕はそのことに対して解決など少しも求めてはいません。僕が言いたいのは、ただ解決というものが凡て虚偽である、ということです。彼女のことなんか単に一例です。」

「一例?」

「そうです。一例です。僕が死を求める理由のうちの単なる一分子です。つまり、生きることそれ自体、癩になってですよ、癩になって生きることそれ自体虚偽だっていうのです。だから自殺を求めるんです。」

そして彼はいきなり、

「癩病（かったい）がいやなんです。」

と投げつけて黙った。見上げると、空全体が深く洞窟のように見え出して、成瀬はその中に引込まれて行くような不安を覚えた。

盆が終れば退室も出来る、退室祝をやるべいと言って、子供のようにそのことばかりを楽しみにしていた老人の身にも、また意外な災難が降りかかって来た。盆も今日一日で終るという十六日の夕方、もう始まりかけた踊りの太鼓を遠くに聴きながら老人を見舞いに出かけた成瀬は、老人の貌に今まで見かけなかった紅斑を発見したのである。急性結節かなと彼は怪しみながら、

「どうしたの、ほら、変なのが出来ているよ。熱ないかね。」

「うん。なんやら体が熱っぽいが、夏じゃからのう。」

「熱瘤が出ているよ。医者に診て貰った方がいい。」

しかし老人はもうその日のうちから四十度を上下する高熱に苦しめられ始めたのであった。急性結節と思ったのは勿論誤りで、疵から何時の間にか忍び込んだ丹毒菌が猛威をふるい始めていたのである。癩の患者は疵が多い上に皮膚などの抵抗力が弱まっているため、この病院では丹毒患者の絶えるということは年中なかったのである。

空から照りつける太陽熱と、自分の体内から盛り上って来る高熱とに、老人は殆ど虫の息になって、

「なんちうこったか、なんちうこったか。」

と呟き続けるのであった。勿論その翌日、まだ朝も早いうちに、この隔離病院の内に更に隔離された丹毒病室へ転室させられた。それ以来は見舞いも禁ぜられて、成瀬は老人を案じつつ会うことも出来なくなった。退室する頃には、恐らくはくりくり坊主に禿げ上った老人になっていることであろう。

盂蘭盆が終ると、暑さはますます酷しくなって病室には老人が増していった。衰弱し切った体を、手も足も顔面も繃帯につつんで横わったきり幾年も過して来た彼等は、息づまるような膿臭を発散しながら日にち死と生の間を往来するのであった。

久留米六郎はその後どうしているのであろうか、自殺したという報せも聴かないまま、日は

過ぎていった。恐らくは生と死の間に挟まれて悶え苦しんでいることであろう。酷しい暑さにあてられて、成瀬はあれ以来ずっと久留米を訪ねても見なかったのである。そして七月ももうあと二日で終ろうとする日の午後、彼の部屋を久振りで訪ねて見たのだったが、折悪しく留守であった。仕方なく彼はそのまま自分の舎へ帰ろうと踵を返したのであったが、話相手になるような者もいない舎へ帰ったところでどうしようもないと思い、林の方へ足を向けたのであった。太陽はもう落ちかかって、最後の一瞬のあの強烈な光線を投げかけていた。

小一時間も林の中をあちこちと歩いたであろうか、ふくらはぎに疲れを覚え始めたのでそろそろと帰りかけた時、彼はふと栗の木の下に立っている茅子を見つけたのであった。太陽は落ちてしまい、西空の真赤に輝きわたる光芒が、木々の葉に映って照り返している中に立って、彼女は動こうともしないのである。成瀬のところからは、それでも四五十間の距離があった。彼女は石像のように、じっと光りを浴びて立っていたが、やがて歩き出し、木々の葉を見えがくれに五六間進んだが、どう思ってかまた引っかえし、栗の下から去ろうとはしないのであった。成瀬は異様なものをでも見る思いで視線を離さずに見まもっていたが、やがて彼女が頭(かしら)を上げて栗の梢を見上げるのを見ると、さっと不吉な予感が心をはしるのを覚え、思わず一歩ふみ出した。しかし彼女は間もなく力なげに項低れると、遠くで見る成瀬にも、泣いていることがはっきり判った。彼女は身をもだえているのである。両手で腹部を抱きかかえるようにして、激しい歔欷(すすりな)きを続けるのである。深い悩みにうちくだかれているのであろう。成瀬はけもののように飛びかかって行きたい衝動を覚えたが、やがて彼女は泣顔を拭きながら葉と葉の間にかくれていった。成瀬はなにかなまめかしいものを見せられた思いで、彼女が去ってからも、そのあとにきらきらと照り映えてゆらいでいる青葉を眺め続けたのであった。

　八月も下旬に入り、空の青さが濃く深まって来ると、雑木林の上を赤蜻蛉が群がって飛び、夜になればかまびすしいばかりに虫の音が草原を満たして、もうそこまで近寄って来た秋が感ぜられる。しかし生涯病み重(おも)って行くばかりで癒えることのない病を背負ったこの人々には、秋が来ればまた秋の悩みが始まり、所詮死に到るまでは解き放たれるということはなかった。そうして船木兵衛の神経痛にも変化が現われ、頰から顎へかけての痛みがどうにか治ったと思われるようになってから、忌わしくも以前に彼自身の言った予言は適中して、激烈な眼球神経痛が始まったのであった。

「皮肉なものですよ。悪い方の眼がやられるといいのですが、反対です。」

　そう言って見舞いに行った成瀬の方に貌を向けるのであったが、成瀬はただ痛ましい思いで見まもるばかりであった。

　幾重にも折りたたまれたガーゼで眼を覆い、その上からぐるぐると繃帯を巻いて、茅子は兄の眼に罨法(あんぽう)をしてやるのであった。そして痛みの停ったという顔面の繃帯が取り除かれて見ると、顎諸共に口はぐいっと歪んでいるのであった。

「口が曲って、盲目になって、それからが長いのですよ。」

　老人といい、兵衛といい、自分の身近な人々がこうして一段一段と病み重って行くさまを見ると、成瀬は、やがて自分もそうなって行くであろうことを運命的な約束のように動かし難いものとして感じるのであった。そしてまたこれらは事実動かし難いものであった。蹠の麻痺はさることながら、折々は覗いて見る鏡に映って来る自分の眼も、入院したばかりの頃のようにはっきり澄み切ってはいなかった。何時とはなしに濁ってい、白かるべき鞏膜がどんよりと曇って薄ぐろく、注意して見ると細い血管が縦横に浮き上って、朝起きたばかりの時などは赤く充血していることも珍しくなかった。

「どんなに肉体が腐っても、然し精神は決して腐りはしないんです。腐って行く肉体の前に、僕の精神は常に勝ち続けて来たんですよ。この眼は、勿論間もなく見えなくなるでしょう。然し、僕は僕自身の血を信じているんです。病毒がどんなに僕の血の中に混っても、それは常に血の外部に遊離しています。僕の血は決して化学変化を起さないんです。」

しかしこうした兵衛の信念にも、現実は荒々しい力をもってのしかかって行くのである。こうした信念が危く崩れようとする瞬間が、兵衛にも決してない訳ではなかった。

眼球神経痛の痛みがどれほどに堪え難いものであるか、成瀬には勿論判らなかったが、しかしそれが決してなまやさしいものでないことはそれを病む人々を見るだけでも察せられた。また痛みがさして急激でない場合でもじりじりと毎日毎日痛みが続き、運が悪ければ二ヶ月も三ヶ月も続くのである。そうすると体はすっかり痩せ衰え、定って肺結核、肋膜炎等の余病を併発して病苦は二重に加わるのである。幸い兵衛には余病がなかったが、眼の痛みは烈しかった。一晩のうちに麻酔の注射を三本も四本もうつことがあった。それでも効かないで翌朝まで一睡も出来ないということが多かったのである。世話をしている茅子も附添夫も、手の下しようもなく、ただ苦しむさまを眺めているだけであった。そうした日は何時もの兵衛がもっている、どことなく寛大な大まかな風丰（ふうぼう）は失われて、不機嫌になり、何時か久留米が言ったように、傷ついた猿を連想させられるのであった。

そうした或る夜のことであった。例のように兵衛を見舞うべくその病室の下まで来た成瀬は、眼を泣きはらして出て来る茅子にばったり会った。彼女はこの頃すっかり瘦せ細って、暑さにあてられたためもあるのであろうが、心内の悶えをかくし切れないように色まで蒼ざめて力がなかった。彼女は成瀬に会うと、誰に会ってもするように本能的に袂をもって腹部をかくすと、黙ったまま頭を下げた。彼女の腹もこのごろではどうやら人目にもつくようになり始めていたのである。こうした世界で腹の大きくなることが噂に上るようになれば身を切るよりもつらいことに相違なかった。

彼女は兵衛に叱られて来たところであった。成瀬は兵衛を見舞うのをやめて、彼女と二人でそのあたりを散歩したのであったが、彼女の語るところによれば、兵衛は今夜はどうしたのか彼女にあたり散らし、

「お前のような奴は死んでしまえ。」

と言って、

「お前は肉身の兄がこんなに苦しんでいるのに判らないのか。俺がお前をどんなに愛しているか、そのお前を失って俺はどうして生きて行けるのだ。お前は兄が、独りぼっちになることを

平気でいられるのか。」

と、彼もまた泣き出さんばかりで言うのであった。

「わたし、わたし、どんなにしたらいいのか、判らない。」

と成瀬の貌を見上げて言うのである。

「わたしが、どんなに兄さんのこと思っているか、兄さんはちっとも判って下さらない。」

「そうじゃありません。兄さんは誰よりもあなたの気持をよく知っていられるんです。しかし神経痛がひどいからですよ。」

こんな常識的な慰めがなんになろう、と思いながらも、成瀬はやはり言ったのだった。彼はふと先日、夕陽を浴びながら栗の木を見上げた彼女を思い出して、久留米の方へ動くことも、兄の方へ動くことも出来ず、せっぱつまってあの木の下に歩んだのであろう彼女の気持が、並大抵のものでないのを察した。

翌日成瀬は兵衛を訪ね、

「昨夜、茅子さんに会いましたが……。」

と、それとなく言って見たのだった。すると兵衛は、

「僕は、妹を愛しているんです。しかし僕は決して、僕のために彼女が、彼女の意志を曲げなければならないとすれば、彼女は捨ててもいいと思っています。僕にはどうしても久留米が憎めないのです。久留米と一緒に死にたければ死んでもいい、僕は僕としてなんとかやって行くつもりなんですが、常にそう思っているんですが、しかし昨日は、実際たまらなかったんです

よ。眼の手術を受けようかどうしようかと朝から考え込んでいたんですが、僕の眼はもう完全に失明してしまっているんです。一昨々日に来た猛烈な痛みでね、すっかり見えなくなってしまっているんです。残っているのは悪い方の眼一つです。それが、失明しているのにもかかわらずまだ痛んでならないんです。そしてこのまま置いとけば残った方にも悪いって医者が言うのです。それでは思い切って、痛む眼玉を抜き取って義眼にでもしたらその方が結果も良いというので、それを考え続けていたのです。そういうところで妹の大きな腹を見たものですから、すっかり癪に障ってしまったのです。そして、やがては完全に盲目になる自分を考えたりして、たまらなかったんです。今の僕から、彼女を失うのは実際大きな打撃ですからね。彼女を失ってしまうと、僕は自分の行先が真暗になるように思われるんです。妹がいようが誰がいようが、僕等の行先が明るくなる訳では勿論ない。どんなことがあろうと僕等の行先は暗い、それは判っているのです。十分意識しているのです。それでいながら、なんとなく命の綱が切れるように感じられるんです。しかし、今日はもう平気です。」

　成瀬は兵衛の貌を眺めながら、今まで少しも気づかなかったうちに、何時の間にか憔悴が目立ってい、言葉さえも弱々しく力がなくなったのに気づいて、

「茅子さんのことは事務所へでも相談すればなんとか良い方法があると思いますが。」

　と言わずにはいられなかった。が、久留米の言葉がちらりと頭をかすめると、その場限りのことを言ってしまった自分が不快になり、心の中で貌を赧（あか）くして窓外に視線を逃がした。

「それについても考えているんですが、なにしろまだ、本人二人の気持が定らないのでどうし

ようもないんです。久留米が強く生きてくれたらと思うのですが、あんな個性的な強さを有った男ですから、なかなか思うように行かないんです。なにしろいのちを粗末にする男でね。」

「それで、手術はいつなさるんですか。」

「考え中なんですが、やるくらいなら早い方がいいと思っています。」


たまらなくなってどこかへ行こうと立上ったとたんに、くらくらと目眩がして、危く仆れそうになる体を、静かに再び畳の上に坐った。激しい不安と絶望感が全身をつつんで、後頭部が鉛になったように重く、身の置き所もないようなじりじりとした気持が襲いかかって来た。何もかもが無意味に思われ、何もかもが腹立たしかった。どこかへ行こうと再び立上ったが、歩き出すことがむっと嫌悪され、また坐って見たが、坐るとまたしても立上らねばいられない苛立たしさを覚えた。いても立ってもいられないのである。進退きわまったようにそのあたりをごろごろと転げ廻って見たかった。心は深い憂愁の中に落ち込んで、泣けるものなら思い切って泣いて見たいくらいであった。

太陽が雑木林の向うに落ちて、真赤に熱けた雲の色が徐々に衰え、地上に闇がいつか広がり始めると、成瀬はこうした憂鬱症にも似た暗い気持に襲われるようになった。この病院へ来て以来触れて来た数々の恐しい経験が、頭の中に堆積し、鬱積して、それが彼の精神をかき乱すのであろう、神経は異常な敏感さに冴え返って、畳の上を這って来る蟻が奇怪な怪物のように見えたり、天井裏ででもこつりと音がすると、ぞっと寒気を覚えるほどの恐怖が体じゅうを走った。そして骨身にしみいるような孤独を犇々と覚えるのであった。眼を閉じると定って茅子の姿が浮き上り、大きくなり始めた彼女の腹部と、その中に丸まって眠っている嬰児の姿が、碧い水中を覗くようにはっきりと幻想されるのであった。

寝苦しい夜が続き、眠ると定って不快な夢に悩まされるようになった。分析するまでもなく、はっきりと自分でも判るような性夢や、碧く底の見える川の中に、きらきらと輝く小石を枕して死んでいる嬰児などが現われ、眼を覚すとねっとりとした膏汗をかいているのであった。鉛の液を注ぎ込まれたように頭が重く、唾液はねばねばとして不快なことこの上もなかった。

その夜もやはり夢を見、眼を覚すとまだ十二時近い時刻であった。胸あたりから両股のあたりまで汗が流れ、彼は仄暗い部屋の中に起き上って拭ったのであったが、もう古びた蚊帳の中はむっと暑く、癩者独得の体臭と口臭とが澱んでいて息もつまりそうに思われるのである。蚊帳を出て勝手元に行き、柄杓に掬って飲んだ水もなまぬくい舌触りで嘔吐を催すように不快であった。泥のように不澄明な頭のまままた蚊帳の中に這入って見たが、今飲んだ水がはや汗となって流れ始め、彼は思い切って屋外へ出たのであった。

散弾を撒き散らしたように星が輝き、ペガサス、カシオペイア、白鳥などの星座もはっきりと暗黒の底から浮び上って、屋外はさすがに涼しかった。木々の葉を鳴らせながら吹いて来る風に胸を広げて、林の中などを歩きまわった。垣根の横に出ると、幾度も外を覗いて見たり、ふとドストイエフスキーの『死の家』を思い出して、もしここが監獄であったとすれば、この柊の幹を一本一本数えて刑期の経つのを待つ者もあるに違いないと思ったりした。

納骨堂の下まで来ると、彼はそこの芝生に腰をおろし、闇の中にぼんやりと浮んでいるこの丸屋根の下に、もう千幾百名の癩者の白骨が沈められているのだと思い、やがて自分もそれ等の白骨の中にまじり合って無の世界に入ることであろうと思うのであった。どうせ一度は必ず死ぬ、どうもがいても所詮あと十五年か二十年のいのちではないか、間違いなく必ず死ぬのだと思えば、もがき苦しむ必要もあるまい、もし何万年でも生きていなければならぬのなら、自殺する必要もあろうけれども、しかしほんの短い時間の後には死ぬのだ、救いというものはどこにでもある、自分にとってはもはや死というこの間違いのない自然法則が救いとなったのだ。そう思って彼は愉快そうに独りで笑って立上った。と、彼自身でも判断の出来ぬ心の状態が突如として襲って来て、ふらふらと堂の横に生えている桜の根方に歩んで上を眺めた。なんという首を縊るに適当な枝の多いことか、右へも左へも、たくましく靭かな枝が張り、青葉が黒々とゆらいでいるのだ。殆ど無意識的に彼は腕を上げて桜の幹をぱちりと叩いた。奇怪な衝動がすうっと消えて行くのを意識しながら、幹を強く押して見たが、太い樹はびくともしなかった。

「馬鹿！」

その時堂の前からそういう叫声が突然あがって、入り乱れた足音が聴えた。はっと成瀬は緊張して気を配ると、足音がぱったりやみ、

「俺が、俺が今まで死ねないこの気持が、お前には判らんのか。お前への愛情だ。それが俺を

狂わせるんだ。」

と興奮した声が続いた。久留米だな、と成瀬は思わず一歩を踏み出して耳を澄ませた。しかし、それきりあたりは静まってしまい、人の気配も感ぜられない静寂が帰って来た。成瀬は忍び足で堂前に出て見たが、もうそこには誰もいなかった。彼は急にぞうっとするような鬼気を覚えて急ぎ足でそこを去った。

同室の一人が息を切らしながら駈け帰って来て、久留米の縊死を報せてくれたのは、それから三日ばかり経た、まだ明け切らぬ朝まだきであった。とうとう死んだか、と成瀬は誰もが思うようなことを考えながら、深い朝霧につつまれた松林の中へ走った。

納骨堂からちょっと離れた桜の木で、屍体はまだそのままにぶら下ったままであった。細い綱がじっくりと食い込み、長い頭髪を垂して久留米は下を向いていた。足先は地上にすれすれになって、背のびでもしているような恰好である。白みわたって来る光線を受けて、露に濡れた頭髪が光っていた。

茅子は来ていなかったが、兵衛は痛む眼を押えながら出て来ていた。やがて署から役人が出張し、検屍が終ると、屍体は担架に載せられて解剖室の方へ運ばれた。自殺者は解剖にふさないのがこの病院のしきたりであったが、それでも一先ず解剖室の中にある安置室に移された。

やがて人々がみな引きあげてしまうと、成瀬と兵衛は黙々と安置室を出た。するとそこに茅子が立っていたのである。彼女は入口の戸にぴったりと寄りそって、真蒼な貌をしていた。屍体を思い切って見るだけの勇気が彼女にはなかったのであろう。

三人は並んで歩き出した。しかし誰も一言も口をきかなかった。兵衛は薄明りになっている片眼を見開き見開き歩いたが、それでも時々石につまずいてよろけた。十五六分もそうして黙々と歩き続けたであろうか、何時の間にか柊の垣根の下まで来ていた。三人は思い合わせたようにくるりと背後を振り返った。と、茅子がたまりかねたように激しく歔欷き始めた。腹の嬰児を抱くようにして身もだえ、

「この児が、この児が……。」

と後が続かなかった。間もなく躍り出て来るであろう太陽が、空高く光りの穂先を放ち始めていた。彼女の泣声が途切れると、兵衛は、じっと妹の眼に激しい眼ざしを向けていたが、

「生め！」

と小さな、しかし腹の底から盛り上げるような太い声で言った。

「生め、生め。」

そして兵衛は緊張した貌を和げ、

「新しい生命が一匹この地上に飛び出すんじゃないか、生んでいいとも。そして、その児に船木の姓をやるんだよ。いいか。」

「でも……。」

「でも、なんだ、病気か。伝染らんうちに家に引き取って貰え、判ったな。俺は今日は眼の手術をする日だ。義眼とは有難いものだ。どら、行こう。」

兵衛は足を早めた。しかし成瀬は、兵衛の眼に、苦痛とも絶望とも見える翳が、強烈な意志と戦って明滅するのを見て取った。久留米が何時か言ったように、この解決はやっぱり虚偽なのか、久留米の死貌が蘇って来ると、底知れぬ暗黒が心をかすめ、足を早めて兵衛を追いかけたが、もう間近まで迫って来た危機を鋭く意識すると、

「船木さん。」

と思わず声を出して呼んだ。

吹雪の産声

松林の梢を鳴らせ、雑木の裸になった幹の間を吹き抜けて来る冷たい風が、ひっきりなしにこの重病室の硝子窓に突きあたっている。朝の間、空は地を映すかと思われるほど澄みわたっていたが、昼飯を終った頃から曇り始めて、窓の隙間から吹き込んで来る風は更に冷気を加えて、刃物のような鋭さを人々に感じさせていた。

午前中に一通り医療をすました病人たちは、それぞれの寝台にもぐり込んで掛蒲団を首まで引っぱってちぢまっている。暇になった附添夫たちは、当直の者を一人残して詰所へ引きあげてしまい、室内にはしんとした静けさだけが残っていた。鼻の落ちかかった病人が時々ぐすぐすと気持の悪い音をたて、冷たい風のため痛みの激しくなった神経痛の病人が堪えられない呻声をもらしているが、それらは一層静けさを人々の胸にしみわたらせているようであった。さっきから、室の中央に出された大きな角火鉢の前で股を拡げ、講談本かなにかを読み耽っていた当直の坂下も、やがて一つ大きい欠伸をすると、

「用があったら、詰所にいるからな。」

と言い残して私の方をちょっと眺め、薄笑いをして出ていってしまった。

矢内の方に視線を移して見ると、寝苦しいのであろう短い呼吸を忙しく吐きながら、それでもやはりまだ睡っているようである。さっきうったパントポンが効いたのであろう。食塩注射を既に数回もやらねばならなかったほど衰えた彼は、ここ十数日煉獄の日々が続いて浅い睡眠さえもめったにとれなかった。落ち窪んだ眼窩は洞穴のように深く、その中にある紙のように薄くなった瞼では眼を閉じることも出来ぬのか細目に両眼を開いたままである。両頬に突起した顴骨、細長いほど突き出た顎、そしてそこに生えているまばらな艶のない鬚を眺めていると、もはや死の今日明日に迫っていることを強く感じさせられるのであった。この男の死後襲って来るであろう孤独が頭をかすめ、こうした世界に生き残る自分のみじめさが胸にこたえて、私はいきなり彼を抱き起して寝台の上にしっかりと坐らせたい衝動を覚えた。その衝動をおさえ、立上ると足音を忍ばせながら室内をあちこちと歩いた。凍りついたような窓硝子の向うに、空はますます曇って流れ、ちらちらと白いものが舞い落ち始めている。時計を見るとまだ二時を少しまわったばかりであったが、悪臭の澱んだ室内はたそがれのように薄暗かった。

寝台はずらりと二列に並んで、絆創膏を貼りつけた頭や、パラフィン紙で包んだようにてらてらと光っている坊主頭や、頭から頸部へかけて繃帯をぐるぐる巻いた首などが、一つずつ蒲団の間から覗いている。頭の前に取りつけられた二段の戸棚になっているけんどんの上には、薬瓶や古雑誌などが載せられ、寝台の下には義足や松葉杖が転がされてある。その他血膿のにじんだガーゼ、絆創膏の切れはしなどがリノリウムの敷きつめられた床にぽつぽつと散らばって、歩いている私の草履にからみつくのであった。入口のところまで来ると私はちょっと立停って外を眺め、すぐそこに見える狂人病棟の窓に、この寒いのに明け放って外へ半身をのり出し、なにやら呟きながらげらげらと笑っている狂った老婆を硝子越しに見つけると、引返してまた歩き出した。途中、部屋の中ほどまで来ると私はちょっと矢内の寝台を覗いて見、まだ睡っている彼をたしかめると、入口とは反対側の奥まった硝子戸まで歩をすすめた。硝子戸にぶつかるとまた立停って考えたが、私は思い切ってそれを開き、廊下へ出た。廊下を挟んでこちらに向いている小さな産室が二つそこにある。孕んだまま入院して来た女たちがここで産み、生れた子供は感染しないうちに自宅に引き取られ、或は未感染児童の保育所に送られるのである。廊下に立って、私はその部屋を一つ一つ覗いた。部屋の大きさは畳にすれば八畳くらいのものであろう、各室とも二つずつの寝台が並んでいる。姙婦は今一人、右手の部屋にいるきりで、左の部屋は空になってい、がらんとした寝台の上を寒々とした風が流れていた。

姙婦は窓の方に向って坐り、生れ出る子供の産着でも縫っているのか、大きな腹をかかえるようにして手を動かしている。彼女の腹は臨月であった。昨日も陣痛を訴えて医者を走らせたりしたのであったが、ここへ来るまで百姓をしていたという彼女の丈夫な体は、痛みが停るともう横になってはいないのであった。彼女の病勢はもうかなり進んでいて、小豆くらいの大きさの結節が数え切れぬばかりに重なり合って出ている顔面は、さながら南瓜のようである。頭髪は前額部の生際からいただきのあたりへかけてすっかり薄くなり、勢のない赤茶気たのが握り拳のように後頭部にくるくると巻かれている。彼女は何時ものように小さな声で、自分の故郷に伝わっているのであろう民謡を口吟んで、調子を合せ、上体を小刻みに揺り動かしているのが、背後から見る私の眼にも映るのであった。今までも彼女がこの唄を口吟んでいるのを幾度も聴いたことがあった。彼女は恐らくこの唄以外には一つも知らぬのであろう。声はほそぼそとしてその顔に似ず美しいものであったが、じっと聴いていると胸に食い入って来る呻きのようなものが感ぜられ、かえってなまなましい苦痛が迫って来る。それは長い間いためつけられた農婦が何ものかに向って哀願し訴えているようであり、また堪えられぬ自分の運命の怨嗟のようにも聴えた。私はその唄を聴くたびに千幾百年の長い癩者の屈辱の歴史が思い浮んで、暗い気持になった。

　雪が激しくなって来た。私は部屋の前を離れると廊下の窓側によって外を眺めた。雑木の幹に白い粉が吹きつけて、半面はもう白く脹らんで見える。空を仰ぐと、幾万の蚊が群がり飛びながら地上に向ってなだれ落ちて来るようである。ふと気がついて見ると、さっきの唄声はやみ、その代りに小さくすすり泣く声が聞える。また泣き始めたのだ。彼女の唄声が何時の間にか泣声に変っているのを私はもう何度も聴いていた。常は病のことも忘れ腹の中に成長しつつある小さないのちに母らしい本能的な喜びを感じては口吟み始めるが、ふと院外（そと）に暮している夫を思い出したり、自分の病気が気にかかって来たりすると、頭がこんがらがって泣き出してしまうのであろう。彼女が殆ど同時に泣いたり笑ったりするのも珍しくはなかったのである。矢内の寝台から三つばかり離れて彼女と同年、すなわち三十四五の女が肋膜を病んで寝ているが、彼女はそこへ来てよく話し込んで行くことがある。二三日前もそこへ来て、腹の子供に与える名前のことなどを語り合っては、大きな、つつ抜けた声で笑っていたが、不意に黙り込ん

だかと思うと忽ちぽろぽろと涙を流し始めて、
「汝を育てることも出来ねえだよ。汝ァお母ァを恨むじゃねえぞ、お母ァは好きで癩病になったじゃねえ。んだからな、んだからな、汝ァお母ァを恨むでねえぞ……。」
と腹に向って口説きながら産室へ駈け込むのであった。また、彼女は夜中に姿をかくして附添夫たちを騒がせたことも二三度あった。彼女は寒さに顫えながら雑木林の中でぼんやり佇んでいた。附添夫がようやく見つけて、帰ろうと言うとおとなしく帰って来る。なんのためにあんなところで立っていたのかと訊いても、彼女はただ黙っていて返事もしなかった。首でも縊る気だったのかと訊くと、急に激しい調子で否定し、あとはのどをつまらせて泣いてしまう。彼女自身でも自分がどうして夜中に室を抜け出したりしたのか判らなかったのであろう。彼女は絶えず喜びと苦痛とを一緒くたに感じて、こんがらがったままとまどい続けていたのだ。そしてただどうにかせねばならぬということだけを切実に感じて、夢中のまま部屋を飛び出したのであろう。

　風が募り、雪は速力をもって空間を走った。暗灰色に覆われた空は洞窟のように見え、私は頭上に重々しい圧迫を覚えた。

「野村さん。野村さあん。いませんか。」

　病室の方からそういう呼声がその時聴えて来た。私はとっさに矢内が眼をさましたのであろうと気づいて、

「ああいますよ、いますぐ。」

と、急ぎ足で病室へ這入った。とっつきの寝台にいる病人が私を見ると、

「矢内さんが呼んでいるよ。」

　矢内は眼をさまして、じっと視線を近よって行く私の方へ向けている。

「気分、どう？」

　彼は微笑をしたかったらしく、眼尻にちょっと皺を寄せたが、すっかり肉の落ちた顔ではもはや表情をうごかすことも出来なかった。

「何か、用？」

「いや、なんにも、用はない。」

　私はふと、彼の眼が異様な鋭さを帯びて来たのに気がつき、すると寒いものが胸をかすめるのを覚えた。彼はじっと私の顔に視線を当てていた、しかしよく見ると彼は私の顔を眺めているのではなく、どこか私の背後にでも注意をそそいでいるようである。彼の眼にはもう何も映っていないのではあるまいか、この鋭さは死を見る鋭さではあるまいか。私はじっとその眼を眺めているうち、その鋭さの内部に、暗黒なものを見つめてでもいるかのような恐怖の色がたゆたうているように思われるのであった。彼は弱々しい、衰え切った声で、途切れ途切れの言葉を吐いた。ひとこと毎に忙しく呼吸し、ともすれば乱れそうになる頭を弱まった意識のうちに懸命につなぎ合せているらしく、私も彼といっしょに息苦しくなって来るのだった。

「苦しい？」

「そんなに苦しくない。」しばらく黙っていてから「苦しくないが、頭が、なんだかぼうっと

して行くような気がする。」

「熱があるのかも知れないね。」

と言って私が額に掌を置くと、彼は幼い児のように瞼を閉じた。熱はなかった。二時ちょっと前にあった午後の検温では、三十六度二分、という低い熱で、かえって低過ぎるのが心配であった。死ぬ前には妙に体温が下るものだということを何時か聴いたことのあった私は、額に掌を広げながらも、むしろ熱があってくれればと半ば願っていた。けれど、

「熱ないよ。これなら大丈夫だよ。さっき睡れたからよかったんだよ。」

と私は彼を力づけた。

「眼をさましたら、君が、いないので……。」

「淋しかったのか。」

「うん、俺、今夜、死ぬよ、きっと。」

「馬鹿なこと言っちゃいけない。しっかり気をもって、がんばるんだ。」

私はじん、としたものを体に感じ、急いで、声に力を入れながら言った。

「あの子供、きっと、今夜生れるよ。早く生れないかなあ、俺、待っているんだけどなあ。」

そういう彼の言葉の中には、今夜生れるということを確信しているようなひびきがこもっていた。彼がどんなに子供の生れることを待っていたか、私の想像も及ばぬほどであった。彼はもう何度となく、早く生れないかなあ、とくり返していたのである。

「生れるよ。きっと生れるよ。」

と私は強く言い切って黙った。生れ出る子供よりも、彼の死の迫っていることを強く感じさせられて、私はもはや言葉がなかった。しかし死の近づきつつある彼が、どうしてこれほど子供の生れることを待っているのであろうか。ここへ来る前から小学校で子供を教え、また入院してからも病院内の学園に子供たちを相手に暮していた彼の、本能的な子供好きのためであろうか。私には不可解なものに思われるのであった。或は生れ出る子供の中に自己のいのちの再現を見ようとしているのか――。

「湯ざまし。」

けんどんの上に載せた薬瓶をとって、私は静かに彼の開いた口中へ流し込んでやった。薬瓶の中にはかねてから造って置いた湯ざましが這入っているのである。仰向いているためのどを通しにくいのであろう。彼は口をもぐもぐと動かせていたが、やがてごくりと飲み込んだ。ごくりという音に、まだ彼が幾らかでも力をもっていることを私は知った。

「も、すこし。」

と彼はまた骨ばかりの顎を突き出し、唇を尖らせるのであった。

深い寂寥が襲って来て、私は不意に何かにしがみつきたい衝動を覚えた。こうした施療院の堅い寝台の上で死んで行く彼は果して幸福なのか不幸なのか、そして生き残る私自身は――看護（みと）られる彼が不幸か、それとも看護る私の方が不幸なのか、更に今夜にも生れるかも知れないあの子供は、一体幸なのか不幸なのか。私はただそこに人間の手には動かし難いちから、運命的なちからを感ずるのみであった。だが、私は何にしがみつきたいのか、しがみつくものが果してあるだろうか。私がしがみつきたいと思ったのは、死んで行こうとしている彼の生命であった。だが死の迫った彼の命にどうして私を支える力があるか。私は今までの彼との交遊を思い浮べた。女性から遠ざかった私の対象を失った心は、彼の中に自分の力の源泉を見ようとした。或は彼の精神と私の精神との均衡裡の緊張に自己の墜落を防いで来たのである。だが、それも破れようとしているのだ。彼の死と共に、私の心は底知れぬ孤独の淵に墜落するであろう。

桜の花が散って間もない時分、私は癩の宣告を身に受けて入院した。するとそこに矢内がいたのである。矢内は昨日入院したというのであった。私と彼とがめったにない親しさで交わるようになったのも、お互に入院したばかりの孤独さ、お互に病院に慣れ切らない何を見ても恐怖と驚きとを感ずる感受性の一致が結びつけたためである。いやそれはお互に結びついたというよりも、むしろ私が彼にしがみついて行ったという方が当っていよう。二人の性質は殆ど正反対といってよかった。東北の果に生れ、雪の中に育った彼と、温暖な四国に生れた私とは地理的にも反対のものを示している。彼の言葉使いには常に鈍い重さがつきまとい、動作は牛のようにスローであったが、彼と対立すると私はいつも圧迫感を覚えた。

「おい、一石いこうか。」

と彼の部屋を覗いて見ると、彼はたいていごろり横になって眠たそうな顔をしている。顔全体にかるいむくみが来て、眉毛はもう殆ど見えないくらい薄くなっている。癩の進行程度は私とほぼ同じくらいである。

「うん、よし来い。」

勿論二人とも定石も満足に知らぬのであるが、相伯仲しているため二人にとっては力の入った勝負なのであった。彼は常に遠大な計画をもって迫って来る。私の石を遠巻きにしてじりじりと攻め寄って来る。時には私の石をみな殺しにかけようとでもするような、途方もない石の配りをすることもあった。しかし勝負は定って私の勝になるのである。私の石は巧みにぬらくらと逃げ廻りながら敵の弱点を一個所だけ破る。一個所でも破られると定石を無視した彼の計画は、もはや収拾がつかないでばらばらに分裂したまま死んでしまうのであった。石を投げて「もう一ちょう。」と彼は言う。口惜しそうにも見えないのである。師匠が弟子に負けた時のような悠々とした表情が彼の顔には流れている。

この病院へ這入って来ると皆年齢をなくしてしまう。まだ十三四の子供が大人に向って相対の言葉を使い、大人もまた平気で自分の子のような相手の友達になってしまうのである。大人にも子供にも、ただで食わされているという意識があるからであろう。私もいつの間にかこの習慣になれて、七つも年上である矢内に向って、おい、お前、君という風な言葉使いになっていた。私はこれをいけないと思うのであったが、矢内は少しも気にする風はなかったのみか、彼は私を鋭いところがあると言って尊敬さえもしているようであった。私の小賢しい部分が彼の眼には鋭敏なものと見えたのかも知れない。私はそれに対してただ少しでも誠実でありたいと願う以外にはなかった。彼は間もなく学園に奉職するようになった。彼はもともと美しい男ではなく、低い小さな鼻、小さな眼、狭い額、その額に波形に這入っている深い皺、それらから来る印象はふとあの醜い、手を有った動物を聯想させるのであったが、しかし子供たちに囲まれてにこにことしている時の彼の顔は、どこにもないほど美しいものであると私は思った。眼尻に皺をよせ、頬をふくらませて笑っている姿は、素朴な美しさをたたえて、私はそこに長閑な田園の匂いを嗅ぐのであった。そういう時、私は病気のことすらも忘れることが出来た。平常からめったに病気を忘れることの出来なかった私は、そうした姿を見る時、何故ともなくほっと溜息を吐いた。

こういうことがあった。

その時私は二週間ばかり病院から暇をとって父の家へ帰ったのである。その記憶は今もなお頭の中に黒い斑点として焼痕を残しているが、私は実はもう病院へは帰るまいと決意していた。病院へ帰らないでどこへ行こうというのか、癩患者は療養所という小さな片隅をおいては、この地球上どこにも平和な住家はないのではないか——いうまでもない、私の心は死に向って決意していたのである。

二週間の間、私は生と戦い続けた。父の許から帰ると病院へは来ず東京の町々をさまよい、ある時は鉄道線路の横に立って夜を明かし、ある時は遠く海を見に行った。私は私の生を、私の意志によってねじ伏せようとしたのであった。だが意志とはなんだろうか、意志と生命とがどうして別物だと考えられるか、意志をもって生命をねじ伏せる、要するに言葉の綾ではないか。意志が強ければ強いほど生への欲求の強いのも当然であった。私は方向を失ってしまった。死ぬことも出来ない、しかし生きることも出来ない。生と死の中間に挟まれて私は動きがとれなくなってしまったのだ。びしょびしょと雨の降る夜、電光の溢れた街路に立って、折から火花を散らせながらごうごうと怪物のように駈けて行く電車の胴体へむしゃぶりついて見たかった。俺は癩病だ、俺は癩病だと叫びながら、人々でいっぱいの中を無茶苦茶に駈け廻りたくなったりした。犇々と迫って来る孤独が堪らなかったのだ。雪崩れるようにもみ合って通る人々、その中にぽつんと立っている私だけが病人であるとは！　私とその人々との間には越えられぬ山がそびえて、私だけが深い谷底から空を見上げて喘いでいるように思われた。もし叫びまわることによって自分の五体がばらばらに分裂し去ることが出来たらどんなに良かったか。そういうところへ矢内からの手紙であった。

「――君の手紙を見ました。君の気持がどうであるかは僕はよく判ります。けれども、君は君の生命が君だけのものではないということを考えるべきです。君のものであると共にみんなのものです。みんなの中の君であると共に、君の中のみんなのです。君の中に僕が在るように僕の中に君が在ることを考え、どうでも生きて貰いたい僕の願いです。」

手紙は至って簡単で短かった。しかしこの短い中に流れている彼の真剣な声は、私の心にひびかずにはいなかった。この手紙の意味が私に十分読めているか疑わしいが、私はこの時切実に矢内のところへ帰りたくなった。彼の柔和な顔や、学園の子供たちを相手にしている姿などが蘇って、この孤独感から抜け出るには彼以外にないと感じさせられた。私はその夜再び病院の門を潜った。彼は待ちかまえていて、大きな手でがしりと私の肩を摑んで、きらりと涙を光らせた。私が真に友情を知ったのはこの時であった。

半年ばかりたって彼はこの病室に入室した。急性結節の発熱であった。そしてそれきり彼は寝ついてしまったのである。

初めはすぐ退室出来るであろうと思って深く気にもとめなかった。また急性結節は小児のはしかのように、大切にさえすれば一命をとられるようなことは決してないのである。しかし不運にも急性結節の熱が退き、退室も間近になったと思われる頃になって、激烈な癩性神経痛が両腕に襲って来たのであった。急性結節の高熱に痛めつけられ、体力を失った矢先に来たこの神経痛は、彼の抵抗力の殆どを奪い尽したのである。毎日一回ずつ巻き更えてやる繃帯の中で、彼の腕は見る間に痩せ細って行き、摑んで見ると堅い木の棒を摑んでいるような感じがした。その上へ極度な睡眠不足が重なり、一時的にもせよ痛みをとめて睡眠をとりたいと思って服用する強いアスピリンや、麻酔の注射は更に彼の力を衰えさせたのである。そしてやがてはその注射もアスピリンも効果が薄れて行き、遂には一睡も出来ぬまま夜を明さねばならなくなった。私は彼の寝台の前に立ちながら、何者に向ってともつかぬ憤ろしい思いになった。夜など、歯を食いしばり、額からだらだらと膏汁を流しながらじっと堪えている彼を見ると、私自身も歯を食いしばらねばいられない苦痛を感じた。こうした痛みを前にしてただ呆然と立っていなければならぬ自分の無力さ、またこの痛みに対してほどこす術を知らぬ医学の無能さ、そういったものに対する激しい怒りと共に、やがては私自身もこうした苦痛を堪えて行かねばならぬであろうという恐怖に、私の心は暗い淵の底に沈んで行くのであった。しかし一たび狂い始めた病勢は最後まで狂い続けねばやまない。間もなく彼は胸の痛みを訴えるようになり、肋膜炎の診断を受けねばならなかったのである。そういう日々の苦痛な生活がもし内臓に影響を及ぼさなかったならばそれは奇蹟であろう。急坂を駈け下りて行くように彼の病勢は悪化した。やがて肺結核が折り重なって弱り切った病体の上にのしかかったのであった。

吹雪はますます激しくなり、潮がおし寄せて来るように松林が音を立てた。入室以来十一ヶ月、一日として休まることなかった彼の病勢は、うち続いた長い嵐の日々であったのだ。彼の結核は俗にいう乾性であったため、喀血するというようなことは一度もなかったが、それだけまた悪性のものでもあったのである。しかしそうした中にあって、一日も意力の崩れることのなかった彼——私にはそう見えたのである——は、私に何者にも勝って生きる意義を教えてくれた。

ある日のことであった。それは今から二ヶ月ばかり前であった。私は殆ど毎日彼の病室を見舞っていたが、その時ちょっとした用件のため四五日訪ねることが出来なかったのであったが、その日這入って行くと、彼はいきなり、

「つくづく生きなければならないと思うよ。」

と、堅い決意を眉宇に示して言うのである。何時ものようにおっとりとした調子ではあったが、私はその底に潜んでいるおしつけるような力を見逃すことが出来なかった。

「うん、生きなければいけないよ。だから早く元気になって呉れ、早くね。」

彼は不快なものをふと顔に表わした。だから早く元気になってくれ、と言った私の言葉の日常的な卑俗さが気に触ったのであろう。が、間もなく彼らしく顔を柔げ、

「昨夜、二人死んだのだよ。一人はこの病室、も一人は、×号の人。」

人が死ぬとこの病院では、その病室の前で鐘を叩いて、病舎に住んでいる死人の知人を集める習わしがある。その鐘の音を昨夜、二度も聴かされて、彼はしみじみと考えたというのであった。

「そしてね、僕はもっと真剣に病気と戦わなくちゃいけないと思ったのだ。今まで僕は、心から戦おうとはしなかったんだよ。僕は戦うよ。」

産室の妊婦が来たのはその翌日だった。この妊婦は彼の心に異常な衝動を与えたと見え、彼は珍しくその日一日興奮の色を浮べながら、寝台の上に幾度も起き上ろうとするのであった。

「死ぬ人もあるけれど、生れる者もあるんだね。僕は今まで、人間が生れるということを知らなかった。忘れていた。僕は今まで、既に生れている者だけしか頭になかったんだ。」

と、彼は熱のこもった声で言った。

「うん。僕もそうだったよ。いや、僕は僕だけしか、今まで見えなかった。君にあの手紙を貰うまではね。」

「よかったよ。君にもみんなが見えるようになったんだから。そのうえに、生れて来るんだよ。次々に生れて来るんだよ。僕は初めて歴史を知ったんだよ。」

彼の肉の落ちた頬には喜悦が昇っていた。が、それを見た刹那、私は、彼が意識しないにせよ既に死を感じていることをはっきりと知った。

彼はその後もたびたび子供のことを語った。そして語る度に彼の顔に和やかな光りがただようのであった。それは体内にかがまっている胎児をまのあたり見ながら、その成長を楽しむ父親のような様子があった。だが、自分の病勢が進むにつれて焦り気味になり、ふと不安な影が顔を包むようになった。早く生れないかなあ、と言う彼の声には、どこか絶望のひびきが感取されるのであった。

「おお、さむ。ひでえ雪になりやがったなあ。」

矢内の寝台の向い側の男が、起き上って急いで襟を合せながらそう言って便所へ立って行った。

「ほんとだ、ひどい雪になったのね。」

とその横の女が寝台に坐って大きな欠伸をした。それが動機になって方々で声がしだした。

「やあ、もう五六寸はつもったぜ。」

と片足の少年が叫んだ。少年は松葉杖をこっとんこっとんとつきながら窓際に立って行った。

矢内は仰向けに寝たまま、じっと窓外を眺めている。雪の少ないここでは珍しい大雪であった。彼は自分の生れた土地を思い出しているのであろうか、私はふとあたりに北国の気配を感じるのであった。

「おうい諸君、お茶にしようか。」

と当直の坂下が詰所から出て来て叫んだ。室内は急にざわめき始めた。けんどんの戸をがたがたとあける音や、湯呑の触れ合う音などが入り混って聴えた。

「何か食べたくない？」

私は矢内に訊いた。彼は首をちょっと左右に揺った。なんにも食べたくはないのである。


夜になった。私は矢内の横の寝台を空けて貰ってそこに宿ることにした。吹雪はますます激しさを加えて窓外に唸り続けている。ごうごうと林の音が聴える。どこか遠くで巨大な怪物が断末魔のうめきを呻いているようである。窓にはすべてカーテンが広げられ、室内は無気味な沈黙が続けられていた。私はやがて襲いかかって来る不幸の前に立って、それを待つともなく待っているかのような不安が病室全体を満たしているように思われてならなかった。雪のため各病舎からの見舞いも殆どなかった。それでも宵のうちは入口の硝子戸が二三度明けたり締めたりされたが、間もなくその数少い見舞客も帰ってしまうと、重苦しい静けさが一層人々の身にこたえるかのようであった。

「ああ、ああ、今日もこれで暮れたんだなあ。」

と向う端の男が呟きながら床の中から腕を伸ばして、脹らんだ蒲団をとんとんと叩いて押えつけた。

「ほんとにねえ……何時までこんなくらしがつづくんだろうねえ……。」

それに応ずるともなく一人の女が此の世の人とも思われぬかすれた声を出して起き上った。

彼女はそろそろと手探りで寝台をおりると、便所へ行くのであろう、あさくさ紙を口に啣（くわ）えて寝台と寝台との間を探り歩き始めた。頭から顔、頸、手足へかけてすっかり繃帯につつまれていた。眼も鼻も勿論繃帯の中になっている。外部から見えるのはただれくずれかかった唇だけであった。その姿はまだ仕上らぬ人形の型であった。顔もなければ指もなく、また人間らしい頭髪もない。ただ頭らしいもの、二本の腕らしいもの、二本の足らしいものがようやく象どられている白い模型が、薄暗い電燈の下を怪しげにゆらゆらとうごいて行くさまである。慣れている私も長く見るに堪えなかった。

矢内の呼吸が速くなった。私はじんと全身の毛立つのを覚えた。死ぬんじゃないか、という不安が頭をかすめた。

「矢内！」

と私は思わず高い声を出した。彼はものうく眼を開いて私を見る。私はほっと息を抜きながら、

「苦しくなった？」

と低い声で訊いた。

「くるしい——。」

と彼は力の無い声である。殆ど聴きとれぬほど低い声であった。私はそっと彼の額に手を置いて見た。しかし熱はなかった。

「みみ、のなかで、なんだか、あばれて、あばれて、いる。」

「ええ？」

と私は聴きとれないで訊きかえしたが、すぐうんと頷いて解ったような表情をして見せてや

った。一言を出すに彼がどんな努力をしているかが察せられて、私は訊きかえしたりした自分が無慈悲なものに思えたのである。が、私はすぐその言葉の聴えた部分をつぎ合すことが出来た。彼は以前にも耳の中で何かがあばれているように耳鳴りがすると言ったことがあった。それから眼がかすんでならないとも言った。その時私がそれを医者に訴えると、まあ判り易く言えば全身結核、といったような状態なのだと教えてくれたのであったが、それから推して考えると彼は眼も耳も破壊されつつあるのであろう。不安が私の心の中に拡がって来る。私は坂下に医者を呼ぶように頼んだ。坂下はさっきから心配そうに私らの方を眺めていたが、急いで廊下伝いに医局へ駈け出して行った。死んじゃいけない、生きてくれ、どんなことがあっても生きてくれ、と私は心の中で呟き続けた。坂下の足音が廊下の果に消えてしまうと、室内の静けさが身にしみ、矢内の出す呼吸の音がかすかに耳に這入って来た。

間もなく医者が来、診察が終ると、彼は私を寝台の陰に呼んで言った。

「まだ一日二日は大丈夫と思いますが、危険はありますから気をつけて下さい。」

そして変ったことがあればすぐ呼ぶようにとつけ加えて矢内の腕へカンフルを射して出て行った。医者の姿が硝子戸の向うに消えてしまうと、私は取りつく島を失った思いがし、もはや頼り得るものが何ひとつとして無いことを深く感じた。窓外に咆哮する雪嵐はあくまで、生きようとする人間に対して敵意に満ちているように思われ、私は人間というものの孤独さ、頼りなさが骨までもしみ入るのであった。私はあらためて室内を眺めまわした。繃帯に埋まれたこの人達は果して生きているのであろうか、もし精神と肉体を備えたものが人間であるなら、これは人間とは言えぬであろう、それなら一体何だというのか、恐らくは人間という外貌を失った生命であろう、これはもう動物ですらあり得ないのではないか、人間としての可能の一切を失って最後の一線に残された命とはこれであろう。だが、私はこの時はっきりと知った。生命に対する自然の敵意を。私は病室の一歩外に荒れ狂い、喚き咆哮する自然の盲目な力を見た。自然は絶間なく人間を滅ぼそうと試みているのだ。生命とは自然の力と戦う一つの意志なのだ。その時、矢内の唇がもぐもぐと動いているのに気づいて急いで耳を近づけた。

「うまれ、ない、かなあ、まだ、生れないかなあ……。」

咽喉の奥からしぼり出すような声であった。私は、はっと胸のしまる思いがし、

「生れるよ。きっと生れるよ。」

何が私にそういう確信を与えたのか、私は夢中になって、しかし断乎と言い切ることがこの時出来た。一瞬、矢内の眼が異様に輝いてじっと私の眼に釘づけされた。

その時、突然、がらがらと何かの転がる音が附添詰所であがった。

「何を！」と喚く声がそれに続いて、烈しく罵り合う声が聴えたかと思うと、とたんに入口の硝子戸が荒々しくあけ放たれて附添夫の一人が転がるように病室の中へ駈け込んで来た。と、その後からまた一人が追って来ると忽ち室内で子供のようなつかみ合いが始まった。

「この、ひょうろく玉。」「何を。この薄馬鹿。」「畜生。」「ぶっ殺してくれる。」そういう悪罵を喚き合いながら二人はどたどたと床の上でもみ合った。僧兵のように頭の禿げ上った方が、やがて小兵な相手をリノリウムの上にねじ伏せてぽかぽかと頭を撲った。小兵な男は二本の足

と二本の腕をばたばたともがいていたが、そのうち隙を狙って下からしたたか相手の顎を小突き上げた。上の男はワッというような悲鳴をあげて一瞬ひるんだが、忽ち物凄い勢で前よりも一層猛烈に打ち続けた。病人たちは仰天してみな起き上った。静かにしろ、と誰かがどなった。病室だぞとまた一人が叫んだが、二人の耳には這入らなかった。と、そこへ当直の坂下が駈け込んで来た。彼はさっき医者を呼びに行ってから、どこか他の病室の附添詰所にでも用があったのであろう、そのまま帰って来なかったのである。彼は物凄い勢で二人に飛びかかって行くと、

「ここを何処だと思ってやがるんだ。このかったい野郎！」

と叫んで、上になっている男の頬桁を平手でぴしゃりと叩いて、背後から抱きすくめた。と、下の男が猛然とはね起きて坊主頭をぶん撲った。

「馬鹿！」と坊主を抱いた坂下が叫んだ。そして彼はいきなり坊主を放すと小兵な男の胸ぐらを摑んでぐいぐいと当直寝台の上に押しつけた。「仲さいは時の氏神ってことを、この野郎、知らねえな！」

「おい、静かにしてくれないか。」

と私はたまりかねて言った。

「それ見ろ！」と坂下が言った。「死にかかった病人がいるんだぞ、それで、き、貴様附添か、ここを何処だと心得てやがるんだ。」

「放してくれ、もう判った。」と押えられた男が言った、が、にやにやと笑いながら立ってい

る坊主を見ると、忽ち憎々しげな声で「あん畜生、生意気な野郎だ。」

　坊主は毒々しい嘲笑を顔面一ぱいに浮べながら、

「ヘッ、どっちが生意気だ。口惜しかったら外へ出ろ。病室は喧嘩をする場所じゃねえ。」

「じゃ、なんで手前俺の頭を撲りやがったんだ。」

「貴様が生意気だからさ。」

「生意気なのは手前じゃねえか、バットを三本呑みゃ死……。」

「よし判った。」と坂下が押えた。「もっとやりたけりゃ外へ出てやれ、とめやしねえ。」

　そこへ詰所にいた残りの附添夫が二人、寝ていたと見えて単衣の寝衣のまま寒そうに体をちぢめながら這入って来た。

「おい！」と坂下は小兵から手を放して立上ると、二人に向って言った。「手前ら、何だって喧嘩をとめねえんだ。病室で騒いでいるのをほったらかしとくとは、ふとい奴だ。」

「ははは、ははは、ばかばかしくてな、とめられもしねえさ。こいつらときたら。」

「何だい一たい、喧嘩のおこりは、ええ？」

　と坂下は訊いた。

「この畜生が……。」と小兵が言いかけるのを、「手前だまってろ！」と坂下は一喝を喰わせた。

「おこりはこうさ。初めこいつが――小兵が――バットを三本煎じて呑んだら死ぬって言ったんさ。するとこの坊主が、いや死なねえって反対した訳さ。」

「ちぇッ。もっとましな喧嘩かと思ったらなんでえ、だらしのねえ喧嘩しやがる。」

と坂下は唾でも吐くように言った。病人たちがどっと笑った。

「バットを三本煎じて呑みゃ死ぬに定ってるじゃねえか。」

と小兵が苛立しげに言った。

「ちぇッ死ぬもんか。」

と坊主が言った。

「死ぬ。」

と小兵も負けていなかった。

「死なねえ。」

「死ぬ！」

「死なねえ。」

「じゃ貴様ここで呑んで見ろ。口惜しかったら呑んで見ろ。」

「馬鹿！」と坊主が大声でどなった。「もし呑んで死んだら手前どうするんだ！」

病人たちもみな思わず噴き出した。坊主は自分の失言に気づくと、急に真赤になって叫んだ。

「よし、呑んでやる！　持って来い。」

病人たちはもう腹を抱えるようにして笑った。坊主はますます苛立って来た。その時であった、私は産室から伝わって来るうめき声を聴いた。陣痛だ。

「おい坂下君、大変だ、大変だ。子供が生れそうだぜ。」

と私は夢中になりながら言った。

「えッ、そいつぁ大変だ。やい！ そんな糞にもならんこたあ明日にしろ。坊主、手前は人の頭をぶん撲った罰に医局へ行って来い、俺はこっちの用意だ。」

異常な緊張した空気が病室を流れた。坊主が慌しく廊下を駈け出して行くと、坂下は産室の方へ飛んで行った。病人たちは寝台の上に坐って生れるのを待った。急に水をうったように病室全体がしんと静まった。地響きをうって雪の落ちる音が聴えて来る。吹雪はまだやまない。矢内の顔を見ると、彼もまた私の方に衰え切った視線を投げた。視線が、かっちりと合うと、彼の骸骨のような面(おもて)に微かな喜びの色が見えた。

「矢内、生れるよ。」

と私は力をこめて言った。彼はちょっと瞼を伏せるようにして、また大きく見開くと、

「うまれる、ねえ。」

とかすかに言った。今にも呼吸のと絶えそうな力の無い声であったが、その内部に潜まっている無量の感懐は力強いまでに私の胸に迫った。死んで行く彼のいのちが、生れ出ようともがいている新しいいのちにむかって放電する火花が、その刹那私にもはっきりと感じられた。

「いのちは、ねえ、いのちにつながっているんだ、よ。のむら君。」

と彼はまた言った。私は心臓の音が急に高まって来るのを覚えながら、言葉も出ないのであった。生命と生命とのつながり、私は今こそ彼の手紙がはっきりとよめた。そして彼の確信が

どのようなものであるかを知ったのだ。間もなく一通りの準備を終えた坂下が産室から出て来た。彼は興奮の色を顔に表わしながら近寄って来ると、

「凄(すげ)えなあ。」

と吃るような声で言った。

「俺アこの病院へ来てから、まだ一ぺんも赤児の泣声を聴いたことがなかった、癩病にゃ嬰児(こども)はねえと思ってたからな。」

私は思わず顔に微笑が漂って来るのを意識しながら、

「そうだよ。」

やがて廊下に急ぎ足が聴え、女医が看護婦を従えて這入って来ると産室の中へ消えた。坂下は夢中になって女医の後を産室へ再び這入って行こうとすると、看護婦が笑いながらとめた。

「だめよ。」

「ちぇッ。」

と坂下は残念そうに私の横へ引返して来た。

激しい呻きが聴えて来た。緊張した呼吸づかいが誰もの口から出た。病人たちは寝ようとしないでじっと生れるのを待っている。矢内は眼を閉じてじっとしている。私はふと不安になった。耳鳴りがしている彼の耳に、もし生れた嬰児の声が聴えなかったら——私は大切なものを今一歩というところで失ったような思いであった。

「矢内。」

と私は呼んだ。動かない。私はハッと全身に水を浴びたような思いで再び呼んだ。

「矢内！」

すると彼は静かに眼を開いて私の顔をまじまじと眺めた。私はほっとしながら言った。

「矢内、きこえるかい？」

彼はちょっと瞼を伏せてまた開いた。こっくりをして見せる代りであることを私は知っている。私は注意深く矢内の眼を眺めた。その眼の中にある感激に似た輝きがぱちぱちと燃え、空間の中に存在する見えぬ何ものかを凝視しているような鋭さが、その内部から湧き上って来る真黒いものに没し去られそうになるのを私は感じる。それは戦いである。深淵の底に消え失せようとする生命が新しい生命に呼びかける必死の叫びである。私は再び彼を抱き起してしっかりと寝台の上に坐らせたい欲求を覚えた。それは私の心の奥底から烈しい力で突き上って来る衝動であった。私は自分の腕がその時無意識のうちに動き出したのを知った。はっとして自省した時、その空間に差し出した手が震えるのを知った。空しいものが私の心の間隙に忍び込んで来た。私はまた何かにしがみつきたい欲求を覚えた。私自身が淵の底に吸い入れられて行くような気がしたのであった。私はその時絶望を感じているのか喜びを感じているのか判らなかった。その二つのものが同時に迫りぶつかって来るのだ。私を支えるものが欲しかったのであった。

坂下は私の横に立ったまま息をつめ、産室から来る呻声に調子を合せて、彼もうううと唸るのであった。

間。

それは緊張し切った長い時間であった。

突然、何かを引き裂くような声が聴えた。続いて泣き出した嬰児の声が病室一ぱいに拡がった。

「うー。」病人たちは低い呻声をもらした。期せずしてみんなの視線は産室の方に集まった。異常な感激の一瞬であった。その時矢内が不意にむっくりと起き上った。あっと私は声を出して彼の体を支えようと腕を伸ばしたが、その時にはもう彼の体はゆらゆらと揺れながら再び元の位置に倒れていた。私は驚きのあまりどきどきと心臓を鳴らせながら、歪んだ枕を直してやった。彼は静かに眼を閉じたまま何も言わなかった。

やがて、看護婦が子供を抱いて這入って来ると、

「男の子よ。」

と言って勝ち誇ったような顔つきをし、そのまま風呂場の方へ歩いて行った。堰が切れたように病室全体が遽(にわ)かに騒しくなった。附添夫と共に病人たちも元気な者はその後について集まって行った。と、そこからどっとあがる笑声が聴えて来ると、

「癩病でも子供は生れるんだ。」

と一人が誇らかな声を出した。続いて口々に言う声が入り乱れた。

「看護婦さん。俺に一度だけ、抱かせてくれろ、な、たのむ。」

「馬鹿言え、小っちゃくてもこの児は壮健だぜ。うっかり抱かせられるかってんだ。」

「病気がうつる。みんな引き上げろ。」

「だって俺あもう十年も子供を抱いたことがねえんだ。たった、一度でいい。」

「いけねえに定ってるじゃねえか、このかったい。」

「生れたばかりで抱かれるかい。」

「まるで小っちゃいが、やっぱり壮健だ。見ろ、この元気そうな面。」

「全くだ。俺あこいつの手相を見てやるかな、大臣になるかも知れねえ。」

「さわるな、さわるな。」

「こら、赤児、こっち向いて見ろ、いいか、大きくなったって俺達を軽蔑するんじゃねえぞ、判ったな。しっかり手を握ってらあ。なんしろこいつあ病者じゃねえからな。」

そのうち坂下が出て来ると彼は急いで私の横へやって来て言った。

「凄え。凄え。」


あくる日の午後、矢内は死んだ。空は晴れわたって青い湖のようであった。降り積った雪の中を、屍体は安置室に運ばれて行った。屋根の雪がどたどたと塊って地上に落ちた。産室からは勇ましく泣声が聴えて来る。私はその声に矢内の声を聴き、すると急にぼろぼろと涙が出た。喜びか悲しみか自分でも判らなかった。白い雲が悠々と流れている。

癩家族

秋が深まり、空間に刺すような冷気が感ぜられる。ようやく昇り出した太陽が、少しずつ林の向う側を明るませている。石戸佐七は、鼻の頭を赤くしながらさっきからぼんやりと櫟（くぬぎ）の切株に腰掛けていた。

林の中では、黒い球のように木々の間を四十雀（しじゅうから）や山雀（やまがら）がぱッぱッと飛び交わして、佐七の仕掛けた囮の目白も籠の中で飛び廻りながら鮮かな高音（たかね）をはっていた。すっかり肉の落ちた佐七の顔は殆ど無表情で、林の中に群がり鳴いている小鳥共の間に、囮の目白の声が一段と冴えわたって響くのを聴く時だけ、かすかな微笑が口辺に漂った。籠は彼から六七間ばかり離れた若い松の枝にぶら下って、中の鳥の運動につれて時々ゆらゆらと揺れた。籠の上には二本の黐竿が枝のように自然に両方に突き出て、獲物の来るのを待っている。飛んで来た黄色い小鳥がぱっとその竿にとまり、驚いて飛び立とうとしては見るが、及ばないと思ってか利口にもくるりと身を落して竿に足を捕られたままぶら下って、体の重みで自然と足の離れるのを待つ、そういう光景が蘇って来ると、老いた彼の胸にも何か若々しい血が流れるように波立った。しかし目白はまだ来ない。一家族が連立って群がり飛んで来るこの小鳥は、その時間も殆ど定っていて、まだ三十分くらいは待たなければならないと、彼は多年の経験で思った。彼は鳥の来た時の用意にもと思って、穿いていた義足を注意深く穿き直したり、黐竿の工合をもう一度よく調べて見たりして、後は何時ものようにぼんやりと小鳥たちの声を耳にしながら、頭の中を流れて行く色々な物思いに耽った。

この療養所へ来てからもう佐七は六年になるが、秋が来る毎にこうして目白を捕りに来るのが一番の楽しみになっていた。義足になったのは一昨年の春であったが、その時も足が一本無くなるという悲しみよりも、もう小鳥を捕りに出かけることが出来なくなりはしまいかという不安の方が強かったほどである。小鳥を捕るというそのことも楽しいことであったが、彼は何よりも雑然とした病舎から逃れて、自然の中に身を置き、人間の声の代りに鳥の声を聴き、草の上に坐ったり、樹々の香を嗅いだりすることがよろこばしかった。一定の時間に家族連れで飛んで来る目白や、お互に何かささやき合っているような小鳥たち、突如として高い梢にけたたましく百舌（もず）の声が響くと、凡ての鳥が死んだように息をこらして森（しん）としてしまう有様など、佐七は、自分自身そうした小鳥の世界に生き、人間などの求め得ないほど美しく完成した小鳥の社会に遊ぶ思いがするのである。

じっと物思いに耽っている佐七の顔に、ふと暗い陰がさし、不安なものが漂うことがあった。すると彼は定って小さな声で、仕方がない、仕方ない、と呟いた。それは息子の佐吉を思い出した時で、彼の眼にはなんとなくおどおどとしたものが表われた。

佐吉は長男で、父親が義足になるちょっと前にここへ這入って来たのであるが、今は激しい両腕の癩性神経痛にやられて重病室のベッドの上で横になっている。彼は二十四で、ここへ来るまでは母親と一緒に田舎の街で暮していたのであったが、その頃は長女のふゆ子と同じように優しく、時々来る手紙の中にもそれは現われていた。中学を抜群の成績で卒業したという報せや、末に見込みのある大きな会社へ就職することが出来たという報知がある度に、佐七は女舎まで出かけて行ってふゆ子にそのことを話した。そしてその夜は明け方まで眠らないで、息子のことを頭の中に描き続けた。手紙には何時も乱暴な文字で、そういうところに暮している父のことを思うと一日として安閑と暮している気にはならない、今に立派な者になって見せるというようなことが書いてあった。文字は如何にも乱暴で紙いっぱいにはね廻っているようであったが、その中には美しい我が子の心が流れているような気がして、佐七は手紙を何度も読みかえしたものである。しかしその子がどうしてあんなに烈しい変りようをしたのか。佐七は、病室にいる息子のことを考える度に、何か大変な間違いを仕出かしてしまった後のような、空しい絶望を味った。

昨夜もその病室へ出かけて見たが、佐吉は父の顔を見るともうむッとしたような表情を泛べて不機嫌に黙り込んでしまった。佐七は息子に向って声を掛けて見るのもなんとなく悪いことをするような思いがして、おどおどしてしまうのである。俺がこんな病気になったのもこんな苦しい目に遇わねばならないのもみんなお前の責任だ、と息子の眼が責めつけて来るように思われて、佐七は呼吸をするのも何か悪いことをしているような気がするのであった。思い切って、どうだの、工合は、と声を掛けても、息子は閉じた眼を暫くは開こうともしない。そしてやがて開いた眼には、父に見舞われた者の誰もが表わす喜びの表情はほんのこればかりも表われず、佐七は石のように冷たい息子の心に取りつく島を失ってしまうのだった。

仕方がない、仕方がない、と呟くより他になかった。何もかも病気に打ち毀されてしまった、親子の愛情も、優しい息子の心も、しかしそれといってどうしようがあるだろうか。佐七は、ぼんやりと囮の籠に視線を移しながら、深い溜息をもらした。病気のことを考えるたびに、佐七は、例えばどんなに大きく眼を開いてもなんにも見ることの出来ない闇の中に、ぽつんと立っているような孤独と、不可抗なものを感じた。そして、佐吉の発病を報せて来た手紙を読み終った時に感じた同じような、二度と取返しのつかない失策をしてしまった絶望を覚えるのだった。その手紙を半ばまで読み進めて、胸部及ビ手首ニ白斑ト麻痺部ヲ発見仕リ候という文句にぶつかった時、佐七は急にぐらぐらと畳の揺れるのを感じ、文字がびりびりと顫えた。そして天井を仰いだとたんに、しまったあ、ああ、ああ、という声が腹の底から飛び出した。病気になった子供の不憫さや、絶望を感ずるよりさきに、失敗った、という感じと激しい責任感に頭は突き動かされたのであった。そして自分が既に病気になっていることを知りながら結婚してしまった過去が罪深く思い出され、彼はその手紙をもったまま夜晩くまで林の中などを歩き廻った。そして時々頭を上げて空を仰ぎながら、子供のような声で、ああ、ああ、と呟いた。佐七はその時二十六であった。臀と顎とに紅斑があったが、妻と初めて知り合った時には顎のは消えて無くなり臀部のだけが残っていた。しかしそれまで癩患者の実際の姿など見たこともなかったし、また自分の病気がどういう性質のものであるかも十分には知っていなかった。それが思い切って結婚させるに役立ったのであるが、彼は妻を抱きながら、ふと深い不安を覚えて彼女を遠くへ押しのけたのも度々であった。また彼はその滑かな肌に体を密着させている瞬間にも、急に自分の病体を感じて、彼女との間に超えられぬ淵が出来るのを覚えた。それは東洋の男が西洋の女を抱いた瞬間に感ずるであろう人種的な肉体感の相違にすら似ていた。そして佐七の場合、それは根深い罪悪感となって頭の芯に残ったのであった。初めのうち妻は勿論佐七の病気を知らなかったが、それは却って彼の心を苦しめた。佐吉が生れたのは結婚後三年が経ってからであったが、彼は初めての我が子の声に恐怖を味わずにはいられなかった。そしてふゆ子、佐太郎という順に生れて来る子供に、長男に感じた程の強さではなかったにしろ、やはり何か空恐しいものを覚えずにいるわけにはいかなかった。そして時々少しずつ背丈の伸びて行く子供等を眺めながら、自分が大罪人のように思われて激しい悔いに襲われ、何もかもを以前に、結婚しなかった昔に引き戻すことは出来ないものかと身もだえた。そしてそれが全然不可抗なことだと知ると、いっそ子供も妻も一人一人殺してしまいたいような衝動が突き上って来たりして、彼は自分の心にぞっとするのであった。そういう時彼は本能的に病気の遺伝を信じているのだったが、ふと、自分の病気は伝染病であったのだと思うことによって、僅かな安堵を発見した。しかし伝染病だと思った刹那、彼は我が子との間にすら深い谷を感じた。ふゆ子を抱き上げても、伝染という感じが冷たく頭にひらめき、危く子供を取り落すほど腕の力が抜けた。

最初に発病したのはふゆ子であった。佐七の病気は神経型のためもあったであろう、顎の紅斑が自家吸収されてからずっと自然治療の状態が続いて病勢は落着いていたのであったが、ふゆ子が発病する前年から急に悪化し始め、僅かの間に十本の指は全部内側に向って曲り込み、更に足の関節の自由をも失ってしまった。そこで彼は佐吉が嫁をとる時になって差しつかえるようなことがあってはと思い、ふゆ子を連れてここへ這入って来たのであった。彼女はその時十六、その秋から佐七は目白を捕える楽しさを覚えた。

佐七は、さながら生物のようにびくッと義足を動かせた。かすかな声ではあったが、たしかに目白の声に相違なかった。林のずっと向う、かなり遠くから囀り（さえず）ながら近寄って来るらしい小鳥の姿が、早くも彼の頭に描かれ、彼は身構えるように上体を真直ぐにし、耳を澄ませた。囮の鳥は急に鮮かな丸味を声にもたせて、高音を続け、近寄って来る仲間を呼ぶのであった。ぱッと停り木を蹴りつけて飛び立つと、逆さまに天井に足をかけてぶら下り、再びさっと翼を羽ばたくと見事な宙返りを打って停り木に立った。そういうことを続けざまに繰り返すと、急に胸を立て、小さな足をふんばってチイッと囀り、また籠の中をあちこちと忙しげに飛び移った。佐七は自ずと緊張し、今までの物思いはどこかへ消えた。やがて声が間近に聴え出すと、佐七は眼を光らせながら重なり合った枝々の間をすかして見たが、まだ鳥の姿は見当らない。息をつめ、体を硬くちぢめてなおもあたりに注意深い視線を送って、彼は、固唾を呑む思いである。

その時背後にふと足音を聴き、邪魔されるという思いで苦い顔を振り返って見ると、ふゆ子がすぐ後に立っていた。

「お早う。どう、今日は？」

と彼女は声を忍ばせて小さく言った。

「うん。立ってちゃいけない。そこへお坐り。」

と佐七もささやくような声であった。とたんに林の奥から、葉と葉の間をくぐって来た一羽が、籠のぶら下っている松の枝にとまるのが見えた。佐七はぐっと唾を呑んで、横に坐ったふゆ子に耳うちした。

「来たよ。」

　ふゆ子は黙ったままその一羽に視線を向けたが、片方の手では膝の横の草を毟（むし）っていた。懐中にある弟から来た手紙が気にかかって、彼女はじっと坐ってなどいられないような気がしていた。

　枝にとまった鳥は籠を怪しむように首を傾けていたが、急に飛び立って二三間離れた樫の枝にとまり、またさっと身を泳がせて横の枝に移ったりしていたが、思い切ったようにすうっと籠に乗った。佐七はもう一心不乱であった。そして、囮の鳥と籠の外の鳥とが、不意の邂逅に劇的な興奮を示して、内と外とで向い合って接吻でもするように嘴（くちばし）と嘴とをつつき合っているのを見ると、苛々とした待遠しさを覚え、それでも自然と口のあたりに微笑が浮き上って来る。目白にはさして興味のないふゆ子は、毟り取った草を膝の上で一本ずつ揃えて見たりしていたが、それを投げ出すと、頭を上げて父の横顔を眺めた。細く突き出た顎には縮れた太い毛がまばらに生えて、それが少しも艶のないのを知ると、ふと父は枯れてしまうのではないかというような不安が頭をかすめた。彼女は今までも乾性の病人を見る度に父を思い出して、父は毎日毎日少しずつ干からびて行き、終いには血も膏も粉のように水気を失ってしまうような気がしてならなかった。彼女は今更のように父の姿をしげしげと眺めながら、骨ばった肩や脱肉した腕などが、何時もよりもずっと小型に見えるのを不思議に思った。すると父がひどくあわれに思われ出して、激しい愛着が湧き上って来るのだった。お父さんは不幸な人だわ、と彼女は心の中で呟き、そっと懐の手紙に触って見て、この手紙を今父に見せるのは恐しいことだと思った。父は夢中になって籠から視線を外らさなかった。恐らくは小鳥のことより他は何一つとして考えていないのであろう。彼女は病室にいる兄のことを思い、また自分を考え、この不幸な親子の中へまた一人弟が這入って来るのだと思うと、急に胸の中が波立って来て、危く泣き出しそうになった。

「しめた。」

と佐七が不意に言ったので、彼女はびっくりして籠の方を見ると、空間に突き出た黐竿に何やら黒いものがぶら下って揺れている。佐七は、ふゆ子がかつて一度も見たことがないほど敏捷に駈け出し、躓（つまず）いて倒れはせぬかと心配なほどであった。佐七は無論自分の義足を忘れていたが、そういう時には生きている足のように自由に動いた。やがて引返して来た彼は、曲った指では逃がす危険があるのだろう、両掌でしっかりと小鳥を摑んで、それは大切なものを抱きかかえているようであった。小鳥は曲った指の間から首を出して、恐怖に彩られたまなざしでキロキロとあたりを見まわし、時々ぶるぶると体を顫わして羽ばたこうとする。佐七の顔は急に皺が延びたり縮んだりして、喜悦のために眼が輝いていた。

「すてき、わたしに持たして——。」

と彼女はそれを受け取ると、小鳥は彼女の掌の中でもぐもぐと動いた。眼のふちを巻いた鮮かな白い輪や、綿を丸めて摑んでいるような掌の感じで、ひどく珍しいものを見るような気がした。

「どうだ、この鳥は生きてるだろう。」

「あら、どうして。」

「三日籠の中に入れといてごらん、この鳥は死んでしまう。小鳥が小鳥らしく生きているのは捕った二三日うちだよ。生き生きしてるだろう、ほらお前の指に嚙みついたりして。三日も籠の中へ入れとくと、翼の色に力がなくなって、艶が落ちてしまうからのう。」

「餌が悪いんじゃないの。」

「人間の造った餌だからいけないんだよ。」

「籠もいけないんでしょ。」

「うん、思うように翼が使えないからのう。いくら良い餌をやっても駄目だよ。どら、ちょっと腹を見せてごらん。どうも女の子のような鳴声じゃったが。はっきり聴えなかった。」

鳥は果して雌であった。雄だと腹部に鮮明な黄斑の直線がある筈であったが、この鳥は腹一めんがぼうっと黄色く染っていた。

「やっぱり雌だった。雌じゃしようがない。」

と呟いて佐七は、放してやれとふゆ子に言った。彼女はあらためて小鳥を見、

「放すの？」

と惜しそうに言ったが、思い切って空に投げた。風船のように空中に飛ばされた鳥は、途中でさっと翼を拡げ、林の中へ隠れていった。

ふゆ子は懐から手紙を取り出した。彼女の頭を癩になった佐太郎の顔がかすめて、彼女は自分の発病当時の悲しさなどを思い浮べると、手紙を父に差し出す手が顫えた。

夕食が終ると、病室内は急に騒しくなり、入口の硝子戸がひっきりなしに明けたり締められたりする。寝台と寝台との間を、病舎からの見舞人が絶間なくゆききして、あちらでもこちらでもぼそぼそと話声が続いた。横わっていると、ぞろぞろとゆかの上を引きずって行く足音や、ど、ど、ど、と義足の歩く音などが枕に響いた。その他ゼイゼイと苦しげに呼吸する音や、嗄れた笑声や、気色の悪いカニューレの音などが入り乱れて、佐吉はこの時刻になるとどうしても不快な気持にならされてしまった。とりわけ、彼の隣寝台の男が、見舞いに来た女と一緒に、何か下劣なことを喋ってはげらげらと笑ったり、夜食のうどんをぴちゃぴちゃいわせながら食い始めたりすると、不快は激しい嫌悪感となり、時には腹の底から憤怒が湧き上って来たりするほどであった。女は笑うとただれたような赤い歯茎を露わし、歯は黄色くなっている。

太陽が落ち、硝子窓の外が暗がってしまうと、室内は急に地獄になり、だんだん奈落の底へ

沈んで行くような気がした。明るいうちは窓外が見え、この病棟もしっかりと大地の上に坐しているのが判るが、夜になり、窓外が暗黒に塗り込められて、室内だけがぼうっと仄明るくなって来ると、なんとなく棟全体が地から浮いているような感じで、やがて夜が更けるに従って地下に沈み込んで行くような気がするのである。奈落だ、奈落だ、と彼は思い、これから抜け出る道のないことを思うと、身をしめられるような不安と絶望を覚えた。そして平和そうにげらげらと笑っている女や、その女に好色的な眼を光らせている隣りの男の様子などを見ると、やがて不安は嫌悪となり、絶望は激しい現実への怒りとなって、彼の頭をかき乱すのであった。これが俺の世界か、これが俺に与えられている唯一の人生か、と彼は呟く。一人の人にとって、その人に与えられた人生は唯一つである、というこの規定が、彼には堪らないものに思えた。一人の人間はあくまでも唯一本の道をしか歩くことが出来ない、同時に二本の道を歩くことは絶対に許されていない。彼はこれを恐怖の念なしには考えることが出来なかった。俺は、こんな風に定められてしまった、この神経痛がやむ頃には指が曲ってしまうだろう、やがて足の自由も利かなくなってしまうだろう、そうなればもうお終いだ、いや、癩になった時もう俺はお終いになってしまったのだ、死ぬまでこんなどん底から抜け出ることは出来ないんだ、死ぬまで——。そして彼は憎悪の念をもって父の姿を描いた。こうなってしまったのもみな父の責任だ、と彼は思い切って断定することが出来なかったが、しかし父を考える度につきまとって来る憎悪は、どうしても取り除くことが出来ないのだった。

ずきずきと両腕が疼き始めた。続けざまに服んだアスピリンが汗になってだらだらと全身に流れ出している。この汗の中でまた朝までの幾時間かを過さねばならぬであろう。彼は両腕を注意深く腰の両側に置いて、眼を閉じて固く唇をひきしめた。

　ふゆ子がやって来た。洗濯物を抱えて彼女は這入って来ると、見舞いの人々の間を、幾度も頭を下げながら兄の枕許に立ち、

「あにさん。」

　と先ず声をかけた。これによって彼女は佐吉が不機嫌であるかどうかを試して見る習慣であった。機嫌の悪い時には、彼は返事をしようともしないで、急に額に皺をよせたりする。すると彼女は、神経痛がひどいのであろうと思って洗濯物を枕の横に置いて黙って帰るのだったが、一歩病室から外へ出ると、不意にぼろぼろと涙が出て来たりして、彼女は自分でも判断の出来ない気持になった。彼女は肩の竦まってしまうような孤独を感じるのである。しかし佐吉はふゆ子に対しては優しい気持で、いたわってやりたいとさえ思っていた。とりわけ自分よりも病齢の多い妹は、それだけまた病勢も進んでおり、その病勢のため失った恋愛などを思うと、彼は妹がひどく不幸に見えた。その男はこの春病気の軽い女と一緒にここを逃げ出してしまった。彼女はその時少しも泣かなかったが、それ以来佐吉は妹の顔に力が失せ、体全体の線が細くなって行くのを感じた。

　ふゆ子には、しかしどうしても兄の気持を理解することが出来なかった。例えば、どんなに面白そうに話し合っていたりする時でも、父の姿さえ見ると忽ち顔を険しくして、ふゆ子にさえもろくに口もきかなくなる兄の心は、芯から父を憎んでいるのであろうか、彼女はそういう

時、ぞっと背中が冷たくなるほど兄の心が怖しくなったが、しかしどうして兄が父を憎んだり出来るのか、彼女には全く不可解であった。子が父を憎むなんて、と彼女は考える。自分の兄がどうしてそんな悪人であろう、そんなことはない、そんなことはない、と彼女は強い心で否定する。子が親を憎むなどということはとうてい出来ないことだ、と彼女は本能的に思っているのであった。それにお父さんだって、やっぱり同じ病気だもの。兄さんだってそれを考えない筈がない——。

「うむ。」

と佐吉は重そうに返事をした。そして黙って起き上ると、両腕を彼女の前に差し出した。解けかかった繃帯の間から、汗に濡れたガーゼが首をのぞかせて、ぷんと臭いが鼻を衝いた。

「巻きなおしてくれ。」

「さきに寝衣を着更えて、それから——。」

「そうか。」

と佐吉はすなおに着ているものを脱いだ。ふゆ子は抱えていた洗濯物を置き、その中の一枚を拡げて、湯気を立てて冷えてゆく兄の体を素早くつつんだ。

「シャボンの匂いがする。」

と佐吉は着物に腕を通しながら言った。腕を通すのはなかなか困難で、ちょっとでも関節を曲げるとじくりと痛んだが、鼻孔に流れ込んで来る石鹸の匂いが、新鮮なものに触れる喜びを与えた。

「いくらか、いいの?」

「うむ。ちょっとはいいようだ。」

「ガーゼを温めて来るから、待ってね。」

ふゆ子は一抱えの三等ガーゼを持って、火鉢の横へ温めに行った。佐吉はふと彼女が発病した頃のことを思い出し、その頃女学校の白い線の這入った水兵服を着ていた彼女が、こうした癩療院に何時の間にか慣れて何の気もなく薄黒いガーゼを抱えて行く、彼は信じられないものを信じているようなちぐはぐな気持を覚えた。水兵服を着ていた時も、またガーゼを抱えている彼女も、同一のふゆ子であるということがなんとなく奇妙な気がしたのである。病勢は進行を停止しているようであるが、それでも色が白人のように白く、眉毛がない。

発病した頃、彼女は毎夜のように悪夢を見、夜中に唸っては母に起された。また不意に家を抜け出して帰って来ないことも二度ばかりあった。警察の手をわずらわす前に彼女はぼんやりと帰って来たが、二度共自殺をしようとしていたのであった。彼女はしかし今その時のことを思い出しても、どんな気持であったのか的確に思い浮べることは出来ない。それは脳漿が濁ってしまい、夜と昼との判断を失ってしまったような状態とでもいうより他に言葉はなかった。十六歳という少女の繊細な神経が、病気をどういう風に受けたのか、佐吉には全然考えて見ることも出来ないが、しかし彼女の姿を眺めていると、よくその神経がバラバラに砕け散ってしまわなかったものだと、一種の驚きを感ぜずにはいられなかった。

見舞いに来た人々もやがて帰ってしまい、病室内は静かになった。

ふゆ子は、部屋の真中に出された大きな火鉢の前で腰をかがめて、ガーゼを火の上にかざした。そして時々入口の方を眺めて、もう父が来そうなものだと思った。佐太郎の発病を知ったら、兄はどんな気持になるだろう。彼女は父が兄に向って佐太郎のことを言ってしまった瞬間を考えてみようとしたが、二人の顔にどんな表情が現われるか、彼女には判らなかった。けれども、彼女は、その時は恐しい気持を味うに違いないと思って、不安になった。それでは父が来るさきに自分が言ってしまおうか、とも思ったが、彼女はそれも出来ないような気がした。ガーゼが温まると、彼女は先ず古い繃帯を解いてやった。久しく陽の目を見ない兄の腕は、すっかり細く白くなって、静脈が無気味なほど青く脹れていた。佐吉は腕の裏表を眺めながら、

「やせたなあ。」

と言った。しかし、その滑かな肌理（きめ）の内には、若い血が流れている。佐吉は妹の白い頸を眺め、彼女の青春が強く心を打って来た。彼は自分の若さを感じていたのである。

巻き終った時、入口が開いた。ふゆ子は思わずびくッとし、二三歩そちらへふみ出した。佐七は視線を落し、うつむき加減に這入って来た。ふゆ子はちらりと兄の顔を見た。佐吉は父の顔を見たのか見ないのか、もう蒲団を被って横になっていた。

「どうだ、いくらか良いか。」

と父は意外に明るい声で言ったので、ふゆ子はほっとし、兄の返事が待遠しかった。苛々するほどであった。

「うん。」

と佐吉は、無理に咽喉から押し出すような声であった。彼は眼をつぶったまま、また明るそうな声を出している、と思って、その声の響きの底にあるおどおどしたものをすぐさま感じた。すると父が不思議なほど気の毒に思われ出して、

「大分良いが、まだ――。」

と言ってしまった。がそういう自分の声が耳に這入って来ると、すぐさま嫌悪が突き上って来た。しかしその嫌悪感の中に、ゆらりと閃いて通り去った、嫌悪する自分を更に嫌悪するもう一つの心の破片には、彼は気づくことが出来なかった。話が途切れそうになったので、ふゆ子は、

「今繃帯を取り換えたのよ。兄さんとても痩せたのよ。」

兄の返事が彼女の心を明るくしていた。彼女はけんどんの中から湯呑など取り出して茶の用意をした。

「お父さん、お茶のむでしょう。」

「いっぱい飲もうか。」

彼女は火鉢のところへ湯を注ぎに行ったついでに、小さな腰掛を持って来た。義足の父はどっこいしょ、と呟いてそれに掛けた。

「兄さん、お茶どう?」

「たくさん。」

兄の言葉は彼女の心に冷たく響いて、彼女のいくらか弾みかかった気持は一度に折られてしまった。親子が揃ってお茶を飲んだり、話し合ったりする機会のめったにないここで、その上珍しく父と兄の気持が調和しそうなのに明るんで来ていた彼女は、いまの一言で何かがびりりと割かれるような気がした。湯呑を口に持って行きつつ、父の手がその時かすかに顫えるのを彼女は見た。すると兄への激しい怒気が湧いて来たが、

「お菓子どう?」

と、彼女はけんどんの中からイボレットを取り出すことによってそれを押えた。佐吉は言葉も吐かない。佐七はそれを一つ摘みながら、ふと今朝放してやった雌目白のことを思い出し、それをなつかしく思ったりしたが、あたりがひどく重苦しくなって来て、彼は手紙を息子に見せる機会が掴めなかった。息子にそれを見せることが、なんとなく怖しかった。その手紙が息子を驚かせ、悲しませるのが怖しいのではない、彼は息子の怒りが怖しかった。その怒りはいうまでもなく儂に向けられている――。佐七は救われない気持になった。

室内の静けさが三人の心をつつんで、話は途切れ、みなそれぞれの思いに沈んだ。三人共肉身のつながりが切れ、その間に深い淵の出来ているのを感じ合った。ふゆ子は佐太郎の姿を思い浮べて、傷ついた心で這入って来る弟が、この冷たい親子の間をなんと感じるであろう、兄さえ優しい心になってくれれば凡ては温かく運ばれて行くのに、と思った。佐七は懐中している手紙が鉄のように重くなって来たのを感じ、深い溜息を、しかしそれも低く何かを恐れるように吐いた。そしてじっと黙しているのが堪えられなくなり、何か言わねばならぬと思いなが

ら、どこにもいとぐちのない思いであった。佐吉はじっと眼をつぶっていたが、すぐ横にいる二人の様子が見えるように心に映り、みなと同じく息苦しい気がしたが、知るものか、と強いてふてぶてしい気持になった。父は淋しいに違いない、悲しいに違いない、しかしそういう姿を見たといって、どうして父が許せるだろうか、父を許すということは、即ちこの現実を許すことではないか、俺の良心が（もしそれがあるものとして）どんなに父を愛していようとも、俺の精神がこの現実に屈伏しない限り、俺はあくまでも父を許さぬ、またどうしてこの恐るべき現実が肯定出来るだろう。彼は眠ろうと思った。それがこの場合父を拒否する唯一つの方法だと思えた。しかしさっき繃帯を換えた時冷やした腕は、温まり始めると忽ち激しく疼き出す。温まってしまうといくらか楽だったが、それまでは、反動のように強く痛んだ。

「うむうむ。」

と彼は一つ唸って、父に背を向けて寝返った。

「痛むの？」

とふゆ子が言うと、佐七も首をのばして、

「痛むのかい。」

佐吉はそれには答えないで、

「ふゆ、湯ざましをくれ。」

「はい。」

けんどんの上に置いた湯ざましを取ってやると、佐吉は片手でそれを受け取り、ごくごくと

音を立てて服み、

「何か用があるのか、用がなければもう帰ってくれ。」

とふゆ子に言った。

「何か食べたいものはないか、の？　佐吉。」

と佐七が言った。思い切って手紙を見せようかどうかと逡巡し、その勇気がなくついそうい
う言葉が出た。

「なんにも食べたくない。ちちちッ、ふゆ、今幾時だ。」

「十分過ぎよ。八時。」

八時になると病室廻りの当直看護婦が注射をうちに来る。と、果して入口があいて白い服が
這入って来た。

「注射ですよ。」

と看護婦は小さな声で、しかしみなに聴えるように呼んだ。

「お願いします。」

とふゆ子は看護婦に言った。彼女はふゆ子を見ると、

「痛むの？　そう、大変ね。あんたお丈夫？」

と愛想を言いながら靴音を立てた。

「ええ、おかげさまで。」

大きなマスクで顔の半分はかくれていたが、その黒い眉を見ると、ふゆ子は急にみじめな思

いがし、顔をうつむけて言った。佐七は本能的に二人を見較べて、ふゆ子の不幸が強く心を打って来たが、看護婦が来たことによってかもされた小さな空気の変化にほっとし、この機会に手紙を見せようと考えた。

「佐吉。」

注射をすませ、彼女の姿が廊下の果にぽつんと白いかたまりになって消えると、
と彼は息子に呼びかけた。声が少し顫え、眼色がおどおどと動いた。そして次の言葉に迷ってしまった。

「なんですか。僕痛んでしようがないから、独りになりたいのです。」

あんたなんかいたとて何にもならない、という意が含められているのを佐七は感じ、動き始めた心をぴたりと押えられてしまった。

「佐吉……お前何か用はないか。」

そう言ってしまって佐七は、がっくりと力の抜けるように絶望した。

外へ出ると、二人は黙々と暗い道を並んで歩いた。冷たい空気が顔にかかって、佐七は水洟をすすった。ふゆ子は義足の音を寂しい気持で聴いていた。空には星が散らばっている。佐七はそれを仰いで、どこか遠くへかくれてしまいたいような気分になった。そして溜息を吐いて、

「ふゆ、お父さんが悪いんだよ。けれどのう、しようがない。どうにもしようがないいんだよ。」

ふゆ子は父の顔を見、

「兄さんは腕が痛むからああなのよ。」

と言ったが、眼からは涙が出て来た。

「――来るのは明後日ね。」

「あさって――。」

「でもまだ発病したばかりだから、治療すれば軽快退院出来ると思うわ。」

「うん。」

軽快退院、しかしやがて再発するだろう、ということを二人は感じていた。今までの例がみなそうであったし、二人はこの病気がどういうものであるかを知り抜いている。

「ふゆ、つらいのう。」

と佐七はこみ上って来るような声を出したが、とたんに石に躓いてよろけ、娘の肩にすがって危く身を起した。

「ふゆ、死のうか。」

ふゆ子はどきッとし、そんな、とだけ言った。佐七は続けて言おうとしたが、口がこわばった。しばらくして、

「お前明日の朝早く起きられるかい？」

「どうするの、お父さん！」

と彼女も声を顫わせながら反問した。

「あしたは良い雄を捕ろうよ。」

「目白？　ええ、早く起きるわ。今朝放してやったの、足に黐がついてなかったかしら。」

「大丈夫、かしこい鳥だから自分でこすって除るよ。」

「そうかしら。」

「佐太が来たら——佐太はどんな気持でいるかなあ。」

「……。」

「お前、佐太の世話をしてやってくれ、のう。」

「するわ……。」

彼女はふと自分から逃げた男を思い出した。世話をする、という言葉が男の姿を連想させたのであろう。その男はまだ軽症だった。頰に一つ紅斑があったが、その二銭銅貨のような斑紋は、思い出して見るとかえって彼を美しく見せたように思われる。が、彼女は彼の愛撫の中にいる時でも、その軽症さに不安を覚えていたのを思い出した。もしあの人がもっと病気の重い人だったら逃げたりしなかったに違いない、自分のような重いものが、あんなに軽い人を愛したのが間違いだった、と思うと共に、彼女はその頃その男と会う度にひけめを感じていたのに気がついた。だけど、もし自分がもっと軽かったら——鏡を見る度に悪寒をすら感じる自分の顔を思い出して、孤独と絶望とが押し寄せて来たが、どこからか、それを打ち消す力が湧いて来た。佐太郎や父への愛情がその力を与えたのであろう。

「ふゆ。」

「はい。」

父はそのまま次を言わないで、二三十歩も足を運んでから、

「お前、お父さんを悪く思わないでくれのう。」

彼女は不意に父に縋りつきたくなって来たが、

「兄さんは、兄さんは馬鹿なんだわ。」

と叫ぶような声になりながら言った。

薄暗い電光を受けて、佐吉はとろとろと眠っている。さっきうった注射が効いたのであろう。額から首のあたり、蒲団がずれて露わになっている胸まで大粒の汗が吹出物のように出て、時々かたまってはだらだらと流れている。彼の隣りの男も、その並びの当直人も、みな寝静まって、室内は呼吸の音と、呻声とだけでしんとしていた。

と、突然佐吉はぴくんと体を顫わせて、うううと呻いて、それからむっくりと起き上った。ちょっとの間、彼は充血した眼を見開いてあたりを見廻していたが、やがて首を垂れると、横にもならないでそのまま寝台の上に坐り続けた。注射がまだ効いているのであろう、痛みは殆どなかった。しかし頭がどろんと濁っていて、今見た母の夢が目さきにちらついた。

場所はたしかにこの療養所の中だったが、そこに母の住んでいる家があった。そして珍しくも母と一緒に父もおり、自分もいた。ふゆ子は女学校の服を着ていたが、何か両手で白いものを抱えて、たしかに泣いているようだった。それから突然、父と母とが恐しい顔つきで何か叫

び出した。病気がうつる、うつる、というような言葉が頭に残っている。そしてその時母の真白い豊かな腕がちらりと見え、その腕に一個所、鮮血に染ったような紅斑が浮いているのが垣間見えた。するとぞうんと身の毛が立つほど恐しくなった。それからはぼんやり煙ったようになって記憶の底になってしまっている。うつる、うつると叫んだ時の母の恐怖に彩られた顔が、特にはっきり頭に残っている。母の顔は真蒼だった。それは佐吉の発病を知った時の顔であり、またふゆ子の眉毛が落ちた時の顔であった。彼は自然と母と別れる前夜のことを思い出した。その夜も母は蒼白なおもてであったが、佐吉はその顔が今も眼の前に浮んで来るような気がした。

「佐あさん、もうお寝みかえ？」

その頃佐吉は、毎晩おそくまで街を歩き廻り、酒を飲んでは帰って来るのが習慣になっていた。癩者の誰もが一度は味う気持、つまり生きていたいのか死んでしまいたいのか自分でも判らない漠とした気持であった。街を歩いていると、電車の轟音に発作的に体を投げ出してしまいたい欲求が興って来たり、かと思うと、まだまだ生きられると思って妙に人生が楽観出来たりして、行為と心理、心理と心理、行為と行為、などのつながりが切れ切れになって、ひどく衝動的になっていた。その夜も、おそく帰って来て酒臭い息をふうふう吐きながら畳に寝転んでいると、母がそう言いながら上って来た。彼は二階に住んでいた。母は佐七と同じようにやはりおどおどしているようだった。

「お前あしたはお父さんのところへ行ってくれるか、の、お前。あそこにはお父さんもいることじゃし、ふゆもいるで——。」

母は身の置場もないという風に出来る限り小さくなって、今にも後ずさって行きそうに坐っている。彼は起きようともしないで、

「うん、うん。」

と頷いていた。しばらく沈黙が続いて、母は赤くなった眼をおそるおそる開いていた。これが俺の母だ、これが、と彼はそんなことをふと口の中で呟いたが、理由もなくその時激しい憎悪に襲われた。彼は無意識のうちに眼つきをかえて、鋭く瞳を光らせながら母を見つめた。母は息苦しくなったらしく、そっと立上ろうと腰を浮せかけたが、急に顔色を蒼白にしてまた坐った。息子の憎悪が電波のように心に響いたのであろう。と、彼女は顔を急に歪め、歯と歯をがちがちと噛み合せて、

「佐あさん、怺えて——お母さんは、お母さんは。」

と歔欷き始めた。赤くなった眼を閉じると、瞼の間からぼろッと白いかたまりが落ちて、鼻にかかった。

「わたしは、の、佐あさん、お前のお父さんにだまされて、それで一緒になったのだよ。あの人は、わたしと一緒になる前から病気だったのに、わたしはだまされて——。」

佐吉はその時、みなまで聴かないでむくっと起きた。

「お母さんは、なんで僕にそんなこと教えるんです！」

頭の焼けるような怒気が湧き上って来て、叫ぶようにそう言って母を睨みつけたのを覚えて

いる。しかしあれは母に対する怒りであったであろうか。佐吉は体の冷えるのを感じて横わりながら思った。それ以来俺は父を思う度に憎悪の念がつきまとうようになったではないか。それは今まで信じていた父の像がぶち毀され、新しく事情を知るという恐しさが、怒りに変貌して現われたのであろう。

佐吉は、ふゆ子と一緒にこの病室を出て行った父の後姿を思い出した。曲った両手を腰にあて、不恰好に義足をギチギチいわせながら出て行く姿は、失意そのもののように見えた。腰にあてた手を振って歩く気力もあの時の父にはなかったに違いない。そう思うと佐吉の胸は急に顫え出して、父への愛情が頭をゆすぶった。彼は日頃の自分の態度が切実に後悔された。母をあざむいたのは父の罪であるとしても、しかしどうしてその父を自分が鞭打つことが出来るだろう、父がこの地上に自分を産み出したということ、自分が父に病気を伝染（うつ）されたということと、それを凡て父の責任とすることは果して正しいことであろうか、この底には眼に見えぬ何かの力があり、これが我々を引き摺って行くのではあるまいか——。彼は運命というものを生々しく感じた。結局こうなってしまったのはどうしようもないのだ、それに対して誰を怒ることが出来るだろう。

彼は自分が今幾分感傷的になっていることを意識しながら、すぐに佐七の手を握りたい衝動にかられた。

父と別れて女舎へ帰って来ると、ふゆ子はすぐ床をとってもぐり込み、頭から蒲団を被ってククックッと頸でも締められたような声で泣き出した。彼女は自分たち親子三人が、深い穴の中に墜ち込んでいるような気がした。前も、後も、厚い、真黒な壁になって、押しても叩いてもびくともしない、彼女はそれに鼻をぶちつけているような気持であった。

夜が明けると、彼女は母に手紙を書きたくなって来たので、畳に腹ばって鉛筆で書き出した。外は雨が降って、昨夜父と約束した目白捕りも駄目になってしまった。

拝啓長らく御無沙汰致しましたお変りも御座いませんか、と機械的に彼女は書いた。そこで彼女は一度鉛筆をなめ、さて、と続けたが後がつまってしまった。そして色々と文句を考えていると、もう胸がいっぱいになってぼちぼちと涙が紙の上に落ちた。そして結局紙を五六枚破っただけで、彼女はあきらめて立上った。すると突然佐太郎に会いたくてしようがなくなって来た。佐太郎と会って、慰めてやっている自分の姿が浮んで、彼女はその文句を考え考え口のうちで呟いて見た。

「ね、佐太さん、大丈夫よ、悲観しないで、ね、きっと快くなって退院出来るのよ。」

そして、

「姉さんはもうだめだけど。」

と附け加えると、どっと悲しくなって来た。佐太郎の頰にはきっと赤い斑紋があるに違いない。彼女はもう六年も佐太郎に会わないし、別れた時彼はまだ十二になったばかりだったので、今はどんな子になっているか見当がつかなかった。それで彼女は佐太郎の姿を考える度に逃げた男の姿をあれにあてはめて考える習慣になっていた。その男は二十五であったし、佐太郎は今年十八だったが、彼女のイメージにはそういう年齢の違いなどあまり苦にならなかった。

佐吉のことを考え出すと、彼女は腹立たしくなった。自分や父がこれほど心配しているのに、なんという親不孝な兄だろう、まるで撲(ぶ)っても抓(つね)っても唇を尖らしているひねくれた子供のようではないか、お父さんの気持だって少しは察したらいいのに——。

午後になると、彼女は佐吉の病室へ出かけた。どうしても佐太郎のことを今日のうちに教えて置かねばならぬと思い、彼女は父の舎へ寄って手紙を受けとった。兄がどんな顔をしようと、もうこうなってしまえば仕方がないではないか、また考えて見ると、この手紙を兄に見せるのをどうしてこうも憚っているのか、その理由が判らなかった。父も年寄になった今は、一番兄に見せるのが至当であるし、また佐太郎も兄へあててこの手紙を書くべき筈だと考えられるくらいではないか——もっとも佐太郎と絶えず文通しているのは彼女で、なつかしきお姉様と、どの手紙にも冒頭されてあるのが彼女はばかにうれしかったのであるが——。彼女には父の気持が半ば不可解であった。が、不可解のまま彼女は何時のまにか父と同じような気持になり、知らず識らず兄を憚っていたのであった。彼女は拳を握るような思いで決心した。この上何か兄が腹の立つことを言ったら、その時は兄を思うさま詰(なじ)ってやろう、と彼女は胸のうちで力を入れた。が、昨夜佐七が躓いたところまで来ると、なんとなく呼吸が弾んで来て、胸さわぎがするような気がした。するとまた男の姿が浮んで来て、彼女は足を速め、ちょっと曇った空を仰いでから下を向いた。雨はまだやまなかったが、霧のように細くなっている。

兄は相変らず顔をしかめて、眼が充血し、近くへ寄るのも重苦しくなるほどであったが、しかし昨夜と較べるとずっと気持の柔いでいることはすぐ判った。彼は横になっていたが、彼女が来ると起き上った。

「今日はいくらか調子が良いようだよ。」

昨夜と同じ兄の姿を考えていた彼女は、ちょっと面くらったような気になった。

「そう。」

と彼女は強いて不機嫌そうに言って見たが、わけもなく気持は解（ほぐ）れてしまった。

「お父さん、今日来なかった?」

「来ないよ。」

「そう……。」と彼女は瞬間ためらい、「佐太さんからお手紙が来たのよ。」

彼女は二三度いそがしげに瞬き、ちょっと眼を閉じてから手紙を出した。

「どれ、どんなこと書いてある。」

彼女は急に胸が切迫して来るのを感じた。何か強いもので全身を押しつけられるような心持であった。佐吉が吸い寄せられるように手紙を読み出すと、彼女は黙っていられなくなり、

「明日、来るのよ。」

と言ったが、佐吉は黙って読み続けた。

「事務所の方は昨日お父さんが手続きしたからよかったけど、お母さんはいきなり来て相談するつもりらしいのね。」

佐吉の返事のないのを見ると、彼女は不安になり、また続けて、

「それとも佐太さん独りで来るのかしら、でも早い方がいいわ、病気で社会にいるのはつらいものね。」

終りまで読むと、そこからまた初めに続いているように、佐吉は二三度読み返した。そして一言も物を言わないで考え込んだ。

「明日幾時頃来るのかしら――。」

と言おうとすると、佐吉の顔が急に歪むように見えたが突然、

「うるさい！」

とどなりつけるような声を出して、ふゆ子の顔を睨んだ。佐吉の頭の中には荒い風が吹き始めていた。

「なんだって俺にもっと早く知らさなかったのだ。」

ふゆ子はむっと胸がつまり声が出なかった。兄の我儘さに腹が立ち、しらない！　と投げつけて帰りたくなった。

「昨夜（ゆうべ）お父さんが何のためにここへ来たか、考えてちょうだい。我儘者！」

と彼女は呼吸を弾ませながら言うと、顔に血が上り、胸の中がひくひくと痙攣した。

「何のために来たか、俺が知るものか。そう言いに来たのなら何故そう言わなかったんだ。」

「自分の仕うちを考えたらいいわ。」

「親父は俺を恐れているのか、そうだろう、親父が俺を恐れるのは誰の責任だ。」

「兄さんに定ってるわ。」

「ふん。」

佐吉は黙ってふゆ子を睨みつけていたが、やがて首を垂れると、

「ああ、また一人この世界へ墜ち込んで来るのか。」

と絶望的な声で呟いて蒲団を被ってしまった。

「そんなこと言ったって、しようがないじゃないの。そうなってしまったものを。」

「ふゆ子。お前もだんだんお父さんに似て来たぞ。お前は病気になった時どんな気がしたえ？その時の気持がいちばん人間らしい気持だぞ。しようがない、親父は全くいい言葉を発見したもんだ。」

「だって――。」

「だってじゃない！」

と、佐吉は怒気と憐憫とを同時に含めた声で言ったが、やがて優しく言った。

「ふゆ、帰ってくれ。」

彼女は立去りかねるものを感じて、じっと兄の顔を見ながら、

「……帰らない。」

佐吉は暫く黙り込んで、妹の顔を見上げていたが、帰れ……と今度は激しく言った。

「兄さん――。」

と彼女は鼻声になって言ったが、もう泣いてしまった。佐吉はくるりと寝返りをうち、彼女

の方に背を向けた。そして蒲団の隅をぎゅッと握り、噴き上げて来そうになった感傷を押えた。昨夜から父に傾きかけていた気持は、再び硬く立直って、俺はどんなことがあっても妥協しない、と強く思い続けた。

佐太郎がやって来たのはあくる日の夕方、もうそろそろ薄暗くなりかけた時分であった。報せがあるとふゆ子は父と一緒に収容病室へかけつけた。収容風呂からあがったばかりの佐太郎は、初めて療養所の筒袖を着せられて、しょんぼり立っていた。見ちがえるほど丈が大きくなって、裄の短い着物からは腕が半分ほども露わであった。初めて籠に入れられた小鳥のように、佐太郎は恐怖と驚愕の眼差しできょろきょろとあたりを見廻している。

「佐太さん。」

とふゆ子が呼びかけると、彼は初めて姉に気づいたように、はっとした表情であった。そして微笑を浮べようとしたらしかったが、それは途中で硬直したようにただ顔が歪んだだけだった。これが自分の姉だったのか、と佐太郎は思ったに違いないとふゆ子は、自分の眉毛のない顔を思い、つと一歩後ずさった胸の中でじいんと何かが鳴るような思いだった。

「佐太、来たかの。」

と佐七は続いて声をかけたが、それきり言葉はなかった。佐吉は待っても出て来なかった。ふゆ子が呼びに行っても、腕が痛む、と一言言ったきりであった。

「そうか。」と佐七は弱々しく言って、ふと気づいたように「ひわの声がする」とあたりを見廻した。病室ではどこでも小鳥を飼っている。佐七は窓の下に置かれた籠を見つけると、その方へ足を運んだ。

「ほう、なかなかいい鳥じゃ。」

とその前にしゃがみ込んで、指先に餌をつけると、籠の外から食わしてやった。ふゆ子は父の弓なりになった細い胴を背後から眺めながら、ふと父が泣いているように思われてならなかった。が、実は彼女の方が今にも泣き出してしまいそうになっていた。

望郷歌

夏の夕暮だった。白っぽく乾いていた地面にもようやくしっとりと湿気がのって、木立の繁みでははや蜩（ひぐらし）が急しげであった。

子供たちは真赤に焼けた夕陽に頭の頂きを染めながら、学園の小さな庭いっぱいに散らばって飛びまわっている。昼の間は激しい暑さにあてられて萎え凋（しぼ）んだように生気を失っているのだが、夕風が吹き始めると共に活気を取りもどして、なんとなく跳ねまわって見たくなるのであろう、かなり重症だと思われる児までが、意外な健やかさで混っているのが見える。

女の児たちは校舎の横の青芝の上に一団となって、円陣をつくり手をつなぎ合ってぐるぐると廻っていた。円の中には一人の児が腰を踞めて両手で眼をおさえている。望郷台と患者たちに呼ばれている、この小山の上から見おろしていると、緑色の布の上に撒かれた花のようだった。鶏三は暫く少女たちの方を眺めていたが、あれはなんという遊びだったかな、と自分の記憶の中に幼時のこれと似た遊びをさがしてみた。うしろにいるのはだあれ、多分あれであろうかと思いあたると、急に頬に微笑が浮んで来るのだった。

少女たちは合唱しながらぐるぐると廻っていたが、やがて歌が終ると、つないでいた掌を放して蹲った。すると今度は中に蹰まっていた児が立上ると見えたが、忽ちどっと手をうって笑い始めるのだった。西陽が小さな頰を栗色に染めているためか、癩児とは思われぬ清潔な健やかさである。

鶏三は芝生に囲まれた赤いペンキ塗りの小箱のような校舎と見比べながら、教室にいる時の彼等の姿を思い浮べた。今こうして若葉のように跳び廻っている彼等も、一歩教室へ入るが早いか、もう流れ木のようにだらりと力を失ってしまうのである。眼は光りを失って鈍く充血し、頰の病変は一層ひどく見え出して、何か動物の子供にものを教えているような無気味な錯覚に捉われたりするのであった。彼が学園の教師になったのは入院後まもなくのことであったが、教室へ這入った彼に一斉に向けられた子供たちの顔を初めて見た時、彼はいたましいとも悲惨とも言いようのないものに胸を打たれた。小さな頭がずらりと並んでいるのであるが、ある児は絶間なく歪んだ口から涎をたらしており、ある児は顔いっぱいに絆創膏を貼りつけている。ひどいのになると机に松葉杖を立てかけており、歩く時にはギッチンギッチンと義足を鳴らせるという有様であった。一体この児たちに何を教えたらいいのであろう、また彼等にどういう希望を与えたらいいのであろう、そして二十五歳で発病した自分ですら一切の希望を奪われてしまっているのではないか、況して七八歳の年少に発病した彼等が如何なる望みをこの人生に持ち得るというのか——。彼は教壇に立ちながら、この少年少女たちに対してはもう教えるものは一切なかったばかりでなく、教えることは不可能だと思ったのであった。彼の受け持っていた学科は国語と算術であったが、彼はそれ以来算術を他の教師に頼んで自分は作文を受け持ち、ただ思い切り時間を豊かに使用することに考えついた。彼は教科書を放擲してしまい、国語の時間には童話を話してやったり、読ませてみたりし、作文はなんでも勝手に綴らせ、時間の半分は学園の外に出て草や木の名を教えた。それは教えるというよりも、むしろ、一緒になって遊ぶという気持であったのである。彼にはこの子供たちに対して教えるという風な気持になることがどうしても出来なかった。この年にしてこの不幸に生きねばならぬ運命を背負っているというだけでも、地上に於ける誰よりも立派な役割を果しているのではないか、よしんばこれが立派な役割だと言えない無意味な不幸であるにしても、彼はその不幸に敬意を払うのは人間の義務であると信じたのであった。

子供たちは教室から一歩外へ出ると、忽ち水を得た魚のように生きかえった。血液は軀の隅々まで流れわたって、歪んだ口の奥にも、腫れ上った顔面の底にも、なお伸び上ろうとする若芽の力が覗かれるのだった。

「癩病になりゃ人生一巻のお終いさ、ちぇッ。」

という彼等の眼にさえも光りが増して、鶏三はそういう言葉も笑いながら聴いた。彼は一切を忘れて遊びに熱中している子供たちを眺めるのが何よりの楽しみであった。彼等は学科を全然理解せず、ただそれが自分たちには無意味であるということだけを本能的に感得していたが、遊んでいる時の彼等にとっては無意味なものはこの地上に一つもなかった。彼等は至るところに遊びを発見し、そこに凡ての目的を置き、力を出し尽して悔いなかった。子供たちはみなそれぞれ恐しい発病当時の記憶と、虐げられ辱しめられた過去とをその小さな頭の中に持っている。それは柔かな若葉に喰い入った毒虫のように、子供たちの成長を歪め、心の発育を不良にしていじけさせてしまうのである。子供たちをこれらの記憶から救い、正しい成長に導くものは学科でもなければ教科書でもなかった。ただ一つ自由な遊びであった。彼等は遊びによって凡てを忘れ、恐しい記憶を心の中から追放する。それはちょうど、最初に出た斑紋が自らの体力によって吸収してしまうように、彼等自身の精神の機能によって心の傷を癒してしまうのであった。

鶏三はじっと、夕暮れてゆく中に駈け廻っている子供たちを眺めながら、貞六、光三、文雄、元次、と彼等の名前を繰っていたが、ふと山下太市の顔が浮んで来ると、あらためて庭じゅうを眼でさがしてみた。そして予期したように太市の姿が見当らないと、彼は暗い気持になりながらその病気の重い、どこか性格に奇怪なところのある少年を思い浮べた。

その時どっとあがった女の児たちの喚声が聴えて来た。小山の上に立っている彼の姿を見つけたと見えて、顔が一せいにこちらを向いて、

「せんせーい。」「せんせーい。」

と口々に叫ぶのである。鶏三が歯を見せて笑っていることを知らせてやると、彼女等は蜘蛛の子を散らせたように駈けよって来て、ばらばらと山の斜面に這いつき、栗や小松の葉をぱちぱちと鳴らせて、見る間に鶏三の腰のまわりをぐるぐると取り巻いた。そしてさっきのように手をつないで彼を中心にぐるぐると廻り、

　中のなあかの小坊主さん

まあだ背がのびん

そんな歌を唄ってまたわあっと喚声をあげるのだった。そして手を放すと、今度は、

「かくれんぼしようよ、よう先生。」

と、わいわい彼を片方へ押しながら言うのであった。鶏三は笑いながら、

「よし、よし。さあ、じゃんけん。」

「あら、先生が鬼よ、先生が鬼よ。」

「なあんだ、ずるいね、じゃんけんで決めなきぁ……。」

「だって、先生おとななんだもの、ねえ、よっちゃん。」

「そうよ、そうよ。」

そして子供たちははやばらばらとかくれ始めるのだった。鶏三は苦笑しながら山の頂きに蹲まって眼をつぶった。

「先生、百、かぞえるのよ。」

「遠くまで行っちゃだめよ。」

木々の間を潜りながら彼女等は叫ぶのだった。

鶏三はふと人の気配を感じた。彼をさがして歩く女の児のそれではないことは明かである。小さな森のように繁った躑躅（つつじ）の間に身をちぢめていた彼は、首を伸ばしてあたりを眺めてみたが、それらしい姿は見当らなかった。陽はもう沈んでしまい、南空いっぱいに拡がった鱗雲だ

けがまだ黄色く染って明るかった。地上はもうそろそろと仄暗く、鶏三を撫でる草は、露を含んで冷たくなっていた。先生、先生と呼ぶ子供たちの声が山の上から聴えて来たが、鶏三は立上ろうともしないで、じっと耳を傾けた。人の気配がするばかりでなく、彼は奇妙な歌とも呟きともつかない声を聴いたのである。好奇心を動かせて再び伸びあがり、山裾の方を眺めてみると、木の葉の陰に太市が一人でじっと坐っているのだった。そこからはかなりの距離があって、歌声はよく聴き取れなかった。それに木の葉が邪魔になって、はっきりと姿を見定めることも出来ないので、彼は相手に気づかれぬように注意深くにじり寄ってみた。もし彼が近寄って来ることを知ったなら太市は直ぐに逃げてしまうように思われたのである。逃げ出さないまでも歌は決して唄わぬであろう。

鶏三は今まで太市が遊んでいる姿を殆ど見たことがなかった。大勢が一団になって遊んでいるところには太市は一度もいたためしがなく、何時でもどこか人の気づかぬところで独りで遊んでいるのだった。学園などへも殆ど出ず夜が明けるが早いか子供舎を抜け出して、腹が空かなければ何時までも帰って来なかった。子供たちも別段彼を嫌っているという訳ではなく、また太市も部屋の仲間に悪感情を持っているという訳でもないらしかったが、性格的に孤独なためか、それとも頭の足りないためか、みんなと歩調を合わすことが出来ないらしいのであった。勿論知能の発育はその肉体と共に不良であるのは明かである。

年は今年十三になるのだが、後姿などまだ十歳の子供のようにしか見えなかった。顔はさながらしなびた茄子のように皮膚が皺くたになってい、頭髪はまんだら模様に毛が抜けている。

これでも血が通っているかと怪しまれるほど顔も手足も土色であった。鶏三が初めて太市の異常なところに気づいたのは、太市がちょうど熱を出して寝ている時であった。太市はたいていの熱なら自覚しないで済ませてしまうらしかったが、この時はぐったりと重病室の一室で眠っていたのである。かなりの高熱であったに違いなかった。見舞いに行った鶏三は一目見るなり老いた侏儒の死体を感じてぞっとしたのであるが、そこには生きた人間の相は全くなかった。と、突然太市の乾いた白い唇が動き始め、やがて小刻みにぶるぶると震えるのであった。何か必死に叫ぼうとしているらしいのである。鶏三は我を忘れて、太市、太市、と呼んでみた。そのとたんに太市は、ヒイ、ヒーと奇妙な叫声を発してむっくり起き上ると、枯枝のような両腕を眼の高さまでさしあげて、来る何ものかを防ごうとする姿勢になった。

「かんにんして、かんにんして——。」

と息もたえだえに恐怖の眼ざしで訴えるのであった。恐らくは、あの小さな心につきまとって離れぬ異常な記憶に脅かされているのであろう。子供たちの話では、発熱しない時にも三日に一度は真夜中に奇怪な叫声を発したり、そうかと思うとしくしくと蒲団の上で泣いたりするとのことであった。

　つくつく法師なぜ泣くか
　親もないか子もないか
　たった一人の娘の子

館にとられて今日七日
七日と思えば十五日
十五のお山へ花折りに
一本折っては腰にさし
二本折ってはお手に持ち
三本目には日が暮れて……

太市は草の上に坐って胴を丸め、両手で山の斜面に穴を掘っていた。歌声と調子を合せて上体を揺りながら腕を動かしている様子は、土人の子供が無心に遊んでいるようなロマンチックな哀感があった。鶏三は暫くじっと太市の様子を観察しながら、こんなところでこんな歌を呟いて遊んでいるさまに意外な気がすると共に、また何か思いあたった思いでもあった。彼はその歌の調子や規則的に揺れる体によって、今太市が全く無我の境にいることを察した。穴を掘ることも、始まりは蟻の穴を掘るとか蚯蚓（みみず）を取るとかいう目的があったのであろうが、もうそうした最初の目的は忘れてしまって、ただ歌の調子をとるために意味もなく掘り続けているに相違なかった。多分頭の中にはこの歌によって連想される数多くの思出がいっぱいになっているのであろう。

「太市。」

鶏三は相手の胆を潰さぬように気を使いながら、顔に微笑を泛べて、と友だちの気持になりながら低い声で呼んでみた。と、太市の肩がぴくッと動いて歌はぴたりととまり、手は穴に入れたまま石のようになった。振り返ってみようともしないのである。或は振り返って教師と顔を見合せる勇気がないのか……と、太市はまた前のように一心に穴を掘り唄い始めた。鶏三の声に、太市はただ何かの気配を感じてギョッとしたのであった。

「何やってるんだい？」

と言いながら鶏三は側へ寄って行った。すると、太市は殆ど異常ともいうべき驚きようで、蝦のように飛び上ると恐怖の眼ざしで鶏三を見上げ、今にも泣き出しそうであった。

「太市はなかなか面白い歌知ってるんだね。」

と鶏三は親しそうに笑ってやったが、太市はやはりぷすんと突立ったまま、おどおどと見上げているのであった。頭の頂きに鱗のように垢がたまり、充血した眼からは脂が流れて、乾いたのが小鼻のあたりまで白く密着していた。しなびて皺だらけになった顔は、老人なのか子供なのか見分けるに困難だった。

「太市、もう晩になったから先生と一緒に帰ろうよ。」

と、今度は鶏三はこう言ってみたのであるが、ふと家を出る時何時もの習慣で誰か子供にでもやろうと考えて袂に投げ込んで置いたチョコレートを思い出すと、彼はそれを取り出して太市に示し、

「そうら、チョコレートだよ。太市はチョコレート嫌いかい？」

瞬間、太市の眼がきらりと光ると、鶏三の顔と見較べておずおずと手を出しかけたが、何と

思ったか急にさッと手を引込めた。そして敵意に満ちた表情になってじろりと白い眼で見上げたが、また欲しそうにチョコレートに眼を落すのであった。

「そらあげるよ、また欲しかったら先生の家へおいで、ね。」

しかし太市はもう鶏三の言葉を聴いてはいなかった。じっとその四角な品に眼を注いでいたが、相手の言葉の終らぬうちにいきなり手を伸ばしてひったくるように摑むと、まるで取ってはならぬものを盗ったかのように背中に手をまわして品物を隠した。数秒、様子を窺うように太市は鶏三の顔に眸を注いでいたが、突然身を飜すとさっと草を蹴って駈け出した。とたんに太い松の幹にどんとぶつかってよろけると、くるりと振り返ってみてからまた一散に逃げて行くのであった。

松や栗の間を巧みに潜り抜けて、前のめりに胴を丸くして駈けて行く猿のような姿を鶏三は見えなくなるまで見送った。彼は他の明るい子供たちの方ばかりに眼を向けて、そこに子供の美しさや生命力を感じていい気になっていた自分が深く反省されたのだった。勿論彼とても意識して明るい子供ばかりを見る訳では決してなかったのであるが、何時とはなしに自然にそうなってしまい、なるべく病気の重い児からは顔を外向け、太市のことなど殆ど忘れていることが多かったのである。とにかく明るい児にならないまでも、大勢で遊ぶことの楽しさをあの少年に教えねばならない。鶏三は強くそう考えると、そろそろと山の傾斜を登り始めた。がその時ふと彼はまだ夏にならない頃面会に来た太市の祖父を思い出した。背を丸くして駈けて行く太市の後姿が、その老人にそっくりであったのである。

その時の面会もまた異常なものであった。そしてそれ以来太市の病的な性格が一層ひどくなったのは明かであった。それまではたまには子供舎の近くで遊んだり、学園へも出て来て本を開いたりすることもあったのであるが、それ以来は全くそうしたことがなくなってしまった。そして人目につくことを極度に恐れ、顔には怯えたような表情が何時でもつきまとうようになった。

大人の患者たちがよく太市をからかって、

「太市の頭は馬鈴薯。馬の糞のついた馬鈴薯。」

などと言うことがあった。すると太市はいきなりあかんべえをして逃げ出すという無邪気な癖を持っていたのであるが、それすらもなくなってしまった。

その日はしょぼしょぼと梅雨の降っていたのを鶏三は覚えている。面会の通知があると鶏三は急いで子供舎へ出かけた。受持の教師である関係上彼は太市を面会室まで連れて行き、その親たちにも一応挨拶をする習わしであったのである。太市は運よく子供舎の前の葡萄棚の下で、白痴のように無表情な貌つきでぼんやりと立っていた。葡萄の葉を伝って落ちる露が頭のてっぺんにぽたぽたと落ちかかるのだが、彼はまるでそれには気もつかないようであった。

「太市、面会だよ。」

と鶏三はにこにこしながら言った。こういう世界に隔離されている少年たちにとっては、親や兄弟の面会ほど楽しいものはない筈であった。今までにも彼は何度も子供たちを面会に連れて行ったことがあるが、面会だよ、と一言言うが早いか、彼等の顔はつつみ切れない喜びであふれ、どうかするときまり悪そうに顔を赧らめたりするほどであった。彼はそういう子供の可憐な喜悦の表情を予期していたのであるが、太市は信じられぬとでもいう風に合点のゆかぬ眼ざしである。しかし考えて見れば、他の子供には毎月に一度、尠い児でも年に一度はこの楽しみを持っていたのであったが、太市は今までただの一度もこの経験を持っていないのである。この病院へ来る時も警察の手を渡って来たという。

「太市、お父さんかも知れないよ。」

と、鶏三は太市の気を引き立てようと思って言ってみた。

「お父さんは死んだい。」

鶏三はぐさりと胸を打たれた思いであった。が急に太市は独りで歩き出した。顔には他の児と同じように喜びの表情が見える。鶏三も嬉しくなって、

「お母さんかな?」

と、太市に傘を差し伸ばしてやりながら言うと、少年は答えないで一つこっくりをするのであった。

しかし期待は裏切られ、面会室の入口まで来るやいなや、太市は釘づけにされたようにぴたりと立停ってしまった。

室の中にはもう七十近いかと思われる老人が、椅子に腰をおろしていたが、子供の姿を見ると腰を浮せ、しょぼついた眼を光らせて、

「おお。」

と小さく叫んで、患者と健康者との仕切台の上に身を乗り出して来た。

「さあ上りなさい。」

と鶏三は太市に言って、自ら先に上って老人に軽く頭を下げ、振り返って見ると太市はやはり入口に立っているのであった。その顔には恐怖の色がまざまざと現われている。鶏三は怪しみながら、

「どうしたの、さあ早く。」

と太市の手を掴もうとすると、少年はさっと手を引込めてしまうのである。

「太市。」と老人が呼んだ。「おじいさんだよ、覚えているかい。」

老人はもうぼろぼろと涙を流しているのであった。と突然太市はわっと泣き出すと、いきなり入口の柱にやもりのようにしがみついて、いっかな離れようとしないのであった。鶏三が近寄って離そうとすると、少年は敵意のこもった眼で鶏三を見、老人を見て、その果は鶏三の手首にしっかりと噛みついて、

「イ、イ、イ」

と奇怪な呻声と共に歯に力を入れるのだった。さすがに鶏三も仰天して腕を引くと、太市はぱっと柱から飛び離れて後も見ないで駈けて行ってしまった。

老人はむっつりと口を噤んで、下を向いたまま帰って行った。鶏三が何を訊ねてみても老人は黙っている。ただ、ああ、ああと溜息をもらすだけであった。

しかし間もなく鶏三は太市の身上に就いてほぼ知ることの出来る機会が摑めたのであった。

少女たちとかくれんぼをした日から四五日たったある夕方、涼しくなるのを待って彼は少年たちを連れて菜園まで出かけたのである。そこからは遠く秩父の峰が望まれ、広々とした農園には西瓜やトマトなどが豊かに熟して、その一角に鶏三の作っている小さな畠もあった。

子供たちは蝗(いなご)のようにばらばらと畠の中に飛び込んで行くと、忽ちばけつや目笊などに自分の頭ほどもある大トマトがいっぱい収穫されるのであった。

鶏三は麦藁帽子を被って畠に立ち、

「幹を痛めないように、鋏でていねいに切って……青いのは熟れるのを待つこと……。」

などと叫んだ。

「やい、カル公、そいつあ青いじゃないか。」

「ばかやろ、青かねえや、上の方が赤くなってらあ。」

「すげえぞ、すげえぞ、こいつは俺が食うんだ。」

「ヤッ蛇だ、先生、先生、蛇だ。」

子供たちはわいわいと言いながら畠の中を右往左往するのだった。

「先生、西瓜とっちゃいけないの？」

「西瓜はまだ熟れていないようだね。」

「熟れてるよ、熟れてるよ。」

「どうかね。もう二三日我慢した方がいいようだね。」

「ううん、先生熟れてるんだよ。カル公と、向うの紋公とが熟れてるんだよ。」

　鶏三は思わず吹き出して笑うと、

「じゃ、その二つを収穫しよう。」

　子供たちはわっと喚声をあげると、収穫だ、収穫だと叫びながら、その二つを抱えて来た。西瓜には一つ一つカル公、紋公、桂公、信太郎などと名前が書きつけてあった。

　一通り収穫が終った頃、急に地上が暗くなり始めた。気がついて空を見上げると、西北の空からもくもくと湧きあがった黒雲が、雷鳴を轟かせながら中天さしてかなりの速度で這い上っているのであった。と、はや大粒の雨滴が野菜の葉をぱちぱちと鳴らせ始めた。

　鶏三は子供たちに収穫物を持たせて一足先に帰すと、大急ぎで彼等の荒した跡を見て廻った。そして採り残されてあるトマトのよく熟したのを二つ三つもぐと、目笊に入れて帰ろうと遠くに眼をやった時、雑木林の中から突然太市が現われて来たのであった。猟犬に追われる兎のように林の中から飛び出して来ると、まっしぐらに畠の中を駈けて行くのである。体の小さな彼の下半身は茄子やトマトの葉の下に隠れて、ただ頭だけがボールのように広い菜園のただ中を一直線に飛んでいるのだった。好奇心にかられて鶏三は立停って眺めた。とたんに暗雲を真二つに引裂いて鋭い電光が地上を蒼白に浮き上らせると、岩の崩れるような轟音が響きわたって、草や木の葉がぶるぶると震えた。脱兎のように飛んでいた太市が、その時ばったり倒れて見えなくなった。鶏三は思わずあっと口走って足を踏み出した。

　紐のような太い雨がざざざと土砂を洗って降り注いだ。稲妻は間断なく暗がった地上を照らし、雷鳴は遠く尾を引いて響いて行っては、また突然頭上で炸裂する火花と共に耳朶を打った。鶏三は片手に笊をしっかりと抱き、片手ではともすれば浮き上りそうになる麦藁帽子を押えて、太市の倒れた地点に視線を注いで駈け出した。と、太市は、倒れたまま地面を這い出したのか、不意に二十間も離れた馬鈴薯畑に首を出すと、また一散に走り出して、果樹園の番小屋に飛び込んで行った。

鶏三も駈足で番小屋まで走り着くと、先ず内部を窺ってみた。中は殆ど真暗であった。西側に明り取りの小さな窓があって、断続する蒼い光線が射し込む度に小屋の中は瞬間明るくなった。荒い壁はところどころ剥げ落ちて内部の組み合わさった竹が覗いてい、部屋の真中には湯呑やアルミニユムの急須、ブリキの茶筒などが散乱して、稲妻が光る度にそれらの片側が異様な光りを噴き出した。

番人は誰もいなかった。鶏三は眸を凝して稲妻の光る度に太市の姿をさがした。どこにも少年の姿が見当らないのである。

鶏三は思わず笑い出した。見当らないはずであった、太市は部屋の隅っこで向うむきになって蹲り、首と胴体とを押入れの中に懸命に押し込んでいるのであった。ぼろ布か何かが押入の中からはみ出しているのに似ている。鶏三は、

「太市、太市。」

と呼びながら上って行ったが、それくらいの声では太市はなかなか気がつきそうにもなかった。雷鳴が轟く度に太市は、輪なりにした尻をぴくんと顫わせ、押入の中で、

「うおッ、うおッ。」

と奇怪な呻声を発しているのであった。

「どうした、太市。」

驚かせてはならぬと思いながら、しかし思い切って大声で呼ぶと、小山の下で呼んだ時と同じように激しく太市は仰天して飛び上ったが、押入の上段にごつんと頭をぶちつけて、

「いた！」

と悲鳴を発した。刹那ひときわ鋭い稲光りが秋水のように窓から斬り込んで来て、太市は、

「うわッ。」

と押入の中に首を押し込んだ。冷たいものでひやりと顔を撫でられたような無気味さに、鶏三も身を竦めて腰をおろすと、雷の鳴るうちは駄目だとあきらめて、入口の土砂降りを眺めた。

雨は殆ど二時間近くも降り続けた。時々雨足が緩んだかと思うと、また新しい黒雲が折り重なって流れて来ては降り募った。うち続いた菜園は仄明るくなるかと思うとすぐまた暗がり、その間を電光が駈け巡った。

やがて雨足が少しずつ静まるとともに、雷鳴が次第に遠方へ消えて行くと、洗われた地上にははや月光が澄みわたっているのだった。

「なんだ、月か。」

鶏三は馬鹿にされたようにそう呟いてみたが、その時彼の横をこっそり逃げ出して行こうと

する太市に気づいて、彼はやんわりと少年の胴を抱きあげると、自分の前に坐らせた。雷に極度に脅かされたためか、太市は放心したような表情でぼんやりと鶏三を見上げている。鶏三は立上って蜘蛛の巣だらけになった電燈のスイッチをひねると、

「恐かったろう、太市。」

しかし太市はもうむずむずと逃げ出しそうにして返事などしようともしないのである。

「しかしもう大丈夫だよ、今夜は先生と一緒に散歩しながら帰ろうよ、ねえ。」

太市は黙って下を向いたまま、畳の焼穴に指を突込んで中から藁を引き出し始めるのだった。鶏三はちょっと当惑しながら、

「太市はトマト好きかい？」

と食物の話に移ってみると、

「うら、好かん。」

と太市は笊を見ながら答えた。

「この前あげたチョコレートはうまかったかい。」

「うん。」

「そう、ようし、それでは今度は先生がもの凄くでかいのを買ってやろう。ねえ。」

太市は相変らず下を向いて、顔をあげようともしないのであるが、案外に素直なその答え方に鶏三は胸の躍るようなうれしさを味った。

「太市は面白い唄を知っていたね。あれ、なんて言ったっけ、つくつく法師なぜ泣くか、それ

から？」

太市はちらりと鶏三を見上げたが、すぐまた下を向いて頑固におし黙ったまま、じりじりと後退りを始めるのであった。鶏三は暫くじっと太市の地図のようになった頭を眺めていたが、ふと奇妙なもの悲しさを覚えた。こうした少年を導こうとする自分の努力が、無意味な徒労と思われたのである。それにこの少年を一体どこへ導くつもりなのか、結局この児にとっては、林の中や山の裏で、蚯蚓やばったを捕えながら独りで遊んでいるのが一番幸福なのではないか。それに少年とはいいながら、この児の前途に何が来るか明かであった。あと二三年のうちには多分盲目になるだろう、そして肺病か腎臓病か、そんな病気を背負い込んで長い間ベッドの上で呻き苦しむ、そして一条の光りも見ることなく小さな雑巾を丸めたように死んでしまう——これがこの児の未来であり、来るべき生涯である。年は僅かに十三歳ではあるけれども、しかしこの少年にとってはもはや晩年である。そしてこの少年と全く等しい運命が、他の凡ての子供にも迫っているばかりではない、鶏三自身もこの運命に堪えて行かねばならぬのである。子供たちの生活の中に生命の力を見、美しさを発見して、それを生きる糧としていた自分の姿さえ、危く空しいものと思われるのであった。人生とは何だ。生きるとは何だ。この百万遍も繰りかえされた平凡な疑問が、また新しい力をもって鶏三の心をかき乱した。

「太市、帰ろうよ。先生と一緒に帰ろうね。」

それに、太市も鶏三もさっきの夕立でびっしょり濡れていた。無論夏のこととてそれはかえって涼しいくらいであったが、しかし体には悪いであろう。

「お父さんは太市が幾つの時に亡くなったの?」

しめった土の上を歩きながら訊いてみた。

「九つだい。」

と太市は怒ったような返事であった。

「太市はお父さん好きだったかい。」

しかしそれにはなんとも答えないで、急に立停ると、足先でこつこつと土をほじりながら、

「ばばさん。」

と呟いた。

「ふうん、じゃあ太市はばばさんが一等好きだったの。」

「うん。」

「ばばさんはいま家にいるのかい?」

「死んだい。」

「ふうむ。幾つの時に。」

「七つだい。」

「太市はつくつく法師の唄、ばばさんに教わったの、そうだろう、先生はちゃんと知ってるよ。」

鶏三は、月光の中に薄く立ち始めた夜霧を眺めながら、まだ五つか六つの太市が、祖母の膝の上でつくつく法師の唄を合唱している光景を描いた。太市は、どうして知っているのか、と

問いたげに鶏三を見上げたが、急に羞しげな、しかし嬉しそうな微笑をちらりと浮べた。

「太市はお母さんのところへお手紙を出しているかい？」

と鶏三は今度は母親のことを訊いてみた。どうしたのかその母親はただの一度も面会に来ないのである。しかしまだ生きていることは明かであり、太市がその母を慕っていることも、この前の老人の面会の時駈け出したのをみても明かであった。

するとと突然太市はしくしくと泣き始めるのであった。そして手紙を書いてもどこへ出したらいいのか判らないと言うのである。切れ切れに語る太市の言葉を綴り合せてみると、長い間患っていた父が死ぬと、母親はどこかへ男と一緒に、この前面会に来た祖父と太市を残したまま「どこへやら行って」しまったというのである。その後のことは鶏三がどんなに訊いてみても、もう太市は語らなかった。そして長い間地べたに蹈み込んでなかなか歩き出そうともしないで石のように黙り続けるのであった。兄弟はあるのかないのか判らなかった。しかし鶏三はもうそれ以上追求してみる気はなかった。そして自分の舎へ帰ってからも、長い間太市のことを考え続けた。

「ばばさん」のことを言った時ちらりと見せた微笑や、「うん」と答える時の意外な素直さを思い出すと、暴風の中にたわみながらも張っている一点の青草を見た思いであった。そしてこうした考えがよしんば鶏三の勝手な空想や自慰であるにしろ、彼は太市の不幸を自分の眼で見てしまったのである。見てしまった上はもう太市を愛するのは義務なのだ。そう思うと彼はまた新しい力の湧いて来るのを覚えるのであった。

急いで草履をつっかけて家を出たものの、鶏三は迷わずにはいられなかった。またあの老人が面会に来たというのであるが、一体会わせたものかどうか——勿論会わせてやり、太市の心に蟠(わだかま)っている老人への恐怖を取り除いてやるのがほんとうに違いなかったが、しかしこの面会によって、ようやく明るみに向い、どうにか過去の記憶を忘れかかっている太市の心を、再び暗黒の中に突き墜すような結果にならないとも限らないのである。もしそうなれば今までの鶏三の努力も水泡と帰してしまうのだ。

夕立の日以来、鶏三はかなりの努力をしてみたのである。彼は先ず、何よりも自分に信頼させるのが大切であると考えた。しかしこの場合にも直ちに大勢の子供の中に引き込もうとしたり、或は何かを上から教えるという風な態度は一切禁物であった。彼は太市の友人にならねばならないと考えると、その日から暇さえあれば太市をさがして歩いて、一緒に蟬を採ったりばったを捕えたりした。初めのうち太市は、彼の姿を見るともう一散に逃げ出したり、何時間か彼と一緒にいながら一口も口をきかなかったりしたものであったが、幸い鶏三にはどことなく子供たちに好かれる性質がそなわっていて、何時とはなしに太市も馴れて来たのであった。

そして秋も深まった近頃では、三日に一度は朝早くから林の中に小鳥を捕りに出かけたりするようになった。太市は小鳥を捕ることに特異な才能を示した。鶏三の仕掛けた囮が籠の中でただ空しく囀っている間に、太市の囮にはもう幾羽もの小鳥が自然と集まって来て、彼は次々と収穫してゆくのであった。囮の籠にあたる朝日の工合や、仕掛けるべき樹の高さや、黐竿の置き方などがこの少年には本能的に知覚されるのか、鶏三はこういうところにも少年のもっているある自然な性質を感じるのであった。そして捕えた小鳥を片手でしっかりと摑み鶏三の許へ駈けて来る時の輝いた顔つきや、用意の籠にその鳥を投げ込んだあと、得意げに鶏三を見上げる興奮した無邪気な表情などを見ると、彼は思わず微笑が浮び、ふと自分の弟を見るような肉親感をすら覚えるのだった。

こうして太市と精神的にようやく融け合って来始めたいま、再び老人に会わせることは鶏三にとってはかなり苦痛であった。それにこの間の太市の作文を思い出すと、やはり老人に対して一種の嫌悪を覚え、会わせることが不安であった。勿論老人があああした恐るべき行為を執ったのも、よくよくせっぱつまってのことであろう、父が死に、母が逃げてあとに残された癩病やみの太市を連れて、恐らくはその日の糧にも困ったのに違いない。それは鶏三にも察せられるが、しかし今一息というところで再び太市の精神に暗い影を投げかけることは、許し難いことだと言わねばならない。

太市の作文というのは、『この病院へ来るまでの思出』という題を与えて綴らせたものであった。時間内に作らせることは困難だと思った鶏三は、これを宿題として何時でも出来た時に出すようにと言って置いたのであった。

ぼくがにわであそんでいるとおまわりさんが来て、ぼくによそへあそびに行ったらいかんといいました。お母さんはぼくをものき（物置部屋）にはいれといいました。ここから出るなといってぼくにみかんをくれました。ぼくはみかんを食いながらそこにおりました。

ねずみが出てきてぼくの鼻をかみましたのでぼくはちょくちょくそとへ出てあそびました。それからお母さんはよそのしと(人)とどこへやら行ってしまいました。それからおじいがえゝところへつれて行ってやるといいました。町かときいたら町じゃといいました。橋のうえでおじいがえゝ月じゃみい太市といいました。ぼくがお月さんを見よるとおじいがぼくのせなかを突きました。

文はそこで切れていたが、これだけでもう何もかも明かであった。みかんを食いながら、と言うから、多分冬であったのだろう、物置小屋の片隅に蹲っている太市の姿や、氷のように冴えかえった月光を浴びて毬のように川に突き落された姿などが、鮮明な絵となって鶏三をうったのであった。

しかし自分の孫を川に突き落して殺そうとした老人の心事を考えると、鶏三はまた迷わざるを得なかった。勿論老人が悪いのではない、凡ては癩にあったのである。しかしその癩なるが故に物置小屋に入るべく運命づけられ、親の愛情をすら失った太市を守る者が、この自分以外にどこにいるか——。鶏三は意を決して一人で面会室に出かけた。

面会室には例の老人が茶色っぽい木綿の袷を着て、ぼんやりと坐っていたが、鶏三の姿を見ると急に立って、小さな眼に微笑を見せるのであった。さきに見た時よりも一層憔悴が目立っていて、微笑した顔はかえって泣面に見えた。鶏三はふと太市を連れて来なかったことに後悔に似たものを覚えながら頭を下げた。老人はきょろきょろと鶏三の顔を窺ってはあたりを見廻し、

「あの、太市のやつは……。」

と、いぶかし気におずおずと訊くのであった。

「はあ……。」

と鶏三は受けたが、さて何と言ったらいいのか、適当な言葉もすぐには見つからなかった。

すると老人は仕切台の上に乗せてあった手拭をぎゅっと摑みながら、

「どこぞ悪うて寝ておるんではないかいの。」

と、はや心配そうに訊くのである。

「いや……。」

と鶏三は答えながら、ふと相手の言葉通り重病で面会は出来ないと言ってしまおうかと考えついたが、こういう偽りは彼の心が許さなかった。

「いや、あの児はまあ元気でいるんですが、弱ったことにはどうしてもここへ来るのは嫌だって言うのです。そしてどこかへ隠れてしまって出ないんです。」

これは鶏三の想像である。鶏三はここへ来る途中、やはり一応太市に老人の来たことを知らせようかと考えたのであったが、知らせた結果は、いま言ったようになることは明かに予想されるのである。

すると老人は、

「そうかいのう。」

と言ってうつむくと、握っていた手拭を腰に挟みながら、

「一目生きとるうちに会いとうてのう。」

と続けて鶏三を見上げた。が急にその眼にきらりと敵意の表情を見せると、すねた子供のように、

「しようがないわい。しようがないわい。」

と口のうちで呟いて、腰をあげるのであった。

「お帰りになるのですか。」

と鶏三が訊いてみると、むっとしたように相手をにらんで、

「帰るもんかい、一目見んうちは帰るもんかい。」

と怒り気味に言って、また腰をおろすのであった。勿論鶏三に腹を立てているのではない、自分の内にある罪の意識と絶望とのやり場のないまま、ただ子供のようにあたりちらしたいのであろう。老人の顔には許されざる者、の絶望が読まれる。

鶏三は老人をじっと眺めながら、その黄色い歯や脂の溜った小さな眼、しなびたような小柄な体つき、そういったものがどことなく太市そっくりであるのに気がつくと、心のうちが佗しくしめって来た。すると今まで太市や、この老人に対してとって来た自分の態度までが、浅薄なひとりよがりのように思われ出し、自分の立っている足許の地の崩れるような不安を覚えた。

と、急に老人の眼が赤く充血し始めたが、忽ち噴出するように涙が溢れると急いで腰の手拭を取って眼を拭ったが、暫くは太市と同じようにしくしくと泣くのである。

「お前さんは、わしがあの児を憎んでると思うてかい、わしが太市を憎んでと思うてかい。」それは人生の暗い壁に顔を圧しつけて泣きじゃくっている子供のようであった。鶏三は重苦しい気持のまま黙っているより致方もなかった。老人は問わず語りにうつむいたままぶつぶつと口のうちで呟くのであった。

「監獄の中でもわしはあれのことを思うて夜もおちおち寝れなんだわい。こうなるのも天道様にそむいた罰じゃと思うてわしが何べん死ぬ気になったか誰が知るもんか。その時のわしの心のうちが人に見せたいわ。それでも、もう一ぺんあいつの顔が見たいばっかりに生きとったが……この前来た時は監獄から出て来た日に来たんじゃが、あいつはわしに会おうともせなんだ。なんちうこったか。わしの立瀬はもうないわい。あの日も駅で汽車の下敷になった方がよっぽどましじゃと勘考もして見たがのう、あれが生きとるうちは死にきれんわいな。養老院へ行ってもあいつの生きとるうちはわしは死にゃせんぞ……お前さんはわしが面会に来るのに菓子の一つも持て来んと思うて軽蔑していなっしゃろ、え、軽蔑していなっしゃろ。菓子は持て来んでも、わしはあれのことを心底から思うとる。この心がお前さんには通じんのかい。さ、一目会わせてくれんか、わしは一目、この眼で見んことには帰りゃせんぞい。たとえあいつが嫌じゃ言うても、わしは一目見たいのじゃ。遊んどるところでもええ、見せてくれんかの、頼みじゃ。」

　この頼み通りにならんうちは決して動かないぞ、とでもいう風な老人らしい一こくな表情で言葉を切ると、つめ寄るように鶏三をみつめた。

相手の表情にけおされて鶏三は立上ると、

「それじゃ運動場へでも行ってみましょう、ひょっとしたらあの児もいるかも知れない。」

と言って老人を外へ連れ出した。がそのとたん、面会室の窓下にぴったり身をくっつけて内の様子を窺っていたらしい一人の少年が、蝙蝠のようにぱっと飛び離れると、二人の眼をかすめるように近くの病舎の裏に隠れたのが見えた。

「あっ太市、こりゃ、太市。」

と老人は仰天した声で叫ぶと、よろけるような恰好で駈け出した。と、校舎の角から不意に太市の小さな顔が出たかと思うと、またすっと引込んでしまった。鶏三も駈け出しながら、

「太市、太市。」

と呼んだが、もう音も沙汰もなかった。二人がその舎の裏に廻った時には、はや太市の姿はどこへ行ったか全く見当もつかないのであった。老人は暫く未練そうにあちこちを覗いていたが、

「ええわい。もうええわい。」

と怒ったように呟いて、首を低く垂れて帰り始めた。

「またいらして下さい。この次にはきっと会って話も出来るようにして置きますから。」

と鶏三は言った。彼は今の太市の姿に強く心を打たれたのである。老人はもうなんとも言わなかった。そして握りしめていた手拭に初めて気づいて、あわてたように腰に挟みかかって、

「わしが悪いのじゃ。」

と、一言ぶつりと言うのであった。

子供舎では、学園から帰って来た連中が思い思いの恰好で遊んでいた。廊下にはラジオが一台取りつけてあって、その下に小さい黒板がぶら下り、

十月二十八日（木曜）六時起床。

朝、一時間勉強すること。

今日の当番、石田、山口。

などと書きつけてあるのが見えた。部屋の中には北側の窓にくっつけて机が並べてあり、二三人が頭を集めて雑誌の漫画を覗いている。中央にはカル公と紋公とが向き合って、肩を怒らせて睨み合っていた。

「槍！」

とカル公が叫んだ。

「栗鼠！」

と紋公がすかさず答えた。

「するめ。」

とカル公が喚いた。

「目白。」

と紋公が突きかかった。

「ろくでなし！」

「しばい！」

「犬。」

「盗人。」

「盗賊。」

「熊。」

「豆。」

「飯。」

「鹿。」

「カル公。」

「なにを！」

「バカ野郎、なにをってのがあるけ。やいカル公負けた、カル公負けた。」

「なにを！ 負けるかい、負けるもんか。もう一ぺん、こい。」

「やあい、カル負け、カル負け、カル公負けた。」

紋公はそう怒鳴りながらばたばたと廊下へ駈け出した、カル公は口惜しそうに、

「やあい、もう一ぺんしたら負けるから逃げ出しやがった、やあい弱虫紋公。」

と喚きながら紋公の後を追うと、もう二人は仔狗のように廊下で組打ちを始めるのであった。

門口まで老人を見送って急いで子供舎までやって来た鶏三は、部屋に太市がいないのを確めると、そのまま自分の舎の方へ歩き出したが、ふと立停った。そしてちょっと考え込んだが、すぐ太市を捜しに林の方へ出かけることにした。心の中にはさっきの老人の姿がからみついて、彼は暗澹たるものにつつまれた気持であった。あの老人はこれから後どうして行くのであろう、あの口ぶりで世話をしてくれる者もいないらしい。養老院へ這入るのもそう容易ではないとすると、それなら乞食をするかのたれ死ぬか、恐らくはこのいずれかであろう。

林の中では、ようやく黄金色に色づき始めた木々の葉陰を、鶸（ひわ）や四十雀が飛び交っていた。空は湖のように澄みわたって、その中を綿のような雲が静かに流れている。鶏三は落葉を踏みながらあちこちと太市の姿を求めて歩くのだったが、少年の姿はなかなか見つからなかった。時々葉と葉の間から大きな鳥が音を立てて飛び立つと彼はじっとその鳥を見送ったりした。彼は太市をさがして歩く自分の姿が次第にみじめに思われ出して、草の上に坐り込むと、もう太市をさがすのも嫌悪されるのであった。そして投げ出した自分の足をつくづく眺めながら、気づかぬうちに拡がって行く麻痺部にさわってみたりした。そして何時の間にか頭をもちあげて来ている小さな結節に気づいてはっとすると、鮮かな病勢の進行に絶望的な微笑をもらして、立上ったとたんに、やけくそな大声で怒鳴ってみたくなった。

「うおーい！　太市。」

声は木々の間を潜り抜けて、葉をふるわせながら遠方へ消えて行った。

自分の声にじっと耳を澄ませていた彼は、それが消えてしまうのを待ってまた叫んだ。

「うおーい。」

するとすぐ間近くで女の児たちの喚声があがった。

「うおーい。」

と彼女等は鶏三を真似て可愛い声で叫ぶのだった、そして入り乱れた足音を立てて、葉の間を潜り抜けて来ると、小山の上でしたように彼を取り囲んだ。

「先生が今日はすてきな歌を教えてあげようね。」

と鶏三は笑いながら言うと、

「さあ、みんなお坐りなさい。」

「すてき、すてき。」

と子供たちは手をうってはしゃいだ。鶏三はちょっと眼を閉じて考えるような風をしてから、太い声で、うろ覚えの太市の歌を唄い始めた。

子供たちは鶏三に合せて合唱した。多分太市もどこかでばゝさんを想い出しながら唄っていることであろう。鶏三は次第に声を大きくしていった。

道化芝居

どんよりと曇った夕暮である。

省線の駅を出ると、みつ子はすぐ向いの市場へ這入って今夜のおかずを買った。それを右手に抱いて、細い路地を幾つも曲って、大きな工場と工場とに挟まれた谷間のような道を急ぎ足で歩いた。今日は会社で珍しく仕事が多かったので、まだタイプに慣れない彼女の指先はひりひりと痛みを訴えたが、それでも何か浮き浮きと楽しい気持であった。こんな気持を味うのも、もう何年振りであろう、ふとそんな感慨が彼女の頭に浮ぶのである。これからは少しずつでも自分達の生活を良くしなくちゃあ、ここ二三年の生活はあまりにみじめであった――。しかし彼女はふと夫の山田の顔を思い出すと、瞬間何故ともなく不安な気持に襲われた。またあんな苦しい生活が来るのではあるまいか、という暗い予感が自然と頭に流れて来るのだ。が彼女は急いでその不吉な考えをもみ消すと、夏までにはもっと上等なアパートへ引越そうか、いやそれよりも今はもっと辛抱して来年になったら家を持とう、それまでは出来る限り切りつめてお金をためよう、などと考え耽るのであった。

彼女は足をとめた。没落者、ふとそういう言葉を思い出したのである。彼女は口許に薄っすらと微笑を浮べると、わたしにはわたしの生活が一番大切、と強く頭の中で考えた。そして、何時までもそんな言葉が、意外なほどの執拗さで自分の中に潜んでいるのに驚いた。

工場街を抜けると、ちょっと樹木など生えた一郭があって、そこに彼女のアパートはあった。工場の職工などを相手に建てられた安っぽい木造で、このあたりにはそういう家が二三軒あった。彼女はさっき市場で買った新聞の包みを習慣的に左手に持ち換えると、とんとんと階段を昇り始めた。すると階下から、

「お手紙ですよ。」

と呼ぶおかみさんの声が聴えた。急いでそれを貰うと、また階段を昇りながら裏返して見た。一通は学校時代の友達の筆蹟であった。この友達とはもう四年ほども交わりが跡絶えていたのであるが、彼女はこの頃この友達との交わりを復活させたいと願って、二十日ばかり前に書いて出したことがあった。恐らくはその返事であろう。彼女は他にもこういう友達の二三にその時一緒に手紙を書いたが、返事は今まで一通もなかった。だから彼女は自分の手紙から二十日も経っていたので、その遅いことにちょっと不満を感じたが、しかしやはりうれしくもあった。

他の一通は全然未知の名前で、おまけに自分の住所も何も書いてなかった。

「辻一作。」

彼女はドアの鍵をがちゃがちゃと鳴らせて室に這入ると、立ったままその手紙の裏を見、表を見しながら呟いた。誰だろう？　勿論夫あてのものであるが、山田の友達ならたいてい彼女

は知っていた。彼女は夫の友達を――もっとも今は全く友達もなくなっているが――次々と思い出して行ったが、そういう固有名詞は探しあたらなかった。すると何故ともなく不安になって来た。

彼女はちらりと机の上の時計に眼を走らせた。もう夫の帰って来るのは間もない時刻である。手紙をあけるのは後にして、彼女はそれを机に投げ、上衣を脱いでスカートだけで炊事場に降りた。ガスに火を点けて先ず炭をおこし、それからさっき買った蓮根をこんこんと音立てて切り始めたが、その未知の男に対する不安はやはり去らなかった。理由はないが、その男はきっと夫のあの時代の友達に相違ないと思われ、そこから自分の生活が脅かされるような気がしてならなかった。彼女は前から、夫の以前の友達がひょっこり訪ねて来たりして、色々と面倒な問題が起りはせぬかと絶えず心配したりびくびくしたりしていたのである。

夕食の仕度が出来ると、餉台にそれを拡げて白い布を被せ、また時計を眺めて見た。六時か、十分前くらいには何時も山田は帰る。彼女はちょっと耳を澄ませて、窓下の通りに気を配って見たが、夫の靴音はしなかった。今夜も飲んでいるのではあるまいか、と、ちらりと頭をかすめる予感があったが、六時になったら独りで先に食べようと考えてさっきの手紙を取った。どんなことを書いているかといくらか浮いた気持であったが、開いて見て失望した。友達は書簡箋一枚に、久々で手紙を貰ってうれしかったこと、返事の遅れてすまなかったこと、あなたも無事でうれしいこと、自分もどうにか平和でいることなどが、達筆に走り書されてある。それは殆ど事務的な紋切型の言葉使いで、心のニュアンスも愛情も感ぜられないものだった。彼女は何か相手の背中でも見ているような感じがした。その達者な文字までが、なんとなくつんと澄まし込んでいるように見え出して、背負投げを食わされたような気持であった。わたしなどとうっかり交際しては損でもすると思っているに違いない、と彼女は思わずひねくれた猜疑を起さねばいられなかった。彼女は受難時代——山田の三年間の下獄と、その後の失業生活とをこう呼ぶことにしていた——を思い出して、あの生活苦がわたしをこんなにひねくれさせてしまった、と反省して情ない気持がした。しかしあの頃のことを考えると、これは猜疑ではなく的確な批評かも知れなかった。

実際その頃には誰も彼も彼女等を敬遠したのだ。とりわけ夫の山田が転向者の極印を自ら額に貼って出獄して以来は、更に激しい侮辱と冷眼を彼女等は忍ばねばならなかったのである。学校時代の友人も教師も彼女から離れてしまったのは勿論、田舎の村長である父さえも彼女を家に入れることを拒んだ。彼女が訪ねて行った四谷の伯母の如きは、玄関口で彼女に向って食塩を撒いた程だった。その上に餓が追って来た。山田は臨時仕事に出て十日働いては二十日休まねばならず、彼女は、日給三十銭のセルロイド工場へ通った。ある正月には山田は年賀郵便の配達夫になったりしたが、ゲートルを巻いて肘の裂けた外套を着て土間に立った夫の姿は、今もなお忘れることが出来なかった。山田が今の会社へ通うようになったのはつい半年ほど前で、そうした生活にせっぱつまった果に伯父に泣きついて入れて貰ったのである。山田の伯父はその無線電信会社の重役で、山田にとっては殆ど仇敵にも等しい関係があった。山田が捕えられたのはその会社の争議をリーダーしている時だったのである。そのために就職を頼みに行った山田がどんな屈辱を忍ばねばならなかったか、みつ子にもいくらかは判っていた。とは言え、山田を伯父のところへ行かせたのは彼女で、彼女は一晩泣いて山田にそれを頼んだのである。夫が獄中にいる頃には、社会の情勢が彼女の思想を支え、思想が彼女の精神を支えていた。しかしそうした社会の情勢が押し流されると共に彼女の思想も押し流された。今になって考えて見ると彼女の中には思想は全くなかったのである。唯社会の波と、山田への愛情があっただけであったように思われた。しかしこうした反省はどうでもよかった。生活状態を少しでも良くすることが、彼女にとって第一の仕事になった。どんなことがあっても今の生活を失ってはならない、そのためには堪え難いような侮蔑をも彼女は忍んだ。

彼女がタイプを習ったのは山田が仕事を持ってからで、自分が仕事を持っていれば、もし山田が失職するようなことがあっても直ちに餓に迫られるということはない。また山田が失業しなければ自分の働いた分だけは貯金することが出来る。これは将来の平和の基礎であり、そうすれば子供が欲しいという楽しい希望も持ち得るのだ。彼女は今まで子供が出来はしないかとそこに不安ばかり感じて来た。と言うよりも自分の中にある子供への欲望を彼女は絶えず押し殺して来たのである。これは彼女にとって淋しいことに違いなかった。今までの夫婦生活に子供の生れなかったところを見ると、もう生涯子供は出来ないかも知れなかったが、しかしそれでも子供が欲しいなあと考え得るようになればどれだけ楽しいことか、それは平和な生活であり、豊かな気持である。

彼女はそこの邦文を四ヶ月で卒業すると、丸の内のあるドイツ人の経営している合資会社へ這入った。そこへ這入ってからまだ二ヶ月にもならないのであるが、彼女はこれで永年の労苦も終ったような気持になった。とは言え、その会社へ就職した最初の日の印象は忘れることが出来なかったし、また今も尚侮辱や屈辱はあったが——。実は彼女はそこの就職試験に失敗したのだ。学校を出たての彼女はタイピストとしてはほんの素人も同然であったし、それに二三人、永年同業で苦労したような人たちも就職を希望していて彼女は手もなく落されてしまった。が、一室でそれを言い渡された時——それは日本人だった——彼女は自分でもびっくりする程の声で突如として泣き出してしまったのだ。言うまでもなく山田も仕事を持っていたので、彼女が職を得なかったとてそう心配するほどのことはなかったのであるが、彼女は失敗したと言い渡されたとたん、以前の失業の記憶が突然まざまざと蘇って眼先が真暗になった。それは殆ど肉体的苦痛に等しかった。胸がぐっとしめつけられて、喉が急に痙攣ってしまったのである。

「かわいそうでしゅ、かわいそうでしゅ。」というドイツ人の声がその時聴えた。

彼女はこうして就職したのであるが、それは悪く言えば技術もない癖に泣きおとしの手で外国人の同情を買ったのに等しかった。その後その会社の連中が彼女をどんな眼で見、どんな態度をとるかはその日にもう決定してしまったのである。その上そこに欧文を受け持っている年上のタイピストもいたのである。

しかし彼女はどんな侮蔑にも屈辱にも耐え忍んだ。時には便所へ這入ったとたんに涙がぼろぼろ出て来たりするのだったが、しかし以前の生活よりはまだましだと思ってあきらめた。ばかりでなく、久々で鳴る踵の高い靴や、いそがしく電車を乗り降りする気持などに、なんとなく生き復ったような思いもするのだった。

彼女は友達の冷淡な手紙を読み終ると、まだ自分が以前と同じみじめな状態でいると相手に思われていることが口惜しかった。そしてこの前自分の書いた手紙の文句を思い出して、自分がまだこの友達を女学校時代と同じような気持でいるものと信じていたのが腹立たしかった。彼女はもう一通を取り上げると、ちょっとためらったが、そういう腹立たしさもあったので、思い切って封を裂いた。

長い間お目にかかれませんでした。お元気ですか。こちらはどうにか無事におります。久々で東京へ出て来ましたのでお目にかゝれればと願っております。もし御迷惑でありませんでしたら、××日の午後六時より三十分間×駅にてお待ちしております。

久しぶりのことですので、こちらは是非お目にかかりたく存じています。

では他は拝眉の節に――　辻

さきのに較べるとこの手紙はひどく簡単であったが、彼女には何か迫って来るものがあった。長い間お目にかかれませんでしたという文句のあるところを見ると、以前にはかなり親しい交わりがあったのに違いなかった。文字は女のように優しく細く、一画一画がはっきりと楷書されてあって美しかったが、彼女には親しめない文字だと思われた。それによく読んで見ると、この手紙にはどこか怪しいところがあった。会いたければやって来るのが普通であり、呼び出すのなら大変忙しい場合でなければならぬ。ところがこれには文字が楷書でゆっくりと記されてあるように、どこにも忙しげなところはなかった。ひどく簡単に、しかも悠々と書かれたものに違いなかった。無気味なものを感じ、彼女はこの手紙が、ようやく安定しかけた自分達の生活を、毀さないまでも罅を入れるもののように思えてならなかった。

六時が過ぎても山田は帰って来なかったので、彼女は独りで夕飯を食べ始めた。時々ぐぐと腹の中が鳴るほど空いていたので飯はうまかったが、またぐでぐでに酔払って来るのに違いないと思うと、次第に腹が立って来た。これではどんなに自分が生活を守っても、片端から夫が大穴を穿けて行くようなものだと、彼女は近頃の夫に苛立しいものを感じるのだった。彼女にも、夫の苦痛が全然判らない訳ではなかった。しかし右も左も厚い壁に囲まれたように、抜路の一本もないことが明瞭な社会の中にあって、そしてそれは夫にも判り切ったことである筈だのに、どうして苦しむことを止めてしまわないのか、その点がどうしても理解出来なかった。

「お前は誠実ということを知っているのか。」

先日もへべれけになって帰って来た夫に向って彼女が抗議すると、山田は急にそんなことを言うのであった。

「誠実? 判らないわ、あなたのように、しょっちゅう酔っぱらっていることが誠実なの。妻を散々苦しめることが誠実なの。わたしにはそんな誠実はいらない。わたしは……。」

「生活が一番大切、って言いたいんだろう。ふん、お前の言うことなぞ判り切っている。お前は自分をあざむくことに少しの苦痛も感じないでいられる、いわば幸福な人間だよ。」

「それじゃあなたは自分を偽っていないの。生活をぶち毀すことに幸福を感じていられるの?

そりゃあなたは幸福かも知れないわ、お酒を飲んでるんだもの。でも、わたしがたまんない。」

「生意気なこと言うな。」

「言うわ。」

「黙れ！」

そして山田は顔を歪めて苦痛な表情をすると、急ににやにやと気味悪い微笑を浮べて、

「お前の言うことはみんな正しい。俺は一言もないよ。俺は何時でもお前に頭を下げる。しかしお前はそういう正しさで俺をやっつける権利はないのだ。いいか、そういう正しさは正しければ正しいほど愚劣なのだ。しかしもういい。睡い。」

そして大きなあくびをして、差し上げた両腕を彼女の肩に落すと、不意に乱暴な接吻をして、あとはむっつりと黙り込んで一言も口を利かないのであった。

彼女はかつての夫を思い出した。その頃の山田は動作も言葉もきびきびとして、細い靭やかな体は鞭のように動いた。眼は鋭く冴えて強烈な精神と深い愛情を象徴していた。しかし今の夫にはそういう面影は全くなかった。眼は何時もどんよりと曇って、言葉の中には一語一語皮肉なものが潜んで、彼女は何か言う度に嘲笑されているような気がする。かつての夫には、どうかすると時々うっとりとさせられることがあって、自分も処女のようにこっそりと赧くなったりしたことがあったが、今は夫のことを思う度に、はがゆい苛立ちと、不満と、にがにがしいものばかりが湧き立って来る。

廊下にかかっている柱時計が十二時を報ずると、みつ子はもう床に就いていることが出来なくなって、ネルの寝巻一枚のまま起き出した。十時になっても山田は帰って来なかったので、独りで先に床に這入ったのであったが、勿論忿怒がいっぱいで眠られる訳はなかった。それでも強いて眠ってしまおうと考えて眼を閉じていると、怒りは次第に孤独な、淋しさに変って行くのである。これは何時ものことであった。彼女は山田の遅いことに、初めは噛みついてでもやりたいような怒気を覚えるが、夜が次第に更け渡るにつれて言いようもない孤独と、誰からも見捨てられてしまったような胸に食い入る不安とを感ずるのである。これはあの失業時代の、さむざむとした気持、路地に投げ捨てられた野良猫のような行場のない気持が、彼女の心の中に黒い斑点となって焼きついているために違いなかった。そして山田と一緒に寝ている時でも、どうかするとその当時の夢に脅かされて、真夜中に突然むっくりと起き、布団の上に坐って泣き出したりすることも珍しくなかった。山田はそういう時には驚くほどの優しさでいたわってくれることがあった。なんといっても山田の方は彼女の気持を隅から隅まで知り尽しているのに違いなかった。しかしそういう時山田は決して一言も物を言わなかった。彼女を愛撫する腕に表情が感ぜられるだけである。彼女は山田の腕の中に身を投げながら、ふと彼の険しい顔色に気がつくと、このまま彼の愛撫に飛び込んで行って良いのか悪いのか判らぬ戸惑った気持を感じた。

彼女は山田の机に顔を伏せると、胴を丸めて小娘のようにしくしくと泣き始めた。日中は四月半ばの陽気で太陽の光線もじっとりと厚味を持って重苦しいくらいであったが、夕方から曇り始めた空は夜になると何時しか雨になっていた。彼女は両股をしっかりと合せ身を縮めて泣き続けた。が暫くそうしているうちに、昼間の疲れも出て来て、何時とはなしに気持良くうとうとなり始めた。彼女は何回か意識が覚めたりぼんやりとしたりしているうちに、遂に夢路に引き入れられて行った。彼女は会社の夢を見た。退け時だった。ハンド・バッグを片手に持ってエレベーターに乗った。がやがやと騒ぐ声が箱の外から聴えて来る。ドイツ語やフランス語が入り乱れた。彼女は山田には内密でこっそりフランス語の自習をしていたので、特に耳を澄ませてそれを理解しようと骨を折った。エレベーターは止ったきり動かなかった。少女がハンドルをがちゃがちゃさせているが少しも動かなかった。とそこへ巨大なドイツ人がやって来ると恐しい形相をして彼女に迫って来た。彼女は身を縮め、恐怖に呼吸もつまりそうであった。そして何か一生懸命に叫ぼうと身をもだえていると、何時の間にか眼を覚している自分に気づいた。彼女は今日会社からの帰りに、ドイツ人と一緒にエレベーターを降りたのをちらりと思い出しながら、しかしまだ夢の中にいるような気持で顔を上げた。と、そこに人が立っているので思わずきゃッというような声を出して、ばね仕掛けのように一歩飛び退った。顔が真蒼になり、胸がどきんどきんと鳴った。

「まあ、あなただったの。」

と彼女はようやく声をひっつらせながら言ったが、何か夫の山田とは違うような気がしてならなかった。山田はぼんやりと放心したような表情で部屋の中に立っている。顔が土のように蒼く、頭髪はぐしょぐしょに濡れ、彼女は狂人を見るような気がした。

と山田は細い、ささやくような声で言ったが、まだ坐ろうともしなかった。みつ子はなんと言ったらいいのか判らず、暫くぼんやりと夫の顔を眺めた。

山田は崩れるように坐った。綿のように疲れ切っているのがみつ子にも解った。彼女はようやく立って火鉢の火をかき起し、

「どうしてたの。」

と訊いた。酒の匂いは少しもなかった。それじゃ酒も飲まないで今までどこにいたのだろう。彼女は夫の頭から、手、膝と順に眺めた。服もズボンも露が垂れるほど濡れている。彼女は帰りの遅いのをなじるよりも、何故とも知れぬ痛ましい思いがして来た。寒いのであろう、山田は小刻みに体をふるわせて、

「疲れた。」

と弱々しい声で言った。

「どうしてたのよ、一体。」

と彼女はじれったそうに言って、山田の手を摑んだ。死人のように手は冷たかった。

「歩いてた。」

山田は何か考え込むような声で、ぽつんとそれだけ言った。

「歩いてた？」

「うん。」

「俺だよ。」

「どこを？」

「色んなところだ。」

「色んなところって？」

「方々だ。」

「どうしたの。どうかしてるわ、この人。」

「疲れた。お茶を一杯飲ませろ。」

「だって、もう遅いのよ。」

　すると急に山田の顔に苛立たしげなものが浮んだと思った間髪、みつ子の頰がぴしりと鳴った。彼女は思わず頰を押えたが何故か声が立たなかった。かつて一度も見たことのない恐しい激怒の形相で、山田はじっとみつ子を見つめている。額の肉がぴくぴくと痙攣した。瞬間二人はひたと睨み合う形で視線を交えた。が間もなく山田の顔から、その苦痛な表情が消えると、彼は音もなくゆらりと立上って、着物を脱いで寝巻を被ると黙って布団の中へもぐり込んだ。みつ子は夫の脱ぎ捨てた着物を眺めると、今まで押えていた怒りが突然湧き立って来て、そこに散らされた靴下を摑むと、力いっぱい夫の顔に叩きつけた。が靴下は彼女の指にもつれ、ふわりと山田の頭に落ちかかっただけであった。すると更に激しい怒りが湧いて来て、手当り次第に夫に投げつけ始めた。しかし山田は身動きもしなかった。彼女はわっと泣き出しながら山田の頭髪にしがみついた。と山田の手が彼女の手をぐっと握った。

「よせ」

と鋭く山田は言った。

「ひ、ひとをこんなに待たせて……ぶって。」

「わかった。」

「ぶたれてから解られてたまるもんか！」

が、彼女は造作もなく蒲団を被せられてしまった。床の中で暴れてみようとしても無駄であった。彼女は強引な気持で固く身をちぢめて、山田に尻を向けて押し黙っていた。

山田は深い溜息を吐くと、

「静かに寝かせてくれ、俺が悪かった。」

細い声であった。そしてそれきり身動きもしないのである。みつ子は身を固くしながらも、次第に気持が落着き出すと、時々そっと山田の方に気を配って見た。

「お前は、俺が今夜どんなことをしていたか解るのか。」

と山田は不意にぽつんと言った。

「そんなことわたしに解る訳ないじゃないの。」

彼女はまださっきの余憤があったので、不機嫌に返事した。

「それじゃ俺がどんなことをしていたか知りたくはないのか。」

「知りたくない。」

「そうか。」そして暫く考え込んでいたが「お前はこの頃俺をやっつけるのが非常に上手になった。しかし一度として俺の胆を突き刺したことはない。お前は、お前の愚劣さでしか俺をやっつけることが出来ないのだ。しかし女という奴はなんという奇妙な動物だろう、俺はお前のその愚劣さにのみ魅力を感じている。」

「そんなに愚劣愚劣って言わないで頂戴。」

「お前マダムボバリーという小説を読んだことあるか。」

「遅いのよ。もう。」

「俺は明日は休む。今度の日曜には会社の花見だ。」

「花見？」

「さよう。蓄電機課の花見だよ。」

「休んだり花見をしたり……わたしは日曜にはお洗濯するわ。わたしは何時でもみじめよ。」

「ただし俺は花見には行かぬ。」

「もう遅いのよ。わたしは明日は勤めに出なければならないのよ。安眠の妨害をしないで頂戴。」

「妨害はしないが、俺は今夜は独りごとを喋るよ。朝まで喋るよ。俺も時々はお前が俺の気持を理解し得ると思う瞬間があるのだが、しかしそんなことはもういい。ただ俺は今夜は黙っていては気が狂う。俺は今夜は人を一人殺したのだ。」

「人を？」

「ああそうだよ。その男、それはもう四十四五だったかな、完全に死んだよ。大道の真中でだよ。心臓が裂けて、内出血して、口からもだらだら血を流しながら死んだ。街燈で見ると、血がアスファルトの上を流れていた。俺はそれをじろりと横眼で睨んで帰った。明日は新聞に出るだろう……。」

「あんたが殺したの？」

「さよう、俺が殺したのだ。」

みつ子はくるりと夫の方に向き直った。そしてどうした気持の変化か、やにわに山田の胸にしがみついた。

「ははは、心配するな、捕まりはしない。神は人間に過失という抜路を造って置いたからね……。」

そして山田は今夜の出来事を順序も連絡もなく喋り出した。人間は誰でも自分の頭に溜っている重苦しい記憶や事件を、どうかした瞬間になると、もうどうしても口から外へ吐き出してしまわねばいられなくなるものである。それは殆ど発狂したようであった。山田は時々口を噤んで、俺はなんだってこんな下らんことを喋っているのだろう、と激しい自己嫌悪に襲われながら、しかし口が自然と動くのである。そしてしまいには、もうこんな気持の状態になれば、無理に押し黙って見たところでなんにもならぬに定っている、それならいっそ自分の気持からブレーキを抜いて放任し、ひとつ思いのままに喋らせてみようという気持にもなるのだった。そして心のずっと奥の方で、例えば向い合って立てられた二枚の反射鏡の無限に連らなる映像の最奥のポイントと思われるあたりで、こっそりにやりと微笑し、どうせ乗りかかった船だ、と呟くのであった。

彼は今日会社を何時ものように終業して、別段変ったこともなく帰途についたのだったが、ひどく気分が重苦しかった。そしてなんとなく吐気を催して来るような不安がしてならなかった。彼はずっと前から胃病だったので時々道端で吐くことがあったのである。彼は不快な、苛々した気持であった。しかしそうした自分の気持にはなるべく知らん顔をするような気持で歩いていた。それはちょうどぶすぶすと燻っている煙硝のようなものを無理に蓋しているような工合だった。悪臭の漂っている河ッぷちを暫く歩いて橋を渡ると、もうアパートはすぐそこにあった。

橋の上まで来ると、彼は一寸立停って灰汁（あく）のように濁った水面を見おろした。彼は家へ帰ることがひどく嫌だった。働くようになってから急に浮き浮きとしだした妻や、下等なアパートの趣味などが、吐気を募らせるほど不愉快に思い出されて来るのである。とりわけみつ子の体を思い出すと、もう何か胸の中がむっと閊（つか）えるような気がするのだった。女というものは、美しいと見える時にはどこまでも美しく、むしゃぶりつきたいような欲望を男に起させるが、しかし一たび不潔に見え始めると、もう胸が悪くなるほど不潔に見えて来るものである。彼は妻の一挙手一投足を不快な、腹立たしい気分で思い出した。平常はあどけないと見え、その稚拙な言動や思考形態も一種の魅力と映じていたものが、今日はその無知を軽蔑したくなるばかりであった。彼は今までに何度も妻を不快の対象としたことはあった。妻あるがためになんとなく自分の精神は下等になって行き、自分の行動は蛆のように意気地のないものになって行く、そう思って直ちに離別しようと決意したこともあったのである。しかしそれは単に決意しただけであった。よし一時、一瞬にしろ、彼はそう決意することによって自分の気持を慰めたのだ。彼としても、こうした自慰の愚劣さには絶間なく自己嫌悪を感じてはいたが、しかし、そうする以外に抜路はなかった。とは言え、これが抜路にならぬことも意識していたが、要するに彼は、その時々の自分の心理を一時ごまかしで処分したのである。詮じつめれば、自分が一番意気地なしであったのだ。彼はこの断定を意識の表面に浮せることを避けた。それは意識的に避けたのではない、本能的な自己防禦、自分の前に突立った巨大な敵、社会から自己を守ろうとする本能的な自己欺瞞であった。勿論彼は自分にこうした自己防禦を意識したが、この意識をも避ける本能があった。そこに至って彼の自己分析のメスは曇り、彼は分析の結果を意識の黒板に記述することをしなかった。そしてここに浮き上って来るものはと言えば、あわれな自嘲と、一見気まぐれに見える身振りであった。この身振りは、しかし深刻というのかも知れぬ。

暫く水面を眺めていたが、やがて彼はのろのろと、いかにも思い切り悪そうな足どりで足を動かし始めた。どこかへ行って酒でも飲もう、そういう考えが浮き上って来て、橋を渡り終えると、アパートとは反対の駅のある大通りの方へ出て行った。駅前に出、そこをちょっと裏町に廻ると、ごちゃごちゃと入り乱れてバーやカフェや茶房などが並んでいる。しかしそこへ来ると、もう酒を飲むのも嫌になってしまった。彼はちょっと額に掌をあてて見て、さてどうしようか、と思い惑った。彼は昼間の会社での不快な出来事を反芻しながら、自分が今こんなに腐った気持でいるのは、あれが尾を引いているのだ、と気づいた。ただあれだけのことが、と彼は、そんな小さなことにまでこれほど気持を狂わせられる自分が腹立たしくなった。それは昼飯の時だった。彼のいる課の連中で花見の相談が持ち上った。彼はその時、もうかなりかかっていた整流器がようやく出来上ったばかりだったので、飯を食うとすぐその製品の前に行っていた。いわば自分の作品であったので、彼は久々に一つのものを完成した喜びを味っていたし、それに真から打解けて話し合うような友達は一人もいなかったので、時間になったらすぐ試験して見ようなどと思いながらぼんやりとしていた。彼は会社でも孤独であった。みな彼の前身を知っていて、人事係から注意でも廻っているのか誰も彼を敬遠するのである。彼は仕事そのものに全身をぶち込もうと思った。しかしそこにも、彼は何か気持にまつわりついて来る執拗(しつこ)い悪臭のようなものを感じて、夢中になることが出来なかった。彼は毎日何か目に見えぬ、しかし重要なものが自分の中から抜け去っているような空虚さを感じた。仕事と自分との間に間隙が生じ、それが虚ろな穴になって、電流や電線や金属類が生命を持たなかった。夢中になることが出来れば、アンペアメーターの針の微動のような呼吸が、金属からも電流からも感じられるのである。

その時どっという喚声があがり、手を拍って口々にはやし立てる女工等の声がふくれ上って聴えて来た。それが静まると、彼は呼ばれて花見だがどうだ、と課長に持ちかけられた。彼が賛成するむねを答え、

「場所は……。」

もれ、

と訊きかけた途端であった。突然女達の間から、へえ、と如何にも驚いたというような声が

「左翼の闘士も……。」

としまいの濁った言葉が聴えた。彼は思わずむっとして振り向くと、リーク部の佐山が、女たちの間に混ってにやにやと笑っている。一瞬あたりがしんとなった。と、課長が、

「佐山、君には当日の会計を命ず。」

と厳かに言って、どっとみなを笑わせた。

こうしてその場は納ったものの、しかし山田の気持はなかなか納らなかったのである。彼は今までにも佐山が彼をあてこすったり、女工にこっそり何かを耳うちしたりしているのを知っていた。どんなグループにも定って一人は、絶えず他人のすきばかりを覗ったり蔭口ばかりを利いて、病的なほど自分の利害に狡猾な才能を持っている者がいるが、佐山もやはりそういったタイプの人間であった。勿論とるに足りぬ、と山田は今まで黙殺して来たのであったが、しかしその時にはさすがにかっとせざるを得なかった。それは相手の弱点をしっかり摑んだ上での嘲笑であった。ざまあ見ろ、山田の内部の苦しみや懊悩を一蹴(ひとけ)りしたのである。そして山田にとって腹立たしいことには、こうした嘲笑を正しいと認めねばならなかったのである。いや正しいとは言えぬにしろ、少くともこの嘲笑に対して弁解の余地は与えられていないのだ。もし弁解するならば、ますます自分が愚劣になるばかりであった。どんなに腹立たしかろうとも、ただ黙って引き退るより他にないのである。彼は一日、陰鬱な不快な気持で働いた。言う

までもなく佐山という個人は軽蔑すればよかったが、しかしその言葉には軽蔑し切れぬものが響いているのである。

「人から、お前はばかだと言われて、しかもその言葉に賛成せねばならんとは、ふふふ。」

彼はのろのろと歩きながら、そう呟いて歪んだような微笑をもらした。

街は夕暮だった。

駅前の市場からは急しげに前垂をひらひらさせながら、女中やおかみさんが流れ出て来た。通りを歩いている人々は、無数の木片が渦に巻かれたように駅の中に吸い入れられて行き、轟音を立てて走って来る電車が停る度に、内部から泡のように人々が溢れ出て来た。彼は、どこもかしこも人間でうじゃうじゃしている街というものがひどく厭わしく思われ、都会の空気の重さを両肩に感じた。彼はどこか人間のいない、猿や犬や狼や熊や狐や、そんなものばかりのいる世界を想像して見た。勿論そこには青い木の葉や、清冽な水流がある。彼は自分が少年のような空想をしているのを意識したが、大人というものは時々ふと少年の日に復り、その頃と全く同じい気持の瞬間を味うことによって意外に多くの休息を与えられているのに気づいた。その時、彼の頭の中に突然すっと人の顔が映って流れ去った。彼は、はっと立停って、はてあれは誰だったかな、と考えて、それが大林清作であったのを知ると、何故ともなく面白くなって、街の真中に立ったままにやにやと笑い出した。彼はまだ田舎の小学校にいた頃、一度大林清作の頭を金槌で打ったことがあった。するとそこがぼこんと脹れ上って、大林はぼろぼろ涙を流しながら頭をかかえて手工室の中をぐるりと一廻転した。彼は泣かせようと思って撲ったのではなく、おい、と呼ぶ代りに槌でこつんとやったのであった。それは手工の時間の出来事である。大林清作は今は百姓をやってい、三人も子供をもっている。

ふふふふ、あいつどうしてるかな、頭の良い男だったが、と考えながら、彼はまた歩き出したが、はたと当惑せざるを得なかった。彼は行先が定っていなかったのである。田舎へ行ってみよう、そういう考えが不意にその時浮んで来た。今夜汽車に乗れば明朝は大阪に着く、すると明日の晩は四国へ着くわけだ。彼はびっくりしたように片手を挙げて車をとめ、

「東京駅。」

と言った。みつ子の顔が浮んで来、こんな気まぐれも所詮は道化染みた大仰な身振りに過ぎぬという意識があったが、反面には、もっと道化ろ、もっと道化ろと自分をけしかけるものがあった。

東京駅に着くと、彼は広い構内をただあちこち歩き廻った。ここも人でいっぱいだった。彼は二等待合室に這入って見た。若い女や太った仏頂面をした老紳士などが、落着きのない様子で並んでいた。彼は腰を下すと、煙草に火を点けた。しかしすぐ立上って今度は三等待合室へ行って見た。ここはひどく薄暗くて汚れていた。白い着物を着けた朝鮮の女が、紙袋のような恰好に体をふくらませて、栄養不良な子供を連れて立っていた。子供は日本の着物を着ているが、何か不安そうに、あたりの人々を見廻している。この子供の眼には、これらの人々が敵と見えるだろうか、それとも味方と見えるだろうか、彼はそんなことを考えながら、じっと暫く眺めていた。母親はその子の手を引いて、何か朝鮮語でささやいた。彼女の片方の手には、も

う一人の子供が抱かれている。父親は便所か、買物か、大方そのあたりであろう。山田はふと大阪駅を思い出した。あそこは何時行って見ても朝鮮人がうじゃうじゃしている。大きな荷物を積み上げてそれに凭りかかっている朝鮮女、腰をかける場所がなく地べたにしゃがんでいる女、飴玉か何かをしゃぶっている子供、紙のような顔と袋のような着物、そういったものが次々と思い出された。黄色のジプシイ――彼はそう呟いて待合室を出ると、切符売場の方へ歩いて行った。心の中を寒々としたものが流れて、自分自身がジプシイになったような気持であった。俺のようなものを精神的ジプシイって言うんだろう、二等待合室へ這入っても、三等待合室へ這入ってもさほどに目立たないほど調和のある男だからな、しかし待てよ、俺はこれから本気に四国くんだりまで行く気なのかしら？　四国まで行って、そして何があるのだろう、ばかばかしいじゃないか。――しかしもう切符の売場の前まで来ていた。じゃらじゃらと金を数える音が聴え、多度津、と窓から覗き込んで春のコートを片手に抱えた若い女が言うのが聴えた。五六人がつめかけて自分の番の来るのを待っている。山田はその列の最後に立停った。しかしまだ切符を買う気にはなっていなかった。やがて自分の番が来た。彼はしぶしぶと、まるでひどく損な物でも買わされるような様子でガマ口を取り出した。が、その途端に、不機嫌そうにむっつり黙り込んで煙管を咥えている田舎の父の姿が浮んで来て、どうした工合か急に財布をまたポケットに蔵い込んで買うのをやめてしまった。彼はふらふらと流されるように駅を出ると、銀座へでも出てみようという気になって有楽町の方へ足を動かし出した。

しかし、間もなくそれも嫌気がさして来て、今度はしぶしぶと日比谷公園の方へ向い始めた。日はもうすっかり暮れてしまって、高架線や市電の音が何か魔物めいて聴えて来た。彼は地下室を歩いているような気持で、のろのろと足を動かすのだったが、もういっそじっと立っていようかという気になってならなかった。空を仰いで見た。ただ真黒に塗り潰されていて、星でも見えないものかと尋ねて見たが、星も月も、一点の光りもなかった。無気味な夜が底のない深さで垂れ下っているのだ。その闇の空間のところどころに、花火のような広告燈が見える。彼は突然大きく口を開いて欠伸をした。疲れが少しずつ体を痺れさせ始めていた。それはひどく空虚な、もの悲しい気持の欠伸であった。人通りは丸でなかった。丸の内の通りの角まで来ると、彼は谷の奥でも覗くような工合に、丸ビル前の方を眺めていたが、またひとつ欠伸が出た。丸ビルの前では自動車の光りが交錯して、何十匹もの電気鰻が海底を泳ぎ廻っている光景はこんなものかも知れぬと思わせられた。

しかし、と彼は立停って呟いた。俺はこりゃなんだろう、なんとなく少し気持が変だぞ、一体どうするつもりなんだろう、それに、俺は一体何を考えてるんだろう、どうも今日は頭が少し変になっている、第一こんなことをやったとて何の利益もありゃしないじゃないか、俺が今歩いているのは、ただ体をへとへとにするために歩いているようなものだ——。しかし彼はそう呟きながら、その自分の呟きをもう少しも聴いていなかった。

その時、旦那、どちらまで？ と車が徐行して来た。すると彼は急に、用のある人間のような声で、

「大島。」

と言ったが、自分でも驚くほど大きな声が飛び出た。それは殆どどなりつけるような調子であった。大島？　なんのために？　と車が動き始めるとまた自問したが、もう自分の気持を調べるのが面倒くさかった。ただ車は光りと光りとの間を矢のように走っている。人間の思考なんかこの運動の前には無力なのだ。

夜の大川を渡ると、車は次第に圧し潰されたような家々の間に這入って行った。悪臭がぷんと鼻を衝いて来そうである。しかし細民街の近づくに従って、気持がだんだん落着いて行った。とは言え、それは落着きなどという言葉では現わし切れぬものがあった。もうどうともなりやがれ、と狂暴に自己を突き離した落着きであったのである。

彼はある大きな製鋼所の裏で車を捨てた。

どこからともなく物の腐敗した臭いが漂って来た。彼は狭い路地から路地へとあてもなく歩き続けた。幾つも橋を渡っては、機械工場や硝子工場などの間をぐるぐると歩き廻った。何のために歩くのか、という自問がひっきりなしに浮んだが、彼はなんとなくそうせずにはいられなかった。彼は何時の間にか亀戸に這入り込んで、電車通りを踏み切ると、吾妻町の方へ向って行った。あたりには、ひしゃげたような家がいっぱい並んでいた。彼は何年か前を思い出した。その頃も何度かこの路地を往来した。しかしそれはなんと張り切った気持であったことか。体全身が熱を帯びて、足の下には揺ぎのない大地があった。しかし今はどうだろう、丸で足下の大地が潰れ、融け去ったようではないか。このあたりは、かつて彼の活動したうちの最も記憶に残る地区であったのである。彼はみじめな、うちのめされたような気持を味いながら、しかし何かその時代の熱情が、再び体内に湧き上って来るような気がした。そして彼は、長い間見失っていた自分というものを、再び見つけたような気がした。

彼はどぶ川の土手の上を歩いて行った。川には石炭を積んだ船が二つ三つ、沈みかかっているように揺らいでいる。悪臭のしみ込んだ風が吹いて来ると、水面が遠くの灯を映して光った。あたりは殆ど真暗であった。その頃のことが次々と思い出されて来た。それはちょうど予告映画のフイルムを見るように、仲間の誰彼の姿の一カットが廻転するのである。今もなお行方不明の男、まだ獄中にいる男、押上駅で捕われた男、或はまた、男のようにがむしゃらな女、そういった一人一人の姿が鮮明に蘇って来た。彼は土手に積んだ煉瓦の上に腰をおろすと、なおも映像をくり拡げて行った。彼は激しい孤独を感じた。あれらの連中は今どうしているであろう、みな散り散りとなってしまい、みな生きる方向を見失ってしまった。そしてこの俺はどうだろう、みつ子はどうだろう——。彼は自分が少年のように泣けるものなら、思い切っておいおいと慟哭したいと思った。じっと煉瓦の山に身を凭せながら、彼は今の時代に生きる人間の苦痛を考えた。

がその時、彼の頭の中に今までまわっていたフイルムが突然ぴたりと停止した。そこにはまだ二十前の、林檎のような頬をした少年の顔が浮んでいた。辻一作、とこの男は自分を呼んでいるが、本名は大林一作で、清作の弟である。彼は今までこの少年をすっかり忘れてしまっていた自分を不思議に思った。あれだけ自分に激しいものを教えたこの少年は、今どうしているだろう、たしかもう二十四五にはなった筈だが。彼はふと運命という暗い言葉が、自分にまで取り憑いて来るような、不安な、嫌なものを感じた。彼は丸切りこの男のことを忘れていたのではなかった。ただこの男を思い出すことがたまらなかったのだ。

彼は突然立上ると、狂暴な足どりで歩き始めた。が五六間も進むと、また以前と同じような、のろまな、疲れたような足どりになってしまった。ふん、俺はなんて愚劣な人間になってしまったのだ、と彼は呟いた。少年のように泣きたい、などと思ったことを考えると、彼はもう自分に唾を吐きかけたくなって来た。ふふ、しかし辻一作がどうしたというのだ、と彼はまた呟き出した。辻一作がどうしたというのだ、俺は俺さ。彼は真暗な川ッぷちを五ノ橋通りの方へ出て行った。そして走って来た車をつかまえると、いきなり、売春婦のいる街の名を叫んだ。

細いトンネルのような路地を、人々は肩をすり合せ、突きあたり、足をもつらせながらうごめいている。その入口で車を捨てると、彼は一枚の木の葉のようにその中にもぐり込んだ。動物園の檻を覗いて廻るような残虐な気持で、彼は人々の間を揺れて行った。しかしここでも気持は満されなかった。……………という気持はもう全くなくなっていた。彼はむっつりと黙り込んで、横目でちらちら家の中を覗きながら、幾つも曲り角を曲って歩いた。……呼ぶ声もただうるさいばかりであった。彼はただ人々の動くにまかせて動いて行くだけである。ある路地で、彼は突然上衣の裾を掴まれ、ぐいと引かれた。思わず体が浮いて軒下に引き込められた。座敷から半身を乗り出した女の腕がその時ぐいと伸びると、彼の帽子を頭から抜き取ってしまった。

「お上んなさい、よ、さあ。」

と女が体をくねらせながら言った。彼はもの憂さそうに顔をあげると、ひどくけだるそうな声で、

「帽子をくれ。」

と一言言った。

「だって、よ、お上んなさい。今夜暇なのよ。ほら、ね、ね。」

しかし山田はもう帽子を取り返す気もなくなっていた。面倒くさかった。彼は急に身を翻すと人込みの中に混り込んだ。帽子は女の手に残したままであった。彼は電車通りへ出た。もう歩くのも、動くのも嫌であった。体は疲れ切って、両方の足の腱が針金にでもなったようである。彼はそのままべったりと地べたへ突き坐ってしまいたかった。しかし坐ってしまうわけにもいかない。彼はまたのろのろと歩く以外にどうしようもなかった。おまけに腹はもうさっきから空き切っていた。それでも少しも食いたいという気が起って来なかった。というよりも彼は食うことをすっかり忘れてしまっていた。頭の中は何か乾いたものでもいっぱいつまっているような工合になっていた。

彼はふと空を仰いだ。頰に雨がぽつんとかかったのである。空は勿論真黒であったが、雨はもうさっきから降り始めているらしかった。ぽつぽつと頰や頸筋に当る程度ではあったが。

「雨か。」

と彼は呟いた。そしてまた車を停めると、

「横浜。」
と言った。車の中で時計を見ると、もう十一時をとっくに廻っていた。彼はまだ八時か九時のつもりでいたのであった。横浜へ行って、そしてどうするのか、しかしもうそんなことはどうでもよかった。彼は体を休めたかったのである。

雨は次第に激しくなって来た。窓へびちゃびちゃと降りかかった。彼は眼を閉じると、ぐったり体を凭りかけて、車が急カーブを描く度にぐにゃりと揺らいでは、居眠りから覚めたように窓外を眺めた。頭には何の感想も浮ばなかった。今日一日を振り返ることも、これから先のことも考えることが出来なかった。それは多量の睡眠剤が効き始めて、神経が徐々に鈍くなり、全身に快い酔い心地が襲って来た時のようであった。彼は大きくあくびを続けざまにした。しかしバックミラーに映る自分の顔は血の気がなかった。もじゃもじゃと髪が乱れて、彼は死人でも見る気がして、ぞっとしたりしたが、しかし、それが自分の顔であるという点は考えても見なかった。彼は白痴のように虚ろな気持であったのである。

やがて車は川崎を過ぎると、国道を驀地（まっしぐら）に突き進んで行った。すっかり寝静まった両側の家は次第にまばらになり、ただ街燈だけが果もなくうち続いていた。彼は快い震動に身をまかせながら、しゅうんと鳴るアスファルトの音をうつらうつらと聴いた。運転手は不動の姿勢で、丸く照し出された前方を見つめて、ハンドルをゆるゆると左右に動かせている。辷るような車の中で、山田は次第に夢見心地に這入って行き、このまま明日まで走り続けているといいだろう、などとぼんやりと考えるのであった。が、鶴見あたりまで来た時であった、突然がた

んと車が上下すると、二三間辷ってききと停った。運転手が蒼白になった顔を振り向くと、

「やったらしいです。」

とささやくような声で言って、ドアを開いて飛び下りて行った。

「やった？」

と山田はぼんやり眼を開いたが、その時にはもう運転手はいなかった。雨の音がびしょびしょと聴え、暗い外を眺めると街燈を映して濡れた街路樹が白く光っている。あたりは人影もなく、ただ降り注ぐ雨足がコンクリートの鋪道にはねていた。どうしたのかな、と山田は怪しんで見たが、それ以上考えて見るのも面倒であった。

「どうもやっちまったらしいです。すみません、車を更えて下さい。」

間もなく運転手が駈け帰って来ると、興奮した声で車内の山田にそう投げつけて、再び雨の中に駈け出して行った。山田は初めて人を轢殺したのであるのを悟った。しかし何の感じも湧かないのみか、こんな所で車を降ろされるのかと思うとうんざりした。彼はまた両眼を閉すと、さっきの夢心地を追うように体をクッションに凭せた。人を殺した、ということが、なんとなくばかばかしいことのように思えるのであった。と、この時車の背後で何か大声で叫んでいる声が二三入り乱れて、靴音なども聴えて来た。彼はのそり立上ると、雨の降っているのも忘れたように外へ降りた。女に帽子を取られてしまっているので、雨はじゃんじゃん頭髪を濡らし、首すじに流れ込んだ。

車から十二三間も後方に、四五人が集（たか）って何か口々に喚いている。街燈にぼんやりと照し出

されたその黒い塊の横には、粉々にうち壊かれた荷車が転がっている。山田はふらふらとそこまで足を運んで見た。人々に囲まれて、屍体は仰向けに寝て、着物も何もぐしょぐしょになっている。首は横に歪んだままねじ向けて、頬をべったりとアスファルトにつけ、横向きの口からは血がだらだらと流れていた。雨が洗うように降っているのに、不思議とその血が山田にははっきりと見えた。一人の巡査がそれを抱き起しにかかったが、どうしたのかまた置いた。人々は山田にはまだ気づいていなかった。彼は二三分ぼんやりとその屍を眺めていたが、やがて風に流されるようにとぼとぼと川崎の方に向って歩き出した。雨に濡れることも、疲れていることも、もう深夜に近いということも、歩いてどうなるかということも、彼は考えて見る気がしなかった。心が傷ついている時、その外部の風景は奇怪な鮮明さで眼に映る。彼は今にもべたんと坐ってしまいそうな足どりで歩きながら、今見た屍体が夢魔のような鮮かさで何時まででも瞼から離れなかった。とは言えそれが、死、というなまなましい悲痛な出来事として映るのでもなければ、だらだらと流れる血に恐怖し、人生の悲惨を目のあたり見た衝撃でもない。それは一枚の写真のように、鮮明な輪郭と、色と動きとがあるだけであった。ふと顔をあげた。すると向い側に赤い交番の電燈が見え、何故ともなく彼は、はっと胸を突かれたような気になった。

彼は二三丁もふらふらと歩いた。そして空車は来ないものかと暗い街路の遠方を眺めるのであった。

山田はさっきから電車に揺られながら、落着きのない何分間かを過していた。こうして出かけて行くことに激しい嫌悪を覚えたり、どうしても会わねばならぬと強く思ったり、あれからあの男は一体どうなっているであろうと好奇心とも恐怖ともつかないものを覚えたりするのだった。そして遠い過去が思い出され、それからの、辻一作と山田との関係に於ける空白の幾年が、何か暗い谷間のように思えるのであった。この幾年をあの少年はどう過し、どう生き抜いて来たのであろう。彼は人生というもの、運命と言われるもの、そういったものの暗黒な一つの断層を眼前に突き出されたような気持であった。

山田が辻と初めて会ったのは、彼が高等工業を卒業したばかりの年であった。辻一作は薄汚いバスケットを一つ提げて、兄清作の依頼状を持ってはるばる四国から山田を頼って出て来たのである。その頃、津波のように湧き興った社会思想の飛沫を浴び、自己の内部に社会理想の火が燃え上ったばかりであった山田は、必然この少年にそのはけ口を見出さざるを得なかった。彼は、このどこか傲岸そうに眼を光らせた、小さな機関車のように意志的なものを持った少年を愛し、これを彼の最初の弟子としたのである。山田は毎日勤めから帰って来ると、唯物史観を、無産者政治教程を講義した。その頃辻は十六であった。山田は何年か後になって、その頃の辻と自分とを思い出すと、あんな小さな子供を摑えてどうしてああ熱心になれたのか不思議な気がしたが、しかしその頃から辻の内部に彼の影響に耐え得る強靱な何物か、それは知性の萌芽とも言わるべきものがあったために違いなかった。

辻と起臥を共にしたのは僅か一年あまりに過ぎなかったが、白紙のような少年の頭脳にとっては、決して短い時間ではなかった。少年はある日突然決意の色を現わしながら言ったのである。

「おれ、田舎に帰る。」

こうして辻の少年らしい空想や希望は、農民運動という全く違った形として現われ、二人は別れた。辻はただ社会思想の火を自己の内部に発火させるためにのみ上京したようなものであった。その後の辻の動勢については山田は殆ど知らなかった。勿論初めの一二ヶ年は文通が行われ、辻に必要な文書なども山田を通じて送られたが、しかしその後どうしたのか手紙もばったり絶えてしまった。そのうち山田はみつ子と結婚し、捕われて下獄した。

山田は、暗い、陰鬱な監獄生活のうちにも時々辻を思い出しては、或は彼も自分と同じような所に日を送っているのではあるまいかと不安な予感に襲われたりした。そして黙々と手仕事を運ばせながら、ふと辻は今年で幾つになったかな、などと指を折って見たりした。彼は自分の弟か、甥を思い出すような、なつかしい気持であった。ところが監獄生活の一年が終り、二年目の秋であった。彼は突然辻の面会を受けた。

山田は電車の中で眼を閉じ、その面会の状況を思い浮べた。それはなんとなく奇妙な、そして驚くべき瞬間であった。

彼は辻の変った姿に先ず驚いた。彼は秋らしくセルを着流していたが、それはもう黄色く陽やけして、それに小柄な風采のあがらぬ体つきはひどく貧相で、かえって山田の方があわれを覚えたほどであった。その上以前のような赤い頰は消え、頭髪はぼうぼうと乱れ、ふと肺病にでもなったのではないかと思われるほど蒼く痩せていた。額にはまだ二十だというのに深い横皺が二三本も刻み込まれて、なんとなく山田はぞっとした。そしてどうしたのか辻は、山田と向い合っても、むっつりと口を噤んだまま口を開かなかった。仕方なく山田の方から、

「どうしたんだ。」

と言わずにはいられなかった。

「うん。」

と辻は、怒っているように返事した。

「元気でいたのか。」

「うん。君、元気か。」

山田は今まで辻から君と呼ばれたことがなかったので、びっくりして辻の口許を眺めやった。辻はそれきり黙ってしまい、何かひどく考え込んでいるのである。

「ああ、俺はこの通り丈夫だ。しかし、君はどうしていたんだ。どうも少し変じゃないか。外の情勢はどうかい、この頃。」

「うん。」

そして辻は何か憂わしげな眼つきであたりを見廻し、急に山田の顔を眺めて微笑しようとしては、また唇を固く閉してしまうのだった。何かある、と山田は心中で思いながらも、これではどちらが面会に来たのか判りゃしないじゃないかと、腹立たしいものを感じたりした。長い沈黙が続き、二人は向い合ったままお互の顔を眺めたり、足で床をこつこつと打ったりした。

辻はどこか落着きがなかった。彼は絶えずあたりを見廻し、山田と視線が合うとびっくりしたように眼を外した。やがて辻はふらりと立上って、もう山田に背を向けて歩き出した。

「おい帰るのか。」

辻は背を向けたまま立停ると、

「ああ。」

と言ったが、くるりと振り返って、山田の耳許に口を寄せると、ささやくような声で、

「俺、病気なんだよ。恐しい病気になっちまったんだ。」

「病気？」

辻は瞬間思い惑ったように眼をつぶると、急に顔に血の気が上って、上ずった声で一息に、

「癩病だよ。」

と言って、扉の外に出て行った。山田はがんと頭をどやされたような気持であった。瞬間辻を呼び返そうと思ったが、声が出なかった。

あれから、もう四年に近い日が流れている。彼は辻の顔を想像して見ることが出来なかった。何か空恐しく、不安で、重苦しいのである。

その駅の改札口を出ると、山田は構内をあちこちと見廻し、早かったかな、と思って時計を眺めて見たりしながら、しかし一種の興奮状態に胸が弾んでいた。辻らしい姿が見当らないので、彼はちょっと焦ったものを覚えながら、しかし心の底にはこのままいっそ辻が現われなけ

ればいいという気持のあることはどうしようもなかった。

「お元気ですか、御無沙汰ばかししておりました、呼び出したりして……。」

そういう声が不意に横から聴えた。しかし山田は自分に言われたとも思えなかったのでその方には注意もせず、なお前方を見廻していると、

「あの、僕、辻ですが。」

山田はびっくりして振り返ると、

「ああ、いや、僕山田です。」

と、まごついた返事になってしまった。

「体、その後、お体はどうですか。心配してましたが、どこにいられるか解りませんでしたので。ええ僕は元気でいます。」

山田はこんな会見を想像していなかった。相手がどう病変していても、よう、その後どうだったい、と気さくに相手の肩をぽんと打つ、そんな光景を考えていたのでよけいまごついてしまった。それに自分の口から、ました調の言葉など出ようとは全然予期していなかったので、自分の言葉にびっくりした気持であった。

二人は並んで駅を出たが、山田は自然と相手の顔手足などに注意が向いてならなかった。彼はそういう自分の注意を意識しては、あわてて視線をあらぬ方に向けるのだったが、しかし心の中では何かほっとした軽やかなものを覚えていた。辻は監獄で会った時と同じように小さな体で、もじゃもじゃの頭髪が中折帽の間からはみ出して、その髪の間に痩せた、骨ばった顔が

覗いていた。あの時よりも痩せはひどくなって見えるが、しかしかえって健康そうであった。彼は鼠色の背広を着て、外套を重ねている。

「今どうしているのかね。」

喫茶店などの並んだ細い路地に這入ると、山田はそう訊いて見た。出来るだけ以前のような親しさを取り戻そうとする気持の余裕が出来、言葉使いも気軽にした。

「うん、療養所にいる。」

「体は良いのかい。」

「まあ今のところは、どうにか……。」

「自由に出て来られるのか、何時でも。」

「自由って訳にはゆかないけど。年に一回くらいは……。」

辻は憂鬱そうな小さい声でぽつりぽつりと答え、ともすれば沈黙に墜ち込みそうであった。山田はどうした訳か沈黙に墜ち込むことが妙に恐しいように思われ、頭の中で言葉を探すのであったが、この場合どんなことを語ればいいのか見当がつかなかった。お互に交わりの断ち切れていた何年かが、深い谷のように二人の間にあった。ましてや病苦に傷ついているであろう辻を考えると、うっかり言葉も出ないのである。

「東京はちっとも変っていない。」

と、辻はあたりを見廻すように首を動かして、突然そんなことを言うのであった。

「うん、もう一通り出来上ったからね、これからは案外変化が少いだろうよ。しかし、君は何年、そこにいるのだね。」

「三年。足かけ四年になる。」

「しかしよく僕の住所が判ったね。随分あちこち動いたからね。」

「兄貴に訊いた。」

「ああそうか。元気だろう、兄貴。」

「うん。」

「病院は大きいのかい。」

「五百人ほどいる。」

「面会なんか出来るの。」

「出来る。自由だ。」

「そのうち出かけて行ってもいいかい。」

「うん。来てくれ。癩病ばかりしかいないところだ。」

山田は瞬間言葉が途切れた。辻が日常茶飯の調子で、癩病、と自分の病気を苦もなく言ってのけるのに驚いたのだ。変った、と山田は強く思いながら辻の横顔を眺めた。そして心の中がなんとなく緊張するのを覚え、一体この男は今どんな思想に、どんな信念に生きているのであろうか、という激しい好奇心が湧き出し始めた。以前の思想は？　そのままでいるのか、それとも全然別な道を発見したのか。

「しかし君なんか、どこも病気のようには見えないが。退院は出来ないのか。」

「退院？　しようと思えば出来るが……してもつまらん。」

「しかし病気は軽いんだろう。」

山田はふと、こんなことを訊いていいのかな、と思い返したが、しかし口から出てしまったので、どんな返事が来るかと待った。辻はなんとも答えなかった。そして頬に薄い微笑を浮べると、そのまま黙り込んでしまった。山田は不安なものを覚え、ではやっぱり外面はなんとも見えなくても、内部ではもう相当やられているのか、とあやぶむ気持であった。

「病気は、軽くても重くても同じことだ。」

と辻は長い沈黙の後ぽつんと言った。不治、この言葉がぴんと山田の心に来た。彼はぐっと胸を押されたような気持で、言葉がなかった。

「しかし治療はしているのだろう。」

と山田は遠慮勝ちに訊いた。

「しているが……。」

と辻は言葉を濁し、また微笑した。

二人は茶房へ這入った。人がいっぱい立て混み、レコードががちゃがちゃと鳴っていて、落着いて話など出来そうにもなく、山田はもっと良いところはないかと思案した。辻は腰を下すと、落着かぬげにあたりを見廻しては、じっと視線を一方に走らせたり、音楽に耳を澄ませようとするらしく、ちょっと眼を閉じて見たりする。しかしそうした小さな表情の一つ一つにも、どことなくぎこちない固さが感ぜられて、山田は何か気の毒のような気もするのであった。田舎者、でないまでも、兎に角長い間人前に出なかった者が急に表へ引き出された時のような工合であった。落着けないことを意識して強いて落着こうとする時の表情、そういったものを山田は見て取った。

紅茶と菓子が来ると、山田は砂糖を辻の茶碗に入れながら、

「お腹空いてないか。」

と訊いて見た。

「いや。いっぱいだ。」

「もっと静かなところへ行こうか。」

「うん。そうだね。しかし、」と言って辻は時計を眺め、

「君、いいのかい。奥さん待ってやしない？　僕、ちょっと君に会えばよかった。」

「そんなことといいよ。久しぶりじゃないか、君さえよければ僕はなんでもないよ。」

「うん、僕、いいけど……。」

と辻は言いながらフォークを動かし、どうしたはずみかがちゃんと音を立ててそれを落してしまった。辻はあっと小さく叫んで、顔を真赤にすると、いきなりそれを拾いにかかったが、急にまた手を引込めた。滑稽なほど狼狽が見え、山田はとっさに、

「いいよ君、拾わせるよ。」

と小さく辻にささやいて、給仕女を呼んだ。人々の視線がさっとこちらに射られるのを山田は感じ、なんでもないという風に微笑をつくって、

「これから出て来る時は必ず僕の所へ寄り給えよ。」

と言ってごまかそうとした。

「うん、寄るよ。寄るよ。だけど、僕。うんあの、僕来年も出て来るよ。毎年一回ずつ出て来ることにしているんだ。でも、君、嫌だろう。」

「そんなことないさ。そんな気兼ねはよし給えよ。」

「うん。娑婆のやつ等は病気に対して認識不足だから、僕だって、そう簡単にあれするんだったら出て来やしない。いや、出て来るよ。出て来るよ。社会だって、我々に犠牲を要求し得るほど立派に出来てやしない。社会は我々より愚劣じゃないか。しかし、いや……。」

そして辻はようやく上気(のぼ)せがさがりかけていた顔を再びさっと赧くすると、突然口を噤んで上体を真直ぐにしたまま一方をじっと見つめ、また急に視線を外らしてあたりの人を窺うようにきらりと眼を光らせた。その眼には、今まで見えなかった、鋭い、挑むような、焔が燃えていた。山田はそうした辻の表情を注意深く眺めながら、何か言いようのない陰惨な臭気とも言うべきものを感じるのであった。長い間の苦痛、屈辱と、堪え得ぬばかりの運命に虐げられたであろうことを、彼はその眼に感じ、その挑戦するような唐突な言葉に感じた。

二人はそこを出るともう暗くなりかけた街を暫く歩いて、とある小さなそば屋の二階へ上った。

「幾日くらい東京にいるんだね。」

酒が出ると、山田は銚子を取り上げながら訊いて見た。

「二週間ほどいたんだけど、もうあと三日で帰る日なんだ。」

「幾日って、日も定められている訳だね。」

「うん。」

「病院はひどいところかい。」

「さあ。」

と辻は何か考えるように独言して、

「説明出来ない。兎に角普通人の人間概念は通用しない。」

「いや、そういう意味じゃなく、いわば政治的な意味、つまりなんて言うか、病院生活だね、病院の支配者と患者との関係とかいった風な……。」

「平和だよ。」

「平和、か。しかし時々問題なんか起って新聞に出たりするじゃないか。」

するとと辻は急に可笑しそうに大声で笑って、ぐっと酒を飲むと、

「退屈だからあんな問題が起るんだね。」と一言してから、独言のように下を向いたまま呟いた。

「社会の人間は病院をまるで陰惨な、人間の住んでいるところじゃないように考えている。嘘だ、そんな考えは。社会と較べりゃ余程病院の方が立派だ。少くともあそこでは人間が人間らしい精神で生きている。ところが社会はなんだ、嘘偽と、欺瞞と、醜悪とに満ちてるじゃないか。病院だって愚劣なこともあれば、醜悪でもある。しかし社会よりはまだましだ。それだの

に、社会のやつらに会うと定って好奇心に眼を光らせて病院のことを訊きたがる。病院のことを訊いてどうするんだ。恐いもの見たさの心理だろう。或は病院を思い切り醜悪なものとして予想して、それが本当であるかどうか知りたい、むしろ本当であらせたいんだ。なんという愚劣さだ。醜悪なものを見たいなら、社会は社会自身の足下を見りゃいいのだ。少くとも社会は癩院に対して恥じるべきだ。」

「いや、僕はそんな気持で訊きやしないよ。」

「うん、うん、そりゃ君の言うことは判る。」

「なんて言うか、僕は……。」

しかし辻は山田を押えるように言い出した。

「俺の病院にいる五百人の患者が、どんな汚辱と、屈辱との中に生きて来たか。それは恐しい汚辱だ、屈辱だ。しかしそれに、彼等はじっと堪えて来たんだ。癩病を前にして黙って頭を下げない奴は、ただそれだけでその男が愚劣な人間の証拠だ。それは恐しい屈辱だ。売春婦の屈辱なんぞ問題にならぬ。そしてその屈辱は今もなお続いているんだ。恐らく死ぬまで、死ぬまでだぜ、この言葉をよく考えて見てくれ、死ぬまで屈辱は絶えやしないんだ。しかしこんなこと君に言ったって通じやしない。癩者の間で三日でも暮して見るがいい、それがどんなに恐るべき、胆の寒くなるような世界か解るだろうよ。それに彼等はじっと堪え忍んでいるんだ。人間が人間自身の内的な力で生き、人間の最奥の力で生きているんだ。人間が人間として最も純粋な美しい状態はそれを措いて他に決してないんだ。癩者はそれを無意識のうちにやってのけるんだ。」

山田は辻の言葉にじっと耳をかたむけながら、しかし何かちぐはぐな、ピントの合わないものを感じてならなかった。辻が眼を光らせ、熱した口調で語っている事柄も、彼には何か無関係な、辻の独りよがりの興奮のような気がするのである。それに山田にとっては、癩者の精神が美しかろうと醜くかろうと、どうでもいいことであった。彼はただ辻のそうした言葉から、辻の興味の対象が何にあり、辻の思想が以前と較べてどのような変形を受けているかを推察するのが楽しみであった。この男、すっかりヒユマニストになったぞ、と、そんなことを考えて彼はにやりと笑う気持であった。するとふと、さっきからの自分の気持を振り返って、自分が癩患者辻一作を前にしたため、なんとなく他所行きな気持になっていたのに気づいて、なんのことだ、というような気持も湧いて来た。

辻はもうかなり酒がまわったと見えて、眼を充血させ、興奮した面持で山田をじっと見つめたり、盃を急に口に持って行ったりするのであった。

「しかし君、遅くなりゃしないのかい。」

と山田は訊いて見た。山田も、もうかなり酔がまわって来ていた。

「大丈夫。」

「しかし随分君も変ったね。」

と、山田は辻をしげしげと眺めながら言った。

「変った？　うん、変ったよ、変ったよ、すっかり変ってしまったかも知れない。しかし変らない部分だってある。」

「ああそりゃね、やっぱり、あの頃の、十六だったね、あの時。あの時の君とちっとも変らないところもあるよ。君らしいところはやっぱり君らしいが、しかし考え方なんか……。」

「考え方ね、ああ、変ったよ。社会主義なんて俺は捨てた。」と辻はきっぱり言い切ると、急に挑むような眼つきで山田を見、おそろしく興奮した調子で続けた、それは、社会主義を捨てたということによって相手から冷笑を浴せられるに違いないと信じていて、それを懸命に反駁しようとするかのようであった。彼は丸で堪らない嘲笑を受けたかのようであった。

「社会主義は、捨てたよ、完全に俺は捨ててしまったんだ。笑う奴は勝手に笑ったらいいんだ。笑える奴がそんなにいるもんか。俺は俺自身でそういう自分をさんざん笑ったんだ。もうさんざん自分で自分を笑ったんだ。しかし今じゃもう笑いやしない。いや、俺が、俺の方から思想を捨てたんじゃない。決してそうじゃないんだ。思想が、思想の方が俺を捨てたんだ。俺は思想に突っぱなされてしまったんだ。俺も病気になった初めのうちは、一生懸命思想や理論にしがみついていた。そうだ、……………………、……………………、……………………。唯、君、俺の場合に於ては……………………なんにもならないだけのことなんだ。だから俺はあの理論が全然無意味だなんて考えてやしないよ。ただ俺にとっては無意味なんだ。俺には不要なんだ。あれは社会理論じゃないか。ところが俺は社会から拒否されてしまってるんだ。つまり理論に拒否されたんだ。そういう俺が、大切そうに理論を頭の中で信じていたってそれが何になる。……………………なんて全然無意味じゃないか。それは靴みたいなものだ、穿いて歩いてこそ価値があるんだ、頭の上に乗せていたってなんにもなりゃしないんだ。(ここまで苛立たしげに語って来て辻は突然言葉を切り、急に何事かに考え込み、今度は低い声で下を向いたまま語り続けた。それは独言のようであった)俺はそのために苦しんだよ。夜だってろくに眠りゃしなかった。病院へ這入ったはじめのうちは、それでも信じていたよ。しかしそれは病気を知らなかったからに過ぎなかった、俺はもう一度社会へ出て、社会人と同じようにやって行けると思っていた。だから俺は、その頃は自分を社会人として、少しも疑わなかった。だから社会理論を頭の中に寝かせて置いても不思議じゃなかった。何時かは起きる時がある、何時かは起き上る、そう信じていたんだ。ところが日が経つにつれて病気が、どんな病気であるか知らされちまった。それは知らされざるを得ないことだ。俺は、俺という人間が最早全く社会にとって不要な人間であり、いわば一個の……に過ぎないことを知った。俺はただ毎日毎日、俺の体が腐って行くのを眺めて、死ぬる日を待っていなけりゃならないんだ。いや、俺の体だけじゃない、俺個人の肉体だけじゃ決してないんだ。俺は、俺の周囲にいる連中の体が腐って行くのを毎日見せつけられたんだ。来る日も来る日も鼻がかけたり、指が落ちたり、足が二本共無かったり、全身疵だらけの連中ばかり眺めて暮して、そいつらの体の腐って行く状を眺めていなけりゃならなかったんだ。昨日まで眼あきであった者が今日は盲目(めくら)になっていた。今日二本足を持っていた男が翌日は足が一本になっているんだ。俺はそれを、じっと、黙って眺めて暮して来た。今こそ俺は軽症だが、やがてああなる。あんな風になる。足がなくなる、指が落ちる、盲目になる。ああ、これが、こんな風なことを考えなけりゃならない生活がどんなものか、君に判るかね。しかも生命は長いんだ。まだまだ長いんだ。しかし、俺はもうこんなこと言ったって何にもなりゃしない。俺の気持がどんなであったか、語ることなんか出来やしない。それは語ることも出来ないくらいなんだ。自分が全く無意味な、社会にとって不要な人間に過ぎない、ということをはっきり俺は意識したんだ。しかも生きているんだ。今後、何年も、何年も生きて行かなくちゃならないんだ。この気持を君が判ってくれたらなあ。しかし誰にも判りゃしない、判るもんか。俺は独りぼっちになった、全く孤独になったんだ。社会にいる連中なんかも、一人前に、やれ淋しいの、やれ孤独だのって言う。そんな連中に孤独ってどんなものであるか判るもんか。決して判りゃしない。それは恐しいもんだ。身を切り刻まれるようなもんだ。体中の血液が凍ってしまうようなものだ。しかしこんな形容じゃ伝わりゃしない――俺は運命というものを見たよ。現実というものを見たよ。この孤独の中でどんな風に生きたらいいんだろう。俺は生きる方向も、態度も失っちまったんだ。しかも俺の周囲にいる人間は癩患ばかりだ。癩患の巣だからね。こんな風になって、生きるということが正しいと思うかね、正しいと思うかね。ね、答えてくれ。」

辻は不意に言葉を切って、激しい眼ざしでじっと山田を凝視めた。顔面の半分は覆ってしまうほどぼさぼさと垂れた髪の間に覗いている辻の、小さな鋭い眼を山田は見返しながら、勿論辻が返事など望んでいはしないのを知っていた。そして山田はふとあくびが出たくなって、それをかくすためにちょっと体を動かせて坐り直したりするのであった。辻が熱っぽく語っているほどに山田には切実に感ぜられないのである。すると辻は更に苛々しげに眉毛をぴくぴくと動かせて、語り始めた。

「答えなんか聴きたくないよ。勿論答えなんか聴かなくたって構やしない。ただ俺が言いたかったのは、生きるとは何か、という新しい問題が俺の前に出て来たってことを言えばよかったんだ。俺は俺の周囲で死んで行く病人や、生きながら腐って行く——いいか、生きながら腐るんだぜ！——そんな連中を眺めて、毎日毎日眺めて、この現実を、世界を、どう解釈し、どう説明したらいいのか、という問題が新しい俺の問題になったのだ。いや、嘘だ、俺はこんなことを、こんな風に言うつもりじゃなかった。現実を解釈する、現実を分析する、それが何だ。それが何になるんだろう。どんなに分析したって、どんなに解釈したって、現実はそんなことに構ってやしない。現実は人間の知性がどうあろうと知らん顔して、現実は、ただ現実それ自身のために動き、それ自身の仕事を仕事としている。これが運命というものだ。人間は、ただ、この迫って来る力を前にして、恐れ、戦慄き、泣き、叫び、涙を流すだけなんだ。現実の批判と言ったって、解釈と言ったって、所詮、この号泣、叫びの一変形に過ぎないんだ。人間はただ泣くだけなんだ、涙を流して慰め合うだけなんだ。君は笑ってるね。君から見ればこんなことは、あわれな人間のくりごとだろうよ、弱者の泣言だろうよ。それからこんな考え方は古い、って君は言いたいんだろう。そりゃ古いかも知れない。しかし俺は古くったって構やしない。古いとか新しいとかいうことは問題にならんのだ。俺の場合に於ては問題にならんのだ。俺は俺の世界のことを言ってるんだ。他人のことなんか知ったことか。いや、待てよ、俺は何を言うつもりだったんだろう。そうだ、俺は死のうと思ったんだ。自殺しようと考えたんだ。ところが死ねなかった。何度もやってみようとした。しかし駄目だった。いや、そうじゃない、死ねないことが解ったんだ。死ねないことがだよ。死ねない、この意味を君が解ってくれたらなあ。しかし解りゃしない、それは自殺する勇気がなくて死ねない、なんていうんじゃない、死んだってなんにもならないってことなんだ。死んでもなんにもならない、そうなんだ。しかし、なんて言ったらいいのかなあ。なんて言葉って奴は不便なんだろう、言ったとたんにばかばかしくなってしまう。つまり、死んだってなんにもならないって言うのは、俺が死んだって人は生きている、俺が死んだって、癩病はやっぱり存在する、ってことなんだ。しかし、こう言ってもどうも本当じゃないような気がする――。」

辻は口を噤んで、頭の中に適切な言葉を探そうとでもするかのように、じっと空間に眼を注いで考え込んだ。しかし、山田はもうさっきから次第に退屈し始めていた。そして辻の眼がぎらぎらと光ったり、熱した額の汗がてらてらとしたりするのを見ているうちに、なんとも言えない、気持の悪い、嫌なものを感じてならなかった。俺は今癩病患者と酒を飲んでいる、そういう考えがふと頭に浮んで来たりすると、彼は何か、無気味な、恐怖に似たものを感じた。そして辻が、人生の苦悩を一人で背負い込んだようなことを言っているのに対して、なんとなく不快を覚えてならなかった。それに辻の語り振りはといえば、絶えず言い直したり、まごついたり、独りで合点したり、それはひどく独りよがりなお喋りに過ぎない、と山田には思われるのである。

話が途切れ、沈黙が続いた。辻はさっきの続きを言おうと口をもぐもぐさせていたが、どうしたのか不意に、はじかれたようにぴょこんと立上った。そしてぐるりとあたりを見廻すと、黙ってまた坐った。彼の顔にはなんとも言いようのない困惑とも恐怖ともつかないものが現われては消えていた。

「どうしたのだ。」

と山田も訊いて見ずにはいられなかった。すると辻は、いや、ちょっと、と軽く微笑したが、どこかこわばるような微笑であった。

「ちょっとね、ここが東京でないような気がしたんだよ。」

と辻は言った。

「東京でないような？」

「なんだかね。夢見てるような、妙な気がしたんだ。俺のうしろに患者がいっぱい坐っているような気がしたんだ。坐ってたって構やしないよ、そりゃ勿論。だけど、なんだかぞっとしたんだ。足かけ四年病院から一歩も出なかったのでね、錯覚が起るんだよ。」

そう言って辻はまた微笑しようとしたが、それも途中から消えてしまって、あとはおそろしく黙り込み、何ごとか深い物思いの中に沈んで行った。引揚げようか、と山田は言いたくなって来たが、辻のそうした姿を見ていると、どうもその言葉が吐きにくく思われた。山田も自然と考え込み始めた。

山田はふと二日前の夜のことを思い出した。自動車が、がたんと揺れた時の動揺がはっきりと蘇って、アスファルトに頬をべったりとくっつけて死んでいる男の姿が眼前に浮き上って来た。あの男の家族は？　今どうしていることだろう、そういう考えが浮んで来ると、彼は今まで感じなかった罪悪感、自責の念にかられ始めた。成程あれは運転手の過失に相違ない、しかし俺は何の用もないのに、況やあんな愚劣な気持で車を走らせたのだ。そう思うと、罪は凡て自分にあるような気がした。おまけに、あの運転手は免許証を取り上げられるか、休職を命ぜられるか、そのどっちかだ。

「しかしね、辻、君も随分そりゃ苦しんだろうけれども、僕たちだって決して楽じゃないよ。ひょっとしたら、そういうどん底までいっそ墜ちてしまった方が、人間的には幸福であるかも知れないと思うよ。」

山田はあの夜のことを一つ一つ思い出し、また日頃の自分の気持の行場のない、どうにもならない有様などを思い出しながら言った。すると辻は急に顔を上げて山田の方を見たが、黙ってまた考え込んだ。山田は、辻がまだ自分の転向を知らないのに気づいていたので、

「実はね、俺も転向してしまったんだよ。」

と告白的な気持になりながら言った。そしてこの時になると急に俺という言葉が出た。

「転向した？」

と辻はさっと顔を上げて、鸚鵡返しに言った。がすぐ低い声になって、

「俺も多分そうだろうと思っていた。」

と続けたが、その言葉の中には皮肉や冷笑は少しも響いていなかった。そしてひどく重大そうにまた考え込んだ。

「実際のところ、僕らにしたって、自分の生きる方向も、態度も判らないんだよ。………………全くつかないような情勢で、ただだんだん…………………つつあるということだけが判るんだ。転向したからといって、このまま没落してしまいたいというような気持はないし、出来得るならば自分の生を歴史の進歩に参加させたいのだ。転向して出獄したその頃などは、そういう気持で随分あせりもしたし、絶望もした。しかし結局どうしようもなかったんだ。どんな風にどうしようもなかったかということは、なかなか説明出来ないことだけれども、しかし君も新聞や雑誌くらいは見ていたろう。小説なんかでも、どんな風にどうしようもないかということばかり書かれてある始末なんだからね。」

言葉をちょっと切ってそこで山田は辻の方を眺めやった。辻は下を向いたまま黙って耳を傾けていた。しかし山田はもう語るのが嫌であった。この男の前でこんなことを語って、それが何になる、要するに俺は、俺の心の中の煩悶を誰かに知って貰いたい、そして知って貰うことによって同情をかすめ取ろうとしているのだ、なんという愚劣なことだ——。しかし酒の酔もあったであろう、自然と口が開いて、彼はくどくどと出獄後の自分の生活や気持を語るのであった。そして現在ではもう…………………を持つということは殆ど自虐に似ており、というよりも誠実さは自虐と自嘲とに変形せざるを得ないということや、そういう自分たちがどんなにせっぱつまった、…………………置かれているかを長々と説明して、

「結局僕も癩院にいるのとそんなに変ってやしない状態なんだ。そりゃ肉体は腐らないけどねえ、精神が腐るんだ、いや腐らされざるを得ないんだ。君が君の病院に於ける気持が僕に伝わ

らないって残念がるように、僕もまた僕の気持は君にはなかなか判って貰えないのじゃないかと思うんだ。そりゃ精神まで腐らせるのはその者の意識の力が貧弱だからだ、って言えばなるほど僕は一言もないが、しかし少くとも僕はこれでもある意味では誠実に生きているつもりなんだ。ところが……であるが故に………な、腐った状態とならざるを得ないという奇妙な事情があるんだよ。そして時々どうかすると、馬鹿か白痴みたいな状態にならされたりするくらいなんだ。二三日前もこんなことがあったよ。それは夜なんだが、もっとも僕はこんな風な自分を決して正しい状態だとは思っていないよ。それどころじゃなく、僕はこういう状態から抜け出なくちゃならんと考えているし、これを抜けなくちゃ人間としても全く意味ない愚劣極まるものになってしまうことは意識しているよ。ただね、今は僕がどんな気持でいるか君に解って貰えりゃいいんだ。もっとも解って貰ったってそれはどうにもならんことだけれど、しかしまあ聴いてくれ。」

　彼はそんなことを喋りたくなった自分を嘲笑したくなった。まるでお互に自分の苦労を打ち明け合って、お互に慰め合おうとしている老人たちのようではないか。ほんにまあお前様も随分苦労なさりましたねえ、でもねえわたしもそりゃ随分と苦労な目に会いましただ、まあまあ浮世は苦しいことでござんすわいな、とでも言ってるようなものじゃないか。山田は実際、その時ふとそんな光景を思い出して、なんとなくにやにやと笑ったのである。

　彼は長いことかかって、二日前の夜のことを自分の気持を説明しながら念入りに話した。もっとも初めのうちは時々激しい嫌悪に襲われて話半ばに急に口を噤んだりした。しかしその度に、かまうものか、かまうものか、という考えが浮んで来てなおも話を続けていると、何時となしにその自分の物語にひそかに感心して聴き惚れているもう一人の自分が彼の横に坐り始めるのであった。勿論彼のこととて、そのもう一人の自分をも極力軽蔑し続けたが、しかしそれも結局は放任状態になって、しまいには彼も興奮した口調となり、勢余って少し誇張したような部分も出来るという始末であった。無論誇張といっても大したことではなかった。

「僕は実際、今考えて見ても、何故あんな、愚劣なことが出来たのか、自分でもよく判らないよ。況や土手の上でおいおい泣き出したくなったりしたんだからね。そうだ、僕はたしかにあそこのところで君を思い出したよ。正直のところ僕は君を思い出すのは好きじゃなかった。それはやっぱり、君の病気のせいだと思うんだ。こう言っても悪く取らないでくれ給えね。ただなんとなくだよ、なんとなく僕は君の病気が恐かったんだ。正直に言って、僕は君を思い出すのが何かいとわしい、暗い、運命みたいなものにぶつかるような気がしてならなかったんだ。いやしかし、これだけじゃない、これだけじゃないよ、もう一つ重大なことは、僕の思い出す君の姿というものが、あの監獄の場面を除くとあとはもうあの頃の、十六から七へかけての丸一ヶ年の君の姿ばかりなんだ。あの頃の僕と君との関係は、嘘のないところ師とその弟子というあんばいだったからね。だから僕は……以来というものは君を思い出す度に自責の念にかられたんだ。もっともこんな自責は単に僕のセンチメンタリズムに過ぎないということは意識しているし、また僕が君の師となったという事実は既に説明するまでもない大きな力の必然だったんだろう。それにもかかわらず、僕はどうにも君に悪いことをしたような気がしてならなかったんだ。それに君が病気になってからはなお更なんだ。何故だろう、僕の……させる業に相違ないんだ。…………はどんなにそれを説明しても人間的にはたしかに汚点なんだから……。」

「待ってくれ、ちょ、ちょっと待って呉れ。どうしてそれが汚点なんだい？　俺にゃ判らん。それを汚点とするかどうかは、その個人の精神によって決定する問題じゃないか。…………によって更に高まる場合だってあり得るのだからね。君はさきに定規を作っておいて、その上で人間を決定して行こうとしているんだ。」

「うん、うん、そりゃ君の言う風にも考えられるかも知れない。しかし僕は、僕として信じている方法を使う以外にないんだ。だからもうちょっと僕の言うことを聴いてくれ。ね君、そういった風な僕の気持は判ってくれるだろう。僕はどうも今夜君に僕の気持を判って貰いたい気がして来ているんだ。君はさっき社会の奴なんかに孤独が判るかって言っていたが、しかし僕も孤独だよ。そりゃ女房もいるし、会社にも勤めているけれども、僕の気持を判ってくれる者なんか一人もいやしないし、また話相手になる者だって一人もいないんだ。だから久しぶりで君なんかに会うと、もっとも今の気持は千里を隔てているかも知れないが、しかしやっぱり精神的に共通なものが残っているような気がするんだ。これは以前のお互を取り戻そうとする僕の幻覚みたいなものかも知れないがね。しかし僕は君にだけでも僕の気持を打ち明けてしまいたかったんだ。僕があんな愚劣な行為をして、おまけに人を一人殺してしまったりしなければならなかった僕の気持は、君なら判って貰えるんじゃないかと思うんだ。」

ここまで語って来て山田は、突然、不快な苛々した嘔吐しそうな嫌悪が、激しい勢で盛り上って来るのを感じた。彼はもう一言も口をきくのが嫌になった。彼は急いで冷たくなった盃を取り上げると一口に飲み、続けてまた二三回飲んだ。こんな小僧に、俺は何を打ち明けてるんだ、そういう考えが頭に浮き上って過ぎると、彼は苦々しい顔つきになりながら、しかし銚子を取り上げると辻の盃に流し込んだ。そして辻の顔を眺めたとたん、彼はなんとなくはっとし、どうした心のはずみか、しまった、と頭の中で呟いていた。何がしまったんだ、ふん、と彼は妙に不貞くされた気持になって自分の心を静めたが、それが静まったと思うと今度は言いようのない羞恥が湧いて来始めた。何のための羞恥か、何のための羞恥か。

辻は冷然とした顔つきになって山田を眺めている。その顔には今までなかった人を食った、冷笑、明かに相手を軽蔑し切った表情が流れていた。辻は物を言わなかった。そしてやがてその冷笑が消えると、急に何か言いたげに咽喉を動かしていたが、それも止してしまい、突然ふらりと立上った。

「帰るのか。」

「うん、もう遅いのでね。」

「待て、ちょっと待ってくれ。」

そして辻を坐らせると、山田は、微笑しながら、

「勝ったからっていきなり引揚げるのは卑怯だよ。」

辻は瞬間山田の言葉を理解しかねるような顔つきをしたが、どうしたのか憂わしげな、重苦

しい物思いに沈み始めた。

「僕はね、ちょっと君に今批評されたかったんだよ。だって君はさっきあんな表情をしたじゃないかね。」

と山田は辻の顔を覗き込んだ。辻はやっぱし黙って考え込んでいる。そしてちょっと箸を動かせると、残り少なくなった酢のものをつまんだが、食おうともしないで箸を置いた。かなり長い沈黙が二人の間を流れた。と、急に辻は顔をあげてきっと山田を見、

「言うよ、言うよ。みんな言ってしまおう。いいね。」

いいとも、と山田が答える間も与えないで辻はいきなり、

「嘘だ、君は嘘を言ってるんだ。君は芝居をうったんじゃないか。」

と叫ぶように言い切ると、急にまた冷笑を頰に浮べて、毒々しい表情で山田をじっと眺めた。

「芝居？」

と山田は思わず聴き返したが、むっと怒気が衝き上って来た。今まで大切に蔵って置いたものを、足蹴にされたような気持である。

「そうだ。芝居だ。君はお芝居をうっていたんだ。君はお芝居をうって、いい気持になりたかったんじゃないか。人間という奴は非常に真剣な気持でお芝居をうつぜ。興奮し、泣き、涙を流しながらお芝居をうつんだ。それは嘘のない、自分でも気のつかぬ、のっぴきならない気持でお芝居をうつんだ。そういうのっぴきならないところへわざと自分の気持を落し込んで、そ

の気持を自分の本心だと自分で信用してしまうんだ。ちゃになってしまうんだ。素朴人ならそこらで芝居と本心とがごっちゃになってしまうんだ。ところで、ところで、君、君は自分でちゃんと自分の芝居を承知してやってるんじゃないか。何故なら君みたいな自意識をいっぱい頭につめ込んだ男に、自分のお芝居くらい気のつかない奴がいるもんか。君の話振りで俺はちゃんとそれに気がついた。君が何故そんな芝居をうたなくちゃならないか、判るさ。そんなことは俺にだって判る。社会意識という奴だろう。君がさっき言った、歴史の進歩に参加するって意識さ。しかしいきなり、直接に参加するのは危険だからね。だから君はどうにもしようのない情勢って言葉を発見して置いて、その上で君はその大切な意識を燃やしているんだ。その方が芝居としては深刻だよ。しかもどうしようもない情勢だから君の身には、たとえ人を車で轢き殺しても危険はないさ。自分の首が斬られるか、他人の首を斬るか、誰だって他人の首を先に取ろうとするんだ。君の本心は歴史なんか少しも進歩しなくったって構やしないんだ。ただただ君自身が平和でありさえすればいいのだ。」

「それじゃ君は、凡ての思想は虚偽だって言うのか。そりゃ君の言う通り人間の本能というものは醜悪で自我的で、他人を守るよりも先ず自己の武装を整えようとするだろう。しかし君は人間の醜悪が、そういった悪が、何時までも地上に存続することを望んでいるのか。僕は少くとも、我々の内部にそうした醜悪を認めて、それと戦うことを正しいとしているんだ。」

山田はむらむらと湧き上って来る怒気を鎮めながら、しかし興奮した声で言い放った。辻は、さっきの興奮状態とは似ても似つかぬほど落着いて、冷然と山田を眺めている。それは意地悪な、毒気を含んだ表情であった。

「そりゃ君の言う通りだ。いや君のいう通りかも知れない。しかし要するにそれは君の自己弁護さ。その証拠に、君はお芝居をうってるじゃないか。いや、芝居だけとは言わん、俺は今夜はなんでも言うぞ、何もかも言ってしまうぞ。臭いものの蓋を俺はあけてしまいたいんだ。いいか、君はお芝居をうつ前に既に……………いるじゃないか、何故……………。それほど……………持っていながら、……………。僕の眼には……………が映っている。どんな………でも、たとえ……………………はなければならない、そんな理屈もあるさ。しかし理屈に過ぎないんだ。自己欺瞞だ。君が監獄の中で見たものは、まさしく運命というものであったんだ。その運命に翻弄される君という個人であったのだ。君は自分の本心にそれがないって言うか。いや言わさないぞ。さっき君自身そう言ったじゃないか。君はその時自分が、それまでは社会的なものであり、社会という地盤の上に立っていた自分が、社会から断ちきれ、地盤はゆらいで崩れて、君は全くの、全然独りぽっちになってしまったのを意識したんだ。いや、意識なんてものじゃない、もっと深い、根元的な、それは肉体で、全身で直かに感じたんだ。感じたが、しかし君はその時すぐ顔を外向けてしまったのだ。恐しいからな。実際、孤独を意識することは恐しいことだからな。顔を外向けたんだ。君のお芝居はその時から始まったのさ。だから現在の状態で君が孤独だとか、苦しいとか言ったって、そんなのは嘘だ。もし幾らかでも苦しいことがあるなら、それは自分のお芝居に気がついているからだ。ふん、そんなのは贅沢っていうんだ。顔を外向ける場所があったのだからな。抜路だよ、それは。君の場合には抜路があったんだ。しかし俺の場合には抜路が一本もなかった。ほんとに、文字通り、抜路は一本もないんだ。それは真暗な、長い長い、どこまで行っても果てのない隧道のようなものだった。そうなんだ。隧道よりももっとひどい。死ぬまで、死ぬまで果はないのだ。この真暗な中で、泣いたり喚いたりしているだけだ。」

辻は突然言葉を切った。毒々しい表情は何時の間にか消えて、なんとなく悲しげな眼ざしで山田を見上げた。語りぶりも初めのうちは山田に毒づいているようであったのが次第にモノローグ化して行き、俺はこんなことを喋りまくっているが、しかしこの俺は今後どうして行ったらいいのだろう、とでも思い迷っているかのようであった。が、山田は聴いているうちに次第に不愉快さが募って、嫌らしいものを辻のうちに感じ始め、顔を見合わすのさえもいとわしかった。辻は人間を二つに分けて考えている、それは健康者と病人とだ。そしてこの男は健康な人間に対して本能的な憎悪を持っている。山田はそう思って、辻と自分との間には最早絶対に近づくことの出来ない裂目が出来ているのを感じた。この男に向って自分の気持を理解して貰おうと思い、いい気になってお喋りをした自分を考えると、彼はいたたまれないものを覚えた。彼はもう一時も早く別れてしまいたかった。が、辻はまたしても独言とも、山田に聴かせようともつかない調子でぶつぶつと呟き続けるのであった。

「しかし、俺は人間を信じる。人間性を信じるよ。俺はあの療養所へ這入って初めて人間に出合った。人間はどんなに虐げられても、どんな屈辱を浴びせられても、決して心を失いはしないんだ。いやそうじゃない、どん底に落ち込んだ時、初めて人間はその人間性を獲得するんだ。社会の奴等はみな宙ぶらりんでいる。色んな自由や、色んな幸福が許されているから駄目なんだ。そんなものを、そんな幸福や自由を全部、失ってしまった時になって、初めて人間は人間になる。それは我々にまつわりついている下らんものが全部洗い落されるんだ。社会の奴等は苦しんだこともないくせに苦しんだような恰好をする。孤独になったこともないくせに独りぽっちになったような真似をして見る。愚劣だ。みな自己満足だ。だから彼等が癩病院にやって来ると、どんな偉そうな連中でも化けの皮をはがされてしまう。俺はそういう風景を何度も見た。そうだ。俺は病気になったが、ちっとも不幸じゃない。俺は人間を信じているから、生きることが出来るに違いないんだ。人間が信じられないでどうして生きられるんだ。俺も初めのうちは毎晩社会の夢を見た。社会を憧れたんだ。しかしもうそんな夢なんか見やしない。俺はなにもかにもみな捨てちまったよ。しかしそれが惜しいなんて思やしない。思うもんか。俺は今後何年でも、あの世界で暮すつもりだ。それでいいんだ。どんなに苦しかったって、独りぽっちになったって、構やしない。俺は黙って、独りでそれに堪えて行く。しかし、随分苦しいことだろうなあ……。」

辻はちょっと山田の顔を眺め、それから下を向いて黙り込んだ。今自分の言ったことをじっと頭の中でくり返しているかのようである。それは堪えられない痛苦を眼の前に置き眺めながら、懸命に自分に向って説き聴かせているような工合だった。

「おい、もう行こうか。」

と山田は我慢出来ない気がしてそう言った。

「え？」

と辻はどうしたのかきょとんとした顔つきになって山田を見上げた。頭の中に次々に浮んで来る想念に辻は我を忘れていたのであろう、瞬間辻の顔は白痴のように無表情になった。が、突然はじかれたように立上った。

「行くよ、行くよ。や、君、遅くまで、すまなかったね。ほんとに。俺、何を喋っていたんだろう、なんだか、俺今夜はどうかしている。どうかしてるぞ。そうだ。会計、俺する。」

おそろしく狼狽した調子で言うと、彼は不意に顔を真赤にして夢中になって部屋の障子をあけて慌しげに女中を呼んだ。

二人は広い路を駅に向って歩き出した。もう夜はかなり更けて、人通りは殆どまばらになっていた。長い時間の割には酒量は少かったので、二人共酔っぱらってはいなかった。辻はむっつりと黙り込んで、何か深く考え耽っている。山田も、もう物を言うのが嫌であった。腹立たしく不快で、そしてみじめな気持でいっぱいだった。俺はこの男に今夜は完全にや
ら
れた。

間もなく駅に着き、二人は電車ホームに昇った。サラリーマン風な男が四五人、あちこちに散って、ホームをこつこつ行ったり来たりしているきり、乗客の影もなかった。

「じゃあ君、まあ体は大切にしてくれよ。そのうち訪ねるからね。」

と山田は嫌々ながら別れの言葉を述べた。こんな言葉を吐くのも彼には面倒くさいばかりでなく、今夜は不愉快だった。と、辻は不意に手を差し出して山田の手を摑んだ。山田はびっくりして慌てて手を引込めようとしたが、仕方なく辻の手を握った。相手の病気がぴんと頭に来

ると共に、彼はひどくてれ臭かった。

「俺、今夜、随分無茶言ったなあ。怒らんでくれよ、怒らんでくれよ。」

　と哀願するような眼つきで言った。

「うん、いいんだよ、そんなの。俺も色んなことを考えさせられた。又、機会があったら出て来てくれ。」

　嘘つき、と山田は自分の言葉を聴きながら思ったが、しかし辻の哀願的な言葉を聴くと妙に哀れっぽい気もした。これから癲病院に帰って行こうとしている辻を見ると、やはりなんとなく人生の侘しいものに触れる思いがするのである。辻の孤独な姿を、薄暗い夜の閑散な駅頭に彼は初めて見たような気がし出したのだ。と、辻は不意にぼろぼろと涙を流し始めた。そして痙攣ったような声で、途切れ途切れに、

「判らん、俺、は、何もかも、判らん、判らなくなってしまった。ああ、どうしたらいいんだろうなあ……。」

　しかしその言葉の終らぬうちに電車が来た。山田は、左様なら、と言って乗った。ドアがしまった。山田は硝子越しにホームの辻に向ってちょっと手をあげた。辻は微笑しようとしたが、急にやめてしまって、反対側の方へ歩いて行くのが見えた。なんだかよろけて行くようであった。

　山田の電車が動き始めた時、辻の乗る電車が轟音を立てながら辷り込んで来た。とたんに山田は思わず、はっとして窓に手をかけた。丁度突立った杭が倒れるように、向う側の線路にゆ

らりと倒れかかった辻の体が、瞬間はっきりと山田の眼に映ったのである。

次の駅に電車が停ると、山田は慌ててホームに飛び降りた。電車を乗り換えて引返そうと思ったのである。しかし降りたとたんに彼はもう引返す気持がなくなっていた。頭蓋骨をめちゃめちゃにされ、その上胴体のあたりから二つに轢断されているかも知れない辻は、血液と肉と、脳味噌とでぐちゃぐちゃになっているに違いない。彼はそう思うともうむっと嫌気がさして来た。しかもその肉にも血にも病菌がうじゃうじゃしているのだ。彼はなんとなく、腐敗した屍体を思い浮かべてならなかった。それにもう死んでしまっているに定っているのに、わざわざ引返したとて何にもならないじゃないか。彼は屍骸にかかわりたくなかったのだ。彼の乗って来た電車は、一度に幾つものドアをしめて出てしまった。彼は取り残された形で、暫くぼんやりとホームに突立っていた。

彼は急に半泣きのような微笑をにやりと浮べると、階段の方へのろのろと歩き出した。彼は自分の芝居気に気づいたのだ。もしさっき辻にこうした芝居気を嘲笑されなかったら、図々しく引返して見たかも知れなかった。勿論芝居気に気づかぬ振りをして――。しかし今はもうそうするのも不快であった。彼は電車から飛び降りぬ先から引返して見る気なぞてんでなかったのである。しかし引返そうという気の起って来ない自分に気がつくと、なんとなく悪いことをしているような気がし、今はびっくりして慌しく引返すのが人間として本当だと思ったのだ。するとそのとたんに自ずと気分が慌しくなり、びっくりしたような工合になった。その気持の波に乗って飛び降りたのであるが、降りると同時に辻の血だらけになった屍が浮んで来たのである。

彼はどこかで、独りで飲みなおそうと考えながら駅を出た。しかしものの半丁と進まぬうちに、もう一時も早く家に帰って体を休めたい気持になって来て、また駅に引返した。乗客は二三人しかなかった。彼はベンチに腰をおろすと、何故ともなくぐったりとした気持になって、溜息に似たものを一つ吐いた。なんとなく行場の失せた、孤独なものを感じていた。妻の顔が浮んで来ると、頰桁を一つぴしりと張倒してやりたいような愛情が湧き上って来始めた。ところで、辻のことだけは奇怪にもこの時すっかり忘れてしまって全く浮んで来なかった。時々ちらりとかすめることがあったが、彼は急いで、本能的に心を外らした。

やがて遠くで電車の音が聴え出した。彼は立上って、ホームの端に立って待った。今飛び込んでは少し早過ぎる、彼はふとそんなことを考えた。電車は徐行しながら、しかしかなりの速力で突進して来た。今だ、と彼は心の中で強く叫んだ。瞬間、重々しく線路を押しつけながら車体は静かに通過し、やがて停った。彼はその黒い箱の下で胴体を轢断されて転がっている自分の体を頭に描きながら、明るい箱の中へ這入った。間もなく車輪は動き始め、彼は、なんとなくほっとした。もう凡て済んでしまった、という感じを味いながら、何故ともなく速力を計って見る気持になった。物質の運動というものがこの時ほど頼もしく心地よかったことはない。

アパートへ帰って見ると、みつ子はもう頭から蒲団を被って寝ていた。おい、と呼んで見る気になったが、すぐ面倒臭く思われ出したので、そのまどかんと火鉢の前に坐ってバットに火をつけた。ひどく体が疲れていた。彼は仰向けに転がると、足を火鉢の上に乗せて、鼻から煙を吹き出した。辻は、しかし俺に会う前から死ぬ気でいたのだろうか、それともあの駅に来て突然死ぬ気になったのだろうか。そういう疑問が浮んで来ると、続いて彼の身振りや表情や、言葉つきなどが次々と浮んで来た。ここが東京でないような気がする、とぴょこんと立上って言った時の、あの恐怖の眼ざしが浮んで来ると、山田は何か薄気味悪いものを感じた。彼は癩病院がどんなところであるか皆目知らなかったが、何か真暗な、太陽の光線もささない、陰惨なものを感じた。辻は恐らくは俺に会う前から死のことを考えていたのに違いない、と山田は考えた。彼はふと、自分の芝居気を突かれた時のことを思い出して、あれは結局辻が辻自身を突いた言葉に過ぎないのだと気づいた。また山田の……対して言った言葉も、あれは山田の……に辻の心理を映して見ただけのものに違いなかった。しかしそこまで考えると、彼はもう辻のことを考えて行く気がなくなってしまった。なんとなく嫌気がさして来てならないのである。

「おい。」

と山田はみつ子を呼んで見た。返事がなかった。彼はもう一度呼んで見る気がしなかったので、残り少くなった煙草をじゅっと吸って火鉢に投げ込み、天井を眺めた。するとまた辻の姿が浮んで来て、もう線路の人だかりもなくなり、血は洗われ、屍体はどこかへ運ばれてしまったに違いないと思った。彼は人影のない夜の駅と、杭のように倒れかかった辻の体とを描き出して見た。しかしやはりあいつは不幸な男だった。しかしああなればやっぱし死んだ方が良かったのだ。

「早く寝なさいよ、何やってるの。」

とみつ子が不機嫌そうに蒲団から顔を出して言った。と、どうしたのかむっと山田は怒りを覚えた。それを押えると、また俺は人を一人殺した、と言いたくなって来たが、今夜はもうやめにした。そう言って彼女の不機嫌を一撃する効果を感じている自分を意識したためだ。彼は寝衣に更えると、また火鉢の前に坐って新聞を展げて見た。彼はこんな夜は一人で寝ることが出来たらどんなに良かろうと思って、誰か自分の横に人間のいることがうるさくてならなかった。

「何やってるのよ。」

とみつ子はかん高くなりながら言った。

「新聞読んでるんさ。」

「早く寝たらいいじゃないか。」

「…………」

「よう、今幾時だと思ってるの。」

「うるさいね。」

「寝なさいよ。早く。」

「静かにしろ。」

するとみつ子は不意にしくしくと泣き始めた。山田はふと今朝のことを思い出した。今朝彼女はしつこく山田に花見に行ってくれと奨めたのだった。山田は花見なぞ行っても行かなくてもいいと思っていたのであるが、あまりしつこく言うので腹も立ち、どんなことがあってもあんな連中と酒なぞ飲まん、と断言したのだ。彼女は勿論夫が会社の連中と折合いの悪くなることをひどく恐れていたのである。

「おい、もう泣落しの手なんぞ古いぞ、ドイツ人には効目はあるかも知れんがね。」

と山田は笑いながら言った。が、言ってしまってから、言うのじゃなかった、と思われ出した。彼は今までも妻と口論する度にこの言葉を思い出してたが、これだけは口に出すのをやめていた。なんと言っても、この言葉は彼女の第一の急所であり、疵口であったのだ。彼女の今の生活態度が如何に愚劣なものであるにしろ、その必死な気持だけは掬んでやらねばならぬものがあると山田は考えていた。もっとも山田は彼女の気持とは反対ばかりの行動をとり、ともすればその必死な気持をからかって見たくなるのであったが、その疵口だけはいたわってやっていたのだ。

みつ子は突然がばとはね起き、激しく泣きじゃくりながら言い出した。

「嘘つき！　わたしと一緒になる時なんて言ったの、あんた、なんと言ったか思い出して見い。結婚することはお互に高まることを前提としなければいけない、そして、結婚することによって共同に戦うことだって言ったじゃないか。何時お互に高まるようなことをしてくれたんだ。何時共同になって戦ってくれたんだ。何時だってあんたは、わたしの気持を踏みにじって来たじゃないか。わたしが一生懸命になって生活を持ち直そうと考えているのに、あんたはそれを毀すことばかりして来たじゃないか。少しはわたしの気持だって判ってくれたらいいじゃないの。」

「へえ、そんなことを言ったことがあったかね。」

と山田は苦笑しながら言った。

「なに言ってるんだ、とぼけて。またからかってるじゃないか。何時だってあんたはそんな調子よ。」

「そりゃ勿論今だってその言葉を信用するよ。しかしだ、いいか、まあそう腹ばかり立てないで聴け、いいか、そんならお前一度くらいでも俺の気持を判ろうとしたことがあるか。」

「そんならあんた一度でもわたしに自分の気持を教えてくれたことがあったの。」

「大有りさ。二日前の晩だってあの通りじゃないか。少々てれ臭いのを我慢して、しかも具体的に俺の行為と心理を平行させながら話したくらいじゃないかね。それをお前は、理解出来なかっただけさ。或は理解しようとする気がてんでなかったんだね。」

「あれはあんたが勝手に独言言ったんじゃないか。」

「そうか、そんならもういい。」

「駄目駄目。あんたがよかったってわたしがいけない。今夜はどんなにしたって形をつけて頂戴。」

「かたを？　ふん、ではお前はお別れになりたいのかね。はっきり言え。」

山田は自然と声が鋭くなった。みつ子は叫ぶように言い出した。

「何時、何時別れてくれって言った、何時別れてくれって言ったんだ。あんたが、別れたいからそんなこと言うんだ、そんなこと言うんだ、そんなこと言うんだ。わたしを、わたしをばかにしてるんだ。」

が、そこまで言うと咽喉がつまって、ううというような声を出して眼からぼろぼろと涙を落した。彼女は無意識的に蒲団の端を両手でしっかり摑んで、手放しで泣いていた。山田には勿論女の気持なぞ判り切っていた。形をつけてくれとみつ子が叫んだのも、勢余って辷った言葉である。とは言え、こういう言葉を辷らせるからには、彼女の中にこういう言葉を辷らせる動機、即ち別れたいという気持も時には起るのであろう。しかし別れた後をどうするか、これが彼女には不安なのだ。それに彼女は山田という男がなんとなく好きなのだ。彼女は以前のような山田、情熱的で、意志的で、どこから見ても頼もしく輪郭の鮮明な山田を眺めて、以前のようにうっとりとした気持が味いたいのだ。しかし山田はにやにやと笑いながら、なお意地悪く訊いて見た。

「しかしお前形をつけるってことは、そう考えるより考えようがないような気がするがね。」

「勝手にせえ、そんなに別れたかったら別れてやる、別れてやる。あ、あ、今まで人をさんざん苦労させて、くやしい。別れたら首を縊って死んでやる。わたしが、あんたがいないあとでどんな気がして、どんなことしていたのか知っているんか。」

「首を縊るより鉄道自殺の方がいいよ。」

と山田は何故ともなく言った。

「鉄道なんかで死ぬもんか、どうしても首を縊るんだ。あんたがいないあとで、わたしがどんなことしたか……。」

「そんなに首を縊りたけりゃそれもいいさ。無論俺は、留守のうちにお前がしたことなんか知らんね。」

「死のうとしたんだぞ。」

「ほう、なるほど。しかしまだ生きてるじゃないか。」

「からかうない。本気に死んでやるつもりだった。ああ、あの時死んどけばよかった。」

とみつ子は身をもだえるようにしながら涙を手の甲でこすった。山田はもう面倒くさくなったし、それにさっきからまた辻のことを思い出し始めていたので、黙り込んだ。なんという愚劣なこと、と彼は、今自分のみつ子と争っている姿を横合から眺めるような気持で呟いた。彼は、彼を押し出そうとするみつ子の両手を片手に掴んで、無理に床に這入り蒲団を被った。そして大きく一つあくびをすると、

「喧嘩はまた明日続きをやるとして、今夜はもう睡いよ。」

と言って眼を閉じた。彼は実際ひどく睡気が襲って来るのを感じた。

「睡るもんか、睡るもんか。」

と彼女は言いながら、山田を蒲団の外へ押し出そうとした。しかし山田を力まかせに押すと、彼はちっとも動かず、反対に彼女の体が後ずさってしまうのでよけい腹が立った。それで

山田の首に腕を巻きつけると、一生懸命に締めつけ始めた。山田はじっと眼を閉じたまま、次々に浮んで来る辻の姿を追った。辻が倒れ込んだ駅の仄暗い閑散な風景を思い出すと、なんとなく侘しいものを感じた。辻は死んだ、しかし俺は生きている、どっちがいいか判りはしない、そして生きている俺は、こんな愚劣な生活を今後何年も何年も続けて行かなければならない、と彼は辻の口調を真似て考えた。しかしこれに堪えて行くより致方もないのだ、ただじっと堪えること、……兎に角、じっと堪えること、ただそれだけでも並大抵ではない、そしてただ堪えて行くだけでも貴いことかも知れぬ、……………のは愚劣だと辻は言って死んだが（辻はそれをなんと言おうとも捨て切れなかったのに違いない）しかし今はじっと寝かせて……ているだけでも貴いのだ、自分の……………であった、辻の言ったように、たしかに自分は自分という個人の運命的な姿を見た、しかしそれだけが……の全部では決してない、がしかし……………なのだ、ただじっとあの……………、自分の個人の運命に堪えて行くことそれが最も正しかったのだ、もしあの……………、……………しなかったら、もっと今の……………は異っていたかも知れぬ、いやそれが異らないにしろ少くともあの……………がもっと多いに違いない、……………によって社会はあの……………なったのはたしかだ、とは言えそれは凡て過去のことだ、……………、それ以外に一つもない——。そこまで考えた時、頭のどこかにちらりと、妥協はないか、という言葉がひらめいたが、

「うるさいじゃないか！」

とみつ子に向ってどなりつけた。

「な、なにがうるさいんだ。」

「うるさい、ばか！」

激しい忿怒が湧き上って来るのを山田は押えながら、

「静かに寝ろ。」

「寝るもんか、寝るもんか。」

とみつ子は一度横たえた体をまたはね起きて坐った。

「なぐるぞ。」

と山田は思わず声が荒くなった。

「なぐれ、なぐれ。ええ、くやしい。」

その時山田は突然辻の冷笑した顔を思い出し、胸の中が焼けるような気がして平手が飛んだ。みつ子はわっと泣声を立てながらむしゃぶりついて来た。山田はむっくり起き上ると女の首にぐっと腕を巻いて引き寄せた。みつ子は足をばたばたさせながら身をもがいた。山田は怒りと愛情とのごっちゃになった気持で、首に巻いた腕に力を加え、激しく締めつけた。瞬間みつ子は山田の顔を見上げるようにして頬に微笑に似たものを浮ばせたが、急にさっと恐怖の色を浮べると、う、ううと息をつめてもがいた。山田の顔に浮んだ奇怪な憎悪と愛情とのもつれた表情に、彼女はぞっとした。彼女の眼からはもう涙も出ていなかった。彼女の表情は恐怖にこわばってしまったのだ。彼女は夢中になって首に巻かれた男の腕をもぎ放そうとしたが、山田の腕は荒縄のようにしまって固かった。彼女がやがてぐったりと力が抜け始めた。山田は、はっと電気にでもかけられたように腕を放すと、

「みつ子、みつ子。」

と叫んで肩をゆすぶった。瞬間みつ子は放心したような表情でぼんやり山田を見つめていたが、突然はじかれたように一尺ばかり後へ辷り退ると、蒲団に顔をうずめ、声も立てずしくしくと泣き始めた。山田は妻を眺めながら、今の自分の気持を彼女に説明し、納得させることは不可能だと思った。なんとなく暗澹としたものを覚え、自分も泣いて見たかった。彼は黙ったまま彼女を抱き寄せると、

「寝なさい。」

とささやくように言って、自分も頭から蒲団を被った。なんだか涙が出て来そうであった。今泣かなければ、俺はもう生涯泣くことすら出来なくなる、そういう考えが自然と頭に浮んで、彼は悲しみの高まって来るのを待つような気持であった。

——一九三七・四・二三——

青春の天刑病者達

霧の夜

一

黒ぐろとうちつづいた雑木林の間から流れ出る夜霧が、月光を浴びて乳色に白みながら見るまに濃度を加えて視野遠く広がった農園の上を音もなく這い寄って来る。梨畑が朦朧と煙った白色の中に薄れてしまい、つらなった葡萄棚の輪廓が徐々に融かされてゆくと、はるか向うの薄暗く木立の群がったあたりにちらちらと見えがくれする病舎や病棟の燈(ひ)もぼんやりと光芒がただれて、眼のさき六七間の眼界を残したまま地上はただ乳白の一色に塗り潰されてしまう。やがて湿気を吸い込んだ着物のすそにしっとりと重(おも)みを感じ始めると、のろのろと歩いている素足にひやりと冷気を覚え、私は立停って利根子の方にちらりと視線をやった。彼女は二三歩ゆきすぎてから足を停めたが、さっきから頬をふくらませておこり続けてい、立停っても私の方を見ようともせず灰白くつっ立ったまま体を堅くしている。声をかけて見ようと思った気持もそれに圧えられて、私は黙々とまた歩き出した。一体どうしてみづ江と私とが結婚することをこんなに強く利根子が望んでいるのか、私にはまことに不可解であった。みづ江に頼まれたのであろうかと一応は考えて見たが、みづ江の日頃の態度を考えて見ると、決してそうでないと思われる。それでは私がみづ江を真実(ほんと)の心から愛しているものと思い込んでいるのであろうか。或はまた、私とみづ江とがその一歩を超えた関係をもっているとでも思っているのであろうか。

むっつりと口を噤んだまま、私より五六歩あとになって利根子は歩き出したが、不意に、「兄さん!」と鋭く呼びかけた。が私は足を停める気にもならず、霧を眺めながら歩いていると、彼女はばたばたと跫音を立てて私に追いつき、

「あなたはあの人がどうなっても構わない、って気持なの、他人の愛情を踏み躙ってことが罪悪だとはお思いにならないの。」とけしきばんだ口調である。それではやっぱり利根子は、私がみづ江と深い関係におちているものと思い込んでいるのか、しかしそれは誤りというものだ。

「返事をなさる気もあなたにはないの。」

彼女はもう眼を光らせながらつめ寄って来た。

「お前のようにそう昂奮ばかりしていてはどうにも困ってしまうじゃないか。」といいながら私は、堅く結んだ義妹の唇を眺めた。そしてこの療養所へ這入ってからの二ヶ年間の異常な生活にもあまり影響されず、昔ながらの一本気な素朴な激しさでものごとにうちかかって行く彼

女の性質に、私などの持ち得ない強いものを感じさせられた。がそれと同時に、素朴な一本気の故に彼女は意外なところで脆く敗れてしまいそうな危なさが私には感ぜられてならない。

「兄さんはわたしをからかっているの？　わたしがどんな気持ちでいるか少しは判ってくれてもいいじゃないの！」

「そりゃね利根、判る部分だけは判っているつもりだよ。しかし兄さんの身になって見ると、お前のように真直ぐにばかりは歩けないんだよ。横の方にも道はあるし——。」

「横にも？」

「ああ横にもだよ。それにこの道を歩こうと思いつめてもなかなか歩けない場合が多いんだ。」

「どうして歩けないの？　邪魔になるものがあればどんどん踏み超えて行けばいいと思うわ。覚悟さえはっきり定めたら、あとは方法だけが残っているのよ。」

「そりゃまあそういう訳だが、しかし人間にはプライドというものも大切だからね。」

「プライド？　わたしにはなんのことだか判らないわ。みづ江さんと結婚するってことが兄さんのプライドを疵つけるとでもおっしゃるの。」

　彼女は幾分軽蔑するような調子でいうと、貌を上げて私を見た。仄白く浮き出た、豊な利根子の肩を眺めながら、私は今自分がとうてい女性には理解に困難であろう問題に触れたのを意識し、堅く閉された扉にぶつかった罪人のような絶望感が心の中を通り過ぎるのを覚えた。するとみづ江の白い肉体が浮かんで消え、私は不意に今の自分の気持を利根子に全部話してしまいたい欲求にかられ出した。が、

「ばかだなあお前は。」といってしまうと、もう語る気持もなくなり、またこの気持などいくら彼女の前に展げて見ても判りっこないに定っているとも思われて止した。がそのかわりに、

「しかし利根、お前はどうして僕とみづ江さんが恋愛関係になっていると信じ込んでいるんだい？　あの女にはちゃんと定った人があるんだぜ。お前だってそれは知っている筈だが。」といって見た。すると彼女はぴたりと立停って、殆ど叫ぶような声でいった。

「どうしてそう兄さんは曖昧なことばかりいうの、わたしをだまそうとしているの、にくらしいったらありゃしないわ。だからわたし男は嫌いよ。ね、はっきりいってちょうだい。定った人って紋吉さんでしょう。無論わたしだって知ってるわよ。兄さんはその紋吉さんにかかわっているような人だったの？」

「別段かかわっている訳じゃないさ。しかしみづ江さんを僕に盗られると紋ちゃん首を吊ってしまうに定ってるよ。」

「そんなの問題じゃないわ。」

「問題さ、人間が一匹死ぬんだからな。それに僕はなにもどうしてもみづ江さんでなくちゃならんという理由はないし、そりゃみづ江さんは好い女さ、しかし他にも……。」

「他にも愛している人があるっていうの。」

「ある訳じゃないが出来んとはいい切れないよ。心理というものは絶えず変転するものだ。」

彼女は急に黙り込んでしまった。ひどく腹を立てているらしいのである。と、どうしたのか不意に泣声が聞え出したので、

「どうしたい？」と不思議になって訊くと、彼女は噛みつきでもするような声で、兄さんのばか！　と叫んで一層激しく泣声を高め出した。どういう変化が彼女の心を襲ったのか丸切り判らない。何にしても今夜の彼女は私にはどうも変に思われてならなかった。いったい彼女は何時もむっつりと黙り込んでいる性で、何事かを深く考え続けているようにまなざしは自分の内部へ向ってさされていることが多いのである。もっとも、一度び考えが定まると男のように猪突するので、私も今まで何度となく吃驚させられて来たものであるが、しかし今夜の彼女の態度は、なんとなく何時もと違っているように思われてならぬ。するとふと私の心内に秋津大助の姿が浮んで来た。私は利根子がひそかに彼を愛しているのを知っている。彼は大学の法科を中途で発病し退学してここへ這入って来た男である。しかし未来の法学士となるべきだった男とは思えぬ、詩人肌で、私は彼を大変尊敬している。ではその秋津と利根子との間に何かいざこざが起ったので利根子の心理が何時もと異った風に廻転しているのであろうか。といってそれが何も私とみづ江とを一緒にしようとする努力になって表われる理由とはならぬ。私は結局判らなかった。

「あなたは、兄さんは、わたしの気持がちっとも判ってくれないのね！　女の真剣な気持が少しも判らないのよ。」と彼女は声を顫わせながらいって切ると、勝手になさい！　と投げつけてばたばたともと来た道を引返し始めた。帰るのかい、と呼んで見たが返事をしようともしなかった。

「利根！」と私は強く呼び、乳白色の中にはや半ば消えかかった彼女の姿がくるりと翻るのを見ると、歩み寄りながら、お待ち、と重ねた。

「俺も帰ろう——。」

しかし彼女は、

「勝手になさい、しらないわよ。あんたみたいに得手勝手なひとってありゃあしない。自分の病気のことだって少しは考えたらよくはなくって。あなたは何時までも今のままでいられると思ってるの、あと五年もしないうちに盲目になるのは判ってるじゃないの。盲目になってもあなたは生きていられるの？ 今やっている仕事だって出来はしないのよ。云わなくたって判ってる筈だわ。今の仕事を捨てて生きる道があなたにあるの。あなたの苦しんでいる姿をそのまわたしに見ていられて？ もうわたしはしらない。好きなことなさい？」

激しく突っかかるように叫んで彼女はまた足を返すと、もう霧の中深く駈け去ってしまった。まだゆらいでいる霧の奥を一度すかして見てから、私はぶらぶらと果樹園の中へ這入って行った。

恋か、

結婚か、

このレプロシイが——と私は呟いた。

二

私はやっと彼女の気持が判ったような気がした。つまり彼女は義兄を幸福にするにはみづ江と結婚させるより他にないと思い込んでいるのであろう。突然泣き出したりしたのは私の態度に冷たい義理のわかれめを感じてのことであろう。私は、義理などいうものがまだ力をもっているのに気付くと何か新しい発見でもしたような気がした、けれど彼女の身になって見れば、血肉を分けた親兄弟に別れてこうした療養所で送る日々の孤独のなかでは私一人が身近な人間であり、頼り得る者であるのであろう、そこにふと見る義理の気持は堪えられないものであったに違いない。もとより私にそのような気持などあろう筈はないと自分でも考えているが、しかし日頃の自分の態度を思い出すと、彼女が私を冷たいものに思うのも道理である。けれど私に、今の私にああした態度以外にどのような態度があるか、私とても彼女を愛しているのは無論のことだが、しかし私にはその愛情をどういう形で表現したら良いのか判らない。

だがよく考えて見ると私はやはり冷たい性質に出来上ってしまっているのだろう。利根子には、私のような義兄があったとはいえ、やはり母の肌を知っているだけ愛情に対する豊かなものを持っている。もっとも私に対する反動のような母親の偏愛を受けているだけにやはり一種病的な愛情に対する感覚を育てられているに違いない。愛情を知らぬ者も不幸であろうが、また偏愛のみを知ることも不幸である。いやむしろ、この私等の世界のような冷酷な現実の中に投げ込まれた者にとっては、豊かな愛情を受けた者ほど不幸なように思われる。愛情らしい愛情を誰からも受けることのなかった私は、それだけまた愛情に餓えていることも事実であるけれど、しかし孤独に立って冷然と自分の理性をとぎ澄ませていることも出来るのである。それが利根子の場合になって見ると、譬えば自分の愛する者から裏切られたりすると私などには想像も出来ぬ強烈な絶望を覚えるのであろう。

しかし、今夜の場合一体私は利根子に対してどういう態度をとったら良いというのか、彼女のいうように簡単にみづ江と結婚することが可能であるか？　私は癩者なのだ。癩患者が癩患者と癩療養所で結婚する——今のうちこそ私もみづ江も軽症で、頭髪も眉毛も変りはない、何処にも病者らしいところはなく街を歩いても誰も怪しんだりしない程度であるが、何年か、恐らくは七八年も過ぎて見るが良い、眉毛はすっかり抜けてしまい、頭はまんだら模様に禿げわたってところどころに毛虫が五六匹も這いまわっているような恰好になるのだ。丸切り猩猩と猩猩とが愛し合っているような有様、これがお互に堪えられるものかどうか、この一事を考えるだけでもたまらない気持になる。それなら生涯独りで暮す覚悟があるかというと、私はそれにも自信がない、五日に一度は襲いかかって来るあのヒポコンデリアックな憂鬱と苛立たしさが何処から来るか、いわずとも判り切ったことである。私はどちらへも行くことが出来ない、そして自分を決定するに一番確かなところは死の世界である。だがそこへ行く気力もないのだ。私はふと今自分の住んでいる部屋を思い浮べた。あの薄暗い狂病棟の監禁室は、空気抜きの小さな窓が一つあるきりで——その窓も鉄棒が入れてあり、おまけに岩乗な金網が張り亙してある——太陽の光線もめったにささない八方塞がりだ。その監禁室と同じように、私の気持も八方塞りである。

何時の間にか、私はもう水蜜桃畑の中へ這入り込んでいた。霧に湿った青葉がすうっと貌を撫でたので、私の心は翻って立停ると、手を伸ばして濡れた葉を一枚ちぎった。自分の病気のことや監禁室のことや、それからあの狂病棟に充満している狂的な雰囲気などが浮んで来ると、私はもう歩くのが嫌になった。といって腰を下すところもなく、ちぎった葉を破き捨てると、暫く立停ってじっとしていた。何時まででもこうしてじっとしていることが出来たら、一切の進行も変化もなくなり凡てが静止の状態でいることが出来たらこんな良いことはないのだが、と思いながら――。すると利根子がなんとなく秋津大助のところへ行っているような気がし出したのでまた歩き出した。私は利根子が秋津を愛しているのを知っているが、秋津がどういう苦悩を内部に潜めているかもまた察せられるので、私はひどく不安である。秋津のような男を愛したことは彼女にとって決して幸福な結果を産まない、これは私には判り過ぎるほど判っているが、しかし利根子のような女が秋津のような外面単純澄明な態度で人に接する男を愛するようになったのは、けだし自然なことと思われる。

水蜜桃の林の次は梨畑、その先は葡萄畑になって居り、秋津のところへ行くには棚の下を潜った一条の道を真直ぐに突き抜けて行くのが近道である。私は幾分か足を早めて歩いた。素肌の胸に流れ込んで来る霧に、寒気(さむけ)を覚えて、襟をかき合わせたり、額に垂れ下って来る頭髪をかき上げたりしながら、利根子がもう私などの知らぬうちに秋津に全身をぶちつけて行っているような気がしてならなかった。勿論二人の関係に対してどうしようという考えも私にはないし、それならそれで良いと思うが、しかし利根子の愛を秋津がどういう態度で受けているのか非常に知りたかった。私が今ぶつかっているような問題を彼はどうさばいて行くか、これは大変興味あることである。といって二人の関係がどの程度まで進んでいるのか私は少しも知らない。それでいて、今夜はどういうものか利根子が秋津の前に身を横たえてしまっているように思われてならない。

が、葡萄棚の入口まで来た時不意に棚の中から人の声が聴えて来たので私は立停った。楽し気に大声を出しているのは紋吉に相違なかった。人の好い関西訛りの特長ですぐに判るのだ。明るい女の声はみづ江であろう。間もなく二人の姿が現われて来ると、紋吉はすぐに私に気付いたのか、つかつかと近寄って来た。

「今晩は。」

私は声を出す代りに微笑して見せた。そしてちらりと紋吉の背後を覗いて見ると、足音を忍ばせてみづ江が霧の中に隠れるところであった。ひらりと白い空間を扇いだ彼女の裾が強く私の眼にしみついた。紋吉は気付かぬらしく、

「散歩かい。」と尋ねた私の貌を眺めながら例のように、へっへっへっ……と笑って、

「そうです。」といった。

「あんまり好いところを見せると、紋ちゃん、おごらせるぜ。」

彼は一そう声を高くして笑い出すと、てれくさそうに額をこすって、

「弟がお世話になってすみませんです。」と切口上でいったので私は思わず吹き出した。

弟というのは監禁室で私が世話している白痴の多門のことである。紋吉は今までも私に会う度に弟の礼をいう習慣があった。私はちらと多門の間の抜けた貌を思い浮べ、今夜もまた彼は

病棟の裏の孟宗藪の中に立って呆然と碧白い空間を眺めていることであろう。それにしてもみづ江はどうして姿を隠したりしたのだろうか、多分は、紋吉と一緒に歩いているのを私に見られたくなかったからであろう。ひらりと空間にひらめいた彼女の着物の裾が再び瞼の裏に浮び上って来て、私はちょっと紋吉の様子を窺ってから霧の中を探るようにすかして見た。しかし彼女の姿は見えなかった。だが何にしても悪いところで出会ってしまったものだ。勿論紋吉には私とみづ江とがどういう風であるかなど皆目知っている筈もないが、とにかく今の二人にとって誰かに出会うということはまことに不快なことであったに違いない。けれどこの狭い所内で誰にも会わずに歩き廻ることなど不可能であるし、運が悪ければ患者監督の眼に、それもそのどたん場を見つけられることも決して珍らしいことではない。

何にしても私は二人の邪魔をする気は毛頭ない、

「紋ちゃん夜霧は体に毒だぜ、早く帰って寝んだ方が良いよ。」と幾らか冗談気を混ぜながらいって歩き出そうとすると、彼はまた高声で笑い出し、

「南さん、ひやかしたらあかん。」と四国弁を使って、「利根子さんと喧嘩しよったな。」といった。それでは利根子の声が二人に聴えたのであろうか、聴えたとすればなかなか大変なことになる。すると彼はさっき葡萄棚の向うで会ったのだと説明して、

「なんやらひどく利根さん怒っとった。」

その時彼はみづ江がいないのに気付いたのか、急にそわそわし始め、背後を振り返って見たりしたが、

「ありゃあ！」と飛び上るような声を出してぐると全身を一廻転させ、霧の奥を頭を低めて覗いていたが、「あいつ、どこへやら行きよった。」と太い声で独語ちて、私の貌を打眺めると、ちょっと間、もじもじと体を動かせていたが不意にぺこんと頭を下げると一目散に棚の中へ駈け込んだ。とたんに棚に頭をごつんとぶちつけ、痛た！と仰天したような悲鳴を発して頭を抱えると、胴を丸くし首をちぢめて一散に走り出した。

三

私はもう秋津の許を訪ねる気もなくなってしまった。長い間霧に濡れていたため全身は冷たくなり、その上ひどく足が疲れて来たので、部屋へ帰って休みたくなった。ふとみづ江の艶の良い肌が浮んで来たが、私は深い興味も起らず、それを打消すと紋吉の後を追って棚の下へ這入って行った。隧道のように中は暗かったが、棚の上を這った葡萄葉の間を落ちて来る月光がまばらに地面にこぼれていた。腰を低めながら向うをすかして見ると、棚の外はけむったように白んで明るかった。風もなく、霧はじっと澱んでうごかないのである。

利根子、みづ江、秋津、紋吉、これ等の若い患者達の姿が浮んで来ると、私はいい様のない不安を覚える。私は私自身の歪められた青春を思い、彼等もまた歪め、傷つけられているのはいうまでもない。紋吉のような単純無知な者といえども、またみづ江のような水面に浮かんだ草の葉のように絶えずゆらぎ続けている性格の持ち主も、みな歪められているのである。彼等はみな等しく癩者であり、人生の暗黒面のみを見るべく運命づけられている。しかもみづ江や紋吉はこの暗黒に慣れ、自分の住んでいる世界が地上いずこにもない恐るべき世界であるということすら気付いてはいない。これはかえって彼等にとって幸福であると一応はいえるが、しかし意識するとしないにかかわらずこの現実に身を置いているという事実は決して否定出来ないのだ。よし無意識のうちにしろ、この現実は絶えず彼等に向って襲いかかって来る、そしてこの暗黒さが彼等の意識に映らざるを得なかった時、彼等はどうなるか、恐らくは彼等自身の内部に潜んでいる若い血が彼等を殺すに至るであろう、私はそれを考えると不安でならぬのだ。秋津大助の苦悩も利根子の苦しみも、そして私自身の悩みもみなこの若い血がさせる業に相違はないのである。

葡萄畑を抜け出るとすぐその先に火葬場があった。火葬場の横には茶椀や湯呑などと一緒に骨壺を焼く窯が建っている。私は死んで行った幾人もの知人達を思い浮べ、更にこの小さな火葬場の内で焼かれた二千名に近い同病者達を思い浮べた。ドストイエフスキーはシベリヤの監獄を死の家と呼んだが、今私の住んでいる世界もまた死の家でなくてなんであろう――。社会生活からはみ出されて、このなかへ追われて来る患者達の姿が、やがて病棟の出口からはや死体となって運び出され、火葬場に向って押し寄せて来る有様が浮き上って来る。

死の家、監獄が死の家ならここは人生の牢獄である。暗い気持になりながら私は焼場の横を通って雑木林の中へ這入って行った。私の病棟の燈がもうすぐそこに見えた。

「待って！」

女の声が不意に青葉の間から聴えた。私は立停って声の方を眺めた。みづ江である。ばさばさと枝々をかき分けて、彼女は私と並んで歩き出した。

「隠れていたの。」

私の貌を見上げて、くすりと笑った。彼女の貌を見、視線が合ったが私は微笑して見る気も起らなかった。うるさいったらありゃしない、と彼女は独語ちて、やや捨てばち気味につと私の近くへ寄って来て肩をすり合わせた。紋吉のことをいっているのであろう。が、黙り込んでいる私を見ると、彼女は私から離れて道端に出て、ぴりっと音を立てて栗の葉を破った。撓(たわ)んだ枝がはね返ってさわさわと揺れると、露に濡れた葉柄が白く見えた。

「もう晩いよ、帰って寝みなさい。」

兄のような調子でいうと、

「もっと歩かない?」と彼女は私の言葉を黙殺してまた寄って来ると、ぷんと頭髪の香を私の貌になげつけ、少女のように栗の葉を弄っていたが、疲れ切ったという風に全身の力を抜いてあああと溜息を吐いて見せた。

「紋ちゃんに怒られるぜ。」

葡萄棚にごつんと頭をぶっつけた恰好を思い出して幾分おかしさが突き出て来たが、真面目な様子でいった。

「あんな人、怒ったって構やしないわ。お父さんが悪いのよ、お父さんが勝手に定めたって、わたしはわたしよ。わたしの思った通りやりたいわ。わたし、誰にもしばられたくない――。」

紋吉という言葉が彼女の心を刺したのであろう、昂奮した声である。忘れていた彼女の父親の姿が頭の中を流れ去ると、また私の心は癩の重さを感じ始めた。その父親もやはり同病者であった。私がここへ来てから一ヶ年ほど立ってから死んだが、彼は幾年も重病室で呻きながら死を待っていたという。紋吉の父親は現に私の今附添している病室の隣室で気が狂っている。みづ江と紋吉が許嫁（いいなずけ）であるというのは、この二人の父親達がまだ軽症で東京に生活していた頃に定められたのであった。みづ江の母親は病者でなく、父が療養所へ這入ってからも彼女は発病するまで母と共にいたという。

『どうせかったい同志の子供だから――。』大方こういう気持で結びつけたのであろう。みづ江の母親はみづ江が入所してから半年も過ぎぬうち死んだ。――癩――癩、私の周囲は癩ばかりである。若々しい血の流れが溢れるばかりに脈搏っているみづ江も、やがては毒血に生きながらの屍臭を放つであろう。

「帰ろう。くたびれた。」

私は実際疲れていたので一時も早く部屋へ帰りたかった。彼女は悩まし気に上体をくねらせていたが黙って歩き出した。怒ったかな、と瞬間私は彼女の貌を覗いて見たが、別にそういう表情も見えなかった。

「利根さんどうしてるかしら？」

暫く無言の後、私にいいかけるでもなく独語のようにいった。

「さっき会ったのかい？」

「会ったわ、けんか、したの？」

「怒ってた？」

「そうよ。」

するとまた秋津大助の貌が浮んで来たので、「君、秋津のとこへ遊びに行ったことある？」と訊いて見た。

「あるわ、利根さんと一緒に行ったのよ。あの人めったに外へ出ないのね。あんな小屋の中ばかりにいて胸わるくしないかしら。でも好い人ね。」

「どんな風に。」

「どんなって、そうね、わたし利根さんが羨ましくなっちゃった……。」

そしてくっくっと笑っていたが、「利根さんにいわないでね。おこられるわ。」と足した。私はみづ江の黒い頭を眺めていたが、ふとこの女の心はもう秋津の方へ傾きかけているのではあるまいかと思われ、利根子がさっきあんなにみづ江と結婚しろと迫って来た理由が意外にこんなところに潜んでいるのかも知れぬと思われて来た。秋津がこんな女に屈しようとは思われないが、またどうかすると却ってたあいなく負けてしまうかも知れない。私はなおも彼女の頭を眺めながら、この女には私の以前にも、やはり私と同じように愛しているでもなく愛していないでもなく、それでいて恋人同志のような関係をもっていた男があったのを思い出し、この頭は一体何処までゆらいで行くつもりであろうと考えた。それにしてもこれはなんという根のない女であろう、私は彼女の頭がなんとなく動物の頭のように見え出し、この女が私を惹きつけるのは実にこの動物性であったのに気付いた。すると、けもののようにむくむくと闇の中にうごめく白い肉体が眼前にちらつき出した。また始まったぞ、と私は意識すると、何時ものように全身の骨をゆるめるように体の力を抜き、さざめき出した情慾の波を鎮めにかかった。女のにおいがむせるように鼻につき出すと、私は栗の葉をちぎって彼女の頭の上に置いた。葉っぱは頭の上で彼女の歩調と共に進みながら月光を浴びて青黝かった。やがて栗の葉に気がつくと、私を睨みながら腕を上げて払い落した。

「あの人のところへ行かない？」

「秋津のところか。」

「ええ。」

「もう寝てるに定っているよ。」

「そうかしら？　もう幾時頃なの。」

「十時過ぎだろう。」

私の病棟がすぐ眼の前で電燈を光らせていた。

（未完）

癩を病む青年達

序章

他の慢性病もやはりそうであろうが、癩といえども、罹ったが最後全治不可能とはいえ、忽ちのうちに病み重るということはなく、波のように一進一退の長い月日を過しつつ、しかし満ちて来る潮のように、波の穂先は進んでは退き進んでは退きしつつやがて白い砂地を波の下にしてしまう。そういう風に病勢が進行を始めると患者達は「病気が騒ぎ出した」と云い、停止すると「落着いた」と云う。そして一騒ぎある毎に一段一段と病み重って行くのである。唯一の治療法たる大楓子油の注射も効能は勿論あるとは云いながら、しかしそれも進行の速度をゆるめるという程度に過ぎず、本質に於ては病気の進行は時間の進行と平行しているのである。ただ毀れかかった時計のように、一時進行を中止してはまた急いで動き出すという調子である。もっともなかにはその中止すらもなくただ病み重って行く一方の者もある。こういうのは湿性（菌陽性）には少く、乾性（菌陰性）に多い。

成瀬信吉もここへ来た始めの頃は懸命に注射すれば治癒することもあろうと思っていたので

はあったが、やがてそうした考えが如何に病気に対して無知な甘い考えであったかに気付かねばならなかった。今になって思い当るのであるが、ここへ来て間もない頃、まだ十一二歳のあどけない女の児が、年長の男に「早く良くなって帰るんだよ」と冗談半分に云われた時「あたいの病気は解剖室に行かなきゃ癒らないんだい」と答えたのを彼は聞いたのであった。現在なおその女の児を見る度にその時のことを彼は思い出すが、この純真そのもののような少女が、自分は解剖室へ行く以外に何処へも行き場のないことを意識しているのかと、暗憺たる気持になるのであるが、しかしこれは真実の言葉であった。――そして入院後八ヶ月ほど過ぎた頃、成瀬の病気も突如「騒ぎ」始めたのであった。

もう梅雨は終っていたが、毎日晴れ亙った日とてはなく、それかと云って降りもせず、じめじめとむし暑いかと思うと急に袷を着たいような底冷がしたりしてずっと奇妙な天候が続いていたのである。こうした暑さ寒さの不安定は癩者の肉体を木片のように翻弄する。その日は成瀬自身も朝からなんとなく頭が重く、妙に体が熱っぽいようには思っていたのであるが、例のように印刷部（患者達の手で、この病院の機関紙や文芸雑誌やその他薬袋などを印刷している。成瀬は校正係を頼まれていた）へも仕事に行きちょっと風邪でもひいたのであろうと思っていたのだったが、夕方になって全身ぞくぞくと寒気がし始め、頭まで痛み出した。仕方なく床を敷き、ズボン下を脱いだとたんに、さすがにあっと彼も叫ばねばならなかった。彼の左足は膝小僧から下ずっとすでに麻痺しており、大腿部も表側の方は感覚を失っていた。その麻痺した部分一帯に点々と熱瘤が出ているのであった。熱瘤というのは医学的には急性結節と云われているそうであるが、しかしその実体がどういうものか、どうして出来るかは明らかではないとのことである。これが出ると定って発熱し、四十一・二度という高熱も決して珍らしくはない。驚いてシャツを脱いで見ると、両腕はやはり麻痺した個所個所にぽつんぽつんとその赤い斑点が盛り上っているのであった。ちょうど居合わせた同室の者にガーゼを温めて貰い、それで手足を覆って更に繃帯でぐるぐる巻に罨法をほどこしたが、翌朝になって見るとも早や顔面一ぱいにその紅斑は広がっていた。指で触って見ると飴玉でも含んでいるように皮膚の内部にぐりぐりと塊ったものがあって、押すとじいんと底痛みがするのだった。医者に診て貰うと、大したことはない、まあ一ヶ月くらい入室でもしてゆっくり休みなさいと親切に云って、笑いながら、

「熱瘤では死にませんよ。」

と云った。勿論冗談に云ったのであろうが、またこのような言葉を取り立てて云うがほどのものもないのであるが、入院後まだ八ヶ月という、所謂新患者の成瀬の胸へはずんと応え、不意に真っ黒い暗面を見せられた思いになった。入室と云うのは重病室へ這入ることで、院内では療舎のことを健康舎と呼び作業に従い得るような者は健康者のうちに加えられるのである。重病室へ這入って人々は始めて病人という言葉を使用する。重病室はいわばこの癩病村の病院であり、入室はつまり入院であった。入室と聞いて成瀬は、それが始めてのことであるだけに余計強く心に響き、病み衰えて死と生の間をさまよっている病人や、半ば腐ち果てた重病者達のうようよとした病室内の光景が思い描かれて、はやその方へ一歩を踏み出した自分を意識し

なければならなかった。そして同時にここ半月ばかり前からの物狂おしい日々も思い出され、肉体的にも社会的にも生活らしい生活の全部を奪い去られた挙句、更に自分の精神生活までも一歩一歩窮地に追い込まれ行く入院以来の日々が浮び上って来るのであった。

この病院へ這入った者は誰でも最初一週間は重病室に入れられ、そこで病歴が調べられたり、病気の程度や余病の有無に就いて調べられたりした後、始めて適当な療舎へ移り住むのである。もっとも最近になって癩問題も喧(やかま)しく叫ばれるようになったため病院に対する同情も社会人の間に広まって、その故であろう今は収容病室という特別な病室が、ある有力な財団から寄附されて、既に完成しているが、成瀬が入院した時はまだ普通病室の三号がそれに当てられていた。全然、それまで自分以外に癩患者を見たこともなかった成瀬にとっては三号病室に於ける一週間の生活は、思い出すさえにぞっとする悪夢のようなものであった。ひとあし、病室内に足を入れた刹那、むんと鼻を衝いて来た膿汁の臭いは、八ヶ月を過ぎる現在まで執拗にこびりついていて、たとえば飯を食おうと箸を持った時などふとその悪臭が蘇って来ると、もうぐぐぐと嘔気が込み上げて来るのである。なんという奇怪な世界へ来たものであろうと、暫くは成瀬も自分の眼を信ずることが出来なかった。これが人間の世界であろうか、それは最早人間界と云い切ることは困難であった。右を見てひょいと赤鬼のような貌にぶつかり、ぞっとして左に眼を外(そ)らすと真蒼なひょっとこにそっくりの貌がにやりと笑いながら成瀬の方を見ているのだった。右にも左にも前にも後にも、彼の眼を向けるに適した空間はないのである。それは社会の底を、人類の底を土龍(もぐら)のように生きている一つの種族だったのである。東洋人でもなければ西洋人でもなく、また南洋土人でもない、その何れの範疇にも属さぬ「癩種族」なのである。全人類から滅亡を迫られ亡ぶることによってのみ人類に役立つナリン棒の種族なのである。

ここへ来て五日目、成瀬は一つの事件にぶつかった。これはほんのちょっとした事だったが、成瀬の脅え切った神経には異状な出来事として深く記憶に残された。彼は最初の日からずっと不眠が続いていたが、その夜になって始めてうとうと浅い眠りを得たのだった。真夜中頃だったであろう、ふと眼を醒ますとばたばたと慌しく廊下を駈ける足音や、切迫した声などが入乱れて聞えた。どうしたのであろうと急いでベッドの上に起き上ると、彼からはずっと離れた向う端の隅のベッドへ七八人もが塊って何か口々に騒音を立てているのであった。あわを食ったように附添夫が荒っぽくドアを開けて駈け出して行くと、

「早くせんと息が断れるぞ！」

と塊の中の一人がど鳴ったりするのだった。成瀬には何事が起ったのかさっぱり判らなかったが、何か異常な雰囲気に打たれて急いでそこへ行って見た。人々の背後から伸び上って覗くと、まだ若い男であろう、長髪で枕を埋めているが顔全体腐った果物のようになった男が、仰向けに寝て、頸を縊られた鶏か何かのように、ひくひくと全身を痙攣させながら手足をばたばたさせているのだった。後になって成瀬は知ったが、喉頭癩で咽喉が塞がって了ったのである。どす黒くなった額に血管がみみずのようにふくれ上り、ククックククと咽喉を鳴らせては喘いでいるのだ。眼は宙に引っつり掌を固く握りしめて、文字通り今にも呼吸が断れようとし

ているのである。間もなく附添夫が、がたがたと手押車を室内へ押し込んで来ると、叩き込むように病人を車に載せて手術室へ駈け出して行った。

「医者(せんせい)は出て来たか！」

と叫びながら三四人が追って行った。残った連中は、

「可哀想に咽喉切るくらいなら死ねば良かったに。」

「咽喉切り三年か、ああああ。」

などとめいめい勝手なことを云いながらベッドへごそごそともぐり込むのであった。翌日になって成瀬は「咽喉切り三年」の意味を知ったが、この手術をした者は三年以内に死ぬというのである。勿論例外はあり、五年十年と生き延びる者もいるにはいるが、大部分が手術後いくばくも過さずして命をとられるのである。

このことがあってから間もなく療舎生活を成瀬は始めたのであるが、夜になって床に入る度にその手足をばたばたさせた様が眼先にちらつき、ククックククと鳴った咽喉の音などが耳殻の底に聴え出してならなかった。あのように半ば腐(く)ちかかった体を、咽喉に穴を穿ってまで生き度いのであろうかと、生の欲望の強さが呪わしくもまた浅ましくも思われるのだった。

それでも病気に対して悉しい知識もなかった彼は、そうしたことが直接自分につながりをもったことだとはどうしても思えず、兎に角一日も早く退院しなければならぬと覚悟をし、毎週三回の大楓子注射を一度もかかさず打ち続けたのである。そして注射をする度に幾分の安堵を感じ、時にこっそりと麻痺した部分へ触って見、少しは感覚があるようになったのではあるま

いかと眼をつぶってまた触って見たりしたのであった。しかし日がたつにつれて、徐々に「考えれば考えるほど恐しい病気」の現実に屈伏して行かねばならなかった。入院した当座の驚愕や恐怖は要するに感官的なものに過ぎなかった。かつて見たことのないものを見た驚きであり、かつて聞いたことのない音を聞いた恐しさであったに過ぎなかったのである。しかしやがてはそうした知覚上の驚愕や恐怖が少しずつ内部へ内部へと浸み透って行きでもしたかのように彼の苦しみは募って行き、深まって行ったのである。何時になっても麻痺した部分は依然として枯れたように無感覚で、それでも月に一度くらいは思い出して注意をその部分に集中させながら試して見るが、ただ徒労を重ねるばかりであった。その度に絶望的な焦立ちを覚えて居ても立ってもいられない思いになった。

療舎の生活は暗いとも明るいとも云えぬそれは灰白色に塗り潰された日々だった。いきいきとした一つの希望も与えられぬ患者達は、また深い絶望もなく、ただ時どきの反射運動を続けるだけだった。成瀬のように感受性が発達した青年にとっては、慣れ切るということは殆ど不可能にちかく、とり分け死ぬまで癒らぬと思わねばならなくなった現在のような立場にあっては、苦悶は一日一日とまさって行く一方であったが、彼等は驚くべき速さで病院に慣れ、病気に慣れこの小さな世界に各々の生活を形造って行くのだった。夜が明けると彼等は鼻唄混りで作業に出かけて行き、十一時には昼食に帰って来、一時までの二時間を縁側に寝転んでのうのうしく背中を乾して女の話を続けてまた出かけて行くと、三時半には仕事を終って夕食を食う。それから十時の消燈時刻まで婦人舎へ遊びに出かけて行って、患者監督と口醜く罵り合って帰って来る。どういう訳か癩には婦人患者が少く、何処の療養所でも女は三十パーセントの割合である。従って激しい競争が演ぜられ、若い女が一人収容されると我先にと押しかけて行き、良き第一印象を与えるべく才能のありたけを傾けるのである。そして結局三十パーセントの幸運者と四十パーセントの不幸な落伍者が出来る。それゆえ「女が出来た」「おっかあ持った」と云えば大した成功であり、そうして始めて院内の信用を獲得し一人前の人間であると自他共に認めるのである。何しろ女がふっていいしているのであれば、この院内では女は王様で男は下僕にも等しいのは当然である。彼等の日常生活を豊富にするものはすなわち彼女等であった。眉毛はすっかり抜け落ち、ちょっと突けば膿が飛び出すかと思われるほどどす黒く膨張した貌に安クリームを塗りつけ、鏡を覗いては禿げかかった部分を隠すのに苦労している彼等を眺めながら成瀬は、しかしこうした生活以外に彼等に何が残されているであろうと思い、ここへ来たばかりの彼であれば浅ましいと一言で片づけることも出来たであろうが、病気の現実を知った今の彼には、ただどん底のせっぱつまった生活ばかりが見えて批判の無意味さを知らねばならないのであった。浅ましいとも醜悪とも、その他なんとでも云えば云えよう、この病院の近所の百姓達は「山の豚共」という言葉をもって患者達を呼ぶ習わしだそうである、身を病院に置かない「壮健」共にとってはこう嘲笑して済ましてもいられるであろうが、成瀬はしかし自分自身その豚共の一員であることを意識しなければならないのである。なんという恐しい世界へ自分は来たのであろう、命の有る限りの永い年月をこの中で暮して行かねばならないのであろうか、生きる、生き抜く、これは美しいことであるかも知れぬ、貴いことであるかも知れぬ、しかしどうして貴くなければいけないのか、どうして美しくなければいけないのか、――成瀬は折に触れてふと自殺が頭をかすめるようになった。

そして熱瘤の出る一ヶ月くらい前から、夕方になるとあてもなく雑木林の中を歩きまわる習慣がついたのである。勿論今すぐどうしようという気持はなかったが、ふと気付いて見ると何時のまにか死のことばかりを考え続けているのに驚くことも再三でなかった。熱瘤を出したというのも、こうした夜歩きが体に毒したのであろう。彼の病型は湿性であるが――そうでなければ熱瘤は出ない――この病型のみでなく、凡て夜露は悪いのである。それに時とすると小雨が降っているような日でも、彼は十時の消燈時刻が過ぎるまで歩き続けたりしたのだった。病気に毒だということは彼も知っていたが、しかし体を大切にして何になるか、と思えば最早彼を引止める何者もないのである。彼の死を聞けば故郷の肉身は嘆くであろう、しかし彼等にしてもその嘆きの中にかえってほっと安堵を覚えるであろう。いや真実のことを云うならば、或は一時も早く死んで欲しいのであるかも知れない。勿論成瀬も折々は故郷へ思いをはせることはあったが、死と貌つき合わせるようになっては、社会への、いや生活へのあこがれはあっても故郷へのあこがれは消えて了った。――その頃成瀬は夕暮近い時刻になると定って異状な不安と絶望に陥り、一時も早く何処かへ行かねばならぬ思いに心が焦立ち始めるのであった。強いて床に就いて見ることもあったが、睡れぬばかりか狂おしいのである。そして神経は病的に冱（さ）え返り、こつりと鼠の音が天井裏でするとはっと全身に恐怖が流れ、じっと体を竦めていると底知れぬ深い谷底へでも墜落して行くような思いに襲われるのである。そして結局は長い時間を林の中で過すのであった。死ぬか生きるか、この二つに一つの疑問が、成瀬に向って解答を迫っているのだった。

けれど熱瘤が出るまでは、まだ一つの小さな安心があった。他でもない、彼はまだ軽症であったのである。手足に麻痺した部分はあっても、顔面の片側に浸潤が来ていても、まだ軽症であったのである。神経痛一つ彼は知らず、全身何処にも疵はなく、まだ五年や七年は、いざとなれば逃走も出来たのである。軽症、このことだけが僅かに彼を慰め、よし最後には重症たるべく運命づけられているとは云え、重病室とはまだまだ距離がある。それまでには何とか――と彼は考えていたのだったが、今やその最後の安心も断ち切れて了ったのだった。

入室となると部屋中の者総がかりで、或者は布団をかつぎ、或者は食器を入れた笊を抱えて、病人を載せたリヤカーを囲んでぞろぞろと病室までを異様な行列を続けて行く。成瀬の這入る病室は五号だった。五号は、幾棟も並んだ病棟の中、最も北側で、玄関をつき合せて十号と並んでいた。十号は特種病室で狂人や白痴が這入っている。診察のあったあくる日、成瀬もまたリヤカーに載せられて五号へ牽いて行かれた。リヤカーの人となった刹那、彼はふと手押車で手術室へ運んで行かれた喉頭癩の男を思い出し、その男は今はもう元気に毎日咽喉に取りつけた管のついた金具の掃除をしているそうであるが、手足をばたばたと藻掻いた様子が成瀬の心から離れ難いのであった。彼はリヤカーの中で跼み身をちぢめてぼうっと熱に浮かされた頭に車の響きが激しく伝わって来るのを覚えながら、遂々自分も重病室の一員となったかと無量の感慨が溢れた。余程の高熱が出ているのであろう、痛みというものは覚えず、眼をあげると並び合った舎と舎の間に覗かれる彼方の雑木林がぼうとかすんで、雲の中をでも行くように全身が浮き上って感ぜられるのであった。人々に助けられてベッドに横たわると、御世話様でしたと礼の言葉を出すのがやっとであった。

「お大事に。」「成瀬さんお大事に。」と口々に枕許で云う人々の声を成瀬は暝朧の中に聴いたまま、うつらうつらとした世界に全身が引き入れられて行った。

一

成瀬はふと眼を醒ました。頭は朦朧と煙ったように重かったが、体温はずっと下ったらしい。心臓に掌を当てて見ると、やはりまだ鼓動は激しかったが、もうずっと落着いた調子である。入室後四日間彼は高熱に浮かされて意識も定かではなかったのであるが、昨夜になって次第に体温が下り、ぐっすりと云えないまでも快い睡りを得たのであった。全身まだ宙に浮いているような感じが抜けなかったが、それでも意識はもう確かである。一体幾時頃なのであろう、彼はちょっと眼を開いて見たが、足許の、カーテンの隙間から覗かれる窓の外は暗いのであろう、室内の光りが硝子に反映しているだけで外界のものは何も見えなかった。時々寝苦しそうな呻き声や、つまった鼻穴で気色の悪い音をたてているのや、今にも断れそうな急わしない呼吸などが聞えるだけで、ひっそりとした病室らしい静けさである。まだ朝までにはかなりの時間があるらしい。彼は眼を閉じると、もう一睡りすればこの頭の重さもとれるであろうと思い、睡気の襲って来るのを待った。

　それから幾時間くらい睡ったであろうか、再び眼を醒ました時にはもう夜はすっかり明け放たれて、明るい光線が眼にしみた。しかし窓から望まれる空はどんよりと曇って、風もないのであろう、黒い雲が一ヶ所に動かずにじっとしていた。

　朝らしい騒音が室内に満ちて、ばたばたと床をふんで歩く音や、大きなあくびや、洗面所で勢良く飛び出す水道の音などが入乱れて、忙し気な様子が聴きとれるのであった。予想通り頭は以前より軽く、この分ならば今日は起きて見ることも出来るであろうと、成瀬は久しく味わなかった明るい気持をちょっと味わった。しかし勿論頭はまだ煙の中にでもいるような感じが抜けていなかったばかりでなく、全身、骨を抜かれたように疲れ切っていて、起き上るのがひどく大儀に感ぜられた。じっと眼を閉じていると、彼はふとリヤカーに載せられて送られて来た時の印象が蘇って来て、何故ともなく非常な孤独を覚え、このまま自分は死んで了うんではあるまいかと淡い不安が心を流れるのであった。

「飯だよう！」

　暫くたつと、大声でど鳴る附添夫の声が聞えた。やがてがちゃがちゃと茶椀や皿を出す音がして、

「今日のおかずあなんだい！」

　と嗄れた声で聞くのがあった。

「今日の献立はあ——」

附添夫であろう、ちょっと厳かな声を出してそこまで云って切ると、

「ええと、今日の献立は、昼は漬物。夕食は馬鈴薯の煮付。」

室内は騒然として、

「ちぇっ。じゃがいもばかり食わせやがらあ豚じゃあるめいし。」

と誰かが云うと、

「俺のせいじゃあねえや。気に食わなきゃあ止しあがれ！　この座敷豚。」

勿論別段怒っている訳ではなかったが、さながら悪口の浴せ合いであった。

「ああああなんちゅうこっちゃ。毎日毎日じゃがいもばかり食わされて、これがまあ浮世かいな。」

妙に悲観した女の声が聞えると、今度はひどく陽気そうに、

「今日もナッパ、明日もナッパ。ナッパナッパで日が暮れる。」

と唄う者や、不意に義太夫の一節――あとにはそのが憂き思い、今頃は半七つぁん、何処にどうして御座ろうやら、今さらかえらぬことながら――と人の声とも思われぬ嗄れた声が聞えたりする。不平を云い、不満をぶちまけながら、しかし彼等はやはり飯時の楽しさを隠し切れないのである。

成瀬も今日はせめて粥の一ぱいでも口にしようと思って起き上りかけたが、とたんにくらくらっと眩暈がして、布団の上に腰がくずれて了った。僅かの日数であったが、かなり衰弱しているらしいのである。彼は何か焦立たしいものを覚え、強いて起き上ったのであったが、はや

自分の体力はこんなに失せて了ったのかと、暗いものが心を包んで来た。

枕許にはみな一個ずつ茶箪子に似た小さな戸棚が取りつけられてあった。この戸棚が彼等の故郷へ出す手紙を記す机であり、三度三度の食卓である。また彼等の日用品、例えば石鹼、歯磨道具、手拭、その他茶瓶から食器類などもやはりソコの中にごちゃごちゃと入れて置かれるのである。戸棚というより四角な箱であるが、これに向ってずらりと並んで食事をとる彼等の姿は、まことに凄じい限りであった。成瀬のベッドは西端の南側の壁ぎわであるため、一日で室内全体の見渡しが利くのである。

寝台は左右二列に並んでいるが、その間の通り道に立って附添夫五人が総がかりで給仕するのである。

「飯だ！」

「お粥だ！」

「うおっ！」

「よし来た。」

掛声にも似た声を出しながら、附添夫達は右に駈け左に駈けて、時にぶつかり会って危く味噌汁をこぼしそうになったりする。飯びつや汁鍋は部屋の中央に出された、何処かの公園にでもあるような腰掛様の物の上に載せられてある。病人達の食事姿は地上何処にも見られまいと思われる奇観であった。五本の指が脱落して箸など勿論持てず、摺子木のようになった両手に茶椀を挟んでいるのはまだしも、繃帯の間にフォークをさし込んで食っているのや、はげかかった絆創膏が額にぶらぶらしていて椀を口に持って行く度にずぶりと汁の中に浸るのや、さすがに成瀬も思わず嘔気を催すのであった。

入院当時の一週間の病室生活以来始めて病室でとる食事である。戸棚から茶椀など取り出す時は、今更のように自分のみじめな姿が思い描かれて、成瀬はもういっそ止して了おうかと思うのであった。顔も腕も繃帯に包まれている上に、熱瘤には冷えるのが最も毒であるため、手袋をはめたまま箸を持たねばならないのである。無論貌を洗っていないばかりでなく、まだ一度も口をすすいですらいない。逡巡していると、

「お粥だな？」

彼の返事も待たず附添の一人が、かっさらうように茶椀と汁椀を持って行って了った。熱でただれた口中はすっかり味覚を失って了い、最初の一口を口に入れて見たが、白い泥でも食っているように、味もそっけもないのである。彼は一口ひとくちを思い切っては呑み下した。こうしてようやく一杯を食い終ると、ほっとした思いになり、急に疲れも覚えて、散菜をお湯で咽喉に流し込むとまた床の中へもぐり込んだ。

窓の外へ目を移すと、仰向けに寝ているため、前方の四号病室は屋根の部分だけがちょっと見えるのであるが、ちょうど、群立って数羽の鳩が飛んで来たところだった。空はやはり曇っていたが、降りそうにも思えなかった。鳩は不器用な体付で屋根の傾斜を歩き廻っていたが、びっくりしたように一度に飛び立って行った。成瀬は自由に歩き廻ることの出来ない自分を強く感じ、発病以前の若々しい気力までが失われて行く日頃の生活が情なかった。しかし彼はか

なり落着いた気分でいた。

成瀬の熱瘤は思ったよりも軽く、その後ずっと良好な経過で、三十八度内外を上下する体温が一週間ばかり続いた後、ずっと七度三四分という程度であった。急性結節に八度という体温は平熱も同然であり、四十度を超えなければ熱瘤の発熱ですというのは恥かしいくらいである。貌や手足に巻いた繃帯も慣れて見るとさほど苦にもならず、時々は室内をぶらぶら歩いたり、口をすすいだりも出来るようになった。病室生活にも徐々に慣れて、最初はどれもこれも奇怪な泥人形のように見えた病人達も、みなそれぞれの生活形態を有ち、それぞれの個性を有っているのにも気付くようになり、何時しか彼等のその日その日を観察する面白さも覚えるようになった。しかし見れば見る程、知れば知る程、益々自分が救われ難い世界に生きているのを知らねばならなかった。病人達と一口に云っても千差万別で、一晩泣き明かす猛烈な神経痛患者もいれば、足の骨が腐って外面何ともないようでありながら内部に洞穴が出来ているのもいる。また結核患者もいれば、痔疾患者も居り、その他胃病、子宮病内膜炎、珍らしくは睾丸炎までいるのだった。ただみな癩を病んでいるという点だけが共通していたのである。彼等は終日食べものの話か女の話かで時を過すのであるが、しかし成瀬を興味深く思わせるのは、そうした話と同様に彼等の興味が社会事情にも向けられていることであった。社会事情と云っても三面記事的な出来事よりも、国際問題がどうの岡田内閣がどうの、今度の暗殺事件はどうのと、こういう話が一度誰かの口に上ると、何時果てるかと思われるほど、彼等は眼の色を変えながら口角から泡を飛ばすのである。これはどうしたことであろうと成瀬は時々考えて見るのであるが、最早や完全に社会生活から切り離されて了っている彼等が、どうしてこうも今の自分の生全体と無関係なことに興味を持つのか、不思議と云えば不思議であった。或は口にすることによって切り離された社会とのつながりを保とうとする無意識的な欲求であろうか、それとも語り合い思い描くことによって社会の中に自己の映像を見ようとするのであろうか、或はまたこれは日本の民族性による本能的な政治趣味であろうか——しかし確かに云えることは、無意識的に彼等が社会へのあこがれを蔵しているということと、現在の自己を忘れたい、自己を病室に置き度くないという欲求の表われであるということである。

病室全体が妙に滅入り込んで了うことがあった。それは定ってこうした話が弾んだ後であった。彼等の意識が自我に復ったのである。彼等は依然として癩患者である自分を意識し救われない絶望を感ずるよりも、何か虚しい空隙にぶつかったのである。一人がごろりと横たわると、次々にごろごろと寝て了う。彼等は忘れていた病の重さを犇々と感じ、果もなく続いた暗い前途を見るのである。室内はしんとして了い、話の弾んでいる間は忘れ去られていた呻き声や、

「あつつつッつッ。」

と痛みを訴える声などが聞え出し、附添が慌しく医局へ駈けて麻酔の注射を頼みに行ったりする。成瀬の隣は盲人であるが、

「わしゃ眼の良いうちに、たった一ぺん、もう一度女房の貌を見たかったが、成瀬さんもう駄

目になってしまいましたわい。」

　と幾度も幾度も云うのであった。

「癩病になった上に肺病まで貰うて了って、もう人生もお終いだわい。」

　そう云いながら手探りで戸棚の中から写真を取り出して成瀬に見せたりするのだった。結婚写真である、盲人は首を傾けるようにして成瀬の様子を伺い、写真を覆ったパラフィン紙の音を聞くと、えッへへへと笑いながら、惚気る訳じゃあないがとことわった後、結婚当時の生活が如何に幸福に溢れていたかをくどくどと納得させるのであった。成瀬はからかって見る気も起らず、嘔吐を催すほど、眼やにの溜ったのを見ながら、やがては自分もこの男のようになって行くことであろうと、暗い気持に襲われるのであった。

　成瀬の枕許すぐのところに、この病室の西の出入口があった。そこを出るとすぐ廊下になっていて、廊下を渡ると別室があった。小さな病室で、畳にすれば八畳くらいであろうと思われる部屋が二つ並んでい、内には各々二つ宛の寝台が置かれてある。この部屋は普通には「別室」或は「特別」と呼ばれている、実は堕胎病室でありまた産室なのである。此頃は精系手術が行き届くようになったため堕すことも稀にしかなくなり、また子供を胎んだまま入院して来たような患者にはこの部屋で産ませる、出来た子供は未感染児童保育所というのに直ちに送られ、そこで育てられる。そのためこの病室は不用になっていることが多く、他の病室が満員になってばかりいる現在は男患者もこの部屋へ入れられていた。成瀬は暇に任せて時々この廊下へも出て見ることがあった。

右手の部屋には今一人妊婦がいた。彼女はもう臨月に近い大きな腹を抱えて、時々は成瀬等の方へと姿を見せた。彼女の話すところによると、子供を胎(はら)んだのは院外の自家であるが、胎むと共に急激に病気が重り、せめて子供だけでも外で生んで来たいと思ったのであるが、この貌になっては産婆さんも呼べないと、そこまで云うと大ていは泣き出して了うのであった。まだ年は二十八歳だと云うが、一見するところでは三十なのか六十なのか見当もつかない。眉毛など勿論無く、貌全体に無数の結節が出て、中にはもう頽れかかったのもあると見えて、所々に絆創膏が貼りつけてあった。彼女は物語を始めると泣き出して了うのだったが、平常はひどく呑気な性に見え、彼女の部屋からは絶えず唄声が聞えて来た。大きな声で唄うのではないが、西端にいる成瀬の耳へは良く聞えるのである。貌と反対に美しい声で、恐らくはやがて生れる子供の産着(うぶぎ)でも縫っているのであろう、浮き浮きした調子が感ぜられた。彼女は子供を産むことに女性的な本能的な喜びを感じながら、同時に癩の身を考えて、嬉しいのか悲しいのか自分でも判断のつかない状態にいるのであろう。唄声が聞えているかと思うと、急に泣声に変っていたりすることもあったからである。恐らくは、悲しみや不安や絶望や、喜びや楽しみやを同時に感じて混がらかった感情の波に彼女自身もどうしようもないので、殆ど同時に泣いたり笑ったりをするようになったのであろう。成瀬は識らずしらず彼女に対して鋭い視線を向けている自分に気付いたりするようになった。

　そして彼を驚かせたのは、彼女に対して今三人の若い患者が競争していることであった。一人は体の小さい乾性で口がぐいっとひん曲って絶えず涎を垂らし、その涎をひっきりなしに指の無い握り拳（こぶし）で拭っていた。他の二人は物凄いばかりに大きな男で両方共に湿性であった。

夕食が終ると急に病室内は騒がしくなる。これは各舎から病室見舞にやって来るからである。これらの見舞人の中にその三人もきっと這入っていた。彼等は彼女の所へ来たのではないという風に、暫くは他の病人達の枕許に寄って話し込んでいるが、絶えず彼女の部屋の方を伺っていた。彼等は無論恋仇であるからお互に白を切って、出会っても、

「やあ。」

「やあ。」

と声をちょっと交わすだけで立止って話し会うようなことは一度もなかった。そのうち一人が機会を狙って彼女の部屋へ這入って行くと、他の二人は一向気付かぬというようにしているが、その男が出て来るまでは落着かない様子で、向うの病人の所へ行って見たり、こっちの病人の所へ寄って見たりする。出て来るが早いか二人は各々鋭い眼付でその男を見、やがてまた他の一人が這入って行く。それが出て来るとまた他のが這入って行く。勿論表面は病室見舞であって、何の不思議もないのであるが、こうして三人の暗闘が夕方毎に募って行くのを、成瀬は浅ましいとも思いながらしかしやはり興味深く眺めるのであった。しかしさすがに成瀬は、まだこの女の部屋へは一度も這入ったことがなかった。それに彼女の部屋は北側にあってそっちは出口もない突き当りであったので、部屋の前へも行って見なかった。

左手の部屋には男病人が二人いた。その部屋の前の廊下に立っていると北側の窓——つまり女の部屋の前にある窓——から涼しい風が吹き込んで来るので、彼は時々そこへ出て見ること

があったのである。廊下から硝子戸越しに部屋の中が覗かれるが、何時見ても二人の病人は寝ていて貌を見る機会がなかった。廊下から覗くと、二人共頭をこちらにして寝ているのであるが、枕許の戸棚が邪魔になって頭の先も見えない、戸棚にぶら下っている熱型表が正面から見え、それがもう何枚も重なっている所を見ると、昨日今日に入室した者とも思われなかった。熱型表は勿論一枚で一ヶ月である。一人はかなりの高い熱に苦しめられた跡を示しているが一人は熱はさほどになく、たいていが七度——赤線であるから良く判る——以下を上下していた。またこの部屋に特別彼の注意を惹かせるのは、ここへ毎日二三度は必ず若い女が出入するからであった。部屋の前の廊下には南手に出入口があって、恐らくはこの二つの部屋の専用につけられてあるのであろうと成瀬は思うのだったが、若い女は何時もこの出入口から何時もこっそり来てはまたこっそりと帰って行った。彼女は、熱の低い方の男の妻君か、或は兄妹であろう、成瀬の観察ではどうも妹らしいと思われるのである。部屋の中へ這入って行くと彼女は、先ず熱の高い方のベッドへ向って一こと二こと見舞の言葉を云ってからすぐ自分の夫、或は兄の方へ向き直って、ぼそぼそと語り合ったり、男の命に従って煮物を始めたりした。部屋の中に火鉢を置いては暑いとあって、何時も火鉢は廊下に出されてあったので、煮物を始めると成瀬は何故ともなくこの廊下へ出るのも遠慮勝になった。年齢は二十をもう二つ三つ過ぎているであろう。以前に湿性であったのが乾性に変型したのに違いなく、眉毛が薄くなっているが浸潤や潰瘍は少しもなかった。それにまた左手の小指とくすり指の二本が半ば内側に曲り込んでいて、親指のあたりの脱肉が目立っていた。脱肉は勿論乾性即ち神経癩の証拠で、これは栄養神経が破壊される結果筋肉が萎縮するのを云うのであるが、乾性のひどいのになると体が乾瓢のようになって、少しも形容ではなく骨と皮ばかりになる。しかしもう少くとも九ヶ月に近い間癩患者を眺め、また彼自身の病状も見て来た彼には、病気に対する見透しはかなり鋭敏になっていた。こういう鋭さというものは何の病気を病んでも同じであろうが、医者などの及ばない第六感的なものを持っているものである。この女の病気はもうかなり古いものであろうが、しかし「堅い」種類のものに相違ないと成瀬は直観した。病気が堅いというのは一種感覚的な要素を含んだこの病院独特の言葉であるが、兎に角彼女の病気はもう五年や六年、ではなく十年くらいは病んでいるであろうし、それでいて進行の度合が非常に少く、ひょっとするとこれから先十年くらいもこのまま保っているかも知れない。成瀬は自分の病気が発病した時のことをふと思い出し、その時医者が癩は肺病よりも恐れの少い病気で、現代の医学では必ず癒る、と云ったのを頭に浮かべながら、苦笑せずにはいられなかった。というのはそういう医者の説に従えばまさにこの若い女などは全治していることになるからである。

ところが或日、成瀬はふとした機会から彼女と口を利くようになった。それは彼が入室してからちょうど十五日目にあたっていた。その朝、眼を醒ますと珍らしく空が晴れているので、久しく日光にあてなかった布団を外へ持ち出したのであった。そして彼は、附添夫の一人に手伝って貰って顔や手足の繃帯を解き、新しいのと取り換えた。繃帯と云ってもこの病院のは一種特別なもので、繃帯と云うよりも白いぼろ布を細く剪ったものと云った方が良いくらいで、それは幾度でも洗濯して使用されるので所どころに膿や血のしみがついて、大変薄黒いような色をしているのである。それでももう汗臭くなったのと巻換えた時には幾分は爽かな気持も味わい、長い間覗いても見なかった本の一冊を戸棚の中から取り出して目を落して見る気持にもなったのであった。熱瘤はもう大分色が白くなっていて、押して見てもさほどの痛みも覚えないくらいになっていた。この分なら間もなく退室出来るであろう。その日の朝の検温――検温は朝夕二度看護婦が各病室を巡って来る――には三十七度五分というもう殆ど平熱に等しい体温であった。

検温が終って間もなく、

「あのー、布団はどなたですの、雨が降って来ましたわ。」

廊下に立ってこちらを覗きながら、幾分切口上めいた調子で云う彼女の声が聞えた。細い声で、おどおどするようなぎこちなさが感ぜられた。

「ああ僕のです。ありがとう。」

成瀬は急いではね起きると、外へ出た。真黒い雲が、もう空をすっかり覆って了い、二重にも三重にも重なり合って北へ流れていた。大粒の雨がぽつんぽつんと貌に当って散った。手早く二枚を一度に肩に掛けて、成瀬は部屋に飛び込み、後の一枚を濡らしてはならぬと急ぎ足で出て見ると、それを両手に抱えて彼女が這入って来る所であった。

「すみません、ありがとう。」

と云って成瀬が手を出すと、

「濡れましたわね。」

雨のあたったところどころが、丸く濡れていた。彼女の頭髪の一ヶ所が露になって白く光っていた。さっきのおどおどした声に似ず彼女は平然としてい、動作は少しも取乱した所なく落ついていた。布団を敷き成瀬は横になって暫く彼女の言葉を味わった。なんとはなく陰のある低い声であったが、何か確りしたものが底に潜んでいるような響きがあった。彼女は今日もまた火鉢の側に蹲んで兄の煮物を始めた。病院から出る貧弱な食物では病人の衰弱を食い止めることは困難で、誰もこうして自分の食物を作るのである。何気なく成瀬が彼女の方を覗くと、懸命に炭火を吹いていた彼女がちょうど貌を上げたところで、ふと視線が合った。彼女は自然な微笑を一つするとまた以前のように火を吹き初めた。成瀬が微笑んで見せた時には、もう彼女は火の方を向いていた。

雨足が急に激しくなって来ると、遠くの方で雷が鳴り初め、室内がすうっと暗がって来た。

二

「検温ですわ。」

午後になって、少し熱が出たような感じがあるので横になっていると何時の間にかうつらうつらとしていたのである。雨は止んでいないのみか、前よりも一層激しく、窓に吹きつけていた。

（未完）

掌編・童話

童貞記

部屋の中で

　はかなくうら悲しい日が続く。万象を浮せる一切の光線は湿って仄暗い。夕闇のように沈んだ少年の眼は空間にゆらぐ幽かな光線を視つめる。空気に映った光線は静かに一つの映像を刻んで行く。光線は盛り上り広まり伸びて鮮明な像を少年の眼に映す。少年の眼はやがて閉されて心に映った幻像の動きに見惚れる。じっと、じいっと視つめる少年の心が宙に浮き上って空間をさまよう。われを忘れんとした間髪、少年の眼はうるんで、ほろりと落ちる。数葉の枯葉のひとつひとつが、きらりと光った露となって眼に映る。切なげな溜息の一つが不意に出る。溜息が薄白く丸まって又しても新しき像を築く。首を振って幻を消さんとする努力も空しい。溜息は再び少年の口中にせり上って来る。三度の溜息が口に上った時少年は立ちあがって歩き始める。

月光を浴びたる森の下で

月光を浴びたる森の下に少年は佇む。蒼白く動かぬ少年の下駄先に森を割いた光りの一条が影を宿す。内に映った椎の葉影が微風にゆれる。葉影は生を装って地面を這う。腕を伸ばして少年は葉影の一枚を拾い取ろうとする。影は巧みに少年の指にもつれて逃れる。逃してならぬと腰を及ばせて再び摑む。影は奇怪な敏捷さを有って少年の拳の上に乗る。拳は蒼い陰影の中に空しく顫える。刹那少年は不安を覚えて凡ての動作を中止して息を殺す。淵のように深い闇を作った森の神秘に呑まれる感じが不安を募らせる。不安は少年の心に孤独の寂しさを教える。何かを摑まねばならぬ。何かを。あるに違いない。あるに違いない。それを摑まねば自分は消える。風のように空しく自分は空間に浮き上る。早く早く、何かを——。少年ははっきり影のようにはかない自分を知る。瞬間少年は自分の摑まねばならぬものを心に描く。力強く、力強く、しっかり抱擁せねばならぬものを少年は識る。

月光を浴びたる歩道で

まるくうるんだ眼とかわいい唇が少年の心に映る。その小柄な肢体を自分は摑まねばならぬ。白い歩道は坦々と続く。小柄なS子は歩いて行く。一切の空間は何故に消失せぬか。処女と童貞は深くたわんだ二本の平行線を歩んで行く。たわんだ平行線は切断されることなく二人の重量を支えている。少年は空を仰ぐ。月が光っている。感情の嵐は月光の彼方で煙っている。平和は少年の敵である。何よりも平行線を切断せねばならぬ。Sさん、この一語によって平行線は切断されるに違いない。言わねばならぬ。心を決して少年はSさんと心の中で言って見る。Sさん。深い決意を口辺に沈めて言う。言葉は空間を無視してS子に響く。鮮かなるべきSさんという音響は悲しく意志の喪失した一個の咳としてのみS子の耳朶を顫わせる。少年の遠心性神経は中枢神経を無視している。少年の口辺に上り来るものは深い溜息と咳に過ぎぬ。心臓は徒らに波を打つ。自ら破った平和に自ら少年は苦しまねばならぬ。募った嵐は秒一秒少年を虐げるに過ぎぬ。――依然として処女と童貞は平行線上を走る。平行線を破る武器は二つである。空間の消滅とSさんという言葉である。空間の消滅を願っても及ばぬとするなら、残された手段は一つである。Sさん、この言葉のみが二線の相交わる一点となるであろう。けれど少年の有つ感情の嵐は針路を失っている。今や少年にとって、Sさんの一語は鉄のように重くなっている。

――一九三四・五・一三――

白痴

親父は大酒飲みで、ろくすっぽ仕事もせず毎日酔っぱらっては大道に寝転び、村長でも誰でも口から出まかせに悪口雑言を吐き散らすのが無上の趣味で、母親は毎日めそめそ泣いて、困るんでござります困るんでござりますと愚痴ってばかりいる意気地なしなのである。その又子供がろくでなしの揃いで、長男は薄馬鹿以上の白痴で、二十六にもなるのに近所の子供に阿呆阿呆と言われて、それが自分のほんとの名前であると思い込んでいるし、娘は啞でああああん以外言葉も出ぬ癖に、十八になると何処かの曲者にだまされて腹ばかりぶくぶく脹らんで来て恰好の悪くなる一方である。その上まだ鼻垂れが五人もあって朝から晩まで学校へも行かず家の中できゃっきゃっと騒いで、何処かの畑で盗んで来た大根を生でがりがりかじったり奪い合ったりしているので、その浅ましさは乞食の子供の集合地以上である。そのがき共に白痴は何時でも馬にならされてうんうん唸って汗ばかりかいている。それが啞の腹を見つけると帯を摑んで俺の芋をこっそり食ったに違いない、そうでなかったらそんなに腹が脹れる訳があるものかと言って、大急ぎで芋を隠した場所へ駈け出すのだ。後生大事に隠した芋はもう何時の間にか鼻垂れ共にしてやられて、暗い物置の隅をごそごそ空しく探す結果になって、白痴は啞の腹を撲るのだ。ところがその腹から赤ん坊が生れると白痴は不思議がって子供を人形かなんぞのように首をつらまえて見たり、芋はこの赤ん坊の肚の中に忍んでいると思って肚をぶよぶよと押して見たりする。その癖白痴は赤ん坊を可愛がって鼻垂れ共の足音を聞きつけると以前に芋を隠した場所へこっそり子供を隠して置く。鼻垂れ共ときた日には、赤ん坊の足を持ち上げて猿かなんぞのように逆さに吊し上げてそうらお江戸が見えるだろとぬかすのだ。親父は赤ん坊を見る度に唖の尻をぶん撲って、馬の骨の牛の骨の猿の骨めが娘をだましくさって、こん畜生、今日こそはっきりぬかせ何処のどいつが手前を疵物にしやがったんだと毒づき、そんな子倅は川へ流してしまえと咆えて酒くさい息をぶうぶう吐きながらだらしなく眠ってしまうのだ。赤ん坊は乳もろくすっぽ飲めず乾枯びた大根のようにしなびたが、それでも三年たつと三つになってよちよち歩き出すと白痴と親友になって裏の池へ釣に出かけるのだ。能なしの白痴は釣が飯より好きで朝から晩まで池辺にしゃがんでいる癖に雑魚一ぴき持って帰った試しがないので、酒飲みの親父は腹を立ててもう十本も釣竿をへし折ったが、白痴はこっそり又新しいのを造って行く。いくら阿呆でも雑魚一ぴきも釣れぬという法があるものかと鼻垂れに様子を探らせると、釣ったやつを生のままむしゃむしゃ食ってしまうのだと解った。親父は怒ってこの阿呆玉めが生の魚を食うやつがあるかと空になった肴の皿で白痴を撲ったが、これにはどうにも手のつけようがないのでほうって置くと、暗くなってもなかなか帰って来ない程だ。白痴の釣は糸を投げこんだまま百年でも待っているぞといった風で唯ぼんやり口を開いて浮子(うき)を眺めているだけだ。ところがある日、腑ぬけのような貌つきで浮子を見ていると横でぼかんと音がして啞の子供が落ち込んだ。子供は飛蝗（ばった）のように水を藻掻いて深く沈んで浮き上るときんぎょのように口を開いてわあんと一声泣き、再び沈んで今度はいくら待っていても浮き上って来なかった。おかしいと首をひねって白痴が覗いて見ると、水底で波の動きにつれて曲ったりくねったりして見えるのだ。白痴は二時間も子供の這い出して来るのを待っていたが白く光る小石を枕にして臥ている子供はなかなか上って来ないので、なんしとるぞい面白いんかと言いながら白痴ものっそり水の中へ這入って行った。二人が枕を並べて行儀よく死んでいる恰好はなかなか綺麗で、夕陽があかく水面に射すと頭の小石がきらりと光って波がさらさらと揺れると曲ったりくねったりして見えた。

彼女は非常に秀れた頭脳を持っていたのだと僕は思うよ、これという理由はないのだけれど。僕はなんとなく、神秘的なものを感じてならないんだ。

その少女のことを語り始めようとする時、多田君はきっとこういう前置をする習慣があった。今年二十四の青年で、病気になってから詩を書いていた。私は多田君とかなり親しい間柄で、その少女のことはもう幾度となく聴かされた。最初の一二回は相当面白く聴かれたが、やはり幾度も重なって来ると、それから少女の様子を見に行ったんだろうなどと半畳を入れて彼を怒らせたりするようになった。すると彼は意外な程腹を立てて私をおろおろさせるのであった。実際彼は何回くり返しても、更に新しい感激を自ら覚えるらしかった。そのうち私もすっかりその物語を覚えてしまったが、通俗小説にでもありそうな事柄なのであまり興味を有てなかったが、多田君はそうでないと強く言い張ってきかなかった。少女は名をみえと言って、多田君はこの名前も大変気に入っていた。

それは、多田君がこの療養所に這入って二度目のお盆を迎えた時から始まった。彼の病型は斑紋で、豊かな頰に直径二寸くらいのがまんまるく出ていた。他にも手足に二三ヶ所あるそうだが、軽症といってよかった。多田君の眼は、私にこの上なく美しいと思わせた。非常によく澄んでいて、きれいのながい瞼にはふんわりと瞳を包む長い睫毛が生えていた。もっとも、こういう世界にいる私が死んだ魚のような白くただれた眼や、絶えず膿の溜った眼ばかり見つけているため、特別に美しく感ずるのかもしれなかった。さてそのお盆の夜のことだが、多田君はどうしても死のうと決心したのだった。勿論お盆になったから突然そういう気になったのではなく、もうながい間、ここへ来る前々から考え続けていたことだった。——全身の至る所に疵ができ、激しい神経痛に悩まされ、盲目になり、手足が脱落し、その果に肺病になるか腎臓をやられて死ぬ——これが病者の常道だと私も思っているが、多田君もそう思ったのであろう。長い遺書を私やその他の友人にも書き、それを懐にして部屋を出ると、林の中を歩き廻り、立派な枝振りの木を見つけると早速首をくくる用意をした。とたんに盆踊りの太鼓が聞えだして、兎に角今夜は気が狂う程踊り抜いて、それからにしても遅くない、そういう考えが一杯になって踊場へでかけたのだった。

踊場はもう何百人もの人出だった。私もその中に混って踊ったり見物したりしていたので識っているが、平常単調極まる日々を送っている病人達だから、踊りの夜はもう気違いのようなものだった。大きな輪になって、それが渦のように二重にも三重にも巻いてぐるぐる廻っているのだった。それを又足が不自由で踊れない病人達がぎっしり取り巻いて見物していた。中央に櫓が組まれ、音頭を取る者は、向う鉢巻や頬かむりで、太鼓を叩き、樽を撲って囃すのだった。私は最初この踊りを見た時、ひどく奇怪なものを感じたのだった。第一どの踊子を見ても鼻がなかったり手が曲ったりしているのだから、初めてのものは誰でもそう思う。

その時多田君は、踊りを見るともう一度に悲しくなって踊る気がなくなって引返そうとした。すると丁度そこへぐるぐる廻っている輪の中にいたみえが廻って来て、多田君はまた踊る気になった。当時まだ多田君はみえを知らなかったが、そのほっそりした体や、メリンスの帯が惹きつけたのだった。踊振りも柳のようになよなよしく、じっと見ていると消え入るような寂しみが忍んでいるのを多田君は感じ取った。

多田君はみえと並んで踊りだした。余り上手ではないが、それでも人並に手を振ったり足を振ったりしながら、時々みえの方を横目でみた。みえは何もかも忘れたように多田君の方は見なかった。そのうち彼も夢中になって来た。音頭に合せてとん狂な声を出して唄ったり、叫んだりしながら、機械人形のように手足を動かせた。

こうして彼は無我の境地に（多田君は私にそう言った）没入し、死ぬこともみえのことも忘れ果てた時、高く差し上げた指先にひやりとしたものを感じた。全く不意の出来事だった。

「あら。」

みえの小さな驚きが次に聴えたようだった。指先と指先とが空間で触れたのだ。この場面を私に語る時多田君はこういう風に言った。

「僕は、どうしたのか背筋に冷たいものを感じたよ。僕が、彼女の方を無意識に見ると、彼女も僕の方をじっと見ているんだ。じいっとだよ。別段頬を染めてもいないんだ。むしろ蒼い顔だった。僕も見たね、じいっと。かなり長いことお互に見合ったんだ。それはなんというか、非常に透明な状態、そうだ、全く純粋な瞬間なんだ。あの時の彼女の眼は、ああなんと言ったらいいんだろう。形容詞に絶しているんだ。僕には今でも眼をつぶればはっきり浮いて来るんだがなあ。」

多田君はもう死ぬのが嫌になった。こんな少女のいる世界は美しい、彼はそう思った。彼女の生きている限り、自分はもう死ぬ必要はない、彼女を生んだ程の世界だから、生きねばならぬ、そう強く決心したのだった。

お盆が終るとまた平凡な毎日がくり返され始めた。それでも数日の間は、まだ盆踊りの光景や興奮が誰もの心に残っていて、どことなく落着きのない有様だったが、それもやがて薄れて行き、洪水の退いた後のような、ひっそりした療養所がかえって来た。そして多田君の心の中に、少女との瞬間がぽつんと残り、日が経つに連れてますます鮮かに浮き出て来るのだった。多田君は憂鬱だった。毎日その「瞬間」を視つめながら、それと遊ぶようになった。ひやッとした少女の指が自分の指先にくっ着いてでもいるかのように、不思議そうに指先を眺めて見たりした。指先には何の変りもなかったが、しかし眼に見えぬ何かが生々しく感ぜられた。他の事を熱心に考えている時でも、ふと服の釦（ボタン）に触ったりするとすぐ思い浮んで来た。多田君の机の上には立派な大理石で刻まれた女の裸像が飾ってあるが、彼は時に眼をつぶってその像に指先で触れて見た。冷たい感触があの時とそっくりであった。こうして多田君は少女から受け取った印象を、守り、ひそかに育んで、それが陰気な毎日の唯一つの慰めになった。

けれど、みえは自分を一体どう思っているだろう、自分のように、やっぱりあの時の印象を心に包んで、守っているのだろうか。この考えに多田君はかなり悩まされた。が、こういう事は考えないようにしよう、と彼は思った。そういう考えは、霊山の頂きに咲いた花を、下界に引き下すようなものだと思われた。

しかし多田君は、とうとうみえを見に行った。そこは少女の病人ばかりがいる病舎だった。多田君はその前を何気ない風で通ったり、ひどく急しい用件を持った人のように、さっさと通り過ぎたりしながら、横目で部屋の中を覗いて見るのだった。みえは何時でも薄暗い部屋の片隅に坐っていた。他の少女たちが愉快そうに喋ったり、何か食べて居るような時でも、みえは、忘物のように静かに坐って、心の中の何かをまさぐったり、愛撫したりしているようだった。あの時のことを、みえも考えているのではあるまいか、多田君は一晩中考えて見ることがあったが、解らなかった。杳く(とお)へ残して来た故郷の山河を思っているのかもしれなかった。

ところがある日、多田君は林の中を散歩していて、ふとみえを見つけた。彼女も一人で、こちらに向って歩いて来るのだった。道はただ一条しかないので、どうしてもすれちがわねばならなかった。多田君はもう胸がどきどきして、どういう顔つきで彼女とすれちがったらいいのか判らなかった。やがて近づき、すぐ側まで来ると、彼女はにっこり微笑しようと、唇をほころばせかけたが、急にそれを止めて、そして急ぎ足で去って行った。こういう場合になると、多田君は狼狽してしまう癖があった。目先がぼうっとして、どうしたらよいのか、判らなくなってしまうのだった。それでひどく不器用に顔面をこわばらせでもしたのだろう。多田君は部屋に帰ると、大きな吐息をして寝転がった。

多田君の心に、又一つの新しいみえの印象が加わった。彼はもう毎日のように少女舎の前を通ったり、今一度会ったら今度はうまく微笑でも贈ろうと思って林の中を歩き廻ったりした。しかし一度もみえと会うことがなかった。彼は、がっかりして今にも死にそうな風で、ながい間林の中に寝転んだりした。

そして日が経ち、空が高く澄んで、秋が深まって行った。あたりは一層静けさを加えて、多田君はますます憂鬱になった。その頃時々私の所へも遊びに来たのだが、多田君の心の中など知ろう筈もなく、なんとなく元気がないように思って、彼を励ましたりした。彼はひどく黙りっぽくなって、私が熱心に詩や小説の話を始めても、彼はたいてい聞いていないようだった。

「危機は最高の美。君、指先に最高の美が、危機が宿るということを考えたことがあるか。」

彼は不意にそういうことを言い出して私をびっくりさせたりしたのを覚えている。それから又私の記憶に残っているのは、ある日、突然彼は私の部屋に上って来ると、

「僕は、僕はもう骸骨のようになってしまった。抜殻なんだ。」

と突然言って、暫く身もだえして深い溜息を吐いて又出て行ってしまったことだった。

「おい、気でも狂ったのかい！」

と叫びながら、彼を見送ったが、ひどく私は心配したものだった。

それはみえが急に少女舎にいなくなったためだった。ある日、例のようにその前を通ると、きっと見える筈の彼女が、かき消えたように、畳だけが黒っぽく眼につき、他の少女達もみえのすわっていた部分だけを空虚に残して他の所であそんでいるのだった。そこだけが薄暗く陰

って、見ている多田君は取りつく島を失ったような空しさを覚えた。何時でもそこに在るものがなくなるということは淋しいことだ。それが多田君の身になって見ると、毎日ちらりとみえがいることを確かめては、ほっとしたり、生活の緊張を感じたりしていたのだった。

しかし初めの日は、何か用でも出来て出かけているのだろうと、自分の心をとりなしてふかく気にもとめなかったが、みえは、次の日も、その次の日も姿を見せなかった。多田君はもう何もかも白っぽい一色に見え出した。

しかし彼は、またみえを見るようになった。彼が胸を悪くして結核病室に這入ると、そこにみえがいたのだった。みえはひどい喀血をしたらしく、殆ど死人のように力がなかった。ベッドに横わったきり、彼女はなんにも言わなかった。苦しみを訴えることも、不幸な生涯を嘆きもしなかった。

大きな病室の中は、二十ものベッドが並んでいて、みな一人ずつその上に寝ていた。全身に繃帯を巻いた人や、盲人や、そんな人ばっかりだった。中には、まだ十二三の子供もいて、その子供は片方足がなく、松葉杖をついて室内をぴょんぴょん飛んで歩いた。そういう中で、みえはどんなことを心に描いているのであろう。多田君は便所に行くおりや洗面に行くときには、彼女のベッドを覗いて見たが、彼女は多田君がこの病室に来ていることも知らないらしかった。何時も眼を閉じて、肉の落ちた頬だけが、いたましく彼に見えるのだった。あの美しい眼を、もう一生見ることができないのではあるまいかと思うと、不安だった。

そして多田君の方は、咳く毎に出た血痰も薄まり、やがて血の混らない純白に変って行ったが、みえの病勢はつのって行く一方だった。吐く息も吸う息も細って行き、それが消えてしまう日も遠くないように思われるのだった。

それは誤りなく、遂にはその日がきた。その前数日かの女はなにも食べなかった。死ぬ前日になって、小さな葡萄の粒を一つ口に入れたきりだった。

「きみ、きみに解るかい？　かの女の気持が。」

語り終ると多田君は定ってぽつんと涙を一つこぼすのだった。しかし私はその後色々と多田君の話を考えて見ると、どうにも腑に落ちないふしが出て来た。それで、かの女は唖じゃなかったんかい、とある日訊いてみた。すると、きみは、きみは……と言葉も出ぬ程激昂して、お前のようなひねくれ者はどぶへでも落っこちて死んでしまえ！　と非常な勢で私の胸を突き飛ばすのだった。

月日

　一歩一歩注意深く足を踏みしめて、野村は歩いた。もう二年間も埃芥にまみれて下駄箱の底に埋もれていた靴であったが、街路を踏みつける度に立てる音は、以前と変りのないものであった。電車、自動車、馬車、その他凡ての都会の音響が、盛り上り、空間を包んで野村にぶつかって来たが、靴音はやはり足の裏で小さく呟いて、彼の体を伝って耳許まで這上って来た。野村は今こうして自由に街を歩き廻っている自分を考えると、解き放たれた、広々としたよろこびを覚え、大きな呼吸を幾度も続けざまにやって見た。

　夕暮だった。四季のない街ではあるが、それでも店々には秋の飾りつけがしてあった。太陽の落ちたばかりの街路は、まだ電光に荒されないで、薄闇が路地から忍び出て来た。

　野村はふと立停った。巨きなビルディングの横だった。細い小路が建物の間を暗い裏町に抜けている、その角に、彼は立って、

「こういう所でも蟋蟀（こおろぎ）がいるだろうか？」

　つまらないことだと思いながら、やはり彼はそういうことを考えた。黒い芥箱が一つ立っていて、紙屑や破れた草履が箱の周囲に散らばっていた。

「ひょっとすると一匹くらいは住んでいるかも知れない。」

しかしすぐそれが馬鹿げた考えであることに彼は気づいた。そして淋しく思った。蟋蟀がいないというそのためではなかった。街の真中に立って、こんなことしか考えなくなった自分が、完全に社会の動きから遊離してしまったのに気づいたからだった。

彼は三年間の生活を考えて見た。癩にかかって以来、草深い療養所で送ったその月日は余りにも彼自身には深刻な、そして社会にとっては無意味な苦しみの日々であった。そこには日毎に朽ち果てて行く不治の病者が、なお残された個我の生命力に引きずられて、陰惨極まりない生活を描いている。そこに投げ込まれた野村にとっては、それまで持ち続けた思想的支柱も意欲も、濁流に呑まれた木片程に無力であった。勿論激しい苦悶であった。苦闘であった。けれど結局は、流された萍(うきくさ)がその漂着した池に落ちつき、白い根をおろすように、彼もやはりこの灰色の病者の世界に根をおろし、日々を生きて行かねばならなかった。

「廃兵。」

そしてこれに満足しようがすまいが、それは問題でなかった。そうなった事実はもうどうしようもない。

彼は急ぎ足に歩き出した。今夜の十時までには療養所に帰らなければならない。家事の整理、という名目で一週間だけ療養所から解放された、その最後の日であった。

彼は病気のことを考えた。この執拗な業病は勿論不治に定っている。けれどまだそんなに重病者ではない。まだ三年や五年この社会で暮しても誰も怪しみはしない。そして今自分は街の真中に立っている。療養所へ帰るか帰らぬか、これは自らの意志の自由である。逃走するならば絶好の機会である。

「兎に角Hの家を訪ねてみよう。」

そう思ってS駅へ這入って行った。Hは古くからの友人である。野村が病気になる前に獄に下った。それ以来音信が絶え、僅かに新聞で消息を窺うよりなかった。Hの家には若い妻君がHの出獄を待っている筈である。

電車は大崎警察署のすぐ真上を走った。野村は窓から首を出して眺めた。留置場が見え、鉄格子の這入った小さな窓が眼に止ると、一瞬で後方に退いて行った。Hの妻君はこの留置場で半月程暮したことがあった。その時はまだHの妻君にはなっていない恋愛時代だった。野村とHはすぐ近くの無線会社で潜行運動を続けた。彼女はこの会社の女工であった。そしていよいよ火蓋が切られようとする時Hは捕えられた。野村は逸走した。女工達は二十名近く珠数つなぎにされた。

「あたし達毎日寝そべってばかりいたのよ。一度みんなで三・一五を歌ったら、廊下に引き出されて、そこの板間で五時間坐らされたっけ。女の房は畳敷きだからよ。それで肚が立ってハンスト始めたけど、三日でやめたわ。だってお肚が空いてしようがないんだもの。」

「ふん、情ないクララ・ツェトキンだなあ。」

「小さな窓があるのよ。そこから見ると、すぐ真上を高架線が走ってるの。青い空が四角に見えるけれど、電車が通る度にふさがれて、部屋の中がちょっとの間暗くなるの。電車の胴体が、こっちへぶつかって来るようで、胆が冷々したわ。」

Hが出て来るのは遅かったが、その後三人が会うと、彼女はよくこういう冗談を言った。間もなくHと彼女は結婚した。二人の新しい家は、野村等の地区のアジテーション・ポイントとなった。一週一回ずつ研究会が持たれるようになって、文章家の彼女は、その記事を機関紙に載せた。機関紙からは鮮人の北が来て、その研究会をリードした。鋭い男、として今でも野村は北を思い浮べることが出来る。北は何時でも黒い学生服を着て風のようにやって来た。もう三十四五にはなっているらしかったが、誰の眼にも二十六七にしか見えなかった。少年のように若い闘志に満ちた眼が、みなにそう思わせるのだった。がそのうち、北はふっつり姿を消してしまった。やられた、と誰も信じた。勿論新聞などに出よう筈もない。その後来た男も北のことについては一語も語らなかった。みんな北の事を気遣いながら、黙々と研究会を続けた。

そうした過去のことを思い浮べながら、野村は、電車を降りると、明るい通りを横切って行った。Hの家までは四五丁も歩かねばならなかった。或る肉屋の前まで来て、野村は思わず立停った。こま切れか何かの小さな包みを抱いた若い女が、店から出ると、すぐ野村の前を通って行ったからだった。つつましく白い前掛に体をつつんで、安月給取りの妻君らしく、夕暮の街をちょこちょこと暗い小路に消えて行ったが、それが、Hの妻君にそっくりだった。おや、と野村は半ば自分を疑いながら、しかしやはり彼女に違いなく思われた。野村は急いで小路を彼女の後を追って這入った。がらりと硝子戸の開く音がして、彼女は長屋の一つに消えた。野村は注意深くその家まで来ると、標札をすかして見た。街燈に照された文字は、彼の記憶にない新しい名前だった。彼はもう一度肉屋の前で見た女の姿を入念に思い浮べて見たが、彼女のように思われる半面に、そうでないようにも思われた。

「やっぱり彼女ではない。そんな筈があるものでない。あの聡明な女が、あんな平凡な姿になる訳はない。」

　彼はそこを離れると、何にしても早くHの家まで行かねばならぬと考えた。

　しかしそこでも彼は失望した。特にアジトとして選ばれたHの家は、曲り曲った袋小路の奥で、しかも平屋の一戸建だった。その前に彼は立ったが、斜に貼りつけられた貸家札が、黒く風雨に浸んでいた。彼は裏へ廻って見た。水道の来ない時からあった井戸が、そのままあった。その井戸でよく面を洗ったものだった。Hの妻君が白い両腕に力を入れながら、重いポンプを押したものだった。水は何時も赤い滓を沈めていたが、指の切れるように冷たかった。裏口の戸を二三度押して見たが、堅く釘づけにされていた。横の小さな庭を覗いて見ると、枯れかかった柿の木が葉をふるっていた。まるで冬のようだった。

「ふうむ。」

と感慨深く吐息をしながら、ではやっぱりさっきの女は彼女だったのだろうか、と又疑わしくなって来た。だがHはどうしているのであろう、まだ獄中にいるのだろうか。彼は不安になって来た。夫を獄に送った後で妻君が他の男に走ったり、或は闘志をなくして姿を消したりすることは、もう常識的な程幾度もくり返された事実である。

　取りつく島を失った思いで、野村はこととことそこを出た。

「あの、ちょっとお伺いしますが――。」

その時不意に彼にそう声をかける男があった。その男は急ぎ足で近よって来ると、

「Hさんは、どちらへ引越しなさったでしょうか？」

そう言って野村を覗き込んだ男は、北だった。

「北、さんじゃないですか、僕、野村です。」

幾分声を昂ませながら、野村は言った。北はひどく驚いたようだった。二人は暫く言葉もなく向い合っていたが、やがて肩を並べてそこを出た。明るい通りに出て北を見ると、乞食のように薄汚れていた。鬚が顔中に生えて、やはり以前と同じ学生服を着ていたが、袖口はもう破れていた。あの美しかった眼も、今は濁って、唯嶮しい鋭さが残っていた。

二人は小さなバーに這入ると、向い合って坐った。北は二三日前出獄したばかりだと言った。彼は勿論Hやその妻君の行動は何一つとして識らなかった。野村はさっき会った女のことを話した。

「或はそうかもしれない。」

と北は言って、口をつぐんだ。北は痩せて以前よりずっと骨ばっていた。二人は黙ったまま時を過した。渦のように言うべきことが頭の中にありながら、親しく語り合うことが出来なかった。もう今では、手を握り合って同志と呼ぶことがなんとなく憚られた。野村は自分のことを何一つ語らなかった。北も又そうだった。お互に顔をつき合わしていながら、別々のことを考えた。お互に無関係な三年間の月日に受けた苦悶の痕が、まだうずいていた。二人共、以前

と違った貌になっていた。

「僕は、戦いますよ。どこまでも、戦いますよ。」

と北は言って立上ると、そのまま、暮れた街の中へ消えて行った。野村はじっと見送りながら、それもはや自分から遠い世界の人に思えた。その鋭い言葉も、何処かヒステリカルな痙攣に聞えた。野村は静かに勘定を済ますと、街へ出た。ことことと呟く靴音が、やはり親しい唯一つのものに思えた。

——一九三五・九・一五——

可愛いポール〔童話〕

ミコちゃんの小犬は、ほんとうに可愛いものです。丸々と太った体には、綿のように柔かい毛がふかふかと生えています。

名前はポールと言います。これはミコちゃんが、三日も考えてつけたのでした。ポールと言うのは、フランスの美しいお歌を作る先生のお名前です。

ミコちゃんはポールが大好きです。ポールもミコちゃんの言うことは何でも良く聞きます。又ミコちゃんの行く所へは、どんな所でも家来のように従いて行きます。

「ポール！　ポール。」

と呼ぶと、どこにいてもポールは一目散に駈けて来て、ミコちゃんの命令を待っています。

御近所のおばさん達も、ポールを見ると、

「可愛いポール。可愛いポール。」

と呼んでは、ポールの一等好きなカルケットをごちそうしてくれます。そしてミコちゃんを見ると、

「なんと言うお利口なミコちゃんでしょう。」

と言って、口々にほめてくれるのです。それはポールがまだミコちゃんのお家へ来ない前ポールを助けてやったからです。

ミコちゃんがポールを助けたのは、雪でも降りそうな寒い日の夕方でした。お父様のお手紙を持ってミコちゃんはポストまで行かなければなりませんでした。北風がヒューヒュー吹いて手でも足でも凍ってしまいそうです。それでも元気よく駈けて行きました。

すると赤いポストの横で、大勢の人が、何か口々にわいわいと言っています。それに混って大変悲しそうな犬の声も聞えて来るのでした。

どうしたのかしら？　と思って側へ近寄って見ると、それは野犬狩をしているのでした。

この寒いのに、一人は頭に穴のあいた麦藁帽子をかむって、太い棒を持っています。もう一人はベトベトとよごれたオーバーを着て、恐しい眼つきであたりをにらんでいます。手には強そうな綱を持っています。

すぐ横には荷車が一台止めてあります。荷車の上には、大きな箱がのせてあって、犬をつかまえると、この箱の中へ押し込んでしまうのです。

恐しい眼つきをした男が言いました。

「まだ朝から二十匹しか捕らんぞ。」

穴あき帽子をかむった方が答えました。

「うん。もう十匹は捕りたいなあ。」

それを聞いて、ミコちゃんは、思わずぞっとしました。

車の上の箱の中からは、苦しそうにうんうんうなる声や、お母様のおちちがほしくなったのでしょう、仔犬の泣き声が、キャンキャンと悲しそうに聞えて来ます。

その時、まだ生れて間もないようなちいちゃな仔犬が、ちょこちょこと駈けて来ました。きっと箱の中の、お友達の泣き声を聞いて、どうしたのか、と思って出て来たのでしょう。仔犬は大きな箱を眺めて、不思議そうに考え込みました。

恐しい二人の犬殺は、やがてこの仔犬を見つけてしまいました。

「おや、こんな小さいのが出て来たぞ。」

「これはすてきだ。どれ、捕えてやろうか。」

二人の犬殺は、両方から、仔犬をかこんで、はさみうちにしようとしています。

「まあ、可哀そうだわ。」

ミコちゃんは思わず声を出してしまいました。すると、その声を聞いたのか、仔犬は急に走って来て、ミコちゃんの足にじゃれつきました。急いでミコちゃんは仔犬を抱き上げました。

それを見た二人の犬殺は、

「こら！　早く犬を出さんと、お前も、箱の中へぶち込むぞ！」

と叫んで、ミコちゃんをにらみつけました。

「いや、いやだわ。」

「どうしても出さんと言うんだな！」

大声で犬殺はそう言うと、無理にミコちゃんの手から仔犬をもぎ取ろうとします。ミコちゃんは力一パイに仔犬を抱いていましたが、大きな男にかかっては、かないません。とうとう取り上げられてしまいました。

「さあ箱の中へはいっておれ！」

可哀そうに、仔犬は首をつかまれて箱の中へ投込まれました。

ミコちゃんは可哀そうで可哀そうでなりません。なんとかして助けてやろうと決心しました。

「ね、おじさん。あたいがその犬飼うわ。だから下さいな。ね、おじさん、いいでしょう。」

ミコちゃんは一生懸命にたのみました。けれどだめです。

箱の中へ入れられた仔犬は、急に悲しくなったのか、キャンキャンキャンと泣いて、のどが破れて血が出るかと思われる程です。早くお家へ帰って、お母様のおなかの下で温まりたくなったのでしょう、箱の中から、板を引っ掻いては泣くのでした。けれど仔犬の力ではどうすることも出来ません。

それを見ていると、ミコちゃんも、なんだか悲しくなって来ました。

その時、黒いマントを着たやさしいおまわりさんが来て、ミコちゃんの頭をなでながら、

「感心な児じゃ。よしよし。おじさんが助けて上げよう。」

と言って、箱の中から、さっきの仔犬を出してくれました。さあ、ミコちゃんは大よろこびです。

「おじさん、ありがと。おじさん、ありがとう。」

と、いくどもいくども頭を下げてお礼を言いました。

この可哀そうな仔犬がポールだったのです。それからミコちゃんとポールは大の仲好しになりました。ポールは何時も、ミコちゃんのお家で幸福そうに遊んでいます。

それを見るとミコちゃんは、あの時ポールを救ってやって、ほんとうに良かったと、思うのでした。

すみれ〔童話〕

昼でも暗いような深い山奥で、音吉じいさんは暮して居りました。三年ばかり前に、おばあさんが亡くなったので、じいさんはたった一人ぼっちでした。じいさんには今年二十になる息子が、一人ありますけれども、遠く離れた町へ働きに出て居りますので、時々手紙の便りがあるくらいなもので、顔を見ることも出来ません。じいさんはほんとうに侘しいその日その日を送って居りました。

こんな人里はなれた山の中ですから、通る人もなく、昼間でも時々ふくろうの声が聞えたりする程でした。取り分け淋しいのは、お日様がとっぷりと西のお山に沈んでしまって、真っ黒い風が木の葉を鳴かせる暗い夜です。じいさんがじっと囲炉裏の横に坐っていると、遠くの峠のあたりから、ぞうっと肌が寒くなるような狼の声が聞えて来たりするのでした。

そんな時じいさんは、静かに、囲炉裏に掌をかざしながら、亡くなったおばあさんのことや、遠い町にいる息子のことを考えては、たった一人の自分が、悲しくなるのでした。

おばあさんが生きていた時分は、二人で息子のことを語り合って、お互に慰め合うことも出来ましたけれど、今ではそれも出来ませんでした。

来る日も来る日も何の楽しみもない淋しい日ばかりで、じいさんはだんだん山の中に住むのが嫌になって来ました。

「ああ嫌だ嫌だ。もうこんな一人ぼっちの暮しは嫌になった。」

そう言っては今まで何よりも好きであった仕事にも手がつかないのでした。

そして、或日のこと、じいさんは膝をたたきながら、

「そうだ！　そうだ！　わしは町へ行こう。町には電車だって汽車だって、まだ見たこともない自動車だってあるんだ。それから舌のとろけるような、おいしいお菓子だってあるに違いない。そうだそうだ！　町の息子の所へ行こう。」

じいさんはそう決心しました。

「こんなすてきなことに、わしはどうして、今まで気がつかなかったのだろう。」

そう言いながら、じいさんは早速町へ行く支度に取りかかりました。ところが、その時庭の片すみで、しょんぼりと咲いている、小さなすみれの花がじいさんの眼に映りました。

「おや。」

と言ってすみれの側へ近よって見ると、それは、ほんとうに小さくて、淋しそうでしたが、その可愛い花びらは、澄み切った空のように青くて、宝石のような美しさです。

「ふうむ。わしはこの年になるまで、こんな綺麗なすみれは見たことはない。」

と思わず感嘆しました。けれど、それが余り淋しそうなので、

「すみれ、すみれ、お前はどうしてそんなに淋しそうにしているのかね。」

と尋ねました。

すみれは、黙ってなんにも答えませんでした。

その翌日、じいさんは、いよいよ町へ出発しようと思って、わらじを履いている時、ふと昨日のすみれを思い出しました。

すみれは、やっぱり昨日のように、淋し気に咲いて居ります。じいさんは考えました。

「わしが町へ行ってしまったら、このすみれはどんなに淋しがるだろう。こんな小さな体で、一生懸命に咲いているのに。」

そう思うと、じいさんはどうしても町へ出かけることが出来ませんでした。

そしてその翌日もその次の日も、じいさんはすみれのことを思い出してどうしても出発することが出来ませんでした。

「わしが町へ出てしまったら、すみれは一晩で枯れてしまうに違いない。」

じいさんはそういうことを考えては、町へ行く日を一日一日伸ばして居りました。

そして、毎日すみれの所へ行っては、水をかけてやったり、こやしをやったりしました。その度にすみれは、うれしそうにほほ笑んで、

「ありがとう、ありがとう。」

とじいさんにお礼を言うのでした。

すみれはますます美しく、清く咲き続けました。じいさんも、すみれを見ている間は、町へ行くことも忘れてしまうようになりました。

或日のこと、じいさんは
「お前は、そんなに美しいのに、誰も見てくれないこんな山の中に生れて、さぞ悲しいことだろう。」

と言うと、

「いいえ。」

とすみれは答えました。

「お前は、歩くことも動くことも出来なくて、なんにも面白いことはないだろう。」

と尋ねると、

「いいえ。」

と又答えるのでした。

「どうしてだろう。」

と、じいさんが不思議そうに首をひねって考えこむと、

「わたしはほんとうに、毎日、楽しい日ばかりですの。」

「体はこんなに小さいし、歩くことも動くことも出来ません。けれど体がどんなに小さくても、あの広い広い青空も、そこを流れて行く白い雲も、それから毎晩砂金のように光る美しいお星様も、みんな見えます。こんな小さな体で、あんな大きなお空が、どうして見えるのでしょう。わたしは、もうそのことだけでも、誰よりも幸福なのです。」

「ふうむ。」

とじいさんは、すみれの言葉を聞いて考え込みました。

「それから、誰も見てくれる人がなくても、わたしは一生懸命に、出来る限り美しく咲きたいの。どんな山の中でも、谷間でも、力一パイに咲き続けて、それからわたし枯れたいの。それだけがわたしの生きている務めです。」

すみれは静かにそう語りました。だまって聞いていた音吉じいさんは、

「ああ、なんというお前は利口な花なんだろう。そうだ、わしも、町へ行くのはやめにしよう。」

じいさんは町へ行くのをやめて了いました。そしてすみれと一所に、すみ切った空を流れて行く綿のような雲を眺めました。

随筆

癩院記録

入院すると、子供を除いて他は誰でも一週間乃至二週間ぐらいを収容病室で暮さなければならない。そこで病歴が調べられたり、余病の有無などを検査されたりした後、初めて普通の病舎に移り住むのであるが、この収容病室の日々が、入院後最も暗鬱な退屈な時であろう。舎へ移ってしまうと、いよいよこれから病院生活が始まるのだという意識に、或る落着きと覚悟とが自ずと出来、心の置きどころも自然と定って来るのであるが、病室にいる間は、まだ慣れない病院の異様な光景に心は落着きを失い、これからどのような生活が待っているのかという不安が、重苦しくのしかかって来る。それに仕事とても無く、気のまぎらしようもないまま寝台の上に横わっていなければならないので、陰気な不安のままに退屈してしまうのである。舎へ移る前日になると附添夫がやって来て、舎へ移ってからのことを大体教えてくれ「売店で四五十銭何か買って行くように。」と注意される。その四五十銭がまあいわば入舎披露の費用となるのであって、たいていが菓子を買って行ってお茶を飲むのである。

その日になると附添夫が三人くらいで手伝ってくれ、或る者は蒲団をかつぎ、或る者は茶碗や湯呑やその他の日用品を入れた目笊(めざる)をかかえてぞろぞろと歩いて行くのである。そうしていよいよ癩院生活が始まるのである。

×

病舎は今のところ全部で四十六舎、枕木を並べたように建てられている。だいたい不自由舎と健康舎とに大別され、不自由舎には病勢が進行して盲目になったり義足になったり、十本の指が全部無くなったりすると入れられ、それまでは健康舎で生活する。ここで健康という言葉を使うと、ちょっと奇異に感ぜられるが、しかし院内は癩者ばかりの世界であるから癩そのものは病気のうちに這入らない。ここへ来た初めの頃、「あんたはどこが悪いのですか。」という質問を幾度も受けたが、それはつまり外部へ表われた疾患部をさしているのであって、その時うっかり、「いや癩でね、それで入院したんですよ。」とでも答えたら大笑いになるであろう。それは治療の方面についても言われることであって、癩そのものに対する加療といえば目下のところ大楓子油の注射だけで、あとはみな対症的で、毀れかかった自動車か何かを絶えず修繕しながら動かせているのに似ている。

だから、不自由舎へ這入らない程度の病状で、よし外科的病状や精神症状があっても、作業に出たり、女とふざけたり、野球をやったり出来るうちは、健康者で、健康舎の生活をするのである。

不自由舎には一室一名ずつの附添夫がついていて、配給所（これは院の中央にあって飯やおかずはここで配給される。食い終った食器はここへ入れて置かれる。）へ飯を取りに行ったり、食事の世話をしたり、床をのべてやったりする。これは作業の一つで、作業賃は一日十銭から十二銭までが支給される。

舎は各四室に区分されていて、一室十二畳半が原則的であるといえよう。他に三十二畳などというのもあるが、これはこの病院が開院当時に建てられたままのもので、今はただ一舎が残っている切りで、あとは六畳の舎が少しある。一室につきだいたい六人から八人くらいの共同生活が営まれ、この部屋が患者の寝室となり食堂となり書斎となり、また棋を遊ぶ娯楽室ともなるのである。

男舎には、松栗檜柿などという樹木から取られた舎名がつけられ、女舎には、あやめ、ゆり、すみれという風に花の名が舎名としてつけられている。舎の前には一つずつ小さな築山が造られ、その下には池が掘られて金魚などが泳ぎ、また舎の裏手には葡萄棚などが拵えられて、患者達は少しでも自分達の住む世界を豊かにしようと骨を折る。ここを第二の故郷とし、死の場所と覚悟しているので、まだ小さな苗木のうちから植えつけて大きくしようとする。

このあたりは土質が火山灰から出来ているせいであろう、常にぼこぼことしまりのない土地で、冬が来ると三寸四寸という氷柱が立ち、春になって激しい北西風が吹くと眼界も定かならぬほど砂ぼこりが立って空間が柿色になってしまう。だから雨など降るとひどいぬかるみが出来て、足に巻いた繃帯はどろどろに汚れ、盲人は道路に立ったまま動きようもなく行きなやまなければならない。そこで院内の幹線道路には石が敷かれて歩行を助けるように出来ている。まあこれが病院のメーンストリートで、病舎はこの石道に沿って建てられている。

そしてこれらの石道は、病院の西端にある医局に向って集中し、医局の周囲には十個の重病室が建ち並んでいる。重病室からちょっと離れて収容病室があり、更に離れて丹毒、チブス、赤痢等の病人が這入る隔離病室が三棟ぱらぱらと散らばっている。その向うは広々とした農園と果樹園になってい、青々と繁った菜園の彼方に納骨堂の丸屋根が白く見え、近くには焼場の煙突が黄色い煙を吐いている。

×

病院とはいうが、ここは殆ど一つの部落で、事務所の人も医者も、また患者達も「我が村」と呼ぶのが普通である。子供は午後から学校へ通い（午前中は各科の治療を受けねばならない）大人達は朝早くからそれぞれの職場へ働きに出かけて行く。

仕事も一村に必要なだけの職業は殆ど網羅されていて、大工、左官、土方、鉄工、洗濯屋、印刷所、教員、百姓、植木屋、掃除夫等々、その上にここのみに必要な仕事としては、女達の繃帯巻き、不自由舎の人のガーゼのばし（一度使用された繃帯やガーゼは洗濯場で洗われる。それを巻いたり広げたりする仕事をいう）その他医局各科の手伝い、不自由舎・病室の附添など、失業ということはまずないようである。

作業賃はだいたい十銭が原則であるが、仕事によってはやはりまちまちである。勿論強制的に就業しなければならないということはなく、それぞれの好みに従って仕事を選んで良いのである。義務作業といわれるものも二三あるが、これは交替で行われる。例えば重病室や不自由舎の附添夫が神経痛や急性結節で寝込んだりすると健康舎から臨時附添夫が出なければならない。この場合も作業賃は十銭が支給される。

小遣いは一ヶ月七円と定められているが、それは自宅から送金されたものを使う場合であって、院内で稼いだ金はいくら使っても差支えない。だから働いていさえすれば小遣いに困るということはないようである。また不自由になって不自由舎の人となり、或は三年五年と重病室で寝て暮したりする場合には、毎月いくばくかの補助金が下がる。

女達の仕事としては前にも言った繃帯巻きがその主なるものであるが、その他には医局各科の手伝い、女不自由舎の附添などがある。また男達の着物を縫ったり、ジャケツを編んでやったり、洗濯物を洗ってやったりする仕事もある。

そのうち、良い金になると評判されているのは洗濯と、女の盲人のあんまである。

あんまは上下三銭、洗濯は掛蒲団の包布が二銭、敷布が一銭、着物・シャツその他は凡(すべ)て一銭というのが不文律になっている。しかしやはり数多くやり、いわば薄利多売的傾向をもっているので案外の金になるそうである。

もっとも洗濯屋は、誰でもすぐ思い通りに開業するという訳にはゆかない。やはり永年ここにいた者でないと信用がないので、得意をもつことが出来ない。得意先が出来ると毎日御用聴きに廻るところは、院外の商売と似ている。

男達は仕事から帰って来ると、すぐ長い着物を着て女舎などへ遊びに行くのが多いが、しかし働き者はそれから農園に出て大根を作り馬鈴薯を作る。中には女房と二人で暗くなるまで土を返すのもあって、ちょっと平和な風景である。

こうして作られた農産物は、炊事場に買い取られる。得た賃金は女達の半襟になり腰紐に化ける。また独身者は農産物を炊事場に出すのを忘れてこっそり女舎に貢いだり、将を射んとせば先ず馬を射よで、相手の娘の兄のところへ提供して敵本主義をやる。女の方が男よりも癩に対して抵抗力が強いということは医学でも言われていて、病院には女が非常に少い。だいたいのところ女は男数の三分の一で、だから癩者の世界では女は王様のようなものである。

「ちぇっ、女なんか。」男たちは一様に軽蔑したような口を利くが、実は内心女の顔色を窺っているのが多いようである。

×

「ちゅうしゃだよう——注射だよう。」

農園や印刷所や豚舎などで働いていると、遠くの方からそういう声が微かに聴えて来る。

「ああ注射が始まったな。」と彼等は、鍬を捨て文選箱を投げて注射場へ集まって行く。大楓子油の注射である。

注射は医局と、風呂場にくっついている外科の出張所と二ヶ所で行われる。遠くで働いている患者達に報せるためにメガホンでどなるのである。早く来た者から順にずらりと列を作って、自分の番の来るのを待っている。或る者は腕をまくり或る者は臀をまくっている。看護婦がぶすぶすと針をさして行く。五瓦（グラム）の注射器であるから、針は太く、ここへ来たばかりの者はちょっとびっくりしてしまうが、患者達は平気である。自分の腕や股に、畳針よりちょっと細いくらいの針がぶすりと突きさされるのを平然と眺めている。顔をしかめ、息をつめて「ああ痛い。」と大げさな表情を作って見せると、看護婦は笑いながら、

「眼が醒めたでしょう。」

「ああ全く眼が醒めた、こら、こんなに汗をかいたぜ。」

が、その実は麻痺していてちっとも痛くなかったりする。そして帰りにはしみじみとした気持になって、

「一本注射をうつ度に一つずつ結節が無くなって行くといいんだがな。」

「大して効かんのが判ってるんだからなあ、気休めだ気休めだ。」

「しかし大楓子は全然効かんのかなあ。」

「いや、確かに効目はあるそうだ。完全に治り切ることは出来んが。」

「しかし雑誌に書いてあったよ、再発後は丸切り効かないって。」

「そんなことあるもんか、ようく見てみろ、大楓子をやらん奴はみな早く重って行くよ。やってる奴は重るのが確かに遅い。それから重くなっても、大楓子やってる者は膿があんまり臭くないそうだぜ。こりゃ効いてる証拠だい。」

大楓子が効くと力説することが自慰のようにはかない夢であるにしろ、やはり唯一のこの治療薬を全然無価値のものとは思いたくないのである。

しかし中には全くあきらめている者もある。そして注射するのはただ永年の惰性であったり、また全然注射場へ現われないのもある。だが殆どが、大して効果のないものだということを知っており、まあやらんよりはましだろう、というくらいの気持である。

これはこの病院にもう二十年余り暮している人から聴いた話であるが、なんでも昔は、患者

達が注射というと奇妙に恐怖したり嫌悪したりして逃げ廻って注射されようとしない。そこで仕方なく医局から大楓子注射の懸賞が出されたという。つまり一ヶ年のうちの注射の数を記録して、最も多いものに賞品が与えられたのである。

それから較べると今の患者はずっと向上しており、注射しない者は非常に少数である。一体に癩者は医学というものを信用しない傾向がある。それは今まであまりに幾度も医学にだまされて来たせいであろう。時々新聞で誇大に取扱われる癩治療薬の発見なぞも、療養所内の患者はたいていが馬鹿にしていて喜ばない。「ふん治るもんか。」と彼等は呟く。しかも治療薬の出現を待っていないのではない。半ばあきらめながら、しかしひょっと意外な薬が、たとえば梅毒に於けるサルバルサンのような薬が、発見されるかもしれないと夢のような希望を有っている。こういう希望が夢のようなものであることは意識しながら、やはり捨て切れないのだ。だから彼等は療養所で研究を続けている医者の言葉となると非常に信用する。それはその医者が永年の間癩ばかりを見、癩を専門に研究していることを知っていると同時に、他の医者のように誇大で断定的でないからである。

たとえば、この前「金オルガノゾル」が発表された時も、患者は丸で相手にもしなかった。ところが一日院長が全患者を礼拝堂に集めて、この薬の内容を説明し、効目があると思われるから試験的にやって見たい、希望者は申し込んで欲しい、と述べると、忽(たちま)ち信用して、申込みは文字通り医局へ殺到した。が、残念なことにこの薬は効果がなかった。

「結局、どんな薬をやったって効きやしない。」とみな苦々しく呟く。

そういう訳で、彼等は学説よりも自分の体験を重んじ、先輩の言葉を信用する。大楓子油にしても、たとえ今もし医学が、これは全然癩に対して無効果であると発表したりしても、決して注射するのをやめはしないであろう。たいした効目はないが、しかしやった方が良い、いくらかの効目はある、ということを経験の上で知っているからである。こういう常識的な経験に信を置く結果、意外な失敗をやることがあると共に、また癩者独特の治療法を発見することもある。

×

そのひとつに「ぶち抜き」というのがある。誰がこれを考え出したのか私は知らない。しかし長い間のうちに何時とはなしに患者間で行われるようになったのだろう。

それは両足に穴をぶち抜くのである。と言うと誰でも吃驚するに違いない。そこで説明を要するが、手取り早く言えば両足に一つずつ穴をあけて、そこから全身に溜っている膿汁を排泄しようという仕掛なのである。足といっても、勿論どこへでもあけるのではない。やはり決まった場所がある。長い間の経験で自然とそこに定められるようになったのであろう。それは、内踝（うちくるぶし）の上部三寸くらいのところで、比目魚筋（ひらめきん）の上に団子くらいの大きな灸をすえるのだ。間違っても脛骨の上にすえてはならないそうである。先日私の友人の一人がそれをやったから、一見して置くに限ると思って見に行ったが、何しろ団子ほどもあるもぐさ（決して誇張していない）がぶすぶすと燃え出すのだから物凄い。

「おい熱かないか。」

と言うと、

「麻痺しているからな。」

と彼は笑いながら、横から団扇で煽る。じりじりと燃えて行くと、皮膚がぶちぶちというような音を立てて焼ける。

もぐさが全部燃えてしまうと、その焼痕は真黒の水脹れになってぶくぶくしている。その水疱を彼は無造作に引き破ってしまうと、真赤にただれた肉が覗いている上に、消毒した新聞紙をべたりと貼りつけてぐるぐると繃帯を巻いて知らん顔しているのである。

続いてもう一方の足を焼いたが、今度は少し焼け過ぎて、水疱をはがして見ると赤い水蜜桃に腐りが這入ったように真中に心が黒く出来て、更にその中に白いすじのようなものがべろべろと覗いていた。これにもまた同じく新聞紙を貼りつけるのであったが、誠に危険千万である。しかし彼は平気なものでそのまま翌日になると風呂へも這入り、出て来ると新聞紙を新しいのと取りかえる。新聞には血膿がべっとりくっついている。

こうして四五日過ぎると彼は、非常に足が軽くなった、夜もよく寝まれるようになったと言う。これは嘘ではないと思う。ぶち抜きをやるくらいの足はかなりひどく病勢の進んだ足で、勿論潰瘍や潰裂はないが（潰瘍や潰裂があればぶち抜く必要がない）完全に麻痺しており、また汗も膏も出ないで常に鈍重な感じがし、夏などは発汗がないから焼けた空気が足の中に一ぱいつまっているような感じで実際堪えられないのである。夜など床の中に這入ると、足の置場に困り、どこへどう置いてみてもだるく重く、まるで百貫目の石が足の先にぶら下っているような感じで、安眠が出来ないのである。だからぶち抜きは、なんと言うか、通風口のようなものので、効果は確かにあるそうだ。

こうしてぶち抜くと、出来た疵が治らぬように注意すると共に、またこれが動機で内部へ深く腐り込んで行き足を一本切断したりするようなことがないように気をつけながら、一ヶ月から二ヶ月くらい新聞紙を毎日取りかえる。この貼紙は新聞紙よりも油紙の方が良く、傘に貼られた紙を破って来て利用するのが普通であるが、新聞でも悪いということはない。無論消毒は十分に行われねばならない。そして一ヶ月なり二ヶ月なり経って、もう十分膿も出たし、足も軽くなったと思われると、今度はリバーノオルなり何なりをつけて疵を治してしまえばよいのである。医者はこういうことを余り好まないので、やたらにぶち抜くことを許さないが、それは丹毒その他に対して甚だ危険だからであろう。癩者は皮膚その他の抵抗力が弱っているから丹毒などはすぐ伝染してしまうのである。

×

癩患者にも趣味というものはある。いや、どこよりも癩院は趣味の尊ばれる所かも知れない。一番多くの人がやるのは投書趣味であろう。彼等はこれを「文芸」と称しているが、俳句などは文字通り猫も杓子もという有様で、不自由舎などでは朝から晩まで、字を一字も知らない盲人が「睡蓮や……睡蓮や……」と考え込んでいたりする。それから新聞紙上に表われる募集物に片端から応募するのを商売のようにしているのもいる。俳句・短歌は勿論、仁丹、ライオン歯磨、レートクレーム等々の懸賞、ものは附から標語に至るまで、なんでもかでも応募する。たいてい用紙は官製はがきだから、一種に対して一銭五厘だけ投資すればすむ。そして投函した次の日からもう胸をわくわくさせている。なんとなく当るような気がしたりするのである。当らなかったって一銭五厘の損だ。もし一等にでも当ればこりゃ大したものじゃないか、と彼等は言う。

そしてまた時には素敵な大ものを当てることがある。立派な座蒲団を三枚か五枚当てたのもいるし、東京市の人口調査の時に出た朝日だったかの懸賞に、二等を当てて金二拾円の副賞と東京市長の銀盃を貰ったのもいる。

その男は銀盃が送られて来ると、もううれしくてたまらないので、その箱を抱いたまま各舎をぐるぐる巡って、息を切らせながら、

「昨日新聞記者が来たよ。あなたは東京市の人口をどういう方法で知りましたかって訊ねるんだ。だから俺、子供の頃から統計学が非常に好きでした、と答えてやったさ。」

そして彼は汗をふきふき次の舎へ駈け出すのだった。

こういうのがあると他の投書家達は無念の歯がみをしながら、よし今度こそは、と投書熱を上げるのである。

その他、趣味らしい趣味に、小鳥飼、花造り、盆栽、碁将棋など色々ある。花造りはかなり熱心なのが多く、毎年秋が来ると菊大会が催される。私の舎から二つばかり向うの舎にも菊造りに熱心な人がいるが、何時行って見ても三十くらいもある鉢の中でうずくまって世話している。その人のいる舎は狂人病棟の派出所みたような舎で（つまり狂病棟が満員になるとこの舎

へ這入る）彼はその附添をやっている。菊にうずもれて手入れしている彼の横で、何時も狂人がにやにや笑ったり独言を呟いたりしている。

「小さな鉢に良いのが咲きましたら上げますよ。机の上に置いて下さい。」

と彼は先日も私に言ってくれた。

また、不自由舎などには、義足趣味、繃帯趣味などというのもあって、まあいわば生活派と言っていいのがある。

繃帯は
白い　小ぢんまりした丸顔で
チョコンと坐って居る

丈夫なとき
働いているとき
すっかり忘れられて繃帯よ
お前は戸棚の隅に転げて居る

ああ　しかし
俺が傷つき痛んだとき

繃帯よお前はぐるぐる伸びて
疼く患部を優しく包み温める
俺の唯一の保護者である

繃帯の長さは誰でも計れるだろう
だが俺は現在(いま)
計れぬ深い繃帯の愛情を
感謝している　浸っている

これは昭和九年の冬、長島愛生園で死んだ新井新一君の遺稿詩集『残照』の中の一篇である。

乾性即ち神経癩の患者にはたいてい一つは蹠疵(うらきず)というのが出来ている。主として踵(かかと)に出来るのであるが、麻痺のため痛みを感じない。それで歩行の不便を感ぜず歩き廻るので何時まで経っても治らないのである。これは一生疵と言われているほどで、だから繃帯なども毎日毎日幾年も続けて巻いたり解いたりしなければならない。こうして続けているうちには何時しか繃帯を巻くことに趣味を覚えるようになるのである。

指が曲って、肉が落ち、他目にはいかにも巻くのに骨が折れているようであるが、本人は楽しそうですらある。だから見るに見かねて「巻いて上げましょう。」と言っても、決して他人に巻かせない。念入りに、こつこつと自分で巻く。

次に義足であるが、これは院外の人達が用いるように三十円も五十円もする法外なものではなく、簡単に言ってしまえばトタンの筒っぽである。先の方が細まっていて、先端に小さな足型がくっついている。中には全然くっついていないのもある。足型は単に体裁で、小さいほど歩行に便であるそうだ。友人の一人はこれを十銭の義足と称しているが、これは足を切断すると同時に医局から交付される。

が、義足に趣味を持ち出すと医局からくれる不恰好なのでは承知出来ないので、義足造りの所へ行って足にあわせて造って貰う。義足造りは今院内に一人しかいないが、なんでも馬糞紙で造るのだそうだ。ふくらはぎはふくらませ、向うずねはそれらしく細くし、馬糞紙を幾枚も幾枚も貼り合せて板のようにして立派な義足が出来上る。

趣味が強くなって来るともう一本では間に合わない。四本も五本も造って、外出用、部屋用、式場用等々、みな別になっている。その男の押入れを開くとずらりと義足が並んでいる。外出用のには足袋をはかせ、靴下をはかせる。式場用はその場にふさわしく飾る。作業の時に使用するのはたいてい医局から交付された頑丈なのを用い、この義足で水桶もかつげば鍬もとる。

彼等のいい草がふるっている。

「義足くらい便利なものはないぜ。ちょっと休みたかったら腰かけになる、横になりたかったら枕になる。神経痛もしなければ蹠疵も出来ない。普通の足をもってる奴の気が知れない。」

病院の中央に大きな礼拝堂がある。そこで毎月死者の慰霊祭が行われる。またそこは活動小屋になることもあれば音楽会の会場にもなる。何か事件があると院長が患者達に何か説諭する。その時もこのお堂が利用される。所謂名士が参観に来るとここで一席弁じて行く。ちょっと患者会館と呼ぶにふさわしい所である。

名士たちはよくやって来る。主として宗教家であるが、時には大学教授も来れば大臣も来る。患者達がぞろぞろと集まって来るのを見ると、名士達は誰も同じ恰好に顔をしかめる。驚きと恐れと同情とがごっちゃになった表情で、しかし平然としようとして視線を真直ぐにしている。が、やはり気になるのでちらちらと坊主頭や陥没した鼻を眺めては、また急いで視線を外らせる。

×

そして演壇に立つと込み上って来る同情の念に、たまらなくなったような声で口を開く。中には一時間も二時間も喋って行く人もあり、またほんの四五分喋って行く人もある。患者達はみな熱心に聴く。そして話が終ると同時に忘れてしまう。しかしほんの四五分しか喋らなかった人の言葉はよく覚えてい、尊敬しているようだ。

高浜虚子が来院されたことがあった。氏は、この院内から出ている俳句雑誌『芽生』の同人達を主に訪問されたのであるが、患者達は殆ど総動員で集まった。氏はゆっくりと、誰にも判っている事を誰にも判るようにほんの五六分間話して帰られた。患者達はあっけないという顔で散ったが、しかしその五六分間の印象は強く心に跡づけられた。そして今もなお時々その時の感銘が語られている。

患者達は決して言葉を聴かない。人間のひびきだけを聴く。これは意識的にそうするのではない、虐げられ、辱しめられた過去に於て体得した本能的な嗅覚がそうさせるのだ。

×

じめじめと湿ったむし暑い日が続いたり、急に寒くなったりして、気温の高低が激しく変転すると、定って腕や足がしくしくと痛み始める。癩性神経痛が始まったのである。

気温の変転は病体を木片のように翻弄する。神経痛の来ないものには急性結節（熱瘤と患者間に呼ばれてい、顔面、手、足などに赤く高まったぐりぐりが出来る。押すとぴいんと痛み、化膿するのもあるがたいていは化膿しない。大いさはまちまちであるが、最も大きいもので団子くらいもある。外部からはちょっと高まっている程度にしか見えないが、触って見ると飴玉を含んでいるように固くぐりぐりと動くのが内部にある。たとえてみれば頭だけをちょいと海面に覗かせている氷山みたいなものだ）が盛り上って来て発熱する。四十度を越える高熱も珍しくない。

腕も顔も繃帯で包み、手袋をはめて頭から蒲団を被って寝ていなければならない。

神経痛は定って夜が激しい。凄いのにやられると痛む腕、足を切り飛ばしてしまいたくなる。義足だったらいいなあと思うのもこんな時である。痛みの堪えられるうちはアスピリンを服用して我慢する。ぽかぽかと体が温まって来ると痛みは大分鎮まり、時には睡眠することも出来るが、烈しくなって来れば鼻血の出るほど服用してもアスピリンなど効きはしない。

そこで診察を受け、初めて重病室に入室して加療する。これは急性結節の場合も同じである。

重病室には五人の附添夫がついていて、こうして入室した者の世話をする。神経痛、熱瘤に限らず、舎にいては世話の出来ない場合、治療に困難な場合等には重病室に這入るのである。だからここには結核、肋膜炎、関節炎、胃病、心臓、腎臓等々あらゆる病気が集まっている。一室につき十六七から二十くらいの寝台が二列に並んでい、その上に怪しく口の曲ったのや、坊主頭や、鼻のない盲人などが、一人ずつ横わっている。

入室することが定まると、収容病室から舎へ移った時のように、同室の人達が、蒲団、食器その他をもって、入室者を中央に挟み、或はリヤカーに乗せて送って行く。

もし誰か、この地上で地獄を見たいと欲する者があるならば、夜の一時か二時頃の重病室を見られるようすすめる。鬼と生命との格闘に散る火花が視覚をかすめるかも知れない。

続癩院記録

十個の重病室があり、各室五名ずつの附添夫が重病人の世話をしていることはさきに記したが、これらの附添夫も勿論病人であり、何時どのような病勢の変化があるか解らない。そこでこれらの附添夫——附添本官と呼ぶ——が神経痛をおこしたり肋膜炎にやられたりすると、健康舎から臨時附添に出なければならない。これは二三ある義務作業のうちの一つであるが、この場合も作業賃は十銭が支給される。隔離病室、男女不自由舎等もこれと同一で、これらの臨時附添はイロハ順に廻って来るので一ヶ年一回は誰でも番があたる。勿論体に故障の生じている場合や、その他のっぴきならぬ事情のある場合はその限りでないが、そうでない限り誰でも自分の仕事を捨てて出なければならない。臨時附添は十五日を限度として、本人の希望でない限りそれ以上続ける必要はない。

五人の附添夫は順番に当直を務め、非番のものは配給所へ飯その他を取りに出かけたり、病人——附添夫たちはベッドに就いている人々を病人と呼んでいる——の頼みによって売店へ買物に出かけたり、色んなこまごました仕事を各自担当している。なお、当直には一名の助手がつき、これを「助（すけ）」と呼んでいる。当直者はその翌日一日休みになっていて、昼寝をしようが他の舎へ遊びに行こうが自由である。

私はここへ来てから附添夫になったのはまだ三回臨時に出かけただけであるが、その時の日記を少し抄出してみよう。

一九三四年九月三日。

今日の当直。朝から大変忙しい。今は夜の十一時十五分。初めて当直のこととて何かと迷い、気疲れにぐったりしているが、書いて置けばまた何かの役に立つこともあろう。

起床五時半。雨。昼頃になってやみ、薄い雲を透して太陽がさし始める。夕方になって再び降り出したが、夜になってやむ。

六時十五分。配給所へ味噌汁をとりに出かける。本日の献立——昼（豆腐）。夜（馬鈴薯煮付）。帰って黒板に記す。

六時半。朝食。

七時。昨日の当直人と代り、室を自分に渡される。「北條さんお願いします。」とM氏。ちょっと儀式的な感あり。氏の顔は緊張している。

七時半。室内の掃除。初めて使う掃布（ボンテン）に汗をかく。

八時。盲目数名に煙草を吸わせる。うち一名に葉書の代書。

九時。お茶の時間なり。病人たちに注いでやる。煙草を吸わせてやる。

九時半。外科出張あり。病人たちの繃帯を解いてやるのが当直の仕事。「助」氏も手伝ってくれる。室内は膿汁に汚れたガーゼと繃帯でいっぱい。悪臭甚し。マスクをかけよと自分に奨めるものあり。マスクなど面倒なり。

十時。室内の掃除。汗。

十時半。昼食。ただし病人たちのこと。煙草を吸わせてやる。

十一時ちょっと過ぎ。附添夫たち昼食。

十一時半。病人たちの滋養品「卵」「牛乳」来る。お茶の時間なり。各病人に湯ざましを造ってやる。

十二時。掃除。ただし箒のみ。

二時。ニンニクの皮をむかされる。臭い上に眼が痛い。他に煮物二三あり。これは甚だ苦手なり。

三時半。夕食。

六時。病人S氏の咽喉管（カニューレ）を引き抜き、吸入をかけてやる。カニューレの掃除。初めてのこととて、T氏に教わる。見るに堪えなし。これを称して「ノド掃除」と言う。

七時。医局の用ありや否や病人たちに訊いて廻る。神経痛の連中「注射をたのみます。」「よしよし。」と自分。

七時半。病人たちに便器を与え終り。ほっとす。

八時。病室廻りの看護婦、注射器を持ち来る。「御苦労さん。」そしてベッドにもぐり込んだ。が、なかなか眠れない。

九月四日。

五時。病人に起される。カーテンをあけ放ち、呼吸。室内掃除。便器の始末。臭い臭い。

七時。朝食を終え次の当番に室を任す。

右は殆ど毎日繰りかえされる定った仕事で、死にかかった病人でもいると別だが、そうでなければだいたい当直人の昼間の仕事は以上のようなものである。もっとも書き洩らしている点も二三あり、その日その日によって変化があるのは勿論、また各室によってそれぞれの違いはあるが、まあ似たりよったりのところである。

私がやった時には三度共運良く死人にぶつからなかったが、それでも夜中に起されたことは珍しくなかった。

×

一日の疲れでとろとろと眠っていると、「当直さん、当直さあん。」と嗄れた声で呼ばれる。はっとして飛び起きると——もっとも長年やっている本官連中になると悠々と起きるが、——不眠に悩まされている病人が、

「山田さんが呼んでるよ。」

と教えてくれる。呼んでいる本人は大きな声を出す元気など勿論なく、喘ぎ喘ぎ歯を食いしばっているのである。

「注射を……。」

と病人は言って、あとはちちいッと痛みを訴える。言うまでもなく神経痛にやられているの

である。すると附添夫は寝衣のまま医局まで駈けつけ、当直の看護手を呼び出さなければならない。草も木も寝静まった深夜、しんとした廊下を自分の跫音を聴きながら駈けて行く時の気持というものは、ちょっと表現など出来るものではない。医局は病院の西端にあり、各病棟をつなぐ長い廊下は仄暗くかげり、硝子越しに覗かれる各室には半ば腐りかかった連中がずらりと並んでいる。それが駈けている横眼にちらちら映って来ると、今更のように自分が癩病院にいることを意識させられるのである。医局から帰って来ると看護手の出て来るまでの間じっと病室に立って、汗をだらだらと流してる病人を眺めながら待っている。附添夫が一番困るのはこの時であろう。汗を流していようがどうしようが唯ぼんやり眺めているよりなんとも致方がないのであるから——。

「見るがいい。この病室の状を。——一体この中に一人でも息の通っている生きた人間がいるのだろうか。誰も彼も死んでいる——凡てが灰色で死の色だ。ここには流動するたくましさも、希望の息吹きの音もない。いやそれどころか、ここには一匹の人間だっていないのだ。人間ではない。もっと別のもの、確かに今まで自分の見て来た人間とは異なったものが断末魔の呻きを発しているのだ。自分もその中の一個なのだ。俺は死んだ、死んだ——。」

結核病室の附添をやったときの印象として私の日記の中にはこんなことを書いた一節がある。私は今でもこれを書いた時の気持をはっきり思い出すことが出来るが、それもやはり真夜中のことであった。

呼ばれたのに眼をさますと、隣りベッドにいる男が、山田さんが苦しがっているようだぜと教えてくれた。私はひどく眠かったので幾らかよろよろしながらその男の所まで行くと、彼はうつぶせになって、枕の上にのり出し、片手には赤黒く血の浸んだガーゼを摑んで喘いでいるのである。

「どうした?」

と私は、夜中に起されたのでちょっと腹が立っていた。

「がづげづじました。」

「え?」

「が、が、が、……」

と彼は吃って声が出なかったが、そのうち私は、ハッとして気がついた。迂闊な話であるが、私はようやく、彼が喀血したのであることを悟ったのだ。

「喀血か、そいつぁいけねえ。」

私は急にあわてて食塩水を飲ませてやり、血のついた彼の口辺を拭ってやってから医局へ駈け出した。まだここへ来て間もない頃だったので私はど胆を抜かれたのである。医局から帰って来ると、私は早速彼の枕許を掃除してやり、唾壺を洗浄してやって看護手の出て来るのを待った。仄暗い室内に浮き上っている数々の寝台、二列に並んでいる白い蒲団とその中から覗いている絆創膏を貼りつけた頭の行列とを眺め廻していると、私はふと奇妙な憤怒と、孤独とを覚えた。やがて看護手が来、注射をうち、そして帰ってしまうと、私は寝台にもぐり込んで、右の日記を認めたのであった。

この喀血した男は、なんでもブラジルへ移民していて癩の発病に遇ったのだそうであるが、年は四十五六であった。彼は今年の春さきになって死んだが、癩の方はそんなに重症ではなかったのを記憶している。

×

重病室には、健康者では全然想像も出来ないような病人がいる。また凡そこの地球上どこを探しても見当らないような奇抜なものがある。

ここへ来て一番最初吃驚させられたのは、いのちの初夜という小説の中にも書いて置いたが、喉頭癩にやられノドに穴をあけた男を見た時である。が、その次になんとも奇妙な感じがしたのは、眼球はどろどろになり果て、頭髪は抜け落ちた盲目の女が、陥没しかかった鼻の穴に黒いゴム管を通して呼吸しているさまであった。そしてそのゴム管の端が二本、並んで二分ほども外部へ出ているので、余計怪しく見えるのである。

ところが今年の春附添をやった時更に奇妙な、と言うより奇抜なのを見せられた。

やはり女で、年は三十七八歳、或は四十歳くらいであろうか、かなり重症の、勿論結節型で高度の潰瘍に顔面は糜爛し、盲目であった。当直にあたっていた夕方、彼女は私を呼んで、けんどんの中にバットの吸口がとってあるからそれを出してくれと言う。寝台にはみな一つずつけんどんがくっついているので、戸をあけて見ると彼女の言う通り、その蠟引になった吸口が長い棒になって幾つも転がっている。どうするのだと訊くと、彼女は、その一つを鼻の中へ押し込んでくれと言うのである。はあん、と私は思わず声を出したが、彼女はゴム管よりもこの方がよいと言って、これだと毎日取りかえることが出来て手軽であると説明するのであった。そして彼女はつぶれかかった鼻の先に吸口の端を覗かせながら、二三度息を吸い込んでみて、

「ふ、ふふん。とても工合がいいのよ。」

バットの吸口といえば、煙草を吸う時以外に使用したことのなかった私は、何さま奇抜なものを見た気になったが、しかしそのうち私もまた彼女のように使用する時が来ないとも限らない。私は笑いながら慄然としたのであった。

六号病室にもう数年の間各病室を転々と移って来たY氏がいる。

氏のことに就いては私は委しく書くだけの元気がなかなか出て来ないのであるが、と言うのは氏のことを書こうとするとなんとなく私自身息づまるような気がして来るのである。

人の年齢というものは、顔の形や表情や体のそぶりなどによってだいたい推察されるし、またそうしたジェスチュアや表情などがあってこそ年齢という言葉もぴったりと板についた感じで使用出来るのである。ところがそうしたものが一切なくなってしまった人間になると、年齢ということを考えるのさえなんとなくちぐはぐなものである。Y氏は今年まだ四十七か八くらいであるが、しかし氏の姿を見るともう年齢などという人間なみの習俗の外に出てしまっているのを感じさせられる。たとえば骸骨を見て、こいつはもう幾つになるかな、などは考古学者ででもない限り誰でも考えないであろうように、Y氏を見ても年齢を考えるのは不可能なばかりでなくそんな興味がおこって来ないのである。氏は文字通り「生ける骸骨」であるからだ。

眼球が脱却して洞穴になった二つの眼窩、頬が凹んでその上に突起した顴骨、毛の一本も生

えていない頭と、それに這入っている皸のような条、これが氏の首である。ちょっと見ても耳のついているのが不思議と思われるくらいである。その上腕は両方共手首から先は切断されてしまっており、しかも肘の関節は全然用をなさず、恰も二本の丸た棒が肩にくっついてぶらぶらしているのと同然である。かてて加えて足は両方共膝小僧までしかない。それから下部は切り飛ばしてしまっているのである。つまり一言にして言えば首と胴体だけしかないのである。こんなになってまでよく生きていられるものだと思うが、しかし首を縊るにも手足は必要なのであってみれば、氏にはもう自殺するだけの動作すら不可能、それどころか、背中をごそごそ這い廻る蚤に腹が立ってもそれを追払うことすら困難なのである。

飯時になると、氏はそれでも起きてけんどんを前にして坐る。附添夫がどんぶりに粥を盛ってやると、犬のように舌をべろりと出してそのあたりを探り、どんぶりを探し当てると首をその中に突っこむようにしてびちゃびちゃと食い始める。少しも形容ではなく犬か猫の姿である。食い終った時には潰れた鼻にも額にも、頰っぺたにも粥がべたべたとくっつき、味噌汁はなすりつけたように方々に飛び散ってくっついている。それを拭わねばならないのであるが、勿論手拭を持って拭うという風な人間並の芸当は出来ない。それにはちゃんと用意がしてあって、蒲団の横の方に幾枚も重ねたガーゼが拡げてある。氏はころりと横になると、うつぶせになってそのガーゼに顔をこすりつけて拭うのである。既に幾度も拭ったガーゼは黄色くなっており――勿論附添夫が時々取りかえてやるが――それは拭うというよりも、一個所にくっついているのをただあちこちとよけいくっつけるばかりであるが、そんなことに一向気のつかない氏は、顔はたしかに綺麗になったに違いないと思って蒲団の中へもぐり込んでしまう。私は昨夜もこの男のいる病室へ用があって出かけて見たが、氏は相変らず生きていた。しかし大変力の失せたのが目立っていて、近いうちに死ぬのじゃないかと思った。

だが、驚くべきことは、こういう姿になりながら彼は実に明るい気持を持っており、便所へ行くのも附添さんの世話になるのだからと湯水を飲むのも注意して必要以上に決して飲まないというその精神である。そして煙草を吸わせてやったり便をとってやったりすると、非常にはっきりした調子で「ありがとうさん。」と一言礼をのべるのである。また彼は俳句などにもかなり明るく、読んで聴かせると、時にはびっくりするくらい正しい批評をして見せる。私は彼を見るときっと思うのであるが、それは堪え得ぬばかりに苛酷に虐げられ、現実というものの最悪の場合のみにぶつかって来た一人の人間が、必死になっていのちを守り続けている姿である。これを貴いと見るも、浅ましいと見るも、それは人々の勝手だ。しかし、いのちを守って戦い続ける人間が生きているという事実だけは、誰が何と言おうと断じて動かし難いのである。

×

癩院にはどこの療養所でも親子、或は兄弟が揃って入院しているのが少くない。と言うよりも半数以上は親兄弟を持っており、これによっても如何に家族間の伝染が激しいかを思わせられる。一体癩菌が結核その他の慢性病に較べてずっと伝染力が弱いということは医学でも言われていることであるし、また患者数の激増等のない点から考えても頷けるが、やはり家族間では長い間の接触や、幼年期の最も伝染し易い時期に於ける病父母との接触等によって伝染がたやすく可能なのであろう。

『(前略) お正月の五日頃、愛生園(註・国立長島愛生園)のお父さんから、年始状が届きました。お母さんが封をお切りになると、陽子さん清彦さんと書いた手紙も入っていました。お母さんは、其の手紙を私に渡して下さったので、すぐその手紙を読みました。

陽子ちゃん清ちゃんお目出度う。皆んな無事で楽しいお正月をしましたか。お父さんはお前たちと分れ分れのお正月で何となく淋しい心持のお正月でした。早く此の父も病気をなおして、家へ帰り、一家揃ろった楽しいお正月をしようね。今頃、そちらは雪が沢山積って居る事でしょうね。けれどこちらは大変暖く、梅の花が咲いています。(中略)

それからは、お父さんのお手紙が待遠しくてなりませんでした。郵便屋さんが通ると、手紙が来ないかしらといつも表へ出て見たりして居ました。

私は其の中に病気になってしまいました。病気になる前はどうしてか、私は眠くて仕方がありませんでした。学校の授業時間にもこくりこくりと居睡りばかりして居ました。

(中略)

其の中にお父さんも帰って来ました。其の日、私はお母さんの後について、畠へ行って居ました。妹の悦ちゃんも、弟の清ちゃんも学校へ行って居りました。そうして、「お母さん姉さんただ今」と言って帰って来ましたが、ざしきにお父さんが居るのを見て、不思議そうにじっと見つめるのです。私たちが「だれか分る」って言うと「ううん知らない」と言って頭をふっていました。するとお父さんは「忘れたろう、もう長い事会わなかったからな」と言って笑って居ました。

其の夜は一家そろって楽しい、嬉しい夕ごはんをいただきました。それからお父さんはおいしゃ様のように私たちの体を見ました。そうすると、私の外に、お母さんと弟が病気でした。そして「姉さんも兄さんも妹も病気と言う所はないようだが、体が弱かったから一度あちらで見てもらわなければいけないだろう」とお父さんは言われました。私はこちらへ来ると言う事をとなりの光ちゃんだけに知らせました。（後略）』――第六巻第六号『愛生児童文芸』所載。尋六、陽子作――

これは一例であるが、これに類した事実は実に多いのである。

私の病院には今百名あまりの児童がいるが、これらの子供たちも殆どが親か兄、或は姉などと一緒に入院しており、中にはまだ十歳に足らぬ幼児の姉弟などもいる。その姉弟は姉が十歳、弟は八歳で今年学園へ入学したが、それでも病気の点からいうと私などよりもずっと先輩で、入院してからでももう五六年にはなるのである。弟の方などは珍しいくらいの早期発病で、三つくらいのうちからはや病者となって入院していたのである。

まだ寒い風の吹く三月初めの頃十一二歳の少年が入院した。病気は軽く、眉毛は太く、くりくりとした大きな眼は田舎の児らしく野性的な激しさで輝いていた。が、右足を冒されていて関節が駄目になっており、歩くと足を曳きずって跛(びっこ)をひいた。この子は叔父に連れられて来たのであるが、別れる時になると医局の柱にしがみついて大声で泣き、その夜も一晩泣き通した。実の父親とは八年前に生別したまま、叔父に育てられて来たのだそうである。

ところが、この少年にとっては全然想像することも不可能になっていたのであろうその父親は、やはりこの病院に入院しており、病み重って重病室に呻吟していたのである。勿論間もなく少年も父のいることを教えられたが、しかし、これがお前のお父さんだ、と重症の父親を示された時、この少年の神経はどんなにふるえたであろう。父親は高度の浸潤にどす黒く脹れ上って、腎臓病者のように全身がぶよぶよになっており、あまつさえ喉頭癩にやられた咽喉には穴があき、カニューレでかろうじて呼吸をし、声は嗄れて一声出すたびに三四度もその穴で咳する有様である。——実は私がこの親子を初めて知ったのは、この父親の這入っている病室の附添を頼まれた時のことで、それ以前からその少年が入院したことは知っていたが、父親がいようとは夢にも思っていなかったのである。少年は毎夜父親の許へ来、何かと世話するのであった。当直をやっている夜など、ちょろちょろと廊下を伝って現われ、当直寝台の上で本など読んでいる私を見ると、ぺこんと一つ頭を下げてニコッと笑い、父親の枕許へ寄る。また私がT氏に教わりながらカニューレの掃除をしてやっているところへやって来たりすると、少年は恐怖と好奇心との入り乱れた表情で父親の咽喉にあいている直径二分くらいの穴と、その穴から抜き出したカニューレの管に細長く切ったガーゼを押し込んだり抜いたりしている私の手許とを見較べるのであった。

×

ここで私はカニューレ及び喉頭癩に就いてちょっと説明して置く必要を感ずる。

る。喉頭癩と言うと何か特別の病型、つまり喉頭ばかりを冒す病型があるように思われそうであるが、そうではなく、普通の結節型の癩が病勢進み、ようやく喉頭を冒すに至った場合を言うのである。主に喉頭の病状は、癩性浸潤、結節で、随って腫脹、潰瘍等を気道に生じ、呼吸困難に陥るのである。勿論こういう慢性病のことであるから、昨日まで平然と呼吸の出来たのが今日になって突如として呼吸困難に陥るというようなことはなく、病勢の進行と共に徐々に腫脹し潰瘍を生じて、やがて十分に肺を活動させるだけの呼吸量がなくなるのである。

だから喉頭癩にやられたからといっても全然気道が閉塞されてしまう訳ではない。無論ほったらかして置けば終いには全く閉塞されてしまうであろうけれども、それまでに苦痛を訴えて穴をあけてしまうから、穴をあけてからでもまだ口腔から呼吸することは出来、嗄れた声を出すくらいは出来るのである。もっとも、それから更に病勢が進めば勿論声など出なくなってしまうし、更にその穴からすら呼吸が困難になるが、しかし他の場合には穴をあけてから進行が停止し浸潤や潰瘍が癒えて、あけた穴が不用になってしまうということもある。こんなのは珍しいが、しかし現に私の舎から二つばかり離れた舎にこういうのが居り、この男はもう穴が不用になったので首に繃帯を巻いてしまっている。断って置くがこの繃帯は穴を塞ぐために医療をほどこしているのではなく、そのままでいると穴から空気が洩れてしまうのでそれを蓋しているに過ぎないのである。

穴をあけるのは気管の第一輪から二輪であり、声帯よりもはるかに下部であるため、穴をあけてしまった者が物をいったり念仏をとなえたりするのは一見不思議な現象であると思われるが、右の説明でだいたい事情は明かであろうと思う。もっとも物をいう時にはこれらの穴あき共は巧みに手をあげ、ちょっと穴を押えて口腔に空気を流すことを怠らない。この点私の以前の文章には説明が不足しており甚だ残念であるが、未熟のせいと御勘弁が願いたい。
カニューレは私の病院では、気管複管、ナンバーは5・6・7・8を使用している。即ち口径$7\frac{2}{3}$――$8\frac{1}{2}$――9――$9\frac{2}{3}$ mm のものである。（いわしや医療器械目録参照）
以上は『文學界』短評欄へのお応えであるが、他にもそういう疑問をもっている人があるかも知れないので、ここに記して置く。

×

また時とすると親子が揃って入院することもある。
前記少年から半年ばかり遅れた頃、ハルちゃんという女の子が父親と二人で這入って来た。年はまだ九つであるが、大柄で世間ずれがしているせいか十二三には見え、それに非常に綺麗な顔をしていて、この子が来ると暫(しばら)くの間院内中がこの噂でいっぱいになったくらいである。病気は軽症であるに加えて神経型のため、外面どこといって病人らしいところがない。黒く鮮かな眉毛と澄み切った大きな眼とが西洋の子のように接近していて、頬が痩せてさえいなかったら、シャリイ・テムプルを思わせるくらいである。もっとも、こういう世界に長年暮し、見るものと言えば腐りかかった肉体と陥没した鼻、どす黒く変色した皮膚などで、患者達は美しい少女や少年に無限に執拗な飢えを感じているため、余計綺麗に見えたということもないではない。ところがこの子の父親はひどい重症で、おまけに結核か何かを患っており、収容病室から舎へ移ることも出来ないで重病室に入り、その後間もなく死んでしまった。この親子は良く馴れた力の強そうな大犬を一頭連れていて、暫くの間収容病室内で奇妙な一家族を形成して人々を怪しませたものであった。

私はこの親子のことを考えると、典型的な癩の悲劇とはこんなものであろうと思わせられるのであるが、実は彼等はここへ来るまで世の人々の言う癩病乞食であったのである。つまり歩行の自由を奪われた父親を、車のついた箱に載せ、その力の強い犬に曳かせて、この九つになったばかりのミス・レパースは物乞いして歩いたのである。そして彼女の母親もやはり病気で、その頃は既に立つ力もなく、家に寝て彼等の帰りを待っていたという、文字通りの人情悲劇である。母親は彼等が入院するちょっとさきに死んだ。

だから彼等が入院した時は全身しらみだらけで、附添夫たちもちょっと近寄れなかったそうである。頭髪はぼうぼうと乱れ、手も足も垢が厚ぼったくくっついて悪臭を発散していたのは勿論である。が、風呂からあがり、床場へ行って髪をオカッパに切って来ると、忽ち見違えるほどであった、と附添夫たちは言った。

「この児の母親も実に美しかった。この児はその母親そっくりだ。」

とは病める父親の述懐である。

ところが、ある朝、私が例のように畑の中を歩き廻っていると、焼場の中から数人の人が群がって出て来るのに出合った。見ると一番先頭に立ってその児が骨壺を抱いて歩いて来るのである。

「どうしたの？　誰が死んだんだい。」と私が言うと、彼女は「父ちゃん。」と言って笑うのであった。別段悲しそうにも見えず、かえって一見愉快そうに壺を抱えているのである。

×

まだ明け切らない朝まだき、或はようやく暮れかかった夕方などに、カアン、カアンと鐘の音が院内に響き亘ることがある。すると舎の人々は、

「死んだな。誰だろう。」

「九号の斎藤さんだろう、もう十年も前から、補助看護がついていたから。昨夜行って見たらもう死にそうだった。」

そしてその死人の入信していた宗教と同宗の者、または近しく交渉のあった者などはぞろぞろとその病室へ集まって行く。つまり死人があると附添夫は室の前へ出て鐘を叩いて、院全体への死亡通知をするのである。

院内には、真言宗、真宗、日蓮、キリスト新・旧等々の宗教団体があって、死亡者はそれらの団体によって葬られるのである。補助看護というのは、病人が重態になり、附添夫だけでは手が廻りかねるようになると、それらの団体の中から各々交替で附添夫の補助をするものである。勿論病人の近親者、友人なども替り合って看護に出る仕組になっている。

ところがこうした宗教団体のどれにも入らない者などが往々あり、補助看護は友達などがやるからよいとして、死亡した場合には、全く葬り手がなかったりする。それではいけないとあ

って、このようなつむじ曲りのために、各宗が順番で当番を務めることになっている。もっともこんなのは全く少く、千二百幾名かの患者中を探して十名あまりのものであろうし、また、いざ死期が近づくと心細くなると見えて、急に殊勝な心持になってどれかに泣きついてしまうので、こういうのはごく稀である。私なども殆ど体質的と思われるほど宗教の信用出来ない人間の一人であるが、息が切れそうになったら信仰心が急に出て来るかも知れない。この疑問に対して私は今からひどく興味を持っているが、兎に角死に対すると人間の心理は弱点ばかりを露出するものとみえる。

死体は担架に乗せられて、附添夫がかついで解剖室に運ばれる。解剖室と並んでもうひとつ小さな部屋があり、人々はその部屋に来て念仏をとなえ、或はいのりが始められる。その部屋には花などがまつられてあって、ちょっと寺のバラックという感じであるが、突きあたりの破目板がはずされるようになっており、そこから解剖室の廊下の台の上に乗っかっている死体が眺められる仕掛になっている。酷暑の折や、厳寒の冬には死人が多く、どうかすると相次いで死んだ屍体が、その台の上に三つも四つも積み重なっていたりする。

解剖が終り、必要な部分が標本として取られると、また患者達はぞろぞろとそこへ集まって行って、やがて野辺送りとなる。屍体は白木の箱に入れられ、それを載せたリヤカーを引きながら、焼場まで奇怪な行列が続いて行く。頭の毛の一本もない男、口の歪んだ女、どす黒く脹れ上った顔・手、松葉杖をついた老人、義足の少年、そんな風な怪しげな連中が群がり、中央にリヤカーを挟んで列をなして畑の中を通って行く様はちょっと地上の風景とは思われない。

遠くに納骨堂の白い丸屋根が見える。

焼場につくとそこでまた念仏がとなえられ、キリスト信者は感傷的に声を顫わせながら讃美歌を唄う。細い小さな煙突からは煙が吹き出し、屍臭が院内中に流れわたる。こうして苦悩に満ちた生涯は終り、湯呑のような恰好をした病院製——患者が造っている——の骨壺に骨の切れ端が二三個納まって、ハルちゃんが抱えて行ったように、納骨堂の棚の上に並べられる。

「あの人も死んでほっとしとるこっちゃろ。」

「ほんまにまあこれが浮世かいな。」

念仏の終った老婆たちはそんなことを話合ってそこを離れる。そしてまた病苦の世界へ帰って行くのである。

発病

いったいに慢性病はどの病気でも春先から梅雨期へかけて最も悪化する傾向がある。結核などはその著しい例であろうと思うが、癩もやはりそうで、この頃になるとそれまで抜けなかった頭髪が急に抜け始めたり、視力が弱って眼がだんだんかすんだり充血したりする。私もこの春突然充血した眼が、いまだに良くならないでいる。勿論その頃に較べるとずっと良くなったし、それに秋がもう始まっているのでだんだん良くなって行きつつあるが、それでも一度充血するともう完全な恢復は不可能である。それ以来ずっと視力が衰えて、夜などちょっと無理をして本を読み過ぎたりすると、翌日は一日中じくじくと眼の中が痛む。何かひどくしみる薬液――たとえば硫酸銀――をさされたようで、黒い眼鏡でも掛けない限り、明るい屋外を歩くことが出来ないくらいである。まことにそれは憂鬱なものである。

だから、癩の発病も定って春さきで、秋や冬に発病したというのは非常に少い。私が発病したのもやはり春、四月頃だったと記憶している。発病とは無論自覚症状を言うのであって、それまでには病勢は相当進んでおり、彼等は長い潜伏期のうちに十分の準備工作を進めて居るのである。

自覚症状に達する前一ヶ年くらい、私は神経衰弱を患って田舎でぶらぶら遊んでいたが、今から考えて見るとそれは既に発病の前兆だったのである。変に体の調子が悪く、何をやるのも大儀で、頭は常に重く、時には鈍い痛みを覚えた。極端に気が短くなって、ちょっとしたことにも腹が立って、誰とでも口論をしたものであった。

　それでいて顔色は非常に良く、健康そのもののようだと人に言われた。両方の頬っぺたが日焼けしたようにぽうと赧（あか）らんで、鏡など見ると、成程これは健康そうだと自分でも驚いたくらいであった。従姉などに会うと、お前は何を食ってそんなに顔色が良くなったのか、神経衰弱なんてうそついているのだろうと言われた。そしてこれが、やがて来るべき真暗な夜を前にして、ぱっと花やぐ夕映えのようなものであろうとは、私は無論知らなかった。

　そのうち年が更って一ヶ月もたたぬうちに私のその健康色は病的な赤さに変って、のぼせ気味の日が続き、鼻がつまってならなくなり出した。医者に診て貰うと鼻カタルだと言われた。それで一日三回薬をさしたが、ちっとも効かないで日が過ぎた。

　こうして二月も半ば過ぎた或る日、私は初めて自分の足に麻痺部のあることを発見した。どういう工合にして知ったのかもう忘れてしまったが、ひどく奇異な感じがしたので、何度も何度もつねって見たり、ためしに針をつきたてて見たりしたのを覚えている。おかしいと思ったが、しかし別段かゆくも痛くもないことなのでそのままほったらかして置いた。ところが、そうしたことがあってから間もない或る日、寝転んでぱらぱらとめくっていた雑誌に癩のことが書かれてあるのを発見し、好奇心にかられて読んで見たのであった。そしてそのとたんに私はさっと蒼白になったのを覚えている。

私は不安になったのである。俺は癩かも知れない。癩だろうか、そんなばかなことが、しかしそうかも知れない。私は夢中になってズボンをまくり上げ、麻痺部を調べた。ひょっとしたらもう麻痺なんか無くなっているかも知れない。そう思ってまたつねって見たのだったが、やはりそこには何の感じも伝わって来なかった。しかし麻痺したからって必ずしもレパーだとは言えないじゃないか、と私は自分を元気づけてみたりしたが、不安は暗雲のように広がった。人間が運命を感ずるのはこういう瞬間である。私はどがんと谷底に墜落した思いで、運命と鼻をつき合せたような感じであった。真黒いものが潮鳴りのような音をたてて私にうちかかって来た。私はその時初めて闇というものを見たのである。

しかし私はすぐ冷静になり、冷静になると同時に自分の驚きの大きさがばかばかしくなった。よし癩であることが確実だとしても、何も驚く必要はありゃしない、現代の医学では治癒すると言うじゃないか、それに、第一この俺が癩病患者になるなんて信ぜられんじゃないか、この俺が。——

大臣でもルンペンになり得るということを、私はその時知らなかった。人は誰でも、自分は特別の位置にあると思い込んでいるし、またそう思っていればこそ生きられるのであるが、私もやはりそうであったのだ。例えば新聞で殺人事件や自殺の記事を読んでも、自分がそうしたことの当事者になることがあろうとは誰も考えぬであろう。なんとなく自分とは別な種類の人間がすることのように思うのが普通である。しかし別な種類の人間などどこにもいはしないのである。人は誰でも同じである。一朝ことが間違えば強盗でも強姦でも殺人でも自殺でも、その他なんでもなし得るのが人間の宿命である。が兎に角その時私は、自分が癩者になり得るとはなかなか信ぜられなかった。俺が癩患者だって、ばかな！　と私は自分の考えをひと蹴りしたのであった。

けれども、それから一ヶ月も経たぬうちに更に自分の新しい症状を知らねばならなかった。もう夕刻近かったと覚えているが、妙に眉毛がかゆく、私はぼりぼりと掻きながら自分の部屋へ這入った。そして何気なく指先を眺めると抜けた毛が五六本かたまってくっついているのである。おかしいと思ってまた掻いて見ると、また四五本くっついているのであった。おや、と思い、眉毛をつまんで引っぱって見ると、十本余りが一度に抜けて来る。胸がどきりとして、急いで鏡を出して眺めて見た時には、既に幾分薄くなっているのだった。私は鏡を投げすて、五六分の間というもの体をこわばらしたままじっと立竦んでいた。LEPRA!　という文字がさっと頭にひらめいた。殆ど決定的な感じがこもっていた。私はけもののように鏡を拾い上げると、しかし眺める気力もなく畳に叩きつけたのであった。

三日たって、私は村から五里隔った市(まち)の病院へ診察を受けにいった。家の者には市(まち)へ遊びに行って来るからとごまかしておいた。家の者といっても私は祖父母との三人暮しであったが。父は義母と共に義弟や義妹を連れて別居していた。

その病院は市ではかなり信用のある皮膚科専門で、院長はもう五十を過ぎたらしい人である。待つ間もなく私は診察室に通された。麻痺部を見せ、眉毛の脱落を述べると、彼は腕を組んで、頬に深く皺を寄せて私の貌を眺めた。

「どういう病気でしょうか。」

と訊いてみたが、ううむと唸るだけで返事をしなかった。私はその重大そうな表情で、もう自分の病名を言われたのと同じものを感じとった。私は自分でも驚くほど冷静であった。

「レパーじゃないでしょうか。」

と思い切って訊ねると、

「そうだろう。」

と彼は圧しつけるような重々しい声で言った。私は今その時のことを考えながら、どうして彼が、私の言葉に対して「そうだ」とは言わなかったのか不思議でならない。そうだろう、とはまことに医者らしくない言葉だからである。そうだと断定するのは残酷な気がして言えなかったのかも知れない。

「あんたの家族にこの病気の人があるのかね。」

「いや、ないです。」

「二三代前にあったという話は聴かなかったかね。」

「全然そんなことはありません。しかしこれは伝染病じゃないのですか。」

「そう、伝染だがね、ちょっと……。」と言葉尻を濁して黙った。暫くたってから、「研究中ということにして置きます。診断すると警察の方へ通知しなければならないから。」と言って出て行った。入れ違いに年をとった看護婦が来て私を寝台の上にうつぶせに寝かした。私は初めて大楓子油の注射を尻へしたのであった。

外へ出ると、私はすぐその足で本屋へ立寄って土田杏村の『哲学概説』と他に心理学の本を二三冊買った。何のためにその本を買ったのか自分でも判らなかったが、兎に角何かして気をまぎらわしたかったのに違いない。私はそれから市中をあっちこっちと歩き廻って最後に活動小屋へ這入った。大して絶望もしないで、私は極めて平然としていた。しかしその平然とした気持の底に、真黒な絶望と限りない悲哀が波立っていることを、私はかすかに意識していた。そういう意識があったからこそ本を買ったり活動小屋へ飛び込んだりする気になったのである。

それは、何かの糸口を見つけて湧き立って来ようとする絶望感を、じっと押え耐えている気持であった。その気持をもし横からちょっとでもつつかれたりすると、私は忽ちその場でがっくりと膝を折ってしまったであろう。

活動は「キートンの喜劇王」だった。館内は割れるような爆笑の渦で波立っていたが、私はちっともおかしくなかった。大げさな身振りと少しも現実性のない場面と場面の重なりが腹立たしくてならなかった。私は人々と同じように笑えなくなった自分を意識した。とたんに激しい孤独感が押し寄せて来そうになった。私は必死になってそれに反抗し堰きとめようと努力した。何でもない、何でもない、俺はへこたれやしないと声に出して無理に呟いた。

小屋を出ると運の悪いことには小学校時代の友達にばったり出合った。彼はその小屋のすぐ近くの店に奉公しているとのことであったが、私はそれまで知らなかった。二人は貧弱なカフェに這入ってビールを飲んだ。酒を飲んではいけないとさっき病院で聴かされて来たばかりだったが、私は別段やけでもなく三本を飲んだ。そして更にウイスキーを三四杯飲んで、それから別れた。しかし少しも酔っぱらわなかった。

家へ帰るのがなんとなく嫌悪されてならなかったので、私は海辺へぶらぶらと歩いて行った。東京で言えばちょうど芝浦といったようなところで、埋立地になっている所には、不用になったボイラーや、鉄くずや、木材などが積んであった。もう夕方になっていたので、海は黒ずんで、底の方に怪物でも忍び込んでいるような気配がした。夜というものはその怪物の吐き出す呼吸に違いない——薄闇の中に融かされているように煙った海原を眺めながら、そんなことを思っていると、不意に「ああ俺はどこかへ行きたいなあ。」という言葉が自分の口から流れ出た。言おうと思って言ったのではなかった。自分の中にいるもう一人の自分が、せっぱつまって口走ったように、客観的に聴えた自分の声であった。泣き出しそうに切ない声であったのを、私は今も忘れることが出来ない。

こうして私の癩生活は始まったのだった。私は十日に一度ずつその病院へ通った。勿論祖父母にも別居している父にも病名を明して、半年ばかり通い続けた。しかし何の効果もないことは勿論である。そして凡ての癩者がするように、売薬を服用し薬湯を試みてみたが、やはり何の効目もなかった。そして今いる病院へ這入るまでの一ヶ年に幾度死の決意をしたか知れなかった。しかし結局死は自分には与えられていなかったのである。死を考えれば考えるほど判ってくるものは生ばかりであったのだ。

けれど、病名の確定した最初の日、活動館の中で呟いた、

「なんでもない、なんでもない、俺はへこたれやしない。」

という言葉と、海辺で口走った言葉、

「ああ俺はどこかへ行きたいなあ。」

の二つはいつまでも執拗に私の頭にからみつき、相戦った。今もなおそうである。恐らくは死ぬまでこの二つの言葉は私を苦しめ通すであろう。どっちが勝つか自分でも判らない。もしあとの方が勝てば私は自殺が出来るであろう。どちらが勝っても良いと思う。私は自分に与えられた苦痛をごまかしたり逃避したりしてまで生きたくはない。生きるか死ぬか、これが解決を見ないまま時を過して行くことは実際苦しいことではある。しかし私の場合に於てそう易々と解決がついてたまるものか。苦しくともよい、兎に角最後まで卑怯なまねをしたくないのである。苦痛に正面からぶつかって自分の道を発見したいのである。

発病した頃

胸までつかる深い湯の中で腕を組んで、私は長い間陶然としていた。ひどく良い気持だった。外は凩が吹いて寒い夜だったが、私は温かい湯に全身を包まれているので、のびのびとした心持であった。私は結婚したばかりのまだ十八にしかならない妻のことを考えていたのである。春になったら、田植時までの暇な時期を選んで彼女を東京へ連れて行ってやろう、なんにも知らない田舎娘の彼女はどんなにびっくりすることだろう、電車や自動車にまごまごするに違いない、すると俺は彼女の腕をとって道を横ぎる、大きなビルディングや百貨店を彼女に教えてやる、すると彼女はどんな顔をして俺を見るかしら、自分の夫が色んなことを知っているということは女を頼もしい気持にするに違いない――。

それからまだ色々のことを考え耽っていると、

「お流ししましょうか。」

何時の間にか彼女が風呂場の入口に立って小さな声で言った。ひどく羞しそうにおずおずした声である。下を向いている。私はちょっとまごつきながら、

「うん、いや今あがろうと思っているから。」

と、とっさに答えたが、実はそう言われた瞬間、私は自分の体を彼女に見せるのが羞しくてならなかったのだ。

彼女が行ってしまうとほっと安心し、立ちのぼる湯気の中で、どうして俺の体はこんなに貧弱なんだろう、小さな上に瘦こけて、まるで骨と皮ばかりである、この骨ばった胸や背に触ったら彼女はきっと失望してしまうに違いない。――そんなことを考えているとなんとなく情なくなってしようがなかった。が、それでも私はやっぱり楽しかったので、またさっきの空想の続きを考えるのであった。

私は今も折にふれてその時のことを思い出すのであるが、その度になんとなく涙ぐましい気持になる。神ならぬ身の――という言葉があるが、その時既に数億の病菌が私の体内に着々と準備工作を進め、鋭い牙を砥いでいようとは、丸切り気もつかないでいたのである。私はその時まだ十九であった。十八の花嫁と十九の花婿、まことにままごとのような生活であったが、しかしそれが私に与えられた最後の喜びであったのだ。そして彼女を東京見物に連れて行くべきその春になって、私は、私の生を根こそぎくつがえした癩の宣告を受けたのである。それは花瓶にさされた花が、根を切られているのも知らないで、懸命に花を拡げているのに似ていた。

間もなく年が明けて、二月も半ば過ぎる頃から、私の体には少しずつ異状が現われ始めた。

先ず鼻がつまり、ひどいのぼせ、、が始まって顔は何時でも酒を飲んでいるように赤く腫れぼったくなった。そして全身の骨が抜け去ってしまったようにだるく、極端に気が短くなって何にでも腹が立ってならなかった。神経衰弱にかかったように、根気がなくなり、何か物を書いたりしても、秩序を保って書き進めるということは丸切り出来なかった。頭はぼんやりと曇って、鉛のように重く鈍くなった。

（未完）

猫料理

一般に西洋の女は猫を可愛がる傾向が強いようだが、日本の女はあまり好まないようである。女ばかりではなく男にしてからが、犬と猫とどっちが好きかというと、たいていは犬の方が好きだというのがおきまりだ。といってそんなら誰でも猫が嫌いかというと勿論好きな人もあるに違いないが、しかしそういう人も小鳥や犬などを可愛がるのとは大分調子が異うのではないかと思う。

伝説的にも鍋島猫騒動などがあって、猫というと魔性のものという下心があり、小鳥や犬のように愛し切ることが出来ないのであろう。無論、世間に猫を飼う家は多いが、愛玩するよりも鼠を捕らせる目的が大部分のように思われる。

言葉の上でも猫がつくと定って悪質のものを含んで来る。たとえば、「猫ばば」「猫撫声」「猫背」「猫を被る」「猫額」「猫の眼」といった工合で、文字面を見るだけでもこっそり他人の裏口から忍び込むコソ泥を思い浮べる。けだし日本人には本能的に猫を嫌う傾向があるらしい。

だから猫肉を食卓に上せて舌鼓をうつなどということは、先ず普通人なら考えもせぬことに違いない。ところがなかなかどうして猫はうまいのである。というのは、つい先達て私も猫を味わってみる機会にありついて、初めて味をしめたのであるが、牛や馬や豚などと異って歯切れもよく、兎の肉に似通ったうまさであった。

癩患者には脂濃いものは良くないとされているので、肉類は遠ざけられるが、猫などは時々食った方が良いのではあるまいかと考える。うまいから食うべきだというのでは勿論ないが、体力を保つ上から言って、脂の少い肉類は大いに必要だと思うのである。

それはまあ別として私がこの病院へ這入ったのは一昨年の五月で、それ以前のことは詳しく知ろう筈もないのであるが、なんでも随分食われたそうである。犬ならそれまでに私も食ったことがあるのでそう吃驚もしないのだが、猫を食うに至ってはさすがに驚いた。しかしこの病院に慣れて来ると共に、重病室や不自由舎――この舎は主として盲人が入れられ、その他にも手足の不自由なものなどが這入っている舎で、同病者の附添が一室一人ずつで世話している――などへも繁く足を入れるようになってからは、それ等のこともかえって何となく可愛い人情の発露で、憎むよりも愛すべきことのように思われて来るようになった。

ちょっと考えてみても、棒鱈か何かのように、全身繃帯でぐるぐる巻きにされたり、盲目になったり義足になったりして、一つ部屋で永い年月をごろごろして暮す状は、決してそう楽しいものではあるまい。癩患者は食いものと女のことばかり考えると言って軽蔑する者は、軽蔑する者それ自身が軽蔑されるべき存在だと私は思うが、実際、高い精神生活をもっていないものが、不自由舎入りでもする身になったとすれば、その二つのこと以外に、一体何を考えるか、考えようがないのである。また高い精神生活などと言っても、余程強烈な意志でも有っていない限り、この場合になってみれば何程のものでもないのである。

この間も狂人病室へ私は附添に行ったが、

「食うことだけが一番楽しみです。三度三度のおかずが、今日は何であるかと待遠しく、何よりもそのことを考えるのが楽しみです。」

と、力をこめて言うのを聞いたのである。その人はかなりの教養もあるらしい人であったが、盲目になってから気が狂いその病室へ入れられたが、今ではもう普通人と変りなく頭も良くなっている。実際来る日も来る日も眼に見えぬ速度で腐って行く自分の体を考え出したが最後、私自身も何時気が狂うか知れぬと、そぞろ暗澹たる気持になる。俺の体は腐って行く——この事実の前に一体、力あるものが一つでもあるだろうか、大きなことを言うと笑われるかも知れぬけれども、私には哲学も宗教も芸術さえも無力だと思われて来る。

それからまた、現在は自由に飛び廻っている軽症者にしても、ゆくゆくは不自由舎の人となるべく運命づけられて逃れようもないのであってみれば、一きれの猫肉に無上の快味を求めようとするのも、愛すべき切ない気持である。野蛮でもなんでもない。

それから、猫その他を食う彼等を愛すべきだと思うもう一つの理由は、それを食う彼等の心の底に、奇蹟的に癩病が癒りはせぬかという、おまじないでもするような儚ない気持が流れているのを見取るためである。意識して、病気を癒すためだなど思って食う訳ではないが、意識下にやはりこの気持が流れていると私は思うのである。いや、こういう無意識的なことばかりでなく、時には意識的に悪食をやる場合もある。

もう大分前の話であるが、ある鮮人患者がトカゲを丸呑みにしたという噂があった。嘘か真実(ほんと)か、私は見なかったので断ずる訳にはゆかないが、しかし事実と言っても差支えないようである。その人とは私もかなり親しい間柄で、夜ふけまで身上話を聴かされたこともある。このつぎ会ったら是非直接に訊いてみるつもりである。彼は土方で、院内の道路修理をしている折、色々と病気のことを話し合っているうち、トカゲを生きたまま丸呑みにすれば一度に病気が癒ってしまうと、一人が言ったのだった。その言葉を真向から信じ込んだわけではあるまいが、彼は早速実行したのだそうだ。最初は尻尾の方から呑みかけてみたが、長かったり、ぴんぴんはねまわったりしてうまくゆかぬので、次にはいきなり頭の方からごくりと呑み込んだということだ。

そんな乱暴をして、もし命をとられたらどうするか。併しこんな忠告は無意味である。死ぬかも知れない、死んでもよい、だがひょっとすると病気が癒るかも知れない。この生命を賭博する気持は、私にはうなずける。

こういう次第であるから、ここでは猫を食うなど、日常的な、常識である。と言って毎日猫ばかり食っているように思うのは無論大間違いで、そんなにしょっちゅう食う訳ではない。もっとも女はなかなか迷信深い存在だから、猫を食ったという話は女舎ではまだ聞かない。この間も赤犬を一頭せしめたので、そいつで豚カツならぬワンカツを造って女の友達に食わせてみようとしたが、どうしても食わなかった。

私の食った猫は五貫目もありそうに丸々と太ったぶちで、鶏舎の繰仕掛（ばったん）にひっかかったやつである。それ以前から絶えず鶏舎を荒して始末におえぬ野良猫だった。若しや病気が癒りはせぬか——などという気持は、私に有ろう筈もなかったが、うまいということをもう幾度も聴かされていたので、この機会にひとつ食ってみようと思ったのであった。

鶏舎は私の住まっている舎のすぐ右隣りにあって、今八百近くの鶏が飼育されている。飼育は勿論患者の作業である。その卵と牛舎のしぼる牛乳とが重病室の患者達に与えられる最上の栄養素であるが、かように重要な鶏が夜な夜な盗られるので、ばったんをかけて見ると、翌朝にはもうその丸々と太ったのがかかっていたのだった。ばったんは、文字ではちょっと説明しにくいが、兎に角、その中に猫の好物がぶら下げてあって、そいつに触れるが早いか、忽ち頭上から大石の載った厚板がどうと墜落して来る仕掛になっている。ばったん！　とばかりに墜落するゆえ、そういう名前がついたのだろう。

厚板の下敷になるのだから、当然猫も板のように平（たいら）になってしまう。私が食ったのもやはり胴中はひらべったくなっていて、指で触って見ると、冷たくなっている上に、ぶよぶよしているようなこちこちのような、大変気色の悪いものだった。それでいて眼だけはギロッとひんむいてひどく無気味である。大石の載っかった厚板に圧し潰されたのであってみれば、さぞかし苦しかったことであろうと私は思ったが、

「太い奴だ、この泥坊猫め！」

「太いくせに平（たいら）になりやがって！」

みんなは、そんな風なことを言って大笑いだった。私もそのおもちのようになって、おまけにギロリと眼をむいた怪しげな恰好を見ているうちに、なんとなく滑稽になって吹出してしまった。ついでに言って置こうと思うが、どうしたのか私は深刻なものや物凄いものを見ていると、それがきっと滑稽なように見え出してしまう習慣が、何時の間にかついてしまったのである。感極まって泣き出すような場面というものは、きまって外観甚だ滑稽であるが、それが人の貌を見る時でも苦悩の深かった人の貌ほど私にはますます滑稽に見えてしまうのである。この場合滑稽というような言葉を使うとふざけてでもいるようで、的を射ていないことは私も承知しているが、ほかに私の気持を表わすに適当な言葉は一つもないようである。

私の今いる病院には癩者生活六十一年という全く奇蹟的な人物や、両手両足を失い、しかも盲目で丸坊主でさながらに骸骨に皮を着せたような人がいる。こういう人達を見る度に私は思う、なんという清らかな滑稽さであろうと。無論ふざけているのではない、たわむれているのでもない。こんな場合にふざけたりたわむれたりが出来るものか。私はのっぴきならない思いで言っている。

更にこうした滑稽さというものは、人間の外部的なものを見る場合だけでなく、内部的な、そして自分自身の心理の場合でも言えるような気がする。実を言うと、私自身それに幾度もぶつかっては困らされて来たのである。それは、一例をあげると自殺であるが、いざ首を縊ろうとすると必ず一種言うべからざる滑稽に陥ってどうしようもないのである。これは私だけのことであるかも知れない。言うまでもなく、それは深刻な苦しみで、筆紙には表わし得ないところのものである。それでいていざという段になると、急に自分からその苦悩が遊離してしまうような工合になって、今度は死ぬという実際に対する苦しみよりも、遊離することの方が余計苦しくなって来て、俺はまあ一体全体どうすればいいんだ、と結局は悲しいんだか苦しいんだか可笑しいんだか、理（わけ）の解らぬ滑稽に頭が包まれてしまうのである。察するに苦悩というものは滑稽の母体なのであろう。私は今、ふとフロイドの快不快原則を思い出したが、その気持は快不快原則によって分析されるように思われる。しかしこうした科学上の方法では、やはり分析し尽されない何かがあるような気がする。論理が怪しくなって来たが、実を言うと私もこの苦悩と滑稽の関係がよく解らない。

ついでのついでにもう一度話を外部へ移してみるが、自殺者の心理というものは定って妙ちきりんなもので、第三者がどんなに観察しても結局理解されないふしが残されるようである。もっともこれは本人すら解らないくらいのもので、そこまで行けばもう造物主の精神につながっているものだと考えるより術もない。で、第三者にはその自殺者が生んだ滑稽ばかりが目立って来て、その主体には指一本触れ得ないという結果になるのではあるまいか。

猫の場合は無論苦悩ではなく無気味であるが、それにも矢張り滑稽が潜んでいる。

さて猫肉であるが、犬なども殺したすぐ後は一種言うべからざる悪臭を放って、ちょっと食えないが、猫もやはりそうである。なんというか腐臭のような、生（なま）臭いような、泥臭いような、膏臭いような、そしてその何れでもないような、いやな臭いで、強いて言えば猫臭というより他になんとも言いようのない悪臭であって、食われたものではない。ところがこれを二日乃至三日、土の中に埋めて置いて取り出すと、もう完全に臭いはなくなってい、料ってしまうと、最早大統領が咽喉を鳴らせてもちっとも可笑しくはないのである。無気味さでもそれが滑稽味を帯びて来るほどになると、もう無気味などとは言っていられない。それは凄味で、死んだ猫の眼がそうである。首がついたままだと、とても皮などはがせるものではない。で、何よりも先ず首を除去しなければならない。色々と考えた末、頭の部分を新聞紙にくるんで、一息にやっと斬った。あとはもう楽なものである。皮は造作もなくはがせるし――。

もともとこういう病院内のことではあるし男手ばかりではそう上手な調理法など識ろう筈もなく、砂糖と醬油で煮て食ったのであったが、前にも言ったようにばかにならないうまさであった。それにみな初めての者ばかりだったので、煮る間、火鉢を囲んで、どんな味がするだろうと興味津々たるものがあった。

「鶏を常食にしていた奴だ、まずい訳があるものか。」

「皮は三味線に使えるそうじゃないか、勿体ないぜ、捨てるの。」

「肉だけ食えばたくさんだよ。慾ばるな。」

「癩病になったばかりに、猫も食えるし。」

ぐつぐつ煮立って来だすと、湯気を掴んで急いで嗅いで見たり、まだ十分に煮えていない赤味のあるのをつまんで見たり、それは大変待遠しい思いであった。

味は幾分か酸味を帯びていて、ちょっと変った風味である。兎のように歯切れが良く、何よりも脂の少いのが取得である。これなら歯の悪い老人にも向くぞと、その席上で話合ったほどである。気の利いた料理人でもいればもう少しうまく食えるのだったがと、後になって惜しんだものであった。その後私はつくづく考えるのであるが、気色が悪いからと言って今までこんなうまいものを食わなかった人間というものは随分ばかげたものである。猫が気色悪いんなら牛だって馬だって気色が悪い。況や豚などは飼っている所を見れば、猫の方が余程綺麗だと思うばかりである。

我々の生活にしても、絶望や不安や恐怖を通り越して初めて楽しみは得られるが、凡てを肯定した虚無というものがあるとすれば、恐らくこのあたりにあるものであろう。凡てを否定するか、凡てを肯定するか、このどっちかでなければ虚無などあろうとは思われない。解脱にしても右のような虚無以外に考えようがない。そうなって来ると、人間を、いや癩者を救う道は虚無に通ずる道ばかりであると思わざるを得ない。滑稽と私が言うその滑稽とは、自分でも十分には解らぬながら、瞬間的に起るこの虚無に違いない。ところが我々如きものでは日常生活までをこの虚無の中に置くことは、なかなか出来るものではない。どう考えてみても私には、虚無たり得ない宿命が人間の中に在るように思われるのである。虚無に近づくためには、どうしても人間以上の強烈な「意志」が必要だと思われる。凡てを肯定した虚無、これ以外には私は私を救う道がない。そして我々の生活に頼り得るものは唯一つ意志あるのみ、そして虚無たり得ないのが人間の宿命であるとすれば、私を救うものはもう意志だけだ。

話が妙な風になってしまった。理窟はもうやめにして兎に角猫料理は今後大いに社会人の間にも行われて良いものだと思う。

眼帯記

ある朝、眼をさまして見ると、何か重たいものが眼玉の上に載せられているような感じがして、球を左右に動かせると、瞼の中でひどい鈍痛がする。私は思いあたることがあったので、はっとして眼を開いて見たが、ものの十秒と開いていることが出来なかった。曇った朝、まだ早くだったので、光線は柔かみをもっている筈だったのに、私の眼は鋭い刃物を突きさされたような痛みを覚えるのだ。眼をつぶったまま、充血だな、と思いながら床の中で二十分ほどもじっとしていた。部屋の者はみな起き上っていたが、私は不安が一ぱい拡がって来るので起きる気がしなかったのである。

昨夜の読書がたたったのに違いない、と私は考えた。昨夜、私は十二時が過ぎるまでも読み続けたのである。もっとも、これが健康な時だったら、十二時が一時になっても別段なんでもないのだが、私らの眼はそういう訳にはゆかない。病気が出てから三年くらいたつと、誰でもかなり視力は弱るし、それに無理に眼を使うと悪い結果はてきめんに表われるのである。癩者が何か書いたり、本を読んだりするのは、それだけでもかなりもう無理なことであるのに、私は昨夜はローソクの火で読んだりしたのである。それは消灯が十時と定められているためで、私何もそんなにまでして読まねばならないということはなかったのであるが、それが小説で、面白かったものだからつい夜更ししてしまったのだ。

起き上ると、私は先ず急いで鏡を取り出して調べて見た。痛むのを我慢して、眼球を左右にぐりぐりと動かせて見たり、瞼をひっくり返して見たりして真赤になっているのを確めると、今押し込んだばかりの蒲団をまた押入れから引き出して横になった。左はそれほどでもなかったが、右眼は兎のようになっていたのだ。私はまだ子供の頃には随分眼を患って祖父母を悩ませたものであるが、大きくなってからは一度も医者にかかったことがなかった。洗眼一つしたことがなかったので、不安はよけい激しかった。

それに私を不安にするのは、こうした充血が確実に病気の進行を意味しており、一度充血した眼はもう絶対に恢復することがないからである。勿論充血はすぐ除れるが、しかし一度充血するとそれだけ視力が衰えているのである。そして、こういうことが重なり重なって、一段一段と悪くなり、やがて神経痛が始まったり、眼の前に払っても払っても除れない黒いぶつぶつが飛び始める。塵埃のようなそのぶつぶつは次第に数を増し、大きくなり、細胞が成長するように密着し合って遂に盲目が来るのである。これは結節癩患者が、最も順調に病勢の進行した場合であるが、その他にも強烈な神経痛で一夜のうちに見えなくなったり、見えなくなってはまた見え、また見えなくなっては見えしているうちに遂に失明してしまったり、それは色々の場合がある。兎に角充血は盲目に至る最初の段階なのである。

癩でもまだ軽症なうちは、自分が盲目になるなどなかなか信ぜられるものではない。盲人を眼の前に見ている時は、ああ自分もそうなるのかなあ、と歎息するが、盲人がいない所ではたいてい忘れているし、心から俺は盲目になると実感をもって思うことなど出来ないのである。私もやっぱりそうで、たとえ盲目になることに間違いはないとしても、そう易々とはならないに違いない、恐らくは何年か先のことであろう、それまでに死ねるかも知れない、などと思って、身近なこととして感ずることが出来なかった。ところがこの充血である。私は否応なく、自分が盲目に向って一歩足を進めたことを思わねばならなかった。床の中で、私はもうこのまま見えなくなってしまうのではあるまいかと思ったりした。すると五分と眼を閉じたままでいることが出来なかった。幾度も、そっとあけて見てはまたつぶった。

九時になると、私は右の眼を押えて、不用意に開くようなことがあっても光線の這入らぬようにして医局へ出かけた。

眼科の待合室に這入って見ると、既にもう二十人余りもの人が待っている。私は片方の眼で、それらのひとりびとりを注意深く眺めた。誰も彼もみな盲目の一歩手前を彷徨している人々ばかりである。みんなうつむき込んで腰をかけ、眼を閉じ、光線を恐れるように見えた。誰かに話しかけられて貌をあげる時でも、決して十分眼を開くということはなかった。

その中、特に目立つのは、まだ年若い女が二人、並んで腰掛けている姿だった。一人は熱心なクリスチャンで、健康だった時分は小学校の教師であったという。幾らか面長な貌で鼻その他の恰好もよく全体と調和がとれ、その輪郭から推して以前はかなり美しい女であったに違いない。しかしいかんせん、既に病勢は進み、眉毛はなく、貌色が病的に白い。皮膚の裏に膿汁がたまっているような白さである。

もう一人の女は、まだ二十二三であろうと思われる若さで、全体の線が太く、ちょっと楽天的なものを感じさせる。貌の色は前の女と殆ど同じであったが、こちらはその白さの中になんとなく肉体的な魅力を潜めている。よく肥えていて、厚味のある胸や腰は、ある種の男性を惹きつけねば置かないものがあるが、それは、いま腐敗しようとするくだものの強烈な甘さ、そういったものを思わせる。二人とも、もう殆ど失明していた。

私は暗澹たるものを覚えながらも、ちょっとした充血くらいでこんなに不安を覚えている自分が羞しく思われた。みんな明日にも判らぬ盲目を前にして黙々と生きているじゃないか、死ねなかったから生きているだけじゃないかと軽蔑するのは易い、しかし生きているというこの事実は絶対のものであり、それ自身貴いのだ、とそんなことを考えるのだった。

もう大分前のことだったが、私はこういう文字を読んだことがある。「癩者の復活など信じられないし――(寧ろ死が美しく希ましい場合もある)――不健康な現実への無責任な拝跪等、末期以外には感じられない。生というものは大体不健康な部分に対して仮借なく、審判し排除する物である。」

これを読んだあと、数日は夜も睡ることが出来なかった。この無慈悲な言葉が、私にはどうにも真実と思われたからである。しかし今はこんな言葉は信用しない。死が美しく希ましい場合など一つだってありはしないのである。私はまた理窟が言いたくなったようだが、それはやめにしよう。しかしただひとつだけ言いたいのは、癩者の世界は少しも不健康ではないということである。これだけの肉体的苦痛、それを背負って、しかも狂いもせず生きているということは、それだけでも健康、何ものにも勝って健康である証拠ではないか！　肉体的不健康など問題ではない。また右の言葉を吐いた人も、肉体上の不健康などを問題にするほど頭の下等な人ではないことを信じている。ドストエフスキーは癲癇と痔と肺病をもっていたのである。

そのうち呼ばれたので私は暗室の中へ這入った。学校を出たばかりと思われる若い医者は、

「どうしたですか。」

と、まだ私が椅子にもつかないうちに言った。

「いや、ちょっと充血したものですから。」

「そう。どれどれ。ふうむ。大分使い過ぎましたね。」瞼をひっくり返し、レンズをかざして覗き込みながら言った。「少し休むんですね。疲れていますよ。」

私は洗眼をして貰い、眼薬をさして貰って外へ出た。出がけに医者は白いガーゼと眼帯を呉れた。私はその足ですぐ受附により、硼酸水と罨法鍋とを交付してもらって帰った。

私は生れて初めての眼帯を掛けると、友だちを巡って訪ねた。

誰でもこの病院へ来たばかりの頃は、周囲の者がみなどこか一ヶ所は繃帯を巻いているので、自分に繃帯のないことがなんとなく肩身の狭いような感じがして、たいして神経痛もしないのにぐるぐると腕に巻いて見たり足に巻いて見たりして得意になる。奇妙なところで肩身が狭くなるものだ。まるきり院外にいた頃とは反対である。私が友達のところを巡ったのも幾分

そんな気持に似たところがあった。眼帯など掛けたことのない俺が掛けているのを見ると、みんなびっくりしたり、珍しがったりして色々のことを訊くに違いない——と。たわいもないことであるが、我ながら眼帯を掛けた自分の姿が珍しかったのだ。

友人達は案の定珍しがって色々のことを訊いた。

「おい、どうしたい。眼帯なんか掛けて。ははあ、また雨を降らせるつもりだな。」

「うん？　充血した。そいつぁいけない。大事にしろよ。盲目になるから。」

「ははは、いい修業さ。」

「そろそろいかれ始めたな。もうそうなりゃしめたもんだ。確実に盲目になるからな。今の内に杖の用意をしとくんだなあ。俺、不自由舎に知合いがあるから一本貰って来てやってもいいよ。」

みんなそんな風なことを言って、私をおどかしたり笑ったりした。私はわざと大げさに悲観している風を見せたり、盲目、そんなもの平気だ、と大きなことを言ったりした。しかし内心やはり憂鬱で不安でならなかった。そして片眼を覆うということが如何に不快極るものであるかを思い知らされたのであった。もっとも、慣れてしまえばなんでもないのだろうけれども、しかしそう容易に慣れられるものではなかったし、私の場合になってみると、今までそんなに悪いとも思わなかった眼が不意に充血し、今や盲目の世界に向って一歩足を踏み入れたのだというこの感じ、その感じがあるものだから余計暗い気持にならされたのである。

私は終日苛々した気持で暮した。何か眼のさきに払っても払っても無くならない黒い幕のようなものが垂れ下って、絶えず眼界を邪魔しているような感じがしてならないのだ。すると暑くもないのに体中にじりじり汗が出て頭に血が上り、腹が立って来て一日に十度も十一度も眼帯をむしり取る。むしり取る度に強い光線が這入り、瞼の下が痛むので、いけない、と自分を叱ってまた掛けるのだった。あたりがなんとなく暗がっているように感じられて、明るい真昼間でありながら、なんとなく夜のような気がする。今はたしかに明るい昼だ、しかし、果してほんとにこれが昼だろうか、これが光りのある昼だろうか、これは夜ではないのだろうか、これがほんとに昼だとしたら、夜というものは何処にあるのだろう、昼と夜とを区別して考える人間の習慣は果して真実のものだろうか、夜というものは、この明るい何でも見える昼の底に沈んで同時にあるのではあるまいか……そんなことを考えたりするのだった。

が、何よりも困ったのは見当のはずれることだった。例えば湯呑にお茶をついだりする場合、きっと畳にこぼした。自分ではちゃんと見当をつけてついでいる気でいながら、実ははずれていて湯呑の外へ流しているのである。家の中にいると憂鬱でたまらないので、私は一日中、方々を歩きまわったが、どうにも足の調子がうまくとれないのである。低いと思った所が意外に高かったり、向うの方にある筈でいるのがすぐ側にあったりして、ともすればつまずいてよろけるのだ。

文字を書いてもやはりそうだった。その時ちょうどこの病院を退院して働いている友達から手紙が来たので、その返事を書こうとかかったが、どうしても行を真直ぐ書くことが出来なかった。私はつくづく情なくなった。ただ片眼を失うだけでもこんなに生活が狂って来るものなのかと。もしこれが両眼とも見えなくなったらどんなであろう。そのうえ指が落ち、或は曲り、感覚を失ったりしたら、それでもやっぱり生きて行けるだろうか。私はこの広い武蔵野の中に住んでいながら、丸切り抜穴のない、暗い、小さな、井戸の底にでもいるような気がした。生きているということ、そのことすらも憎みたくなった。憎み切りたいとさえ思った。

だが、と私は自省する。憎み切りたいと思うことは今日だけか、今度が初めてかと。病気になって以来幾度となく考えたことではなかったか、いや。発病以来三ヶ年の間、一日として死を考えなかったことがあるか。絶えまなく考え、考える度にお前は生への愛情だけを見て来たのではなかったか。そして生命そのものの絶対のありがたさを、お前は知ったのではなかったか。お前は知っている筈だ、死ねば生きてはいないということを！　このことを心底から理解している筈だ。死ねばもはや人間ではないのだ。この意味がお前には判らんのか。人間とは、即ち生きているということなのだ。お前は人間に対して愛情を感じているではないか。自分自身が人間であるということ、このことをお前は何よりも尊敬し、愛し、喜びとすることが出来るではないか——夜になって、床に這入る度に私はこういうことを自問自答するのであった。

私は心臓が弱いのでちょっと興奮するとすぐ脈搏が速くなりそれが頭に上って眠れない。こういう自問自答をしている時は定ってどきどきと動悸がうつ。睡眠不足は悪影響を及ぼして、翌日になると余計充血が激しかったりするのだった。

私は一日に三回、二十分乃至三十分くらいずつの長さで眼を罨法した。医局から貰って来た硼酸水を小さな罨法鍋に移し、火にかけてぬるま湯にすると、それをガーゼに浸して眼球の上に載せて置くのである。仰向けに寝転んで、私はじっとしている。ほのかなぬくもりが瞼の上からしみ入って来て、溜った悪血が徐々に流れ去って行くような心地良さである。その心地良さの中には言いようのない侘しさが潜んでいる。癩になって、こうした病院へ這入り、この若さのまま一切を投げ捨てて生きて行かねばならない、そうした自分の運命感が、その心地良さの底深く流れているためである。

私はふとこういうことを思い出した。それは私が入院してからまだ二三ヶ月にしかならない頃だった。もう夕方近く、私は同室の者に連れられて初めて女舎へ遊びに行ったのである。それは女の不自由舎であったが、その舎はかなり古い家だったので、部屋の中はひどい薄暗さで、天井は黒ずみ、畳は赤茶けた色で湿気ていた。私はまだこの病院に慣れていなかったので、部屋の中へ這入るのがなんとなく恐怖されるのだった。暗い穴蔵の中へでも這入って行くような感じがしてならないのである。が、慣れ切った友人がどんどん這入ってしまったので、私も後について這入った。私達は若い附添婦にお茶をすすめられて飲んだ。

そのうち、附添婦の一人が——この部屋には二人いた。たいてい一部屋一人であるが——廊下から蓙を一枚抱えて来て畳の上に拡げた。どうするのかと、好奇心を働かせながら眺めていると、私が今使っているのと同じ罨法鍋がその蓙の上に六箇、片側に三つずつ二列に並べられるのであった。すると、もう盲目の近づいた六人の少女が向い合って鍋を前にして坐り、じっと俯向いたまま罨法を始めた。揃って鍋の中のガーゼをつまみ上げてはしぼり、しぼったガーゼを静かに両眼にあてて手で押えている。じょじょじょじょと硼酸水がガーゼから滴たり、鍋の中に落ちた。

私はその時、人生そのものの侘しさを覚えた。真黒い運命の手に摑まれた少女が、しかし泣きも喚きもしないで、いや泣きも喚きもした後に声も涙も涸れ果てて放心にも似た虚ろな心になってじっと耐え、黙々と眼を温めている。温めても、結局見えなくなってしまうことを知りながらも、しかし空しい努力を続けずにはいられない。もう暗くなりかかった眼をもう一度あの明るい光りの中に開きたい、もう一度あの光りを見たい。彼女等は、全身をもってそう叫んでいるようであった。これを徒労と笑う奴は笑え。もしこれが徒労であるなら、過去幾千年の人類の努力は凡て徒労ではなかったか！　私は貴いと思うのだ。

充血はなかなかとれなかった。気の短い私も、ことが眼のことになるとそう短気を起していられなかったので、毎日根気よく罨法を続けた。初めに馬鹿にした友人達も、余り充血の散るのが遅いので、心配して見舞いに来るようになった。眼科の治療日にはかかさず出かけて洗眼し、薬をさして貰った。

ところが、そうしたある日、私は久振りで十号病室の附添夫をやっているTのところへ遊びに行き、意外なところで良くなる方法を発見した。発見といっても、私だけのことで、知っている人は既にみなやっているのであるが、私はうれしかったのでまるで自分が発見したことのように思った。それは吸入器を眼にかけて洗眼と罨法を同時に行うのである。

Tは私よりずっと眼は悪く、片方は殆ど見えないし、良く見えるという方も、もう黒いぶつぶつが飛び廻って見え、盲目になるのも決して遠いことではないと自覚し、覚悟しているほどである。だから眼のことになると私なんかより十倍もくわしい。だからこの男の前では、私は羞しくて自分の眼のことなどいわれた義理でないのであるが、しかし、私の最も親しい友人であるし、彼もまた私を心配して、

「俺、毎日、夕方吸入かけてるんだが、君もかけてみないか。」

　と、すすめてくれた。

　タンクの水がくらくらと煮立ち、やがてしゅっと噴き出した霧の前に坐ると、私はひどく気味が悪くなって来た。

「おい、煮湯が霧にならないで、かたまったまま飛び出して来るようなことはないかい。気味が悪いなあ。」

「そりゃ、無いとは言えんよ。そうなったら盲目になりゃいいさ。」

「おいおい、ほんとか。」

　笑っているので、私は安心して霧の中に貌を突っこんだ。

「ははは。鼻にばかり霧は吹きつけてるじゃないか。そうそう、もうちょっと下だ、よし。眼をあけてなきゃ駄目だ。そう、かっとあけてるんだ、目玉を少々動かして——。」

　私は彼の言う通りにし、思い切って眼を開き、目玉を動かせた。貌一面に吹きつけて来る噴霧は、冷え冷えとした感触で皮膚を柔げ、鼻の先からはぽつんぽつんと雫がしたたり、顎の下へ流れ込んだ。良い気持だった。すると彼は急に腹をかかえて笑い出した。なんだい、と訊く

と、

「うははは。なんだいそのだらしない恰好は。水っ洟を垂らして、涎をだらだら垂らして、うははは、まるで泣きべそかいた子供よりみっともないぞ。」

「ちぇ。俺は良い気持さ。」

やがて適量の硼酸水を終ると、私は手拭で貌を拭いた。さっぱりとした気持だ。

四五日こうしたことを続けているうち、私の充血はすっかり消えた。

「しかし吸入なんかかけても、やがて効かなくなるよ。だがまあ君の眼なら、ここ五年や六年で盲目になるようなことはないよ。」

「五年や六年ですか。」

私は余りに短いと思われたのだ。

「今のうちに書きたいことは書いとけよ。」

彼は静かな真面目な調子で言った。私は黙ったまま頷いた。

柊の垣のうちから

序

心の中に色々な苦しいことや悩しいことが生じた場合、人は誰でもその苦しみや懊悩を他人に打明け、理解されたいという激しい慾望を覚えるのではないだろうか？　そして内心の苦しみが激しければ激しいほど、深ければ深いほど、その慾望はひとしお熾烈なものとなり、時としてはもはや自分の気持は絶対に他人に伝えることは不可能だと思われ、そのために苛立ち焦燥し、遂には眼に見える樹木や草花やその他一切のものに向ってどなり泣き喚いてみたくすらなるのではあるまいか？　少くとも私の経験ではそうであった。

或はまた、こうした苦悩の場合のみではなく、反対に心の中が満ち溢れ、幸福と平和とに浮き立つ時も、やはりその喜悦を人に語り共感されたい慾望を覚えるであろう。そしてその喜悦を語り得る相手を自己の周囲に有たぬ場合、それは往々かえって悲しみと変じ、孤独の意識となって自らを虐げさえもするのではあるまいか。多分あなたにもその経験はおありのことであろう、もしあなたが真実の苦しみに出合った方であるならば……。そして私がこのようなものを書かねばいられぬ気持を解いて下さるであろう。

とは言いながら、私は自分の私生活を語るに際して、多くの努力と勇気とを必要とする。先ず第一にかような手紙を書くことの嫌悪、それから自己侮蔑の感情、即ちこのようなつまらぬ私生活を社会に投げ出してそれが何になる、お前個人のくだらぬ苦悩や喜悦が社会にとって問題たり得るのか、お前は単に一匹の二十日鼠、或は毛の生えた虱(しらみ)にすぎないではないか、社会が個人にとって問題であるならば個人は社会にとって問題だと信じるのか？　しかしさような信念は十八世紀の夢に過ぎないのだ――等々と戦わねばならないのである。この場合私の武器とする唯一つのものは愛情、もし愛情という言葉がてれ臭いならば共感でもよい、私は私の中にある、誰かに共感されたい、という慾求を信じる。

一例をあげれば、われわれはフロオベルがジュルジュ・サンドに与えた書簡を持っている。われわれにとって重要なことは、自己の生活を亡ぼし、人間とは何ものでもない、作品が凡てなのだと信じたフロオベルが、かかる書簡を書かねばいられなかったというその点にある。


（未完？）

柊の垣にかこまれて

駅を出ると、私は荷物が二つばかりあったので、どうしても車に乗らねばならなかった。父と二人で、一つずつ持てば持てないこともなかったけれども、小一里も歩かねばならないと言われると、私はもうそれを聴くだけでもひどい疲れを覚えた。

駅前に三十四年型のシボレーが二三台並んでいるので、

「お前ここにいなさい。」

と父は私に言って、交渉に行った。私は立ったまま、遠くの雑木林や、近くの家並や、その家の裏にくっついている鶏舎などを眺めていた。淋しいような悲しいような、それかと思うと案外平然としているような、自分でもよく判らぬ気持であった。

間もなく帰って来た父は、顔を曇らせながら、

「荷物だけなら運んでもよいそうだ。」

とそれだけを言った。私は激しく自分の病気が頭をかき廻すのを覚えた。私は病気だったが、まだ軽症だったし、他人の嫌う癩病と、私の癩病とは、なんとなく別のもののように思えてならなかった時だったので、この自動車運転手の態度は、不意に頭上に墜ちてきた棒のような感じであった。が、考えてみるとそれは当然のことと思われるので、

「では荷物だけでも頼みましょう。」

と父に言った。

自動車が走って行ってしまうと、私と父とは、汗を流しながら、白い街道を歩き出した。父は前に一度、私の入院のことに就いて病院を訪ねていたので、

「道は知っている。」

と言って平然と歩いているが、私は初めての道だったので、ひどく遠く思えて仕方がなかった。

「お父さん、道は大丈夫でしょう?」

と聴くと、

「うん間違いない。」

それで私も安心していたのだが、やがて父が首をひねり出した。

「しかし道は一本しかないからなあ。」

と父は言って、二人はどこまでもずんずん歩いた。

「お前、年、いくつだった?」

と父が聴いたので、「知ってるでしょう。」と言うと、

「二十一か、二十一だったなあ。ええと、まあ二年は辛抱するのだよ。二十三には家へかえられる。」

そして一つ二つと指を折ったりしているのだった。

一九三四年五月十八日の午(ひる)さがりである。空は晴れ亘って、太陽はさんさんと降り注いでいた。防風林の欅の林を幾つも抜け、桑畑や麦畑の中を一文字に走っている道を歩いている私等の姿を、私は今も時々思い描くが、なにか空しく切ない思いである。

やがて父が、

「困ったよ。困った。」

と言い出したので、

「道を間違えたのでしょう。」

と訊くと、

「いや、この辺は野雪隠というのは無いんだなあ。田舎にはあるもんだが――。」

父は便を催したのである。私は苦笑したが、急に父がなつかしまれて来た。父はばさばさと麦の中へ隠れた。街道に立っていると、青い穂と穂の間に、白髪混りの頭が覗いていた。私は急に悲しくなった。

出て来ると、父は、しきりに考え込んでいたが、

「道を迷ったらしい。」

と言った。

腰をおろすところもないので、二人はぽつんと杭のように立ったまま、途方に暮れて、汗を拭った。人影もなかった。遠くの雑木林の上を、真白な雲が湧いていた。

そのうち、電気工夫らしいのが自転車で駈けて来たので、それを呼びとめて訊いた。父は病院の名を出すのが、嫌らしかったが、なんとも仕方がなかった。

私達は引返し始めた。

それからまた十五六分も歩いたであろうか、私達の着いたところは病院のちょうど横腹にあたるところだった。真先に柊(ひいらぎ)の垣が眼に這入った。私は異常な好奇心と不安とを感じながら、正門までぐるりと垣を巡る間、院内を覗き続けた。

以来二年、私はこの病院に暮した。柊の垣にかこまれて、吐口のない、息苦しい日々ではあったが、しかし二十三になった。私はこの中で何年生き続けて行くことだろう。今日私は、この生垣に沿って造られた散歩道を、ぐるりと院内一周を試みた。そしてふと『死の家の記録』の冒頭の一節を思い出した。

「――これがつまり監獄の外囲いだ。この外囲いの一方のところに、がっしりした門がとりつけてある。その門はいつも閉めきってあって夜昼ぶっとおしで番兵がまもっている。ただ仕事にでかけるときだけ、上官の命令によってひらかれるのであった。この門の外には、明るい、自由な世界があって、みんなと同じ人々が住んでいた。けれど墻壁(しょうへき)のこちらがわでは、その世界のことを、なにか夢のようなお話みたいにかんがえている。ここには、まったく何にたとえようのない、特別の世界があった。これは生きながらの死の家であった。」

だが、この世界といえども、私等の世界と較べれば、まだ軽い。そこには上官という敵がある。だが私の世界には敵がいない。みな同情してくれるのである。そして真の敵は、実に自分自身の体内にいるのである。自分の外部にいる敵ならば、戦うことそれ自体が一つの救いともなろう。だが、自己の体内にいる敵と、一体、どう戦ったらよいのだろう。

柊の垣に囲まれて、だが、私は二年を生きた。私はもっと生きねばならないのだ。

花

花というものを、しみじみ、美しいなあ、と感じたのは、この病院へ入院した次の日であった。今は収容病室というのが新しく建ったので、入院者がすぐ重病室へ入れられるということはないけれども、私が来た当時はまだそれが出来ていなかったので、私は入院するなり直ちに重病室へ入れられた。

私がそこでどんなものを見、どんなことを感じたか、言語に絶していてとうてい表現など出来るものではない。日光を見ぬうちは結構と言うな、ということがあるが、ここではちょうどその反対のことが言える。たとえばあなたが、あなたのあらん限りの想像力を使って醜悪なもの、不快なもの、恐るべきものを思い描かれても、一歩この中へ足を入れられるや、忽ち、如何に自分の想像力が貧しいものであるか、ということを知られるであろうと思う。私もそれを感じた。ここへ来るまで色々とここのことを想像したり描いたりしたのだったが、来て見て予想以上なのに吃驚してしまった。膿臭を浴びたことのなかった私の神経は、昏乱し、悲鳴を発し、文字通りささらのようになってしまったのである。私は、泣いていいのか、笑っていいのか、また、無気味だと感じていいのか、滑稽だと感じていいのか、さっぱり判らなかった。

そこは、色彩において全くゼロであり、音響においてはコンマ以下であり、香りにおいては更にその以下であった。私の感覚はただ脅（おび）えて、石のように竦んでしまうばかりだった。持って来た書物が消毒室から帰って来るまでの間、私は全く死人のようになっていた。私はせめて活字を、文字を、思想の通った、人間の雰囲気の感ぜられる言葉を、見たかったのだった。今でも忘れないのは、その時私の隣りのベッドにいた婦人患者が、キングだったか、表紙の切れた雑誌を貸して呉れた時のうれしさである。私は実際、嚙みつくようにして今まで見向きもしなかったこの娯楽雑誌の頁をくったものである。

しかしなんといっても、自分の書物が、自分の体臭や手垢のしみついた本が帰って来た時のよろこびは、それ以上だった。私は涙を流さんばかりにして、その本を一冊一冊抱きかかえて見たり撫でまわしたりした後、ベッドに取りついているけんどんの上に積んで置いた。それを眺めている間、私はなんとなくほっとした思いになっていた。

私がそういう思いをしている所へ、誰だったか忘れたが、花を持って来てくれたのである。なんという花か、迂闊な私は名前を知らないが、小さな花弁を持った、真紅な花であったのを覚えている。はなびらの裏側は幾分白みがかっていて、薄桃色だった。華かではなかったが、どことなく品の良いととのった感じのする花で、私はもう夢中になって眺めたものである。それまで、私は花など眺めたことは丸切りなかったのであるが、それからというものはすっかり花が好きになってしまった。

この間、ある事情で四国の故郷までまことに苦しい旅をしたが、帰って来ると私はまだ花の咲かないコスモスを鉢に活けた。舎の前に生えていたもので、私は指先に力を入れながら注意深く掘り返した。そこへ看護婦の一人が来て言うことには、

「北條さんが花をいじるなんて、ちょっとおかしいみたいね。」

なるほど、そう言われて見ると私は野蛮人に違いない。しかし、私は言ったのである。

「平和に暮したいんだよ。何時でも死神が僕につきまとうからね。」

彼女は可哀想なという風な表情で私を見ていた。

表情

表情を失って行くことは真実淋しいものである。

眼は心の窓であるというが、表情は個性の象徴であろう。どんなまずい面であっても、またどんなに人好きのしない表情をもっていても、しかし自分の表情、自己の個性的な表情をもっていることはよろこばしいことであり、誇ってよいことであると思う。

「自分らしい表情やジェスチュアを毀されて行くのは、ほんとに寂しいね。」

と、先日も友人の一人は私に言った。彼はまだ軽症な患者で、僅かに眉毛が幾分うすくなっている程度であるが、そう言った彼の眼には無限の悲しみが宿っていた。彼はX大の哲学に籍を置いているうち発病したのであるが、しかしむしろ女性的と思われるほどこまかい神経と、美しい貌を持っていて、詩を書くのが上手である。そういう彼が、病魔に蝕まれ尽した多くの病友達を眺め、やがては自分もそうなって行くべき運命にあるのを知ったとすれば、彼はその語調以上に寂寥を覚えていたであろうことは、私にも察せられた。

「しかし僕はね、どんなに崩れかかったひどい人にも、なお個性的な表情は残っていると思う。或は、病気のために貌が変化して行くのにつれて、その変化に伴って今までなかった個性的なものが浮き上って来るようにも思う。これを発見するのは大切だし、発見したいと思う。」

その時私はそんなことを答えたのであったが、これは私のやせ我慢に過ぎなかった。どす黒く皮膚の色が変色し、また赤黒い斑紋が盛り上ってやがて結節がぶつぶつと生えて、それが崩れ腐り、鼻梁が落ち、その昔美しかった頭髪はまばらに抜け、眼は死んだ魚のそれのように白く爛れてしまう。ごく控え目に、ちょっと書いてすらこれである。ここにどんな表情が発見出来るだろうか。どんな美しい精神に生きていたとて、外面はけものにも劣るのである。況や神経型にやられたならば、口は歪んで、笑うことも怒ることも、また感動することも出来ないのである。時々、マスクを除った看護婦たちが嬉々として戯れるさまを、私はじっと見惚れることがある。そこには生き生きとした「人間」の表情があるからだ。若々しい表情があるからだ。

怒ることも笑うことも出来ない。勿論心中では怒り、或は笑っているのである。しかしその表情は白ばくれているように歪んだままよだれを垂らしているのだ。考えるほど、妙な、おそろしいような思いがする。

四五日前のことだった。

子供達が秋の運動会の練習をやっているのを見に行った。子供達は子供らしく、元気に無邪気に飛びまわっていた。これは私にすくなからぬ明るいものを見せてくれた。飛び廻ることも出来るほどの子供であるから、みな病気の軽い、一見しただけでは病者とは思われない児ばかりであった。

私は幅跳の線を引いてやったり、踏切を見てやったりした。

その時、裸にズボン一つで私の横に来た子供があった。彼は腕を組み、肩を怒らせて、

「しっかり跳べ！」

と叫んだ。

背の高さは四尺五六寸しかなく、うしろから見るとまだほんの子供であったが、その声はもう大人であった。それもそのはずで、この少年は、少年とは言えぬ、二十一歳であったのだ。が、前へ廻ってその貌を見ると更に驚いたことには、そこには二十一という青年らしさは全然なく、さながら七十歳に近い老人を思わせたのである。貌全体が皺だらけで、皮膚はたるみ、眼はしょぼしょぼと小さく、見るからに虐げられた老人であった。けれども、自分では二十一歳という年齢を意識しているばかりでなく、よし蝕まれ腐ったものにせよ、若い血も流れているのであろう、頭には薄くなった毛をモダン気取りでオカッパに伸ばし、度も這入っていない眼鏡をちょこんとかけているのである。

「ちぇっ、だらしがねえ、三メーターじゃないか。」

小さな体で、だが兄貴らしく呶鳴るのであった。

彼は幼年期から既に病気であった。そのために肉体的にも精神的にも完全な発育が出来なかったのである。そして少年期からずっと療養所で育ち、大きくなり、文字通り蝕まれた青春を迎えたのである。

私はかつてこの男の作文を読んだことがある。『呼子鳥』というこの病院から出ている子供

の雑誌に載せられていたのであるが、それは誠に老人染みた稚拙さに満たされていた。子供の作文には子供らしい、素朴な稚拙さがあり、それが大人の心を打つのであるが、ここにはにがにがしい老人の稚拙さだけしかなかったのを覚えている。

笑うと、老人とも子供ともつかない表情が浮ぶが、その文もやはりそういう表情であったのである。

私はこびとのような彼の笑顔を見、嗄れた呶鳴り声を聴いているうち、限りないあわれさを覚えて見るに堪えなくなり急いで帰った。その虐げられたような笑顔が何時までも頭に残っていて憂鬱であった。

表情のない世界、そしてある表情はこのように奇妙なものばかりである。友人のなげきも決して無理ではない。

けれどこういうことを言えば、重症者たちは一笑にふしてしまうであろう。

「甘たれるな。」

と。

それは私も知っている。こうしたことに悲しんだり嘆いたりしていられるうちは、まだまだめでたい軽症者であること！　時々じっと鏡を眺めながら、

「軽症者、甘たれやがって！」

と侮蔑の念をもって私は自分に向って言う。けれどやっぱり侘しいのだ。美しい顔になりたいとは思いはせぬ。ただ自分らしい表情を、自分以外には誰も持っていない私の表情を失うの

が堪らないのだ。

何時も眺める自分の顔であってみれば、さほどに変化も感ぜられず、怪しい癩病面になりつつあることをなかなかすぐには感じられないが、しかしふと往年の、まだ健康だった頃を思い出したり、その当時交わっていた友達などにばったり会ったら彼はどんな気持で自分を見るであろう、などと考えると、私はその場で息をするのもやめてしまいたくなる。

だがそれはまだよい。真に恐るべきは、こうした外面と共に徐々に萎えしぼんで行く心の表情である。よし十万坪という限られた世界に侏儒のような生活を営むとはいえ、せめて精神だけは大空をあまかける鵬(とり)でありたいのだ。だが、それも、あたりの鈍重な空気と、希望のない生活、緊張と刺激を失った倦怠な日々の中に埋められてしまう。毎日見る風景は貧弱な雑木林と死にかかった病人の群である。膿汁を浴びて感覚は鉛のように艶を失い、やがて精神はたがのゆるんだ桶のようにしまりを失うのである。

この病院へ来てから私はもう二年と三ヶ月になるが、この「精神のゆるみ」とどんなに戦ったことだろう。しかしどんなに戦っても結局敗北して行くように思われてならぬ。勿論、最後まで戦って見る覚悟は有っているが、しかし、戦うというこの意志それ自体、その意志を築き上げている肉体的要素からして力を失って行くのだ。これに対して一体どんな武器があるだろうか。

宗教！

この時私の心に無限の力を与えてくれそうに思えるのは、宗教だけである。更にクリストの精神である。しかし、それも結局そう思うだけである。宗教！と思うせっぱつまった自分の心の表情が見えなければ、私は夢中になって信仰生活に飛び込んで行けるであろう。信ずるためには夢中になる必要があると思う。夢にも自分の表情を見てはならぬのである。

歪んだ表情。

生硬な表情。

苦しげな表情。

浅ましい表情。

餓えた猿が結飯に飛びつくような表情。

これが宗教に頼ろうとする時の自分の表情である。

苦しくなった。書いてはならぬことを書いてしまったような気がする。

絶望

十日に一度は、定って激しい絶望感に襲われるようになった。頭は濁った水の底へでも沈んで行くようで、どうにももがかずにはいられない。たいていは一日乃至二日でまた以前の気持に復することが出来るが、ひどい時には五日も六日も続くことがある。食欲は半減し、脈搏が上り、呼吸をするさえが苦しくなる。四五日も続いた後では、病人のように力が失せてしまう。しかし、私は一体何に絶望しているのであろうか。自分の才能にか、それとも病気が不治であるということにか、社会から追い出されたということにか、或はまた蝕まれ行く青春にか。いやいや、私は——。

ぼんやりそんないいかげんなことを考えているともう夕食になってしまった。

又か、ということ

近頃人に会うと、もうそろそろ癩を切り上げて健康な小説を書いてはどうかとすすめてくれることが多い。そのたびに私は、ああそのうちに書きますよ、と答えて置くのであるが、しかし本当のところを言うと、まだなかなか癩から抜け出ることなど出来そうにもない。いや、抜け出ることが出来ないというよりも、反対に、もっともっと癩小説を書くぞ、とひそかに肩をいからせるのだ。それは私自身が癩であり、毎日癩のみを眺め、癩者のみと生活を共にしているため、では決してない。私の眼には二千年の癩者の苦痛が映っているのだ。この長い間の歴史的存在を、僅か三つや四つのヘッポコ小説でけりにしてしまって、それでいいのか、と私の頭は考えねばいられないのだ。そう考えたが最後、又か、と言われようが、ジャアナリズムからロックアウトされようが、読者が一人も無くなろうが、歯を喰いしばってもここからそう簡単に逃げ出してはならぬと新しい覚悟が湧き出して来るのだ。

×

無論私も健康な小説が書きたい。こんな腐った、醜悪な、絶えず膿の悪臭が漂っている世界など描きたくはない。また、こんな世界を描いて健康な人々に示すことが、果してどれだけ有益なのか。少くとも社会は忙しいんだ、いわゆる内外多事、ヨーロッパでは文化の危機が叫ばれ、戦争は最早臨月に近い。そういう社会へこんな小説を持ち出して、それがなんだというのだ。——こういう疑問は絶え間なく私の思考につきまとって来る。

実際私にとって、最も苛立たしいことは、われわれの苦痛が病気から始まっているということである。それは何等の社会性をも有たず、それ自体個人的であり、社会的にはわれわれが苦しむということが全然無意味だということだ。猛烈な神経痛に襲われ、或は生死の境で悶える病者の姿を描きながら、私は幾度筆を折ろうとし、紙を引き裂いたことであろう。自分の書いた二三の記録や小説も、嫌悪を覚えることなく書いたものは一つとしてないのである。

×

そしてこれはものを書く場合のみではない。自分の生の態度に直接ぶつかって来るところのものである。

生きること自体意味ない、自分の姿を眺めながら、真実そう思わねばならない時の気持というものは、決してそう楽しいものではないのである。

私は時々重病室の廊下をぐるぐる巡りながら散歩する。そして硝子越しに眼に映って来る重病人の群を眺めては、こうなってまでなお生きる人々に対して、一体私は頭を下げることが正しいのか、それとも軽蔑することが正しいのかと自問するのだ。成程、これらの人々は苦しんでいる。人生のどん底でうめいている。しかしそれが何だというのだ。これらの人々が苦しもうが苦しむまいが、少くも社会にとっては無関係であり、ばかばかしいことなのだ。

私は今、これらの人々、という言葉を使用した。しかし勿論この言葉の中には私自身をも含めているのである。私もやがてはそうなって行く。小説など勿論書けなくなるだろう。幾年か後には、自分もまた呻きながら苦しみもだえることであろう。私にはちゃんとそれが判っているのだ。しかも私は、そうなった時の自分の姿を頭の中に描き、視つめながら、なんと笑っていなければならないのだ。そういう姿を自分の中に描いた時の自分のとるべき心の態度は、ただ一つその苦痛する自分の未来の姿に向って冷笑を浴せながら、じっと苦痛に身を任せているより他にないのである。

「兄弟よ、汝は軽蔑ということを知っているか。汝を軽蔑する者に対しても公正であれという、公正さの苦痛を知っているか。」

ニイチェはかつてこんなことを言ったそうであるが、私には公正さの苦痛というものがよく判る。

×

成程、生きるということは愚劣だ。人生はどう考えても醜悪であさましい。この愚劣さ、醜さ、あさましさにあいそをつかして首を縊ったり海に飛び込んだりした者は決して少くない。しかし、私はここで呟かずにはいられない。愚劣な人生にあいそをつかして自殺した人々の死にざまのなんと愚劣なことか！　と。

全くそれは愚劣なものだ。私はもう何度も縊死体というものを見たことがあるが、実際見られたものじゃない。主要なことは人生の愚劣さを知ることではなく、自殺の愚劣さを知ることである。

例えば、私が首を縊ったとしても、癩者はやっぱし生きているのだ。もし私が死ぬと同時に、彼等もまた死んでしまうなら、私の自殺は立派である。が実は、私が死んでも人々は知らん顔して生きているのだ。この故に私の死は愚劣になる。デカルトは「我思う故に我在り」と言ったが、実は「他人思う故に我在り」の方が本当なのだ。

それならもうどうしても死んではならぬ。生きることがどんなに愚劣でも、自殺よりはいくらかましなのだ。じっと耐えているより致方はない。生き抜くなどと偉そうなことは言ってはならない。ただ、じっと我慢することだ。そこには愛情という意外な御馳走があるかも知れぬ。

×

だから私はもう少し癩を書きたい。社会にとって無意味であっても、人間にとっては必要であるかも知れぬ。

二つの死

秋になったせいだろう、この頃どうも死んで行った友人を思い出していけない。それも彼が生前元気にやっていた頃の思出ならまだ救われるところもあるのだが、浮んで来るのは彼の死状ばかりで、まるで取り憑かれてでもいるかのような工合である。夜など、床に就いて眼をつぶっていると、幻影のように、呼吸のきれかかった彼の顔が浮き上る。眉毛のない顔がどす黒く、というよりもむしろどす蒼く変色して、おまけに骨と皮ばかりに痩せこけて、さながら骸骨、生ける屍とはこれだ、と思わせられるようなのが、眼の前でもがくようにうごめき始めるのだ。それから湯灌(ゆかん)してやった時に触れた、まだなまぬくい屍体の手触り、呼吸の切れるちょっと前に二三度ギロリとひんむいた巨大な目玉、呻き、そんなのばかりがごちゃごちゃと思い出されて来るのだから全く堪らない。昨夜の如きは遂に一睡もしないでその幻想に悩まされて明かしてしまった。そのため今日は頭がふらふらし、雑文でも綴るより仕方がない。が、おかげで詩のような文句を考え出した。

粗い壁。

壁に鼻ぶちつけて

深夜――

虻(あぶ)が羽ばたいている。

友人に見せたら、ふうむ、詩みたいだ、と言った。題は、「虻」とするよりも私はむしろ「壁」にしたい。まあこれが詩になってるかどうかはこの場合どうでもよいとして、昨夜一晩私は壁を突き抜ける方法を考えたのだ。しかし突き抜けることが不可能としても、虻は死ぬまで羽ばたくより他、なんともしようはないのである。

（未完）

烙印をおされて

右腕の神経痛が始まったので、私はここ数日床の中で朝夕を送り迎えている。神経痛といっても私のはごく軽微なものであるが、それでも夜間など、一睡も出来ないまま夜を明かすこともある。これは気温の高低に非常に敏感で、そのため夜になってあたりの温度が下って来ると激しい痛みが襲って来るのである。丁度筋肉と骨の間に、煮滾(にえたぎ)った熱湯を流し込まれるような感じで、ひどい時には痛む腕を根本(ねもと)から断(き)り除(と)ってしまったらどんなによかろうと思う。それでも明け方になり、徐々に温かくなって来ると少しずつ激痛は納まって、とろとろと浅い眠りに入ることが出来る。昼間は夜に較べるとずっと痛みが弱く、見舞いに来た友人などと話していると、どうにか気をまぎらわしていられる程度である。勿論、ひどくやられると夜も昼もあったものではない。そうなると重病室へ這入って静養するのであるが、私の神経痛などまだたかが知れていた。

私はアスピリンを服用し、蒲団の中から首だけを出して毎日を過すのであるが、昼間はそんなに苦しいとも思わない。眠れなかった翌日はうつらうつらと半睡状態で過し、どうにか眠れた翌日は窓の外を終日仰いで時を送った。

まだ八月の下旬に入ったばかりであるが、それでも窓外はすっかり秋めき、夜になると部屋の中へスイッチョが忍び込んで啼(な)いたりする。

《日あしは日毎に短くなって》
《ひるがえる紙の白さに秋がたわむれ》
《空は湖》
《きれぎれに流れる雲に乗って》
《風は冷気をつつんでいる》
《あのふるさとの潮鳴りが》
《湖(みずうみ)に奔騰する雲の泡》

秩序も連絡もなく、退屈になるとそんなことを口から出まかせに呟く。しかしそういうことを呟いている自分を考え出すと、私はいいようもない侘しさに襲われる。床に就いているため気が弱くなったのであろうが、旅愁にも似たものを覚え、やがては、こうした小さな世界に隔離されたまま生涯を埋めて行く自分が思われて、堪らなくなって来るのだ。自分は何のために生れて来たのだろう、ただ病んで苦しんで腐って行くために生れて来たのだろうか。幼稚な疑問と思われるかも知れないが、こういう疑問が執拗にからみついて来るのである。勿論このことに就いては既に考え抜いて来たつもりでいるし、また考えもしたのであるが、それでいて、この疑問が襲って来る度に以前の考えが変に白々しく感ぜられ、それでいいのか、それでいいのかと、自分の考えを嘲笑するように迫って来るのである。

（未完）

書簡

書簡凡例

●日附は原則として差出局の消印に拠った。消印が不明の場合は自筆の日附から○月○日附とした。消印の日附が欠けている場合は（推定）とした。

●北條民雄の書簡から、四四－四五、七七－七八、八五－八六の間に川端康成からの書簡があったこと、八七－八八の間に川端の移転通知のはがきがあったこと、五六－五七、七四－七五の間に川端夫人の書簡があったとわかるが、失われて現存しない。

●一部日附が前後しているものがあるが、底本通りとした。

●底本には、それぞれの書簡に差出人所在地と宛先があるが、一部を除き省略した。

●書簡原本と底本では、新字、旧字が混在しているが、本書の表記基準にしたがい、基本的に新字とした。ただし「文學界」「文藝春秋」「慶應」など、一部の固有名詞は旧字とした。

●誤字等を示す（ママ）は基本的に底本通りとした。

●底本では、書簡中の北條民雄の本名「七條晃司」が伏字になっているが、二〇一四年に遺族の了解で本名が公表されたことから、伏字部分を本名に改めた。

川端康成との往復書簡（九十通）

一　北條民雄より川端康成へ

昭和九年八月十三日

突然こうしたものを差上誠に失礼と存じますが、僕は七條と申すものです。先生の御作はずっと拝見致して居りました。そして自分もそのようなものを書き度いと希い出来得る限りの努力を重ねて参りました。まだ東京に住んでいました頃是非一度お訪ねしたいと思い度々先生の家の方へ参りましたが、自分がこのような病気を持っているためどうしてもお訪ねすることが出来ませんでした。もし自分が癩でなかったら、もうずっと以前に先生にお眼にかゝれていられるのでしたけれど。

　この病院へ入ったのは五月でした。それから三ヶ月の間闘病を続けつゝも、ずっと前からやっていました文学を励んで来ました。けれど病院に慣れるに随って頭は散慢（ママ）になり、苦しみが余り深いためか一種虚無な心の状態になって凡ての感激性は麻痺し始めました。創作への情熱は消えそうになり、意力は弱まり、このまゝで進んで行くなら生存の方針すらもつかなくなりそうです。自分達にとってこれ程苦しいことが外にありましょうか？　現在こそこうしてペンも持たれ、文章を書くことも出来、殆ど健康者と変るところはありませんが、やがて十年乃至十五年過す間には腕も足も眼も、その他一切の感覚は麻痺するばかりでなく、腐り落ちて了(しま)うに定っているのです。こう考える時自分には死以外にないことは分り切っています。けれど僕は死ななかったのです。実際死ななかったのです。こうなると僕にとって生くるという以外になにがありましょう。そして働くことの出来ない自分のすることは文学以外にありません。院内にも勿論文芸に親しんでいる人も随分いますが、病者という弱さの故にか、真に癩を見つめようとする人は一人もいなく、唯俳句、詩、短歌の世界にディレッタントとして逃避して了い、文学を生きようとする熱と望みも有っていません。これは僕にとって非常に残念なことです。そしてこうした周囲は僕の反撥性を踏みにじって僕を彼等と同じいボックスの内部に押しこめようとします。僕は最早自分の片方の足がそのボックスの中に入り込もうとしているのを意識しては苦しみました。

　もう先生はとっくに僕がこの文章を書き綴ってお送りしようとしている僕の気持をお察しになられたと思います。僕は先生に何かを求めているのです。今の僕は丸で弱くなっています。きっと僕は先生のお手紙を戴くだけという理由から文学に精を出すことが出来ると思います。

　僕は今百五十枚くらいの見当でこの病院の内部のことを書き始めています。出来上ったら先生に見て戴き度いのですが見て戴けるでしょうか?

　きっと返事を下さい。こうしたどん底にたゝき込まれて、死に得なかった僕が、文学に一条の光りを見出し、今、起き上ろうとしているのです。

きっと御返事を下さい。先生の御返事を得ると云う丈（だけ）のことで僕は起き上ることが出来そうに思われるのです。

尚、この手紙その他凡てこの病院から出るものは完全な消毒がしてありますから決して御心配しないで下さい。

八月十一日

東京府北多摩郡東村山
全生病院内
七條晃司

河（ママ）端先生　机下

二　川端康成より北條民雄へ

昭和九年十月十二日

拝復

御返事大変おくれて申訳ありません。

お書きになったものは拝見いたします、無論消毒されて病院を出ることはよく承知いたしておりますゆえ、その点は御遠慮なくお送り下さい。

なにかお書きになることが、あなたの慰めとなり、また生きる甲斐ともなれば、まことに嬉しいことです。

御手紙のようなお気持は尤（もっと）もと思いますが、現実を生かす道も創作のうちにありましょう。

文学の御勉強を祈り上げます。

十月十二日　　川端康成

七條晃司様

三　北條民雄より川端康成へ　昭和九年十月十八日

御返書、ほんとうにありがとう御座いました。もうきっとお手紙は戴けないものと、半ば断念致して居りました。それは此の上もなく寂しいものでした。けれど、今日から、又以前のように病気を忘れて、文学にだけ生きて行こうと云う気持になりました。

前に先生にさし上げた手紙で、先生の性(ママ)の文字を書き違えていることに、なんと云うことでしょう、今日になって始めて気が付き、御立腹ではないかと、この文章を綴りながら、気になって仕方がありません。どうかお許し下さい。

御返事を下さった上、書いたものを見て下さるとのこと、このように嬉しいことが現在の私に又とありましょうか。なんだかもう先生に会って了ったような気がしてなりません。御存知のように社会から切り離されたこの病院のこと故、書いたとてそれが良いか悪いか判断し批評して呉れる人もなく、誠に張り合いのないものでした。

もう既に御承知かも知れませんが、病院とは云えこゝは一つの大きな村落で、「新しき村」

にでもありそうな平和な世界でお互に弱い病者同志が助け合って、実に美しい理想郷——とそのような趣が、表面上には見られ、先日も林陸相がお見えになって感心していられましたけれど、この病院の底に沈んでいるものは、平和とか美とか、或は悪とか醜とか、そうした一般社会の常識語では決して説明し切れない、不安と悲しみ、恐怖と焦燥が充ちて、それは筆舌に尽きない雰囲気の世界なのです。私自身も危く気が狂う所でした。けれどこうした中にも、ほんとうに美しい恋愛も在れば、又何ものにも優った夫婦愛の世界もあります。実際この中の恋人同志は、荒野の中に咲いた一輪の花のように、麗しく、そして侘しく、だが触るれば火のように強いものです。そしてこうしたことが、癩、それから連想される凡てを含んだ概念の内部で行われているということを、思って見て下さい。

こうした内で、私は静かに眺め、聞き、思って、私自身の役割を果して行きたいと思っています。役割とは勿論、表現すること。血みどろになっても精進すること、啻（ただ）それだけです。どうかよろしく御指導下さい。

尚村山貯水池へでもお遊びになった節は、当院へお寄り下さい。決して不愉快な所ではありません。先生のために何かと御参考になることも在ろうかと思います。院内十万坪隈なく御案内致します。

九年十月十六日　　七條晃司

川端康成様

四　北條民雄より川端康成へ

昭和十年五月十二日附

前略、昨年先生よりお手紙戴いてから、早く書いて見て戴きたいと考えて居りましたが、どうしても書けませんでした。そして結局自分にはもう何も書けないで死んで行くような気がして、激しい絶望に落ちたり、小説を書くなど自分には大それた事のように思われたりして、いっそ何もかもやめて了って、何んにも考えない生活をしようかと、幾度思ったか知れませんでした。けれど今の自分にとって、何か書くということより他に、心によろこびを感じたり、楽しみを味うことが決してない、ということだけでどうにか続けることが出来ました。その間、激烈な神経痛にベッドの上で苦しんだり、この病気特有の発熱で四十度前後、時には一二度という高熱に、全身を坩堝の中に入れられたような経験を幾度も味わされました。そうした書き上ったもの、未熟さ、僕は、もうどうしたら良いのか判りません。そうかといって止めて了えば、もう死より他に何も残りません。僕は、今二十二です。そして三十になるまでには、恐らくはきっと盲目になるでしょう。この病気のものにとって、盲目になることは、どうしても逃れ難い正確な事実なのです。先輩達の誰も彼もがそうでした。

けれどこんなことを幾ら書いても、何んにもならない、せめて三十になるまでに、たった一つで良い、自ら満足し得る立派なものを書きたいと思います。今書いたものも、先生に見て戴こうかどうしようかと幾度も思案しました。もう十日余りも机の上に置いたまゝ考えました。

けれど見て戴くことに決心しました。どんなに未熟であっても、一生懸命に書いたものという理由でお許し下さい。原稿紙の隅がひどく汚れていて失礼と思いましたが、もう書き改める勇気がありません。もう三回も書きなおしましたが、その度に激しい絶望を味わねばならないことを思うと、どうかお許し下さい。

五月十二日　　　　　　　　　　　　　七條晃司

川端康成先生

五　川端康成より北條民雄へ

昭和十年五月十四日

間木老人拝見しました。感心しました。もっと長く書け、これだけで幾つも小説書けますが、これはこれとしてもよろしいと思います。問題になるところは、おしまいの偶然にあるかもしれませんが、差支えないでしょう。

感傷的でなく、しっかりと見てて、落ちついて書いてあるのは、あなたの年に似合わず、苦しましたせい(ママ)と、感心しました。

詳しい批評は申上げる要なく、このままお進みになって十分です。一層すべてを具体的に表現するつもりで後お書きになればいいでしょう。体に差支えない限り、続けてお書きなさい。それがあなたの慰めとなるばかりでなく、私共から見ても書く価値あるだけ、よいものです。

発表するに価します。

しかし、こういう小説発表して、あなたが村に具合悪くなるようなことありませんか。この点お返事下さい。発表して差支えありませんか。村のこういうことが、あなたにより世間に公になっていいのですか。（たとえ小説とは言え）

発表はあまりあてにせず、小生に委して貰えますか。稿料のある雑誌でなくともよいですか。急の発表如何にかかわらず、ぽつぽつ楽に後お書きなさい。立派なものです。

五月十四日　　川端康成

七條晃司様

六　北條民雄より川端康成へ

昭和十年五月十六日

お手紙ほんとうにありがとう御座いました。今まで絶望だけしかなかった自分の世界が、急に広々と展け、全身をよろこびが取り巻いているようで、もううれしさで一ぱいです。発表のことに就いては、今まで丸切り考えても見なかったことなので、なんだか恐ろしいような気が致します。自分としてはあの作に丸切り自信がありません。それで、もう一度書き改めて、それから発表して戴けたらと、考えて居ります。発表したゝめ自分が村にいられなくなるというような心配は、絶対にありません。その点はどうか御安心下さい。稿料のない雑誌でも結構ですが、自分としてはそう取り急いで発表致したいという気はありません。お言葉に甘えるようですけれど、一切を先生にお委せしたいと思っています。どうにでも良いようにお計い下さい。

あの作の中にモルモットの眼の色の変化を描いた所がありますが、あそこも文章がひどくぎこちなくもつれているように思えて気にかゝってなりません。甚だお手数をかけて相済みませんが、どうかもう一度書き改めさせて下さい。

もうこの後は決して絶望しないで懸命に書きます。どうか今後も見て下さるようお願い致します。もっと〳〵自信のある立派なものを書き度いと思っています。自分に残された、たった一つの道ですから――。

それからこの病院の中にも、つい最近文学の小さなサークルが出来ました。人数はたった五名ですけれど、誰も懸命に勉強して居ります。良いものが出来た節は、どうか見てやって下さい。まだほんとうに未熟ですけれど、熱と希望を持ってやっているということによって、愛してやって下さい。先生に作を見て戴けるというだけで、どんなに力強いか識れません。くれ〳〵もよろしくお願い致します。

五月十六日　七條晃司

川端先生

七　北條民雄より川端康成へ

昭和十年六月十三日

謹啓、またこのようなことを書かなければならなくなったことを、どうかお許し下さい。先日の「間木老人」どこかへ発表して戴けませんでしょうか。自分としては発表したくございませんけれど、どうしても小額の金が入用になり、大変弱らされているのです。というのは、この病院への入院料（一ヶ月七円五拾銭）が、こ、二ヶ月払えず、故郷の父からの送金を待っていましたけれど、到底だめらしいのです。父としても払えないような目に会わせ度くないと度々申して来て居りますけれど、何分にも貧しい農家ですし、それに義母の手前もあって、思うように行かぬのです。せめて母でも健在だったら、と思います。

その上半月程前から胸の病気が（一度良くなっていたのですが）又再発して来て、日々の費用がかさんで行く一方で、困り切って居ります。

けれど、僕のような、見ず識らずの他人が、どうしてこんなこと、先生にお願い出来るのだろう。そう思うと、もう幾度もこれを破き捨てようと考えましたけれど、もうどうにもせっぱ詰って了いました。悪らつな事務員に毎日催促され、払わなければ退院処分にすると驚かされ続けています。癩肺を背負ったこの弱い者に――と時には激しく憤って見ますけれども、何時の場合も人生はこうであった、と自分の心の弱さを苦笑するばかりです。どうか、あの作が幾何かになりますれば、どうか何処かへお世話して戴き度う存じます。こんな無理なお願いをして、何と申訳したら良いのか判りません。眼を閉ぶってポストに入れます。

六月十一日　　七條晃司
川端康成先生

八　川端康成より北條民雄へ　昭和十年六月十七日

拝復
お手紙拝見いたしました。原稿はすでに某誌の編輯者に預けてあります。然(しか)し発表して金にするということは、急場の間に合うかどうか解りません。それに小生目下病気入院加療中にて交渉が進めにくい有様であります。御事情は甚だお気の毒に存じますが、しばらく御返事お待ち下さい。
取あえず右御返事まで
六月十七日　　川端康成
七條晃司様

九　北條民雄より川端康成へ　昭和十年六月十九日（封書裏書には六月二十日の日附）

前略、入院御加療中とのこと承り、この上なく驚き入りました。そういうことちっとも知らず、あのようなお願いをして、お心を乱したのではないかと、自分を深く恥じ恐縮致しました。

どうかあの作のことなど、お忘れになられて、一日も早くお退院遊ばされんこと、お祈り致します。

お手紙では御様子ちっとも解りませんのであれこれと想像して、いても立ってもいられません。出来るなら瞬時も早く飛んで行き度い思いが致しますが、どうにもならず、大変情なく思っています。早く良くなられるようにと、そればかりをお祈りします。

六月二十日　　七條晃司

川端康成先生

一〇　北條民雄より川端康成へ

昭和十年七月五日（はがき）

拝啓、その後御様子いかゞでしょうか。心配致して居ります。私方はどうにかやりくりをつけて居ります。病気の方もどうにか良い方に向い、また少しずつ書いて居りますけれど、やっぱり思うように書けません。せめて一ヶ月に短いもの一作くらいは書けたらと思いますが、五十枚くらいなものに半年もかゝり、その上怪し気なものばかり出来て、情なくなります。毎日先生の御様子どうであろうかと考えて居ります。また暑い夏が来ると思うと、がっかりします。どうか一日も早く御退院下さるよう、御静養切にお祈り致します。

七月五日

一一　川端康成より北條民雄へ

昭和十年七月十四日

拝啓

却って御心配をかけて、お気の毒でした。私の病気は少しも心配していただくような種類のものではありません。もうほとんど快くなりました。そんなことはお気にかけないで下さい。貴方の胸の方はいかがですか、原稿を書くことなぞは、よくありませんから、なるべくあせらずに御静養なさい。あの作は某文芸雑誌の編輯部へ送って見て貰っています。いずれ後便にて。

七月十四日　　川端康成

七條晃司様

一二　北條民雄より川端康成へ

昭和十年八月四日

拝啓、その後御病気如何でしょうか。この激しい暑さを心配して居ります。私の方はどうにか元気を取戻し、朝夕には柊（ひいらぎ）の垣根に添ってかなり長い散歩も出来るようになりました。金銭上のことも案外楽に解決が着きましたので、今ではもう腰を据えて作するだけになりました。どうかこの点御安心下さい。

途中で仆（たお）れたり、或は敗退せねばならぬようなことになるかも識れませんけれども、この現実と四つに組んで見よう——と思って居ります。激しく思って居ります。

末筆ですけれど、どうかお体を御大事にして下さいますよう、お祈り致しています。

八月四日　　　　七條晃司

川端康成先生

（「舞姫の暦」御刊行御祝し申上ます）*

＊「舞姫の暦」は昭和十年一月〜三月に新聞連載。単行本として刊行予定はあったが、実際は刊行されなかった。ただし、この年六月に映画化されている。

一三　北條民雄より川端康成へ

昭和十年八月二十三日

拝啓、小さなものが一つ出来ましたけれど、なんだか自分の本当の仕事でないように思われてなりません。けれど、百枚近くのものを一つ書き下しましたので、その疲れを癒す息抜きのつもりで書いて見ました。楽にすら〳〵と書けましたので、ほんとに愉快でした。そんな次第ですので、先生に見て戴くのも大変申訳なく存じますが、せめて原稿紙代にでもなれば、と思いましたので、御迷惑もかえり見ないでお送り致します。「若草」のような種類の雑誌にでも御紹介下さいませんでしょうか、何時も勝手なことばかり申上げてほんとに済みませんけれど、どうかよろしくお願い致します。この次の作は、出来栄はどうでも命をかけて書きます。下書だけで二貫目体重がへりました。秤にかゝって見ますと十貫五百匁という貧弱さになりましたが、どこまでも書き抜く意志は充分持っています。どうか一息抜いたのをお許し下さい。

八月二十三日　七條晃司

川端康成先生

一四　北條民雄より川端康成へ

昭和十年十一月十六日

謹啓「文學界」のような立派な雑誌に御紹介して下さいまして誠にありがとう御座います。あの作はどう考えて見ましても自分では自信がもてませんでしたので、もう半ばあきらめて居りましたのですが、突然活字になったのを見せて戴いて、なんだか夢でも見ているような気持で居ります。昨日の夕方、自分のような者が小説を書くなぞは生意気なように思われ、すっかり絶望に落ち込んで意気消沈致して居りました所へ、あの雑誌を監督がどさりと投げ込んで呉れたのでした。それから今日まで、天下でも取ったように朗かになりまして、友人と碁を打っても勝ってばかりいます。これからシャンと立ちなおって、懸命に書きます。今まで重く沈んでいました頭でしたが、もう今では書き度い欲求と、書かねばならぬものがぐんぐん頭に広がって来まして、なんだか凝乎(じっ)としていられない思いで居ります。昨夜は明け方まで昂奮が納まらずに眠られませんでした。この次にはあれよりも立脈(ママ)なものを、きっと書く、と覚悟致しました。

誠に短文にて恐れ入りますが、取敢えずお礼のしるしまで。編輯部の方々にもよろしくお伝え下さればうれしく存じます。

十一月十五日　　　　七條晃司

川端康成先生

一五　川端康成より北條民雄へ

昭和十年十一月十七日

あれが立派な作であることは最初に申上げた通り、小生の言葉に絶対まちがいありません。ただ始終手紙を差上げられないので、自分に疑いもお起しになるのでしょうが、対世間文壇など頓着なく書かれることを祈ります。あなたがそういう所に離れていることも或る意味ではよいと、小生は思ないこともありません。＊（あなたには慰めにならんでしょうが）とにかく気の向くままにお書きなさい。

果してあれは好評です。例えば横光利一なども、こういうのにこそ芥川賞をくれるべきだと、大変ほめてるそうです。文學界同人もほめてます。その他多ぜい。しかしそんなことは耳に入れたくないくらいです。文壇のことなど気にしないで、月々の雑誌など読まないで、古今東西の名篇大作に親しみ、そこの生活とあなた自身から真実を見る一方になさい。才能は大丈夫小生が受け合います。発表のことも引き受けます。

芥川賞は無論取れないものと思って下さい（横光がそう云っても。）あれはもっと大雑誌に出せんこともなかったでしょうが、先ず文學界にしときました。稿料がないので気の毒です。近日小生から原稿紙代くらいは送ることにします。先日若草への作は余りよくないので、あなたのために発表の相談は見合せます。もしこの次出来た作が大雑誌にでも出たら評判になって、いろんな原稿依頼があるやもしれませんが、例えば、そこの生活を実話的に書かせようという風なジャナリスチックな註文に乗ってはだめですよ。体も悪いことゆえ、ほんとうに書きたいものだけを、書く習慣を守りなさい。そしたら、あなたは文学にとっても、同病者にとっても、尊い存在になりますよ。

第一作はあなたの想像以上に、人々に感動を起させていると、私は思います。

先ずドストエフスキイ、トルストイ、ゲエテなど読み、文壇小説は読まぬこと。

しかし無理に書いて体を悪くなさらぬよう、これはくれぐれも考えて下さらぬと、私達も困りますよ。

十一月十七日　川端康成

七條晃司様

尚十條號一というペン名は、よくないように思われたので、勝手に変えお許し下さい。この次は別の名でも結構です。あなたのよいように変えます。

＊　原文――思っていいいのないこともありません。傍点部抹消。

一六　北條民雄より川端康成へ

昭和十年十一月二十一日

お手紙ありがとう御座いました。すっかり元気になりました。原稿紙代を先生がお送り下さるとのこと、どうかそのようなこと、なさらないで下さい。小遣に不自由をしましても食べることだけは充分に保証されて居りますので、この上そんなことをして戴いてはほんとに申訳ありません。あのようなお言葉を戴き、作品まで発表して下さいましたのに、この上どうしてそんな御迷惑までお掛け出来ましょう。もうもう充分で御座います。此の上は先生のお言葉に従い、自分の好む所によって創作して行きたいと思って居ります。ドストイエフスキーは、もう以前から好きで、今「罪と罰」「悪レイ」「書簡集」「未成年」など持って居ります。十九の頃から、ドストイエフスキを読み続けて居ります。トルストイ、ゲーテは読んだことありませんが、これから後懸命に読み度いと思って居ります。他にはシャルル・ルイ・フィリップが大好きで、「若き日の手紙」は愛読して居ります。それからファブル（文学の方では勿論ありませんが）が好きで、自然科学を充分勉強したいと思って居ります。こんな所に居りますので古本が買えないのが何より残念です。それに、東西の偉大な絵画を見ることが出来たら、どんなに良いかと常に思って居りますが、これも及びません。月々の雑誌は金がないのでこの春以来買いません。良くないことだと思いながら、雑誌の小説や文学論を読むよりも、自然科学や哲学を読むのがずっと楽しみです。心理学も好きですが、本が随分高くて寄りつけません。仏教やキリスト教も決しておろそかにしてはいけないのではないかしらと思って居ります。けれど語学が出来ませんのが一番口措（ママ）しい気がします。もし体が健康だったら、とこんな時犇々（ひしひし）と情なくなって来ます。それに部屋、自分一人で考えたり読んだり、書いたり出来る部屋があったら――共同生活の雑然さはほんとに気が狂いそうです。書いている中にだんだん又愚痴が出て来まして申訳御座いません。体は今まであまり大切にしませんでした（早く死んだ方が良いように思いまして）が、これからは充分気を付け度く思っています。そして書きます。自信がないと云うと、自信なんて死ぬまで持てないんだと友人も云って呉れます。先生もあのように仰っしゃって下さった上は、もう書く以外にありません。どうか今後もよろしく御教導下さるようお願い申上ます。

十一月十九日　七條晃司

川端康成先生

一七　川端康成より北條民雄へ

昭和十年十二月五日

健康を思い、鎌倉に越しました。元気です。

原稿紙の見本届きましたか。御気に入ったの註文してて下さい。代金は小生払っときます。どうせついでに払えばいいのですからそれはいささかも御遠慮なく。幾らでも差上げます、御入用な時原稿紙屋へ註文して下さい。

とりあえず拾円送ります。これは小生の寸志です。小生もあなたの想像以上にいつも金なしですから後れました。また都合よい時あれば差上げられるかもしれません。お約束は出来ませんが。

この次のあなたの作はきっと原稿料を取ってあげます。間木老人くらいの出来ならば。しかし、原稿のため体を悪くせぬよう、くれぐれも御用心。体の無理して書いては、小生困ります。

十二月五日　　川端康成

七條晃司様

一八　北條民雄より川端康成へ

昭和十年十二月八日

先生、一体何とお礼を申上げましたら良いのやらすっかり混乱して了いました。事務所で先生のお手紙を戴いてから療舎へ帰えるまでの間にすっかり読み、胸が今でもどきどきしてなりません。幼い時から人に愛されたり、親切にされたりしたことないものですから、先生のお手紙を拝見致しますと、何か心が途迷うて了ってなりません。でも今日はなんという愉快な一日だったでしょう。午前中に以前から書き続けていましたものがようやく五十六枚でまとまり、作の良し悪しはどうでも、天下を取ったような気持でいました所へ先生のお手紙だったものですから、――どうか僕の痛快そうな貌（かお）を想像して戴き度う存じます。この作一週間以内に清書して先生に見て戴こうと存じて居ります。この作、自分でも良く出来ているような気がしますけれど、又大変悪るいんではあるまいかと不安も御座います。結局自分では良く判断が出来ません。けれど、書かねばならないものでした。この病院へ入院しました、最初の一日を取扱ったのです。僕には、生涯忘れることの出来ない恐ろしい気憶（ママ）です。でも一度は入院当時の気持に戻って見なければ、再び立ち上る道が摑めなかったのです。先生の前で申しにくいように思いますけれど、僕には、何よりも、生きるか死ぬか、この問題が大切だったのです。文学するよりも根本問題だったのです。生きる態度はその次からだったのです。それでこの作発表のこと全然と云って良いくらい考えませんでした。先生にだけ見て批評して戴いたらそれで充分、という気持で書きました。今後の作もそういう気持でしか書けないと思って居ります。ほんとに僕には、文学は第二の仕事なのです。こんなこと先生に申しにくいのですけれどほんとにそうなのです。でも、もう根本問題は解決致しました。これからは、生きることを書くこと、そうなろうと思って居ります。あ、、僕、自分が大変なんだか偉くなったような気がして来ました。これで良いのかしら。

こゝまで一息に書いて読み返して見て吃驚しました。自分のことばかり書いて、必要なこと何も書いていませんので。原稿紙の見本お送り下さいましたとのこと、まだ届いて居りません。どうした理かと怪しんで居りますが判りません。お金はたしかに戴きましたのですけれど。でも、こんなにして戴いて良いのでしょうか。もう何と云ったら良いのか皆目判りません。たゞ、書きたいものが頭の中にぐんぐん突き上って来ました。書こう、立派なものを、それだけが先生に喜こんで戴けるような気がして居ります。体は充分気をつけます。来年の春までには、きっと病気を落付かせて、一週間ばかりの休暇を取ろうと思っています。伝染の心配がなくなれば、帰省を許下(ママ)されるのですから。勿論癩の伝染は十五歳以下の小児だけらしいのですが。大人には伝染しない、とこの病院の医者も断言したことがありますので、もし帰省出来ましたら、その時先生にお逢い出来ましょうかしら。今年の春病気の調子が良かったので二日ばかり東京へ参りましたのですけれど、遂にお目にかゝれませんでした。上野公園を幾度もぐるぐる巡ったのですけれど、遂々御迷惑なように思われてお立寄も出来ませんでした。ほんとに残念でした。体の調子はそのうち癩の方はかなり良好で昨年出来た急性結節（発熱するもの）も今は出なくなり体の目方もこの秋から十一貫二百匁くらいまでなりました。でも心臓病の方は相変らず脈搏が乱れて居りますけれど、これは心配する程のこともないと思って居ります。ああそれからなんて僕うかつだったのでしょう。先生のお体お伺いするのをすっかり忘れて了って！　でも鎌倉のような所へお越しになればきっと以前よりも御丈夫になられること、存じて居ります。どうかお体御大切になさって下さい。先生からお送り下さいましたお金は三笠書房のドスト全集を買おうと思って居ります。

原稿は書き上るし先生からはこんな良いお手紙を戴けるしそれに頭の中には次の計画がぐんぐん上って来ますし、なんだか急に万才！　と叫びたくなって来ましたので舎の周囲をぐるぐる巡って来ました。乱筆のまゝ。

十二月七日　　　　　　　　　　　　　　七條晃司

川端康成先生

一九　川端康成より北條民雄へ

昭和十年十二月十日（はがき）

些少のことが貴兄を力づけ、こんな嬉しい思いをしたことはありません。貴兄の手紙は立派です。そうあろうと推察し、文壇小説はよむな、文芸雑誌は見るなと予め申上げたのです。今度の小説は改造か中央公論のようなものに、必ず出して差し上げましょう。しかし、悪ければ返しますよ。原稿の註文は一切小生という番頭を通してのことにしなさい。でないとジャアナリズムは君を滅ぼす。文学者になど会いたいと思ってはいけません。孤独に心を高くしていることです。原稿紙ヤヘ見本送る催促出しました。横光曰ク、(間木老人を見て)おれ達と苦労がちがう、ドストエフスキイの死の家以上だ。肺療院の生活など甘いものだと。これはしかし一時の感動のコ張ですよ。林房雄はマキ老人文學界革新後に再録しろと云ってます。

二〇 北條民雄より川端康成へ

昭和十年十二月十五日

本日ようやく清書し終りましたので早速お送り致します。今読み返して見まして、また新しく不安が出て参りました。なんだか大変低調なものになって了ったような気がしてなりません。同時に、ひどく冗長なものになったような気もして、これで良いのかと自分を責めています。でも結局は自分では、暗がりを探るようなもので見透しが丸切りつきません。どうか右の点御批評して戴き度う存じて居ります。

お葉書ありがとう御座いました。この前の手紙先生に対して礼を失したようなことを書いたのではないかと(あの時夢中だったものですから、今まで幾度となく夢中になっては軽蔑されたり失敗したりしたものですから)、心配して居りましたが、ようやくお葉書を見て安心致しました。敬語の使い方やその他の点でも随分今まで失礼なことを書いたのではないかと絶えず不安で居ります。でも結局上手な手紙は僕に書けませんので、たゞ正直に本心から書くこと、と覚悟致して居ります。どうかこの点も御諒承して戴き度う存じます。

原稿の註文は一切を先生を通してのこと、そうして戴ければこれ以上の喜びはありません。それに若し原稿の註文を受けるようなことがあるとしても、とうてい註文通り書くことは不可能なことと存じます。体の調子や気分の調子で一ヶ月で一作出来るか半年で出来るか見当がつきませんので。たゞ出来上り次第先生のお手許までお送り致し度いと存じて居ります。

ペン名は北條民雄と定めたいと思っています。つく〲考えて見ますと、結局本名が一番好きになりましたけれど、これは致し方もありません。北條は私の××の家の性(ママ)です。民は、温和でいて何処となく強い響きが好きでした。秩父というのは私が今住んでいます療舎の名前です。あまり好ましくありません。折角先生につけて戴いたのですけれど、どうか北條民雄と改名させて下さい。では末筆ですけれどどうかお体が御丈夫になられるよう、お祈り致します。

横光先生や林先生によろしくお伝えして戴き度う存じます。

急いで書きましたので乱れた文字になって了いました。悪しからず、御諒承下さい。今度の作きびしい批評が戴き度う存じます。どうかお願い致します。

十二月十三日　　七條晃司

川端康成先生

二一　北條民雄より川端康成へ

昭和十年十二月二十一日（はがき）

前略、原稿紙の見本が参りましたので、注文させて戴きました。毎度御迷惑ばかりおかけして申訳御座いません。まだ長篇を書くだけの腕が御座いませんので、連作の形で間木老人死後の宇津を書こうと計画しております。この連作で十分腕を練り度いと思っております。原稿紙が来れば早速それに取りかゝる用意をしています。随筆や感想を書くだけの心の余裕がありませんので、今日から日記を書いて見ることに致しました。作の題はどうでも良いと思っていました。先生に読んで戴いたらそれで十分、という気で居りましたので。けれど勿論近日中に素てきな題を考えたいと思っています。名前も。絶望と不安と気が狂うのではないかという恐怖と、希望と力と若さに混とんとした気持の毎日です。ほんとに小説を書く心の余裕がもっと慾しい。

二二　川端康成より北條民雄へ

昭和十年十二月二十日

只今読了、立派なものです、批評は申上げるまでもありません。また聞きたいとお思いになる必要もないでしょう。文壇の批評など聞く代りに第一流の書をよみなさい。それが立派に批評となってあなたに働くでしょう。

早速発表の手続きをとりますが、急がないで下さい。

林房雄が文學界の二月号にくれくれと云いますが、承知はしていません。

文學界の改組新年号は発行所から秩父號一氏宛に送ったそうですが着きましたか。毎月文學界賞を出すことになりました。

「立派」、「手帳（或は帖）」その他少々誤字あり、直しときました。「顚頷」は「顚倒」と直しときましたが、それでいいのですか。

題は「その初めの夜」「いのちの初夜」「入院」など考えましたが、最初の一夜の方素直で気取らずよろしいと思われます。「いのちの初夜」はちょっといいとも思われますが。佐柄木が「いのち云々」というところもあって。最初の一夜は幾分魅力が薄い。

実に態度も立派で、凄い小説です。この心を成長させて行けば、第一流の文学になります。

十二月二十日　　川端康成

七條晃司様

今私はバイブルを読んでますが実に面白い、お読みになるとよいと思います。感傷的な宗教書としてでなく、強烈な精神の書として。病院になければ送ります。

二三　北條民雄より川端康成へ

昭和十年十二月二十六日

前略

随筆が一つ出来ましたのでお送り致します。

前の葉書で日記をお送りするように申しましたけれど、ちょっとした事情のためお送り出来なくなって了いました。

随筆はまだそんなに書いたことがありませんでしたので、随分変なものが出来て了いました。とうてい発表など出来るものでないような気がしますが、一応先生に見て戴き度う存じます。

ペンネームに就いて種々考えましたが、良い名がどうしても浮んで来ません。随筆には北條瀞文とつけて見ましたが、やっぱり良いのか悪いのか判りません。北條直樹というのも考えましたが、古くさいような気がします。先生にもし良いのがお気付でしたらつけて戴き度う存じます。

前の原稿の題、先生がつけて下さいました「いのちの初夜」、私も大いに気に入りました。どうかそうして下さい。

それから「文學界」どうしたのか届きません。秩父號一で手紙など来るようにしてあるのですけれど。

バイブルは新旧共持って居ります。シェストフを読みたいと思って居ります。

あの作、発表出来るのでしたら、その雑誌の名前お知らせ願えませんでしょうかしら?

正月一パイに今考えている小説書き上げたいと思って居ります。意図だけは、前のよりも良いつもりですけれど、出来るか、どうか、不安です。
もうすぐ正月、この病院で二つ目のお正月です。来年こそは文学に体当りを食わせようと意気込んで居ります。

十二月二十六日　　　　　　　　　　　　　七條晃司

川端康成先生

二四　北條民雄より川端康成へ

昭和十年十二月三十一日（はがき）

「文學界」本日落手致しました。すっかり様子の異った雑誌になっているのに吃驚しましたが、拾い読をしているうちに、自分も何か激しいものが胸に突き出て来るのを覚えました。外部から見る文壇というものは、今まで、何となく陰気なくすぶった感じでしたが、それというのも新聞にも雑誌にも悲鳴ばかりあげていたように私に見えた、めですけれど、今度は反対に明る過ぎるような気がしました。というのは今まであまりに暗かった故だろうと思います。不満な点は詩人が同人中に一人もいられないことでした。随筆着きましたかしら？　あんな風で良いのでしょうか。間木老人は改作するつもりでいます。改作したら文學界に載せて戴けないでしょうか。

二五　川端康成より北條民雄へ

昭和十一年一月十三日

数日来風邪にてこの手紙も寝ながら書きますので、乱筆御免下さい。あなたに大変申訳ないことをしました。いのちの初夜は小林　林等の黙しがたく文學界に出してしまいました。真にすみません。実は中央公論へ頼むことにきめていたのです。事情は二月号文學界にも書いておきました。この次の御作は、私の文中にもある通り大雑誌にしたいと思います。

活字になっても早速再読しましたが、実に立派なもの、反響は無論あるにちがいありませんが、それは当然で、批評などごらんになる必要ありません。文學界もよいものだけよいとお読みになれば沢山。

随筆も（先日届いた）面白いものです。これは新潮文藝文學界のどれかに紹介します。（これも立派な小説の材料。横光曰ク随筆には作者のいいもの皆出てしまうゆえ余り書かぬがよいとの説一理あります。）

文學界で稿料なくお気の毒ですが、何とか致します。或いは文學界賞の二月分が入るかもしれませんが、これは同人の投票ゆえ、無論きまるまではあてになりません。

間木老人中からも幾つも小説書けます（例えば動物室だけでも）お体大切にゆっくり御勉強祈ります。文學界掲載はほんとうにすまない気がして居ります。

川端康成

七條晃司様

二六　北條民雄より川端康成へ

昭和十一年一月十五日

お手紙ありがとう御座いました。文學界に御招介(ママ)下さいましたとのことほんとにうれしく存じました。大雑誌に出せなくてもあのように温いお言葉さえ戴ければこれにこしたよろこびが他にありましょうか。それに文學界のような雑誌にこそ大いに力を入れるべきだと思って居ります。勿論稿料がないのはちょっと残念ですけれど、でも先生から下さった原稿紙はありますしペンもありますししますのでどうか御心配下さらないようにお願い致します。これは力んで云っているのでは決して御座いません。ほんとにそう思っているのです。

今三部作の予定で第一部に取りかゝって居ります。全部で三百枚くらいになると思いますが、夏までに書き上げたいものです。

今は非常に悠然とした気持でいます。（もっとも何時どのように狂い出し絶望のどん底に叩き込まれるか判りませんが。実際僕の気持は波のように激しく動揺します。今にも死のうと思う時と天上天下唯我独尊と云う気持の時とが紙一枚を境にして頭の中で睨み合っているようです）でも今はそのどちらでもない悠然とした気持です。何もかもそれでよろしい、そんな風に呟いてはにやりと笑っています。心の中には三部作のことが湧きかえっています。何ものも恐れぬ、そんな気持を心の中に生みつゝ、焼けるような熱情を静かに押さえつけてあたりをじっと眺め、時計の音を聞き、書物を眺めインク瓶を見る。この平静なそして力強い気持ほど楽しいものが他に御座いましょうか。壁に貼りつけた座右銘を静かに読みます――「血――その下に血の流る、者のみ強きものなり。彼等凡俗は重要なことを忘れている。即ち他人の血を流す者の側に断じて強きものなく、反対に自己の血を流すものこそ強きものを把つことを、これが地上に於ける血の法則である。ドスト」あ、この気持、先生に解って戴けるかしら。癩者、よろしい、僕は癩者を何者よりも愛す、何故なら僕自身癩者だもの――さっきも十号病室へ風呂に行きましたが、もう七十に近い狂人と語りました。その人は癩生活実に六十一年目なのです。この十号病室で明日から一週間狂人の附添夫をすることになっています。そのため作の筆を執れないかも識れませんが、そんなことどうでも良い気がします。あの狂人達の世話をするのがどんなに愉快でしょう。その中には、ナイーブと云って良いほどのあどけない感じのする三十二三の狂人もいます。「飛行機が飛ぶと青い空が晴れて、夢のような草が五時になります」こんなことばかり独語しているのです。ほんとに可愛い狂人です。でもほんとを云えばこの世界は地球上どこにも見られないほど恐ろしい世界です。

あ、それから先生にはお風を召されたとのことすっかり書き落としていて申訳御座いません。自分のことに有頂天になって！　どうか御大切になさって下さい。正月前ですけれど新聞で先生がスキーの練習にお出かけになったのを識りましたが、お体の無理をされるんじゃないかしらと思って居りましたが――。

今日は幾らでも書き度くなって来てなりません。でももうこれくらいにしようと思います。あまりながくなって先生に御迷惑になったらそれこそ大変ですから。

いけないいまた忘れていた。原稿紙は今使っていますの千枚とNo 204―Eを二百枚と戴きました。後のものは詩を書くのに使おうと思っています。勿論ろくなの出来ませんが、楽しみです。

文學界編輯部の皆様にどうかよろしくお伝え下さい。

くれぐれもお体御大事になさって下さい。

一月十五日　　七條晃司

川端康成先生

二伸、同封の詩は私の友人のものです。私より三ツばかり年上ですけれど、殆ど親友と云って良いくらいの人です。今十号の附添夫をしています。僕が行くのはこの友人の手伝いなんです。この詩どうか見てやって下さい。もう殆ど盲人になりか丶って居りますので、眼の良いうちに活字になった詩を見たいと申しますので（もっとも色々な雑誌の投書欄では活字になっていますが――）もし良かったら文學界に載せてやって下さらないでしょうか。ほんとに御迷惑な気がしますけれど、全身をぶち込んで詩作に生きようとしている者です。

二七　北條民雄より川端康成へ

昭和十一年一月十七日附

文學界二月号ありがとう御座いました。すっかり盛装した自作を見た時は何かひどく珍らしいものにでも出会ったような気分が致しました。先生のお言葉を読んだ時は、思わず胸が熱くなって参りました。どんなことがあっても、もう自分には精進する以外にない、と覚悟をきめました。この通り不器用な者故、上手な技巧や文章は出来そうにもありませんけれど、でも自分にとってのっぴきならないもの、生命と関係あるものを真剣に書きます。書きたいと思って居ります。

今書いて居りますもの、なんだか長くなるような気がしてなりません。長すぎると発表出来ないでしょうけれど、でも今は何よりも書き上げることだけが一番大切なことだと思って書いて居ります。三部作の第一部です。

横光先生、林先生、小林先生その他の皆様によろしくお伝え下さい。

それから大変申しにくいのですけれど、文學界二月号が四部ほど欲しいのですけれど、お送り下さいませんでしょうか。医学的なことで色々と教えて戴いている医者がありますので、是非あの作を贈らなければならないのです。

小林秀雄先生のドストエフスキーの生活、興味深く拝読して居ります。早く一冊にまとまればとそれを今から待遠しく思って居ります。

二八　川端康成より北條民雄へ

昭和十一年一月十九日

次の作長くなってもかまいません。そういうこと余り気にせず、一番書きたいもの、書くべきものだけ書いて下さい。雑誌にのせ切れなければ本にするということもあります。たいていの長さなら雑誌で大丈夫でしょう。連載ということもありますし。一部分を出し、本で完き形にするということもありますし。

余り多くでなく、また急がず、無理は止め、内から湧き上るままに書いて下さい。一切の文壇の悪習に染む必要、あなたにはありません。

いのちの初夜は、私の聞きた(ママ)限り、果然大好評です。きっと種々の反響ありましょう。二月号文學界賞、先日投票ずみの四票は悉(ことごと)くいのちの初夜でした。賞が取れれば、私もこの上なく嬉しいがあてにはなりません。投票がまだ九票残っていますゆえ。賞金もよいが、投票者の無言の感動のしるしが投票であることも、私は喜びます。きまれば報せます。批評は気にしないで下さい。いかなる批評あろうと、あの作は厳然と動かし難き存在です。

文學界二月号送るよう書店へ伝えます。

一月十九日　　川端康成

七條晃司様

小林もあの作につき新聞に書くと、先日一枚ばかり書いてるところを見ましたが、何しろ批評では動かしがたき存在の作ゆえ、書きにくく、書いたかどうかは知りません。林房雄も新聞に書くと云ってました。

ライに就き、慶應病院にいる友人、医者の話では、進行を止めることが出来るというではありませんか。(つまり結核の進行が止ると同じ。)結核よりも恐れ少い病気というではありませんか、ただ日本では、進行が止った人も、例えば病痕があれば、世間でライ者として取り扱う、というより避けるのがいけない。西洋では進行が止ってれば、ライ者と認めず、社会で普通人と同じく交り働かせる。これが西洋にライ者の数少く、日本に多い一因である。つまり、進行止った人は西洋ではライ者の数に入れない。そうかもしれません。聞いた話、参考のため書いときます。あなたの作は多くのライ者のためにも、有益な働きをするでしょう。

詩は小生によく分らず、小林に見せましたが、二つのうち初めの方は、出してもよいとのこと。後の方は小生も、前の方のつけたりみたいで落ちると思います。上手な詩とは云えませんが、面白いところもあるようです。もう少しほかのものもあれば送ってみていただけませんか、東條氏にお伝え下さい。

二九　川端康成より北條民雄へ

昭和十一年一月二十四日

いのちの初夜へ、二月号文學界賞、投票の結果、昨夜決定しました。

賞金百円は編輯部の方から近日お送りする筈です。

種々の意味で、私もこんな嬉しいことはありません。万歳です。

近頃私に会う人であの作の話をしない人はありません。

島木健作氏も実に感心したそうです。

横光はこんなのが五百枚も書いてあれば、世界の傑作になると云いました。改造記者も感動して来ました。

青野季吉氏は寝床でよみ、一晩眠れなかったそうです。

小林氏の感想切抜送りますが、すべての文壇批評に頓着せず、最高の書を読むこと。（小林のはいわゆる批評ではありませんが。）

この次の作は大雑誌に紹介しますが、後でいつかまた文學界へも下さい。

右当選のお喜びお報せまで。

一月二十四日　　川端康成

七條晃司様

三〇　北條民雄より川端康成へ

昭和十一年一月二十七日

御手紙ありがとう御座いました。それから新聞の切抜も。ちょうど大雪で、南の国に生れた僕は一尺近くも積った雪は見たことありませんでしたので、洋服一つで頭から頭布を被って例の小説に出て来る果樹園や林の中を友人二人と共に駈け廻り、颯爽（？）と舎へ帰って来たところへ先生のお手紙でした。

文學界賞を下さるというのを読んで、またなんとなく凝乎としていられなくなりましたが、もう疲れ切っていましたので再び雪の中へ行く気も出ず、困りました末布団を敷いて寝て了いました。まだ夕方の五時頃でしたけれど。東京にでもいれば早速酒にするということも出来るのですけれど、こゝではどうしようもありません。でもなんとなく昂奮して朝の三時頃まで眠れませんでした。

正月から書きかけていました作（三部作）は書き進めることが出来なくなって了いました。新しい想念がぐん〳〵出て来て、また新しく書き直すことにしました。長篇（と云っても三四百枚ですけれど）の一つのものにすることにしました。これが出来上ると、あゝどんなに素晴らしいだろう――。

でも僕としてはほんとに恐ろしい作で、なかなか手がつけられません。でもこれを書き、征服するより他僕は救われないような気がします。題は今度は色々と考えて見ました、「深淵の上に立つ人々」或は唯単に「深淵」とするかどっちかにすることにしています。

先生の仰せに従い、批評は一切読まぬことに定めました。それに新聞もこゝでは思うように見えないし、雑誌は一つも取って居りませんので、見たいと思っても見る機会がありません。また見たいという気持もだんだん起らなくなって来ました。というと、まだ批評されたこともないくせにとお笑いになられるかも識れませんけれど、昨夜の喜びが大分冷めて来ました今になって、はっきり識りましたのは、批評されたり、有名になったり、名声を得たりしたとて、そんなもので僕は決して救われはしない、ということでした。

それから先生のお風邪はもうよくなられたのでしょうか、御大切になさって下さい。先日のお手紙のライに就ての先生のお言葉に就いて雑誌の切抜お送りします。小林秀雄先生によろしくお伝えして戴きとう存じます。

一月二十六日　　七條晃司

川端康成先生

三一　北條民雄より川端康成へ

昭和十一年二月八日

先日は、突然御迷惑をお掛けしまして誠に申訳も御座いません。でもお逢い出来ましてこの上なく嬉しく存じました。駅でお別れします時、何かもっともっとお話を伺いたいことがあるような気がしてなりませんでした。

池袋から電車に乗りました時、激しい孤独感に襲われてなりませんでした。底の知れない谷間へでも墜落するような、人里離れた深山へでも行くような気持が致しました。けれど孤独に身が置かれていますことは今更考えるまでもないこと、その孤独に徹して行くより生くる道のないことはもう分り切ったことですけれど、でも淋しく存じました。けれどまた一面に、身を切るような孤独を覚える時ほど、自分を愛おしく思うことは御座いません。そして、やっぱり自分は生きている。このことにかつて一度も感じたことのない喜びを覚えました。自分は生きている、これはほんとにのっぴきならないことだと存じました。

林様、横光様、河上様にどうかよろしくお伝えして戴き度う御座います。編輯部の大木様が大変御親切に案内して下さったのでほんとに嬉しゅう御座いました。

随筆「猫料理」は編輯部から持って帰りました。やはり発表しなければいけないでしょうか、大木様が四月号に載せることになっていると云われましたけれど。小説は夏までにはきっと書き上げようと思って居ります。では先生もお体どうか御大切になさって下さい。

二月七日　　七條晃司

川端康成先生

三二　北條民雄より川端康成へ

昭和十一年二月十七日

拝啓、文學界三月号を昨日拝受致しました。先生のお言葉を読み、茂木秋夫氏の手紙を読んで、いよいよ書かねばならないと心の底から思いました。

体の調子はこゝ、ずっと大変良好続きで昨日も今日も、朝から晩まで机の前に坐り続けましたけれど、少しの疲れも覚えません。

幾分変態的なのではないかしらと自分でも怪しんで見るほど、特に今日などは下から下からと書き度い欲求、読み度い欲求が盛り上って参ります。でも原稿はなかなか思うように参りません。あせってはいけない、あせってはいけないと我と我身に云い聴かせて居ります。

先日文圃堂で「ジョルジュサンドへの書簡」「ジイドの日記」「好色の戒め」他宮沢賢治のもの二三戴き、今読んで居ります。

文學界同人の皆様、賞金御寄附の方へどうかよろしくお伝えして戴き度う存じます。

先生の御健康お祈り致します。

二月十六日　　七條晃司

川端康成先生

三三　川端康成より北條民雄へ

昭和十一年二月十八日

この間は思ったよりずっと元気な御様子で会え、嬉しく思いました。もっと種々話すべきことあったような心残りですが。

小林秀雄君から、先日の猫料理至急書き直して送って貰うよう頼んでくれとのことです。あのままでもいいのですけれど、文士の名前が出て来たりして、文壇臭いところある、それのない風よいとの林君や私の意見は、あなたへの尊敬と愛情であること無論お分り下さると思います。ああいうところなく、ただ猫料理のことだけ書いた方よいと思ってお返ししたのでした。

小生は強いてすすめるのもどうかと思うのですが、文學界としては是非ほしいのです。別の随筆でも無論結構です。島木氏への苦情など無論当ってますけれど、あなたがあ、いうことというと変だと思うくらい、我等はあなたを尊重してるのですから、随筆の端にでも雑音の入らぬ方よいとして私は消したいくらいでした。

無理にとも云い兼ねますが、小林君の頼みもありますゆえ、なるべくならば、あれの改稿を下さい。全部書き直さなくとも、余計なところだけ消してはどうですか。

横光が渡欧するので、明日神戸へ行きますが、直ぐ帰ります。原稿は拙宅へ下さい。

十七日

川端康成

七條晃司様

三四　北條民雄より川端康成へ

昭和十一年二月二十日

拝復、ほんとに恐縮して了いました。けれど、あの原稿を書きなおせと云われましたことに不満や不服を覚えたのでは決して決して御座いません。どうかこの点御了解して戴き度う存じて居ります。自分としてはあんなものがそれ程重要なものとは全然思えませんでしたし、読み返して見てなんとも恥しくて仕様がございませんでしたのでもういっそ発表などしないで、と思ったのでした。それであの原稿、持って帰ってから何処へ置いたか忘れて了い、さがし出すのに骨が折れたくらいで御座います。それから島木氏のことについて書いたところは、後になって、古い言葉ですけれど、穴あれば這入りたい思いで御座いましたので、先生のお手許へお送りしてからも、幾度も返して戴こうかと手紙を書き始めたのでした。けれど一度お送りしたものを返して下さいとは云えぬような気がしましたので、そのまゝになっていたので御座います。書きなおせと云われました時には、かえってほっとしたのでした。この改稿につきましても、いけないような所御座いますれば、どうかなおして戴ければと存じて居ります。

改稿は、夕方先生のお手紙を戴き、すぐ書き始めて夜の十時までかゝって一息に書きました。大木滋様に締切は二十日、一日二日遅れて良いと聴いて居りましたので大急ぎで書きました。面倒なケンエツがあるものですから先生のお手許まで届くのが遅れはせぬかと心配でなりません。もっと時間があれば種々の点でなおしたかったのですけれど――。

でもこれを書いてから急に随筆が書けるような気がして来ましたので、早速随筆帖を作製しました。気の向くまゝに時々の印象スケッチをやったり、思いつくことを書いたりしたいと、今から大変楽しみでございます。文學界へこれからも時々発表させて戴き度う存じて居ります。

では改稿お送りと共に、どうか僕の気持御了解して下さるようお願い致します。

二月二十日　　七條晃司

川端康成先生

三五　北條民雄より川端康成へ　昭和十一年二月二十五日（はがき）

前略、昨夜文圃堂の方から「猫料理」至急送れと電報がありました。まだお手許へ着いていないでしょうか。二十日朝書留にて出したのですけれど。この葉書の御返事是非戴き度う存じます。

二月二十五日

三六　川端康成より北條民雄へ　昭和十一年三月十日

猫料理は文學界四月号に頂戴しました。

中央公論編輯部より、この次の作出来たら是非見せてほしいとのことであります。そのことあなたに伝えてくれと頼まれました。

雑誌のことですから、枚数は百枚以内、最も長くて、百二三十枚程度でないと、掲載は都合悪いかと思います。

今のあなたは、そう悪いもの出来る筈ないと思いますから、お書きになりさえすれば、多分載せてくれるでしょう。

お仕事の様子はどうですか。右の話のために、長いもの執筆中、無理に別なもの書くということは考えものですが、また一つのよい機会とも云えます。長いものの一部を独立させて発表するもよろしい。また感興あれば、然るべき長さのもの一つ書いてごらんになるもよろしい。無理はなさらぬよう。

とりあえず右中央公論の依頼ありましたので、お伝えまで。

川端康成

七條晃司様

三七　北條民雄より川端康成へ

昭和十一年三月十五日

お手紙誠にありがとう御座いました。

良いものが出来ますやら、悪いものになりますやら自分では少しも自信が持てませんけれど、書いて見ようと思いました。

枚数は今のところ見当もついて居りませんのですけれど、百枚以内できっと出来ると存じて居ります。

一生懸命に書いて見るつもりです。でも悪ければどうかお返しして戴き度う存じます。昨日友達の結婚式――一風変った結婚式ですけれど――があって私、仲人だったものですから今日はひどく疲れて了いました。それで今晩ゆっくり考え、明日から取りかゝろうと思って居ります。幸雨模様で今度は落ついた文章が出来るのではないかしらと、今から楽しんで居ります。四国生れの故でしょうか、長いこと雨が降らないと頭がかさかさになってどうにも困ります。十日も降り続いてくれたら良いのにと、窓を眺めて居ります。雪は白すぎて嫌いです。それに雪の降る空は少しも雲の動きがありませんし、たゞ地面から空までが薄黒い灰色になるだけで、激しい不安を覚えます。先日東京へ行きました節、夜の吹雪の中を伊藤さんに銀座へ連れられましたけれど、今思い出しても悪夢のような感じが、印象が残っていまして、絶望的な気持になります。

こゝまで書いて二十分ほど空を眺めていました。急に風が強くなり、電線が揺れ、雲の流れが速力を持って来ました。今年になって始めての雨、今日は一日何もしないでたゞぼんやり机の前に坐っていようと思います。本を読んだりものを書いたりしてこの気持を毀したくはありません。

それと申しますのもさっき見た少女の美しさが心の中を流れていますからです。まだ九ツで、つい先日父子で入院して来ました。名前はハルちゃん、こんな綺麗な眼を僕はまだ一度も見たことがありません。癩病院の中に、こんな美しい女の子がいたのかと、先生でもきっとお驚きになられるでしょう。僕はすっかり感激して了いました。その子の父はもう病気が重く、外にいた時は毎日車に載り、この少女が引いて乞食をしていたそうです。こゝへ来た日は体中にしらみが集っていたそうです。ですからもう十四五のようにませています。でもそのあどけない口や眼などに、どんな悪い言葉も融け込んで了います。

——この少女は天国と地獄とを同時に持っている！——と僕は云いました。

余分のことばかり書いて申訳ありません。原稿は出来るだけ早く書きたいと思って居ります。

三月十三日　七條晃司

川端康成先生

三八　北條民雄より川端康成へ

昭和十一年四月十三日

前略、たゞ今九十二枚で書き上りましたけれど、書き上った刹那から不満で仕様がありません。とうてい発表など出来るものではないと思われ、もう一度書きなおして見ようかと思って居りますが、何度書きなおしても良いものになりそうもありません。なんだかひどく理くつぽくなって妙な小説になってしまいました。いゝえ、小説としては丸切り体をなしていないように思われます。

こんなものお送りして良いのかどうか知りませんけれど、一応は見て戴いて先生のお言葉をお聴きしたく存じております。たゞそれだけでございます。もう何も申したくございません。だまって、小さくなっております。近日中にお送り出来ると存じます。

四月十二日　　七條晃司

川端康成先生

三九　北條民雄より川端康成へ

昭和十一年四月十八日

原稿をお送り致しました。大変遅れて申訳もございません。もっと早くお送りするつもりでしたのですけれど、これが書き上ると同時に右眼に充血を来し、すぐ癒るつもりで癒ればもう一度見なおすつもりでしたのですけれど、五日目の今日になっても良くなりそうにも御座いませんので、心にもなくこのまゝ、お送り致します。左眼だけで（右眼は眼帯をかけていますので）思うように字も書けません。何もかもが平面的に見えてしまうのです。

書くことも読むこともこゝしばらくは出来ないような気が致します。

この作に就いては前にも申上げましたように、なんにも申したく御座いません。申上げることが出来るような作でないことは自分でも充分承知致して居ります。でもこの作を書かねばいられなかった僕の気持はきっと先生にはお解り下さることと安心致して居ります。社会にとってはまことに不要な、つまらぬ独り合点であるかも知れませんけれど、この小さな存在の僕にとっては真劔なものでした。この点だけは先生にお伝え致したく存じます。

それからこの作が出来上ると同時に更にこの続篇を書かねばならないのに気付きました。眼が治ればすぐ筆を起す考えで居ります。

なんだか、今日此頃は非常にせっぱつまった心の状態で毎日を送って居ります。昼間でも夜中のような気がしてなりません。きっと眼帯をかけたりしているせいと存じます。

四月十八日　　　七條晃司

川端康成先生

四〇　北條民雄より川端康成へ

昭和十一年五月四日附

前略

先日お送りしました作、「たゞひとつのものを」着きましたでしょうか。

今考えて見ますと、とてもお送り出来るような作でないことをつく〴〵思いましたので、あのまゝ先生のお手許に在りましたら送って戴けませんでしょうか。もう一度念を入れて書き改めたいと思います。

眼の充血はどうにか良くなりましたので、この分なら書けると存じます。医者の話では疲れ眼と春さきのためとのことで心配するほどのことはないと云われました。

先生のお体はいかゞでしょうか？　文學界で不眠記を拝見させて戴きましたが、心配して居ります。

先日から十号病棟の狂人の監禁室で附添夫をやって居ります。この手紙を書いて居ります今は、非常に安定した気持で、何か新しい信念の前に立っているような状態です。ですから、是非あの作返送して戴き度う存じます。きっと立派なものにしてお送り致します。

五月四日　　　　　　　　　　　　七條晃司

川端康成先生

四一　川端康成より北條民雄へ

昭和十一年五月二十七日

御返事おくれました。

御作は拝受の時早速拝見いたしましたが、出先の宿で読み、そこへ荷物を置いたまま帰宅したりしていて、お返しするの後れました。お返しするのはこの作が悪いからではなく、お手紙によってであります。前作いのちの初夜に比し、更に進み深まり、人を打つのは無論ですが、お考えの通り、小説としては少し推敲の余地はありましょう。小説としてはもう一度お書き直しになる方よくなるかもしれません。とにかくもう一度ゆっくりお読みになってみてはと思います。

この作は中央公論へ紹介する予定であります。これは先方からの申出であります。

また出版の方も創元社から話があります。谷崎氏横光氏の本など多く出し、信用出来る本屋です。文學界社も希望して居ります。創元社も短篇集、長篇書きおろし、いずれでも出したがっています。

文學界は今度経営を文藝春秋でやって貰うことになりました。

川端康成

七條晃司様

四二　北條民雄より川端康成へ

昭和十一年六月十一日

先生。

ようやく「監房の手記」というのが書き上りましたので早速御送り致します。中央公論へはこの作を載せて戴きとう存じております。この作、或は先生によろこんで戴けるのではあるまいかと思っております。前の「たゞひとつのものを」よりは良く出来ているような気が致します。

この作には、ほんとに生命を堵(ママ)けました。書き初める時、それまで手許にあった長篇の書きかけも短篇の書きかけも全部破り捨てました。これは遺書のつもりだったのです。これが書き上ったら死のう、と決心して筆を執りました。けれど書き進むうち、死んではならないことだけが判りました。死ぬつもりで書き初めながら、書き終った時には生きることだけになりました。進歩か転落か自分でも判りません。たゞ先生の御評を戴きとう存じます。

いのちの初夜を書いた折、生か死かの問題は解決がついたようにお手紙しましたけれど、あの場合はほんとに解決した積りでいましたのですけれど、次々に襲って来る苦しみはあの解決をぶち毀してしまいました。横光先生は、最悪の場合の心理は畳み込んで置けと御注意下さいましたけれど、僕には最悪の場合の心理だけが死ぬまでつきまとって来るような気がしてなりません。それではもう最悪の場合に向ってそれをひとつびとつ蹴飛ばして行くよりないような気が致します。力萎えて仆るればそれも致方ないような気がします。

この作をお読みになりながら、また自殺のことか、いつまで一所でまごまごしているんだ、とお叱りを受けるのではあるまいかと不安でなりません。けれど今の自分にはこの問題を追求する外なんにもございません。この地上、僕を愛して下さるたゞひとりの先生には――こんな言葉を吐いて先生のお気を悪くしはしないかと不安ですけれど――きっと理解して戴けると信じて居ります。

この作を書く時は、リアリズムもロマン主義も考えませんでした。たゞ裸になって白洲に坐る気持でございました。

それからこの作は検閲を受けずにお送り致します。検閲受ければ発表禁止にされてしまうのです。それで検閲なしで発表して、僕はこの病院を出る覚悟に決めました。富士山麓の復生病院の院長岩下氏が僕の「いのちの初夜」に感激したと申されて先日フランスのカトリック司祭コッサール氏が参りましたので、その人の紹介で右病院へ這入る予定です。自分にとっては小説を書く以外になんにもないのに、その小説すら思う様に書いてはならないとすれば、何よりも苦痛です。検閲証の紙を一しょに同封して置きますけれど、実に激しい屈辱感を覚えます。一つの作に対してこれだけ多くの事務員共の印を必要とするのです。

それですから誠に無理なお願いと恐縮ですけれど、この作もし発表の価値がございますなら、出来るだけ早くお金にして戴けませんでしょうか。前の賞金もまだ半分くらいしか貰っておりませんし、出て行った時すぐ都合つけてくれるかどうかも判りません。それと申しますのもこの機会に一度郷里（徳島）へも参りたい考えでおりますので、どうかお願い致します。出て行けばすぐ文學界社の伊藤さんと一緒にもう一度前の家で先生にお会い致したく存じております。

今後自分はどうなって行くのか丸切り分りません。前途を考えると真暗な気がしますけれど、もうどうなっても戦って行くより他ありません。

御返事は戴けないと存じます。いずれお会いの節この作の評を承りたく存じております。

七條晃司

六月十日

川端康成先生

四三　北條民雄より川端康成へ

昭和十一年六月十二日

前略、原稿着きましたでしょうか。昨日文學界社を訪ねて留守を食わされました。病気が嫌で会って呉れなかったのか、それとも金のサイソクされるのが嫌だったのか判りません。けれど病気のためだとすれば誠に残念です。勿論僕としても自分がどういう病気の持主であるかということは考えています。けれど、僕の体は病院を出る時厳重な検査をされ伝染の心配なしと診断されて院長の許可を受けて出て来たのです。しかし病気が病気のことですから、これも致方ありません。生きているのが嫌になりました。文学はもう止そうと思っています。頭の中にあるテーマが僕を苦しめますけれど、癩者が文学するなど生意気なのかも知れません。でも文学を失ったら僕に何が残るでしょう。あ、何にも残りはしません。生きているということそれ自体無意味！　虚無よりの創造をするにも文学という形式、文学という材料は必要です。如何なる苦しみであろうとも、文学という地盤を持ち、その上に立ってのそれであれば幸福です。文學界社で留守を食わされてから、昨日一日東京の市中をほっつき歩きました。

復生病院へ這入るのももう止めにしました。

今理解ある友人の部屋でこれを書いています。

金は三十円しかありませんし、友人の所にも何時までもいられる訳ではありませんし、しかしどうにかなると思っています。

頭の中にあるもの、せめてあと一作でも書き度いのですけれど、日本中金のワラジで探してもこんな素晴らしい題材は決して見つかりはしないと自惚れているものですが——。題は「青春の天刑病者」といいます。構想も立っているのですが、一番重要な、「書きたい衝動」に反撥してしまうものがあってどうしようもありません。

病院にいれば文学出来ず、病院を出れば文学出来ず、七條晃司の肉体が亡んでも北條民雄だけは生かしてやりたいと思ったたゞひとつの念願も今は木っ葉に破れました。

それだのに、「監房の手記」の批評が聴きたくてならないのはどうした理でしょうか？

今独りでに涙が出て来ました。こうなってまでまだ涙を出せる自分の健康な精神を喜ぶべきか軽蔑すべきか自分では判断もつきません。僕の精神が健康さを失い、肉体と共に腐ってしまえば最早や一切の苦しみは消失するでしょうけれど、そこにはもう「人間」がおりません。けれど、あゝ健康な精神を有つことの苦痛、監房の手記のZ子はいのちの象徴です。でもあれは失敗したように思います。「青春の天刑病者」でその失敗をおぎない、自分の観念に肉体と現実を与えたいとどんなにか楽しんでいたでしょう。傍題には「いのちを巡って」と書こうとも考えておりました。死にたいと思えば文学が僕の襟がみを摑むし、文学しようと思えば死が僕を苦しめ出すし、先生、どうしたら良いか教えて下さい。この釘づけにされたような気持をどうさばいて行けば良いのでしょう。右へも左へも前へも後へも動けないこの気持を。

どうか監房の手記の批評をお聴かせして下さい。よし自殺するとしても、せめてあの作の評だけは聴きたいのです。終りの方を急ぎすぎたような気がして気にかゝってならないのです。
東京市品川区大崎町五ノ四五　大崎工業株式会社内　花岡××
あてにてどうか御返事下さい。お願い致します。もし先生が東京へお出での機でもございますなら、どこかの駅で、もお待ち致します。そういう御都合がございませんでしたら、どうか右あてに御批評を戴きとう存じます。どんなに先生のお手紙をお待ちしているかお察し下さい。
六月十二日　七條晃司
川端康成先生

四四　北條民雄より川端康成へ

昭和十一年六月二十一日（絵はがき――徳島公園に立てる阿波藩主蜂須賀公）

甲板に立って見ますと、はるかのあたりに淡路島が煙っています。船はやがて鳴戸の渦潮の中へ這入って行くことでしょう。すぐ眼の下の波は、恐ろしい青さで波打っています。瀬戸内海で投身された生田春月氏など思い浮べています。この深さは僕の体の幾倍あることでしょう。この波の青さは、いうべからざる親しみと同時に、非常な恐ろしさを持っています。潮風で寒くなりました。脳貧血が起りそうです。故里の家ももう近いです。

四五　北條民雄より川端康成へ

昭和十一年六月二十三日

先生のお手紙昨夜戴きました。＊昨夜、あわたゞしく田舎から帰って来て見ると花岡君が先生からのお手紙だといって渡して呉れたのでした。どんなに嬉しかったでしょう。愛情のこもったお手紙に胸が熱つくなりました。そして自分の軽率さを深く恥じました。田舎から帰って来ればすぐ死ぬつもりでいたのでしたが、こんなに自分のような者でも認めて下さる人があるのに、と思うと、やっぱり村山へ帰った方が良いように思いました。伊藤さんのことなど今はもうなんとも思っておりません。あれは東京へ出て来たばかりの時でしたため、自分の神経が異常な状態に置かれていたゝめです。

小さな頃から愛情に飢えていました僕が、病気になった上に、あゝいう療養所で二ヶ年もの日を送って突然社会の風に当ったものですから、ちょっとでも思わくを裏切られたり、冷たい眼をされたりすると、殆ど致命的なまでの疵を受けるのです。それと同時に、人より二倍も強い自尊心とエゴイズムを性格的に有っているものですから、ちょっとしたことにも激しい屈辱を覚えてしまうのです。このことは自分でも充分意識していながら、どうしようもないのです。このため今までにも幾度失敗したことでしょう。けれど、もうこれからはきっと気を付けます。そして今後は、どんなことにも決して悲鳴をあげないこと、と決意しました。

村山へ帰ることに定めますと、もうこの次書くものゝ計画や、これから読む本のことなどが頭を占領してしまいました。先生のお手紙を読むまでは（先生のお手紙と一緒に村山の友人達からの愛情のこもった手紙をも受け取りました。これらの手紙は、僕の心を非常に豊かなものにして呉れました。）本屋の前を通って覗いて見る気も起らず、原稿紙を見れば腹が立つばかりでしたのに、読んだ後では今まで死のうと思っていたことなど我ながらうそのような気がして来ました。そして田舎の家から貰って来た金百円ばかりを（血の出るような金なのに！　大阪のバアでヤケに五十円程を呑んでしまい、）残ったので今日は早速トルストイ全集岩波版二十二巻を買って来ました。（大阪で呑んだのが残念でなりません。）村山でみっちりトルストイとドストエフスキーを研究するつもりです。他にプラトン全集とヴィンデルバントの一般哲学史四巻をどんなに欲しかったでしょう。けれどもう金がありませんでしたので、この次のことにしようと思いました。

こゝ数日の気持は、真暗な穴の底で蠢(うご)めいていたようなものでしたが、しかし今となれば、凡てみな今後の作品を光らせて呉れるだけだと思います。先生に御心配をお掛けしたり友人共に迷惑を掛けたりしましたことを、恥じています。どうかお許し下さい。力一ぱいの仕事をします。

それから、また前の原稿紙屋で原稿紙を戴いて良いでしょうか。まだ二三百枚ありますけれど。村山の宛名でお手紙を戴きとう存じます。きっと力作致します。

六月二十三日　　七條晃司

川端康成先生

（村山へは今夜帰るつもりでいます）。

＊　この手紙は現存しない。

四六　北條民雄より川端康成へ

昭和十一年六月二十六日

村山へ帰って参りました。

腰をすえて暫（しばら）く書く覚悟でおります。

ドストイエフスキーとトルストイに没頭しようと思っております。

出来る限り体を大切にして、書いたり読んだり考えたりだけの生活をしたいものです。

一度、錯乱した頭の中に、また新しい考えが湧き上って来るようで、何ものか、来るべきものを待つ思いでおります。

僕のような者も、貴重なものとして、あんなにおっしゃって下さった先生のお言葉に決してそむいてはならない、と強く自らを戒めております。

六月二十六日　　村山にて

七條晃司

川端康成先生

四七　北條民雄より川端康成へ

昭和十一年七月三日

今日友人の一人が退院致しますので、それに頼んでこれを投函させて戴きます。

今日は非常に元気な気持でおります。あれ以来ずっとひどい疲れのためなにも出来ませんでしたが、明日あたりから新しい熱をもって書こうと考えております。

先生に御心配をお掛けしたということだけでも、立派なものを書かねば申訳ないと考えて、自ら鞭うっております。

前の作「監房の手記」は採用して下さるでしょうか。心配しております。

けれど今はそんなことよりも、この次のものを書くのが一番大切なことだと思って、そのことだけを考えるようにしています。色んな計画が頭の中にいっぱいになって、夜はたいてい二時過ぎまで眠られません。

あの十四日間の経験で、苦痛に対して戦う意志を取り戻せたことをこの上なく嬉しく思っております。

七月三日

七條晃司

川端康成先生

四八　北條民雄より川端康成へ

昭和十一年七月二十五日

先生、今ようやく一つ出来上りました。始めは、たゞひとつのもの、の改作のつもりでしたが、書いているうちに全然異ったものになってしまいました。良いのか悪いのか、全く全く判りません。でも、毎日、暑い中で汗を拭きながら懸命に書きました。これからあと四五日を推敲のために費し、更に五日くらいを検閲のためにとられますので、お手許にお送り出来るのは来月になるように思われます。題は「危機」というのです。

他に随筆も三つ四つ書けました。あの苦しい旅のおかげでしょうか、この頃は毎日毎日机に坐った切りです。暑さのために気が狂っても、それはかえって幸です。たゞもう書くだけが生きている証拠だと思い、何ものも恐れません。どうかどうか御批評お聴かせして下さい。

七月二十四日

七條晃司

川端康成先生

四九　北條民雄より川端康成へ

昭和十一年七月三十一日

暑中お見舞申し上ます。

烈しい暑さが続いておりますが、お障りございませんでしょうか。こちらは山からも海からも離れておりますけれど、此の間の十四日間の苦しかったことが、新しい力となって、あれ以来ずっと意志的な強い気持で日々を送っておりますので、暑さは忘れたような状態でございます。

今日お送り致します作、前のたゞひとつのものの改作のつもりでしたけれど、すっかり変ったものになってしまいました。題も『危機』というのに致しました。題をつけるのが下手なものですから、色々と考えましたけれど良いのが浮かびませんでした。やっぱり観念的なところが多く、なんだか見て戴けるようなものでないような気が致しますけれど、どうかよろしくお願い致します。此の前東京へ出た時にすっかり小使を使い果してしまいましたので、この作、いくらかにでもなれば、と思っております。でもこれの出来ばえを考えると、ほんとに情なくなってしまいます。そういうことを考えるだけでも生意気なような気がして、どうしたら良いのか判りません。

けれど、作の出来不出来にかゝわらず、精一ぱいに努力し続けるより他に、自分にはない、と思っております。理性の上で死ぬよりないと断定しても、死ねなかったというこの事実の上に、今後立って行くより他にはないと考えております。誤字や脱字の多い原稿をお見せしてほんとにはずかしく思っておりますけれど、教育が足りないものですから、どうかお許し下さい。それに頭の調子が少し変になる時があるものですから、脱字が出来てなりません。

読書は、トルストイとドストエフスキーだけにしております。哲学の勉強をしなければと思っております。

随筆も、二三日うちには見て戴こうと思っております。出来がよければどうか文學界へ載せて下さい。

尚、ずっと以前に見て戴きました東條君の詩を五篇ほどお送り致します。どうかよろしくお願い致します。

暑さの折柄お体を案じております。どうか御丈夫でお過しなされるよう、お祈り致します。

七月三十一日　七條晃司
川端康成先生

五〇　川端康成より北條民雄へ

昭和十一年八月七日　群馬県水上温泉神峡楼より

いのちの初夜は芥川賞の候補に入りました。

しかし、入賞は困難だろうと思います。

候補となれば、前二回の習わしもあり、文藝春秋十月号に五六十枚の小説の執筆依頼ある筈。今から準備し、よいものを書いて下さい。その作がよければ、入賞と同じような効果があります。他の候補新人と並べて発表されるのですから、御努力願います。

危機は三十枚ばかり読む途中汽車の時間にて、こちらへ出発しましたが、よいものらしく楽しみです。九日に帰り後読んだ上、中央公論へ廻します。

随筆もなるべく早く送って下さい。あなたの創作集もなるべく早く出したいものです。

川端康成

七條晃司様

五一　北條民雄より川端康成へ

昭和十一年八月十七日

随筆をお送り致しました。

もっと早くと思っておりましたのですけれど、あの小説をお送りしてからずっと神経痛で床に就いておりましたので、思うように参りませんでした。

腕には繃帯、手には手袋をはめておりますので思うように字も書けませんが、それでももうずっと良くなりました。

あの小説は今から考えて見ますと、まるでなっていないのに気がつきました。絶望を感じて床に就いている間気がくさってなりませんでしたけれど、この次のはきっと良いのを書こうと自らなぐさめています。下手でも、何度も書いているうちには上手になると思って自分を励ましています。「表情」は今日朝の間に書きました。

どんなものでも思いついたことをなんでも書こうと思っています。

苦しいことが色々とありますけれど、割合に落ついた気持でおります。

昭和十一年八月十六日

七條晃司

川端康成先生

五二　北條民雄より川端康成へ

昭和十一年八月二十七日

先生、先日文學界の式場さんからお手紙を戴き、随筆を書いて欲しいといわれましたので、お送り致しました。

此頃、落付いてじっくりと勉強しております。

その随筆の中に、この頃の自分の気持は、全部書き表わすことは出来ませんでしたけれど、だいたいは書くことが出来ました。小説は、今の自分にはまだそんなに立派なものが書ける筈ないということを自分からよく知っております。努力することを自分に誓いました。雑駁な生活を排して、ひたすら孤独の中に自己の行くべき道を求めております。

どうか僕のような人間でも導いて下さいますよう、お願い致します。先生にお伺いしなければならないような疑問が、数限りなく頭に泛（うか）んでなりません。でも今日は随筆お送りしました。お知らせまで。

八月二十七日　　七條晃司

川端康成先生

五三　川端康成より北條民雄へ

昭和十一年八月二十五日

「危機」はよい作品であると小生保証して、中央公論へ推薦しておきました。

随筆は半分文學界十月号に貰います。残り半分はどこかへ出しましょう。

文藝春秋社から直接依頼あったかと思いますが、五六十枚の小説、一つ書いて下さい。

それから只今改造より依頼取りついでくれとのこと。癩療養所の記録を三十枚余りに書いてくれというのです。創作でなく、材料を用って(ママ)しまって惜しい気もしますが、この記録は全国同病者のためにもなるでしょうから、書ければ書いて下さい。十月号です。〆切は九月七八日から十日まで。記録随筆風に院内の種々の様子なり、人々の生活なりその他を、なるべく豊富に、しかし文学的に、そして客観的にお書きになればいかが。時日が余りないので無理かもしれません。無理はなさらぬよう。十月号間に合わなければ十一月号でもいいでしょうが、改造は十月になるべくほしいとのこと。純然たる記録を一つお書きになるのもいいでしょう。同病者のためにも。体に無理なら一月延すこと。

文藝春秋もなるべく早い方がいいのです。いい小説書いて下さい。

危機という題は拙いですね。いい考えありませんか。間木老人も暇に書き直して下さい。改稿をもう一度出してもよろしい。文學界の他の右諸誌は無論稿料あります。

それから右の諸篇発表になれば、随筆も記録も一緒に入れ、創元社から本にして出したいと思います。稿料印税合せて、バラックの建つくらいは出来るでしょう。

改造の件、至急お返事下さい。気が進まなければお止めになっていいのです。

八月二十五日　　　　　　　　　　　　　　川端康成

七條晃司様

東條君の詩は小林秀雄に相談し、よければ文學界に出します。

五四　北條民雄より川端康成へ

昭和十一年八月二十八日附

お手紙を戴き、すっかりうれしくなってしまいました。けれど、中央公論の原稿、なんだか不安でなりません。先生のもとへお送りしてからこちら、日が経つにつれてあの作の悪いところが益々鮮かに判って来て、思い出す度に汗が出てなりません。それでも、発表されると思うと、うれしくてなりません。題のつけ方が下手で、ほんとに困ってしまいます。これは、もう二年も社会生活を失っていますので、社会人としてのセンスがなくなった結果であろうと思います。これはどんなにか残念なことでしょう。社会人としてのセンスがなくなることは実に重大な問題だと思って、新聞などもなるべく見るようにしておりますけれど、やっぱり駄目なようです。文學界の座談会などを読んで、現実のデカダンスとリアリティのデカダンスなどということは文字の上ではよく判りますけれど、もうそうしたことを実感をもって感ずることが出来ないのです。自分の眼に映っている社会の姿というものは、この病院へ這入る以前の社会の姿が、そのま、その当時の自分の把握力に於て映じているのです。つまり入院後自分の社会人としての成長は失われてしまったのです。否でも応でも畸型な成長より出来なくなってしまっているのです。ですから、雑誌などを読んで、ヒュマニズムの問題や行動主ギや、平田小六氏や武田氏の小説、そういうものに眼の触れた時、その時の気持はほんとに首でも縊りたいほどたまらないものです。社会の暗さと自分達の世界の暗さと、どんなにか違っていることでしょうか。その暗さからすらはみ出し、その暗さに対して戦うことすら許されていないような気がするのです。

でも、此頃では、自分の行くべき方向が少しずつ判って来たように思えます。勉強を続ける覚悟です。思わずペンが外れてしまいました。題名は、「生れる前」「その手前の死」「若い癩者」「病む青年」などと考えて見ました。どれが良いか、自分では見当がつきません。

改造の原稿、昨夜一晩考えた後、書くことに決心しました。どうしてそんなに考えたかと申しますと、先生既に御存知のこと、思いますが、検閲のことを考えたからなのです。自分としてはこの病院に対して不満な点が随分あります。勿論良い点もありますし、癩院というもの、社会的な意義も考えられますので、良い点と同時に悪い点も書き度いと思うのですが、しかし検閲で悪い部分を全部カットされたらそれこそ自分の意と反対なものになってしまい、とうてい発表する気にならなくなってしまいます。そこで色々考えたのですが、兎に角療養所の内部を正しく公開するということは非常に大切なこと、思いますので、書くことにしました。枚数が少いのでほんの一部しか書けないと思います。改造の意に適したものが出来るかどうかも甚だ疑問ですけれど、日記風のものだと書き良いのですけれど。

体は元気で、毎日六時に起き、机に向っています。秋に近づくにつれて、眼の方もみな良くなりますので、決して御心配下さらないで戴き度く存じます。夜はペンを執るのを止して、早くから寝るか、散歩するかにしています。何よりも眼が大切ですから。

文藝春秋からはまだ何んともいって来ませんけれど、なんでもかでも書くのが自分の全生活ですから、ただ書くのみです。

八月二十八日　　七條晃司

川端康成先生

五五　川端康成より北條民雄へ

昭和十一年九月三日　軽井沢藤屋旅館より

改造の返事鎌倉へくれましたか。

中央公論編輯より、危機に就て、左の如き手紙あり。本日拝見いたし甚だよきものと存じます。採用いたすことに決定いたしました。多分今月号にのせるつもりです。……この小説は必ずや評判になるものと堅く信じます。その点深く感謝いたします。云々。

「危機」という題は愛想がないので、小生仮りに「癩院受胎」としましたがどうでしょうか。

もっといい題あれば至急。

尚、略レキを執筆者紹介ランに入れたいと云って来ましたが、本名や生地の詳細などは、書かぬように云っときました。原稿はいずれ貰えますが、そちらへ送りますか、または、君の名で小生が貯金しておき、入用ある度に出して送るようにしますか。どちらでも。

文藝春秋にもいいものを書いて下さい。随筆のうち日記からは文學界へ貰いました。月半ばまでこちらにいます。

八月三日（ママ）　　　　川端康成

七條晃司様

＊　原稿料の「料」脱字。

五六　北條民雄より川端康成へ

昭和十一年九月七日　軽井沢藤屋旅館宛

たゞいま先生からのお手紙を戴き、狂喜致しております。稿料のことまで心配して戴きもうなんと申上げて良いのか判りません。たゞ懸命になって書くこと、それより他にはないと自分に言いきかせております。

改造の原稿は三日の夜書き上り、たゞいま検閲に出しております。七日でなければ発送出来ませんので、〆切日を考えるとどちらへお送りして良いのか判らなく困っております。けれど、どんなことあっても先生に見て戴いてからでないといけないと思いますので、お手許へお送りしようと思っております。

あの原稿にはほんとに困らされました。自分の書きたいと思うことは全部書いてはいけないことばかりですから。でも、あれを書くことによって今まで自分にかけていたものを発見することが出来、それは大きな収穫でした。今まで自分はあまりに、自分一個の世界ばかりにとじこもっていたように思います。あれを書くことによって、癩全体、患者全般ということに眼が向くようになりました。自分と社会との関係、自分と患者全般の関係、社会と患者全般の関係等々、自分のなさねばならぬ仕事は豊富だと思い、一層力の出し甲斐があると勇んでおります。

題名をつけるのが下手で、ほんとに情なくなってしまいます。「癩院受胎」で出して戴きとう存じます。こんな素敵な題はどんなに頭をひねっても自分には浮んで参りません。

お言葉にお甘えして申訳ございませんが、稿料はどうか先生のお手許に置いて戴きたく存じます。でも今一文も持っておりませんので、改造の分だけでも欲しいと思っております。文藝春秋にはきっと力の入ったものを書きたいと考えております。文學界のは、式場さんからお手紙がありましたので、早速二十枚ばかりのもの書いて鎌倉へお送りして置いたのですけれど。

（九月六日）

七條晃司

川端康成先生

尚、略歴は次のように書いて見ました。

大正三年九月徳島に生る。昭和四年上京種々の職業を転々、その間二三の学校に学びしも学歴と称すに足らず。昭和七年結婚せしも、翌年癩の発病により破婚。昭和九年五月全生病院に入院。川端康成先生に師事して現在に及ぶ。小説「いのちの初夜」東京市外東村山全生病院。

北條民雄。

五七　北條民雄より川端秀子へ

昭和十一年九月九日附

御令閨様

昨日は御鄭重なるおはがきに接し、ただただ恐縮を致しております。御多忙の先生に今まで種々の御迷惑をおかけしながら、ひとことの御挨拶も致しませず、なんとお詑(ママ)を申上げて良いのか、言葉にも窮する者でございます。なにとぞふとゞきの段御容赦下さいますようお祈り致します。この上は身をもって勉強し、いささかでも良いものを生むよう、それより他にお報いする法はないと深く覚悟致しております。なにとぞ今後ともよろしくお導き下さいますようお祈り致しております。

九月九日

五八　北條民雄より川端康成へ

昭和十一年九月十一日　軽井沢藤屋旅館宛

出版のことは今まであまり考えませんでした。自分のような者が書いたものが売れようとも思われませんでしたし、それに文壇の人のように自由に小説を書きこなす腕もありませんので、本を出すということがなんだか恐ろしいような気がしてなりませんでした。自分の書いたものが金になる、ということだけでもなんだか解せない気がしてならなかったのです。芥川賞なども、貰えればほんとに嬉しかったでしょうけれど、嬉しいよりも不安が大きかったと思います。貰えなくてかえってほっと安心し、腰の落付く思いでおります。僕には、なんと考えてもまだ小説が自分に書けるという自信が持てないのです。いのちの初夜が賞められました時も、先生が賞めて下さった時は安心して嬉しくて有頂天になれましたが、他の人に賞められた時は嬉しさよりも不安が大きかったのです。

でも、もうこういう消極的な態度は捨て、思い切って出版させて戴くことに覚悟致しました。

間木老人は改稿するつもりでおりましたけれど、あれを書いた時と考えがすっかり変ってしまいましたので困っております。改稿すればすっかり変ったものになりそうですから、あのま、のものに手を入れて出そうかと思っております。
装ていはどうにでも良いようにお願い致します。
思ったより残暑が激しく、幾分へこたれ気味でしたけれど、勇気を出して仕事をかたづけて行く覚悟でおります。

九月十一日　　　　　　　　　　　　七條晃司

川端先生

五九　北條民雄より川端康成へ

昭和十一年九月二十四日

原稿と切抜御送付申上ます。

体の衰弱が甚しくて遂々こんな下らないものしか書けませんでした。こんな作をお送り出来ないことはよく存じておりますし、一日も早く体力を取りかえして新しいものを更に書いてお送りしようと考えていましたが、日は経つばかりでもう動きもとれなくなってしまいました。この作はもう十日ほども前に書き上っていたのですが、そういう訳で今までお送り致しませんでした。けれど、今月はもう筆を執ることは不可能ですし、来月は三日まで院内の大掃除で、書けそうもございません。それで思い切ってお送り致します。もし発表もなにも全然問題にならないような駄作でしたら、どうか本屋にその由おっしゃって戴き、出版をのばしたいと存じます。

　間木老人その他もっと手を入れたいと思いましたが、作を見るともうむっと嫌悪されて読み返すだけがやっとでした。どうしてこんなに旧作を見ると不快になるのでしょう。自分でも判断がつきません。

　けれど、もう旧作のことなどどうでも良いことだと存じます。凡ては次の作にかゝっていると思います。今までのものはみんな穴の中へ投げ込んでしまいたいくらいです。

　体の衰弱を治して、凡てはそれからです。今強壮済（ママ）を二種と睡眠薬とを医局から貰っております。涼しくなりましたし、元気になると信じています。今年中に短篇を三つ書き、来年は長篇、その長篇の準備を今年のうちにやっておくこと、これが今の計画の全部です。一切のことは来年のことです。改造社から出版しないかと話がありましたが、創元社からのことを申して断っておきました。長篇が完成したら断然改造社から書き下ろしで出版したいと胸を躍らせています。それには何よりも体を大切にしなければならないと思っています。今トルストイのアンナ・カレニナを読んでいます。

　それからこんなこと先生にお願い出来ますかどうか存じませんのですけれど、実は改造社のフロオベル全集と有光社の純粋小説全集が欲しいのです。中央公論の稿料で買って戴けませんでしょうか。この中で金が自由になれば勿論こんなお願いは致しませんのですけれど、どうにも致方がございません。

　草津のことは自分に良い考がございますし、田舎の父を説き伏せて五百円ほど捻出させるようにして置きましたので、行き度いと思えば何時でも行けるようになっております。一番苦しむ点は女のことなのです。結婚しないと家を持っても不便ですし、あんな山奥で独りぽっちでいることは恐るべきこと、思います。しかしそこに精系手術という一大難関があるものですから、気が狂うほど悩まされます。そういう手術をしてまで生き度いのか、と。これは正しく人間として負い切れないほどの屈辱ですし、これをやってしまえば自分は人間ではなくなるように思います。ですから、草津へ行くこともなかなか簡単には参りません。これを突き抜けて行くことが出来るかどうかはこれからの問題ですし、正面から戦うべく覚悟しております。

不用なことばかり書いてしまいました。ではどうか右のことお願い申上ます。どうか今までの作のことで責めないで下さい。凡ては来年のことです。来年になれば、きっと良くなると思っております。今年は頭がもやもやして過ぎてしまいました。勇気を出すことにしようと思っております。

九月二十四日　　七條晃司

川端康成先生

それから、出版するとすれば、序文はあった方が良いでしょうか、自分はちっとも書きたくございません。あれがもっと良いものが揃っているのでしたら、先生に序文をお願いするのも楽なのですけれど、あれではなんだかお願いするのも羞（はず）かしくてなりません。どうかよろしくお願い申上ます。

六〇　川端康成より北條民雄へ

昭和十一年九月二十三日

中央公論より250届きました。前便の通りにしといてもよく、そちらへ送るならば幾ら、またどこか他へこちらから送ってもよろし。改造のはそちらへ行くと思います。

創元社の人に会い本の話大体きめました。印税は一割、定価一円五十銭位がよろしく、内容は暗い方ゆえ、明るい表紙にしたく、布、九ポ、字間アケ（上下の字間）、四六判。収載、いのちの初夜、間木老人、ライ院受胎、猫料リ、眼帯記、キロク。それに文藝春秋に発表出来れば、それも入れる。以上ハ至急手を入れて送って下さい。受胎、キロク、小さいところで文章直した方いいこともあるでしょう。ナルベク早ク、晩くとも今年中に出版。

改造より、記ロク編輯部で好評、続けて今一回書いてくれぬかとのこと。枚数はやはり三四十枚でしょう。小説の材料の血肉を売る如きものゆえ、余りすすめられませんが、あのキロクをもっと完備したい意向あらば、十一月号にでも続稿されたし。

雑多の依頼ありても、つまらぬものは、今後なるべくお断りになる方よろし。

改造社よりも出版申込ありましたが、先約あるゆえ断りました。

川端康成

九月二十三日

七條晃司様

六一　北條民雄より川端康成へ

昭和十一年九月二十六日（封書表に「至急」とあり）

お手紙たゞ今拝誦仕（つかまつ）りました。

あんな意気地のないお手紙を差上げましたことを深く恥じております。

近日中に断じて新しい作を、きっとお送り致します。体の衰弱をたてにあんな駄作をお送りしました自分の態度は誠に言語道断です。

創元社には実に申訳ありませんけれど、新しい作が出来上るまでお待ち下さるよう、どうかお伝えして戴きたく存じております。

その作が出来上ると同時に癩院受胎も推敲を重ねてお送り申上ます。

九月二十五日　七條晃司

川端康成先生

六二　川端康成より北條民雄へ

昭和十一年十月十四日

あらしを継ぐものの発表は見合せます。これも主題は人を動かすでしょうが、少し急ぎの筆ほしいと思います。

致で、薄手であり、またライ院受胎に芽のあるものですし。前作好評の後では見合した方よいと思います。同時に生れる者と死ぬ者との偶然は差支えありませんが、落ちついて書き直してほしいと思います。

小さい随筆三篇は新聞にでも出そうかと思ってましたが、文學界に貰いました。

改造の続きに就て、お返事がないので体が悪いのでないかと心配してますが、これはどちらでも結構。小説を書いた方がよいでしょう。従前発表のものだけで一冊にすることにし、創元社に原稿送りました。創元社は御存じないかもしれませんが、発売部数最も多く、よい本を出そうとしている点で、一流です。これまで出してるのは、谷崎氏と横光氏と瀧井氏とだけ。今度岸田國士、小林秀雄、小生など出ます。

中央公論の分は小生預ってますから、必要の時はどうぞ。フロオベル全集は着きましたか。先日送った筈ですが。

体と心の無理をせず、あせらず、ゆっくりいいもの書いて下さい。本一冊出たのを機会に一飛躍を志して下さい。

川端康成

七條晃司様

六三　北條民雄より川端康成へ

昭和十一年十月十六日

ライ院キロク、柊の垣のうちから、訂正の個所あれば、訂正して送って下さい。

あらしを継ぐものが駄目な作であることは自分でも充分承知しておりますし、あれをお送りしましたあと、どんなに僕は自分を責めたことでしょう。い、加減にしてしまう悪癖となまけ者の自分を省みて、ほんとに土下坐(ママ)してしまいたいくらいでした。それであれからずっと「癩家族」というのを書き続けています。真剣に書いております。院内の大掃除があったり、その他落付が得られませんでしたので、こんなに日ばかり過ぎてしまったのでしたけれど、ようやく此頃になって落付き、三十五枚だけ書けました。あと二十五六枚で終るものです。これを書き上げたら本にしよう、そう思って凡てをこれにかけていました。フローベルをお送り下さいましたお礼も、改造のことも、みなこれが書き上ってから、そう思っていたのでした。これが書き上らないうちは、もう先生にお手紙するのがなんとしても申訳なく思われてならなかったのです。でも気ばかりあせるばかりで思うように参りませず、時々泣き出してしまいたいくらいでした。もうあと数日創元社の方で待ってくれないものでしょうか。始めて出す本ですもの、せめて小説ばかりにしたかったのですけれど、どうにも致し方ありません。けれど小説が三ツではなんだか情なくなりますので、これを加えて四ツにしたいと思っているのですが。あらしを継ぐものは焼き捨て、戴きたく思っております。けれどあの主題は決して捨てません。あの思想によって自分の考えが一段進歩出来るという自信をもっているのです。個をつきつめて全体に通ずる道は、あれより他にないと思っているのです。今書いていますものが出来上ったら、今度はあれをがっしりと書いて見ようと思っております。少くとも百五六十枚を使って書きたいのです。全然外的には異った小説になると思います。

癩家族が書き上ったら、もっともっと思想的な小説を書きたく思っております。思想的な小説さえ心掛ければ、リアリズムなど考える必要もないと存じております。思想的な小説とは現実の中に思想を発見し、導き出すものだと思います。リアリズムは書き上ったものから必然ににじみ出すもの、ような気が致します。ドストエフスキの強さはリアリズムを考えなかった点にあるような気がします。素朴実在論的現実模写はどうにもする気が興りません。毎日こんな生意気なことを懸命に考えております。どうか笑わないで下さい。阿部知二氏の朝日の時評はほんとにうれしく思いました。あれがどんなに自分を力づけてくれたことでしょう、どうかお会いの節はよろしくおっしゃって戴きとう存じます。

改造のものは十二月に書かせて戴きとう存じます。

今は体内に力の充満しているのを感じております。それから三笠書房のドストエフスキー全集が欲しいのですけれど、買って戴けませんでしょうか。普及版の方より豪華版の方が長持ちして良いと存じております。どうかお暇な折に、三笠へそうおっしゃって戴けませんものでしょうか。先生にこんなことをお願いするのがどんなに申訳ないことか存じておりますけれど、どうかお願い致します。フロオベルは書簡だけ読み、昂奮して睡眠不足になったりしました。そして毎日意気沮喪しました時に読むように座右に備えております。そして自ら癩院の修道僧を気取ったりしています。純粋小説全集はちょっと見たかったのでしたけれど、もう要りません。初めの先生の御注意を決して忘れている訳ではございません。体はあまり丈夫ではありませんが、精神は今のところ非常に丈夫になりました。

十月十六日　　七條晃司

川端康成先生

六四　北條民雄より川端康成へ

昭和十一年十月十九日

小説書き上りました。検閲のため（今日は日曜ですから明日出します）お手許に着くのはどうしても二十二・三日頃になるかと存じております。

柊の垣に囲まれて――は発表しないで戴きたいのですけれど。考えて見ますとあんなものとうてい発表出来ないような気が致します。どうか発表しないで下さい。

癩院キロクは切抜いてお送りしました筈ですけれど――。お送りしてしまったので、もう僕のところには原稿も雑誌もありません。どう致しようもありませんが、あの中から、

坂井新一の詩のあとに書いてあります、

「大阪の……出ている」の文句と、括弧内「このような詩をこの文章の中に引用したことが云々」の文句を消して戴きとう存じます。

文學界の十一月はもう出たのでしょうか？　こゝにおりますと垣の外のことは全く判りません。

間木老人も実は書き直したい気持でいっぱいなのですけれど、書き直せば発表困難は判り切っております。

さきにお願いしましたドストエフスキー、どうかお手数をお掛けして申訳ございませんけれど、よろしくお願い申上ます。こゝがどんなに不自由なところであるか、どうかお察し願い上げます。

改造のキロクは十二月に載せて貰えましょうか。早速書き出します。改造がだめでしたら文學界に載せて下さい。

創元社の方にどうかよろしくおっしゃって下さいませ、どんなに感謝していますか——。

長篇の用意を致しております。凡ての苦難と戦い文学することに専念しております。ドストエフスキーはスタブロギンの中に凡ての秘密があることを感じております。新しい人間と新しい性格は、スタブロギンを措いて他にないと考えております。自意識の沼の中で少しずつ自己の新しい性格を築き上げて行く人間、こういう人間がもし存在したら、あゝなんという素晴らしさでしょう。

十月十八日　　七條晃司

川端康成先生

六五　北條民雄より川端康成へ

昭和十一年十月二十日（絵はがき——桜花爛漫の眉山）

原稿検閲に廻しました。二十二日に発送、お手許へは二十三日に必ず着くものと存じております。

創元社の方へはどうかよろしくお伝え願上ます。

芝書店から出版しないかとの手紙がありましたが、断りました。いよいよ、書かねば、と決意を一段と深めております。文學界、お送り下さったのでしょうか、心配しております。文學界の出ていること今日知りました。十九日

六六　北條民雄より川端康成へ

昭和十一年十月二十三日

原稿お送り致しました。

「発病」は大分以前に書いたもので、書いた時はなんとなく発表するのが嫌悪されましたのでそのまゝにして置いたものです。「柊のうちから」は、自分としては本に入れたくないのですが、でも原稿の枚数があまりありませんので、本屋の都合によってどちらでも結構です。自分の考えでは、あれは本の中に発表しないで置いて、今後あれと同一の題「柊の垣のうちから」で幾つも書きたいのです。そしてこの題で随筆集を造ったら面白いと思っているものですが――。もし文學界に載せて戴けるのでしたら、毎月書きたいのですけれど。この点御返事い

たゞけないものでしょうか。

「改造」は十二月に載せてくれますかしら？　載せてくれなくても良いのですが、書いております。今度はこの病院の子供たちのことを書いています。これはほんとは改造ではなく、婦人公論のような雑誌に出したいのです。その方が効果的ですし、子供たちのことを書くのですから婦人雑誌が良いと思われるのです。

文學界の短評は滑稽です。苦笑しました。医者でも癩のことになると丸で駄目です。僕らのような素人の方が余程よく知っています。「癩院記録」は最後のところ、「鬼と生命との格闘に散る火花が、視覚をかすめるかも知れない」まで、、そのあとは切り捨て戴きたく存じます。武田麟太郎氏が批評して下さったそうですが、読んでおりません。あの人の批評だと是非聴きたいのですけれど。

本の総題は何としたら良いでしょうか。自分としては「いのちの初夜」が良いと思っております。これは先生におつけして戴いた題ですから、記念にもと思っております。

扉のところに――川端先生に捧ぐ――としようかと考えたりしましたが、先生に献ずるにはこの本はあまりに粗末です。勿論内容が。そのうち今度の長篇が出来たら――まだ何時のことやら判らぬのが残念です。著者には本屋から何部ぐらい呉れるのでしょうか？

小林　秀雄様　　横光　利一様
林　房雄様　　阿部　知二様
青野　季吉様　　武田麟太郎様

中村　光夫様　　島木　健作様

その他まだ贈呈したい人があるように存じますが、思い出せません。自分としては十五部だけ欲しいのです。中村光夫氏が文藝春秋で何か僕のこと書いてくれてるそうですけれど、雑誌が手に入りませんので、まだ読んでおりません。でもこの人、なんとなく好きでなりません。きっとすばらしい批評家になると睨んでいます。敬服しております。

文藝春秋の小説はまだなか〳〵書けそうもございません。けれどもう焦って書くのは一切やめにしました。焦って来ると批評家の顔が気になり出して駄目です。これからは落付いて、悠々と、自分の好きなことをやります。雑誌に発表のことはもう全然考えるのをやめたいと思います。たゞ、僕は書いて先生に読んで戴くだけです。半年に百枚もの一つ、それでも結構と思います。焦って来ると、頭が混(ママ)かってへとへとになるだけで、ろくなもの書けません。自分の好きなものを、好きな風に料理し、好きな器に入れる、こんな楽しいことはありません。ドストエフスキーどうかお願い致します。

十月二十三日　　七條晃司

川端康成先生

六七　北條民雄より川端康成へ

昭和十一年十月二十九日

前略

創元社からこんな手紙が参りましたけれど、自分にはもうどうして良いのか解らなくなりました。「癩家族」が発表の値しないものでございましたら、どうか「発病」を「柊の垣」の代りとしてそれだけで出版して戴きとう存じます。次の作がとうてい数日のうちに書くことなど出来そうも御座いませんゆえ。ゆっくりと落付いて、いのちを堵けた作ばかりをこれからは致します。あんな作をお送りしましたことを、どうか叱らないで下さい。東條は三好達治氏に師事するようになりました。十月二十九日　　七條晃司

川端康成先生

この手紙、お暇でございましたらどうか御返事戴かせて下さい。

六八　川端康成より北條民雄へ

昭和十一年十月三十一日　信州上林温泉塵表閣本店より

三笠書店のドストエフスキイ全集新版（四六版）には、特製本がありますか。あなたの特製本というのは旧菊版のことじゃないでしょうか。新版は旧版の改訳訂正版ゆえ、本は粗末でも、新版の方がよいのです。新旧版とも訳のよくないのもありましょうが、新版の方が大分よくなっているのです。新版に特製本あるか否か調べ、あれば買い送ります。

先月十六日より信州旅行、こちらでお手紙並びに原稿落掌、癩家族は文藝春秋へ廻しまし

た。これも本に加えたいので、十二月号に掲載して貰えぬなら、雑誌へ発表せず、本に載せるかもしれません。改造の記録続稿も本に入れたいですね。本屋も出版を非常に急いでるので、間に合わぬかと思いますが、なるべく入れたいと思います。柊の垣の内よりハ本に入れるの見合せたいと申し　やっときました。文學界連載の件は皆と相談せぬと返事出来ませんが、毎月細かい随筆は書く方で面倒になりませんか。気の向くままに出来た時出したらどうです。どの雑誌何月号ということなく、枚数も制限なく、お書きになること何より賛成です。中村氏の批評はお読みになることすすめますが、文壇はお忘れになったがよろしい。

癩家族は立派なもの、筆は前半の方よく、後半少し粗と思われます。随筆発病はさほど感心出来ず、もう一度読んで考えてから、発表か否かきめます。あなたの小説の一節にもなりそうなものですし。

著者へは五冊乃至十冊本屋からくれますが、それ以上は本代を印税より引かれる習わし、しかしあなたの指定外にも、例えば武者小路氏、山本有三氏など、特別好意持ってる人には寄贈した方よろしいでしょう。それらはいずれ相談します。

三十一日　川端康成

七條晃司様

六九　北條民雄より川端康成へ

昭和十一年十一月二十日

昨日文藝春秋が届き、いのちの初夜の広告を初めて見、感慨無量の気持でおります。この本が出来るまでにどんなに先生に御迷惑をおかけしたことかと、自分を省みて涙が出るばかりの気持でございます。ほんとになんといって良いのか判りません。この上はもう立派なものを書くこと、それより他にこれに報ゆる道はないと確（ママ）く思いました。

長篇はその後書いては破り書いては破りの状態を続けておりますけれど、もうあせりも急ぎも致しません。フロオベル流に牛のようにこつこつ書いて行けば、何時かは完成すること、存じております。自分の生涯はもうあと幾何もないということを、この頃痛切に感じ、数多く下らないものを書くよりも、自ら満足出来るものを真劔に書くこと、それだけだと考えておりま す。自分の周囲で次々に死んで行く病友たちを眺めておりますと、ほんとに愕然とした気持でぴしぴしと胸を打たれます。

先日和辻哲郎博士の沙門道元の評伝を読みました。仏教は全く判らないのですけれど、あの強烈な精神には激しく打たれました。

改造と文藝春秋との稿料はやはり先生のお手許へ置いて戴きたく存じます。さきに改造から貰った分がまだこちらにはありますので、当分不自由はないと存じます。まだはっきりしたことは申上げられませんのですが、来年中には多分草津に家を建てるようにしたい計画でおります。これは長篇が出来上ってからの予定でおります。

それから本の贈呈は誰々にしたら良いでしょうか、検印はどうしたら良いのでしょうか、自分には全く事情が不明なものですから、どうかよろしくお願い申上ます。

七條晃司

十一月二十日

川端康成先生

七〇　北條民雄より川端康成へ

昭和十一年十一月二十九日

拝啓

かねてお願い致してありましたドストエフスキー全集は、近日うちに友人が帰省致しますので、その時買って来て貰うことに致しました。ほんとにあんなお願い致しましたことを、申訳なく存じております。友人は来月中旬に出かけますので、古本を買うことにしようと考えたりしております。

改造から昨日稿料九六円届きました。長篇は少しずつ進んでおりますが、まだ幾枚も出来ておりません。今年うちに百枚以上にしたいと懸命になっております。この病院の三度目のお正月が近づき愕然とした気持でおります。

七條晃司

十一月二十九日

川端康成先生

七一　川端康成より北條民雄へ

昭和十一年十一月三十日

本は先ず二千五百部、一昨日こちらで検印しました。定価一円五十銭です。一両日中に出来の筈。本屋では一万くらい売ると云ってます。著者へは十部くれます。それ以上の寄贈は代金とられますが、寄贈者は後で報告します。無くもがなの跋文書きました、悪からず見逃して下さい。印税は一月後にくれます。文藝春秋104貰いました。改造はお手紙見て、社へ昨日電話しましたが、或いはそちらへ送った後かもしれません。本はそちらへ十部位送らせましょうか。三笠のド全集、小生旅中おくれましたが、まだそちらでお買いにならぬなら、手配します。一冊本も出来、後はゆっくり、お仕事下さい。一度癩以外のことを書いてごらんになりませんか。それを期待している人も少くありません。
只今急ぎの仕事中にて、用事のみ申上げます。

十一月三十日　　川端康成

北條民雄様

七二　北條民雄より川端康成へ

昭和十一年十二月三日

癩以外のことはいずれ書こうと念願しておりますけれど、まだその用意が出来ておりません。これは癩を書くよりもずっとむずかしい事ですし、それに誰も書いておりますので、どうしても、もっとたしかな自分の眼と、腕を持たねばならないと思っております。でも是非書かねばならないと思っております。癩以外のことを書いてこそ自分も作家になれるのだと思います。その意味で癩は自分の習作。人生を、人間を見る練習のようなものです。眼の方は大分上達しつゝあると自惚れたりしておりますけれど、腕の方がまだ丸でなっていないと思っては、今までも書きたいのを我慢して来ました。それにもうひとつ困りますのは、自分が癩で苦しんでおりますので、健康な人間の苦しみなどが、ばかばかしく見えることです。でもこんな考え方は正しいことではないと思います。

本は十部戴きとう存じます。ほんとに何かと御迷惑ばかりお掛けして何と申上げて良いのか判りません。跋して下さった由承り、先生の御心が胸にひゞきました。歯を喰いしばっても、自分のいのちを守らねばならぬと、たゞそれだけが先生へのお応えと思っております。改造は九十六円戴きました。ド集は今月半ば頃友人が東京へ出ますので、その時頼もうかと思ったりしておりました。新聞へお書きになられるとのこと広告見て、お急しい所お邪魔するような気がしてなりません。でもお言葉に甘えてお願い致します。普及版の方まだ全部出ていないようでしたら、旧本でも結構でございます。どうかお願い致します。此頃フランス語の勉強をぼつぼつしております。

十二月三日　　　　　七條晃司

川端先生

七三　北條民雄より川端康成へ

昭和十一年十二月十七日

朝夕は随分寒さがきびしくなって参りました。お風邪を召されはせぬかと心配など致しております。

さて、歳末になってお忙しいところ申訳ございませんけれど、実は東條耿一に少し金を提供致したく存じますので、左記あてにて金五十円ほど御送付して戴きたく存じます。

東京市外東村山村全生病院内　東條耿一

東條もこの頃は実に立派な詩を書くようになりました。三好達治氏に師事しております。こゝ一二年のうちにはきっと立派な詩集になって先生のお手許へも届くこと、楽しみ待っております。その時にはどうか先生も一言賞めてやって下さい。どんなに彼は喜ぶことでしょう。では右のことお手数ですけれどどうかお願い致します。

十二月十七日

北條民雄

川端先生

七四　川端康成より北條民雄へ

昭和十一年十二月二十日

お手紙拝見致しました。東條君へハ明日月曜日にでも早速送ります。いのちの初夜は、非常によく売れ、最初二千五百、それから、五百、五百、千と三度増刷、合計四千五百検印しました。まだ出るだろうと思います。

寄贈ハ文學界同人全部、その他、山本有三氏、岡本かの子氏、木下杢太郎氏、豊島與志雄氏、青野季吉氏など。武者小路氏などにも送るつもり。文藝春秋、改造、中央公論の編輯の人にも送ります。小生十冊貰った分も使いましたが、寄贈の本代は取られます。印税はいつでもくれますが、急ぐこともないので、まだ貰って居りません。

向寒の砌（みぎり）、御自愛、静かにお仕事祈ります。小生丈夫。

十二月二十日　　　　川端康成

北條民雄様

七五　北條民雄より川端秀子へ

昭和十一年十二月二十四日（はがき）

お葉書きいただき恐れ入りました。××は東條の本名でございますので、いさゝかも差つかえございません。お手数おかけして誠に申訳ございませんでした。いずれ彼からもお礼のお手紙を差上ぐること、存じます。ようやく寒気のきびしくなって参りました折柄せっかく御自愛のほどお祈り致します。

十二月二十四日

七六　川端康成より北條民雄へ　昭和十二年一月十一日

少女は御返送申上げました。
いのちの初夜は今までのところ計五千検印しました。
この次の本、長編書下しでも、やはり出版させてほしいと創元社から再三の申出です。
短篇出来たらこの次は是非文學界へ一つと小林君などより依頼。
中央公論でも小説出してくれると思います。
お体いかがですか。

川端康成

北條民雄様

七七　北條民雄より川端康成へ　昭和十二年一月十日附

謹啓、新春のお祝詞も申上げませず、ほんとうに失礼ばかり致しておりました。実は暮の三十日から突然激しい神経痛に襲われ、ペンを持つことも本を見ることも出来ない有様にて、つい失礼致してしまいました。でももうどうにか痛みが退き始めましたので大変楽になり、この分ならあと五六日で床をあげることも出来そうでございます。そういう次第で書きかけた小説も中止の状態でございますが、良くなれば早速書き出そうと意気込んでおります。

本日は旧作「少女」の原稿たしかに拝受致しました。でもこんな原稿をどうしてお送り下さったのか、どう考えても判断がつかないので困っております。それにこんなもの今まで先生のお手許にあずかって戴きまして、なんとも申訳ございません。他の原稿はどうか風呂のたきつけにでもなさって下さい。

色々まだ申上たいことがございますけれど指の自由を失っておりますので、いずれ良くなってからのことに致したく存じております。

一月十日　　七條晃司

川端康成先生

盛文堂から原稿紙千五百枚暮にとりました。

東條耿一の詩が「四季」新年号に載りました。多分二月号にも載ること、存じます。

僕の長篇はテーマだけは自信をもっております。どうなることやらまだ判りませんけれど。

草津へは今年中に引越す予定です。そうすればゆっくり落付いて作品生活が出来ると楽しんでおります。十日あまり床に就いて見て始めて文学から離れては生きられぬことをしみじみ味いました。

七八　北條民雄より川端康成へ

昭和十二年二月一日（推定）

お手紙を戴きながら御返事も致しませず失礼致しておりました。神経痛が悪化して重病室に入室したり致しましたような始末にて気にかゝりながら御返事が出来ませんでした。痛みがとまればきっと力の入ったものを書き上げるつもりでおります。

「文學界」へは力作を書かねばならないともうずっと前から考えております。

林房雄様の御好意、何時も感謝致しております。お手紙にて御礼申上げたい気持いっぱいでございますが、こんな所からでは、と思い遠慮致しています。どうかお会いの節はよろしくお伝えして戴きとう存じます。

そろそろ本格的に癩の苦痛と戦わねばならなくなって参りました。勿論まだまだ序曲ですけれど、これからどんな苦痛が次々に襲って来るか、半ば見えるような気がして、今自分の持っている思想の地盤の貧弱さに不安を覚えます。とはいえ他人のどんな言葉も今はもう無意味です。頼り得るものは自分だけ、この苦痛を他人の誰にも転荷（ママ）することは出来ないと覚悟しました。自分の苦痛は自分で背負って行くよりどうしようもありません。自分の血を流すこと、それより他になにがあるでしょうか、この貧弱な自己だけが資本という気が致します。不安で頼りない話ですけれど、人間が信じられるならば堪えて行くことも出来ると思います。人間を信ずるか、信じないか。

今の自分にとっては、この疑問の解決が根本です。いや、これはもうずっと前から、いのちの初夜を書いた頃からのものです。でもまだまだ解決がつきません。

重病室で気持が重苦しいものですから、つい愚痴のようなことまで書いてしまいました。でも決してへこたれてはおりません。「重病室日誌」というのを文學界の四月号に書きたいつもりですけれど、載せて下さいますかしら？

一月三十日　北條民雄

川端先生

七九　川端康成より北條民雄へ

昭和十二年二月五日

拝啓

お手紙拝見、心配して居ります。小生も軽い風邪ごこちで一週間ほど臥床今日やっと離床致しました。

重病室日誌は是非頂戴したいと思います。体に障りさほどでなければ書いて下さい。いのちの初夜は今までのところで、六千部になりました。

御自愛を祈ります。金を少しお送りしようかと思いますが、いかがですか。

川端康成

七條晃司様

八〇　北條民雄より川端康成へ

昭和十二年二月十八日（絵はがき――鳴門海峡の大渦）

おかげ様にて神経痛全快退室致しました。御心配をおかけして申訳ございませんでした。重病室日誌は四五日うちに発送の予定でおります。ド全集はこちらで手に入れました。今年はしっかり気を落付けて制作と読書で過そうと考えております。そうすれば良い小説も書けるような気がしております。先月式場隆三郎氏が来院されお合いしました。式場陽三氏にお合いの節はお伝えして戴きとう存じます。

八一　北條民雄より川端康成へ

昭和十二年三月四日

お手紙と小包拝受致しました。イエスに就いてはこうした種類の本をかねてから欲しいと存じておりましたので、ほんとうに嬉しく存じました。辻野様にお会いの節は何卒よろしくお伝えのほどお願い申上ます。

お蔭様にて神経痛はその後ずっと快く、今は全く痛みを忘れました。まだ中指と人さし指がシビレていまして、取り分け人さし指は末梢神経が一程の昂奮状態におりますので、ペンを持つのにひどく不自由を感じますが、それでも物を書くのに差支えるというようなことはございません。脳神経が大分衰弱していると見えまして、毎日なんだか白痴になって行くような空しい不安に襲われますが、でもこんなことではいけないと思い、毎朝少しずつ体操など致しております。寝る前には必ず首の運動だけをしてから横になることにしております。首の運動は大変効果があり、これをすると早く眠れるように存じます。これは先生にもお試しになられることを是非お奨め申上ます。布団の上に端座して両手を胸に当て、そして首を左右前後に運動した後の気持は実に良いものと存じます。

不眠症が御全快なされたとのこと何よりも嬉しく存じます。さきに報知新聞でお写真を拝見させて戴きました時お顔の形が変っていられるに気付いてはおりました。「女性開眼」はあの素晴らしい書き出しを六七回まで読みましたが、新聞が自由にならないのでそれ以後はとびびにしか読めませんので残念です。

小説は書けないので弱り切っております。昨年考えつきました長篇を書いては破ってばかりで結局苦労の仕損の有様です。もうそれに二百枚ばかり破りました。まるで破るために書いておりますような具合で、泣き出したくなっております。才能と力量とが不足しておりますのだと存じます。

五月には草津へ引越すつもりで申込を致しました。毎月七円五十銭の入院料が要るのですが、それくらいは働けると思い、そうすることに致しました。家を買うのに七百円ばかり入要（ママ）ですが、これは田舎の父に出させることに致しました。この若さであんな山の奥へ引っ籠るのかと思うと、孤独と寂しさを犇々覚えます。でも、もう富にも名声にも、女にも断じて袂別する覚悟です。意志、ニイチェのような意志を僕は求めています。或はマクス・スチルネルのような。それで此頃は毎日体操が終れば、三度の食事以外誰にも会わず、語らず、唯机の前に坐ってじっとしている練習をしております。人間に何が難かしいと云っても、退屈に耐えることほど困難なことは他に絶対ないと存じます。しかし十万坪の垣のうちで僕は三ヶ年耐えて来たのです。もっとも耐えられなくなって死損ったこともありますけれど。でも昨年五月のあの時のことは、僕を更に意志的にしました。友人連中はみな捨てました。そうでなければ山奥へ引籠ることは不可能です。小説も書けず、何んにもすることもなく、唯机の前に坐って、自分の前途の暗黒をじっと凝視（みつ）めているような生活が、この頃の毎日です。時には恐ろしい絶望を味い、時には平和な、全く平和な、清らかな気持でもあります。そういう瞬間には胸の高なるような幸福感をすら覚えます。でもそういう瞬間は滅多にありません。小林氏にはゆっくりお目にかゝり、その節お見舞品など戴き申訳なく存じております。（三月四日）

北條民雄

川端康成先生

八二　北條民雄より川端康成へ

昭和十二年三月十八日

仕事の上の必要もありましたので一週間ほど東京大阪神戸を放浪して来ました。

今短篇を一つ書いております。近日うちに出来上る予定です。五月には草津へ引越しますので、この短篇金に出来ればと思っております。

向うへ行けばトルストイ、ゲエテ、ドストエフスキ、フロオベルなどと一緒に暮すつもりでおります。あそこが僕のクロワッセです。

先生のところにあずかって戴きました金、色々使いましたのでどれくらい残っているかさっぱり判りませんが、近日うちに病院あてにお送り願いとう存じます。多分まだ中央公論の分くらい残っているのではないかと存じております。こんなだらしないことで申訳ございませんけれど、僕にはうまく金の勘定が出来ないのです。これはほんとに苦手です。創元社の印税も欲しいと思い、小林氏に手紙致しました。

文學界の六月あたりにでも長篇の冒頭を載せることが出来ればと思っております。題は「青年のテーマ」「家族崩潰」このどちらが良いかと迷っております。暖かくなりましたので仕事は出来、体の調子はよく、楽しい気持でいます。

三月十九日＊　北條民雄

川端先生

* 日附が消印より一日遅れとなっている。

八三 北條民雄より川端康成へ

昭和十二年三月二十五日（はがき）

子供たちの雑誌*を御送付申上ました。

あまり良い作がなく、何時も同じような作ばかりですけれど、この小さな世界で生きている子供たちの、精いっぱいの生活です。お仕事にお疲れなされた時にでも開いてやって下さい。

僕は今短いものに没頭しております。百枚くらいに或はもっと短くなるような気がしております。ずっと前からあったものが、先日東京へ行った、めに頭の中で定着したのでした。今は仕事の計画でいっぱいです。

* 「呼子鳥」第十二号

八四 北條民雄より川端康成へ

昭和十二年四月十三日

前略、さきからか、っておりました短篇、昨日ようやく百二十枚で一先ず脱稿出来ました。なんだか変な小説にて自信は毛ほども持つことが出来ません。自分でも書き終ってからひどく嫌悪を覚えるようなものでございます。とはいえこの作が全く嫌いな訳ではありませんが、云ってはならぬことを云ってしまったような不安を覚えるのです。でも、嘘を云う訳には参りませんでした。近日うちに検閲を済ませ、先生に見て戴かねば、と存じております。

先日創元社の小林様からお手紙を戴きました。印税の件、先生をさし置き勝手に請求など致しまして、誠に申訳ございませんでした。自分の軽卒(ママ)を深くお詫び申上げます。錯綜した事情と、苦痛とが重なり合って、なんだか半狂乱の如き有様でございましたので、軽はずみなことばかり致しまして、なんと申訳したら良いのか判りませぬ。

辻野様のイエス伝を読み、今は続いてパピニの「キリストの生涯」を読み始めております。文芸評論では小林秀雄氏のものを枕頭の書としております。

四月十三日　　北條民雄

川端先生

八五　北條民雄より川端康成へ

昭和十二年四月十七日

前略

本日田舎の父が突然上京して来まして、面会しました節、先生に種々お世話になっていることを話しましたら、それでは是非お訪ね致しお礼を申し上げたいと申しておりました。お忙しいところを突然お伺い致しましては、とも存じましたけれど、僕はもうとうていお眼にかゝることは不可能と思いましたので、代って父にでも感謝の意を述べて貰ったらと思い、僕からもお伺い致しますことを父に頼んだ次第でした。突然にては、と思いましたが、父も忙しい体にて商用に上京しておりますので、前もって御通知出来ませず、ほんとに申訳ございませんでした。御迷惑をお掛けしましたことと恐縮致しております。四月十七日　七條晃司

川端先生

八六　北條民雄より川端康成へ

昭和十二年四月二十二日

お手紙とお金ありがとう御座いました。

三日前から院内の大掃除にて御返事致しますの遅れておりました。

原稿は昨日検閲から帰って参りましたので今日一日を推敲に費し、明日朝発送の心組にております。

この作に対しては今は愛情と憎悪とを同時に感じて変な気持でおります。随って極端なほどの自信と、極端なほどの不信とをも（ママ）同時に感じています。これはこの作を書く心の置所として僕の性格のみを唯一つの頼りと致しました故と思います。でも今はもう先生の御評のみを頼りと致すことにしております。初めの部分でもし下らないとお思いなされても、どうかお終い

までお読み下さるようお願い申上げます。
父は急用が出来てお伺いすること出来ませなんだと葉書きして参りました。

北條民雄

四月二十二日

川端先生

八七　北條民雄より川端康成へ

昭和十二年五月二十四日

前略

先日お送り致しましたもの、如何でございましょうか。後から考えて見まして随分間抜けなことを書いたように思い、こっそり赤面致しております。でも赤面だけでは済まされないものがあります。それはこうした世界に住み、毎日病人以外には見ることもない月日を送っております故、自然と社会から遊離し、社会を見失い、社会から取り残されてしまうということ、これを考えると絶望的な気持にならされてしまいます。もう自分には小説は書けない、そういう気持が頭の中にしみ込んでしまうのです。いっそ正岡子規の真似をして、あんな風な随筆でも書いて暮そうかと思ったり致しますけれど、そんなこと僕にはとうてい出来そうもございません。例えば「眼帯記」のようなものでも、今読みなおすには随分てれ臭いのを我慢しなければならないのです。

とは云え、あの作はあの作として僕にはのっぴきならないものだったのです。あの作が出来上ったらもう生きてはいないつもりでした。だからあの作の小説としての出来栄えは、あれを書く時問題とはなりませんでした。どうして小説にしなければならないのだ（お許し下さい、正直に中上げているのです）小説にする必要がどこにある、そんな我儘な気持があれを書くうちつきまとってなりませんでした。です故あれには、全く自信がないと同時に、また或意味では自信もありました。しかし今はもうあの作は過去のもの、振り返って見る必要もないくらいです。

草津行きも今はもう嫌になって来ました。それに独身者では殆ど駄目、暮して行けないとも聴きました。実際癩者は、どこにも安住の土地はないのです。どこにも安住の土地がない、これは恐ろしいものです。けれど、ど丶こ丶に丶も安住の地がないならば、もうどこでも安住の地とするより他にありません。

今は色々な本、主として歴史の本を読むのが楽しみです。哲学史や文化史や国史や、そんな本を読むのだけが楽しみです。人間という者が今までどんな風に生き、かつ死んで行ったか、それが何よりも興味あるものです。小説は書けなくとも良いと思っております。百の小説を書くよりも、生きるための唯一つの観念、思想を得ることが僕には重大なのです。どうかこういう僕を怒らないで下さい。先日僕の部屋の友人が咽喉に穴を開けたのです。これをじっと眺め、かつその世話をしてやったのです。その時の気持がどんなであったか、どうかお察し下さい。

創元社の小林氏に種々御迷惑をお掛け致しまして、申訳なく思っております。どうかお会いの節はよろしくお伝えして戴きとう存じております。ほんとうに感謝しております。（五月二十二日）

民雄

川端先生

八八　北條民雄より川端康成へ

昭和十二年七月六日

お送り下さいました金子、たしかに拝受致しました。御親切なお心遣いになんと感謝申上げて良いのか判らないでおります。

こちらは二十日余り前から急性結節にて発熱、床に就いておりましたところ、かねてから良くなかった胃腸が急に悪化し、大腸カタルでずっと何にも食べられない有様で、すっかり弱らされてしまいました。でも今日は大変気持も良く、腸具合（ママ）も幾らか良い方にて、この分なら近いうちに起きられるのではないかと楽しんでおります。

先日文學界の式場様からお手紙にて、十月号に五十枚前後のもの書けとありました。これはどうあっても書かねばならぬと思っております。たゞ体が自由になってくれゝばと、今はそれのみを願っております。

七月五日　　民雄

川端先生

八九　北條民雄より川端康成へ

昭和十二年八月二十六日

謹啓。ほんとに先生に申訳ないことを仕出かしてしまいました。実は文學界の小説でございますけれど、先生に見て戴かないで式場さんのところへ送ってしまいましたのです。作は五十一枚のものでこの病院の教師と子供とを取り扱ったものでつまらない小品でございますが、是非先生に見て戴く予定でおりましたところ、書き上っていざ発送という段になって先生のお住居の番地が判らなくなってしまったのでした。御通知のお葉書はたしかに頂戴いたしましたし、間違いなく手紙入れの箱に蔵ったつもりでおりましたのに、どうさがして見ても見当らないのでございます。それで発送することも出来ず、それかといって他へ問い合せている日も時間もございませんでしたので、遂に先生には平伏してお詫(ママ)するつもりで直接文學界に送りました。どうかお許し下さい。自分としても先生のお目を通さず出すことは不安でたまりませんでしたが、この作なんかどうでも良い、体が丈夫になった時力作すれば良いのだと思い送ったのでした。

こういう手違いを生じましたのもやはり体が悪かったからでした。御通知を頂きました時も、それ以前からずっと床に就いていたのでした。そしてもうかれこれ二ヶ月半にもなりますのに、いまだに元気になれず、起きていられるのは午前のうちだけでございます。神経痛と急性結節とでひどい発熱し、更に胃腸カタルが昂じて猛烈な下痢が続いたのでした。そのためすっかり痩せてしまい、体中の骨が出張って、蒲団なしにはどこへ坐っても痛み、東條は痩せ蛙だと批評しましたが、それでもまだ生きていて、五十枚の原稿を書いたのを不思議そうにみていました。食べ物はお粥と梅干と味噌汁とだけで、他に食べるものはこゝにはなんにも御座いません。牛乳一合呑むことも出来ず、何時になったら元気になるのやら見当もつきませんが、しかし秋になればきっと力もつくと思っております。この暑さに堪えるのはなんという骨の折れることでしょう。秋、秋、あの涼しい風が吹きさえすれば、必ず元気になるに相違ございません。今の暑さの下では肉体の力は全くゼロでございます。たゞ精神の力で秋まで肉体を引きずって行ってやり、秋になって肉体力の恢復を待つより致方もありません。

草津の方はどうしたら良いのやら判りません。第一に結婚のことで悩まねばなりませんし、第二に金。第三に病気と寒気。そのうち第一と第二とが何よりも困った問題で弱っております。第一は僕の気持さえ覚悟がつけば解決つくのですけれど、第二の金の問題に悩まされます。家を建てるのは建つとしても、あとの生活費が続くかどうか疑問です。とにかく自殺するという考えは盲目になるまでのばして置いて、これからは金をためようと考えています。それには良い小説を書くより他に方法もございませんので、先ず体を大切に、精力を蓄積せねば大きな作を書くことは不可能だと悟りました。

それから遅れながらですけれども「雪国」が賞になられたことをお喜び申上ます。「雪国」は創元社の小林様から送って戴きましたが、賞になられたことはずっと知りませず、つい四五日前に知ったのでした。
自分のことのみにて申訳ございません。

八月二十五日　　七條晃司

川端康成先生

九〇　北條民雄より川端康成へ

昭和十二年九月二十七日（はがき）

胃腸病が悪化しましたので、また重病室へ入室加療することになりました。体の具合の良い時をねらって、続重病室日記を書こうかと考えております。

九月二十六日　　北條民雄

中村光夫宛（六通）

昭和十一年十月二十七日附

中村様

突然このようなお手紙を差上げますことをどうかお許し下さい。実は昨日あなたの評を文藝春秋に拝見し、それ以前から感じていましたあなたへの近親感――こう書くことをどうかお許し下さい――を一層深く覚えさせられたのでした。

昨日新聞で人民文庫の人たちのことを読み、噴（ママ）怒と不安とを覚えて終日憂鬱、仕事も手につかずおりましたが、夜になってかねて注文してあった文藝春秋が売店から届けられあなたの御評を拝見し、どうにか気分を落ちつけることが出来たのでした。

文学する者にとっては百万の読者よりもたゞ一人の立派な批評家を持つことが幸福であるとすれば、僕は何よりもあなたに感謝を申上げねばなりません。御評を読む間、あなたは僕の頭の中を自由自在に歩きまわっているのでした。

あなたのお書きなさったものといえば、文學界に発表されたものだけ、他にジョルジュサンドへの書簡一冊、たゞそれだけですけれど、深く敬服致しておりました。取り分けフロオベル論の如きはきもに銘じ常に愛読しております。先日も川端さんへあて、あなたに敬服しているということを書いたばかりです。

とはいえあれらの僕の作はなんというだらしのないものばかりでしょう。たゞたゞ文学の勉強をするばかりです。どうかこの点よろしく御指導下さるようお願い申上ます。

先は御高評の感謝かたがた、あなたを深く敬愛していることをお知せ申上ます。

十月二十七日　北條民雄

中村光夫様

昭和十一年十二月十二日

久しく御無沙汰致しました。すっかりおしつまってしまいましたが、お変り御座いませんか。今日は別段書かねばならないような用件はないのですが、なんとなくあなたとお話したくなって来ましたので書き始めました。

僕の本、川端さんの方からあなたへお送りするようになっているのですが、まだ着きませんかしら？　初めての本ですから、大変うれしいのですけれど、読み返して見ると、こんなものしか書けなかったのかと、いやになってしまいました。でも、今年一ヶ年の間に受けた色んな苦しいことが、下手な、たどたどしい表現の中にも散らばっていますので、この本には、嫌悪と同時に、愛情も覚えています。そして変に憂鬱で、こゝ一ヶ月半ばかりというもの、仕事をする気がちっとも湧いて来ません。年でも更ればちっとは良いことでもあるかも知れません。もっとひどい状態になるかも知れませんが、それも良いことには違いないと思います。何故って、それはひどい状態になればそれを乗り切って行けるかどうか、という戦いが始まりますし、戦いがあるということは良いことですもの。僕にとって一番恐しいことは、意志が麻痺することなのです。これは僕らの生活状態を充分知って下さらないとお判りになられないかも知れませんけれど、こゝにいると毎日毎日神経は鈍感になって行き、だんだん白痴に近づいて行くのです。これは恐るべきものです。これと戦うためには、夜間飛行で雲間を突っ切る百倍の意志が必要です。実に骨の折れる日々の連続です。

なんだかばかに親し気な調子で書きましたが、許して下さい。僕には友人がないのです。親しく手紙を書ける友人がどんなに欲しいか、どうか判って戴きとう存じます。今あなたはどこにおいでゝすか? さっき文學界十二月の座談会で、小林秀雄氏があなたのことをいっていられるのを読んで、急にあなたにこの手紙を書きたくなった次第です。ほんとに失礼ですけれど、なんとなく、僕の兄貴のような気がしたんです。笑わないで下さい。

もっと書きたいのですが、もう消燈の時間が来ましたので、又に致します。どうか御返事下さい。

十二月十二日　　北條民雄

中村光夫様

昭和十一年十二月二十八日

また今年も暮れてしまいましたね。この病院で迎える三度目の正月です。全く考えさせられてしまいます。今後もこう正月を何度も迎えなければならないのかと思うと、うんざりしてしまいます。シャバにいた頃は正月なんてつまらんと思っていましたし、正月だといっても別に何も感じなかったのですが、こゝへ来てからは正月がバカに気にかゝります。年を一つとるということが、あなたにはお判りにならないくらい痛烈に感じられるんです。それはもう恐怖ですらあります。とはいえ、孤独と苦痛と病菌とを前に据えて、じっと耐え忍んでいる時の平静な、凍ったような気持はまた何んともいえないものがあるんですが――。

申し遅れましたが、池谷賞受賞、お祝し申上ます。今日、今のさき新聞で見たんです。二十六日の新聞ですが、こゝでは一日遅れでなければ新聞も見られない次第です。

池谷賞があなたと保田氏とに与えられたことは当然です。保田氏のものは僕幾つも読んでいませんが、あなたの二葉亭は文學界に出た分だけは読んでいます。そしてあの評の立派さは申上ぐるまでもないとして、僕は何よりもあなたが二葉亭をお撰びになられた点に感服しました。こういえばあなたにはもう僕の気持判ってくれるでしょう。全部まとまったものを早く読みたいものです。この前のお手紙の約束を果して下さい。実際待ってるんですからね。さいそくしたって怒らないでしょう。

此頃仕事が出来なくて困っています。正月前なので院内中がざわざわしていて気持がちっとも落付けないのです。早くなんとかしたいのですが、なんともしようがないのでうんざりしています。体は変化ありません。

十二月二十七日　　　　　　　　　　北條民雄

中村光夫様

昭和十二年一月十三日

お手紙と本ありがとう。二葉亭論はなかなかしゃれた本ですね。読むのを楽しみにしています。ほんとを云えば読んでから感想のひとくさりも書くべきでしょうが、僕には感想など書くだけの力がありませんし、僕なんかの感想なんかつまらんに定っていますので、読まない先にお手紙します。あなたも大変な正月をしましたね、でも発作的なものならきっと癒ると思いますが、具合はその後いかゞですか？　頭が痛いといって寝込んだりしますと、それはきっと癒り出した証拠だと思いますが、どうですか。僕の正月もあまり感心したものではありませんでした。暮の三十日から突然激しい神経痛に襲われて、やっと昨日起きられたのです。まだ冷すと危険なので、この手紙は手袋をはめて腕にいっぱい繃帯を巻いて書いている始末です。

あなたのお手紙は少しも乱暴ではありません、それどころか実際僕は力づけられました。あなたは、御自分の云っていられることが文学的で浅はかなものではないかと質問されていますが、それがどうして浅はかでしょう。反駁しろとあなたは云われるが、僕には反駁どころか、拍手したいくらいです。僕が小説を書くのは実際せっぱつまった気持なのです。心のよりどころを全く失い尽した果にしがみついた一本の藁、それが文学なのです。勿論そうは云うもの、、その藁に対する不安や懐疑、それは意地悪いばかりつきまとって来ます。しかし、この藁を失って何がある、何があとに残るのか、そう思えばこれにしがみつく以外にないのです。全く文字通りあとにはなんにも残りはしないのです。残るものは暗黒、それは死です、自殺です。そして懐疑の果に自殺を決意したこともあるのです。いのちの初夜が文學界に載り、文學界賞を貰ったとたんに僕の頭はその疑で一ぱいになり、それから三ヶ月の間というもの、一行も書けず、いや少し書きました、それが川端さんの云われるヘンリンのうちの一つです。（あなたはあの作以後半年ばかりの僕の沈黙を御存知でしょう）遂に自殺を決心してこの病院を出ました。それは昨年の五月です。そして十五六日というもの東京の街を野良犬のようにうろつきました。そして死に損ってしまったのです。帰って来て無我夢中に書きなぐったのが癩院受胎です。僕の友人がひやかして曰く「君は自殺を一度やり損う度に小説が一つ出来る、小説が書けなくなったら自殺をやり損うのさ」と。

あなたの云われる通りです。堪えて行くよりありません。自分の苦痛、その苦痛の無意味さ、同病者たちの姿、そういったものをじいっと見つめながら、堪えて行く以外にはどうしようもありません。それは戦いです。もし自分に力があれば、最後まで戦って行けるでしょう、力がなければ仆れるまで、す。どうなることかさきのことは判りません。僕に才能があるなどと云わないで下さい。才能なんて僕には丸切りありません。いや無いに定っています。今もってどんな風に小説を書いたら良いのか判らないのです。ごり霧中です。

本は大いに読みたいのですが、こ、ではなかなか思うように手に入りませんので困っています。小遣が一ヶ月七円也と定められていて、それ以上使うには面倒至極な手続がいるのです。だから本も買えず、雑誌一冊買うことも困難です。僕は雑誌を一冊も読んでいません。だからシャバでどんな小説が書かれているのかさっぱり判りません。雑誌はどうでも良いとして本の買えないのには腹が立ちます。それから外国語の出来ないこと、これが残念です。僕は無茶苦茶な育ち方をしましたので、外国語が一つも出来ません。子供の頃から学校を軽蔑して、中学へも行きませんでした。兄は中学へ行き、高等学校へ入ろうとした時に死にましたが、それでも満足に学校へ行っていますのに、僕は小学を出ると頭から学校を軽蔑して、社会の実生活というやつをあこがれちまったのです。家庭の事情もありましたが、学校と同時に親を軽蔑して東京へ来てしまったのです。しかし学問はしなければならぬと思いましたので、夜学に通い始めましたが、とたんに左翼に引っか、ってしまって、また学校をやめて、それからは基礎的な勉強を捨て、しまいました。それが今になってた、って来て、困らされます。今更後悔しても及ばずです。あなたに不用な本が出来たら僕に読ませて下さい。僕は実際本を読んでいないのです。今度東京へ遊びに行ったらトラックに一台くらい古本をなんでもかでも買って来てやろうなどと考えています。

僕の癩者への愛情のことをあなたは云っていられますが、しかし愛情と同時に、僕は激しい嫌悪と軽蔑とを覚えています。そしてそれは僕自身への嫌悪であり軽蔑です。今までに書いた小説だって、この嫌悪感にどんなに悩まされたでしょう。あなたがお考えになられているよりも、僕はもっと醜悪で、意地悪で、利己的です。

つまらぬことをごてごてといっぱい書きましたが、お許し下さい。ではこれで失礼して、これから二葉亭を読み出します。

一月十二日夜　　北條

中村様

昭和十二年四月十日～十六日（推定）

長い間御無沙汰していました。お変りございませんか。僕の方は、今年は正月の元日から神経痛で寝込んだりしていましたが、近頃は元気になって毎日机の前に坐っています。心身共にかなり疲れてはいますが、この分なら寝込んだりすることもあるまいと思っています。ところで、先ず何よりもさきに戴いたあなたのお手紙に返事しなければならないと存じます。あなたが僕の病気を恐れているということ、文藝春秋にあれをお書きになる時嫌悪を感じられたこと、このことはあなたが僕にそう打明けて下さるまでもなく僕には前から明瞭に判っていたのです。少くとも癩者の生活を二三ヶ年しますと、この病気に対してどのような感じを人は持つか、明瞭に判るものなのです。それ故最初あなたに手紙を書く時、こゝから出る手紙は凡て消毒されて出ること、癩は十歳未満の幼児以外には全く伝染しないこと、そういうことをあらかじめ断って置こうかと思ったりしたのでしたが、実を云うとそんなことあなたには断りたくなかったのです。第一このようなことを断らなければ返事を寄こさないような男なら交って見るにも及ぶまい、そう思っていたんです。ちょっと生意気なような考えですが、実際のところそう考えてあなたに最初の手紙を書いたのでした。こういう訳でしたので、あなたから初めて手紙を貰った時どんなに嬉しかったか、ちょっとあなたには想像もつきますまいと思います。それ故あなたが三通目のお手紙で僕の病気に対する気持を率直に云ってくれたことに対しては、正直のところ僕は何とも思いはしないのです。むしろ率直に云ってくれたということは僕を信用してくれている証拠だと思ってうれしかったのです。勿論嘘はこの場合云っていません。が、実を云うと、僕は今書いたようなことを書くのが嫌だったのです。こんなことをごてごてと断ったり云ったりするのがひどく面倒くさかったし、それに自分の病気に触れるのは不快だったのです。この気持あなたに判って戴けますか。つまりあなたの手紙にはなんとも思わないどころか、本のこと、か、その他で感謝しているのですが、あなたがあゝ正直に出られるなら僕としても消毒のことや病気のことを説明するギムがあります、それでたゞそういう説明をするのが嫌だったのです。何故なら、そういう説明をせねばならんような状態に置かれている自分というものを、意識せねばなりませんので。この自意識は不快なものなんです。

それから次は僕に「同情しない」ということ、「病人と思わない」こと。これは大賛成です。僕は生れつき同情されたりするのは嫌いな性分ですし、況や病人なんぞと思われたくないのです。僕は僕の作に、「癩文学」というレッテルの貼られることをどんなに苦がにがしく思っていることでしょう。随筆を除いて、少くとも小説に於ては、僕は一度も癩院を書こうと思ったことはないのです。また癩者というものを書こうとも思わなかったのです。たゞ僕が書きたかったのは、現代の青年が癩になり、癩院に投げ込まれた時どんな恰好を示すか、その恰好を書けば良かったのです。ところが新聞なんかの批評を読むと、どれもこれも良いかげんに僕を賞めているのです。賞められて僕は実に苦がにがしかったのです。安心して賞めやがるねえ、そう何度も呟いたものです。これは僕のひねくれているせいでしょうか。

僕は今ドストエフスキーの全集を少しずつ読んでいます。雑誌は一冊もとっていませんので、文ダンでどんなことが論ぜられているかさっぱり知りません。しかし知りたくもありません。それから愛読書として、時々気分がふさぎ込んだり昏迷を感じたりした時は、小林秀雄氏の文芸評論集とフロオベルの書簡と、ドストエフスキーの書簡とを交る交る読みます。小林氏のものは芝書店の続々文芸評論と改造文庫の文芸評論集と二冊きり持っていませんので、もっと集めたいと思っています。出来るなら全部読みたいんですが、どこから出ているか知らないので弱っています。あなた知ってたら教えて下さい。定価と、本屋の名と本の名とを。あなたは勿論知ってらっしゃるでしょう。

あなたの二葉亭論、最近友人の一人に読ませてやりましたら、すっかり感激して、昨夜はその男と僕と二人で、夜中まで二葉亭論を中心に語り合いました。病院は十時に消燈してしまいますので、二人は真暗な中で昂奮していました。僕の考えるところでは、二葉亭論は論文ではなく、小説です。少くとも読後頭に残るものは論理ではなく、二葉亭四迷という人間の像です。この点を友人に云ってやったら、彼もそうだ〳〵と云って、創造的批評とはこんなのだ、と結論しました。実際のところ、あれは小説という感じがします。つまり二葉亭という男を分析し、分解し、これが頭で、これが手で、これが心臓で——などとばら〳〵にしたものではなく、丁度彫刻家が手を刻み足を刻み、頭を象どりして一つの像を作るように、あなたは最後に否応なく二葉亭という一個の人間像を読者の頭に浮べさせています。勿論この二葉亭の顔はあなたと似ているでしょうけれど、そんなこと読者の僕には知らないことです。僕はあの本を読んでいる間は、あの本の二葉亭を二葉亭として信じて読むことにしているのです。読み終って、それならどの程度に中村光夫的であるか、いやいや、僕にはたゞたゞ一個の人間さえ見れば、固有名詞など微々たるものです。そして僕は僕の問題をあの中に見れば充分です。随分無茶な読み方だと怒らないで下さい。

僕のことで色々と書きたいことがあるんですが、それは次にしようと思います。弟さん元気になられましたか。(変なことごて〳〵書きましたが、勿論僕の気持判って下さるでしょう)

北條民雄

中村光夫様

昭和十二年九月二日

御無沙汰しておりました。お変りありませんか。こちらはいろいろとやられて二ヶ月半も寝ていました。おまけにこの暑さですっかり弱らされましたが、しかしまだ生きているし、これからもなかなか死にそうにもありません。涼しくなったら元気も出るだろうと、それだけが今は希望です。遂々（とうとう）支那で始まりましたね。しかし余期（ママ）していたせいか大して驚きもしません。あなたは兵隊に出ないのですか？　この病院でも医者や看護手が引っぱられました。僕は病気でなかったら一度戦争に行ってみたいと思いますが、戦死なんて嫌ですね。ついこの間も北支の国境に戦っていて発病した男が入院して来ましたが、この男の友人も教官もみな戦死してしまいました。彼は非常に残念がっていましたが、考えて見ると癩病で死ぬのと戦争で死ぬのとどっちが良いかちょっと見当つかんです。しかし戦争で殺されるのはどう考えても浮ばれません。僕は感情的なせいか新聞を見ていると涙が出て弱ります。色々なことを考えさせられるのです。しかし結局こういう時は暗闇の牛みたいに図太く生きるより他仕方ありません。あなたは此頃どうしていられますか？　こゝは地獄のように平和（？）ですが、あなたの世界は随分騒々しいことでしょう、どうかお体を大切にしてじっくり生きられんことをお祈り致します。あなたの方からも手紙下さい。病院の外から手紙の来ることがどんなに楽しみになるか、それは監獄の囚人と同じ気持です。(八月二十一日)

北條民雄

中村光夫様

五十嵐正宛（一通）

昭和十一年六月十四日　東京市内より

なつかしき師。

早速お手紙差上ぐべきところ、遅くなりました。出京以来落付いて手紙を書く暇もなくほんとに相済みませんでした。お許し下さい。体だけは元気です。精神はヘトヘトに疲れました。出京する時、町田さんを伝えて戴いた先生の御感想文を読み返して見たりしています。「癩院に私がいたことは矛盾であったような気がする」と先生はおっしゃる。でも僕にすれば、「癩者が生きていることは矛盾のような気がする」です。生き抜きなさい、と先生はおっしゃって下さったけれど、どうやら生き抜くことが出来そうにもなくなりました。今すぐ死ぬかというと、そうもまた参らぬような気がしますけれど。――昨日神田で古本を見物していて、芥川龍之介の、友人への遺書を見つけて読んで見ると、それにもやっぱり僕のいうようなことが書いてあって、ほくそ笑みました。

知性でどんなに生死のモラルを見つけようと焦って見てもみんな無駄なことです。生き抜くという美しさも、所詮は死ねないという動物力に過ぎません。安心立命というもつまりはあきらめ、そしてあきらめ切った人間は最早や生きた人間とはいえますまい。そして知性の探求が無意味と知れば、最早やあきらめに徹するか死ぬかの二つです。僕のような人間がそのどっちを撰べるか、いわずとも先生にはお判りになること、存じます。とまれ僕は人間のいない所へ行きたいのです。

毎日活動ばかり見ています。（本を読む気など毛頭せず。）どれも下らんものばかりです。特に外国映画は下らんです。外国の女は、女というより動物、けだもの、感じです。さりながら、世の中に下るものが一つもないと意識すれば、下らんものもまた無い訳です。どっちでも今の僕には、それでよろしい、という感じです。だいぶ、えらそうにしています僕は。だが面は泣き面です。ではなつかしき師、さようなら。

十四日

北條民雄

五十嵐先生

東條耿一宛（四通）

昭和十一年六月十五日　東京市内より（封書）

手紙書くの、遅れて申訳ない。勘弁して呉れ。気にかゝっていたのだが書けなかったんだ。外へ出て見たが実に面白くない。今日でもう六日目だが、毎日活動ばかり見て暮している。色んなのを見た。がみんな忘れた。糞にもならん映画ばかりだ。アメリカ映画なんか特にコギタナイ。見ちゃおれん。下らん。実に下らん。フランス物もドイツ物もみんな下らん。日本ものに案外良い作があった。大作じゃないが、スケッチ帳に描いた気の利いた小品って云った風なのがあった。どだい日本のものは凡て大作特作と銘打った物に限って、ロクなものありゃしない。それでいて小品だと良いのがある。

S君はどうしている？　退院の件、定ったかい？　俺の荷物は全部君にやる。本も何も俺はもう要らん。何んにも不要になった。出て来る時不安に思っていたが、やっぱり死んだ方が良いような気がする。失敗するかも知れんがやって見るつもりだ。止めないで呉れ。書きたい作品のテーマが頭の中でごろごろしているが、もう絶対に書かんつもりだ。もう一作書いて、それからのことにしようなんて野心は、勿論蹴飛ばした。所詮北條は人生の反逆派だ。君には色んなことを書きたいんだが、どうにも書けん。書くと下らんことばかり書いてしまう。

北條

昭和十一年六月十六日　神戸より（はがき）

色々考えた末、田舎の風景でも見て来ようと思って、漂然(ママ)と、今神戸の波止場に立っている。手にもっているものと云えば小さな包み一つ切り、中には俺のいのちの原稿が這入(ママ)っている。それ以外はなんにも持ってはいない。この、風のような放浪はメランコリアックな楽しさがある。

昭和十一年六月二十一日　四国阿波より（はがき）

久びさにて故郷を訪ね、凡ての淋しさも苦しさも忘れ果てて数日を過しました。何時までもこういう気持でいられたらどんなに良いかと思案したりしています。

十郎兵衛の跡を訪ねたり、小松島の波止場に立って海を眺めたりしています。久し振りに食べる蜜柑の味にも少年時代を思います。

昭和十二年三月八日附　神戸より（封書）

今俺がどこにいるか、君は勿論知るまい。神戸にいるのだ。宿屋だ。昨日田舎へ行く気で東京を発って来たが、どうにも田舎へ行く気が起って来ないのだ。それで宿屋へとまった。俺は何のためにこんなところへ来たのかさっぱり判らぬ。

一体俺を動かしているものは何だろう。俺は昨日からもう自分を動かしているものが自分ではないことを知っていた。何か魔物のような目に見えぬ力が、俺の理性を混乱に突き落し、俺は狂人か、白痴か、そのどちらかのように行動して来た。まるで風に流される気球のように。俺の感覚は奇怪な冷たさで静まっている。この感覚に授映（ママ）するものは、凡て物質と運動とになってしまう。君、人生は平凡だよ。

しかし俺は、何を書いているんだろう。

俺は俺がどの程度まで正常なのか、昨日からひそかに研究してみたが、判らない。だが俺はまだ発狂していないよ。たゞ頭が幾らか混乱しているだけだ。

田舎へ行くのは止した。第一行くとか行かないとかいうことは全く重要なことではないのだ。だが何ということだろう、田舎へ行くのは止した、と君に云ったら、俺はなんとなく田舎へ行きたくなって来そうなのだ。

俺の中には人間が二匹住んでいるのだろうか、いやいや決してそんなことはない。俺はたしかに一人なのだ。今全生病院に北條民雄という男はいないだろう？　いるものか、だって俺はここにいるじゃないか。それなのに、あゝなんということか、俺は、俺がここにいることが半分くらいしか信用出来ないのだ。――俺は、なんだか変な手紙を書いたようだ。しかし今はひどく正直な気持でいる。これほど正直な手紙は今まで一度も書いたことがないくらいだ。三月八日夜。

北條民雄

東條耿一君

――光岡君によろしく。

光岡良二宛（一通）

昭和十二年三月七日　神田、旅館××館より（封書）

出がけにはお見送りありがとう。

今神田の宿屋の一室で、雨に閉じ込められている。とはいうもの、今眼がさめたばかりなのだ。久々に出て来たので色々の感想もあるが、今のところ表現に移せない感じだ。頭の中でもやもやと蟠臥（ママ）している。これは、眼が覚めたとたんに君の顔が浮んで来たので早速書き始めたのだ。

一言にして云えば、東京というところはひどく不愛想だ。なんとなく冷然としてひそかに敵の虚を狙っているひねくれた男という感じだ。はゝは。しかし東京だって一人の人間に例えれるよ。だが僕の見た東京だから、東京もやっぱり僕に似て来るから愉快さ。

昨夜は一晩変な夢にうなされ通しだった。一夜のうちに五つ夢を見た。しかもそれが午前三時から八時までの間にだ。病気の夢が三つ、二つは丸で覚えていない。

この宿屋では僕も相当威張っている。昨夜は腹が立ったのでオカミのやつを怒りつけてやったら、オカミめ身の上話を始めやがって、しかし結局面白かった。こゝのオカミ仲々インテリで、女学校の校長さんをしたことがあるそうだ。おまけに藤森成吉と小学校を同窓だったそうだ。

四国へはもうキップを買ってしまったのに行くのが嫌になって来て弱っている。僕というやつは何か心に定めると、定めたとたんにその反対の行動をしたくなって来るという奇妙な性質を持っているらしい。

外へ出ると、自分が此上なく孤独になるんで、自分というものがひどく自分の眼に付いて来る。秋津を出た時から心に残る風景が一つもないのはどうしたのかと考えて見ると、俺はなんのことはない、昨日一日自分の心象ばかり眺めていたんだ。今日からは心の方向を転換するつもりだ。三月七日

民雄

光岡兄

森信子宛（一通）

昭和十二年九月五日　全生病院より（封書）

お手紙並にお見舞を頂きながらこんなに御返事を遅らせ、定めしけしからん奴だとお思いのことでしょう。もっと早くお手紙を書かねばならぬと思いながら、体を悪くしてもう三ヶ月近くも寝込んでいて、書くことが出来なかったのです。お許し下さい。昨夜光岡が来て、あなたから送られた写真が大変痩せているとのことを云っていましたが、お体を悪くされたのではありませんか？　僕はその写真をまだ見ていませんが、精神的にあまりに苦しみ過ぎたのではありませんか。僕が今度三ヶ月も寝込んだのも、元を質せばやはり精神的に苦しみ過ぎたせいなのです。何にしても頭脳の酷使ほど肉体を傷け弱らせるものはありません。それにあなたは大阪のような、人間にとっては非常に不自然な都市にいられる。くれぐれもお体を大切にして下さい。

実際、今のような時代に、誠意をもって生き抜くことほど難かしいことはありませんね。しかし結局は、何か一つだけ、これこそは自分のもの、と思われる仕事をもって、それに心身をぶち込むより致方もありません。その場合重要なものはたゞ信念だけでしょうね。多分われわれの時代ほど信念のうち壊された時代は他にないのでしょうけれども、出来るならば再び信念を自己のうちに蘇らせたいものです。僕も実際、信念を失っているのです。これだけは自分の仕事だ、と文学することを信じようと思いながら、ともすれば死の影に襲われたり、一切のことが虚空（ママ）な泡のように見えたりするのです。兎に角、生き難い世の中ではあります。
では今日はこれで、なんだか喋り足りないま、失礼します。お体は大切にして下さい。一度死んだらもう二度と生きかえることはないということ、このことを心の底から感じて下さい。そうすれば、生きているということは、決してそんなに空虚なものではなくなるかも知れません。

九月五日　　北條民雄

森　信子様

小林茂宛（五通）

昭和十二年九月二十八日

御親切な御書簡に接し深く感謝致しております。重病室へ入って今日でまだ四日目、あのお手紙を戴きましたのは入室した翌日で気分もまだ落付きませず、憂鬱な、ひどく孤独な気持でいましたが、あのお手紙により実に力づけられました。重病室の有様は今までにも少し書きましたので、ほゞ御存知でございましょうが、実際こんな中に投げ込まれた時に頂戴するお手紙は、とうてい人には想像されないほどのよろこびなのです。それに自分のような者の書くものでも待っていてくれる人があることを思えば、何となく天に感謝したい気持さえ湧いて来るのです。これは勿論感傷ではありません。支那で戦争が始って以来、どうにも憂鬱で、仕事にも気乗りがしませず、何か足下の大地のゆらぐ思いで、焦々としていましたが、結局こんな時はあくまで腰を落付けて自分の世界を生きて行くより他にないと近頃思うようになりました。

本はさきに三冊お願い致しました。多分もう発送下さったこと、存じます。小辞林が欲しかったのは、病室では大きな辞書は邪魔になって使えないので、あんな小さいのをお願いしたのでした。

今は朝の五時で、まだ病院は眠っています。気持の良いのは朝の間だけで、午後になると三十九度くらいの熱がきっと出て来て苦しめられるので弱ります。では乱筆のまゝ。

昭和十二年十月十八日

前略、こんなお願い致しまして申訳ございませんのですけれど、どうにも閉口しておりますので、もし御迷惑でありませんでしたら、お聴きとゞけ下さい。

実は野菜の缶詰が十缶ばかり欲しいのです。胃腸の方はかなり良好な経過で、この調子なら間もなく元気になれると思われますが、何分にも衰弱がひどいので、病院の粗悪な食事に困らされ切っているのです。

野菜類でしたら何でも結構です。(但、そのまゝ食べられるようになっていますもの) それにママレードを二缶ばかりお加え下さいませ。

では御迷惑でございませんでしたら、どうかお願い申上ます。こんな変てこなものお願い致しまして申訳ございません。

昭和十二年十月二十三日

お手紙ありがとう存じました。「望郷歌」によってあの本の売れ行きが幾分でも増したことは、ほんとにうれしいことです。早く体力を取戻して筆を執りたいものです。戦争が始って以来、どうにも心晴れず、ものを書く気も次第になくなりそうでしたが、お手紙によってやはり書かねばならぬと思わせられ、大変力づけられました。

胃腸の方は次第に良くなり、この分なら間もなく退室出来ると思います。先日は大変面倒なものお願い致しまして、ほんとに申訳ありませんでした。何卒お暇お時間がございましたら、お送り下さい。

昭和十二年十月二十六日

御面倒なお願を早速御聴届け下さいまして誠にありがとう御座いました。一昨日確かに拝受致しました。昨日御礼の手紙を致そうと存じておりましたが、突然の発熱で筆を執ることが出来ませんでした。

お送り下さいました品々は、目下ベッドのけんどんの中に潜んでいます。ぼつぼつ開缶して行く予定です。昨日はママレードを部屋の病人連中に一ぱいずつ御馳走して人気をはくしました。

では乱筆のまゝ御礼まで。

昭和十二年十一月十四日

お手紙並に結構なお見舞品を頂き感謝の言葉もございません。早速御礼のお手紙差上ぐべきところ、こんなに遅れてしまいほんとに申訳もございません。実は病状が少々悪化致し、ペンを持つことも全く不可能の状態にあったものですから、御厚情深く感謝致しながら、遅れてしまいました。どうかお許し下さい。

一時、かなり良好な経過で、この分なら間もなく元気になれると安心しておりましたところ、突然急性結節にて発熱、続いて猛烈な神経痛にやられ、そのためまた胃腸をすっかり悪化させてしまったのです。

現在ではおも湯と牛乳とをわずかにとれるのみにて、衰弱甚しく寝たきりの状態です。お送り下さいましたお品は目下枕許のけんどんの上に飾ってございます。全快したなら片端から平ぐべく、今から楽しみに致しております。

さきにお送り願いました分も未だ半分も残っておりますのですっかりかんづめが豊富になり、たとえ今食べられなくともなんとなく痛快な気持で、全快の日を待っております。

以上のような有様ですので、カルピスのようなものでも呑んで見たいのですが、お暇な折がございましたら二本ばかりお送り下さい。尚カルピスのような軽い胃腸に触らぬ飲物はないものでしょうか。あれば御面倒でも一緒にお願い申上ます。

色々とほんとにお迷惑をおかけ申します。どうかお許し下さい。全快すればきっとこのお礼は作品で致します。

では乱筆のまゝ、お礼旁々（かたがた）お願い申上ます。

解説

いのちの文学――北條民雄の遺言

若松英輔

二〇一四年は、北條民雄の生誕百年に当たる年だった。これを機に彼が青年期までを過ごした徳島で、彼の業績を記念する文学展が開かれた。代表作「いのちの初夜」を『文學界』に発表したのは一九三六年のことだったから、彼の作品はおよそ八十年間にわたって読まれ続けたことになる。昭和期を代表する作家の一人だといってよい。

しかし、これまでさまざまな理由から北條の生涯に関する事実は詳細には公表されていなかった。彼の本名が広く知られたのも先の文学展において北條が本名で川端康成に送った手紙が展示されたことによってだった。

彼の名前は「七條晃司（しちじょう・てるじ）」という。このことは複数の新聞紙上でも取り上げられ、「こうじ」と書かれている記事もあったが、「てるじ」が正しい。（このことに関しては、本書の年譜の作成者である計盛達也氏が書いた「文学特別展『北條民雄――いのちを見つめた作家』を開催して」〈『三田文学』一二三号：二〇一五〉に詳しい）

北條がハンセン病であることを医師から診断されたのは、一九三三年、彼が十八歳のときだった。翌年の五月十八日、彼は父に付き添われハンセン病者を隔離していた東京の全生病院に入る。

発病は、社会的生活のあらゆる可能性を打ち崩した。彼はこのとき未来を想うことすら奪われたのだった。離職はもちろん、北條は離婚を余儀なくされる。

この女性に関しては北條の作品において多くは語られていない。だが、ある重要な存在であり続けたように感じられる。北條が全生病院に入った同年、彼女は亡くなる。むしろ、亡くなってから不可視な関係が深まったようにすら思われる。前妻の死を知った日（八月二十八日）の日記に北條は次のように書いている。

> あんなに得態の知れぬ、そして自分を裏切った妻ではあったが、死と聞くと同時に言い知れぬ寂しさを覚えた。自分は彼女を愛してはいなかった。けれど死んだと思うと急に不愍（ふびん）さが突き上げて来て、もう一度彼女の首を抱擁したい気持になる。

得体の知れない、裏切った女性と書いているが同時に、あまりに若く、突然に亡くなった前妻を想い、自分のなかに恋愛とは異なる、情愛とも呼ぶべきものが湧き出るのに驚いている。北條の文学は高次の完成を見せているが、人間としての彼はこのとき、まだ一九歳でしかない。

北條の性格にふれ、さまざまな人が書いている。人間北條民雄は決して完全ではなかった。むしろ欠点の多い人物だった。「故人は早く悟り澄ましてあきらめ、われひと共に日向に和むという人間ではなかった。強い自我を曳きずり廻して、いかに生くべきかと探りよろめく人間であった」(「寒風」)と川端康成はいう。また、ともに全生病院で暮らした友人の光岡良二は「北條は友達が少なかった。殊に文学に専心し出してからは、もう交友の範囲は五指に満たない位だった。多くの人は彼の強いむき出しの我儘や孤高だけを見て、それが愛情への苦しいほど清潔な要求から出ていることをしらなかった」(「北條民雄の人と生活」『定本 北條民雄全集』下巻)と書いている。

こうした傾向は、病を背負ったからだけではないだろう。彼が結婚したのは十八歳のときだった。関係の齟齬が生まれたのには彼にも理由があったことは容易に想像できる。だが、前妻の死を知った翌月の九月八日には次のように記されている。「『若い妻』が書きたくて仕様がない」。

当時、ハンセン病患者が隠蔽を強いられたのは名前だけではなかった。出身地、血縁もことごとく語ることを封じられた。今の存在を打ち消されただけではない。歴史との関係も分断されたのである。そこには現代の日本からは想像を絶するような圧力があった。

それは文字通りの意味における実存的迫害だった。ここでの「実存」とは、今だけでなく、過去と未来を包含した時空のなかで全身を賭して生きることを意味するが、北條が生きた時代、ハンセン病の人々を襲ったのは実存的危機だったのである。北條は「実存」という表現を用いない。彼はそれを「いのち」という言葉でとらえ直し、思想的術語では語り得ない存在の深みへ読者を導こうとする。

今日ではハンセン病が感染力の弱い病気であることも分かり、不治の病でもなくなった。それればかりか、現代日本の状況下ではすでに、発症することすらほとんどない。仮にあったとしても適切な治療で快癒する。だがそれは今の状況であって、かつてはそうではなかった。「僕等の行手には、眼帯、松葉杖、義足、杖、そんなものが並べてあるんですよ。それをひとつひとつ拾ってゴールインするんですね。無論、焼場へですよ。はははは」（『癩院受胎』）と小説中の人物がいうように、ハンセン病は肉体を少しずつ失いながら、死にむかって進む不治の、また、未知の病として恐れられたのだった。北條らを襲った差別は、この病を人々がどれほど恐れたかも如実に物語っている。

今日の日本は戦争状態にはない。しかし、七十年前に日本は戦争によって過酷な状況を強いられた。戦争は過去の問題で、今には関係ないという者はいないだろう。ハンセン病をめぐる問題も同じである。ここで北條が描き出す世界は、永遠に過去にはなり得ない問いを含んでいる。時の経過によっても、けっして風化することのない人生の問いが描かれている。

人は今に生きる存在であると同時に歴史的存在でもある。差別はこの二つの境域に跨（また）がっている。ここにハンセン病をめぐる今も継続している問題がある。生きて行くために人は、今の自由だけでなく、歴史における自由もなくてはならない。

歴史の自由という表現は奇妙に聞こえるかもしれない。しかし、宗教、政治、あるいは学問の世界ですら「名誉回復」の動きがあるのはそのためだ。ハンセン病をめぐっても、今、生きている人々だけでなく、ゆえなく続けられてきた差別の歴史のなかで逝った人々双方の、真の意味における人格と人権が回復されなくてはならない。

本書は、北條の小説、書簡、散文のなかから秀作と思われるものを選んで編まれていて、『北條民雄一巻選集』と呼ぶにふさわしい内容になっている。彼が作家として活動し得たのは、処女作『間木老人』(一九三五年十一月)から『望郷歌』(一九三七年十二月)までのおよそ二年間、年齢でいえば二十一歳から二十三歳の間でしかない。三七年の十二月五日に彼は亡くなっている。

ある日、北條はのちに「間木老人」となる草稿を川端に送る。このことが、作家北條民雄が世に出るきっかけになる。「きっと返事を下さい。こうしたどん底にたゝき込まれて、死に得なかった僕が、文学に一条の光りを見出し、今、起き上ろうとしているのです」と彼は最初の手紙に書いている。だが、このときどれほど北條が川端の作品を読んでいたかは分からない。「河端先生」と名前を間違えていることからも、さほど親しんでいなかったことは窺える。だが、川端なら自作を読んでくれるだろうという、ほとんど本能的といってよい嗅覚には驚かされる。当時、ほかにも有力な作家はいた。もしこのとき、彼が他の人に手紙を送っていたら北條の作品は活字にならず、私たちが北條の存在を知ることはなかったかもしれない。川端は、北條に返事し、文章を添削しただけではない。その後、北條の一連の作品名を考え、掲載先との交渉をした。こうした労を厭わない川端の態度は、北條の没後も続き、彼は北條の全集も編纂している。川端が北條の才能を愛し、また、この若い精神をどれほど大切に思ったかは本書にある往復書簡に詳しく、川端が、北條の死をめぐって書いた小説「寒風」にも、くみ尽くせない愛惜の念とともにその心情が描き出されている（講談社文芸文庫『非常／寒風／雪国抄』所収）。

北條の名が広く知られるきっかけになったのは第二作目の『いのちの初夜』（一九三六年二月）である。この作品は文學界賞を受賞し、芥川賞候補にもなり、有力視されていた。川端は当時、芥川賞の選考委員だった。しかし、「彼の現身は人知れず生き、人知れず死に、ただ彼の作品だけが人々の世に現れているとしておいてやりたかった。それはその若い作家の生前から変らぬ、私の配慮であった」と彼は「寒風」に書いている。選考会の席で川端は北條の作品を推さなかっただけでなく、穏やかに受賞から遠ざけるようにもしたのかもしれない。受賞後に彼とその周辺を見舞うだろうジャーナリズムの喧騒から北條を守ったように思えてならない。文學界賞受賞の知らせを川端から受け、その返信に北條は、一晩明けて受賞の喜びも冷め、はっきりしたのは批評されたり、有名になり名声を得たとて「そんなもので僕は決して救われはしない、ということでした」と書いていたのである。すでに北條の文学が非凡であることは十分に世が認めたとも川端は感じていたのだろう。

「寒風」には北條の母親が『いのちの初夜』を手にしたときの光景が描かれていて、川端がモデルの作家は彼女にこう言う。「汽車のなかで読んだりしちゃ駄目ですよ。この本は大抵の人が知ってますから」。だが、多く読まれることとは必ずしも深く読まれることとは限らない。北條はある時光岡に、「『いのちの初夜』など、絶版にしてしまいたい位だ」とさえもらした（「北條民雄の人と生活」）。

「いのちの初夜」は、川端が改題する前の原題が「最初の一夜」だったように、ハンセン病であることを知らされた主人公尾田が病院へ入った最初の一日が描かれた短編である。

罹患が明らかになると尾田は、病院で生きるか自死を選ぶかで逡巡する。街の樹木を見ると必ず枝振りを見て、自分の体重を支え得るか否かを考え、薬局の前を通れば、睡眠薬の名を想い浮べる。だが、死を選ぶことはできない。「発病」と題するエッセイでも北條は「しかし結局死は自分には与えられていなかったのである。死を考えれば考えるほど判ってくるものは生ばかりであったのだ」と書いている。

入院の日がやってくる。尾田の病状はさほど進行していなくて、外見からは罹患していることは分からない。しかし、彼が病院で目にした「重病者」は、入院以前に抱いていた像と比すべくもない、苛烈な悲惨さを強いられた姿をしていた。

呆然とする尾田に、五年前から病院にいる佐柄木という男が「ね、尾田さん。新しい出発をしましょう。それには、先ず癩に成り切ることが必要だと思います」と声を掛ける。さらに佐柄木は、その「重病者」はもう人間ではないと述べ、こう続けるのだった。

人間ではありませんよ。生命です。生命そのもの、いのちそのものなんです。（中略）た生きている生命が肉体を獲得するのです。新しい人間生活はそれから始まるのです。ぴくぴくと生きている生命だけが、ぴくぴくと生きているのです。なんという根強さでしょう。誰でも癩になった刹那に、その人の人間は亡びるのです。死ぬのです。社会的人間として亡びるだけではありません。そんな浅はかな亡び方では決してないのです。廃兵ではなく、廃人なんです。けれど、尾田さん、僕等は不死鳥です。新しい思想、新しい眼を持つ時、全然癩者の生活を獲得する時、再び人間として生き復るのです。復活、そう復活です。ぴくぴくと

いずれ眼前の惨状に慣れてゆくなどと佐柄木は決して言わない。むしろ、「癩に成り切り、「全然癩者の生活を獲得する」ことを強く促す。光岡良二の『いのちの火影』によれば、佐柄木のモデルになるような人物は北條のまわりにはいなかったという。

先にふれた「発病」で北條は、ハンセン病であることが分かったときの心境を次のように書いている。

不意に「ああ俺はどこかへ行きたいなあ。」という言葉が自分の口から流れ出た。言おうと思って言ったのではなかった。自分の中にいるもう一人の自分が、せっぱつまって口走ったように、客観的に聴えた自分の声であった。泣き出しそうに切ない声であったのを、私は今も忘れることが出来ない。

北條は小説を書きながら自身に向ってこの佐柄木の言葉を幾度も語り続けたのではなかったか。むしろ、北條にとって書くとは、内心の声から「いのち」の声をよみがえらせることだったのかもしれない。

「いのちの初夜」は、多くの評価を得たが同時に、彼はそこに同情に似た感情があることも感じとる。「同情程愛情から遠いものはありませんからね」と北條は作中で佐柄木に語らせている。この作品を論じた多くの人々は、病とその惨状を見たが、彼が描き出そうとした、いのちの戦いというべきものを見なかった。次の文中での「彼」とは北條が近くに接したある死の間際にある「重病者」である。

私は彼を見るときっと思うのであるが、それは堪え得ぬばかりに苛酷に虐げられ、現実というものの最悪の場合のみにぶつかって来た一人の人間が、必死になっていのちを守り続けている姿である。これを貴いと見るも、浅ましいと見るも、それは人々の勝手だ。しかし、いのちを守って戦い続ける人間が生きているという事実だけは、誰が何と言おうと断じて動かし難いのである。(「続癩院記録」)

『いのちの初夜』が発表された四ヵ月後、一九三六年六月、北條は自殺を決して病院をあとにする。そして十四日の後に戻る。この出来事のあと「眼帯記」と題するエッセイで北條はこう書いている。

右上／単行本『いのちの初夜』表紙（創元社・1936年12月刊）。

右下／1937年9月、腸結核で苦しみながら書いた「続重病室日誌」原稿。北條民雄の死の翌月、1938年1月「文學界」に掲載。

下／親友、東條耿一に描いてもらった北條民雄の肖像（木炭画）。光岡良二が持っていた肖像画の写真で、絵そのものは所在不明。資料提供／徳島県立文学書道館

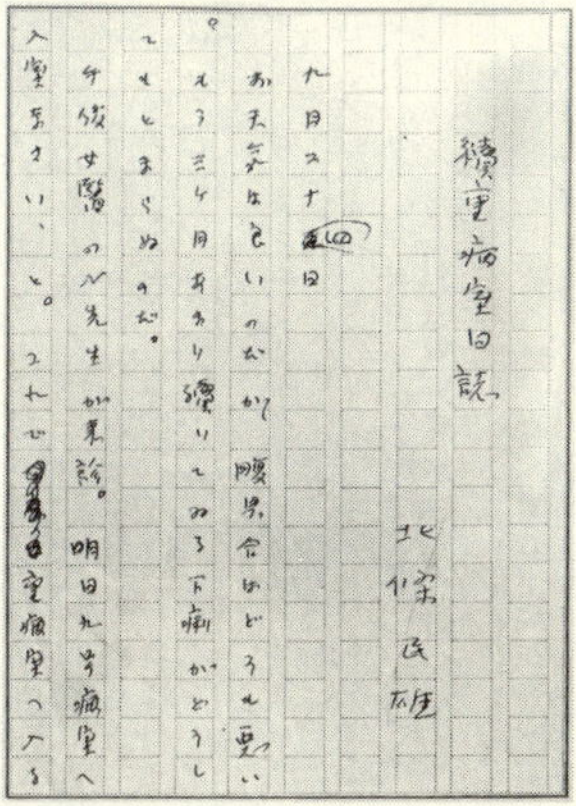
續重病室日誌
北條民雄

発病以来三ヶ年の間、一日として死を考えなかったことがあるか。絶えまなく考え、考える度にお前は生への愛情だけを見て来たのではなかったか。そして生命そのものの絶対のありがたさを、お前は知ったのではなかったか。

「生への愛情」という言葉を書いたとき北條は、彷徨しながら遠くに探していたものがすでに近くにあったことに驚いたかもしれない。先の一文と並行するように北條は「癩院受胎」や「吹雪の産声」といった、新しく生まれてくる生命を主題とする作品を書くようになる。

こうしたなか、「私は氏に同情もすまい。氏を病人とも思うまい」と記された北條民雄論「癩者の復活」が発表された。著者は中村光夫である。処女作以来自分が抱いていた「近親感を確かと新たにした」と述べ中村は、自身の関心が「いのちの初夜」をめぐる雑音とは別なところに淵源することを明示する。中村の一文が発表される前月に北條は「患者達は決して言葉を聴かない。人間のひびきだけを聴く。これは意識的にそうするのではない、虐げられ、辱しめられた過去に於て体得した本能的な嗅覚がそうさせるのだ」(「癩院記録」)と書いていた。彼は、自身を論じた中村の言葉に真摯なる人間の「ひびき」を聞いたのだろう。中村から初めて手紙をもらった日の日記に「友人にならうと書いてある。実にいい。(中略)良い友人が出来て全くうれしい」と書いている。また、北條が中村に最初の手紙を出したのは同じ年の一九三六年十月二十七日、「癩者の復活」を読みその感動が冷めぬ翌日に手紙を書いたのだった。手紙は次のように始まる。「実は昨日あなたの評を文藝春秋に拝見し、それ以前から感じていましたあなたへの近親感――こう書くことをどうかお許し下さい――を一層深く覚えさせられたのでした」。この手紙を中村はどんな気持ちで受け取ったのであろうか。二人の間に交わされた手紙は十二通（両者六通の往復）、十ヵ月間余りでしかない。今日、私たちが読むことのできるのは北條が中村に宛てたものだけだが、「筆無精の僕も、いつもすぐ返事をかきました」（『今はむかし』）と中村も書いているように、互いに強い熱情をもって文通を続けた。最後の書簡は三七年九月二日付の北條の中村宛のものである。

二人は同世代人である。中村が北條の三歳上だった。彼等はともにフローベルとドストエフスキーを愛した。しかし、彼等を強く結び付けた要因におそらくマルクス主義の「洗礼」とそこからの離脱がある。

一九三五年七月四日の日記で北條は「僕の現在たより得る思想はマルクシズムを措いて他にない」と述べる。しかし、「この癩病患者の北條がそれを信奉したとしてもどうなる。いや、この言葉はうそだ。マルクシズムにたより切れない僕を発見するからだ」とも書く。さらに「歴史の進展は個人を抹殺する。その歴史の進展に正しく参加したもののみが価値を持つ。唯物史観はそう教えるのだ」という。

この時期の日本におけるマルクス主義は、思想という怪物に個人を捧げることを強いた。のちに中村は、自分たちが若い日を過ごした時代においてマルクス主義は、思想であるよりも一つの「宗教」だったと語ったこともある。

個を滅することはついに人間の実存的主体を否定するに至る。その主体を北條は「いのち」と呼んだのだった。同日の日記に北條は「僕は時々マルクシズムを信じ切れなくなるのだ。しかしそのたびにあの正しい社会観を思い出して、僕はもう身動き出来なくなる。君は僕の近頃の生活の中になん等マルキストらしいものをみないだろう」と書く。

ここでの「君」とは、東條耿一のことである。本来誰も読むはずがない日記を書きながら、意識しないところで東條に呼びかけている。東條は文字通りの親友であり、心友だった。実体のない、ほとんどドグマとなった唯物論は、精神すら「物」であるという。しかし北條は死の危機を日毎に乗り越えながら「いのち」の存在に気が付いてゆく。精神が「物」であるというだけでは解決のつかない、人間の情動や衝動を司る「いのち」と呼ぶべきものの働きに気が付く。「いのち」を一個の物質と認識することは、深みから湧きあがる歓喜、悲嘆、懊悩といった個的な営みのすべてを打ち消すことになる。教条となったマルクス主義は、「いのち」の悲痛をたよりに生きている北條が寄り添えるものではなかった。

同じ年の暮れに書かれた「猫料理」と題するエッセイで北條は、「どう考えてみても私には、虚無たり得ない宿命が人間の中に在るように思われるのである」と述べ、次のように記している。

> 虚無に近づくためには、どうしても人間以上の強烈な「意志」が必要だと思われる。凡てを肯定した虚無、これ以外には私は私を救う道がない。そして我々の生活に頼り得るもの

は唯一つ意志あるのみ、そして虚無たり得ないのが人間の宿命であるとすれば、私を救うものはもう意志だけだ。

精神は虚無に食いつぶされることがあるかもしれない。しかし、「いのち」が滅びることはないというのだろう。ここで「意志」とは、ほとばしる「いのち」の火花にほかならない。さらに、「いのちの初夜」の後に書かれた小説「癩院受胎」では、いっそう烈しく内的転向ともいうべき実相が描き出される。ある登場人物は「精神」で事が解決するかのような言説に潜む虚偽を浮き彫りにする。

精神が腐らなかったって体は腐るんだ。体の腐らん奴が書いたものなんかこの病院(なか)で通用するもんか。俺だって体が腐らなけりゃもっと物凄い論理をひねり出して見せる。体の腐らん奴はどんな理論でもひっ放しが出来るんだ。都合が悪けりゃ転向すりゃいいんじゃないか。俺はもっと切迫しているんだ。思想か思想自体の内部でどんなに苦しんだって、たかが知れてらあ。

一九三〇年代前半は、マルクス主義者の大量転向が起こった時期だった。ことにこの作品が書かれた一九三六年の前年は、中野重治の「第一章」や「村の家」をはじめとした転向をめぐる作品が続けて発表された一年だった。

最後の手紙を中村に送ってから三ヵ月後に北條は亡くなる。直接の原因は結核だった。彼が著しく体調を崩したのは中村に手紙を送った月の末だった。亡くなったのは十二月五日だった。「臨終記」と題する一文で東條は、北條の最期をこう書いている。

こんな晩は素晴しく力が湧いて来る、何処からこんな力が出るのか分らない。手足がぴんぴん跳ね上る。君、原稿を書いて呉れ。と云うのである。いつもの彼とは容子が違う。それが死の前の最後に燃え上った生命の力であるとは私は気がつかなつた。おれは恢復する、おれは恢復する、断じて恢復する。それが彼の最後の言葉であった。

北條民雄の葬儀は、東條に預けられた遺言に従ってキリスト教・カトリックの様式によって行われた。

年譜

北條民雄

一九一四年（大正三年）
九月二二日、陸軍経理部の一等計手、七條林三郎の次男として、父の赴任先である朝鮮京城府漢江道一一番地で生まれる。本名、晃司（てるじ）、兄は三つ上。
一九一五年（大正四年）一歳
七月、母が肺炎で急死し、両親の郷里徳島県那賀郡（現在の阿南市下大野町）に暮らす母方の祖父母（父は婿養子）にあずけられ、親戚筋の乳母に育てられる。父は民雄をあずけて折り返し京城に帰任した。
一九一七年（大正六年）三歳
父が退役して帰郷する。
一九一八年（大正七年）四歳
三月、父が再婚。民雄は継母になじまなかった。五月、異母妹誕生。その後、妹がさらに二人、弟二人が生まれる。
一九二一年（大正一〇年）七歳
四月、尋常小学校に入学。民雄自ら語ったところによると、体は小さかったが、村内きっての餓鬼大将だった。学業は普通で、作文と図工に秀でていた。
一九二五年（大正一四年）一一歳
野球をはじめる。
一九二六年（大正一五年・昭和元年）一二歳
高等小学校一年の女生徒にラブレターを書

き、それが見つかって大騒動になった。また「おら学校出たら東京へ行って小説家になるんやぞ」と少年仲間に言っていた。

一九二七年（昭和二年）一三歳

三月、尋常小学校を修了。父は兄と同じく中学校に進ませようとしたが、勉強が嫌いで、早く学校を出て、おとなの世界に飛び出していきたかったため、高等小学校に進学。本が好きで講談物などを読んでおり、さらに兄の影響を受けて多くの文学に親しみ、マルクス、聖書なども読んでいた。

一九二八年（昭和三年）一四歳

兄が肺結核で入院。

一九二九年（昭和四年）一五歳

三月、高等小学校を卒業。三月一五日、山本宣治・渡辺政之輔合同労農葬に参加。四月六日、四歳年長の友人とともに上京、日本橋の薬品問屋に住み込み店員として二年ほど働く傍ら、法政中学夜間部と各種学校に学ぶ。

「中央公論」一一月号掲載の小林多喜二「不在地主」を読んで強い衝撃を受け、プロレタリア文学およびマルクス主義思想に関心を深めていった。

一九三〇年（昭和五年）一六歳

後年の全生病院入院時の病歴診断簿によると、この年の三月、ハンセン病の初期兆候（水ぶくれ）があらわれていたが、この時点では発病に気づいていなかった。

一九三一年（昭和六年）一七歳

夏、城東区亀戸町七丁目一八八番地に移る。一一月九日、兄危篤の電報により、出郷以来初めて帰郷したが、兄の臨終に間に合わなかった。しばらく郷里にとどまった。

一九三二年（昭和七年）一八歳

二月二三日、二歳下の友人とともに、家族に無断で上京する。三月三日より、日立製作所亀戸工場に臨時工として四〇日ほど働く。四月下旬、徳島に帰る。六月、岐阜県中津川にいた葉山嘉樹に、文学志望者として手紙を書き、返信を得て喜び、友人に見せ歩く。家業の農作業を手伝う傍ら、九月頃、友人四、五人と同人雑誌「黒潮」を創刊し、短編「サディストと蟻」を発表。しかし、この雑誌が左翼的な内容のため、警察に押収され、一号で廃刊。一〇月、民雄の結婚を前に、父母弟妹は家を出て、別に居をかまえる。一一月、祖母方の親戚の娘（一七歳）と結婚。かねてからその素行がおさまらぬため、祖父母たちが早く娶らせたと、民雄自ら語った。

一九三三年（昭和八年）一九歳

一月、ハンセン病の初期症状である紅斑や鼻づまりを発症。医者に鼻カタルと診断された。二月、足に麻痺があるのを発見。雑誌でハンセン病の特集を読み、ハンセン病を疑う。三月、眉毛の脱落で発病を確信し、家から二〇キロほど離れた徳島市の皮膚医院でハンセン病と診断。初めて大楓子油の注射をする。家族に病気を打ち明け、妻と別れた。しばらくは効果のない通院治療を続けた。一一月、家から無断で一〇〇円あまりの金を持ち出して上京。蒲田区大崎（現在の品川区）の従兄宅に寄寓。間もなく亀戸の駒田家（別れた妻の縁戚）に居候する。「売られない小説」を書く作家として遇され、郷里の父から毎月一〇〇円の送金があった。暗鬱な毎日だったが、女給のいるバーへたびたび通った。円タクの中でカルモチンを大量に飲んだり、何度か自殺を試みる。

一九三四年（昭和九年）二〇歳

通院しなくなった民雄を案じた病院から連絡がいき、保健所に連れて行かれる。居候しづらくなり、蒲田区町屋町二四五に移る。「ドストエフスキー『地下生活者の手記』の主人公のような」日々のなかで文学書を耽読し、都会の夕景を心象スケッチ風に書いた絶望と虚無の散文詩のような短編を書く。五月上旬、同郷の四歳年上の親友と華厳の滝へ自殺しに行く。親友は滝壺に飛び込んだが、民雄はできなかった。五月一八日、上京した父と一緒に東京府北多摩郡東村山村の全生病院（現・国立療養所多磨全生園）に入院。父は上京する前に役場で民雄の籍を抜き、蒲田を本籍とする手続きをすませていた。病歴カルテを取った医師は、歌誌「遠つ人」の歌人北海みち子でもある女医五十嵐正で、以後民雄のよき相談相手になった。入院して一週間は余病の有無などを調べるため、収容病室に入るが、当時は専用の病室ではなく、重病患者と一緒の病室に入った。入院から二、三日たった頃、五十嵐の引き合わせで、東京大学哲学科在籍中に発病して入院していた光岡良二と対面して話をした。病院で受けた衝撃は隠せられていなかったが、割合に元気なしっかりした様子で話をした。ベッドの荷物入れの上には消毒から帰ってきた書物と原稿用紙が広げられていた。間もなく軽症な患者たちが暮らす一般舎に移る。民雄が割り当てられたのは「秩父舎」という二室一棟の小住宅で、一二畳半の大部屋に五、六人が同居していた。秩父舎は月々入院費を払う「相談所患者」の住居で、一般患者が強いられる作業や支給される着物の着用義務はなかった。病は軽く、若い患者仲間と野球に熱中した。七月、コント「童貞記」を院内で発行されていた機関誌「山桜」に、秩父晃一の筆名で発表する。野球で足を負傷。七月一三日、足の傷が治らず焦燥し、日記をつけはじめる。七月二三日、実験のために飼っている動物の飼育係の詰め所を借りて、入院一週間の経験をもとにした「一週間」（「いのちの初夜」の原形）を書きはじめる。八月一一日、川端康成に自分の境遇と文学への志望を訴え「作品をみてほしい」と手紙を送る。八月二八日、別れた妻の死を祖父の便りで知る。九月二日、九号病室（結核病棟）で臨時の附添夫として重病患者の世話をする（半月間）。九月七日、これまでに書いた「一週間」三五枚を没にする。九月一二日、神経衰弱と診断される。九月一八日、「文藝」の懸賞に応募しようと「若い妻」を書きはじめたが、完稿しなかった。九月二〇日、父が上京して面会する。一〇月、川端より好意的な返書を受け取り、狂喜する。院内の児童学園機関誌「呼子鳥」に童話「可愛いポール」（筆名、秩父晃二）を書く。一一月、熱こぶ（癩性結節性紅斑）の症状が起こったため、二〇日間、五号病室に入室した。一二月八日、院内の印刷所「山桜出版部」に就職し、文選工としてしばらく働く。このころ、長く疎隔感情を抱いてきた父に、はじめて深い敬愛の念を覚えるようになった。

一九三五年（昭和一〇年）二一歳

一月三一日、入院後初めて外出し、二日間を東京で過ごす。二月、随筆「孤独のことなど」を「山桜」に発表（筆名、秩父晃二）。東條耿一、於泉信夫、麓花冷、内田静生と「文学サークル」を結成し、作品合評などを行う。三月、コント「赤い斑紋」を「山桜」に発表（筆名、秩父晃二）。四月一九日、「間木老人」（五二枚）を書き上げる。五月、「白痴」を「山桜」に発表（筆名、十條號一）。五月一二日、「間木老人」を川端に送り、好評と激励の返書を受け取る。六月、「晩秋」を書きはじめる。三度改稿し、八月末には七〇枚まで書き進んだが、完成しなかった。六月一五日、東條に依頼していたドストエフスキーのデスマスクの木炭画ができたと聞き、取りに行く。以来、額に入れて執筆机の上に飾る。八月三〇日、「少女」二〇枚を書き上げる。一〇月、「最初の一夜」を書きはじめる。一一月、「間木老人」が「文學界」に掲載（筆名、秩父號一）。「日記抄」を「山桜」

に発表（筆名、十條號一）。一二月、「最初の一夜」を脱稿して川端に送る。この頃、神経衰弱による不眠と幻覚に悩むことが多かった。

一九三六年（昭和一一年）二二歳

一月、一〇号病室（精神病棟）で附添夫として働く。「少女」を「戯画」と改題改稿して「山桜」に発表（筆名、十條號一）。「青春の天刑病者達」を書きはじめる。二月、「最初の一夜」が川端により「いのちの初夜」と改題されて「文學界」に掲載され、次号の「第二回文學界賞」を受賞する。この作より筆名を「北條民雄」に定める。二月四日、病院を出て「文學界賞」の賞金一〇〇円を受け取りに文圃堂に行く。単行本担当の伊藤近三が賞金の金策に走り、その間古書担当の大内正一に東京案内をしてもらう。文士のたまり場であった資生堂パーラーで河上徹太郎や横光利一らに会い、話をする。文圃堂に戻り、賞金の半分五〇円を受け取る。大雪で電車が止まり、病院に帰れなくなったため、「文學界」担当の式場俊三の下宿に伊藤とともに泊めてもらう。翌日、伊藤と一緒に鎌倉に行き、川端と対面する。家に来いという川端に遠慮して駅前の蕎麦屋「川古江家」で面会した。伊藤は林房雄に会いに行ったため、川端と二人で随筆「猫料理」の改稿についてなどを話した後、川端と林に見送られて病院に帰った。四月、「猫料理」を「文學界」に発表。四月一二日、右目が充血して初めて眼帯をする。四月一三日、九二枚の小説「たゞ一つのものを」を脱稿し、川端に送る。五月、創元社から作品集出版の話がある。六月一〇日、小説「監房の手記」を書き上げて川端に送った後、自殺を決意して病院を出て、快気退院した友人花岡の家に泊まる。六月一一日、賞金の残りを受け取りに文圃堂に行くが、留守で会えなかった。川端や東條、五十嵐に自殺をほのめかす手紙を送り、六月一六日、郷里に帰るため、神戸から汽船に乗る。故郷で穏やかに過ごし、心を落ち着ける。父から一〇〇円を受け取り、大阪のバーで半分使い込み、東京に帰ってくる。花岡の家で、川端や光岡らからの手紙を読み、感動する。神田の古本屋でトルストイ全集を買い、タクシーで帰院した。六月二六日、日記を再開。二週間の放浪に触れ、「『人間は、なんにも出来ない状態に置かれてさえも、ただ生きているという事実だけで貴いものだ。』と激しく感じた」と心境の変化を書き留める。また、光岡と親しくつき合うようになる。七月、放浪後に書きはじめた小説「危機」を脱稿。随筆「眼帯記」「柊の垣にかこまれて」を書く。七月から八月にかけて、虹彩炎と神経痛を相次いで病み、加えて常習の不眠症に悩み、体が著しく衰えた。八月、「いのちの初夜」が第三回芥川賞候補になるが、受賞しなかった。一〇月、「危機」が川端により「癩院受胎」と改題されて「中央公論」に、「眼帯記」が「文學界」に、随筆「癩院記録」が「改造」に掲載。小説「嵐を継ぐもの」を脱稿するが、川端が発表を見あわす。一〇月一八日、小説「癩家族」脱稿。一〇月二七日、「文藝春秋」一一月号に発表された中村光夫の文芸時評「癩者の復活」を読んで感動し、中村に手紙を書く。中村から返事をもらい、文通をはじめる。一一月、随筆「柊の垣のうちから」が「文學界」に発表される。一二月、「癩家族」が「文藝春秋」に、随筆「続癩院記録」が「改造」に掲載される。一二月三日、作品集『いのちの初夜』が創元社から発売される。初版二五〇〇部、定価一円五〇銭、装丁は青山二郎。川端が跋文を添えた。また、病院を簡単に出られない民雄に代わり、川端が「北條」の判で検印した。「文學界」同人を中心に縁ある作家たちに贈呈し、院内の友人にも言葉を添えて贈った。東條には「いのちの友、東條耿一に捧ぐ　民雄」、そのころ結婚した光岡には結婚の祝辞を並べ、最後に「人生は暗い。だが、たたかう火花が、一瞬黒闇を照らすこともあるのだ」と書いた。『いのちの初夜』は瞬く間に版を重ねた。一二月三一日、神経痛と急性結節を病み、床に伏せる。

一九三七年（昭和一二年）二三歳

一月、ほとんど自室で静養する。「井の中の正月の感想」を「山桜」に発表。三〇〇枚の長編「鬼神」を書こうとして、その構想に没頭した。一月一七日、精神科医で作家の式場隆三郎（式場俊三の兄）が来院し、病院医師日戸修一の紹介で面会する。一月二九日、七号病室に入室する。「重病室日誌」を病床で書く。二月一四日、退室して自室に帰るが、健康がすぐれず、暗澹たる日々が続いた。三月六日、一時帰省の許可をとり、病院を出て、あてもなく東京、神戸を彷徨う。四国行きの切符を購入したが、帰省しないで病院に戻る。小説「道化芝居」を書きはじめる。四月、「重病室日誌」が「文學界」に発表される。「道化芝居」を脱稿する。六月、胃腸を病む。すでに腸結核の症状が顕著であったが、医師からは大腸カタルと伝えられた。八月、炎暑と肉体の深い不調の中で「望郷歌」を書きつづけ、十五日脱稿した。九月二五日、九号病室（結核病棟）に入室。「続重病室日誌」をベッドの上で書く。一〇月、「望郷歌」が「文學界」に発表される。一一月、東條が医師より「北條さんは二度と立てないかもしれません」と宣告される。一二月四日、看病のため、東條が民雄の補助寝台に寝泊まりする。一二月五日午前二時、看護疲れで寝ていた東條を起こし、体をもんでほしいと頼む。いつもと違う様子に東條はあわてて医者を呼びに行く。意識ははっきりしていて、川端や東條へのお礼などを述べた。「葛を食べたい」といい、作った葛をきれいに食べ終わると、意識をなくした。午前五時三五分、幾人かの友人に見守られながら息をひきとった。死因は腸結核および肺結核だった。すぐに故郷の父と川端へ訃報がいき、その日の午後、川端は創元社の小林茂とともに病院に駆けつけ、遺体に会った。民雄と親しかった光岡、東條、於泉らにも面会し、全集刊行のために遺稿の整理を頼む。翌日、父が上京し、亡骸は荼毘に付された。生前東條に遺言していたとおり、葬送はカトリック式で行われた。病院の風習に従って分骨され、病院内の納骨堂に安置し、また父が故郷に持ち帰り、郷里に墓碑が建てられ埋葬された。

一九三八年（昭和一三年）

一月、「続重病室日誌」が「文學界」に掲載。二月、川端「追悼記序」、東條「臨終記」、光岡「北條民雄のこと」が「文學界」に掲載される。三月、「科學ペン」で癩特集が組まれ、遺稿四篇（「癩院日誌」「年頭雑感」「癩文学ということ」「頃日雑記」）、川端「北條民雄と癩文学」、光岡「北條民雄の憶ひ出」などが掲載。遺稿「柊の垣の中から」が「新女苑」に発表される。四月、小説「嵐を継ぐもの」が川端により「吹雪の産声」と改題されて「文學界」に、小説「道化芝居」が「中央公論」に、日記の一部が「新女苑」に発表される。川端編集で創元社より『北條民雄全集　上巻』刊行、装丁は作品集と同じ青山二郎が手がけた。六月、『北條民雄全集　下巻』刊行される。

一九四一年（昭和一六年）

一月、民雄をモデルにした川端の小説「寒風」を「日本評論」に発表。二月、「寒風」の続編「冬の事」を「改造」に発表。

一九四二年（昭和一七年）

四月、「寒風」「冬の事」に続く「赤い足」を

「改造」に発表。
一九四六年（昭和二一年）
「寒風」「冬の事」「赤い足」三作を合わせた「寒風」を作品集『朝雲』に収録。
一九四八年（昭和二三年）
『北條民雄集』、創元社より刊行。
一九五一年（昭和二六年）
中村光夫編『北條民雄集』（文庫）、新潮社より刊行。
一九五五年（昭和三〇年）
川端康成編『いのちの初夜』、ひまわり社より刊行。『いのちの初夜』（文庫）、角川書店より刊行。
一九七〇年（昭和四五年）
光岡良二『いのちの火影　北条民雄覚え書』、新潮社より刊行。
一九七三年（昭和四八年）
五月九日、前年逝去した川端の遺志により、秀子夫人と北条誠らの奔走で、静岡県冨士霊園文学者之墓に合葬される。墓碑銘は「北條民雄　いのちの初夜　一九三七・一二・五・二三才」。
一九八〇年（昭和五五年）
川端香男里編『定本北條民雄全集』上下巻、東京創元社より刊行。収録作品が追加されたほか、一部の伏せ字が公開された。岸文雄『望郷の日々に　北條民雄いしぶみ』、徳島県教育印刷より刊行。
一九八八年（昭和六三年）
東村山市立秋津文化センター正面玄関に文学碑建立。碑文は「いのちの初夜」冒頭の一文。揮毫は鈴木桐華。
一九九三年（平成五年）
高松宮記念ハンセン病資料館開館、北條民雄の資料が展示される。
一九九六年（平成八年）
『定本北條民雄全集』上下巻（文庫）、東京創元社より刊行。奥野健男の解説を追加。

一九九九年（平成一一年）
高山文彦『火花　北条民雄の生涯』、飛鳥新社より刊行。大宅壮一ノンフィクション賞、講談社ノンフィクション賞を受賞。
二〇〇二年（平成一四年）
大岡信、大谷藤郎、加賀乙彦、鶴見俊輔編『ハンセン病文学全集』（全一〇巻）、皓星社より随時刊行。徳島県立文学書道館開館、文学常設展示室内で北條民雄を紹介する。清原工『吹雪と細雨　北條民雄・いのちの旅』、皓星社より刊行。
二〇〇七年（平成一九年）
『北條民雄選集　いのちの初夜』（文庫）、徳島県立文学書道館より刊行。高松宮記念ハンセン病資料館が国立ハンセン病資料館としてリニューアルされる。
二〇一〇年（平成二二年）
『いのちの初夜』、勉誠出版より刊行。
二〇一二年（平成二四年）
国立ハンセン病資料館で企画展「癩院記録――北條民雄が書いた絶対隔離下の療養所」開催。
二〇一四年（平成二六年）
阿南市文化協会刊行の『阿南市の先覚者たち』第一集で、本名と出身地が公表される。徳島県立文学書道館で文学特別展「北條民雄――いのちを見つめた作家」開催。
二〇一五年（平成二七年）
絵本『すみれ』（絵・山崎克己）、国立ハンセン病資料館より刊行。

（計盛達也　編）

本書は、東京創元社版『定本 北條民雄全集』（上巻／一九八〇年一〇月刊、下巻／同年一二月刊）を底本として使用し、新字新かな遣いに改めました。作品中、明らかな誤字と思われる箇所は正しましたが、原則として底本にしたがい、適宜ふりがなと表記を調整しました。なお底本にある表現で、今日から見れば不適切と思われるものがありますが、作品が書かれた時代背景および作品価値、著者が故人であることを考慮し、そのままとしました。よろしくご理解のほど、お願いいたします。

北條民雄（ほうじょうたみお） 小説随筆書簡集（しょうせつずいひつしょかんしゅう）
北條民雄（ほうじょうたみお）

二〇一五年一〇月九日第一刷発行
二〇二三年二月一〇日第三刷発行

発行者——鈴木章一
発行所——株式会社 講談社
東京都文京区音羽2・12・21 〒112-8001
電話 編集（03）5395・3513
販売（03）5395・5817
業務（03）5395・3615

デザイン——菊地信義
印刷——株式会社KPSプロダクツ
製本——株式会社国宝社
本文データ制作——講談社デジタル製作
2015. Printed in Japan
定価はカバーに表示してあります。

講談社
文芸文庫

ISBN978-4-06-290289-2

講談社文芸文庫

東山魁夷	泉に聴く	桑原住雄——人／編集部——年
日夏耿之介	ワイルド全詩（翻訳）	井村君江——解／井村君江——年
日夏耿之介	唐山感情集	南條竹則——解
日野啓三	ベトナム報道	著者——年
日野啓三	天窓のあるガレージ	鈴村和成——解／著者——年
平出 隆	葉書でドナルド・エヴァンズに	三松幸雄——解／著者——年
平沢計七	一人と千三百人｜二人の中尉 平沢計七先駆作品集	大和田 茂——解／大和田 茂——年
深沢七郎	笛吹川	町田 康——解／山本幸正——年
福田恆存	芥川龍之介と太宰治	浜崎洋介——解／齋藤秀昭——年
福永武彦	死の島 上・下	富岡幸一郎-解／曾根博義——年
藤枝静男	悲しいだけ｜欣求浄土	川西政明——解／保昌正夫——案
藤枝静男	田紳有楽｜空気頭	川西政明——解／勝又 浩——案
藤枝静男	藤枝静男随筆集	堀江敏幸——解／津久井 隆——年
藤枝静男	愛国者たち	清水良典——解／津久井 隆——年
藤澤清造	狼の吐息｜愛憎一念 藤澤清造 負の小説集 西村賢太編・校訂	西村賢太——解／西村賢太——年
藤澤清造	根津権現前より 藤澤清造随筆集 西村賢太編	六角精児——解／西村賢太——年
藤田嗣治	腕一本｜巴里の横顔 藤田嗣治エッセイ選 近藤史人編	近藤史人——解／近藤史人——年
舟橋聖一	芸者小夏	松家仁之——解／久米 勲——年
古井由吉	雪の下の蟹｜男たちの円居	平出 隆——解／紅野謙介——案
古井由吉	古井由吉自選短篇集 木犀の日	大杉重男——解／著者——年
古井由吉	槿	松浦寿輝——解／著者——年
古井由吉	山躁賦	堀江敏幸——解／著者——年
古井由吉	聖耳	佐伯一麦——解／著者——年
古井由吉	仮往生伝試文	佐々木 中——解／著者——年
古井由吉	白暗淵	阿部公彦——解／著者——年
古井由吉	蜩の声	蜂飼 耳——解／著者——年
古井由吉	詩への小路 ドゥイノの悲歌	平出 隆——解／著者——年
古井由吉	野川	佐伯一麦——解／著者——年
古井由吉	東京物語考	松浦寿輝——解／著者——年
古井由吉 佐伯一麦	往復書簡『遠くからの声』『言葉の兆し』	富岡幸一郎-解
古井由吉	楽天記	町田 康——解／著者——年
北條民雄	北條民雄 小説随筆書簡集	若松英輔——解／計盛達也——年
堀江敏幸	子午線を求めて	野崎 歓——解／著者——年

▶解=解説　案=作家案内　人=人と作品　年=年譜を示す。　2023年2月現在